Susan Elizabeth Phillips

Der schönste Fehler

Susan Elizabeth Phillips

Der schönste Fehler meines Lebens

Roman

Aus dem Amerikanischen
von Elfriede Peschel

blanvalet

Die Originalausgabe erschien 2011 unter dem Titel
»Call Me Irresistible« bei William Morrow,
An Imprint of HarperCollins*Publishers*, New York

Verlagsgruppe Random House FSC-DEU-0100
Das FSC®-zertifizierte Papier
Super Snowbright für dieses Buch
liefert Hellefoss AS, Hokksund, Norwegen.

3. Auflage
Copyright © der Originalausgabe 2011 by Susan Elizabeth Phillips
Copyright © der deutschsprachigen Ausgabe 2011
by Blanvalet Verlag, München
in der Verlagsgruppe Random House GmbH.
Satz: Buch-Werkstatt GmbH, Bad Aibling
Druck und Bindung: GGP Media GmbH, Pößneck
Printed in Gemany
ISBN: 978-3-7645-0397-0

www.blanvalet.de

Ted wusste nicht, wie ihm geschah, als seine Mama ihn umarmte, die wiederum von Dallie umarmt wurde, sodass sie sich zu dritt mitten im Sicherheitsbüro der Freiheitsstatue in den Armen lagen und Rotz und Wasser heulten.

Aus KOMM UND KÜSS MICH!

Für Iris, die Unwiderstehliche

Kapitel 1

Viele Bewohner von Wynette, Texas, waren der Ansicht, dass Ted Beaudine eine schlechte Partie machte. Schließlich war die Brautmutter *nicht mehr* die Präsidentin der Vereinigten Staaten. Cornelia war seit über einem Jahr nicht mehr im Amt. Und Ted Beaudine war immerhin Ted Beaudine.

Die jüngeren Einwohner hätten ihn am liebsten an der Seite eines Rockstars mit vielen Goldenen Schallplatten gesehen, doch diese Chance hatte er bereits gehabt und vorübergehen lassen. Ditto, Filmdiva und Modefreak. Die meisten jedoch fanden, er hätte sich eine Frau aus der Welt des Profisports suchen sollen, am besten eine aus der LPGA, der Turnierserie im professionellen Damengolf. Tatsache war aber, dass Lucy Jorik überhaupt nicht Golf spielte.

Das hielt die geschäftstüchtigen Händler vor Ort jedoch nicht davon ab, die Porträts von Lucy und Ted auf eine spezielle Golfballedition zu drucken. Die Dellen sorgten allerdings dafür, dass sie zu schielen schienen, weshalb die meisten Touristen, die in die Stadt drängten, um einen Blick auf die Festlichkeiten des Wochenendes zu erhaschen, den schmeichelhafteren Golfhandtüchern den Vorzug gaben. Zu den weiteren Bestsellern gehörten Teller und Tassen, die an diesen Tag erinnern sollten und in Massen von den Senioren der Stadt hergestellt wurden. Deren Erlös sollte dann den Renovierungsarbeiten der von einem Brand beschädigten Stadtbibliothek von Wynette zugutekommen.

Als Heimatstadt der beiden bedeutendsten Profigolfspieler war man in Wynette, Texas, an den Anblick von Promis auf den Straßen gewöhnt, wenn auch nicht an eine frühere Präsidentin der Vereinigten Staaten. In einem Radius von achtzig Kilometern war jedes Hotel und Motel mit Politikern, Sportlern, Filmstars und Staatsoberhäuptern belegt. Überall waren Agenten des Secret Service aufgetaucht, und im Roustabout nahmen viel zu viele Journalisten die begehrten Thekenplätze in Beschlag. Aber da die örtliche Wirtschaft nur auf einen Industriezweig bauen konnte, erlebte die Stadt gerade harte Zeiten, und die Bürger von Wynette freuten sich auf gute Geschäfte. Besonders einfallsreich waren die Leute vom Kiwanis Club mit ihrem Verkauf von nicht überdachten Sitzplätzen, direkt gegenüber der Wynette Presbyterian für jeweils zwanzig Dollar.

Für die breite Allgemeinheit war es ein Schock gewesen, dass die Braut für die Trauungszeremonie die texanische Kleinstadt gewählt hatte, anstatt am Beltway von Washington ihre Hochzeit zu feiern, aber Ted war nun mal durch und durch ein Junge aus Hill Country, und für die Einheimischen hatte schon immer festgestanden, dass er nirgendwo anders heiraten würde. Unter ihren wachsamen Augen war er zu einem Mann herangereift, und sie kannten ihn so gut, wie sie ihre eigenen Familien kannten. Keine Menschenseele in der Stadt hätte etwas Böses gegen ihn vorzubringen gewusst. Selbst seine Exfreundinnen trauerten ihm noch immer hinterher. Ein solcher Mann war Ted Beaudine.

Meg Koranda mochte zwar die Tochter eines Hollywood-Stars sein, doch sie war auch pleite, obdachlos und verzweifelt und demzufolge nicht gerade in der Stimmung, auf der Hochzeit ihrer besten Freundin die Brautjungfer zu spielen. Und dies auch schon deshalb nicht, da ihre beste Freundin ihrer Meinung nach den schwersten Fehler ihres Lebens beging, indem sie den Liebling aller Bewohner von Wynette, Texas, heiratete.

Lucy Jorik, die zukünftige Braut, schritt den Teppich ihrer Suite im Wynette Country Inn ab, in der sich ihre illustre Familie für die Festlichkeiten eingemietet hatte. »Sie werden es mir nicht ins Gesicht sagen, Meg, aber in dieser Stadt sind alle der festen Überzeugung, dass Ted eine *schlechte* Partie macht!«

Lucy sah so aufgewühlt aus, dass Meg sie am liebsten in den Arm genommen hätte. Sie suchte selber Trost, doch sie nahm sich fest vor, ihre verzweifelte Freundin nicht auch noch mit ihren eigenen Problemen zu belasten. »Eine interessante Schlussfolgerung, die diese Landeier ziehen, wenn man bedenkt, dass du bloß die älteste Tochter der früheren Präsidentin der Vereinigten Staaten bist. Nicht gerade ein Niemand.«

»Adoptivtochter. Ich meine es ernst, Meg. Die Leute in Wynette *horchen* mich regelrecht aus. Jedes Mal, wenn ich ausgehe.«

Das war nicht unbedingt eine neue Information, denn Meg telefonierte mit Lucy mehrmals die Woche, doch hatten die Anrufe ihr nichts von den Zornesfalten verraten, die sich offenbar dauerhaft auf Lucys Stirn gebildet hatten. Meg zupfte an einem ihrer Silberohrringe, die ein Schmuckstück der Sung-Dynastie waren – oder auch nicht –, je nachdem, ob sie dem Rikschafahrer in Shanghai Glauben schenkte, der sie ihr verkauft hatte. »Ich würde sagen, du bist mehr als eine gute Partie für die guten Bürger von Wynette.«

»Es ist einfach zermürbend«, sagte Lucy. »Sie bemühen sich ja, zurückhaltend zu sein, aber ich kann nicht die Straße entlanggehen, ohne dass mich jemand anhält und fragt, ob ich zufällig wisse, in welchem Jahr Ted die U. S. Amateur Golf Championship gewonnen hat oder wie viel Zeit zwischen seinem Bachelor und seinem Masterabschluss verstrichen ist – eine Trickfrage, weil er beide zusammen gemacht hat.«

Meg war vom College geflogen, bevor sie auch nur einen Abschluss in der Tasche hatte, weshalb die Vorstellung, gleich zwei auf einmal zu bekommen, ihr mehr als nur ein bisschen verrückt vorkam. Aber Lucy steigerte sich manchmal auch ein wenig zu sehr in etwas hinein. »Es ist eine neue Erfahrung, mehr nicht. Dass sich mal nicht alle lieb Kind bei dir machen.«

»Also, die Gefahr besteht wirklich nicht, das kannst du mir glauben.« Lucy schob sich eine Locke ihres hellbraunen Haars hinters Ohr. »Auf einer Party vergangene Woche hat mich eine Frau so ganz beiläufig, als würde man ein derartiges Gespräch bei einem Drink und ein paar Häppchen führen, gefragt, ob ich zufällig Teds IQ wisse, was ich nicht tat. Da ich allerdings vermutete, dass sie selbst es auch nicht wusste, sagte ich hundertachtunddreißig. Aber, nicht doch … Ein *gewaltiger* Fehler, wie sich herausstellte. Offenbar brachte es Ted bei seinem letzten Test auf hundert*ein*undfünfzig. Und wenn man dem Barkeeper glauben darf, hatte Ted die Grippe und hätte ansonsten besser abgeschnitten.«

Meg hätte bei Lucy gern nachgehakt, ob sie sich die Sache mit der Hochzeit auch richtig gut überlegt hatte, aber im Unterschied zu Meg handelte Lucy nicht impulsiv.

Sie hatten sich auf dem College kennengelernt, als Meg eine rebellische Erstsemesterstudentin und Lucy eine intelligente, aber einsame Studentin im zweiten Jahr war. Da Meg ebenfalls bei berühmten Eltern aufgewachsen war, konnte sie Lucys Misstrauen neuen Freundschaften gegenüber verstehen. Doch trotz ihrer sehr verschiedenen Persönlichkeiten fanden die beiden zueinander, und Meg brauchte nicht lang, um etwas zu erkennen, was den anderen nicht auffiel. Lucy Jorik gab sich nach außen hin fest entschlossen, ihrer Familie keinen Ärger zu machen, doch im Herzen war sie eine Rebellin. Was man ihr jedoch keinesfalls ansah.

Mit ihren elfenhaften Zügen und den dichten Kleinmädchenwimpern sah Lucy viel jünger aus als einunddreißig. Sie hatte sich seit ihren Collegetagen die glänzenden hellbraunen Haare wachsen lassen und besaß eine Reihe von Samthaarbändern, die Meg nie im Leben getragen hätte, um sie sich aus dem Gesicht zu halten. Auch das damenhafte aquamarinblaue Futteralkleid mit dem braven Ripsgürtel wäre niemals Megs Stil gewesen. Meg hatte ihren hochgewachsenen schlaksigen Körper in mehrere Bahnen Seide gehüllt, die in Edelsteinfarben schillerten und die sie zusammengedreht über einer Schulter zusammengebunden hatte. Dazu kombinierte sie klassische schwarze Gladiatorensandalen – Größe zweiundvierzig –, die bis über ihre Waden geschnürt waren, und einen silbernen Schmuckanhänger, zu dem sie einen antiken Betelnussbehälter, erworben auf einem Markt im Zentrum von Sumatra, umfunktioniert hatte, der jetzt zwischen ihren Brüsten baumelte. Zu ihren vermutlich gefälschten Ohrringen der Sung-Dynastie trug sie einen ganzen Stapel Armreifen, die sie für sechs Dollar bei TJ Maxx gekauft und mit afrikanischen Handelsperlen aufgepeppt hatte. Sie hatte einfach Sinn für Mode.

Und reist auf verschlungenen Wegen, wie ihr berühmter New Yorker Onkel und Couturier gemeint hatte.

Lucy spielte an ihrer sittsamen Perlenkette. »Ted ist … die bestmögliche Entsprechung dessen, was das Universum als perfekten Menschen entworfen hat. Du brauchst dir nur mein Hochzeitsgeschenk anzusehen. Welcher Mann schenkt seiner Braut schon eine Kirche?«

»Beeindruckend, das muss ich zugeben.« Am frühen Nachmittag hatte Lucy Meg mitgenommen, um ihr die verlassene Holzkirche zu zeigen, die am Stadtrand am Ende einer schmalen Gasse versteckt lag. Ted hatte sie erworben, um sie vor dem Verfall zu bewahren, und dann ein paar Monate darin gelebt, während sein jetziges Haus gebaut wurde. Obwohl keinerlei Mobiliar darin stand, war es ein reizendes altes Gebäude, und Meg konnte sehr wohl verstehen, warum Lucy es liebte.

»Er meinte, jede verheiratete Frau brauche für ihr geistiges Wohlbefinden einen Ort für sich allein. Kannst du dir etwas Aufmerksameres vorstellen?«

Megs Interpretation war zynischer ausgefallen. Welche bessere Strategie gab es für einen reichen verheirateten Mann, der vorhatte, sich selbst einen privaten Raum einzurichten?

»Wirklich unglaublich«, sagte sie nur. »Ich kann es kaum erwarten, ihn kennenzulernen.« Sie verfluchte die diversen persönlichen und finanziellen Krisen, die sie daran gehindert hatten, schon vor Monaten in ein Flugzeug zu steigen, um Lucys Verlobten kennenzulernen. Jetzt hatte sie nicht nur Lucys Polterabend verpasst, sondern war auch noch gezwungen gewesen, zur Hochzeit von Los Angeles in dem Schrottwagen herzufahren, den sie dem Gärtner ihrer Eltern abgekauft hatte.

Mit einem Seufzer setzte Lucy sich neben Meg auf die Couch. »Solange Ted und ich in Wynette leben, werde ich immer schlecht dastehen.«

Nun konnte Meg nicht mehr an sich halten, sie musste ihre Freundin drücken. »Du hast in deinem Leben noch nie schlecht dagestanden. Du hast dich und deine Schwester ganz allein vor einer Kindheit in Pflegeheimen bewahrt. Und das Weiße Haus im Sturm erobert. Und was deinen Grips angeht … du hast einen Masterabschluss.«

Lucy sprang auf. »Den ich aber erst gemacht habe, *nachdem* ich meinen Bachelor in der Tasche hatte.«

Auf diesen Blödsinn ging Meg nicht ein. »Deine Arbeit als Anwältin, mit der du dich für Kinder einsetzt, hat Leben verändert, und das zählt meiner Ansicht nach mehr als ein astronomisch hoher IQ.«

Lucy seufzte. »Ich liebe ihn, aber manchmal …«

»Was?«

Lucy wedelte mit ihrer frisch manikürten Hand und zeigte dabei ihre Fingernägel, die im Gegensatz zum Smaragdgrün, das Meg derzeit bevorzugte, in einem unglaublich dezenten hellen Rotton glänzten. »Ach Blödsinn. Ich habe nur ein wenig Bammel. Mach dir nichts draus.«

Megs Besorgnis nahm zu. »Lucy, wir sind seit zwölf Jahren beste Freundinnen. Wir kennen voneinander die dunkelsten Geheimnisse. Wenn etwas nicht stimmen sollte …«

»Alles ist bestens. Ich bin nur ein wenig nervös wegen der Hochzeit und all der Aufmerksamkeit, die ihr entgegengebracht wird. Überall sind Presseleute.« Sie setzte sich auf die Bettkante und zog sich ein Kissen an die Brust, wie sie das auch auf dem College getan hatte, wenn etwas sie beunruhigte. »Aber … Was ist, wenn er zu gut für mich ist? Ich bin klug, aber er ist klüger. Ich bin hübsch, aber er ist umwerfend. Ich versuche ein anständiger Mensch zu sein, aber er ist praktisch ein Heiliger.«

Meg schluckte ihre aufsteigende Wut hinunter. »Du redest, als hätte man dir eine Gehirnwäsche verpasst.«

»Wir sind alle drei bei berühmten Eltern aufgewachsen. Du, ich und Ted … Aber Ted hat auf eigene Faust sein Glück gefunden.«

»Dieser Vergleich ist unfair. Du hast gemeinnützige Arbeit geleistet, das ist nicht gerade ein Sprungbrett, um Multimillionär zu werden.« Doch Lucy verfügte wenigstens über die Möglichkeit, sich selbst über Wasser zu halten, was Meg nie gelungen war. Sie war viel zu sehr mit Reisen in ferne Länder beschäftigt gewesen, was sie zwar unter dem Vorwand getan hatte, sich vor Ort mit Umweltfragen zu befassen und das traditionelle Handwerk zu erforschen, aber eigentlich waren es Vergnügungsreisen gewesen. Sie liebte ihre Eltern, allerdings nicht die Art und Weise, wie diese sie enterbt hatten. Warum jetzt? Hätten sie das vielleicht getan, als sie einundzwanzig war und nicht erst mit dreißig, hätte sie sich weniger als Verliererin gefühlt.

Lucy drückte ihr Kinn in das Kissen, sodass dieses sich um ihre Wangen bauschte. »Meine Eltern vergöttern ihn, und du weißt ja, was sie von den Jungs gehalten haben, mit denen ich mich früher verabredet hatte.«

»Doch sie waren niemals annähernd so feindselig, wie meine Eltern sich meinen Freunden gegenüber verhalten.«

»Aber nur weil du dich mit Losern von Weltklasse zusammentust.«

Dagegen wusste Meg nichts zu erwidern. Zu diesen Losertypen hatte vor Kurzem ein schizoider Surfer gehört, den sie in Indien kennengelernt hatte, und ein australischer Rafting-Guide, dem eine Wuttherapie nicht geschadet hätte. Einige Frauen lernten aus ihren Fehlern. Sie gehörte offenbar nicht dazu.

Lucy warf das Kissen beiseite. »Ted hat sein Vermögen mit sechsundzwanzig Jahren gemacht, als er ein geniales Softwaresystem erfand, das Gemeinden beim Energiesparen hilft. Ein großer Schritt mit dem Ziel, ein kluges Überlandleitungsnetz aufzubauen. Und jetzt pickt er sich die Beraterjobs heraus, die ihm gefallen. Wenn er zu Hause ist, fährt er einen alten Ford-Laster mit einer von ihm selbst gebauten Wasserstoffzelle, dazu noch seine von Solarstrom betriebene Klimaanlage und all die anderen Dingen, die ich nicht verstehe. Hast du eine Vorstellung davon, wie viele Patente Ted besitzt? Nein? Nun, ich auch nicht, aber ich bin mir sicher, dass jeder Lebensmittelverkäufer in der Stadt das beantworten kann. Und das Schlimmste ist, dass ihn nichts, aber auch gar nichts aus der Ruhe bringt!«

»Klingt, als wäre er Jesus. Nur dass er außerdem reich und sexy ist.«

»Pass bloß auf, Meg. Wenn du in dieser Stadt Scherze über Jesus machst, könntest du dafür erschossen werden. So viele bewaffnete Gläubige hast du noch nicht gesehen.« Lucys besorgter Gesichtsausdruck legte nahe, dass sie selbst auch befürchtete, von einer Kugel getroffen zu werden.

Bald mussten sie zur Probe aufbrechen, und Meg blieb keine Zeit mehr für subtile Fragestellungen. »Was ist mit eurem Liebesleben? Du hast ärgerlicherweise mit den Details sehr gegeizt, und ich weiß nur, dass du auf diesem blöden dreimonatigen Sex-Moratorium bestanden hast.«

»Ich möchte, dass unsere Hochzeitsnacht etwas ganz Besonderes wird.« Sie knabberte mit den Zähnen an ihrer Unterlippe. »Er ist der unglaublichste Liebhaber, den ich je hatte.«

»Allzu viele hattest du ja nicht gerade.«

»Er ist legendär. Und frag jetzt nicht, wie ich das herausgefunden habe. Er ist der Liebhaber, von dem alle Frauen träumen. Absolut selbstlos. Romantisch. Als wüsste er, was eine Frau will, bevor sie es selbst weiß.« Sie stieß einen langen Seufzer aus. »Und er gehört mir. Fürs ganze Leben.«

Doch Lucy klang dabei nicht annähernd so glücklich, wie sie das hätte sein sollen. Meg schlug die Beine übereinander. »Irgendeinen Schwachpunkt muss doch auch er haben.«

»Da ist nichts.«

»Er trägt eine Baseballkappe, die nach hinten zeigt. Riecht morgens faulig aus dem Mund. Hat eine heimliche Leidenschaft für Kid Rock. Irgendwas muss es doch geben.«

»Nun …« Ein Ausdruck der Hilflosigkeit huschte über Lucys Gesicht. »Er ist perfekt. Das ist der Schwachpunkt.«

Und da verstand Meg sie. Lucy wollte nicht riskieren, die Menschen, die sie liebte, zu enttäuschen, und jetzt hatte sie in ihrem zukünftigen Ehemann noch eine weitere Person, dessen Erwartungen sie gerecht werden musste.

Lucys Mutter, die ehemalige Präsidentin der Vereinigten Staaten, steckte ihren Kopf ins Zimmer. »Ihr beiden müsst jetzt los.«

Meg sprang von der Couch auf. Obwohl sie inmitten von Prominenten aufgewachsen war, hatte sie die Ehrfurcht in Gegenwart von Präsidentin Cornelia Case Jorik nie ganz verloren.

Nealy Joriks strenges Patriziergesicht unter dem honigbraunen Haar mit den hellen Strähnchen und ihr Markenzeichen, die Designerhosenanzüge, waren von Tausenden von Fotos bekannt, aber nur wenige zeigten die wahre Person hinter der amerikanischen Ansteckflagge, die komplizierte Frau, die einst aus dem Weißen Haus geflüchtet war, um quer durchs Land auf Abenteuerreise zu gehen, auf der sie Lucy und ihrer Schwester Tracy begegnet war und auch Nealys geliebtem Ehemann, dem Journalisten Mat Jorik.

Nealy starrte sie an. »Wenn ich euch beide so zusammen sehe ... Als wäre es erst gestern gewesen, dass ihr beide Collegestudentinnen wart.« Die ehemalige Präsidentin des Landes der unbegrenzten Möglichkeiten wurde sentimental und konnte die Tränen nicht unterdrücken. Sie blickte sanft drein, und ihre blauen Augen glänzten. »Du bist Lucy immer eine gute Freundin gewesen, Meg.«

»Jemand musste es ja sein.«

Die Präsidentin lächelte. »Tut mir leid, dass deine Eltern nicht dabei sein können.«

Meg sah das anders. »Sie sind nicht gern lang voneinander getrennt, und dies war die einzige Zeit, die Mom sich freinehmen konnte, um Dad bei seinen Dreharbeiten in China zu begleiten.«

»Ich freue mich schon sehr auf seinen neuen Film. Bei ihm weiß man nie, was einen erwartet.«

»Sie wären bestimmt gern dabei gewesen, wenn Lucy heiratet«, erwiderte Meg. »Vor allem Mom. Sie wissen ja, was sie für sie empfindet.«

»Dasselbe, was ich für dich empfinde«, sagte die Präsidenten netterweise, denn im Vergleich zu Lucy hatte Meg sich als ziemliche Enttäuschung erwiesen. Jetzt jedoch war nicht der richtige Moment, sich mit ihren vergangenen Fehlern und ihrer trostlosen Zukunft aufzuhalten. Meg musste sich mit ihrer wachsenden Überzeugung auseinandersetzen, dass ihre

Freundin Gefahr lief, den größten Fehler ihres Lebens zu machen.

Lucy hatte sich für nur vier Brautjungfern entschieden, ihre drei Schwestern und Meg. Sie würden gemeinsam am Altar auf das Eintreffen des Bräutigams und dessen Eltern warten. Holly und Charlotte, Mat und Nealys leibliche Töchter, scharten sich zusammen mit Lucys achtzehnjähriger Schwester Tracy und ihrem siebzehnjährigen afroamerikanischen Adoptivbruder Andre um die Eltern. In seiner von einer breiten Öffentlichkeit gelesenen Zeitungskolumne hatte Mat behauptet: »Wenn Familien einen Stammvater haben, dann ist unserer ein amerikanisches Mischlingskind.« Meg schnürte es die Kehle zusammen. Sosehr ihre Brüder ihr auch das Gefühl gaben, minderwertig zu sein, so sehr vermisste sie sie jetzt.

Völlig unvermittelt flogen die Kirchentüren auf. Und da stand er und bildete eine Silhouette vor der untergehenden Sonne. Theodore Day Beaudine.

Trompetenklänge ertönten. Gottesfürchtige Trompeten schmetterten Hallelujas.

»Jesus«, flüsterte sie.

»Ich weiß«, erwiderte Lucy im Flüsterton. »So etwas passiert ihm ständig. Er behauptet, es sei Zufall.«

Trotz allem, was Lucy ihr erzählt hatte, war Meg auf den ersten Anblick von Ted Beaudine nicht angemessen vorbereitet. Er hatte hohe Wangenknochen, eine makellos gerade Nase und ein energisches Kinn. Er könnte direkt aus einer Reklametafel vom Times Square herabgestiegen sein, doch ihm fehlte das Gekünstelte eines Dressmans.

Mit großen lockeren Schritten kam er den Gang entlang, auf seinem dunkelbraunen Haar lag ein Kupferschimmer. Gebrochenes Licht aus den Buntglasfenstern malte Edelsteine auf seinen Weg, als wäre der rote Teppich für einen solchen

Mann nicht gut genug. Seine berühmten Eltern, die wenige Schritte hinter ihm folgten, bemerkte Meg kaum. Sie konnte ihren Blick nicht vom Bräutigam ihrer besten Freundin lösen. Er begrüßte die Familie seiner Braut mit leiser, angenehmer Stimme. Die auf der Chorempore probenden Trompeten schmetterten ein Crescendo, er drehte sich um, und Meg fühlte sich, als ob man ihr einen unerwarteten Schlag verpasst hätte.

Diese Augen ... Goldener Bernstein, gemischt mit Honig und umrandet von Feuerstein. Augen, die vor Intelligenz und Beobachtungsgabe glühten. Augen, die schnelle Schlüsse zogen. Als sie vor ihm stand, spürte sie, wie Ted Beaudine ihr Innerstes erforschte und alles wahrnahm, was sie so mühsam zu verbergen trachtete – ihre Ziellosigkeit, ihre Unzulänglichkeit, ihr völliges Versagen, Anspruch auf einen achtbaren Platz in der Welt zu erheben.

Wir wissen beide, dass du eine Versagerin bist, sagten seine Augen, *aber ich bin mir sicher, dass du das eines Tages hinter dir lassen wirst. Falls nicht ... Nun ja ... Was kann man schon von einem verwöhnten Kind aus Hollywood erwarten?*

Lucy stellte sie einander vor. »... so froh, dass ihr beiden euch endlich kennenlernt. Meine beste Freundin und mein zukünftiger Ehemann.«

Meg war stolz, nach außen hin Stärke zu zeigen, brachte aber kaum ein flüchtiges Nicken zuwege.

»Wenn ich um Ihre Aufmerksamkeit bitten dürfte ...«, meldete sich der Pfarrer zu Wort.

Ted drückte Lucys Hand und lächelte in das nach oben gewandte Gesicht seiner Braut. Es war ein liebevolles, zufriedenes Lächeln, das jedoch ohne Wirkung auf die Distanz blieb, die in seinen bernsteinfarbenen Augen lag. Megs Alarmglocken läuteten. Welche Gefühle er auch immer für Lucy hegen mochte, die wilde Leidenschaft, die ihre beste Freundin verdient hatte, gehörte nicht dazu.

Das Probedinner wurde von den Eltern des Bräutigams ausgerichtet. Es war ein üppiges Barbecue für hundert Leute im örtlichen Country Club, einem Ort, der für all das stand, was Meg verachtete – verwöhnte reiche Weiße, die so fixiert auf ihr eigenes Wohlbefinden waren, dass sie keinen Gedanken daran verschwendeten, welchen Schaden ihr chemisch verseuchter, Wasser schluckender Golfplatz für den Planeten bedeutete. Und auch Lucys Erklärung, dass es nur ein halb privater Club sei und jeder hier spielen könne, vermochte ihre Meinung nicht zu ändern. Der Secret Service sorgte dafür, dass der internationale Pressetross vor den Toren blieb, wo sich auch eine Schar Neugieriger in der Hoffnung eingefunden hatte, einen kurzen Blick auf ein berühmtes Gesicht zu erhaschen.

Und berühmte Gesichter gab es überall, nicht nur aufseiten der Braut. Vater und Mutter des Bräutigams waren weltberühmt. Dallas Beaudine war eine Legende im Profigolf, und Teds Mutter Francesca war einer der bedeutendsten und besten Promi-Interviewerinnen, die das Fernsehen hatte. Die Reichen und Berühmten verteilten sich von der Gartenveranda des im Südstaatenstil errichteten Hauses bis zum ersten Tee – Politiker, Filmstars, die Elitesportler der Welt des Profigolfs und ein paar Einheimische aller Altersklassen und Ethnien: Lehrer und Ladenbesitzer, Mechaniker und Klempner, der Herrenfriseur der Stadt und ein äußerst unheimlich aussehender Biker.

Meg verfolgte, wie Ted sich durch die Menge bewegte. Er gab sich gelassen und zurückhaltend, aber überallhin schien ihn ein unsichtbarer Scheinwerfer zu begleiten. Lucy blieb an seiner Seite und vibrierte geradezu vor Anspannung, während ein Gast nach dem anderen das Paar anhielt, um zu plaudern. Ted blieb unerschütterlich, doch obwohl fröhliches Geplauder durch den Raum summte, fiel es Meg immer schwerer, ihr Lächeln beizubehalten. Ted machte auf sie eher den Eindruck eines Mannes, der eine sorgfältig kalkulierte Mission verfolgte, als den eines liebenden Ehemanns am Vorabend seiner Hochzeit.

Sie hatte gerade ein Gespräch mit einem ehemaligen Nachrichtensprecher beendet, das sich, wie vorhersehbar, darum drehte, dass sie ihrer unglaublich schönen Mutter so gar nicht ähnlich sähe, als Ted und Lucy zu ihr stießen. »Was habe ich dir gesagt?« Lucy ließ sich ihr drittes Glas Champagner von einem vorbeikommenden Kellner reichen. »Ist er nicht großartig?«

Ohne auf das Kompliment einzugehen, musterte Ted Meg mit jenen Augen, die alles gesehen hatten, obwohl er nicht mal die Hälfte der von Meg besuchten Orte bereist haben konnte. *Du nennst dich eine Kosmopolitin,* wisperten seine Augen, *aber das heißt doch nur, dass du nirgendwohin gehörst.*

Sie musste sich auf Lucys Elend konzentrieren, nicht auf ihr eigenes, und deshalb rasch handeln. Was machte es schon aus, wenn sie ungehobelt wirkte? Lucy war an Megs direkte Art gewöhnt, und Ted Beaudines gute Meinung bedeutete ihr nichts. Sie fasste an den Stoffknoten auf ihrer Schulter. »Lucy hat gar nicht erwähnt, dass du Bürgermeister von Wynette bist … und außerdem natürlich auch der Schutzpatron der Stadt.«

Er wirkte weder beleidigt noch geschmeichelt oder erstaunt über Megs Stichelei. »Lucy übertreibt.«

»Tue ich nicht«, widersprach Lucy. »Ich schwöre hoch und heilig, dass die Frau neben dem Schaukasten mit den Pokalen einen Knicks gemacht hat, als du vorbeigingst.«

Ted grinste, und Meg hielt die Luft an. Dieses lässige Grinsen verlieh ihm einen gefährlich jungenhaften Ausdruck, den Meg ihm nicht eine Sekunde lang abkaufte. Jetzt stieg sie voll ein. »Lucy ist meine liebste Freundin – die Schwester, die ich mir immer gewünscht habe –, aber hast du eine Vorstellung davon, wie viele lästige Angewohnheiten sie hat?«

Lucy runzelte die Stirn, versucht allerdings nicht, dem Gespräch eine andere Richtung zu geben, was Bände sprach.

»Verglichen mit meinen Schwächen sind ihre gering.« Seine Augenbrauen waren dunkler als sein Haar, aber seine Wimpern waren bleich mit goldenen Spitzen, als hätte er sie in Sterne getaucht.

Meg rückte näher an ihn heran. »Und welche Schwächen sind das genau?«

Lucy schien an seiner Antwort genauso interessiert zu sein wie Meg selbst.

»Ich bin oft ein wenig naiv«, sagte er. »So habe ich mich beispielsweise auf das Bürgermeisteramt eingelassen, obwohl ich es gar nicht haben wollte.«

»Dann willst du also bei den Leuten gut ankommen.« Meg gab sich keine Mühe, dies anders als eine Anschuldigung klingen zu lassen. Vielleicht konnte sie ihn ja aus der Reserve locken.

»Eigentlich geht es mir nicht darum, bei den Leuten gut anzukommen«, erwiderte er milde. »Ich war einfach überrascht, als mein Name auf dem Stimmzettel auftauchte. Doch damit hätte ich rechnen müssen.«

»Dir ist es schon wichtig, gut anzukommen«, warf Lucy zögernd ein. »Mir fällt niemand ein, bei dem du nicht einen Stein im Brett hast.«

Er gab ihr einen Kuss auf die Nase. Als wäre sie sein Haustier. »Solange ich bei dir einen Stein im Brett habe.«

Meg überschritt die Grenze höflicher Konversation. »Dann bist du also ein naiver Mensch, der den Leuten gefallen möchte. Was sonst?«

Ted verzog keine Miene. »Ich versuche, nicht langweilig zu sein, aber manchmal ereifere ich mich über Themen, die nicht von allgemeinem Interesse sind.«

»Fachidiot«, schloss Meg.

»Genau«, stimmte er ihr zu.

Lucy blieb loyal. »Das macht mir nichts aus. Du bist ein sehr interessanter Mensch.«

»Ich bin froh, dass du das so siehst.«

Er trank einen Schluck von seinem Bier, dachte dabei aber ernsthaft über Megs Grobheit nach. »Ich bin ein fürchterlicher Koch.«

»Das ist wahr!« Lucy sah aus, als wäre sie über eine Goldmine gestolpert.

Ihr Entzücken amüsierte ihn, und wieder grinste er lässig. »Und da ich keinen Kochunterricht nehme, wirst du damit auch klarkommen müssen.«

Das Strahlen in Lucys Augen sagte Meg, dass Teds Bestandsaufnahme seiner Schwächen ihn nur liebenswerter mache, weshalb sie ihrem Angriff eine neue Richtung gab. »Lucy braucht einen Mann, bei dem sie sie selbst sein kann.«

»Ich glaube nicht, dass Lucy einen Mann braucht, der sie irgendwas sein lässt«, konterte er rasch. »Sie ist ein eigenständiger Mensch.«

Das zeigte, wie wenig er diese Frau verstand, die er heiraten wollte. »Lucy ist kein eigenständiger Mensch mehr gewesen, seit sie vierzehn war und ihre zukünftigen Eltern traf«, erwiderte Meg. »Sie ist eine Rebellin. Eine Unruhestifterin, aber sie muckt nicht auf, weil sie die Menschen, die ihr wichtig sind, nicht in Verlegenheit bringen möchte. Bist du darauf vorbereitet?«

Er brachte die Sache sofort auf den Punkt. »Du scheinst Zweifel zu haben, ob das mit Lucy und mir gut geht.«

Lucy bestätigte Megs sämtliche Bedenken, indem sie mit ihrer biederen Perlenkette spielte und nicht ihren Entschluss zu heiraten auf Biegen und Brechen verteidigte. Meg machte hartnäckig weiter. »Du bist ganz offensichtlich ein klasse Typ.« Es gelang ihr nicht, es wie ein Kompliment klingen zu lassen. »Was ist, wenn du zu viel Klasse hast?«

»Ich fürchte, ich kann dir nicht folgen.«

Was für jemanden, der so wahnsinnig schlau ist, eine völlig neue Erfahrung sein musste. »Was ist …«, sagte Meg, »… wenn du ein wenig zu gut bist für sie?«

Anstatt zu protestieren, setzte Lucy ihr im Weißen Haus antrainiertes Lächeln auf und tastete ihre Perlen ab, als wäre es ein Rosenkranz.

Ted lachte. »Wenn du mich besser kennen würdest, wüsstest du, wie grotesk das ist. Entschuldige uns bitte, ich möchte Lucy nämlich meinem alten Führer von den Pfadfindern vorstellen.« Er legte seinen Arm um Lucys Schultern und zog sie mit sich.

Meg musste sich sammeln und stürmte auf die Toilette, wo ihr eine kleine Frau auflauerte, die mit ihren kurz geschnittenen knallroten Haaren und jeder Menge sorgfältig aufgetragenem Make-up an einen Hydranten erinnerte. »Ich bin Birdie Kittle«, stellte sie sich vor und musterte Meg mit einem Schlag ihrer dick getuschten Wimpern. »Sie müssen Lucys Freundin sein. Aber Sie sehen Ihrer Mutter überhaupt nicht ähnlich.«

Mit ihren Mitte bis Ende dreißig dürfte Birdie zur Blütezeit von Fleur Savagar Korandas Modelkarriere noch ein Kind gewesen sein, aber ihre Wahrnehmung überraschte Meg nicht. Jeder, der sich auch nur ein bisschen für Promis interessierte, hatte von ihrer Mutter gehört. Fleur Koranda hatte ihren Beruf als Model vor Jahren an den Nagel gehängt und eine der wichtigsten Talentagenturen im Land aufgebaut, doch für die Allgemeinheit würde sie immer Glitter Baby bleiben.

Meg setzte das von Lucy abgeschaute Weiße-Haus-Lächeln auf. »Das liegt daran, dass meine Mutter eine der schönsten Frauen der Welt ist, ich hingegen nicht.« Das stimmte, obwohl Meg und ihre Mutter mehr als nur ein paar körperliche Merkmale verbanden, hauptsächlich die negativen. Meg hatte Glitter Babys kräftige Augenbrauen geerbt, dazu ihre großen Hände und die Paddelbootfüße, und kam mit ihren eins achtundsiebzig bis auf fünf Zentimeter fast an die Größe ihrer Mutter heran. Aber die olivenfarbene Haut, das braune Haar und die nicht ganz so ebenmäßigen Züge hatte sie von ihrem Vater geerbt, die ihr jeglichen Anspruch auf die außergewöhnliche Schönheit ihrer Mutter verwehrten, obwohl ihre Augen, eine Kombination aus Grün und Blau, die je nach Lichteinfall ihre Farbe änderten, sehr interessant waren. Leider hatte sie weder das Talent noch den Ehrgeiz geerbt, worüber ihre Eltern im Übermaß verfügten.

»Sie sind vermutlich auf Ihre eigene Weise attraktiv.« Birdie strich mit ihrem manikürten Daumennagel über die mit Schmucksteinen besetzte Schnalle ihrer schwarzen Abendtasche. »Ein wenig exotisch. Heutzutage heftet man die Bezeichnung Supermodel ja jedem an, der vor einer Kamera steht. Aber auf Glitter Baby traf das noch wirklich zu. Und wenn man dann noch bedenkt, in was für eine erfolgreiche Geschäftsfrau sie sich verwandelt hat. Und da ich selbst Geschäftsfrau bin, kann ich das nur bewundern.«

»Ja, sie ist bemerkenswert.« Meg liebte ihre Mutter, doch das hielt sie nicht davon ab, sich zu wünschen, dass Fleur Savagar Koranda auch manchmal stolpern würde – einen Top-Klienten verlor, eine wichtige Verhandlung vergeigte, einen Pickel bekam. Aber alles Pech, das ihre Mutter hatte, fiel in deren frühe Jahre, bevor Meg geboren wurde, weshalb ihrer Tochter der Titel zufiel, das schwarze Schaf der Familie zu sein.

»Sie werden wohl Ihrem Vater ähnlich sehen«, fuhr Birdie fort. »Ich habe jeden seiner Filme gesehen, das schwöre ich. Bis auf die deprimierenden.«

»Wie etwa den Film, für den er den Oscar bekommen hat?«

»Oh, den habe ich gesehen.«

Megs Vater war in dreifacher Hinsicht bedrohlich. Weltberühmter Schauspieler, Dramatiker, der den Pulitzer-Preis gewonnen hatte, und Bestsellerautor. Wer konnte ihr bei derart megaerfolgreichen Eltern vorwerfen, dass sie total verpeilt war? Kein Kind könnte einem derartigen Erbe gerecht werden.

Außer ihre beiden jüngeren Brüder …

Birdie rückte die Träger ihres schwarzen Futteralkleides mit dem herzförmigen Ausschnitt zurecht, das um ihre Taille ein wenig zu stramm saß. »Ihre Freundin Lucy ist ein hübsches kleines Ding.« Das hörte sich nicht nach Auszeichnung an. »Ich hoffe, sie weiß zu schätzen, was sie an Teddy hat.«

Meg hatte Mühe, Haltung zu bewahren. »Ich bin mir sicher, dass sie ihn genauso zu schätzen weiß wie er sie. Lucy ist ein ganz besonderer Mensch.«

Birdie ließ sich die Chance, ihr das zu verübeln, nicht entgehen. »Kein so besonderer Mensch wie Ted, aber um das zu verstehen, hätten Sie hier leben müssen.«

Meg wollte sich mit dieser Frau auf keinen Schlagabtausch einlassen, egal wie gern sie es getan hätte, und sorgte dafür, dass ihr Lächeln ihr nicht entglitt. »Ich lebe in Los Angeles Ich verstehe eine Menge.«

»Ich sage ja auch nur, dass sie Ted nichts voraushat, nur weil sie die Tochter der Präsidentin ist, und dass sie von niemandem hier eine Sonderbehandlung bekommen wird. Er ist der beste junge Mann in diesem Staat. Sie wird sich unseren Respekt erst noch verdienen müssen.«

Meg musste an sich halten, um nicht aus der Haut zu fahren. »Lucy braucht sich niemandes Respekt zu verdienen. Sie ist eine freundliche, intelligente, niveauvolle Frau. Ted kann sich glücklich schätzen.«

»Wollen Sie damit sagen, dass er nicht niveauvoll ist?«

»Nein. Ich möchte nur darauf hinweisen –«

»Für Sie mag Wynette, Texas, keine große Bedeutung haben, aber es ist eine sehr niveauvolle Stadt, und wir schätzen es gar nicht, wenn Leute von außerhalb kommen und uns ihr Urteil aufdrücken, nur weil wir keine großen Tiere aus Washington sind.« Schnappend schloss sie ihre Tasche.

»Oder Hollywood-Promis.«

»Lucy ist keine –«

»Hier müssen die Leute zeigen, wer sie sind. Keiner wird hier jemandes Allerwertesten küssen, nur weil er berühmte Eltern hat.«

Meg wusste nicht, ob Birdie sie selbst oder Lucy meinte, doch es war ihr auch gleichgültig. »Ich habe Kleinstädte auf der ganzen Welt besucht und dabei festgestellt, dass diejenigen, die sich nicht beweisen müssen, Fremde immer willkommen geheißen haben. Es sind die heruntergekommenen Städte – die Städte, die ihren Glanz verloren haben –, die in jedem neuen Gesicht eine Bedrohung sehen.«

Birdies rotbraun gestrichelte Augenbrauen schossen hoch bis zum Haaransatz. »In Wynette ist überhaupt nichts heruntergekommen. Denkt *sie* das etwa?«

»Nein, das denke ich.«

Birdies Gesicht bekam einen verkniffenen Ausdruck. »Also, das verrät mir wirklich so einiges.«

Die Tür flog auf, und ein Mädchen im fortgeschrittenen Teenageralter mit langen hellbraunen Haaren steckte seinen Kopf herein. »Mama! Lady Emma und die anderen möchten Fotos mit dir machen.«

Mit einem letzten feindseligen Blick auf Meg stürmte Birdie aus dem Raum, bestens darauf vorbereitet, ihr Gespräch vor allen zu wiederholen, die es hören wollten.

Meg zog eine Grimasse. In ihrem Versuch, Lucy zu verteidigen, hatte sie mehr Schaden als Gutes angerichtet. Dieses Wochenende konnte nicht schnell genug vorübergehen. Sie band ihr Kleid noch mal neu auf ihrer Schulter, strich sich durch ihren kurzen verrückten Haarschnitt und zwang sich, wieder auf die Party zurückzukehren.

Die Menge erging sich in Lobeshymnen auf das Barbecue, und die Veranda war erfüllt von Gelächter, und so schien

Meg die Einzige zu sein, die keinen Spaß hatte. Als sie auf Lucys Mutter traf, wusste sie, dass sie etwas sagen musste, aber obwohl sie ihre Worte mit Bedacht wählte, lief das Gespräch nicht gut.

»Du schlägst allen Ernstes vor, Lucy solle Ted nicht heiraten?«, sagte Nealy Jorik mit der Stimme, die der Oppositionspartei vorbehalten war.

»Nicht direkt. Nur –«

»Ich weiß, dass du eine schwere Zeit durchmachst, Meg, und das tut mir auch aufrichtig leid, aber lass nicht zu, dass deine Gemütsverfassung einen Schatten auf Lucys Glück wirft. Sie hätte niemand Besseren als Ted Beaudine finden können. Deine Zweifel sind grundlos, darauf hast du mein Wort. Und ich möchte, dass du mir dein Wort darauf gibst, sie für dich zu behalten.«

»Welche Zweifel?«, sagte eine Stimme mit einem leichten britischen Akzent.

Lucy dreht sich herum und sah Teds Mutter an ihrer Seite. Francesca Beaudine sah mit ihrem herzförmigen Gesicht, einer Wolke kastanienbraunen Haars und in ihrem moosgrünen Wickelkleid, das ihre noch immer schlanke Gestalt betonte, aus wie eine Vivien Leigh von heute. In den drei Jahrzehnten, die sie als *Francesca Today* auf Sendung gegangen war, hatte sie Barbara Walters als die Promi-Interviewerin zur besten Sendezeit herausgefordert. Walters war zwar die überlegenere Journalistin, aber es machte mehr Spaß, sich die Sendungen mit Francesca anzusehen.

Nealy glättete rasch die Wogen. »Brautjungfern-Lampenfieber … das ist ein ganz reizender Abend, Francesca. Ich kann dir gar nicht sagen, wie gut Mat und ich uns amüsieren.«

Francesca Beaudine war nicht doof. Sie bedachte Meg mit einem kühlen, abschätzenden Blick und entführte Nealy dann zu einem Grüppchen, dem auch der rothaarige Hydrant aus der Toilette angehörte sowie Emma Traveler, die Frau von

Teds Trauzeugen Kenny Traveler, ebenfalls ein Superstar des Profigolfs.

Danach suchte Meg sich den Gast aus, der am wenigsten in dieses Ambiente passte, einen Biker, der erklärte, zu Teds Freunden zu gehören, aber selbst die Ablenkung, die ihr seine Brustmuskeln boten, vermochte sie nicht aufzuheitern. Denn der Biker war bemüht, ihr einzureden, dass ihre Eltern sicherlich überglücklich gewesen wären, wenn sie jemand, der auch nur im Entferntesten Ted Beaudine ähnelte, mit nach Hause gebracht hätte.

Lucy hatte recht. Er war perfekt. Und könnte nicht schlechter zu ihrer Freundin passen.

Lucy konnte ihre Kissen zurechtrücken, so viel sie wollte, eine bequeme Lage fand sie trotzdem nicht. Ihre Schwester Tracy, die darauf bestanden hatte, heute Abend mit Lucy das Bett zu teilen, schlief geräuschlos neben ihr. *Unsere letzte Nacht, in der wir nur Schwestern sind* ... Aber Tracy war nicht traurig wegen der Heirat. Sie bewunderte Ted wie alle anderen auch.

Lucy und Ted mussten ihren Müttern dankbar sein, die sie beide zusammengebracht hatten. *»Er ist unglaublich, Luce«*, hatte Nealy gesagt. *»Warte nur, bis du ihn kennenlernst.«*

Und er war unglaublich ... Meg hätte ihr nicht all die Zweifel in den Kopf setzen sollen. Nur, diese Zweifel waren eigentlich schon seit Monaten da, aber Lucy hatte sie sich schönzureden versucht. Welche vernünftige Frau würde sich nicht in Ted Beaudine verlieben? Er verwirrte sie.

Lucy strampelte sich aus ihrer Bettdecke. Das war alles nur Megs Fehler. Genau das war das Problem mit Meg. Sie musste alles durcheinanderbringen. Dass Lucy Megs beste Freundin war, bedeutete nicht, dass sie ihren Schwächen gegenüber blind war. Meg war verzogen, rücksichtslos und verantwortungslos und suchte nach Gründen immer irgendwo anders anstatt in sich selbst. Aber sie war auch korrekt, liebevoll und loyal und die beste Freundin, die Lucy je hatte. Sie hatten beide ihren eigenen Weg gefunden, im Schatten ihrer berühmten Eltern zu leben – Lucy, indem sie sich anpasste, Meg, indem sie um die Welt reiste und versuchte, dem Erbe ihrer Eltern davonzulaufen.

Meg kannte ihre Stärken selbst nicht – die nicht unerhebliche Intelligenz, die sie von ihren Eltern mitbekommen hatte, die sie aber nicht zu ihrem Vorteil zu nutzen verstand, ihr schlaksiges, unkonventionelles Erscheinungsbild, das sie weitaus anziehender machte als die Frauen, die dem gängigen Schönheitsideal entsprachen. Megs Fähigkeiten lagen in so vielen Bereichen, dass sie zu dem Schluss gekommen war, überhaupt keine zu haben. Sie hatte sich resigniert damit abgefunden, unzulänglich zu sein, und keiner – nicht ihre Eltern, nicht Lucy – vermochte diese Überzeugung zu erschüttern.

Lucy drehte ihr Gesicht ins Kissen und versuchte die Erinnerung an jenen schrecklichen Moment heute Abend auszublenden, als Meg sie bei ihrer Rückkehr ins Hotel in die Arme geschlossen hatte. »Er ist wundervoll, Luce«, hatte sie ihr ins Ohr geflüstert. »Genau, wie du gesagt hast. Und du kannst ihn unmöglich heiraten.«

Megs Warnung war nicht annähernd so beängstigend gewesen wie Lucys eigene Antwort darauf. »Ich weiß«, hatte sie sich selbst zurückflüstern hören. »Aber ich werde es trotzdem tun. Es ist zu spät, um noch einen Rückzieher zu machen.«

Meg hatte sie kräftig geschüttelt. »Es ist nicht zu spät. Ich werde dir helfen. Ich werde tun, was in meiner Macht steht.«

Lucy hatte sich losgerissen und war in ihr Zimmer geeilt. Meg verstand das nicht. Sie war ein Kind Hollywoods, wo das Unerhörte zum Alltag gehörte, Lucy dagegen war ein Kind Washingtons und kannte deshalb das konservative Herz des Landes. Die Öffentlichkeit war in diese Hochzeit mit eingebunden. Sie hatte die Jorik-Kinder aufwachsen sehen und sie trotz ihrer zahlreichen Jugendsünden geliebt. Nachrichtendienste aus der ganzen Welt waren vertreten, um über die Hochzeit zu berichten, und Lucy konnte unmöglich alles absagen, aus Gründen, die sie selbst nicht zu benennen wusste. Wäre Ted außerdem tatsächlich so unpassend für sie, dann hätte das doch auch jemand anderem auffallen müssen? Ihren Eltern? Tracy? Hätte das nicht auch Ted, der alles so klar sah, bemerken müssen?

Der Gedanke an Ted Beaudines unfehlbares Urteil spendete ihr genügend Trost, um in einen leichten, unruhigen Schlaf zu fallen. Am folgenden Nachmittag allerdings hatte sich dieser Trost verflüchtigt.

Kapitel 2

Die Vorhalle der Presbyterian Church von Wynette roch nach alten Gesangbüchern und längst vergessenen Abendessen, zu denen jeder was mitbringt. Draußen herrschte das organisierte Chaos. Im abgetrennten Bereich, der für die Presse reserviert war, wimmelte es von Reportern, und auf den Sitzplätzen drängten sich die Zuschauer, die bis in die Nebenstraßen standen. Als die Braut und ihr Gefolge sich aufstellten, um Einzug in den Altarraum zu halten, warf Meg einen Blick auf Lucy. Das perfekt sitzende Spitzenkleid schmeichelte ihrer zierlichen Figur, aber selbst das geschickt mit Airbrushtechnik aufgetragene Make-up vermochte ihre Anspannung nicht zu kaschieren. Sie war den ganzen Tag so nervös gewesen, dass Meg es nicht übers Herz gebracht hatte, noch ein Wort über diese unkluge Hochzeit zu verlieren. Was ihr allerdings ohnehin nicht gelungen wäre, da Nealy Case Jorik jeden ihrer Schritte überwachte.

Das Kammerorchester beendete das Präludium, und die Trompeten verkündeten schmetternd den Beginn der Prozession der Braut. Holly und Charlotte standen vorn, dann folgten Meg und dahinter die achtzehnjährige Tracy als Lucys Trauzeugin. Sie alle trugen schlichte Kleider aus champagnerfarbener Crêpe-de-Chine-Seide, welche die Ohrringe aus Rauchtopas, die Lucy ihren Brautjungfern geschenkt hatte, besonders gut zur Geltung brachte.

Die dreizehnjährige Holly begann, den Gang entlangzuschreiten. Als sie dessen Mitte erreicht hatte, ging ihre Schwester Charlotte los. Lucy hatte sich dafür entschieden,

den Altarraum ganz allein zu betreten und auf halbem Weg zu ihren Eltern zu stoßen, als Symbol dafür, wie diese in ihr Leben getreten waren. Meg warf Lucy einen Blick über ihre Schulter zu und brachte sich für ihren eigenen Auftritt vor Tracy in Position, aber gerade als sie ihren ersten Schritt machen wollte, hörte sie ein Rascheln, und eine Hand schoss vor und packte sie am Arm. »Ich muss jetzt sofort mit Ted sprechen«, sagte Lucy in panischem Flüsterton.

Tracy, deren blondes Haar zu einem komplizierten Knoten aufgesteckt war, stöhnte halb erstickt: »Was hast du vor, Luce?«

Lucy achtete nicht auf ihre Schwester. »Hol ihn mir, Meg. Bitte.«

Meg scherte sich sonst nie um Konventionen, aber das kam selbst für sie überraschend. »Jetzt? Glaubst du nicht, du hättest das vor ein paar Stunden tun sollen?«

»Du hattest recht. In allem, was du gesagt hast. Du hattest absolut recht.« Selbst durch meterweisen Tüll sah Lucys Gesicht bleich und leidend aus. »Hilf mir. Bitte.«

Tracy wandte sich an Meg. »Ich verstehe das nicht. Was hast du zu ihr gesagt?« Sie wartete die Antwort nicht ab, sondern griff nach der Hand ihrer Schwester. »Du hast eine Panikattacke, Luce. Es wird alles gut.«

»Nein. Ich – ich muss mit Ted reden.«

»Jetzt?«, hakte Tracy als Echo von Meg nach. »Du kannst jetzt nicht mit ihm sprechen.«

Aber es musste sein. Meg verstand das, auch wenn Tracy es nicht begreifen konnte. Sie verstärkte den Griff um ihren Strauß aus Miniatur-Callas, setzte ein Lächeln auf und trat hinaus auf den jungfräulichen weißen Läufer.

Ein horizontaler Gang teilte den vorderen Bereich des Altarraums vom hinteren. Die frühere Präsidentin der Vereinigten Staaten und ihr Ehemann warteten dort mit feuchten Augen und waren stolz, ihre Tochter auf ihrem letzten Weg als lediges Mädchen zu begleiten. Ted Beaudine stand zusammen mit seinem Trauzeugen und drei Begleitern am Altar. Ein Sonnenstrahl fiel direkt auf seinen Kopf und verlieh ihm – was auch sonst – einen Heiligenschein.

Meg war bei der Probe am vergangenen Abend höflich ermahnt worden, den Gang nicht zu rasch hinunterzugehen, aber das war jetzt nicht das Problem, da sie nicht wie üblich weit ausschritt, sondern ganz langsam einen Fuß vor den anderen setzte. Was machte sie da? Die Gäste hatten sich erwartungsvoll umgedreht, weil sie mit dem Einzug der Braut rechneten. Meg erreichte den Altar viel zu schnell und hielt vor Ted an, anstatt ihren Platz neben Charlotte einzunehmen.

Er sah sie fragend an. Sie konzentrierte sich auf seine Stirn, damit sie ihm nicht in seine irritierenden bernsteinfarbenen Augen schauen musste. »Lucy möchte dich sprechen«, flüsterte sie.

Während er diese Information verarbeitete, hielt er den Kopf schief. Jeder andere Mann hätte ein paar Fragen gestellt, nicht so Ted Beaudine. Seine Verwunderung wich der Besorgnis. Entschlossenen Schritts und ohne ein Anzeichen, dass ihm die Situation peinlich war, lief er den Gang entlang.

Die Präsidentin und ihr Gatte schauten einander an, als er vorbeikam, und folgten ihm dann auf den Fersen. Die Gäste wurden unruhig. Die Mutter des Bräutigams erhob sich, dann sein Vater. Meg konnte nicht zulassen, dass Lucy sich dem allein stellen musste, und so eilte sie durch den Gang wieder nach hinten. Mit jedem Schritt wuchs ihre Angst.

Als sie die Vorhalle erreichte, sah sie Lucys duftigen Schleier über Teds Schulter, während Tracy und ihre Eltern einen Kreis um sie bildeten. Ein paar Agenten des Secret Service standen alarmbereit an der Tür. Die Eltern des Bräutigams stießen dazu, als Ted Lucy von der Gruppe wegzog. Mit festem Griff um ihren Arm führte er sie zu einer kleinen Seitentür. Lucy drehte sich um, als suche sie jemanden. Sie entdeckte Meg, und selbst durch ihren Tüllwasserfall war ihr Flehen unverkennbar. *Hilf mir.*

Meg eilte auf sie zu, doch ein freundlich gestimmter Ted Beaudine bedachte sie mit einem Blick, bei dem sie wie angewurzelt stehen blieb, ein Blick, so gefährlich wie alles, was ihr Vater in seinen *Bird-Dog-Caliber*-Filmen zuwege gebracht hatte. Lucy schüttelte den Kopf, und Meg begriff irgendwie, dass ihre Freundin sie nicht angefleht hatte, um zwischen Ted und ihr zu vermitteln. Lucy wollte, dass sie sich um den Schlamassel hier draußen kümmerte, als hätte Meg auch nur den geringsten Anhaltspunkt, wie sie das bewältigen sollte.

Nachdem sich hinter Braut und Bräutigam die Tür geschlossen hatte, näherte sich ihr der Ehemann der ehemaligen Präsidentin der Vereinigten Staaten. »Was geht da vor sich, Meg? Tracy meinte, du wüsstest es.«

Meg klammerte sich an ihr Brautjungfernbukett. Warum hatte Lucy so lange warten müssen, um ihr Rebellenherz zu entdecken? »Äh … Lucy musste Ted sprechen.«

»Das liegt auf der Hand. Weswegen denn?«

»Sie hat …« Sie sah Lucys leidendes Gesicht vor sich. »Sie hat Zweifel.«

»Zweifel?« Francesca Beaudine im beigen Chanelkostüm kam wütend angeschossen. »Daran sind Sie schuld. Ich habe Sie letzte Nacht reden hören. Da stecken Sie dahinter.« Sie marschierte auf den Raum zu, in dem ihr Sohn verschwunden war, wurde aber im letzten Moment von ihrem Ehemann zurückgehalten.

»Warte, Francesca«, sagte Dallas Beaudine, dessen schleppender texanischer Akzent in heftigem Kontrast zum abgehackten britischen Englisch seiner Frau stand. »Sie müssen das allein miteinander ausmachen.«

Aus dem Altarraum kamen die Brautjungfern und die Trauzeugen des Bräutigams in den Narthex geeilt. Lucys Geschwister drängten sich aneinander: ihr Bruder Andre, Charlotte und Holly, Tracy, die Meg mörderische Blicke zuwarf. Der Pfarrer wandte sich an die Präsidentin, und die beiden führten ein rasches Gespräch. Der Pfarrer nickte und kehrte in den Altarraum zurück, wo er sich, wie Meg hören konnte, für die »kurze Verzögerung« entschuldigte und die Gäste bat, doch auf ihren Plätzen zu bleiben.

Das Kammerorchester begann wieder zu spielen. Die Seitentür des Vorraums blieb geschlossen. Meg wurde langsam flau im Magen.

Tracy riss sich von ihrer Familie los und kam auf Meg zu. Ihr Rosenknospenmund verzog sich vor Wut. »Lucy war glücklich, bis du aufgekreuzt bist. Du bist schuld daran!«

Ihr Vater trat neben sie und legte eine Hand auf ihre Schulter, wobei er Meg kühl ansah. »Nealy erzählte mir von eurem gestrigen Gespräch. Was weißt du hierüber?«

Die Eltern des Bräutigams hörten seine Frage und kamen näher. Meg wusste, dass Lucy auf sie zählte, und kämpfte gegen den Drang an, einen Rückzieher zu machen. »Lucy … bemüht sich sehr, die Menschen, die sie liebt, nicht zu enttäuschen.« Sie fuhr sich mit der Zunge über ihre trockenen Lippen. »Und dabei vergisst sie manchmal … sich selbst treu zu sein.«

Mat Jorik gehörte der Sprich-Klartext-Schule des Journalismus an. »Was genau willst du damit sagen? Heraus damit.«

Aller Augen waren auf sie gerichtet. Das Minicallas-Bukett musste noch stärkeren Druck aushalten. Egal wie gern sie weggerannt wäre, sie musste versuchen, die Situation für Lucy ein wenig zu entschärfen, indem sie die Grundlage für schwierige Gespräche schuf, die mit Sicherheit folgen würden. Sie befeuchtete sich ihre Lippen mit ihrer Zunge. »Lucy ist nicht so glücklich, wie sie sein sollte. Sie hat Zweifel.«

»Unsinn!«, rief Teds Mutter aus. »Sie hat keine Zweifel. Nicht solange Sie ihr diese nicht eingeredet haben.«

»Dies ist das erste Mal, dass jemand von uns etwas von Zweifeln hört«, warf Dallas Beaudine ein.

Meg überlegte kurz, Unwissenheit vorzugaukeln, aber Lucy war die Schwester, die sie nie gehabt hatte, und das war das Mindeste, was sie für sie tun konnte. »Lucy ist klar geworden, dass sie Ted womöglich aus den falschen Gründen heiratet. Dass er ... womöglich doch nicht der richtige Mann für sie ist.«

»Das ist ja absurd.« Francesca warf ihr einen giftigen Blick zu. »Wissen Sie überhaupt, wie viele Frauen alles gäben, um Teddy zu heiraten?«

»Sicherlich jede Menge.«

Seine Mutter beschwichtigte dies nicht. »Ich habe am Samstagmorgen mit Lucy gefrühstückt, und da erzählte sie mir, sie sei nie glücklicher gewesen. Aber das hat sich nach Ihrer Ankunft geändert. Was haben Sie ihr gesagt?«

Meg versuchte dieser Frage auszuweichen. »Sie war womöglich nicht ganz so glücklich, wie es den Anschein hatte. Lucy kann sehr gut etwas vortäuschen.«

»Ich bin so etwas wie eine Expertin für Leute, die etwas vortäuschen«, meinte Francesca schnippisch. »Auf Lucy traf das nicht zu.«

»Sie ist wirklich gut darin.«

»Sehen wir das Ganze doch mal so.« Die kleine, zierliche Mutter des Bräutigams näherte sich ihr mit der Autorität eines Staatsanwalts. »Wäre es nicht denkbar, dass Sie – aus Gründen, die ganz allein Ihnen bekannt sind – beschlossen haben, es auszunützen, dass die Nerven der Braut blank liegen, um daraus für sich Kapital zu schlagen?«

»Nein. Das ist nicht denkbar.« Sie flocht das bronzefarbene Band des Buketts durch ihre schweißnassen Finger. »Lucy wusste, wie sehr ihr euch alle wünschtet, sie zusammen zu sehen, und hat sich deshalb eingeredet, dass es funktionieren würde. Aber es war nicht das, was sie tatsächlich wollte.«

»Ich glaube dir nicht!« Tracys blaue Augen flossen über. »Lucy liebt Ted. Du bist eifersüchtig! Deshalb hast du das getan.«

Tracy hatte Meg immer verehrt, und umso mehr schmerzte sie ihre Feindseligkeit. »Das ist nicht wahr.«

»Dann sag uns, was du zu ihr gesagt hast«, forderte Tracy. »Lass es alle hören.«

Eins der Blumenbänder löste sich zwischen ihren feuchten Fingern auf. »Ich habe sie nur daran erinnert, dass sie sich selbst treu sein muss.«

»Das war sie!«, rief Tracy. »Du hast alles kaputt gemacht.«

»Ich möchte Lucy ebenso sehr glücklich sehen wie der Rest von euch. Aber sie war es nicht.«

»Und das haben Sie alles während eines Gesprächs gestern Nachmittag herausgefunden?«, mischte sich Teds Vater mit gefährlich leiser Stimme ein.

»Ich kenne sie ziemlich gut.«

»Und wir etwa nicht?«, warf Mat Jorik eisig ein.

Tracys Lippen zitterten. »Alles war wunderbar, bis du aufgetaucht bist.«

»Es war nicht alles wunderbar.« Meg spürte, wie sich Schweißtropfen zwischen ihren Brüsten bildeten. »Das wollte euch Lucy nur glauben machen.«

Präsidentin Jorik unterzog Meg einer langen forschenden Betrachtung und brach dann ihr Schweigen. »Meg«, sagte sie leise, »was hast du getan?«

Dass sie sie unterschwellig verurteilte, sagte Meg, was sie von Anfang an hätte wissen müssen. Man würde ihr die Schuld geben. Und vielleicht hatten sie ja recht. Keiner sonst hielt diese Ehe für eine schreckliche Idee. Warum sollte eine ausgewiesene Versagerin glauben, es besser als der Rest von ihnen zu wissen?

Unter dem bohrenden Blick der Präsidentin wurde sie immer kleiner. »Ich – ich wollte nicht – Lucy war nicht …« Die

Enttäuschung, die sie im Gesichtsausdruck einer Frau widergespiegelt sah, die sie so sehr bewundert hatte, war sogar noch schlimmer, als den Tadel ihrer Eltern ertragen zu müssen. An diesen war Meg wenigstens gewöhnt. »Es – es tut mir leid.«

Präsidentin Jorik schüttelte den Kopf. Die Mutter des Bräutigams, die dafür bekannt war, aufgeblasene Promis in ihrer Fernsehsendung zur Schnecke zu machen, machte sich bereit, dies auch bei Meg zu versuchen, bis die beherrschtere Stimme ihres Gatten vermittelnd eingriff. »Womöglich ist unsere Reaktion übertrieben. Wahrscheinlich sind sie gerade dabei, alles wieder ins Lot zu bringen.«

Aber sie brachten nichts ins Lot. Das wusste Meg, und das wusste auch Nealy Jorik. Lucys Mutter verstand ihre Tochter gut genug, um zu wissen, dass Lucy ihrer Familie niemals solchen Kummer bereiten würde, ohne sich das vorher gut überlegt zu haben.

Einer nach dem anderen kehrte Meg den Rücken zu. Beide Elternpaare. Lucys Geschwister. Die Trauzeugen des Bräutigams. Es war, als existierte sie nicht mehr. Erst ihre Eltern und nun dies. Alle, die ihr am Herzen lagen – alle, die sie liebte –, hatten sie abgeschrieben.

Sie war keine Heulsuse, doch jetzt konnte sie die Tränen nicht mehr zurückhalten, und sie wusste, dass sie gehen musste. Keinem fiel es auf, als sie sich auf die Eingangstür zubewegte. Sie drehte den Knopf, schlüpfte nach draußen und erkannte viel zu spät, dass das ein Fehler war.

Blitzlichter gingen los. Fernsehkameras surrten. Das plötzliche Auftauchen einer Brautjungfer genau in dem Moment, da die Ehegelübde gesprochen werden sollten, sorgte für wilde Aufregung. Einige der Zuschauer auf den Tribünenplätzen gegenüber der Kirche erhoben sich, um sehen zu können, was den Tumult ausgelöst hatte. Reporter drängten nach vorne. Meg ließ ihr Bukett fallen, wirbelte herum und packte den schweren eisernen Türknopf mit beiden Händen. Er ließ sich nicht drehen. Natürlich nicht. Die Türen waren aus Sicherheitsgründen abgeschlossen. Sie war gefangen.

Die Journalisten stürzten sich auf sie, drückten sich an die Sicherheitsabsperrung vor den Stufen.

Was ist da drinnen los?

Ist etwas schiefgegangen?

Hat es einen Unfall gegeben?

Ist mit Präsidentin Jorik alles in Ordnung?

Meg presste das Rückgrat flach an die Tür. Die Fragen wurden immer lauter und fordernder.

Wo sind die Braut und der Bräutigam?

Ist die Zeremonie vorbei?

Sagen Sie uns, was da los ist.

»Ich, ich fühle mich nicht gut, das ist alles ...«

Die Schreie der Meute verschluckten ihre schwache Ausrede. Dann rief jemand, alle sollten endlich still sein. Sie hatte Trickbetrügern in Thailand und Straßenräubern in Marokko die Stirn geboten, aber noch nie hatte sie sich so matt und ausgelaugt gefühlt wie jetzt. Noch einmal wandte sie sich der Tür zu, wobei sie ihr Bukett mit ihrem Absatz zerdrückte, aber das Schloss wollte nicht nachgeben. Entweder bekam keiner drinnen ihr Dilemma mit, oder man warf sie absichtlich den Wölfen zum Fraß vor.

Die Meute von den Tribünenplätzen war auf den Beinen. Verzweifelt sah sie sich um und erblickte zwei schmale Stufen, die zu einem Gehweg führten, der seitlich um die Kirche herumführte. Fast wäre sie gestolpert, als sie über diese hinabeilte. Die Zuschauer, die auf den Tribünenplätzen keinen Platz mehr ergattert hatten, drängten sich auf dem Gehweg jenseits des Kirchhofzauns, einige mit Kindern im Sportwagen, andere mit Kühltaschen. Sie raffte ihren Rock und rannte über den unebenen Backsteinpfad auf den Parkplatz zu, der hinter der Kirche lag. Sicherlich würde jemand von den Sicherheitskräften sie zurück in die Kirche begleiten. Eine schreckliche Vorstellung, aber besser, als sich der Presse zu stellen.

Nachdem sie den Asphalt erreicht hatte, entdeckte sie einen der Trauzeugen, der ihr den Rücken zuwandte, während er die Tür eines dunkelgrauen Mercedes öffnete. Man hatte die Zeremonie definitiv abgebrochen. Da sie sich nicht vorstellen konnte, in derselben Limousine wie die anderen Mitglieder der Hochzeitsgesellschaft zum Gasthof zurückzufahren, eilte sie auf den Mercedes zu. Sie riss die Beifahrertür in dem Moment auf, als der Motor angeworfen wurde. »Könnten Sie mich am Gasthof absetzen?«

»Nein.«

Sie schaute in die Augen von Ted Beaudine, der sie kühl ansah. Und ein Blick auf dieses energische Kinn versicherte ihr, er würde ihr niemals abnehmen, dass sie mit dem, was passiert war, nichts zu tun hatte, schon gar nicht nach der Befragung, der sie ihn während des Essens am Vorabend unterzogen hatte. Sie setzte an, ihm ihr Mitgefühl für den erlittenen Schmerz zu versichern, doch er wirkte nicht verletzt. Er machte eher den Eindruck, belästigt worden zu sein. Er war ein Gefühlsroboter, und Lucy hatte gut daran getan, ihn fallen zu lassen.

Meg drückte den Rock ihres Kleides an sich und machte einen schwankenden Schritt rückwärts. »Äh ... dann nicht.«

Er ließ sich Zeit beim Verlassen des Parkplatzes. Keine quietschenden Reifen und auch kein Aufheulen des Motors. Er winkte sogar ein paar Leuten auf dem Gehweg kurz zu. Gerade hatte ihm die Tochter der ehemaligen Präsidentin der Vereinigten Staaten im Beisein der ganzen Welt den Laufpass gegeben, doch er verriet durch nichts, dass ihm etwas Schlimmes widerfahren war.

Sie schleppte sich zum nächsten Sicherheitsposten, der sie schließlich wieder in die Kirche hineinließ, wo ihr Auftauchen ihr genau den feindseligen Empfang bescherte, mit dem sie gerechnet hatte.

Vor der Kirche gab die Pressesprecherin der Präsidentin eilends eine Erklärung ohne weitere Details ab, nur die kurze Mitteilung, dass die Zeremonie abgesagt war. Nach der obligatorischen Bitte an die Öffentlichkeit, die Privatsphäre des Paars zu respektieren, eilte die Pressesprecherin wieder hinein, ohne sich Fragen zu stellen. In dem darauf folgenden Tumult bemerkte keiner die kleine Gestalt im königsblauen Chorhemd und den weißen Satinpumps, die durch die Seitentür hinausschlüpfte und in den Hinterhöfen der Nachbarschaft verschwand.

Kapitel 3

So verzweifelt hatte Emma Traveler Francesca Beaudine noch nie erlebt. Vier Tage waren seit Lucy Joriks Verschwinden vergangen, und sie saßen unter der Pergola im schattigen Hof hinter der Villa der Beaudines. Vor der silbernen Gartenkugel inmitten der Rosen wirkte Francesca noch winziger, als sie war. In all den Jahren, die sie sich kannten, hatte Emma ihre Freundin nie weinen sehen, aber Francesca hatte verschmierte Wimperntusche unter dem einen ihrer smaragdgrünen Augen, ihr kastanienbraunes Haar war zerzaust, und vor Müdigkeit gruben sich Falten in ihr herzförmiges Gesicht.

Obwohl Francesca mit ihren vierundfünfzig Jahren fast fünfzehn Jahre älter und viel hübscher war als Emma, beruhte ihre Freundschaft auf gemeinsamen Wurzeln und Banden. Beide waren britischer Abstammung, beide hatten berühmte Profigolfspieler geheiratet, und beide lasen viel lieber ein gutes Buch, als sich in die Nähe eines Golfplatzes zu wagen. Das wichtigste Verbindungsglied war jedoch ihre Liebe zu Ted Beaudine – die leidenschaftliche Mutterliebe Francescas und die bedingungslose Loyalität, die Emma für ihn seit dem Tag empfand, an dem sie sich begegnet waren.

»Diese verdammte Meg Koranda hat was Entsetzliches mit Lucy angestellt. Das weiß ich.« Francesca starrte blind auf einen Schwalbenschwanz, der zwischen den Lilien umherhuschte. »Ich hatte meine Zweifel an ihr, noch bevor ich sie kennenlernte, obwohl Lucy sie in den höchsten Tönen lobte. Wenn Meg schon so eine enge Freundin war, warum haben wir sie dann erst einen Tag vor der Hochzeit kennengelernt? Was ist das für eine Freundin, die nicht mal Zeit für einen von Lucys Polterabenden findet?«

Dasselbe hatte sich Emma auch schon gefragt. Dank Google hatte unvorteilhafter Klatsch über Meg Korandas ziellosen Lebensstil rasch die Runde gemacht, sobald die Liste der Brautjungfern bekannt war. Doch Emma hielt nichts davon, Leute ohne ausreichende Beweise zu beurteilen, und sie weigerte sich, sich am Verbreiten von Gerüchten zu beteiligen. Leider schien sich der Klatsch dieses Mal bewahrheitet zu haben.

Emmas Ehemann Kenny, Teds bester Freund, konnte nicht begreifen, warum die Leute Meg so viel feindlicher gesonnen waren als der davongelaufenen Braut, aber Emma verstand das sehr wohl. Die Einheimischen mochten Lucy, in dem Maße jedenfalls, wie sie jemanden von außerhalb mögen konnten, der sich ihren Ted geangelt hatte, und sie waren auch bereit gewesen, sie zu akzeptieren, bis zu jenem Abend, als sie sich vor ihren Augen verwandelt hatte. Da hatte sie nämlich mehr Zeit mit Meg Koranda zusammengegluckt als mit ihrem Verlobten verbracht. Sie war kurz angebunden zu den Gästen gewesen, zerstreut und hatte selbst bei den lustigsten Toasts kaum ein Lächeln gezeigt.

Francesca zog ein Papiertaschentuch aus der Tasche ihrer zerknitterten weißen Baumwoll-Caprihose, zu der sie ein altes T-Shirt, italienische Sandalen und ihre immer präsenten Diamanten trug. »Ich habe so viele verzogene Hollywood-Tussis kennengelernt, dass ich sie auf Anhieb erkenne. Mädchen wie Meg Koranda haben im Leben noch nie arbeiten müssen, und sie glauben, dass ihr berühmter Nachname ihnen einen Freibrief dafür gibt, alles tun zu können, wonach ihnen der Sinn steht. Das ist auch der Grund, weshalb Dallie und ich dafür gesorgt haben, Ted in dem Bewusstsein zu erziehen, für seinen Lebensunterhalt arbeiten zu müssen.« Sie tupfte sich die Nase ab. »Ich sag dir mal, was ich denke. Ich glaube, sie hat einen Blick auf meinen Teddy geworfen und wollte ihn für sich selbst.«

Es entsprach zwar den Tatsachen, dass Frauen ihren Verstand verloren, wenn sie Ted Beaudine begegnet waren, aber selbst Meg Koranda würde es Emmas Meinung nach sicherlich nicht als beste Strategie ansehen, erst Teds Hochzeit platzen zu lassen, um ihn sich dann selbst zu schnappen. Doch mit ihrer Meinung stand sie ziemlich allein da. Emma hatte sich der weniger weit verbreiteten Theorie verschrieben, dass Meg Lucys Glück zerstört hatte, weil sie eifersüchtig auf die erfolgreiche Lebensgestaltung ihrer Freundin war. Was Emma allerdings nicht begreifen konnte, war die Geschwindigkeit, mit der Meg ihr Ziel erreicht hatte.

»Ich habe in Lucy fast eine Tochter gesehen.« Francesca verschränkte die Finger ihrer im Schoß liegenden Hände. »Nachdem ich schon jede Hoffnung aufgegeben hatte, noch jemand für ihn zu finden, der etwas Besonderes war. Aber sie war perfekt. Und das wusste jeder, der sie zusammen sah.«

Ein warmes Lüftchen raschelte in den Blättern der schattigen Pergola. »Wenn er sich doch nur auf die Suche nach Lucy machen würde, aber das will er nicht«, fuhr Francesca fort. »Ich kann ja verstehen, dass man seinen Stolz hat. Sein Vater und ich haben weiß Gott genug davon. Allerdings wünschte ich, er könnte sich darüber hinwegsetzen.« Ihr kamen wieder die Tränen. »Du hättest Teddy sehen sollen, als er klein war. So still und ernst. So lieb. Er war ein unglaubliches Kind. Ein absolut erstaunliches Kind.«

Emma hielt ihre eigenen drei Kinder ebenfalls für die erstaunlichsten, die es gab, aber sie wollte Francesca nicht reizen, die jetzt reuevoll auflachte. »Er war völlig unkoordiniert. Konnte kaum einen Raum durchqueren, ohne zu stolpern. Glaub mir, seine sportliche Begabung entwickelte sich erst spät in seiner Kindheit. Und Gott sei Dank ist er kein Allergiker mehr.« Sie schnäuzte sich. »Er sah auch hausbacken aus. Es dauerte Jahre, bis er gut aussah. Aber er war so klug, klüger als alle um ihn herum – gewiss klüger als ich –, doch er blickte nie auf Leute herab.« Ihre weinerliche Stimme und wie sie versuchte zu lächeln brachen Emma das Herz. »Er ging immer davon aus, dass jeder ihm etwas beibringen könne.«

Emma war froh, dass Francesca und Dallie bald nach New York aufbrachen. Francesca brauchte die harte Arbeit, und die Aufzeichnung ihrer nächsten Interviewreihe würde sie bestimmt ablenken. Wenn sie erst mal in ihrem Stadthaus in Manhattan angekommen waren, hatten sie in der Großstadthektik nicht mehr viel Zeit, um darüber nachzugrübeln. Dieser Tapetenwechsel würde ihnen sicher guttun.

Francesca erhob sich von der Bank und rieb sich ihre Wange. »Lucy war die Antwort auf meine Gebete für Teddy. Ich dachte, er habe endlich die Frau gefunden, die seiner wert war. Eine intelligente und anständige Frau, die wusste, was es bedeutete, mit Privilegien aufzuwachsen, aber von ihren Eltern nicht verzogen worden war. Ich dachte, sie hätte Charakter.« Ihre Züge verhärteten sich. »Da habe ich mich wohl getäuscht, oder?«

»Das haben wir alle.«

Das Papiertaschentuch löste sich zwischen ihren Finger auf, und sie sprach so leise weiter, dass Emma sie kaum verstehen konnte. »Ich wünsche mir so verzweifelt Enkelkinder, Emma. Ich – ich träume von ihnen – wie ich sie halte und ihren süßen Duft rieche. Teddys Babys ...«

Emma kannte Francescas und Dallies Geschichte gut genug, um zu begreifen, dass ihre Freundin damit mehr sagen wollte als eine vierundfünfzigjährige Frau, die sich einfach nach einem Enkelkind sehnt. Dallie und Francesca hatten in Teddys ersten neun Lebensjahren voneinander getrennt gelebt, denn erst da hatte Dallie erfahren, dass er einen Sohn hatte. Ein Enkelkind könnte helfen, diese Lücke in ihrer beider Leben zu füllen.

Als könnte sie ihre Gedanken lesen, sagte Francesca: »Dallie und ich konnten nie gemeinsam die ersten Schritte verfolgen, die ersten Worte hören.« Ihre Stimme klang verbittert. »Meg Koranda hat uns um Teds Babys gebracht. Sie hat uns Lucy geraubt und unsere Enkelkinder.«

Emma hielt Francescas Traurigkeit nicht länger aus. Sie erhob sich von der Bank und nahm sie in den Arm. »Du wirst trotzdem Enkelkinder haben, meine Liebe. Es wird sich eine Frau für Ted finden. Eine Frau, die noch viel besser ist als Lucy Jorik.«

Francesca glaubte ihr nicht. Emma sah es ihr an. Und beschloss deshalb, Francesca die schlimmste Nachricht zu ersparen. Dass Meg Koranda sich noch immer in der Stadt aufhielt.

»Haben Sie noch eine andere Kreditkarte, Miss Koranda?«, erkundigte sich die hübsche Blondine am Empfang. »Diese hier wird offenbar nicht angenommen.«

»Nicht angenommen?« Meg tat, als verstünde sie dieses Wort nicht, aber natürlich wusste sie genau, was gemeint war. Mit einem leisen Zischen verschwand die letzte ihr noch gebliebene Kreditkarte in der mittleren Schublade der Empfangstheke des Wynette Country Inn.

Die Empfangsdame gab sich keine Mühe, ihre Befriedigung zu verbergen. Meg war in Wynette zur Feindin Nummer eins geworden, denn eine verdrehte Version ihrer Rolle beim Hochzeitsdebakel, das den heiliggesprochenen Bürgermeister der Stadt internationaler Demütigung preisgegeben hatte, hatte sich wie ein durch die Luft schwirrendes Virus in der Stadt verbreitet, in der noch immer ein paar Presseleute weilten. Außerdem war ein unglaublich aufgebauschter Bericht von Megs Auseinandersetzung mit Birdie Kittle am

Vorabend der Hochzeit zum gefundenen Fressen für die Öffentlichkeit geworden. Wenn Meg Wynette wenigstens gleich danach hätte verlassen können, wäre das alles zu vermeiden gewesen, aber das war leider unmöglich.

Lucys Familie war am Sonntag aus Wynette abgereist, vierundzwanzig Stunden nachdem Lucy davongelaufen war. Meg ging davon aus, dass sie in der Hoffnung auf Lucys Rückkehr länger geblieben wären, wäre die Präsidentin nicht entschlossen gewesen, mit Lucys Vater, der Gastgeber eines Treffens internationaler Medizinjournalisten war, an der Konferenz der Weltgesundheitsorganisation in Barcelona teilzunehmen. Meg war die Einzige, mit der Lucy nach ihrer Flucht gesprochen hatte.

Der Anruf kam am späten Samstagabend etwa um die Zeit, da Braut und Bräutigam den Hochzeitsempfang hätten verlassen und ihre Flitterwochen antreten sollen. Der Empfang war schwach, und sie erkannte Lucys Stimme kaum, die dünn und unsicher klang.

»Meg, ich bin es.«

»Luce? Ist alles in Ordnung mit dir?«

Lucy reagierte darauf mit einem abgewürgten, halb hysterischen Lachen. »Das ist Ansichtssache. Du kennst doch die wilde Seite in mir, von der du immer gesprochen hast? Vermutlich habe ich die jetzt entdeckt.«

»Oh Schätzchen …«

»Ich – ich bin ein Feigling, Meg. Ich kann mich meiner Familie nicht stellen.«

»Sie lieben dich, Luce. Sie werden es verstehen.«

»Sag ihnen, dass es mir leidtut.« Ihre Stimme brach. »Sag ihnen, ich liebe sie und weiß, dass ich einen schrecklichen Schlamassel angerichtet habe und dass ich zurückkommen und alles in Ordnung bringen werde, aber … Nicht jetzt. Ich kann es noch nicht.«

»Ist gut. Ich werde es ihnen sagen. Aber –«

Lucy legte auf, ehe Meg noch etwas sagen konnte.

Meg wappnete sich und erzählte Lucys Eltern von dem Anruf. »Sie macht dies aus freiem Willen«, hatte die Präsidentin gesagt, vielleicht weil sie sich ihrer eigenen rebellischen Flucht vor langer Zeit erinnerte. »Wir müssen ihr jetzt den Freiraum geben, den sie braucht.« Meg musste ihr versprechen, noch ein paar Tage in Wynette zu bleiben, für den Fall, dass Lucy wieder auftauchte. »Das ist das Mindeste, was du tun kannst, nachdem du diesen Schlamassel angerichtet hast.« Meg fühlte sich so schuldig, dass sie sich nicht weigern konnte. Leider hatten weder die Präsidentin noch ihr Ehemann daran gedacht, die Kosten von Megs verlängertem Aufenthalt im Gasthof zu begleichen.

»Das ist komisch«, sagte Meg zur Empfangsdame. Diese war nicht nur eine Naturschönheit, sondern verriet durch ihre Strähnchen, das perfekte Make-up, die strahlend weißen Zähne und ihre Armreife und Ringe, dass sie wesentlich mehr Zeit und Geld für ihr Äußeres aufwandte, als Meg dies tat. »Leider habe ich keine andere Karte bei mir. Ich werde Ihnen einen Scheck ausstellen.« Was nicht ging, denn sie hatte vor drei Monaten ihr Girokonto geleert und seitdem von ihrer kostbaren letzten Kreditkarte gelebt. Sie wühlte in ihrer Tasche. »Oh nein. Ich habe mein Scheckbuch vergessen.«

»Kein Problem. Gleich um die Ecke befindet sich ein Bankautomat.«

»Ausgezeichnet.« Meg griff nach ihrem Koffer. »Auf dem Weg dorthin werde ich den schon mal in den Wagen bringen.«

Die Empfangsdame kam hinter ihrer Theke hervorgeschossen und entwand ihr den Koffer. »Den lassen wir für Sie hier stehen, bis Sie zurückkommen.«

Meg bedachte die Frau mit ihrem vernichtendsten Blick und sprach Worte, von denen sie nie geglaubt hatte, sie über die Lippen zu bringen. »Wissen Sie überhaupt, wer ich bin?« *Ich bin ein Niemand. Ein absoluter Niemand.*

»Oh ja. *Alle* wissen das. Aber wir haben unsere Vorschriften.«

»Schön.« Sie nahm ihre Handtasche, eine gebrauchte Prada-Henkeltasche von ihrer Mutter, und rauschte aus der Lobby. Bis sie den Parkplatz erreicht hatte, war sie in kalten Schweiß gebadet.

Ihr benzinfressender fünfzehn Jahre alter Buick Century saß wie eine rostige Warze zwischen einem glänzenden neuen Lexus und einem Cadillac CTS. Trotz wiederholten Staubsaugens roch es in dieser Rostlaube noch immer nach Zigaretten, Schweiß, Fast Food und Torfmoos. Sie ließ die Fenster herunter, um etwas Luft hereinzulassen. Unter ihrem hauchzarten Top, das sie zu ihren Jeans trug, hatte sich ein Schweißfilm gebildet. Zu ihrem Outfit gehörten außerdem ein Paar gehämmerte Silberohrringe, gefertigt aus ein paar in Laos entdeckten Schnallen, und eine alte kastanienbraune Filzcloche, die ihr Lieblingssecondhandshop in Los Angeles als Original aus dem Nachlass von Ginger Rogers angepriesen hatte.

Sie legte ihre Stirn aufs Steuerrad, aber egal wie angestrengt sie nachdachte, sie sah keinen Ausweg. Also zog sie ihr Handy aus ihrer Tasche und tat, was sie sich geschworen hatte, nie zu tun. Sie rief ihren Bruder Dylan an.

Obwohl drei Jahre jünger als sie, war er bereits ein überaus erfolgreiches Finanzgenie. Wenn er von seinem Beruf erzählte, konnte sie ihm nicht lang folgen, aber sie wusste, dass es ihm äußerst gut ging. Da er sich weigerte, ihr die Nummer von seinem Arbeitsplatz zu geben, rief sie ihn mobil an. »Hey, Dyl, ruf mich doch gleich zurück. Es ist ein Notfall. Ernsthaft. Du musst mich sofort zurückrufen.«

Clay, den Zwillingsbruder von Dylan anzurufen wäre sinnlos. Clay war noch immer ein brotloser Künstler, der kaum seine Miete bezahlen konnte, wenn auch nicht mehr lang, denn er hatte einen Abschluss von der Yale Drama School, eine wachsende Liste von Auszeichnungen, die er in Off-Broadway-Stücken erworben hatte, und das Talent, dem Nachnamen Koranda alle Ehre zu erweisen. Anders als sie hatte sich keiner ihrer Brüder nach ihrem Collegeabschluss jemals von ihren Eltern unterstützen lassen.

Als ihr Telefon klingelte, riss sie es an sich.

»Der einzige Grund, weshalb ich zurückrufe«, sagte Dylan, »ist Neugier. Warum hat Lucy die Hochzeit sausen lassen? Meine Sekretärin erzählte mir von einer Online-Klatschseite, auf der es heißt, du seist diejenige gewesen, die ihr diese Ehe ausgeredet hat. Was geht da vor sich?«

»Nichts Gutes. Dyl, du musst mir was leihen.«

»Mom sagte bereits, dass das passieren würde. Die Antwort ist nein.«

»Dyl, ich mache keine Scherze. Ich sitze in der Klemme. Man hat mir meine Kreditkarte abgenommen und –«

»Werd erwachsen, Meg. Du bist dreißig. Geh unter oder schwimm.«

»Ich weiß. Und ich werde auch was verändern. Aber –«

»Wo immer du dich hineingeritten hast, du kommst auch wieder selbst heraus. Du bist viel klüger, als du denkst. Ich glaube an dich, auch wenn du das nicht tust.«

»Das weiß ich zu schätzen, aber ich brauche die Hilfe jetzt. Wirklich. Du musst mir helfen.«

»Himmel, Meg. Hast du denn gar keinen Stolz?«

»Das zu sagen ist beschissen von dir.«

»Dann bring mich nicht dazu, es zu sagen. Du bist in der Lage, dein Leben selbst in die Hand zu nehmen. Such dir einen Job. Du weißt doch, was das ist, oder?«

»Dyl –«

»Du bist meine Schwester, und ich liebe dich, und weil ich dich liebe, lege ich jetzt auf.«

Müde, aber nicht überrascht angesichts dieser Familienverschwörung starrte sie das Telefon mit der toten Leitung an. Ihre Eltern waren in China und hatten ihr mehr als deutlich gemacht, ihr nicht wieder unter die Arme zu greifen. Von ihrer gruseligen Großmutter Belinda gab es nichts umsonst. Sie würde Meg zwingen, Schauspielunterricht zu nehmen, oder sich eine andere Hinterlist einfallen lassen. Und was ihren Onkel Michel anging … Als sie sich das letzte Mal sahen, hatte er ihr einen bissigen Vortrag über persönliche Verantwortung gehalten. Und da Lucy auf der Flucht war, blieben nur noch Megs drei andere enge Freundinnen, die alle reich waren und ihr auch alle Geld leihen würden.

Würden sie das? Das war das Problem mit ihnen. Georgie, April und Sasha waren allesamt unabhängige, nicht einschätzbare Frauen, die Meg seit Jahren sagten, sie solle aufhören, in der Weltgeschichte herumzuvögeln, und sich endlich auf was festlegen. Doch wenn sie ihnen erklärte, wie verzweifelt sie war …

Hast du denn gar keinen Stolz?

Wollte sie ihren sämtlichen Freundinnen tatsächlich noch mehr Beweise ihrer Wertlosigkeit liefern? Andererseits, welche Möglichkeiten blieben ihr sonst noch? Sie hatte keine hundert Dollar mehr in ihrer Brieftasche, keine Kreditkarten, ein leeres Girokonto, einen gerade mal halb gefüllten Tank und ein Auto, das jeden Moment den Geist aufgeben konnte. Dylan hatte recht. So verhasst ihr das auch war, sie musste sich einen Job suchen … und das schnell.

Sie überlegte. Als Bösewicht der Stadt bekäme sie hier niemals einen Job, aber sowohl San Antonio als auch Austin waren weniger als zwei Stunden entfernt und somit in Reichweite ihrer Tankfüllung. Sicherlich würde sie dort Arbeit finden können. Und das hieße, die Zeche zu prellen, was sie noch nie in ihrem Leben getan hatte, aber ihr blieb keine andere Wahl.

Mit schweißnassen Händen lenkte sie den Wagen vom Parkplatz. Das Röhren des kaputten Auspuffs weckte ihre Sehnsucht nach dem Nissan Ultima mit Hybridmotor, den sie hatte weggeben müssen, als ihr Vater die Zahlungen einstellte. Sie hatte nur die Kleider, die sie am Leib trug, und den Inhalt ihrer Geldbörse. Der Gedanke, ihren Koffer zurückzulassen, machte sie verrückt, aber da sie dem Wynette Country Inn für drei Nächte mehr als vierhundert Dollar schuldete, konnte sie nicht viel dagegen tun. Sobald sie einen Job gefunden hatte, würde sie das Geld mit Zinsen zurückzahlen. Wie dieser Job aussehen sollte, war ihr schleierhaft. Eine Zeitarbeit, die, hoffentlich, gut bezahlt wurde, bis sie überlegt hatte, was sie als Nächstes machen würde.

Eine Frau, die ihr Kind im Sportwagen schob, blieb stehen, um den braunen Buick anzustarren, der eine Wolke öligen Rauchs ausstieß. Dies machte in Kombination mit dem röhrenden Auspuff die Rostlaube kaum zu einem idealen Fluchtauto, und sie versuchte auf ihrem Sitz noch tiefer zu rutschen. Auf ihrem Weg in die Außenbezirke der Stadt kam sie am aus Kalkstein gebauten Gerichtsgebäude und der abgezäunten Stadtbibliothek vorbei. Endlich entdeckte sie das Schild, das die Stadtgrenze markierte.

SIE VERLASSEN
WYNETTE, TEXAS
Theodore Beaudine, Bürgermeister

Seit ihrer schrecklichen Begegnung auf dem Kirchenparkplatz hatte sie Ted nicht mehr gesehen, und jetzt musste sie ihm auch nicht mehr begegnen. Und sie hätte wetten mögen, dass die Frauen im ganzen Land schon Schlange standen, um Lucys Platz einzunehmen.

Hinter ihr heulte eine Sirene. Ihre Augen schossen zum Rückspiegel, und sie sah das blinkende Rotlicht eines Polizeiwagens. Ihre Finger klammerten sich ans Lenkrad. Sie lenkte den Wagen auf den Seitenstreifen und betete, dass ihr lauter Auspuff schuld war, wobei sie sich gleichzeitig dafür verfluchte, dass sie ihn vor ihrer Abreise von Los Angeles nicht hatte reparieren lassen.

Während sie wartete, bis die beiden Polizisten ihr Kennzeichen überprüft hatten, geriet sie in Panik. Endlich stieg der Beamte, der hinter dem Steuer gesessen hatte, aus und näherte sich breitbeinig. Sie konnte seinen Bierbauch sehen, der über dem Gürtel hing. Seine Haut war gerötet, er hatte eine große Nase, und die Haare, die unter seinem Hut hervorquollen, erinnerten an Stahlwolle.

Sie kurbelte ihr Fenster herunter und setzte ein Lächeln auf. »Hallo, Officer.« Bitte, lieber Gott, lass meinen kaputten Auspuff den Grund sein und nicht meine Zechprellerei. Sie reichte ihm ihre Fahrerlaubnis und den Fahrzeugschein, noch bevor er sie darum gebeten hatte. »Gibt es ein Problem?«

Er studierte ihre Papiere und betrachtete dann ihre Filzcloche. Sie überlegte, ihm zu erzählen, dass Ginger Rogers diese einmal getragen hatte, aber er sah nicht nach einem Fan alter Filme aus. »Uns liegt eine Meldung vor, wonach Sie den Gasthof verlassen haben, ohne die Rechnung zu bezahlen, Ma'am.«

Ihr wurde flau im Magen. »Ich? Das ist ja lächerlich.« Aus dem Augenwinkel sah sie im Außenspiegel, dass die Verstärkung des Officers beschloss, sich dazuzugesellen. Nur dass der zweite Mann Jeans und ein schwarzes T-Shirt anstatt einer Uniform trug. Und der zweite Mann –

Sie schaute angestrengt in den Spiegel. *Nein!*

Schuhe knirschten auf dem Kies. Ein Schatten fiel auf die Wagenseite. Sie hob ihren Blick und schaute in die ungerührten bernsteinfarbenen Augen von Ted Beaudine.

»Hallo, Meg.«

Kapitel 4

»Ted!«, rief Meg, als wäre er die Person, die sie am sehnlichsten zu sehen wünschte, und nicht ihr schlimmster Albtraum. »Hast du bei der Polizei angeheuert?«

»Bin mitgefahren.« Er stützte seinen Ellbogen am Dach ihres Wagens ab. Während er ihr Erscheinungsbild auf sich wirken ließ, bekam sie den Eindruck, dass auch er an ihrer Cloche keinen Gefallen fand – oder an etwas anderem. »Mein Terminplan für die nächsten beiden Wochen hat sich plötzlich gelockert.«

»Ah.«

»Wie ich höre, hast du im Gasthof die Zeche geprellt.«

»Ich? Nein. Ein Irrtum. Das habe ich nicht – ich bin nur herumgefahren. Schöner Tag. Die Zeche geprellt? Nein. Sie haben meinen Koffer. Wie könnte ich mich da einfach so verdrücken?«

»Ich würde sagen, indem du in dein Auto steigst und davonfährst«, sagte Ted, als ob er der Bulle wäre. »Wohin willst du denn?«

»Nirgendwohin. Ich bin auf Erkundungsfahrt. Das mache ich gern, wenn ich irgendwo neu hinkomme.«

»Am besten bezahlst du vorher deine Rechnung, bevor du auf Erkundungsfahrt gehst.«

»Da hast du völlig recht. Ich habe nicht darüber nachgedacht. Ich werde mich sofort darum kümmern.« Was sie natürlich nicht tun konnte.

Ein Laster dröhnte in Richtung Stadt vorbei, und Schweißtropfen perlten zwischen ihren Brüsten nach unten. Sie musste sich jemandem auf Gnade oder Ungnade ausliefern, und es dauerte nicht lang, bis sie ihre Wahl getroffen hatte. »Könnte ich Sie kurz unter vier Augen sprechen, Officer?«

Achselzuckend trat Ted hinter den Wagen. Der Officer kratzte sich an der Brust. Meg nahm ihre Unterlippe zwischen die Zähne und senkte ihre Stimme. »Sehen Sie, die Sache ist die ... ich habe einen dummen Fehler gemacht. Bei all meinen Reisen kam meine Post nicht hinterher, und das hat zu einem kleinen Problem mit meiner Kreditkarte geführt. Ich werde den Gasthof bitten müssen, mir eine Rechnung auszustellen. Ich denke nicht, dass das ein Problem sein wird.« Sie errötete vor Scham, und ihre Kehle schnürte sich so eng zusammen, dass sie die Worte kaum herausbrachte. »Sie wissen doch sicherlich, wer meine Eltern sind?«

»Jawohl, Ma'am, das weiß ich.« Der Polizist drehte seinen Kopf, der auf einem kurzen, gedrungenen Hals saß, nach hinten. »Ted, sieht ganz danach aus, als hätten wir es hier mit einer Landstreicherin zu tun.«

Einer *Landstreicherin?*

Sie sprang aus dem Wagen. »Jetzt warten Sie mal eine Minute! Ich bin keine –«

»Bleiben Sie, wo Sie sind, Ma'am.« Die Hand des Polizisten ging an sein Halfter. Ted setzte seinen Fuß auf ihre hintere Stoßstange und verfolgte alles interessiert.

Meg wirbelte zu ihm herum. »Ich werde doch nicht gleich zur Landstreicherin, nur weil ich den Gasthof bitte, mir eine Rechnung zuzuschicken!«

»Haben Sie nicht gehört, was ich gesagt habe, Ma'am?«, bellte der Polizist sie an. »Zurück in den Wagen.«

Ehe sie Zeit zu reagieren hatte, kam Ted bereits näher. »Sie ist nicht kooperationsbereit, Sheldon. Dann werden Sie sie wohl verhaften müssen.«

»*Mich verhaften?*«

Ted war keinerlei Bedauern anzumerken, was Meg darauf

schließen ließ, dass er über eine sadistische Ader verfügte. Sie sprang zurück in ihren Wagen. Ted trat beiseite.

»Was halten Sie davon, Sheldon, wenn wir Miss Koranda zum Gasthof zurückbegleiten, damit sie dort ihre Angelegenheiten klärt?«

»Machen wir.« Officer Surly zeigte ein Stück die Straße hinunter. »Wenden Sie dort in der Einfahrt, Ma'am. Wir sind direkt hinter Ihnen.«

Zehn Minuten später näherte sie sich erneut der Empfangstheke des Wynette Country Inn, aber diesmal begleitet von Ted Beaudine, während Officer Surly an der Tür stehen blieb und in das Mikrofon an seinem Jackenrevers sprach.

Die hübsche blonde Empfangsdame sprang dienstbeflissen auf, sobald sie Ted entdeckte. Ihre Lippen weiteten sich zu einem breiten Lächeln. Selbst ihre Haare schienen sich aufzustellen. Gleichzeitig zog sie besorgt die Augenbrauen zusammen. »Hallo, Ted. Wie geht es dir?«

»Ganz gut, Kayla. Und selbst?« Er hatte die Marotte, sein Kinn zu senken, wenn er lächelte. Meg hatte beobachtet, dass er das auch gegenüber Lucy auf dem Probedinner gemacht hatte.

Er senkte es nicht allzu weit, etwa zwei, drei Zentimeter, doch das reichte, um an seinem Lächeln zu erkennen, dass er ein anständiges Leben führte und nur ehrliche Absichten hatte. Und jetzt zeigte er das gleiche Lächeln, das er Lucy geschenkt hatte, der Empfangsdame des Wynette Inn. So viel also zu einem gebrochenen Herzen.

»Keine Klagen«, sagte Kayla. »Wir haben alle für dich gebetet.«

Er sah nicht im Entferntesten aus wie ein Mann, der Gebete nötig hatte, aber er nickte. »Das weiß ich zu schätzen.«

Kayla neigte ihren Kopf zur Seite, sodass ein Büschel ihrer glänzenden blonden Haare über ihre Schulter fiel. »Was hältst du davon, am Wochenende mit Daddy und mir im Club zu

Abend zu essen? Du weißt doch, wie gut Daddy und du euch immer amüsiert.«

»Das könnte ich tun.«

Sie plauderten noch ein paar Minuten über Daddy, das Wetter und Teds Verpflichtungen als Bürgermeister. Kayla zog alle Register, warf ihr Haar, klimperte mit den Wimpern, versuchte es mit dem Tyra-Banks-Blick, gab ihm im Grunde alles, was sie hatte. »Wir haben uns alle über den Anruf unterhalten, den du gestern bekommen hast. Alle sind davon ausgegangen, dass Spencer Skipjack uns vergessen hat. Und können jetzt kaum glauben, dass Wynette wieder im Rennen ist. Aber ich habe immer gesagt, dass du das Ganze an Land ziehen wirst.«

»Ich weiß diesen Vertrauensbeweis zu schätzen, aber bis das Ganze in trockenen Tüchern ist, liegt noch ein weiter Weg vor uns. Vergessen wir nicht, dass Spence bis zum vergangenen Freitag sich noch auf San Antone festgelegt hatte.«

»Wenn jemand ihn überzeugen kann, seine Meinung zu ändern und in Wynette zu bauen, dann du. Wir haben die Jobs bitter nötig.«

»Als ob ich das nicht wüsste.«

Megs Hoffnungen, sie würden ihr Gespräch fortsetzen, waren nicht von langer Dauer, denn Ted wandte sich wieder ihr zu. »Sehe ich das richtig, dass Miss Koranda dir Geld schuldet? Sie scheint die Sache in Ordnung bringen zu wollen.«

»Oh, das hoffe ich doch.«

Allerdings schien die Empfangsdame, ihrem Blick nach zu urteilen, skeptisch zu sein, und bei Meg machte sich Panik in Form einer Hitzewelle bemerkbar, die sich von ihrem Gesicht bis zu ihrer Brust ausbreitete. Sie leckte sich ihre trockenen Lippen. »Vielleicht könnte ich … die Geschäftsführerin sprechen.«

Ted meinte zweifelnd: »Ich halte das für keine gute Idee.«

»Sie wird es aber müssen«, warf Kayla an. »Ich helfe heute nur aus. Und dies übersteigt meine Kompetenzen.«

Er lächelte. »Ach, was soll's. Wir können heute alle ein wenig Aufmunterung gebrauchen. Dann hol sie.«

Officer Surly meldete sich von der Tür. »Es hat einen Unfall auf der Cemetery Road gegeben, Ted. Kommen Sie hier allein klar?«

»Gewiss doch, Sheldon. Ist jemand verletzt?«

»Glaube nicht.« Er nickte in Megs Richtung. »Bringen Sie sie rüber zur Wache, wenn Sie fertig sind.«

»Mach ich.«

Auf die Wache bringen? Dann sollte sie also tatsächlich verhaftet werden?

Der Polizist ging, und Ted lehnte sich an die Theke und schien sich in der Welt, die ihn zum König gekrönt hatte, pudelwohl zu fühlen. Sie klammerte sich an ihre Handtasche.

»Was meinst du damit, es sei keine gute Idee, mit der Geschäftsführerin zu reden?«

Ted schaute sich in der kleinen, behaglichen Lobby um und schien zufrieden zu sein mit dem, was er sah. »Nur dass sie nicht gerade zu deinem Fanclub gehört.«

»Aber ich bin ihr doch nie begegnet.«

»Oh doch, das bist du sehr wohl. Und nach allem, was ich höre, lief es nicht gut. Es heißt, sie war nicht einverstanden mit deiner Haltung gegenüber Wynette … oder mir gegenüber.«

Die Tür hinter der Theke schwang auf, und eine Frau mit roten Haaren und einem türkisfarbenen Strickkostüm erschien. Es war Birdie Kittle.

»Einen schönen Nachmittag, Birdie«, sagte Ted, als die Gasthofbesitzerin zu ihnen kam, deren rote Kurzhaarfrisur sich von dem neutralen Hintergrund der beigen Wände abhob. »Gut sehen Sie heute aus.«

»Oh Ted …« Sie schien gleich losheulen zu wollen. »Es tut mir so leid wegen der Hochzeit. Ich weiß gar nicht, was ich sagen soll.«

Den meisten Männern wäre all das ihnen entgegengebrachte Mitleid zutiefst peinlich gewesen, doch ihn schien das kaum zu beschämen. »So etwas kommt vor. Danke für Ihre Anteilnahme.« Er zeigte auf Meg. »Sheldon hat Miss Koranda hier auf dem Highway angehalten – sozusagen auf der Flucht vom Tatort. Aber auf der Cemetery Road hat es einen Unfall gegeben, und deshalb hat er mich gebeten, das hier zu regeln. Er geht nicht davon aus, dass jemand verletzt wurde.«

»Wir haben viel zu viele Unfälle hier draußen. Erinnern Sie sich noch an Jinny Morris' Tochter? Wir müssen diese Kurve begradigen.«

»Schön, wenn wir es könnten, allerdings wissen Sie genauso gut wie alle anderen, wie es um unser Budget steht.«

»Es wird alles viel besser werden, wenn Sie uns die Golfanlage gesichert haben. Ich halte es vor Aufregung kaum aus. Der Gasthof wird ein Geschäft mit all denjenigen machen, die Golf spielen, aber nicht die Zimmerpreise der Freizeitanlage bezahlen wollen. Außerdem könnte ich dann endlich nebenan meinen Tearoom mit einer integrierten Buchhandlung aufmachen, von dem ich schon immer geträumt habe. Ich glaube, ich werde ihn Trink und Stöber nennen.«

»Klingt gut. Aber die Golfanlage ist noch längst nicht unter Dach und Fach.«

»Das wird schon, Ted. Sie kriegen das hin. Wir brauchen diese Jobs so dringend.«

Ted nickte, als hätte er absolutes Vertrauen darauf, sie beschaffen zu können.

Endlich richtete Birdie ihre Augen auf Meg. Auf ihren Lidern lag ein zarter Schimmer kupferfarbenen Lidschattens, und sie sah noch unfreundlicher aus als während ihrer Auseinandersetzung auf der Damentoilette. »Wie ich höre, haben Sie es nicht geschafft, Ihre Rechnung zu begleichen, bevor Sie weggefahren sind.« Sie kam um die Theke herum nach vorne. »Mag sein, dass die Hotels in Los Angeles ihre Gäste umsonst übernachten lassen, aber wir hier in Wynette sind nicht so *niveauvoll*.«

»Es war ein Irrtum«, verteidigte Meg sich. »Wirklich dumm. Ich dachte, die Joriks würden das übernehmen. Ich meine, ich ging davon aus … ich …« Sie machte sich selbst lächerlich.

Birdie verschränkte ihre Arme vor der Brust. »Und wie gedenken Sie Ihre Rechnung zu bezahlen, Miss Koranda?«

Meg sagte sich, dass sie Ted Beaudine nach dem heutigen Tag schließlich nie mehr wiederzusehen brauchte. »Ich – mir ist aufgefallen, dass Sie sich sehr gut kleiden. Ich habe in meinem Koffer ein Paar unglaublich tolle Ohrringe aus der Sung-Dynastie. Wirklich was ganz Besonderes. Ich habe sie in Shanghai gekauft. Sie sind weitaus mehr wert als vierhundert Dollar.« Das wären sie, sofern sie dem Rikschafahrer Glauben schenkte. Was sie tat. »Wären Sie an diesem Tauschhandel interessiert?«

»Ich trage doch nicht das, was andere Leute ablegen. Wir sind hier nicht in Los Angeles.«

Weswegen sie Ginger Rogers' Cloche gar nicht erst zu erwähnen brauchte.

Meg versuchte es noch mal. »Die Ohrringe sind wirklich nichts Ausrangiertes. Es sind wertvolle antike Stücke.«

»Können Sie Ihre Rechnung bezahlen oder nicht, Miss Koranda?«

Meg versuchte sich eine Antwort einfallen zu lassen – erfolglos.

»Ich denke, das beantwortet die Frage.« Ted deutete auf das Telefon auf der Theke. »Gibt es jemanden, den du anrufen kannst? Es wäre mir sehr unangenehm, dich über die Straße mitnehmen zu müssen.«

Das nahm sie ihm keine Sekunde lang ab. Nichts würde ihm größere Freude bereiten, als sie selbst einzubuchten. Vermutlich würde er sogar freiwillig die Leibesvisitation übernehmen.

Beugen Sie sich vor, Meg Koranda.

Sie schauderte, und Ted lächelte sie an, als hätte er ihre Gedanken gelesen.

Zum ersten Mal zeigte Birdie Begeisterung. »Ich habe da eine Idee. Ich würde liebend gern an Ihrer Stelle mit Ihrem Vater sprechen. Ihm die Situation erklären.«

Das glaube ich dir sofort. »Leider ist mein Vater derzeit nicht zu erreichen.«

»Vielleicht könnte Miss Koranda es ja abarbeiten«, schlug Ted vor. »Wie ich gehört habe, suchen Sie doch ein Zimmermädchen?«

»Ein Zimmermädchen?«, sagte Birdie. »Oh nein, es wäre doch unter ihrem Niveau, Hotelzimmer zu reinigen.«

Meg musste hart schlucken. »Ich wäre ... glücklich, hier aushelfen zu können.«

»Überleg dir das genau«, warf Ted ein. »Was zahlen Sie, Birdie? Sieben, sieben fünfzig die Stunde? Unter dem Strich – und angenommen, sie arbeitet Vollzeit – wären das ein paar Wochen Arbeit. Ich habe da meine Zweifel, ob Miss Koranda es so lange aushält, Badezimmer zu putzen.«

»Du hast keine Ahnung, was Miss Koranda aushalten kann«, entgegnete Meg, bemüht, viel stärker zu wirken, als sie sich fühlte. »Ich habe in Australien bei einem Viehtrieb ausgeholfen und in Nepal bei der Annapurna-Umrundung mitgemacht.« Zwar nur sechzehn Kilometer davon, aber immerhin ...

Birdie zog ihre gestrichelten Augenbrauen hoch und tauschte mit Ted einen Blick, den sie beide zu verstehen schienen. »Nun ... ich brauche ein Zimmermädchen«, erklärte Birdie. »Aber wenn Sie glauben sollten, Sie können Ihre Rechnung durch Herumlungern abarbeiten, werden Sie eine böse Überraschung erleben.«

»Das glaube ich nicht.«

»Also gut. Erledigen Sie Ihren Job, und ich werde keine

Anzeige erstatten. Aber sollten Sie versuchen auszubüxen, finden Sie sich im Stadtgefängnis von Wynette wieder.«

»Ein faires Angebot«, sagte Ted. »Ich wünschte mir, alle Streitigkeiten könnten so friedlich beigelegt werden. Dann hätten wir eine bessere Welt, nicht wahr?«

»Gewiss«, bestätigte Birdie. Sie wandte ihre Aufmerksamkeit wieder Meg zu und deutete auf die Tür hinter der Theke. »Ich werde Sie jetzt mit Arlis Hoover bekannt machen, unserer Hauswirtschaftsleiterin. Sie werden für sie arbeiten.«

»Arlis Hoover?«, fragte Ted nach. »Verdammt, die hatte ich ganz vergessen.«

»Sie war schon hier, als ich den Laden übernahm«, antwortete Birdie. »Wie konnten Sie das vergessen?«

»Ich weiß es nicht.« Ted fummelte ein paar Autoschlüssel aus seiner Jeanstasche. »Vermutlich gehört sie zu den Leuten, an die ich mich lieber nicht erinnern möchte.«

»Wem sagen Sie das«, murmelte Birdie.

Und mit diesen ominösen Worten führte sie Meg von der Lobby in die Hinterräume des Gasthofs.

Kapitel 5

Emma Traveler liebte das cremefarbene Kalksteinhaus, das Kenny und sie mit ihren drei Kindern bewohnten. Auf der Weide hinter den Lebenseichen weideten zufriedene Pferde, und eine Spottdrossel meldete sich von ihrem Sitz auf dem frisch getünchten Zaun. Schon bald würde man die ersten Pfirsiche in ihrem Obstgarten pflücken können.

Die Mitglieder des Komitees für den Wiederaufbau der Stadtbibliothek von Wynette hatten sich fast vollzählig zu ihrem Samstagnachmittagstreffen um den Pool versammelt. Kenny war mit den Kindern in die Stadt gefahren, sodass das Komitee ohne Unterbrechungen tagen konnte, obwohl Emma aus langjähriger Erfahrung wusste, dass man erst zur Tagesordnung übergehen konnte, wenn sämtliche Mitglieder, deren Altersspektrum von zweiunddreißig bis zu vierzig Jahren reichte, sich über das ausgetauscht hatten, was ihnen auf den Nägeln brannte.

»Jahrelang habe ich gespart, um es mir leisten zu können, Haley auf die University of Texas zu schicken, und jetzt will sie nicht.« Birdie Kittle zupfte an ihrem neuen Tommy-Bahama-Badeanzug, dessen diagonale Raffung half, ihren Bauch zu kaschieren. Ihre Tochter hatte vor ein paar Wochen ihren Abschluss an der Wynette High mit einer glatten Eins bestanden. Und genauso wenig wie mit ihrem drohenden vierzigsten Geburtstag wollte Birdie sich damit abfinden, dass Haley hartnäckig darauf bestand, das hiesige College zu besuchen, anstatt im Herbst auf die University of Texas zu gehen. »Ich hatte gehofft, Sie könnten sie zur Vernunft bringen, Lady Emma.«

Als einzigem Kind des vor langer Zeit verstorbenen fünften Earls of Woodbourne stand Emma das Recht zu, den Ehrentitel »Lady« zu tragen, was sie aber nicht nutzte. Dies jedoch hatte die gesamte Bevölkerung von Wynette – abgesehen von Emmas Kindern und Francesca – nicht davon abhalten können, sie mit »Lady« anzusprechen, egal wie oft sie sie schon gebeten hatte, darauf zu verzichten. Selbst ihr eigener Ehemann tat es. Außer natürlich im Bett, in diesem Fall …

Emma hatte Mühe, sich nicht in einer pornografischen Fantasie zu ergehen. Sie war früher Lehrerin gewesen und ein langjähriges Mitglied des Bildungsausschusses, Kulturdirektorin der Stadt und Präsidentin der Freunde der Stadtbibliothek von Wynette und deshalb daran gewöhnt, dass man ihr Fragen zu den Kindern anderer Leute stellte. »Haley ist ziemlich klug, Birdie. Sie müssen Vertrauen in sie haben.«

»Ich weiß nicht, woher sie ihr schlaues Köpfchen hat, von ihrem Exvater und mir jedenfalls nicht.« Birdie verputzte einen der Zitronenriegel, die Patrick, der langjährige Haushälter der Travelers, für die Gruppe bereitgestellt hatte.

Shelby Traveler, Emmas Freundin und mit siebenunddreißig ihre sehr junge Schwiegermutter, setzte sich gegen die Sonne einen Schlapphut auf den blonden Bob. »Sehen Sie es doch positiv. Sie möchte zu Hause wohnen. Ich konnte es gar nicht erwarten, von meiner Mutter loszukommen.«

»Mit mir hat das nichts zu tun.« Birdie fegte die Krumen von ihrem Badeanzug. »Würde Kyle Bascom an die University of Texas anstatt aufs hiesige College gehen, würde Haley jetzt schon ihre Koffer packen, um nach Austin zu fahren. Und dabei weiß er nicht einmal, dass es sie gibt. Mir ist der Gedanke unerträglich, dass eine weitere Kittle-Frau ihre Zukunft für einen Mann wegwirft. Ich habe schon versucht, Ted dafür einzuspannen, mit ihr zu reden – ihr wisst ja, wie sehr sie ihn verehrt –, aber er meinte, sie sei alt genug, ihre eigenen Entscheidungen zu treffen, was nicht der Fall ist.«

Sie blickten auf, als Kayla Garvin um die Hausecke gerannt kam, wobei das Oberteil ihres zweiteiligen Badeanzugs die Implantate freizügig zur Schau stellte, die ihr Vater ihr vor einigen Jahren großzügig spendiert hatte, in der Hoffnung, sie könne damit Ted als neues Mitglied der Garvin-Familie gewinnen. »Tut mir leid, dass ich zu spät komme. Habe neue Ware reinbekommen.« Dabei rümpfte sie die Nase, um ihre Verachtung für den Secondhandshop zu zeigen, den sie in Teilzeit führte, um eine Beschäftigung zu haben, doch ihre Züge erhellten sich, als sie sah, dass Torie nicht gekommen war. Obwohl Torie eine enge Freundin von ihr war, zeigte sie ihren schönen Körper lieber ohne unmittelbare Konkurrenz, insbesondere im Badeanzug.

Kayla trug ihr blondes Haar heute zu einem modischen ungekämmten Knoten hoch oben auf ihrem Kopf aufgesteckt und hatte sich einen weißen Spitzensarong tief um ihre Hüften geschlungen. Wie üblich war sie perfekt geschminkt und trug ihre neue Halskette mit dem Diamantenstern in Pavé-Fassung. Sie nahm auf der Liege neben Emma Platz. »Wenn noch eine Frau versucht, mir einen Weihnachtspullover für alte Damen in Kommission zu bringen, dann werde ich meinen Secondhandshop zusperren und zu dir zum Arbeiten kommen, Birdie, das schwöre ich.«

»Besten Dank noch mal, dass du letzte Woche bei mir ausgeholfen hast. Das ist nun schon das zweite Mal in diesem Monat, dass Mary Alice sich krankgemeldet hat.« Birdie nahm ihre sommersprossigen Beine aus der Sonne. »Obwohl ich den Umsatz gut gebrauchen kann, bin ich froh, dass die Presse endlich aus der Stadt verschwunden ist. Die sind wie ein Krähenschwarm hier eingefallen und haben sich überall eingemischt und sich über die Stadt lustig gemacht. Ted konnte keinen Schritt mehr allein tun.«

Kayla griff nach ihrem Lieblingslipgloss von MAC. »Ich sollte dir danken, dass ich an diesem Tag aushelfen durfte. Ihr hättet alle dabei sein sollen, als Miss Hollywood ihre Rechnung nicht bezahlen konnte. ›Wissen Sie denn, wer ich bin?‹, fragte sie, als sollte ich mich gleich vor ihr verneigen.« Kayla strich mit dem Stift über ihre Lippen.

»So jemand wie sie ist mir noch nicht begegnet.« Zoey Daniels trug einen konservativen Einteiler in Nussbraun, der nur wenige Schattierungen dunkler war als ihre Haut. Weil sie fest daran glaubte, dass afroamerikanische Frauen sich genauso wie ihre bleichen Schwestern vor den schädlichen Sonnenstrahlen schützen mussten, hatte sie sich einen Platz unter einem der gestreiften Sonnenschirme ausgesucht.

Mit zweiunddreißig waren Kayla und Zoey die jüngsten Mitglieder der Gruppe. Trotz ihrer Unterschiede – die eine modebesessene blonde Schönheitskönigin, die andere gebildete Rektorin der Sybil-Chandler-Grundschule – waren sie seit ihrer Kindheit beste Freundinnen. Die schlanke, kaum eins sechzig große Zoey trug ihr naturbelassenes Haar kurz, hatte große goldbraune Augen und machte immer einen besorgten Eindruck, was aufgrund immer größer werdender Klassen und gekürzter Budgets nur allzu verständlich war.

Sie zog an einem farbenfrohen dehnbaren Armband, das aus Klumpen getrockneter Spielknete zu bestehen schien. »Mich deprimiert allein der Anblick dieses Mädchens. Und ich kann es kaum erwarten, dass sie die Stadt verlässt. Armer Ted.«

Shelby Traveler rieb den Rist ihrer Füße mit Sunblocker ein. »Er hat das alles mit so viel Fassung hingenommen. Es bricht mir fast das Herz.«

Ted bedeutete ihnen allen viel. Birdie bewunderte ihn, und in Shelbys Haus ging er ein und aus, seit diese Kennys Vater Warren geheiratet hatte. Kayla und Zoey waren beide in ihn verliebt gewesen, was ihre Freundschaft auf eine harte Probe stellte. Kaylas einziger Kommentar zu dieser Zeit lautete, dass es die besten sechs Monate ihres Lebens waren. Zoey seufzte nur und wurde schwermütig, sodass sie nicht mehr darüber sprachen.

»Vielleicht hat sie es aus Eifersucht getan.« Zoey angelte nach ihrem Exemplar von *Social Studies in Elementary School*, das aus ihrer Büchertasche gefallen war, und stopfte es wieder hinein. »Entweder wollte sie nicht, dass Lucy ihn bekam, oder ein Blick genügte, und sie wollte ihn für sich selbst haben.«

»Wir kennen doch alle Frauen, die wie besessen auf Ted abgefahren sind.« Shelby sah dabei weder Zoey noch Kayla an, aber das war auch nicht nötig. »Ich möchte nur zu gern wissen, womit sie Lucy überzeugt hat, ihre Hochzeit abzublasen.«

Kayla fummelte an ihrem Sternenhalsband herum. »Ihr wisst doch alle, wie Ted ist. Zu allen reizend. Aber nicht zu Miss Ich-hab-berühmte-Eltern.« Kayla schüttelte es. »Wer wusste schon, dass Ted Beaudine eine dunkle Seite hat?«

»Das macht ihn nur noch begehrenswerter.« Wieder stieß Zoey einen ihrer wehmütigen Seufzer aus.

Birdie grinste. »Jake Korandas Tochter schrubbt meine Toiletten ...«

Emma setzte sich ihren Sonnenhut auf, ein keckes Strohmodell. »Ich kann nur schwer nachvollziehen, warum ihre Eltern ihr nicht helfen.«

»Sie haben sie enterbt«, sagte Kayla mit Bestimmtheit. »Und man braucht nicht viel Fantasie, um sich auszumalen, warum. Meg Koranda nimmt Drogen.«

»Das wissen wir doch gar nicht«, wandte Zoey ein.

»Du versuchst in den Menschen immer das Beste zu sehen«, erwiderte Kayla. »Aber es liegt doch auf der Hand. Ich wette, ihre Familie hat irgendwie beschlossen, genug von ihr zu haben.«

Dies war genau die Art von Klatsch, die Emma nicht mochte. »Wir sollten keine Gerüchte in die Welt setzen, die wir nicht beweisen können«, erklärte sie, obwohl sie wusste, dass sie damit auf taube Ohren stieß.

Kayla zupfte ihr Bikinioberteil zurecht. »Sieh zu, dass deine Schublade mit dem Bargeld gut abgeschlossen ist, Birdie. Drogenabhängige rauben dich gnadenlos aus.«

»Da mache ich mir keine Sorgen«, meinte Birdie selbstgefällig. »Arlis Hoover hat ein Auge auf sie.«

Shelby bekreuzigte sich, und alle lachten.

»Vielleicht hast du Glück, und Arlis nimmt einen Job im neuen Golfresort an.«

Emma hatte lustig sein wollen, aber in der Gruppe trat ein betretenes Schweigen ein, weil alle darüber nachdachten, wie das geplante Golfresort mit den dazugehörigen Eigentumswohnungen ihr Leben zum Besseren wenden könnte. Birdie bekäme ihren Tearoom mit integrierter Buchhandlung, Kayla könnte ihre exklusive Modeboutique aufmachen, von der sie immer geträumt hatte, und die Schule erhielte die zusätzlichen Gelder, die Zoey sich für ihre Schule wünschte.

Emma warf Shelby einen Blick zu. Ihre junge Schwiegermutter würde sich keine Sorgen mehr um ihren Ehemann machen müssen, der die Last zu schultern hatte, der einzige große Arbeitgeber in einer Stadt mit zu vielen Arbeitslosen zu sein. Was Emma betraf … Kenny und sie verfügten über genug Geld, um ein angenehmes Leben führen zu können, unabhängig vom Golfresort, aber vielen Menschen, die ihnen am Herzen lagen, ging es nicht so gut, und das Wohl ihrer Heimatstadt bedeutete ihnen alles.

Doch Emma gehörte nicht zu denen, die Trübsal bliesen.

»Ob Golfresort oder nicht«, meinte sie forsch, »wir müssen uns darüber unterhalten, wie wir das Geld zusammenbringen, um unsere Bücherei wieder herzurichten und neu eröffnen zu können. Trotz des Schecks von der Versicherung reicht es hinten und vorne nicht.«

Kayla steckte ihren blonden Knoten noch mal fest. »Ich ertrage keinen weiteren blöden Kuchenverkauf mehr. Den haben Zoey und ich schon in der Junior High zur Genüge ausgerichtet.«

»Und auch keine stille Auktion mehr«, warf Shelby ein.

»Oder eine Autowasch-Aktion oder eine Tombola.« Zoey schlug eine Fliege tot.

»Wir brauchen was Großes«, sagte Birdie. »Etwas, das die Aufmerksamkeit aller auf sich zieht.«

Sie redeten noch eine Stunde, aber keinem wollte eine zündende Idee einfallen.

Arlis Hoover deutete mit ihrem dicken Finger auf die Badewanne, die Meg bereits zum zweiten Mal geschrubbt hatte. »Das nennen Sie sauber, Miss Movie Star? Für mich ist sauber was anderes.«

Meg hatte es sich abgewöhnt, darauf hinzuweisen, dass sie kein Filmstar war. Arlis wusste das selbst nur zu gut. Und genau deshalb insistierte sie darauf.

Arlis hatte schwarz gefärbtes Haar und einen Körper wie ein abgenagter Knorpel. Überall sah sie Ungerechtigkeiten und war sich sicher, dass nur Pech sie um Reichtum, Schönheit und Chancen brachte. Sie hörte sich während der Arbeit durchgeknallte Radioshows an, in denen Beweise dafür geliefert wurden, dass Hillary Clinton mal das Fleisch eines Neugeborenen gegessen hatte und der PBS, der Nachrichtenservice der Vereinigten Staaten, vollständig von linken Filmstars finanziert wurde, mit dem Ziel, den Homosexuellen die Weltherrschaft zu überlassen. Als wären sie darauf erpicht.

Arlis war so gemein, dass Meg vermutete, selbst Birdie habe Angst vor ihr, obwohl die pummelige Frau sich Mühe gab, ihre psychotischen Impulse in Schach zu halten, wenn sie mit ihrer Arbeitgeberin zu tun hatte. Aber sie sparte Birdie Geld, indem sie aus den wenigen Hauswirtschaftskräften das Beste herausholte, weshalb Birdie ihr freie Hand ließ.

»Komm mal her, Dominga, und sieh dir diese Badewanne an. Nennt man das bei euch zu Hause in Mexiko sauber?«

Als illegale Einwanderin konnte Dominga Arlis nicht widersprechen und schüttelte den Kopf. »Nein. Muy sucia.«

Meg hasste Arlis Hoover mehr, als sie jemals jemanden gehasst hatte, mit einer Ausnahme – Ted Beaudine.

Was zahlen Sie Ihren Hausangestellten, Birdie? Sieben, sieben fünfzig die Stunde?

Nein. Birdie zahlte ihnen zehn fünfzig die Stunde, was Ted bestimmt wusste. Was alle wussten. Außer Meg.

Ihr Rücken schmerzte, ihre Knie pochten, sie hatte sich an einem zerbrochenen Spiegel in ihren Daumen geschnitten, und sie war hungrig. In den vergangenen Wochen hatte sie von Minzbonbons und den vom Frühstück übrig gebliebenen Muffins des Gasthofs gelebt, die ihr Carlos, der Hausmeister, heimlich zusteckte. Aber diese Einschränkungen konnten ihren Fehler der ersten Nacht nicht wettmachen, als sie sich in einem billigen Motel eingemietet hatte, nur um am nächsten Morgen beim Aufwachen feststellen zu müssen, dass selbst billige Motels Geld kosten und ihre hundert Dollar in ihrer Brieftasche über Nacht auf fünfzig zusammengeschrumpft waren. Seitdem hatte sie draußen in der Kiesgrube in ihrem Wagen übernachtet und gewartet, bis Arlis Feierabend machte, um sich dann zum Duschen in ein freies Hotelzimmer zu schleichen.

Es war ein elendes Leben, aber noch hatte sie sich den Griff zum Telefon versagt. Weder erneut versucht, Dylan zu erreichen, noch Clay anzurufen. Auch mit Georgie, April oder Sasha hatte sie nicht telefoniert. Und, was noch wichtiger war, sie hatte ihre Situation vor ihren Eltern geheim gehalten, als diese sich bei ihr meldeten. Und an dieses Wissen klammerte sie sich, wenn sie wieder eine verstopfte Toilette säuberte oder einen schleimigen Haarpfropfen aus dem Badewannenabfluss holte. In etwa einer Woche würde sie wegkommen. Aber was dann? Sie hatte keine Ahnung.

Da die Gäste eines großen Familientreffens erwartet wurden, hatte Arlis nur wenige Minuten Zeit, um Meg zu quälen. »Drehen Sie diese Matratze um, bevor Sie die Laken wechseln, Miss Movie Star, außerdem reinigen Sie sämtliche Schiebetüren auf diesem Stockwerk. Und dass ich keinen Fingerabdruck finde!«

»Sie haben wohl Angst, dass das FBI einen entdeckt, der Ihnen gehört?«, erwiderte Meg zuckersüß. »Wozu brauchen die Sie eigentlich?«

Arlis wäre beinahe erstarrt, als Meg ihr Widerworte gab, und in ihre von Adern durchzogenen Wangen stieg die Zornesröte. »Ich brauche nur ein Wort zu Birdie zu sagen, und man bringt Sie hinter Gitter.«

Gut möglich, aber für das Wochenende waren bei zu wenig Hauspersonal viele Gäste angekündigt, und Arlis konnte es sich nicht leisten, sie jetzt zu verlieren. Dennoch war es besser, sie verließ sich nicht darauf.

Als Meg endlich allein war, starrte sie sehnsüchtig auf die glänzende Badewanne. Am vergangenen Abend war Arlis lang geblieben, um Inventur zu machen, weshalb Meg sich nicht in eine Dusche hatte schleichen können, und da der Gasthof ausgebucht war, standen die Chancen für heute Abend auch nicht besser. Sie sagte sich, dass sie schließlich tagelang auf staubigen Pfaden zugebracht hatte, ohne auch nur einen Gedanken an fließendes Kalt- und Warmwasser zu verschwenden. Aber diese Exkursionen waren ihr Freizeitvergnügen gewesen und nicht das wirkliche Leben, doch im Rückblick schien ihr wirkliches Leben eigentlich aus Freizeit bestanden zu haben.

Sie kämpfte gerade mit der Matratze, als sie spürte, dass jemand hinter ihr stand. Und so wappnete sie sich für eine weitere Konfrontation mit Arlis, sah allerdings Ted Beaudine in der Tür stehen.

Mit einer Schulter lehnte er am Türgriff, die Knöchel verschränkt, und schien sich in dem von ihm regierten König-reich mehr als wohl zu fühlen. Schweißnass klebte ihr mint-grünes Hausmädchenkleid aus Polyester an ihrer Haut, und sie wischte sich mit ihrem Arm die Stirn trocken. »Scheint mein Glückstag zu sein. Ein Besuch des Erwählten. Schon ein paar Leprakranke geheilt?«

»Ich war zu sehr mit den Broten und den Fischen beschäf-tigt.«

Das sagte er, ohne zu lächeln. Mistkerl. Sie hatte ihn in dieser Woche ein paar Mal draußen stehen sehen, wenn sie Vorhänge drapierte oder ein Fensterbrett mit einem dieser giftigen Produkte bearbeitete, die man im Gasthof verwen-den musste. Das Bürgermeisteramt befand sich, wie sich he-rausstellte, im selben Gebäude wie die Polizeiwache. Heute Morgen war sie an einem Fenster im zweiten Stock gestan-den und hatte ihn dabei beobachtet, wie er tatsächlich den Verkehr stoppte, um einer alten Dame über die Straße zu helfen. Ihr waren auch die vielen jungen Frauen aufgefallen, die das Gebäude durch den Seiteneingang mit direkter Ver-bindung zu den Verwaltungsbüros betraten. Möglicherwei-se, weil sie was zu regeln hatten. Viel wahrscheinlicher aber aus Jux und Tollerei.

Er nickte mit dem Kopf Richtung Matratze. »Sieht ganz da-nach aus, als könntest du etwas Hilfe gebrauchen?«

Sie war erschöpft, die Matratze war schwer, und sie schluck-te ihren Stolz hinunter. »Danke.«

Er schaute auf den Flur hinaus. »Nein. Da kommt keiner.«

Dass sie sich derart von ihm hatte zum Trottel machen lassen, verlieh ihr die Willenskraft, ihre Schulter unter eine Ecke der Matratze zu zwängen und sie hochzuwuchten. »Was willst du?«, grunzte sie.

»Dich kontrollieren. Zu meinen Pflichten als Bürgermeister gehört es, mich zu vergewissern, dass unsere Landstreicher keine unschuldigen Bürger anpöbeln.«

Sie presste ihre Schulter noch weiter unter die Matratze und zahlte es ihm mit dem Fiesesten heim, was ihr einfiel. »Lucy hat mir gesimst. Bis jetzt hat sie dich noch nicht erwähnt.« Aber auch sonst nicht viel, nur ein oder zwei Sätze, dass es ihr gut gehe, sie aber nicht reden wolle. Meg hievte die Matratze in die Höhe.

»Grüß sie von mir«, sagte er so beiläufig, als spräche er von einer entfernten Cousine.

»Dir ist es völlig egal, wo sie ist, nicht wahr?« Meg hob die Matratze um ein paar weitere Zentimeter an. »Ob es ihr gut geht oder nicht? Sie könnte auch von Terroristen gekidnappt worden sein.« Faszinierend, wie eine im Grunde nette Person wie sie garstig werden konnte.

»Das hätte ich sicherlich erfahren.«

Sie hatte Mühe, Luft zu bekommen. »Deinem angeblich so gigantischen Gehirn scheint es entgangen zu sein, dass ich nicht dafür verantwortlich bin, dass Lucy dich abserviert hat, weshalb machst du mich also zu deinem persönlichen Sandsack?«

»An irgendjemand muss ich meine grenzenlose Wut doch auslassen.« Lässig änderte er seine Fußstellung.

»Du tust mir leid.« Aber kaum hatte sie diese Worte ausgesprochen, da verlor sie das Gleichgewicht und stolperte über den Bettkasten. Die Matratze krachte auf sie.

Ein kühler Luftzug strich über die Rückseiten ihrer nackten Schenkel. Der Rock ihrer Uniform bauschte sich über ihren Hüften und erlaubte ihm ungehindert einen Blick auf ihr hellgelbes Höschen und womöglich auch auf das Drachentattoo auf ihrer Hüfte. Gott hatte sie bestraft, weil sie ungezogen zu seiner perfekten Schöpfung war, indem er sie in ein großes Schaumstoffsandwich verwandelte.

Gedämpft hörte sie seine Stimme. »Geht es dir gut da drin?«

Die Matratze bewegte sich nicht.

Windend versuchte sie sich zu befreien, bekam aber keine

Hilfe. Ihr Rock schob sich bis zur Taille hoch. Sie nahm sich vor, weder an ihr gelbes Höschen noch an das Drachentattoo denken, und gelobte sich, ihm nicht die Freude zu machen mitzubekommen, wie sie sich von einer Matratze unterkriegen ließ.

Sie rang nach Luft, presste ihre Zehen in den Teppich und schob mit einer letzten Verrenkung das sperrige Gewicht zu Boden.

Ted stieß einen leisen Pfiff aus. »Verdammt, das ist aber ein schweres Ding.«

Sie erhob sich und strich ihren Rock glatt. »Woher willst du das wissen?«

Er ließ seinen Blick über ihre Beine wandern und lächelte. »Wohlbegründete Vermutung.«

Sie stürzte sich auf die Ecke der Matratze, und irgendwie gelang es ihr, genügend Zugkraft aufzubringen, um das schreckliche Ding umzudrehen und zurück auf den Bettkasten zu ziehen.

»Gut gemacht«, sagte er.

Sie schob sich eine Haarsträhne aus dem Gesicht. »Du bist ein nachtragender, kaltblütiger Psycho.«

»Hart.«

»Bin ich die Einzige, die deine Rolle als heiliger Ted durchschaut?«

»So gut wie.«

»Sieh dich doch an. Noch vor zwei Wochen war Lucy die Liebe deines Lebens. Jetzt scheinst du dich kaum mehr an ihren Namen zu erinnern.« Sie kickte die Matratze noch ein paar Zentimeter weiter.

»Die Zeit heilt alle Wunden.«

»Innerhalb von elf Tagen?«

Achselzuckend wanderte er durch den Raum, um die Internetverbindung zu untersuchen. Sie stapfte hinter ihm her. »Hör auf damit, das, was geschehen ist, mir in die Schuhe zu schieben. Es war nicht mein Fehler, dass Lucy weggerannt ist.« Das war nicht ganz wahrheitsgemäß, aber nah dran.

Er ging in die Hocke, um die Kabelverbindung zu kontrollieren. »Bevor du kamst, war alles bestens.«

»Das glaubst auch nur du.«

Er steckte den Stecker wieder ein und richtete sich auf. »Ich sag dir mal, wie ich das sehe. Aus Gründen, die nur dir bekannt sind – obwohl ich eine recht gute Vorstellung habe, welche es sind –, hast du eine wunderbare Frau mittels Gehirnwäsche dazu gebracht, einen Fehler zu machen, mit dem sie für den Rest ihres Lebens wird leben müssen.«

»Es war kein Fehler. Lucy hat Besseres verdient als das, was du bereit warst, ihr zu geben.«

»Du hast ja gar keine Ahnung, was ich bereit war, ihr zu geben«, sagte er auf dem Weg zur Tür.

»Auf jeden Fall nicht deine ungezügelte Leidenschaft.«

»Hör auf, so zu tun, als wüsstest du, wovon du sprichst.«

Sie kam ihm nach. »Wenn du Lucy so geliebt hättest, wie sie geliebt zu werden verdient, dann würdest du jetzt alles in deiner Macht Stehende tun, um sie zu finden und davon zu überzeugen, zu dir zurückzukehren. Und ich verfolge keinen geheimen Plan. Mir geht es allein um Lucys Glück.«

Seine Schritte wurden langsamer, und er drehte sich um. »Wir wissen beide, dass das nicht ganz stimmt.«

Die Art und Weise, wie er sie musterte, gab ihr das Gefühl, dass er einen tieferen Einblick in ihr Innenleben hatte als sie selbst. Die Hände ihrer herabhängenden Arme ballten sich zu Fäusten. »Du glaubst, ich sei eifersüchtig gewesen? Willst du das damit sagen? Dass ich beabsichtigte, sie irgendwie zu sabotieren? Ich habe viele Fehler, aber das Bescheißen meiner Freunde gehört nicht dazu. Niemals.«

»Warum hast du Lucy dann so zugesetzt?«

Sein ungerechter massiver Angriff machte sie wütend. »Raus hier.«

Er wandte sich bereits zum Gehen, konnte es sich jedoch nicht verkneifen, noch einen letzten Pfeil abzuschießen. »Hübscher Drache.«

Als ihre Schicht zu Ende war, waren sämtliche Zimmer des Gasthofs belegt, und sie hatte somit keine Chance, heimlich zu duschen. Carlos hatte einen Muffin für sie aus der Küche geschmuggelt, es war ihre einzige Mahlzeit für diesen Tag. Neben Carlos schien Birdie Kittles achtzehnjährige Tochter Haley die einzige andere Person zu sein, die sie nicht hasste, was irgendwie verwunderlich war, denn sie stellte sich ihr als persönliche Assistentin von Ted vor. Allerdings fand Meg schon bald heraus, dass damit bloß das gelegentliche Erledigen von Besorgungen gemeint war.

Haley hatte einen Ferienjob im Country Club, weshalb Meg sie nicht oft zu Gesicht bekam, aber manchmal schaute sie in dem Zimmer vorbei, das Meg gerade sauber machte. »Ich weiß, Lucy ist Ihre Freundin«, sagte sie eines Nachmittags, während sie Meg beim Einstecken eines frischen Bettlakens half. »Und sie war wirklich unheimlich nett zu allen. Aber sie machte nicht den Eindruck, als sei sie glücklich in Wynette.«

Haley hatte wenig Ähnlichkeit mit ihrer Mutter. Sie war ein paar Zentimeter größer, hatte ein langes Gesicht und glattes hellbraunes Haar, doch sie wählte ihre Kleider eine Nummer zu klein und trug mehr Make-up auf, als ihren zarten Zügen guttat. Aus einem Wortwechsel zwischen Birdie und ihrer Tochter, den Meg mitbekommen hatte, schloss sie, dass die Achtzehnjährige den Schlampenlook erst seit Kurzem für sich entdeckt hatte.

»Lucy ist sehr anpassungsfähig«, erklärte Meg und bezog ein Kissen frisch.

»Doch auf mich machte sie mehr den Eindruck einer Frau, die die Großstadt braucht, und obwohl Ted in seiner Beratertätigkeit überall hinreist, lebt er doch hier.«

Meg wusste es zu schätzen, dass noch jemand anderer in dieser Stadt ihre Zweifel geteilt hatte, aber das half ihr auch nicht, aus ihrer wachsenden Mutlosigkeit herauszufinden. Als sie an diesem Abend den Gasthof verließ, war sie schmutzig und hungrig. Sie lebte in einem rostigen Buick, den sie jeden Abend in einem einsamen Gebüsch neben der Kiesgrube der Stadt versteckte, und betete, dass keiner sie dort entdecken möge. Trotz ihres leeren Magens fühlte ihr Körper sich schwer an, und als sie sich dem Auto näherte, das zu ihrem Heim geworden war, verlangsamte sie ihren Schritt. Etwas stimmte nicht. Sie sah genauer hin.

Kaum wahrnehmbar sackte der Wagen hinten auf der Fahrerseite ab. Sie hatte eine Reifenpanne.

Reglos stand sie davor und versuchte diese neueste Katastrophe zu verarbeiten. Ihr Auto war alles, was ihr geblieben war. Wenn sie in der Vergangenheit einen Platten gehabt hatte, rief sie einfach jemanden an und zahlte, wenn der Reifen gewechselt war, aber sie besaß nur noch zwanzig Dollar. Und selbst wenn sie es schaffte, ihn selbst zu wechseln, war sie nicht sicher, ob der Ersatzreifen Luft hatte. Wenn es überhaupt ein Reserverad gab.

Sie kratzte sich am Hals, öffnete den Kofferraum und zog den mit Öl und Schmutz und weiß Gott was sonst noch verdreckten schäbigen Teppich beiseite. Darunter befand sich der Ersatzreifen, doch er war nicht aufgepumpt. Sie würde auf dem platten Reifen zur nächsten Tankstelle der Stadt fahren und darauf hoffen müssen, dass sie unterwegs nicht die Felge beschädigte.

Wie alle anderen in der Stadt wusste auch der Besitzer, wer sie war. Natürlich hatte er ebenso eine schnippische Bemerkung parat, dass er nur eine hinterwäldlerische Kleinstadtwerkstatt betreibe, um dann zu einer weitschweifigen Geschichte auszuholen, wie der heilige Ted Beaudine ganz allein dafür gesorgt hatte, dass die Tafel für die Bedürftigen des Bezirks nicht geschlossen werden musste. Nachdem er damit fertig war, verlangte er von ihr zwanzig Dollar im Voraus, um den Originalreifen durch den abgefahrenen Ersatzreifen zu ersetzen.

»Ich habe nur noch neunzehn.«

»Geben Sie her.«

Sie leerte ihre Brieftasche und ging dann in die Werkstatt, während er den Reifen wechselte. Die Münzen, die sich ganz unten in ihrer Geldbörse angesammelt hatten, waren alles, was ihr noch geblieben war. Während sie den mit Süßigkeiten gefüllten Snackautomaten betrachtete, die sie sich nicht mehr leisten konnte, näherte sich Ted Beaudines alter puderblauer Ford Pick-up einer Zapfsäule. Sie hatte ihn mit diesem Kleinlaster durch die Stadt fahren sehen und sich an Lucys Information erinnert, er habe ihn mit einigen seiner Erfindungen bestückt, aber für sie sah er trotzdem nach alter Klapperkiste aus.

Eine Frau mit langen dunklen Haaren saß auf dem Beifahrersitz. Als Ted ausstieg, hob sie ihren Arm und strich sich das Haar mit einer Geste aus dem Gesicht, die an die Anmut einer Ballerina erinnerte. Meg erinnerte sich, sie auf dem Probedinner gesehen zu haben, aber da waren so viele Leute gewesen, und man hatte sie einander nicht vorgestellt.

Ted rutschte zurück auf seinen Sitz, während der Tank befüllt wurde. Die Frau schlang ihre Hand um seinen Hals. Er neigte ihr sein Gesicht zu, und sie küssten sich. Meg verfolgte es mit Abscheu. So viel also zu den Schuldgefühlen Lucys, Ted das Herz gebrochen zu haben.

Der Laster schien nicht viel Sprit zu brauchen – vielleicht wegen der von Lucy erwähnten Wasserstoffzellen. Normalerweise hätte Meg sich für so etwas interessiert, aber jetzt war ihre einzige Sorge, das Kleingeld in ihrer Geldbörse zu zählen. Sie hatte noch einen Dollar und sechs Cent.

Als sie von der Werkstatt wegfuhr, stellte sie sich der Tatsache, die sie am allerwenigsten anerkennen wollte. Sie war ganz unten angekommen. Sie war halb verhungert, verdreckt, und dem einzigen Zuhause, das sie hatte, ging der Sprit aus. Von allen ihren Freundinnen würde Georgie York Shepard am leichtesten zu erweichen sein. Die unermüdliche Georgie, die selbst für ihren Lebensunterhalt gesorgt hatte, seit sie ein Kind war.

Georgie, ich bin es. Ich habe kein Ziel und keine Disziplin, und ich brauche dich, damit du dich um mich kümmerst, weil ich nicht für mich selbst sorgen kann.

Ein Wohnmobil schaukelte vorbei und fuhr Richtung Stadt. Sie konnte unmöglich wieder zurück zur Kiesgrube fahren und sich noch eine weitere Nacht lang einreden, dass dies einfach ein neues Reiseabenteuer war. Natürlich hatte sie auch früher schon an dunklen, gruseligen Orten geschlafen, aber nur für ein paar Tage und immer mit einem freundlichen Führer in der Nähe und einem Viersternehotel, das am Ende der Reise auf sie wartete. Was sie jetzt hingegen erlebte, war Obdachlosigkeit. Sie war nur einen Schritt davon entfernt, mit einem Einkaufswagen durch die Straßen zu ziehen.

Sie sehnte sich nach ihrem Vater. Wollte, dass er sie fest an sich drückte und ihr versicherte, dass alles gut sei. Sie sehnte sich nach ihrer Mutter, die ihr übers Haar strich und ihr versprechen musste, dass sich keine Ungeheuer im Schrank aufhielten. Sie wollte sich in ihrem alten Zimmer zusammenrollen, in dem Haus, wo sie sich immer rastlos gefühlt hatte.

Aber sosehr ihre Eltern sie auch liebten, respektiert hatten sie sie nie. Genauso wenig wie Dylan, Clay oder ihr Onkel Michel. Und wenn sie erst mal Georgie um Geld angehauen hatte, würde auch diese sich bei ihnen einreihen.

Meg fing zu weinen an. Aus Abscheu vor der hungrigen, heimatlosen Meg Koranda, der alle Vorteile in die Wiege gelegt worden waren, die aber dennoch nichts mit sich anzufangen wusste, vergoss sie dicke Kullertränen. Sie bog von der

Straße auf den verwahrlosten Parkplatz eines geschlossenen Rasthauses ab. Sie musste Georgie jetzt sofort anrufen, bevor ihr Vater sich daran erinnerte, dass er noch immer ihre Telefonrechnung bezahlte.

Sie strich mit ihrem Daumen über die Tasten und versuchte sich vorzustellen, wie Lucy wohl zurechtkam. Auch ihre beste Freundin war nicht nach Hause zurückgekehrt. Was machte sie, um sich über Wasser zu halten, und warum hatte Meg das nicht auch für sich entdeckt?

Eine Kirchturmuhr schlug sechs Uhr und erinnerte sie an die Kirche, die Ted Lucy als Hochzeitsgeschenk vermacht hatte. Ein Kleinlaster mit einem Hund auf der Ladefläche ratterte vorbei, und das Telefon rutschte Meg aus den Fingern. *Lucys Kirche!* Die leer stand.

Sie erinnerte sich, dass sie auf ihrem Weg dorthin am Country Club vorbeigekommen waren, weil Lucy sie darauf hinwies. Sie erinnerte sich an viele Kurven und Windungen, aber Wynette hatte so viele kleine Nebenstraßen. Welche hatte Lucy genommen?

Zwei Stunden später, als Meg schon aufgeben wollte, fand sie, wonach sie suchte.

Kapitel 6

Die alte Holzkirche stand etwas erhöht am Ende einer Schotterstraße. Megs Scheinwerfer erfassten den gedrungenen weißen Kirchturm direkt über dem Haupteingang. Im Dunkeln konnte sie den rechts liegenden überwucherten Friedhof nicht erkennen, aber sie erinnerte sich, dass es ihn gab. Sie erinnerte sich außerdem, dass Lucy einen versteckten Schlüssel von irgendwo unterhalb des Treppensockels hervorgeholt hatte. Sie richtete ihre Scheinwerfer auf den Eingang des Gebäudes und begann zwischen den Steinen und dem Gestrüpp herumzusuchen. Der Kies drückte sich in ihre Knie, und sie schürfte sich ihre Knöchel auf, allerdings konnte sie keinen Schlüssel finden. Ein Fenster einzuschlagen erschiene ihr als Sakrileg, aber reinkommen musste sie.

Im grellen Scheinwerferlicht warf sie einen grotesken Schatten auf die schlichte Holzfassade. Doch als sie schon zum Wagen zurückkehren wollte, entdeckte sie die grobe Skulptur eines Froschs, der unter einem Strauch hockte. Sie hob ihn hoch und fand darunter den Schlüssel. Den verwahrte sie sicher und tief in ihrer Tasche, ehe sie die Rostlaube parkte, ihren Koffer herausholte und die fünf Holzstufen hinaufstieg.

Von Lucy hatte sie erfahren, dass die Lutheraner die winzige Dorfkirche irgendwann in den Sechzigerjahren verlassen hatten. Zwei Bogenfenster flankierten die doppelflügelige Eingangstür. Der Schlüssel drehte sich ganz leicht im Schloss. Innen war es muffig und heiß von der Hitze des Tags. Bei ihrem letzten Besuch war das Innere in Sonnenlicht getaucht gewesen, jetzt hingegen erinnerte die Dunkelheit sie an sämtliche Horrorfilme, die sie je gesehen hatte. Sie tastete nach einem Lichtschalter in der Hoffnung, dass Strom vorhanden war. Wunderbarerweise leuchteten zwei weiße Kugeln auf. Aus Angst, jemand könnte sie sehen, durfte sie diese nicht lang anlassen – nur lang genug, um sich umzusehen. Sie ließ ihren Koffer fallen und verriegelte hinter sich die Tür.

Man hatte das Gestühl entfernt, sodass ein leerer, hallender Raum zurückblieb. Den Gründervätern war Schmuck nicht wichtig gewesen. Diese strengen Lutheraner kannten keine Buntglasfenster, hoch aufstrebende Gewölbe oder Steinsäulen. Der Raum war schmal, keine zehn Meter breit, mit einem blankgescheuerten Nadelholzboden und ein paar Deckenventilatoren, die von einer schlichten Decke aus Stanzmetall hingen. An jeder Wand waren fünf lange Sprossenfenster eingebaut. Eine schlichte Treppe führte auf der Rückseite zu einer kleinen Chorempore aus Holz hinauf, dem einzigen Luxus dieser Kirche.

Von Lucy wusste Meg, dass Ted ein paar Monate lang in der Kirche gewohnt hatte, während sein Haus gebaut wurde, aber er hatte keine Möbelstücke zurückgelassen. Nur ein hässlicher Sessel, dessen Polsterfüllung an einer Ecke herausquoll, war zusammen mit einem schwarzen Futon aus Metall noch vorzufinden, den sie auf der Chorempore entdeckte. Lucy hatte geplant, den Raum mit einer bequemen Sitzecke, bemalten Tischen und Volkskunst auszustatten. Doch im Moment kam es Meg nur darauf an, fließendes Wasser zu entdecken.

Mit quietschenden Turnschuhen ging sie über den alten Nadelholzboden auf die kleine Tür zu, die rechts vom früheren Altar lag. Dahinter lag ein kaum drei Meter tiefer Raum, der sowohl als Küche als auch als Vorratsraum diente. Ein alter, geräuschloser Kühlschrank mit abgerundeten Ecken stand neben einem kleinen Seitenfenster. Außerdem war die Küche mit einem altmodischen vierflammigen emaillierten Herd, einem Metallschrank und einer Spüle aus Porzellan bestückt. Im rechten Winkel zur Tür öffnete sich eine weitere Tür zu einem Badezimmer, das viel moderner war als der Rest der Kirche, mit Toilette, weißem Sockelspülstein und einer Dusche. Ihr Blick fiel auf die x-förmigen Wasserhähne, und langsam und voller Hoffnung drehte sie einen auf.

Frisches Wasser sprudelte heraus. Es war so selbstverständlich, und doch so luxuriös.

Dass es kein heißes Wasser gab, machte ihr nichts aus. Binnen weniger Minuten hatte sie ihren Koffer geholt, ihre Kleider abgestreift, sich Shampoo und Seife genommen, die sie im Gasthof stibitzt hatte, und stellte sich unter die Dusche. Keuchend ließ sie das kalte Wasser auf sich niederprasseln. Nie wieder würde sie diesen Luxus als selbstverständlich ansehen.

Nachdem sie sich abgetrocknet hatte, band sie die Seidenstola, die sie zum Probedinner getragen hatte, unter ihren Armen fest. Gerade als sie eine ungeöffnete Schachtel Salzcracker und sechs Dosen Tomatensuppe im Metallschrank entdeckt hatte, läutete ihr Telefon. Sie nahm ab und hörte eine vertraute Stimme.

»Meg?«

Sie stellte die Suppendose beiseite. »Luce? Ist alles in Ordnung mit dir?« Fast zwei Wochen waren seit dem Abend vergangen, als ihre beste Freundin abgehauen war, und da hatten sie das letzte Mal miteinander gesprochen.

»Mir geht es gut«, sagte Lucy.

»Warum flüsterst du?«

»Weil …« Sie machte eine Pause. »Wäre es … wäre ich … eine absolute Schlampe, wenn ich jetzt mit einem anderen Mann schliefe? Sagen wir, in etwa zehn Minuten?«

Meg richtete sich auf. »Ich weiß nicht. Vielleicht.«

»Habe ich mir schon gedacht.«

»Magst du ihn denn?«

»Gewissermaßen. Er ist kein Ted Beaudine, aber …«

»Dann solltest du *unbedingt* mit ihm schlafen.« Meg sagte dies mit mehr Nachdruck als beabsichtigt, doch Lucy ging nicht darauf ein.

»Ich möchte ja, aber …«

»Sei eine Schlampe, Luce. Es wird dir guttun.«

»Wenn ich ernsthaft gewollt hätte, dass man mir das ausredet, hätte ich wohl jemand anderen angerufen.«

»Das spricht Bände.«

»Da hast du recht.« Meg hörte, wie im Hintergrund Wasser abgedreht wurde. »Ich muss aufhören«, erklärte Lucy überstürzt. »Ich ruf dich an, wenn ich wieder kann. Ich habe dich lieb.« Sie legte auf.

Lucy klang erschöpft, aber gleichzeitig auch erregt. Während Meg einen Teller Suppe leerte, dachte sie darüber nach. Vielleicht würde am Ende doch noch alles gut werden. Wenigstens für Lucy.

Seufzend spülte sie den Topf ab, wusch dann ihre schmutzigen Klamotten mit einem Spülmittel, das sie unter der Spüle inmitten verstreuter Mäuseköttel fand. Sie würde jeden Morgen alle Anzeichen, dass sie hier gewesen war, beseitigen und ihren ganzen Krempel wieder im Wagen verstauen müssen, für den Fall, dass Ted vorbeischaute. Aber erst einmal hatte sie jetzt was zu essen, ein Dach über dem Kopf und fließendes Wasser. Auf diese Weise hatte sie ein wenig Zeit gewonnen.

Die folgenden paar Wochen waren die schlimmsten ihres Lebens. Da Arlis ihr das Leben von Tag zu Tag schwerer machte, träumte Meg von einer Rückkehr nach Los Angeles. Doch auch dort hätte sie keine Bleibe gehabt. Nicht bei ihren Eltern, deren liebevoll gemeinte, ernste Worte sich ihr ins Gedächtnis gebrannt hatten. Nicht bei ihren Freunden, die alle Familie hatten und bei denen man mal für eine Nacht bleiben, sich aber nicht für länger einnisten konnte. Als Birdie ihr mürrisch mitteilte, dass sie endlich ihre Schulden abgearbeitet hatte, empfand Meg nur Verzweiflung. Sie konnte den Gasthof nicht verlassen, solange sie keine andere Einnahmequelle hatte, und sie konnte nicht weiterziehen, solange Lucys Kirche ihre einzige Zuflucht war. Sie musste sich einen neuen Job suchen, und zwar in Wynette. Vorzugsweise einen Job, der ihr sofort Trinkgelder sicherte.

Sie bewarb sich im Roustabout, dem Schuppen, der dieser Stadt als allgemeiner Treffpunkt diente, als Kellnerin. »Sie haben Teds Hochzeit vermasselt«, sagte der Besitzer, »und versucht, Birdie auszutricksen. Warum sollte ich Sie einstellen?«

So viel zum Roustabout.

Im Lauf der nächsten Tage hielt sie bei jeder Bar und jedem Restaurant in der Stadt an, aber keiner stellte jemand ein. Jedenfalls sie nicht. Sie hatte keine Essensvorräte mehr, kaufte Sprit nur noch gallonenweise und musste sich bald Tampons kaufen. Sie brauchte Geld, und das schnell.

Als sie wieder einen widerwärtigen Haarpfropfen aus einer verkrusteten Badewanne zog, musste sie daran denken, wie oft sie vergessen hatte, den Zimmermädchen ein Trinkgeld zu geben, die hinter ihr die Hotelzimmer sauber machten. Bis jetzt hatte sie magere achtundzwanzig Dollar an Trinkgeldern eingenommen. Es hätten mehr sein können, doch Arlis verfügte über die unheimliche Gabe, die Gäste auszuspähen, die großzügig zu sein versprachen, und sorgte dafür, als Erste in deren Zimmer zu sein. Das bevorstehende Wochenende könnte lukrativ werden, sofern Meg sich was einfallen ließ, um sie auszutricksen.

Teds ehemaliger Trauzeuge Kenny Traveler war Gastgeber eines Golfwochenendes für seine Freunde, die aus allen Landesteilen angereist kamen und im Gasthof wohnten. Meg hatte für diesen Sport, der die natürlichen Ressourcen zerstörte, nur Verachtung übrig, allerdings ließ sich mit seinen Anhängern Geld verdienen. Und so überlegte sie den ganzen Donnerstag, wie sie aus diesem Wochenende Profit ziehen könnte. Am Abend hatte sie einen fertigen Plan. Dieser erforderte Ausgaben, die sie sich kaum leisten konnte, aber trotzdem hielt sie nach der Arbeit am Lebensmittelladen an und investierte dort zwanzig Dollar ihres mickrigen Lohns in ihre unmittelbare Zukunft.

Am nächsten Tag wartete sie, bis die Golfer von ihren Runden am Freitagnachmittag nach und nach im Gasthof eintrudelten. Als Arlis nicht aufpasste, grapschte sie sich ein paar Handtücher und marschierte los, um an den Türen zu klopfen. »Einen schönen Nachmittag, Mr. Samuels.« Sie setzte für den grauhaarigen Herrn, der ihr öffnete, ein breites Lächeln auf. »Ich dachte, Sie werden ein paar zusätzliche Handtücher sicherlich gut gebrauchen können. Da draußen ist es bestimmt heiß.« Sie legte einen der kostbaren Schokoriegel obendrauf, die sie am Abend zuvor gekauft hatte. »Hoffentlich lief es gut bei Ihnen, aber für den Fall, dass nicht, ist hier was Süßes. Meine Empfehlung!«

»Danke, Liebes. Das ist wirklich aufmerksam.« Mr. Samuels holte seine Geldscheinklammer hervor und zog eine Fünfdollarnote heraus.

Als sie den Gasthof an diesem Abend verließ, hatte sie vierzig Dollar eingenommen. Darauf war sie so stolz, als hätte sie ihre erste Million verdient. Aber wenn sie vorhatte, ihren Plan am Samstagnachmittag noch mal anzuwenden, musste sie sich was Neues einfallen lassen, und dies erforderte erneut eine kleine Ausgabe.

»Mann. Das habe ich schon seit Jahren nicht mehr bekommen«, sagte Mr. Samuels, als er am Samstagnachmittag die Tür öffnete.

»Hausgemacht.« Mit ihrem breitesten und gewinnendsten Lächeln reichte sie ihm die frischen Handtücher zusammen mit einem individuell eingewickelten Puffreisriegel, für deren Herstellung sie bis weit nach Mitternacht aufgeblieben war.

Plätzchen wären natürlich noch besser gewesen, doch ihre kulinarischen Fähigkeiten waren begrenzt. »Ich wünschte, es wäre ein kaltes Bier«, sagte sie. »Wir wissen es nämlich zu schätzen, dass die Herren hier übernachten.«

Dieses Mal gab er ihr einen Zehner.

Arlis, die wegen ihres schwindenden Handtuchvorrats bereits misstrauisch geworden war, hätte sie zweimal beinahe erwischt, aber Meg gelang es, ihr auszuweichen, und als sie sich der Suite im dritten Stock näherte, die von einem Herrn namens Dexter O'Connor belegt wurde, hatte sie schon ein hübsches Sümmchen in ihrer Uniformtasche. Mr. O'Connor war bei ihrem gestrigen Versuch, auch ihm was Gutes zu tun, nicht da gewesen, aber heute öffnete ihr eine große und umwerfend schöne Frau, die in einen der weißen flauschigen Bademäntel des Gasthofs gehüllt war, die Tür. Obwohl sie geradewegs aus der Dusche kam, das Gesicht bar jeglichen Make-ups, und nasse tiefschwarze Haarsträhnen an ihrem Hals klebten, war sie makellos – groß und dünn mit herausfordernden grünen Augen und eisberggroßen Diamantensteckern an ihren Ohrläppchen. Nach Dexter sah sie allerdings nicht aus. Und auch nicht der Mann, auf den Meg über ihre Schulter hinweg einen Blick erhaschte.

Ted Beaudine saß im Sessel des Raums, hatte die Schuhe abgestreift und hielt ein Bier in der Hand.

Irgendwas machte klick, und Meg erkannte in der Dunkelhaarigen die Frau, die Ted vor ein paar Wochen an der Tankstelle geküsst hatte.

»Oh, wie schön. Zusätzliche Handtücher.« Ihr protziger Diamant-Ehering funkelte, als sie das Paket entgegennahm. »Und ein leckerer hausgemachter Puffreisriegel! Sieh nur, Teddy! Wie lange ist das her, seit du einen Puffreisriegel hattest?«

»Daran kann ich mich gar nicht mehr erinnern«, erwiderte *Teddy*.

Die Frau klemmte sich die Handtücher unter den Arm und zog an der Plastikverpackung. »Ich liebe diese Dinger. Gib ihr doch bitte einen Zehner.«

Er rührte sich nicht vom Fleck. »Ich habe keinen Zehner. Und auch sonst kein Geld.«

»Warten Sie.« Die Frau drehte sich um, vermutlich um ihre Geldbörse zu holen, doch nur um gleich wieder zurückzuschnellen. »Heiliger Bimbam!« Sie ließ die Handtücher fallen. »Sie sind die, die die Hochzeit hat platzen lassen! In Ihrer Uniform habe ich Sie erst gar nicht erkannt.«

Ted schälte sich aus dem Sessel und näherte sich der Tür. »Verkaufst du etwa Backwaren ohne Lizenz, Meg? Das ist ein Verstoß gegen die Gesetze dieser Stadt.«

»Das sind Geschenke, Bürgermeister.«

»Wissen Birdie und Arlis denn von diesen Geschenken?«

Die Dunkelhaarige schob sich vor ihn. »Ist doch egal.« Ihre grünen Augen glitzerten vor Aufregung. »Die Frau, derentwegen die Hochzeit geplatzt ist. Ich fass es nicht. Kommen Sie doch rein. Ich habe ein paar Fragen an Sie.« Sie riss die Tür ganz auf und zerrte an Megs Arm. »Ich möchte ganz genau von Ihnen hören, warum Sie dachten, Wie-heißt-sie-noch-mal sei nichts für Teddy gewesen.«

Endlich lernte Meg noch jemand anderen außer Haley Kittle kennen, die sie nicht für das hasste, was sie getan hatte. Und es schockierte sie auch nicht, dass dies Teds offenbar verheiratete Geliebte war.

Ted stellte sich vor die Frau und löste deren Hand von Megs Arm. »Du machst dich jetzt am besten wieder an die Arbeit, Meg. Ich werde schon dafür sorgen, Birdie wissen zu lassen, wie fleißig du bist.«

Meg knirschte mit den Zähnen, aber Ted war noch nicht fertig. »Wenn du das nächste Mal mit Lucy sprichst, sag ihr doch bitte, wie sehr ich sie vermisse.« Und mit einem Schnippen seiner Finger löste er den lockeren Knoten, der den Bademantel der Frau zusammenhielt, zog sie an sich und küsste sie.

Gleich darauf wurde Meg die Tür vor der Nase zugeschlagen.

Scheinheiligkeit war Meg verhasst, und es machte sie wahnsinnig, dass Ted, den die ganze Stadt für den Inbegriff der Anständigkeit hielt, mit einer verheirateten Frau bumste. Und sie war sich mehr als sicher, dass er diese Affäre bereits gehabt hatte, während er noch mit Lucy verlobt war.

Als es Abend war, parkte sie vor der Kirche, um in mühsamer Prozedur ihre Habseligkeiten hinzuschleppen – ihren Koffer, Handtücher, Essen, die Bettbezüge, die sie sich vom Gasthof ausgeliehen hatte und auch so bald es ging wieder zurückgeben wollte. Keine Sekunde mehr wollte sie darauf verschwenden, an Ted zu denken. Stattdessen wollte sie sich auf das Positive konzentrieren. Dank der Golfspieler hatte sie nun Geld für Sprit, Tampons und ein paar Lebensmittel. Kein großer Fortschritt, aber groß genug, um demütigende Anrufe bei ihren Freundinnen hinausschieben zu können.

Ihre Erleichterung war jedoch nur von kurzer Dauer. Gleich am nächsten Abend, am Sonntag, musste sie, als sie von der Arbeit nach Hause gehen wollte, feststellen, dass einer der Golfer – und es bedurfte keiner besonderen Spürnase, sich auszumalen, wer dieser war – sich bei Birdie über ein Zimmermädchen beschwert hatte, das wegen des Trinkgeldes vorbeikam. Birdie zitierte Meg in ihr Büro und feuerte sie höchst befriedigt auf der Stelle.

Das in Birdies Wohnzimmer tagende Komitee zum Wiederaufbau der Stadtbibliothek genoss die berühmten Ananas-Mojitos der Gastgeberin. »Haley ist schon wieder sauer auf mich.« Birdie lehnte sich in den stromlinienförmigen Sessel aus der Jahrhundertmitte zurück, den sie gerade in vanillefarbenem Leinen neu hatte beziehen lassen, ein empfindlicher heller Stoff, der in Emmas Haushalt keinen Tag unbeschadet überlebt hätte. »Und das ausgerechnet, weil ich Meg Koranda gefeuert habe. Sie meint, sie könne keinen anderen Job finden. Ich zahle meinen Zimmermädchen mehr als einen gerechten Lohn, und Miss Hollywood hätte nicht vorsätzlich um Trinkgelder bitten sollen.«

Die Frauen tauschten Blicke aus. Sie wussten alle, dass Birdie Meg drei Dollar Stundenlohn weniger als allen anderen bezahlt hatte, was Emma von Anfang an nicht richtig gefunden hatte, obwohl der Vorschlag von Ted gekommen war.

Zoey spielte mit einer glitzernden rosa Muschelnudel, die von der Nadel abgefallen war, mit der diese am Kragen ihrer ärmellosen weißen Bluse gesteckt hatte. »Haley hatte immer schon ein weiches Herz. Und Meg wird das zu ihrem Vorteil genutzt haben.«

»Ein weicher Kopf trifft es besser«, meinte Birdie. »Euch ist sicher allen aufgefallen, wie sie sich in letzter Zeit kleidet, und ich finde es gut, dass mich keiner darauf angesprochen hat. Sie glaubt offenbar, Kyle Bacsom auf sich aufmerksam machen zu können, indem sie ihren Busen heraushängen lässt ...«

»Ich hatte ihn als Schüler in der sechsten Klasse«, sagte Zoey. »Und ich sage dir, Haley ist viel zu klug für diesen Jungen.«

»Versuch, ihr das zu sagen.« Birdie trommelte mit ihren Fingern auf die Sessellehne.

Kayla legte ihren Lipgloss beiseite und griff nach ihrem Mojito. »In einem hat Haley aber recht. Keiner in der Stadt wird Meg Koranda Arbeit geben, nicht wenn sie Ted Beaudine danach noch ins Gesicht schauen wollen.«

Schikanen hatte Emma noch nie gemocht, und sie verfolgte die Rachsucht, die diese Stadt Meg entgegenbrachte, mit zunehmender Beklemmung. Gleichzeitig konnte sie Meg aber nicht verzeihen, dass diese dazu beigetragen hatte, dass einer der Menschen, die sie am liebsten mochte, verletzt wurde.

»Ich habe in letzter Zeit viel über Ted nachgedacht.« Shelby klemmte eine Seite ihres blonden Bobs hinters Ohr und schielte auf ihre neuen Peep-Toe-Ballerinas.

»Haben wir das nicht alle?«, meinte Kayla, zog die Stirn kraus und fasste an den Diamantstern ihrer Halskette.

»Viel zu oft.« Zoey kaute an ihrer Unterlippe.

Dass Ted wieder Single war, ließ beide erneut hoffen. Emma wünschte sich, sie fänden sich damit ab, dass er sich für keine von beiden entscheiden würde. Kayla war zu kostspielig, und Zoey löste bei ihm Bewunderung aus, aber keine Liebe.

Es war höchste Zeit, das Gespräch wieder auf das Thema zurückzuführen, dem sie ausgewichen waren, nämlich wie sie den Rest des Geldes beschaffen wollten, der für die Reparatur der Bibliothek benötigt wurde. Die üblichen Geldquellen der großzügigen Spender der Stadt, zu denen Emma und ihr Ehemann Kenny gehörten, hatten sich noch nicht von den Einbrüchen erholt, die ihre Portfolios während des letzten wirtschaftlichen Abschwungs erlitten hatten, und waren außerdem bereits von einem halben Dutzend weiterer lebenswichtiger Wohlfahrtseinrichtungen angezapft worden, denen ebenfalls unter die Arme gegriffen werden musste. »Hat irgendjemand eine neue Idee zur Geldbeschaffung?«, fragte Emma in die Runde.

Shelby tippte mit ihrem Zeigefinger an ihren Schneidezahn. »Ich vielleicht.«

Birdie stöhnte. »Keinen Kuchenverkauf mehr. Beim letzten Mal erlitten vier Leute eine Lebensmittelvergiftung von Mollie Dodges Kokosnusspuddingkuchen.«

»Die Quilt-Tombola war auch fürchterlich peinlich«, konnte Emma sich nicht beherrschen einzuwerfen, obwohl sie der negativen Stimmung keinen Vorschub leisten wollte.

»Wer möchte auch schon ein totes Eichhörnchen, das einen

jedes Mal anstarrt, wenn man ins Schlafzimmer kommt?«, bestätigte Kayla.

»Es war ein Kätzchen, kein totes Eichhörnchen«, berichtigte Zoey.

»Keinen Kuchenverkauf und keine Quilt-Tombola.« Shelby hatte einen entrückten Gesichtsausdruck. »Was anderes. Was ... Größeres. Interessanteres.«

Sie sahen sie alle forschend an, aber Shelby schüttelte den Kopf. »Ich muss erst noch darüber nachdenken.«

Sosehr sie sich auch bemühten, mehr war aus ihr nicht herauszubringen.

Keiner wollte Meg einstellen. Nicht einmal das Motel mit seinen zehn Zimmern am Rande der Stadt. »Haben Sie eine Vorstellung davon, wie viele Genehmigungen es braucht, um diesen Laden betreiben zu dürfen?«, erklärte ihr der rotgesichtige Manager. »Ich werde nichts tun, was Ted Beaudine verärgern könnte, nicht, solange er hier Bürgermeister ist. Nein, selbst wenn er nicht Bürgermeister wäre ...«

Also fuhr Meg von einem Unternehmen zum nächsten, wobei ihr Auto den Sprit schluckte wie ein Bauarbeiter Wasser an einem Sommernachmittag. Drei Tage verstrichen, dann vier. Am fünften Tag, als ihr Blick über den Schreibtisch auf den neu eingestellten stellvertretenden Manager des Windmill Creek County Clubs fiel, hatte sich zu ihrer Verzweiflung Verbitterung gesellt. Wenn auch noch dieses Vorstellungsgespräch erfolglos blieb, würde sie ihren letzten Rest Stolz hinunterschlucken und Georgie anrufen müssen.

Der stellvertretende Manager war ein beflissener, adretter Typ, dünn, mit Brille und einem gepflegten Bart, an dem er zupfte, während er ihr erklärte, dass der nur halb private Club von Windmill Creek zwar keinen so hohen Status und nicht annähernd so viel Prestige habe wie sein vorheriger Arbeitsplatz, aber immerhin das Zuhause von Dallas Beaudine und Kenny Traveler sei, den beiden größten Legenden des Profigolfsports. Als ob sie das nicht wüsste.

Windmill Creek war außerdem der Heimatclub von Ted Beaudine und seinen Freunden, und sie hätte niemals unnötig Sprit verfahren, wenn sie nicht in der Wynette Weekly die Mitteilung gelesen hätte, dass der neu eingestellte stellvertretende Manager des Clubs zuletzt in einem Golfclub in Waco gearbeitet habe und somit ein Fremder in der Stadt war. In der Hoffnung, dass ihm ihr Ruf als Voldemort von Wynette noch nicht zu Ohren gekommen war, hatte sie sofort den Hörer genommen und zu ihrer großen Überraschung auch gleich diesen Nachmittagstermin für ein Vorstellungsgespräch bekommen.

»Die Arbeitszeit ist von acht bis fünf«, sagte er, »mit freien Montagen.«

Sie hatte sich inzwischen so sehr an Zurückweisung gewöhnt, dass sie ihre Gedanken hatte schweifen lassen. Und so hatte sie keine Ahnung, von welchem Job er redete und ob er ihn ihr tatsächlich angeboten hatte. »Das – das ist perfekt«, erwiderte sie. »Von acht bis fünf ist perfekt.«

»Die Bezahlung ist nicht gut, aber wenn Sie die Arbeit richtig anpacken, können Sie gute Trinkgelder bekommen, vor allem an den Wochenenden.«

Trinkgelder! »Ich nehme ihn!«

Er warf einen Blick auf ihren fiktiven Lebenslauf, dann auf die Kleidung, die sie aus ihrer äußerst dürftigen Garderobe zusammengestellt hatte – ein hauchzarter Glockenrock, ein weißes Tankshirt, ein schwarzer Nietengürtel, Gladiatorensandalen und ihre Ohrringe aus der Sung-Dynastie. »Sind Sie sich dessen sicher?«, fragte er zweifelnd nach. »Einen Getränke-Cart zu fahren ist kein toller Job.«

Sie verkniff es sich, ihm zu sagen, dass sie auch keine tolle Angestellte war. »Für mich ist er perfekt.« In ihrer Verzweiflung war sie alarmierend leicht bereit, ihre Überzeugungen, was Golfplätze und deren Schädlichkeit für die Umwelt betraf, zu begraben.

Als er sie zum Snackshop begleitete, damit sie dort ihren Vorgesetzten kennenlernte, konnte sie es kaum fassen, endlich einen Job bekommen zu haben. »Auf exklusiven Golfplätzen gibt es keine Getränke-Carts«, meinte er pikiert. »Aber die Mitglieder hier scheinen es kaum erwarten zu können, bis sie zum Turn kommen, um sich ihr nächstes Bier zu grapschen.« Meg war mit Pferden groß geworden, hatte aber keine Ahnung, was ein »Turn« war. Es war ihr auch egal. Sie hatte einen Job.

Als sie an diesem Nachmittag nach Hause kam, parkte sie hinter einem alten Vorratsschuppen, den sie im Unterholz hinter der Mauer entdeckt hatte, die den Friedhof umgab. Er hatte schon vor langer Zeit sein Dach verloren, und Ranken, Opuntien und trockenes Gras wuchsen um seine bröckelnden Mauern. Sie hievte ihre Koffer aus dem Kofferraum und blies sich dabei ihre Löckchen aus der schweißnassen Stirn. Wenigstens hatte sie ihren Lebensmittelvorrat hinter ein paar zurückgebliebenen Küchenutensilien verstauen können, aber dennoch nervte sie das ständige Ein- und Auspacken. Während sie ihre Habseligkeiten über den Friedhof schleppte, träumte sie von einer Klimaanlage und einem Ort, wo sie bleiben konnte, ohne jeden Morgen alles wegräumen zu müssen, was ihre Anwesenheit verraten könnte.

Es war fast Juli und heißer denn je in der Kirche. Die Deckenventilatoren verteilten nur die Staubflocken, aber genauso wie sie vermied, nach Einbruch der Dunkelheit das Licht anzumachen, konnte sie es auch nicht riskieren, die Fenster zu öffnen. Und so blieb ihr nichts anderes übrig, als immer zu der Zeit zu Bett zu gehen, zu der sie sonst erst abends aufgebrochen war.

Sie zog sich bis auf ihr Oberteil und ihren Slip aus und schlüpfte dann in Flipflops durch die Hintertür hinaus. Während sie sich zwischen den Grabsteinen hindurchschlängelte, warf sie einen Blick auf die Namen der Toten. DIETZEL. MEUSEBACH. ERNST. Im Vergleich zu der Not, welche die guten Deutschen erlitten, als sie das Vertraute hinter sich ließen, um in diesem feindlichen Land eine neue Heimat zu finden, zählte ihr Leid nicht.

Hinter dem Friedhof lag ein Wäldchen. Dahinter formte ein breiter Bach, der den Pedernales River speiste, einen lauschigen Schwimmteich, den sie schon bald nach ihrem Einzug in der Kirche entdeckt hatte. Das klare Wasser war in der Mitte tief, und sie kam inzwischen jeden Nachmittag hierher, um sich abzukühlen. Beim Eintauchen kämpfte sie gegen die unerfreuliche Gewissheit an, dass Ted Beaudines Fanclub sicherlich ihren Rauswurf betreiben würde, sobald man sie entdeckt hatte. Also musste sie dafür sorgen, dass sie der Allgemeinheit nicht noch weitere Gründe lieferte, sie zu hassen. Ein tolles Leben, dessen oberstes Ziel darin bestand, keine Scheiße beim Bedienen eines Getränke-Carts zu bauen!

In jener Nacht war die Hitze auf der Chorempore fast unerträglich, und sie warf sich auf dem klumpigen Futon hin und her. Sie musste zeitig im Country Club antreten und wollte unbedingt Schlaf, doch nachdem sie endlich eingedöst war, ließ ein Geräusch sie wieder aufschrecken. Sie brauchte ein paar Sekunden, bis sie das Geräusch als die sich unten öffnende Tür identifizierte.

Als die Lichter angingen, fuhr sie hoch. Auf ihrem Reisewecker war es Mitternacht, und ihr Herz klopfte bis zum Hals. Sie war darauf vorbereitet gewesen, dass Ted tagsüber, wenn sie nicht da war, in der Kirche vorbeischaute, aber mit einem nächtlichen Besuch hatte sie nicht gerechnet. Sie versuchte sich daran zu erinnern, ob sie im Hauptraum irgendwas hatte liegen lassen. Sie stand auf und spähte über das Geländer der Chorempore.

In der Mitte des alten Altarraums stand ein Mann, der nicht Ted Beaudine war. Obwohl in etwa gleich groß wie dieser, war sein Haar dunkler, fast blauschwarz, und er war ein paar Pfund schwerer. Es war Kenny Traveler, Golflegende und Ted Beaudines Trauzeuge. Sie war ihm und seiner britischen Gattin Emma beim Probedinner begegnet.

Meg konnte das Knirschen der Reifen eines zweiten Wagens hören, und ihr Herzschlag beschleunigte sich noch mal. Sie hob ihren Kopf ein wenig höher, konnte aber weder verstreut liegende Kleider noch Schuhe erkennen. »Jemand hat die Tür offen gelassen«, sagte Kenny, kurz nachdem die Person eintrat.

»Dann wird Lucy wohl vergessen haben, sie abzuschließen, als sie das letzte Mal hier war«, antwortete eine unerfreulich vertraute Männerstimme. Kaum ein Monat war seit der abgeblasenen Hochzeitszeremonie vergangen, doch schon sprach er Lucys Namen aus, als ginge er ihn gar nichts an.

Sie schob ihren Kopf wieder etwas höher. Ted stand nun in der Mitte des Altarraums, an der Stelle, wo sich einst der Altar befunden hatte. Statt eines Chorgewands und Sandalen trug er Jeans und ein T-Shirt, aber sie rechnete fest damit, dass er seine Arme hob und sich an den Allmächtigen wandte.

Kenny war Anfang vierzig, groß, gut gebaut und sah auf seine Weise genauso gut aus wie Ted. Wynette verfügte zweifelsohne über eine Menge toller Kerle. Kenny nahm das Bier, das Ted ihm reichte, und ging damit zur anderen Seite des Raums, wo er sich zwischen dem zweiten und dritten Fenster an der Wand niederließ. »Was sagt das aus über diese Stadt, dass wir uns davonschleichen müssen, um mal ein privates Gespräch führen zu können?«, meinte er, während er den Verschluss öffnete.

»Es sagt mehr über deine neugierige Frau als über die Stadt aus.« Ted setzte sich mit seinem Bier dazu.

»Lady Emma weiß eben gern, was los ist.« Die liebevolle

Art, mit der Kenny den Namen seiner Frau aussprach, verriet Bände über seine Gefühle für sie. »Sie liegt mir seit deiner geplatzten Hochzeit in den Ohren, doch *mehr* Zeit mit dir zu verbringen. Sie glaubt, du brauchst den Trost männlicher Freunde und all den Mist.«

»Typisch Lady Emma.« Ted trank sein Bier. »Sie engagiert sich zurzeit bestimmt für Buchclubs.«

»Du hättest sie nie zur Kultusdirektorin der Stadt ernennen dürfen. Denn du weißt doch, wie ernst sie solche Sachen nimmt.«

»Dann musst du sie eben wieder schwängern. Wenn sie schwanger ist, hat sie nicht mehr so viel Energie.«

»Drei Kinder reichen. Vor allem unsere Kinder.« Wieder schwang Stolz in seinen Worten mit.

Die Männer schwiegen und tranken. Meg schöpfte neue Hoffnung. Solange sie nicht in den rückwärtigen Teil kamen, wo ihre Kleider verstreut lagen, könnte sie unbeschadet davonkommen.

»Was meinst du, wird er diesmal das Land kaufen?«, fragte Kenny.

»Schwer zu sagen. Spencer Skipjack lässt sich nicht einschätzen. Noch vor sechs Wochen hat er uns garantiert, er werde sich auf jeden Fall für San Antone entscheiden, aber jetzt ist er wieder hier.«

Meg hatte genügend Gespräche mitbekommen, um zu wissen, dass Spencer Skipjack der Besitzer der Viceroy Industries war, einer riesigen Firma für Installationsbedarf, und der Mann, von dem sich alle erhofften, er werde vor Ort ein gehobenes Golfresort mit angeschlossenem Apartmentkomplex bauen, das sowohl Touristen als auch Pensionäre anlocken und die Stadt aus ihrer wirtschaftlichen Flaute holen sollte. Offenbar gab es in Wynette nur eine einzige größere Firma, einen Elektronikbetrieb, der Kennys Vater Warren Traveler gehörte. Aber ein Betrieb reichte nicht aus, um die örtliche

Wirtschaft zu unterhalten, und die Stadt brauchte dringend Arbeitsplätze und eine neue Einnahmequelle.

»Wir müssen dafür sorgen, dass Spence morgen einen unvergesslichen Tag erlebt«, sagte Ted. »Zeigen wir ihm, wie seine Zukunft aussehen wird, sofern er sich für Wynette entscheidet. Ich werde mich zurückhalten und erst beim Abendessen übers Geschäft reden – ihm die Steueranreize darlegen und daran erinnern, was für ein Schnäppchen er mit diesem Land kriegt. Du weißt ja, wie das geht.«

»Schade, dass wir nicht genügend Land in Windmill Creek haben, sonst könnten wir das Gelände planieren und das Resort dort hinstellen.« So wie Kenny das sagte, klang es danach, als hätten sie über dieses Thema schon oft diskutiert.

»Dort zu bauen käme natürlich viel billiger, das ist schon wahr.« Ted knallte seine Bierdose auf den Boden. »Torie wollte morgen mit uns spielen, aber ich habe ihr versichert, sie einsperren zu lassen, sofern ich sie irgendwo in der Nähe des Clubs sehe.«

»Das wird sie nicht aufhalten«, meinte Kenny, »allerdings wäre ein Auftritt meiner Schwester wirklich das Letzte, was wir brauchen können. Spence weiß zwar, dass er uns nicht besiegen kann, aber von einer Frau geschlagen zu werden, das wäre dann doch zu viel, und Tories kurzes Spiel ist praktisch so gut wie meins.«

»Dex wird Shelby schon klarmachen, dass sie Torie fernhalten muss.«

Meg fragte sich, ob Dex wohl die Kurzform von Dexter war, der Name, auf den Teds Liebesnest im Gasthof eingetragen war.

Ted lehnte sich an die Wand. »Sobald ich Wind davon bekam, dass Torie plante, unseren Vierer komplett zu machen, bat ich Dad, von New York zurückzufliegen.«

»Das wird Spences Ego bestimmt schmeicheln. Ein Spiel mit dem großen Dallas Beaudine.«

Meg hörte bei Kenny ein wenig Verdruss heraus, und Ted ging es offenbar genauso.

»Nun sei doch nicht kindisch. Du bist fast so berühmt wie dein Dad.«

Teds Lächeln verschwand, und er ließ seine Hände zwischen seine gebeugten Knie fallen. »Wenn wir das nicht an Land ziehen, wird die Stadt mehr darunter leiden, als ich mir auszumalen wage.«

»Zeit, dass du den Leuten endlich klarmachst, wie ernst die Lage ist.«

»Das wissen doch alle bereits. Aber bis jetzt spricht es noch keiner laut aus.«

Schweigend tranken die Männer ihre Bierdosen leer. Endlich erhob sich Kenny, um zu gehen. »Das ist nicht dein Fehler, Ted. Es ging bereits den Bach runter, bevor du zum Bürgermeister gewählt wurdest.«

»Das weiß ich.«

»Du kannst auch keine Wunder bewirken. Du kannst nur nach Kräften darauf hinarbeiten.«

»Du bist einfach viel zu lang mit Lady Emma verheiratet«, brummte Ted. »Du hörst dich schon an wie sie. Als Nächstes lädst du mich noch ein, zu eurem blöden Buchclub zu kommen.«

Auf ihrem Weg nach draußen zogen sich die Männer noch eine Weile gegenseitig auf. Ihre Stimmen wurden schwächer. Ein Motor sprang an. Meg sackte zurück auf ihre Hacken und atmete tief durch.

Dann fiel ihr auf, dass die Lichter noch an waren.

Die Tür ging wieder auf, und auf dem Nadelholzboden hallten die Schritte von einem Paar Füße. Sie spähte nach unten. Ted stand mitten im Raum und hatte seine Daumen in den Gesäßtaschen seiner Jeans eingehakt. Er starrte den Platz an, wo der Altar gestanden hatte, aber diesmal ließ er ein wenig die Schultern hängen und bot ihr den seltenen Anblick, wie er sich einmal nicht mit seinem selbstsicheren Auftreten einen Panzer anlegte.

Doch dieser Moment hielt nicht lang an. Er ging auf die Tür zu, die in die Küche führte. Ihr Magen zog sich vor Angst zusammen. Gleich darauf hörte sie einen sehr lauten, sehr wütenden Fluch.

Sie ließ den Kopf hängen und vergrub ihr Gesicht in ihren Händen. Zornige Schritte hallten durch die Kirche. Vielleicht, wenn sie sich ganz still verhielte …

»Meg!«

Kapitel 7

Mit einem Satz lag Meg auf dem Futon. »Ich dachte mir, ich schlafe hier oben«, rief sie und wappnete sich für den Kampf. »Hast du was dagegen?«

Ted kam auf die Chorempore hochgeprescht, dass der Boden bebte. »Was zum Teufel machst du hier eigentlich?«

Sie saß am Rand des Futons und versuchte sich den Anschein zu geben, als wäre sie eben erst aufgewacht. »Schlafen jedenfalls nicht. Was denkst du dir eigentlich? Platzt mitten in der Nacht hier herein … Außerdem sollte man in der Kirche nicht fluchen.«

»Wie lange bist du schon hier?«

Sie rekelte sich und gähnte und bemühte sich, sich ganz cool zu geben. Das wäre allerdings leichter gewesen, wenn sie was Eindrucksvolleres als ihren Slip mit den Piratentotenschädeln und das HAPPY-PRINTING-COMPANY-T-Shirt angehabt hätte, das ein Gast vergessen hatte. »Musst du denn so laut schreien?«, sagte sie. »Du störst die Nachbarn. Und die sind tot.«

»Seit wann?«

»Das weiß ich nicht so genau. Einige der Grabsteine reichen bis 1840 zurück.«

»Ich spreche von *dir*.«

»Oh. Ich bin schon eine Weile hier. Wo hast du denn gedacht, dass ich wohne?«

»Ich habe überhaupt nicht darüber nachgedacht. Und weißt du, warum? Weil es mich einen Scheißdreck interessiert. Ich möchte, dass du hier ausziehst.«

»Das glaube ich dir gern, aber das hier ist Lucys Kirche, und sie sagte mir, ich könne bleiben, solange ich will.« Das hätte sie jedenfalls gesagt, sofern Meg sie je gefragt hätte.

»Falsch. Das ist meine Kirche, und gleich morgen früh verschwindest du von hier auf Nimmerwiedersehen.«

»Moment mal. Du hast Lucy diese Kirche geschenkt.«

»Als Hochzeitsgeschenk. Keine Hochzeit. Kein Geschenk.«

»Ich glaube nicht, dass du damit vor einem Gericht durchkämest.«

»Es gab keinen notariellen Vertrag!«

»Entweder bist du ein Mensch, der zu seinem Wort steht, oder nicht. Offen gestanden glaube ich langsam, dass du das nicht bist.«

Seine Augenbrauen schoben sich zusammen. »Es ist meine Kirche, und du bist ein Eindringling.«

»So siehst du es. Ich habe meine Sichtweise. Wir sind in Amerika. Hier herrscht Meinungsfreiheit.«

»Falsch. Das hier ist Texas. Und da zählt nur meine Meinung.«

Das entsprach mehr der Wahrheit, als sie sich eingestehen wollte. »Lucy möchte, dass ich hier wohne, also bleibe ich auch hier.« Wenn sie davon wüsste, würde sie auf jeden Fall wollen, dass Meg blieb.

Er legte eine Hand auf das Geländer der Empore. »Anfangs hat es Spaß gemacht, dich zu quälen, aber das Spiel verliert langsam seinen Reiz.« Er grub in seiner Hosentasche und zog eine Geldscheinklammer heraus. »Ich möchte, dass du morgen die Stadt verlässt. Und das wird deine Abreise beschleunigen.«

Er zog die Scheine heraus, steckte die leere Klammer zurück in seine Tasche und fächerte das Geld in seinen Fingern auf, damit sie es zählen konnte. Fünf Hundertdollarscheine. Sie schluckte. »Du solltest nicht so viel Bargeld mit dir herumtragen.«

»Tue ich normalerweise auch nicht, aber ein Landbesitzer kam im Rathaus vorbei, nachdem die Bank schon geschlossen hatte, und beglich seine Steuerschulden. Bist du nicht froh, dass ich das Geld mitgenommen habe?« Er warf die Scheine auf den Futon. »Wenn Daddy dich erst wieder in Gnaden aufgenommen hat, kannst du ihn ja einen Scheck auf mich ausstellen lassen.« Er wandte sich zum Gehen.

Sie konnte ihm unmöglich das letzte Wort lassen. »Das war übrigens eine interessante Szene, in die ich da am Samstag im Gasthof hineingeraten bin. Hast du während deiner ganzen Verlobungszeit mit Lucy in der Gegend herumgevögelt, oder nur gegen Ende?«

Er drehte sich um und ließ seinen Blick über ihren Körper wandern, wobei er absichtlich auf dem HAPPY-PRINTING-COMPANY-Logo über ihren Brüsten verweilte. »Ich habe immer herumgevögelt, während ich mit Lucy zusammen war. Aber keine Sorge. Sie hat nie Verdacht geschöpft.«

Er verschwand die Treppe hinunter. Kurz darauf wurde es dunkel in der Kirche, und die Eingangstür fiel hinter ihm ins Schloss.

Am nächsten Morgen fuhr sie mit tränenverschleierten Augen zu ihrer Arbeit. Das Geld brannte ihr ein radioaktives Loch in ihre hässlichen neuen khakifarbenen Bermudashorts. Die fünfhundert Dollar von Ted erlaubten es ihr endlich, nach Los Angeles zurückzukehren, wo sie sich in einem billigen Hotel einnisten konnte, bis sie einen Job fand. Wenn ihre Eltern erst einmal sahen, dass sie in der Lage war, hart an einer Sache dranzubleiben, gaben sie sicherlich nach und unterstützten sie bei einem echten Neuanfang.

Aber nein. Anstatt in aller Eile mit Teds Geld die Stadtgrenzen hinter sich zu bringen, blieb sie da, um einen chancenlosen Job als Getränke-Cartmädchen eines Country Clubs anzunehmen.

Wenigstens war die Uniform nicht ganz so schlimm wie ihr Zimmermädchenkleid aus Polyester, es fehlte aber nicht viel. Am Ende ihres Vorstellungsgesprächs hatte ihr der stellvertretende Manager ein braves gelbes Polohemd mit dem Logo des Country Clubs in Jagdgrün überreicht. Danach war sie gezwungen gewesen, ihr kostbares Trinkgeld für den Kauf ihrer eigenen khakifarbenen Bermudashorts in normaler Länge sowie eines Paars weißer Turnschuhe und mehrerer Paare abscheulicher Pom-Pom-Sneakersocken auszugeben, die sie gar nicht anschauen mochte.

Als sie in die Lieferanteneinfahrt des Clubs einbog, haderte sie mit sich, dass sie zu verbissen war, um Teds Geld zu nehmen und abzuhauen. Wäre das Geld aus anderer Quelle gekommen, hätte sie es vielleicht getan, aber von ihm konnte sie unmöglich auch nur einen Cent annehmen. Doch ihre Entscheidung war umso hirnverbrannter, als sie wusste, dass er alles dransetzen würde, sie zu feuern, wenn er erst mal dahinterkam, dass sie im Club arbeitete. Nun konnte sie nicht einmal mehr vor sich selbst so tun, als wüsste sie, was sie tat.

Der Angestelltenparkplatz war viel leerer, als Meg das um acht Uhr morgens erwartet hatte. Auf ihrem Weg in den Club durch den Lieferanteneingang sagte sie sich, sie müsste unter allen Umständen verhindern, dass Ted oder seine Freunde sie entdeckten. Sie steuerte das Büro des stellvertretenden Managers an, aber es war verschlossen und der Hauptflur des Clubs leer. Sie ging wieder nach draußen. Ein paar Golfer waren auf dem Platz, und der einzige Angestellte weit und breit war ein Arbeiter, der die Rosen wässerte. Als sie nachfragte, wo die anderen waren, antwortete er auf Spanisch und meinte, dass ein paar Leute krank seien. Er deutete auf eine Tür im Souterrain.

Der Shop war ausgestattet wie ein alter englischer Pub mit dunklem Holz, Messingbeschlägen und einem karierten Niederflorteppich in Marineblau und Grün. Golfschlägerpyramiden standen zwischen Regalen, auf denen Golfkleidung, Schuhe und Sonnenblenden mit dem Clublogo ordentlich gestapelt waren. Bis auf einen glatt rasierten Mann hinter der Theke war der Laden leer. Er drückte wie ein Verrückter auf die Tasten seines Mobiltelefons. Beim Näherkommen las sie sein Namensschild. MARK. Er war nicht ganz so groß wie sie, Mitte bis Ende zwanzig, schlank, hatte ordentlich geschnittenes braunes Haar und gute Zähne – sicherlich ein ehemaliger Burschenschaftler, der sich im Unterschied zu ihr in einem Poloshirt wohl fühlte, auf dem das Logo des Country Clubs aufgestickt war.

Als sie sich vorstellte, blickte er von seinem Handy auf. »Sie haben sich wirklich einen fürchterlichen Tag für Ihren Einstieg ausgesucht«, meinte er. »Sagen Sie bitte, dass Sie schon mal als Caddie gearbeitet oder wenigstens mal Golf gespielt haben.«

»Nein. Ich bin das neue *Getränke*mädchen.«

»Ja, verstehe. Aber einen Caddie getragen haben Sie doch schon mal?«

»Ich habe *Caddyshack* gesehen. Zählt das auch?«

Er hatte keinen Funken Humor. »Hören Sie, ich habe keine Zeit für Blödsinn. Jede Minute wird ein sehr wichtiger Vierer hier eintreffen.« Nach dem Gespräch vom gestrigen Abend musste sie nicht lang überlegen, um zu wissen, um wen es sich bei diesem wichtigen Vierer handelte. »Gerade habe ich erfahren, dass bis auf einen unserer Caddies alle mit einer Lebensmittelvergiftung darniederliegen, zusammen mit dem größten Teil unserer Angestellten. Die Küche hat gestern als Angestellenessen verdorbenen Krautsalat ausgegeben, und glauben Sie mir, das wird jemanden den Job kosten.«

Die Richtung, die dieses Gespräch nahm, gefiel ihr nicht. Gefiel ihr gar nicht.

»Ich werde den Caddie für unseren VIP-Gast machen«, sagte er und kam dabei hinter der Theke hervor. »Lenny – er gehört zu unseren Stamm-Caddies – mag keinen Krautsalat und ist jetzt unterwegs. Skeet ist wie üblich Dallies Caddie, was schon mal gut ist. Aber jetzt fehlt mir noch immer ein Caddie, und ich habe keine Zeit mehr, jemanden ausfindig zu machen.«

Sie schluckte. »Der nette Mann, der die Rosen am Fahnenmast gießt ...«

»Spricht kein Englisch.« Er dirigierte sie auf eine Tür im hinteren Bereich des Ladens zu.

»Es wird doch sicherlich unter den Angestellten noch jemand geben, der keinen Krautsalat gegessen hat.«

»Ja, unser Barkeeper, aber der hat einen gebrochenen Knöchel, und Jenny, die die Abrechnung macht, aber die ist schon achtzig.« Während er die Tür öffnete und sie durchwinkte, hatte sie das Gefühl, von ihm gemustert zu werden. »Sie sehen aus, als hätten Sie kein Problem damit, einen Sack über achtzehn Loch zu schleppen.«

»Aber ich habe noch nie Golf gespielt und habe überhaupt keine Ahnung davon. Ich kann dieses Spiel nicht mal gutheißen. All diese abgeholzten Bäume und die Pestizide, von denen die Leute Krebs bekommen. Es wird eine Katastrophe werden.« Mehr, als er sich vorstellen konnte. Noch vor wenigen Minuten hatte sie überlegt, wie sie es vermied, in Teds Blickfeld zu geraten. Und jetzt das.

»Ich werde Ihnen begleitend zur Seite stehen. Sie machen das schon, und Sie werden weitaus mehr lernen als beim Bedienen des Getränke-Carts. Der Lohn für einen Anfängercaddie sind fünfundzwanzig Dollar, aber diese Männer sind sehr spendabel mit Trinkgeldern. Sie bekommen mindestens noch vierzig dazu.« Er hielt ihr die Tür offen. »Das ist der Caddie-Raum.«

In dem vollgestopften Raum standen eine durchgesessene Couch und ein paar Klappstühle. Eine Anschlagtafel mit der Aufschrift GLÜCKSSPIEL VERBOTEN hing über einem Klapptisch, auf dem ein Kartendeck und ein paar Pokerchips lagen. Er schaltete einen kleinen Fernseher an und nahm eine DVD vom Regal. »Das ist das Trainingsvideo, das wir den Kindern in unserem Caddie-Jugendprogramm zeigen. Sehen Sie es sich an, bis ich zurückkomme. Denken Sie immer dran, ganz dicht an Ihrem Spieler dranzubleiben, aber nicht so nah, dass Sie ihn ablenken. Behalten Sie immer den Ball im Auge, und sorgen Sie dafür, dass die Schläger sauber sind. Haben Sie immer ein Handtuch parat. Fixieren Sie seine Divots auf dem Fairway, seine Pitchmarks auf dem Grün – beobachten Sie mich. Und reden Sie nicht. Es sei denn, die Spieler sprechen Sie an.«

»Nicht reden fällt mir schwer.«

»Heute sollten Sie es aber sein lassen, vor allem, wenn man Ihre Meinung zu Golfanlagen hören will.« Er blieb an der Tür stehen. »Und sprechen Sie die Clubmitglieder nicht anders an als mit ›Sir‹ oder ›Mister‹. Keine Vornamen. Niemals.«

Nachdem er gegangen war, ließ sie sich auf die Couch fallen. Das Trainingsvideo ging an. Auf gar keinen Fall würde sie Ted Beaudine »Sir« nennen. Nicht für alles Trinkgeld dieser Welt.

Eine halbe Stunde später stand sie mit einem widerlichen hüftlangen grünen Caddie-Latz über ihrem Poloshirt vor dem Laden und machte sich unsichtbar, indem sie sich hinter Mark versteckte. Da sie mindestens fünf Zentimeter größer war als er, konnte das nicht gut gehen. Zum Glück war die sich nähernde Vierergruppe zu sehr ins Gespräch über das eben eingenommene Frühstück und das für den Abend geplante Dinner vertieft, als sie wahrzunehmen.

Mit Ausnahme des Mannes, der ihrer Vermutung nach Spencer Skipjack sein musste, kannte sie alle: Ted, seinen Vater Dallie und Kenny Traveler. Und mit Ausnahme von Spencer Skipjack konnte sie sich auch nicht erinnern, jemals so viel männliche Perfektion versammelt gesehen zu haben, nicht einmal auf einem roten Teppich. Keiner dieser drei Götter des Golfspiels zeigte Anzeichen von Haartransplantaten, Vergrößerungssohlen oder heimlichen Tupfern von Bräunungscreme. Dies hier waren echte Texaner – groß und schlank, echte Kerle mit stählernem Blick – maskuline Männer, die noch nie von Feuchtigkeitscremes und Brusthaarentfernern gehört hatten und niemals mehr als zwanzig Dollar für einen Haarschnitt ausgaben. Sie waren die wahren Männer – die archetypischen amerikanischen Helden, die den Westen mit einem Set von Golfschlägern anstatt einer Winchester zivilisierten.

Bis auf Größe und Statur hatten Ted und sein Vater nicht viel Ähnlichkeit. Ted hatte bernsteinfarbene Augen, die von Dallie waren strahlend blau und trotz seines Alters noch immer ungetrübt. Wo Ted Kanten hatte, waren die eckigen Stellen von Dallie geglättet. Sein Mund war voller als der seines Sohnes, fast weiblich, und sein Profil weicher, aber sie waren beide Hingucker und mit ihrem federnden Gang und dem selbstbewussten Auftreten eindeutig als Vater und Sohn zu identifizieren.

Ein grauhaariger Mann mit Pferdeschwanz, kleinen Augen und einer platt gedrückten Nase kam aus dem Raum, den man, wie sie erfuhr, Bag Room nannte. Das konnte nur Skeet Cooper sein, der Mann, von dem Mark ihr erzählt hatte, dass er Dallie Beaudines bester Freund und lebenslanger Caddie war. Als Mark auf die Gruppe zuging, senkte sie den Kopf, ließ sich auf ein Knie fallen und gab vor, ihren Schuh zu binden. »Guten Morgen, Gentlemen«, hörte sie Mark sagen. »Mr. Skipjack, ich werde heute Ihr Caddie sein, Sir. Wie ich gehört habe, sind Sie ein sehr guter Spieler, und ich freue mich schon, Sie spielen zu sehen.«

Bis zu diesem Moment hatte sie nicht weit genug vorausgedacht, um zu überlegen, welchen Spieler Mark ihr eigentlich zugedacht hatte.

Lenny, der Caddie, der keinen Krautsalat mochte, kam herbeigeschlendert. Er war klein, seine Haut war wettergegerbt, und er hatte schlechte Zähne. Er hob eine der riesigen Golftaschen hoch, die am Taschengestell lehnten, schlang sie sich über seine Schulter, als wäre es eine Sommerjacke, und ging damit direkt auf Kenny Traveler zu.

Übrig blieb ... Aber natürlich endete es damit, dass sie Teds Caddie war. Da ihr Leben sich ohnehin schon im freien Fall befand, was konnte sie da auch anderes erwarten?

Er hatte sie noch immer nicht entdeckt, und sie machte sich daran, ihren zweiten Turnschuh zuzuschnüren. »Mr. Beaudine«, sagte Mark, »Sie werden heute einen neuen Caddie einführen ...«

Sie spannte ihre Gesichtsmuskeln an, beschwor ihren Vater in dessen bedrohlichster Filmrolle als Bird Dog Caliber herauf und richtete sich auf.

»Ich weiß, dass Meg ihre Arbeit gut machen wird«, versicherte ihm Mark.

Ted wurde ganz still. Kenny betrachtete sie voller Interesse, Dallie mit offener Feindseligkeit. Sie hob ihr Kinn, straffte ihre Schultern und hielt als Bird Dog Caliber dem Blick von Ted Beaudine stand, der sie mit seinen bernsteinfarbenen Augen wie erstarrt ansah.

An seiner Wange zuckte ein Muskel. »Meg.«

Ihr war klar, dass Ted, solange Spencer Skipjack in Hörweite war, nicht aussprechen konnte, was er sagen wollte. Sie nickte, lächelte, brachte aber nicht einmal ein schlichtes »Hallo« über die Lippen, nichts, was sie zwingen könnte, ihn »Sir« zu nennen. Stattdessen ging sie zum Ständer und schulterte die Tasche, die dort noch hing.

Sie war genauso schwer, wie sie aussah, und Meg schwankte ein wenig unter ihrem Gewicht. Als sie den breiten Gurt über ihre Schulter zog, versuchte sie sich auszumalen, wie sie dieses Ding über die acht Kilometer eines hügeligen Golfplatzes unter der sengenden Sonne von Texas schleppen sollte. Sie würde wieder aufs College gehen. Ihren Bachelor machen und dann einen Jura-Abschluss. Oder einen als Steuerberater. Aber sie wollte weder Rechtsanwältin noch Steuerberaterin werden. Sie wollte eine reiche Frau mit einem gut gefüllten Girokonto sein, das es ihr erlaubte, durch die ganze Welt zu reisen, interessante Leute kennenzulernen, sich mit der einheimischen Handwerkskunst vertraut zu machen und einen Liebhaber zu finden, der weder verrückt noch ein Trottel war.

Die Gruppe bewegte sich zum Aufwärmen auf den Übungsplatz zu. Ted versuchte, die anderen vorausgehen zu lassen, um sie erneut zusammenzustauchen, aber er durfte sich nicht von seinem Ehrengast entfernen. Sie trottete hinter ihnen her und schnaufte bereits, da die Tasche so schwer war.

Mark stellte sich neben sie und sagte leise: »Ted wird sein Sandwedge haben wollen, wenn er auf den Platz kommt. Dann sein 9er Eisen, das 7er Eisen, vielleicht auch das 3er Eisen und dann seinen Driver. Denken Sie immer dran, sie zu säubern, wenn er fertig ist. Und verlieren Sie bloß nicht seine neuen Headcovers.«

In ihrem Kopf gerieten diese ganzen Anweisungen durcheinander. Skeet Cooper, Dallies Caddie, schaute zu ihr herüber und musterte sie mit seinen Knopfaugen. Der graue Pferdeschwanz unter seiner Golfkappe hing ihm weit über die Schultern, und seine Haut erinnerte an sonnengegerbtes Leder.

Als sie den Übungsplatz erreichten, stellte sie Teds Schläger ab und holte ein Eisen heraus, das mit einem S markiert war. Er riss es ihr fast aus der Hand, während er es ihr entwendete. Die Männer wärmten sich an den Übungs-Tees auf, und sie hatte endlich Gelegenheit, Spencer Skipjack, den Sanitär-Giganten, genauer in Augenschein zu nehmen. Er war in den Fünfzigern und erinnerte mit seinem grobknochigen Gesicht an Johnny Cash. Sein Oberkörper war etwas fülliger, aber er hatte noch keinen Bauchansatz. Obwohl er frisch rasiert war, lag auf seinen Wangen bereits wieder ein Bartschatten. Auf seinem dichten dunklen, ein wenig grau melierten Haar trug er einen Panamahut mit einem Band aus Schlangenleder. Am kleinen Finger blitzte der schwarze Stein seines silbernen Rings, und um sein Handgelenk trug er ein teures Chronometer. Seine Stimme dröhnte laut, und sein Auftreten ließ auf ein starkes Ego und die Erwartung, dass ihm jedermann Aufmerksamkeit zu schenken hatte, schließen.

»Letzte Woche habe ich in Pebble Beach mit ein paar Jungs von der Tour gespielt«, verkündete er, als er sich einen Golfhandschuh überstreifte. »Habe sämtliche Greenfees übernommen. Und auch verdammt gut gespielt.«

»Ich fürchte, mit Pebble können wir nicht mithalten«, sagte Ted. »Aber wir werden unser Bestes tun, Sie bei Laune zu halten.«

Die Männer machten ihre Übungsabschläge. In Megs Augen wirkte Skipjack wie ein erfahrener Spieler, der aber vermutlich doch in einer ganz anderen Liga spielte als die beiden Golfprofis und Ted, der, wie sie immer wieder gehört hatte, den U. S. Amateur gewonnen hatte. Sie setzte sich auf eine der Holzbänke, um zuzuschauen.

»Stehen Sie auf«, zischte Mark ihr zu. »Caddies sitzen nie.«

Natürlich nicht. Das wäre ja auch mal was Sinnvolles.

Als sie endlich den Übungsplatz verließen, folgten die Caddies den Golfern, die sich über ihr bevorstehendes Turnier unterhielten, in gebührendem Abstand. Sie reimte sich genug zusammen, um zu verstehen, dass sie im Team Bestball spielten, wobei Ted und Dallie gemeinsam gegen Kenny und Spencer Skipjack antraten. Am Ende jeden Lochs gewann der Spieler mit der geringsten Punktzahl für dieses Loch einen Punkt für sein Team. Das Turnier gewann am Ende das Team mit den meisten Punkten.

»Wie wär's mit einem Zwanzigdollar-Nassau, damit das Spiel interessant bleibt?«, warf Kenny ein.

»Das ist doch gar nichts, Jungs«, konterte Skipjack. »Meine Kumpel und ich spielen jeden Samstag einen Tausenddollar-Nassau.«

»Das verbietet unsere Religion«, sagte Dallie schleppend. »Wir sind Baptisten.«

Was zu bezweifeln war, nachdem Teds Hochzeit in einer Presbyterianerkirche stattgefunden hatte und Kenny Traveler katholisch war.

Nachdem sie das erste Tee erreicht hatten, kam Ted mit ausgestreckter Hand und giftigem Blick auf sie zu. »Driver.«

Er griff an ihr vorbei in die Tasche, warf einen Blick auf die Headcovers und zog den längsten Schläger heraus.

Skipjack legte den Ball als Erster aufs Tee. Mark teilte ihr flüsternd mit, dass die anderen Spieler ihm eines fairen Spiels wegen insgesamt sieben Schläge Vorsprung gaben. Sein Schuss war eindrucksvoll, aber da keiner etwas sagte, war dem wohl doch nicht so. Als Nächster schlug Kenny ab, dann Ted. Selbst sie erkannte die Überlegenheit und die Anmut in seinem Übungsschlag, aber als es ernst wurde, lief etwas schief. In dem Moment, da der Schläger auf den Ball traf, verlor Ted das Gleichgewicht und schlug den Ball schlingernd nach links.

Sie drehten sich alle zu ihr um. Ted zeigte zwar sein öffentliches Jesuslächeln, doch in seinen Augen brannte das Höllenfeuer. »Meg, wenn es dir nichts ausmachen würde …«

»Was mache ich denn?«

Mark zog sie rasch beiseite und erklärte ihr, dass es ein großer Fehler, ein gewaltiges Verbrechen gegen die Menschheit war, die Golfschläger aneinanderschlagen zu lassen, während der Spieler ausholte. Als zählten die Verschmutzung von Flüssen und die Zerstörung von Feuchtgebieten überhaupt nicht.

Obwohl Ted sich alle Mühe gab, mit ihr allein zu sein, gelang es ihr, ihm bis zum dritten Loch aus dem Weg zu gehen, wo ihn ein beschissener Drive in einen Fairway Bunker – eine sandige Bodenvertiefung – führte. Die ganze Prozedur der Unterwürfigkeit, seine Tasche schultern und ihn mit »Sir« ansprechen zu müssen – die sie bis jetzt hatte umgehen können –, verlangte es dringend, dass sie zum ersten Schlag ausholte.

»Das wäre alles nicht passiert, wenn du nicht dafür gesorgt hättest, dass ich meinen Job im Gasthof verliere.«

Er wagte es, sie empört anzusehen. »Für deinen Rausschmiss war ich nicht verantwortlich. Das war Larry Stellman. Du hast ihn zwei Tage hintereinander aus seinem Nickerchen gerissen.«

»Die fünfhundert Dollar, die du mir gestern angeboten hast, befinden sich in der obersten Tasche deiner Golftasche. Ich rechne damit, dass du mir einen Teil davon als großzügiges Trinkgeld zurückgibst.«

Er presste seine Zähne aufeinander. »Hast du eine Ahnung, wie wichtig das heute ist?«

»Ich habe gestern Abend euer Gespräch belauscht, schon vergessen? Also weiß ich ganz genau, was auf dem Spiel steht und wie sehr es dir darauf ankommt, deinen hohen Besuch heute zu beeindrucken.«

»Und doch bist du hier.«

»Ja nun, dieses Desaster kannst du mir jetzt wirklich nicht in die Schuhe schieben. Obwohl ich sehe, dass du es tun wirst.«

»Ich weiß nicht, wie es dir gelungen ist, dir einen Job als Caddie zu erschleichen, aber wenn du auch nur eine Minute glaubst –«

»Jetzt hör mal gut zu, Theodore.« Sie schlug mit einer Hand auf die Kante seiner Tasche. »Ich wurde dazu gezwungen. Ich hasse Golf und habe auch keine Ahnung, was ich tue. Überhaupt keine, kapiert? Also schlage ich vor, du strengst dich mal richtig an und machst mich nicht noch nervöser, als ich ohnehin schon bin.« Sie trat einen Schritt zurück. »Und jetzt hör auf zu reden und schlag den verdammten Ball ab. Und ich fände es begrüßenswert, wenn du ihn diesmal richtig triffst, damit ich dir nicht ständig über den ganzen Platz hinterherlaufen muss.«

Mit einem vernichtenden Blick, der so gar nicht zu seinem Ruf als Heiliger passte, riss er einen Schläger aus der Tasche und bewies damit, dass er absolut in der Lage war, mit seiner Ausrüstung allein klarzukommen. »Sobald wir das hier hinter uns gebracht haben, werden wir beide das letzte Mal miteinander abrechnen.« Er schlug den Ball mit einem kräftigen, von Wut angefeuerten Schlag ab, bei dem der Sand flog. Der Ball sprang zehn Meter vor dem Grün auf, rollte den Abhang hinunter zur Fahne, verweilte kurz am Rand des Locheinsatzes und fiel dann hinein.

»Beeindruckend«, sagte sie. »Ich wusste gar nicht, dass ich ein so guter Golfcoach bin.«

Er warf ihr den Schläger vor die Füße und stolzierte davon, als die anderen Spieler ihm von der anderen Seite des Fairways ihre Glückwünsche zuriefen.

»Was halten Sie davon, auch mal ein wenig Glück in meine Richtung zu werfen?« Skipjacks schleppende texanische Sprechweise konnte nicht echt sein, denn er stammte aus Indiana, aber er gehörte eindeutig zu den Männern, die um jeden Preis dazugehören wollten.

Beim nächsten Grün war sie der Caddie, der der Fahne am nächsten war. Als Ted zu seinem Putt ansetzte, nickte Mark ihr verstohlen zu. Sie hatte ihre Lektion bereits gelernt, keine plötzlichen Bewegungen zu machen, und so wartete sie, obwohl alle anderen zu schreien anfingen, bis Teds Ball die Fahne traf und ins Loch fiel, ehe sie den Pin aus dem Locheinsatz holte.

Dallie stöhnte. Kenny grinste. Ted senkte seinen Kopf, und Spencer Skipjack jubelte. »Sieht ganz danach aus, als hätte Ihr Caddie Sie aus diesem Loch geholt, Ted.«

Meg vergaß, dass sie stumm sein sollte – dazu natürlich außerdem zuvorkommend, fröhlich und unterwürfig. »Was habe ich getan?«

Mark war von der Stirn abwärts bis zu seinem Poloshirtlogo blass geworden. »Das tut mir wirklich sehr leid, Mr. Beaudine.« Er wandte sich grimmig an sie, versuchte aber, geduldig zu sein. »Sie dürfen nicht zulassen, dass der Ball die Fahne berührt. Das ist ein Penalty.«

»Der Spieler wird bestraft, weil der Caddie einen Fehler gemacht hat?«, fragte sie. »Das ist ja dumm. Der Ball wäre doch sowieso reingegangen.«

»Machen Sie sich nichts draus, Süße«, meinte Skipjack fröhlich. »Das hätte jedem passieren können.«

Aufgrund seines Handicaps bekam Skipjack einen zusätzlichen Schlag, und er versuchte nicht, seine Schadenfreude zurückzuhalten, nachdem sie alle ihre Bälle aus dem Loch geholt hatten. »So wie es aussieht, hat mein Net Birdie für uns das Loch gewonnen, Partner.« Er schlug Kenny auf den Rücken. »Das erinnert mich an mein Spiel mit Bill Murray und Ray Romano in Cyprus Point. Apropos Charakterdarsteller …«

Ted und Dallie lagen jetzt ein Loch hinten, aber Ted machte gute Miene zum bösen Spiel – was nicht überraschte. »Das machen wir beim nächsten Loch wieder wett.« Der nur ihr zugedachte Blick schickte ihr eine Botschaft, deren Entschlüsselung ihr nicht schwerfiel.

»So ein lächerliches Spiel«, murmelte sie etwa zwanzig Minuten später, als sie Ted ein weiteres Mal aus dem Wettbewerb warf, weil sie wieder gegen eine lächerliche Regel verstieß. Bemüht, ein guter Caddie zu sein, hatte sie Teds Ball aufgehoben, um etwas Schmutz abzuwischen, musste aber belehrt werden, dass sie dies erst tun durfte, wenn er auf dem Grün lag und markiert war. Als ergäbe das einen Sinn.

»Schön, dass du eins und zwei unter Par geschlagen hast,

mein Sohn«, meinte Dallie. »Ich denke, du bescherst uns eine Pechsträhne.«

Sie hielt nichts davon, das Offensichtliche zu leugnen. »Ich bin die Pechsträhne.«

Mark warf ihr einen warnenden Blick zu, da sie die Schweigeregel verletzt und Dallie nicht »Sir« genannt hatte, doch Spencer Skipjack kicherte in sich hinein. »Sie ist wenigstens ehrlich. Und das kann ich nur von den wenigsten Frauen behaupten.«

Nun war Ted an der Reihe, ihr einen warnenden Blick zuzuwerfen, diesmal gedacht, damit sie nicht auf die Idee kam, einen Kommentar zu der Dummheit eines Mannes abzugeben, der ein ganzes Geschlecht in Verruf brachte. Die Art und Weise, wie Ted ihre Gedanken las, gefiel ihr ganz und gar nicht. Und Spencer Skipjack, diesen Aufschneider, der sich seiner Beziehungen zu berühmten Leuten brüstete, konnte sie schon überhaupt nicht ausstehen.

»Als ich das letzte Mal in Las Vegas war, lief ich in einem der Privaträume Michael Jordan über den Weg ...«

Sie überlebte das siebte Loch ohne weitere Regelverstöße, aber ihre Schultern schmerzten, sie hatte sich in ihren neuen Turnschuhen eine Blase am kleinen Zeh gelaufen, die Hitze machte ihr zu schaffen, und es lagen noch elf elende Löcher vor ihr. Sie fand es immer grotesker, dass sie gezwungen war, eine fünfunddreißig Pfund schwere Golftasche für einen athletischen Champion von einem Meter achtundachtzig herumzuschleppen, der absolut in der Lage war, diese Aufgabe selbst zu erledigen. Und wenn diese gesunden, kräftigen Männer schon zu faul waren, ihre eigenen Schläger zu schleppen, warum benutzten sie dann keine Golfcarts? Dieses ganze Caddie-Gedöns machte überhaupt keinen Sinn. Außer ...

»Guter Schlag, Mr. Skipjack. Den haben Sie wirklich hervorragend getroffen«, sagte Mark mit einem bewundernden Nicken.

»Da haben Sie den Wind aber gut genutzt, Mr. Traveler«, bemerkte Lenny.

»Den hast du angeschnitten, als hättest du ihn getoppt«, meinte Skeet Cooper zu Teds Vater.

Während sie den Caddies bei ihren Lobeshymnen auf die Spieler zuhörte, wurde ihr klar, dass es allein ums Ego ging. Darum, dass man seine private Jubeltruppe dabeihatte. Sie beschloss, ihre Theorie zu testen. »Wow!«, rief sie beim nächsten Tee, nachdem Ted abgeschlagen hatte. »Cooler Drive. Ein wirklich weiter Schlag. Sehr weit. Bis da hinten.«

Die Männer drehten sich um und starrten sie entgeistert an. Es folgte eine lange Pause. Endlich ergriff Kenny das Wort. »Ich wünschte, ich könnte den Ball so abschlagen.« Wieder eine Pause. »So weit.«

Sie gelobte sich, kein Wort mehr zu sprechen, und wahrscheinlich hätte sie sich auch daran gehalten, wenn Spencer Skipjack nicht so eine Plaudertasche gewesen wäre. »Passen Sie gut auf, Miss Meg. Ich werde jetzt einen kleinen Tipp anwenden, den mir Phil Mickelson gegeben hat, um den hier direkt neben die Fahne zu setzen.«

Ted verspannte sich, wie er das jedes Mal tat, wenn Skipjack sich an sie wandte. Er rechnete offenbar fest damit, dass sie ihm eins auswischen wollte, und das hätte sie auch mit Sicherheit getan, wenn es nur um sein Glück und Wohlbefinden gegangen wäre. Doch es stand mehr auf dem Spiel.

Sie stand vor einem schier unlösbaren Dilemma. Das Letzte, was dieser Planet brauchte, war ein weiterer Golfplatz, der seine natürlichen Ressourcen verschlang, aber für sie war offensichtlich, wie schlecht es um die Stadt stand. In jeder neuen Ausgabe der Lokalzeitung wurde von einem kleinen Betrieb berichtet, der schließen musste, oder von einer weiteren Wohltätigkeitseinrichtung, die knapp bei Kasse und nicht mehr in der Lage war, der gestiegenen Nachfrage zu entsprechen. Und wie konnte sie über andere urteilen, solange sie selbst ein Leben führte, das alles andere als ökologisch war, angefangen bei ihrem spritfressenden Auto? Was immer sie jetzt auch tat, sie wäre eine Heuchlerin, also ließ sie sich von ihren Instinkten leiten, schlug ein paar weitere Prinzipien in den Wind und spielte den guten Soldaten für die Stadt, von der sie gehasst wurde. »Ihnen dabei zuzusehen, wie Sie einen Golfball abschlagen, ist das reinste Vergnügen, Mr. Skipjack.«

»Nicht doch. Verglichen mit diesen Jungs hier bin ich nur ein Stümper.«

»Aber für die ist das Golfspielen auch ihr Beruf«, warf sie ein. »Sie haben einen *richtigen* Job.«

Sie glaubte, Kenny Traveler schnauben zu hören.

Skipjack lachte und meinte, er hätte sie liebend gern zum Caddie, obwohl sie überhaupt keine Ahnung vom Golfspielen habe und er mehr als sieben Schläge bräuchte, um ihre Fehler wettzumachen.

Als sie zwischen dem neunten und zehnten Loch zum Clubhaus gingen, lagen die Turnierpaare gleichauf – vier Löcher für Ted und Dallie, vier für Kenny und Spencer, ein Loch unentschieden. Sie konnte eine kurze Pause machen – für ein kurzes Nickerchen, von dem sie geträumt hatte, würde es nicht reichen, denn sie hatte gerade mal genug Zeit, sich kaltes Wasser ins Gesicht zu spritzen und ein Pflaster auf ihre Blasen zu kleben. Mark nahm sie beiseite und putzte sie dafür herunter, dass sie allzu vertraulichen Umgang mit den Mitgliedern pflegte, zu viel Lärm auf dem Platz machte, nicht dicht genug an ihrem Spieler dranblieb und Ted ständig böse Blicke zuwarf. »Ted Beaudine ist der netteste Mann im Club. Ich weiß nicht, was mit Ihnen los ist. Er behandelt alle Angestellten mit Respekt und gibt großzügige Trinkgelder.«

Aus irgendeinem Grund hatte sie den Verdacht, dass dies auf sie wohl nicht zutreffen würde.

Als Mark wegging, um sich wieder Kenny zu widmen, näherte sie sich voller Verachtung Teds großer marineblauer Tasche. Die goldenen Headcovers passten zur Applikation der Tasche. Nur noch zwei Headcovers. Offenbar hatte sie bereits eins verloren. Ted stand plötzlich hinter ihr und runzelte angesichts des fehlenden Headcovers die Stirn, dann sah er sie an. »Dein Umgang mit Skipjack wird viel zu vertraulich. Halt dich zurück.«

So viel also zum guten Soldaten. Sie sprach mit leiser Stimme. »Ich bin in Hollywood aufgewachsen und verstehe deshalb diese egozentrischen Männer wie ihn besser, als du das jemals kannst.«

»Das glaubst auch nur du.« Er knallte ihr die Kappe, die er trug, auf den Kopf. »Du musst eine Kappe tragen. Hier ist es richtig heiß, denn die Sonne brennt viel stärker herunter als in Kalifornien.«

Bei den letzten neun Löchern vermasselte sie Ted und seinem Vater ein weiteres Loch, weil sie etwas Unkraut ausriss, damit Beaudine junior besser abschlagen konnte. Doch trotz der drei Löcher, die sie die beiden gekostet hatte – und Teds gelegentlichem Fehlschlag, wenn er sich zu sehr bemühte, seine Wut auf sie zu verbergen –, war er noch immer gut im Rennen. »Du spielst heute ein merkwürdiges Spiel, mein Sohn«, tadelte ihn Dallie. »Brillant, aber dann wieder wie ein Wahnsinniger. Ich habe dich seit Jahren nicht mehr so gut – oder so schlecht – spielen sehen.«

»Das kommt schon vor, wenn einem das Herz gebrochen wurde.« Kenny puttete vom Rande des Grüns. »Das kann einen schon ein bisschen verrückt machen.« Sein Ball blieb wenige Zentimeter vor der Fahne liegen.

»Dazu die Demütigung, von allen in der Stadt hinter dem Rücken bemitleidet zu werden.« Skeet, der einzige Caddie, dem ein vertraulicher Umgang mit den Spielern erlaubt war, wischte etwas Schmutz beiseite, der aufs Grün gefallen war.

Dallie trat vor, um zu putten. »Ich habe ihm durch mein

Beispiel zu zeigen versucht, wie man eine Frau festhält. Aber der Junge hat nicht aufgepasst.«

Die Männer schienen ihre Freude daran zu haben, sich über die jeweiligen wunden Punkte lustig zu machen. Selbst Teds eigener Vater.

Offenbar ein Männlichkeitstest. Wären ihre Frauen so aufeinander losgegangen, wie diese Jungs das taten, wäre eine davon am Ende in Tränen aufgelöst gewesen. Aber Ted reagierte darauf nur mit seinem lässigen Lächeln, wartete, bis er an die Reihe kam, und versenkte seinen Putt aus guten drei Metern Entfernung.

Als die Männer das Grün verließen, beschloss Kenny Traveler aus ihr nicht nachvollziehbaren Gründen, Spencer Skipjack zu erzählen, wer ihre Eltern waren. Skipjack bekam leuchtende Augen. »Jake Koranda ist Ihr Vater? Also, das ist ja ein Ding. Und ich dachte, Sie machen den Caddie hier für Geld.« Sein Blick wanderte zwischen Ted und ihr hin und her. »Seid ihr beiden jetzt ein Paar?«

»Nein!«, sagte sie.

»Leider nicht«, warf Ted lässig ein. »Sie können sich bestimmt vorstellen, dass ich mich noch immer von meiner aufgelösten Verlobung zu erholen versuche.«

»Ich denke, man kann nicht von einer aufgelösten Verlobung sprechen, wenn man am Altar sitzen gelassen wird«, wandte Kenny ein. »Das bezeichnet man üblicherweise als Katastrophe.«

Wieso war Ted so besorgt, sie könne ihn in eine peinliche Lage bringen, wo doch seine eigenen Freunde diesen Job schon bestens erledigten? Aber Skipjack schien sich köstlich zu amüsieren, und Meg wurde klar, dass das Insidergeplauder ihm das Gefühl vermittelte, einer von ihnen zu sein. Kenny und Dallie durchschauten ihn, obwohl sie auf ihre idiotische Art die Kumpelnummer spielten.

Nach der Enthüllung ihres ruhmreichen Familienhintergrunds wich Skipjack ihr nicht mehr von der Seite. »Wie ist es denn, mit Jake Koranda als Vater aufzuwachsen?«

Diese Frage hatte sie schon tausendmal gehört und empfand es noch immer als Beleidigung, dass keiner von ihrer Mutter sprach, die genauso versiert war wie ihr Vater. Sie antwortete darauf glatt wie immer: »Meine beiden Eltern sind für mich nur Mom und Dad.«

Endlich wurde Ted klar, dass sie für ihn womöglich von Nutzen sein könnte. »Auch Megs Mutter ist berühmt. Sie leitet eine große Talentagentur, aber davor war sie als Model und Schauspielerin äußerst erfolgreich.«

Ihre Mutter hatte in genau einem Film mitgespielt, *Sunday Morning Eclipse*, wo sie Megs Vater kennengelernt hatte.

»Moment mal!«, rief Spencer aus. »Verdammt – ich hatte das Poster Ihrer Mutter als Jugendlicher auf der Rückseite meiner Zimmertür.«

Wieder eine Behauptung, die sie schon zigmal zu oft gehört hatte. »Das gibt's ja nicht.« Ted warf ihr wieder einen seiner Blicke zu.

Skipjack redete unentwegt über ihre berühmten Eltern, bis sie sich dem siebzehnten Loch näherten. Weil sie schlecht eingeputtet hatten, lagen Kenny und er ein Loch zurück, und er war unzufrieden. Seine Unzufriedenheit wuchs, als Kenny einen Telefonanruf von seiner Frau entgegennahm, bevor er den Golfball abschlug, und so erfuhr, dass sie sich beim Gärtnern eine Schnittwunde an der Hand zugefügt hatte und selbst zum Arzt gefahren war, wo die Wunde mit ein paar Stichen genäht worden war. Nach allem, was auf Kennys Seite gesprochen wurde, lag auf der Hand, dass die Verletzung geringfügig war und seine Frau keinesfalls erwartete, das Turnier abzubrechen, aber von da an war er nicht mehr ganz bei der Sache.

Meg konnte Skipjack ansehen, wie wichtig es ihm war zu gewinnen, doch sie sah auch, dass offenbar weder Ted noch

Dallie bereit waren, sich zurückzunehmen, nicht einmal für die Zukunft der Stadt. Dallies Spiel war konstant gut gewesen, und Teds unberechenbare Spielweise gehörte jetzt der Vergangenheit an. Langsam beschlich sie das seltsame Gefühl, dass er womöglich sogar die Herausforderung genoss, die drei Löcher aufzuholen, die sie sie gekostet hatte.

Skipjack herrschte Mark an, weil dieser zu lange für das Anreichen eines Schlägers brauchte. Er spürte offenbar, dass sein Sieg ihm entglitt und damit auch die Chance zu prahlen, Kenny Traveler und er hätten Dallie und Ted Beaudine auf ihrem Heimatgolfplatz besiegt. Er hörte sogar damit auf, Meg zu bedrängen.

Das Team Beaudine brauchte jetzt nur noch ein paar Putts zu verpassen, und Spencer Skipjack wäre in großherziger Stimmung für zukünftige Verhandlungen, aber das schienen sie nicht sehen zu wollen. Meg war das unbegreiflich. Sie sollten das gewaltige Ego ihres Gastes bedienen, anstatt so zu spielen, als zählte nur das Ergebnis des Turniers. Offensichtlich dachten sie, es reiche, mit Scherzen um sich zu werfen und Skipjack das Gefühl zu geben, auch dazuzugehören. Aber Skipjack war eingeschnappt. Wenn Ted wollte, dass er empfänglich für die Belange der Stadt blieb, mussten sein Vater und er das Turnier verlieren. Stattdessen kämpften sie nur umso verbissener, um ihren Vorteil von einem Loch aufrechtzuerhalten.

Doch zum Glück kehrten Kennys Lebensgeister am siebzehnten Grün wieder zurück, und er versenkte einen 8-Meter-Putt und brachte die Teams gleichauf.

Das entschlossene Glitzern in Teds Auge gefiel Meg gar nicht, als er am letzten Loch abspielte. Er brachte seinen Driver in Position, nahm Haltung an und holte zum Schlag aus ... und in genau diesem Moment ließ sie aus Versehen seine Tasche mit den Golfschlägern fallen ...

Kapitel 8

Krachend fielen die Schläger um. Alle sieben Männer am Tee fuhren herum und starrten sie an. Sie machte ein beschämtes Gesicht. »Hoppla. Verflixt. Großer Fehler.«

Ted hatte seinen Drive nach links ins entfernte Rough geschlagen, und Skipjack grinste. »Ich bin wirklich froh, Miss Meg, dass Sie nicht mein Caddie sind.«

Sie kickte mit ihrem Turnschuh in den Boden. »Es tut mir wirklich leid.« *Nicht.*

Und wie reagierte Ted auf diesen Schnitzer? Dankte er ihr etwa dafür, ihn daran erinnert zu haben, was am heutigen Tag das Wichtigste war? Oder kam er mit einem Schläger auf sie zu, um ihr damit eins überzubraten, was er bestimmt nur allzu gern getan hätte? Oh nein. Mr. Perfekt war für beides viel zu cool. Er setzte stattdessen sein Chorknabenlächeln auf, kam mit seinem lässigen Gang zu ihr und richtete eigenhändig die Tasche auf. »Mach dir keinen Stress, Meg. Du hast das Turnier nur interessanter gemacht.«

Er war der größte Schwindler, der ihr je untergekommen war, denn obwohl die anderen es nicht sahen, wusste sie, wie wütend er war.

Sie liefen alle die Fairway hinunter. Skipjacks Gesicht war gerötet, und sein Golfhemd klebte an seiner breiten Brust. Meg begriff das Spiel inzwischen gut genug, um zu wissen, was jetzt passieren musste. Aufgrund seines Handicaps bekam Skipjack für dieses Loch einen zusätzlichen Schlag, sodass Skipjack das Loch für sein Team gewinnen würde, selbst wenn die anderen im Gleichstand waren. Wenn jedoch ent-

weder Dallie oder Ted einen Schlag unter dem Par zurück-
blieben, bräuchte auch Skipjack einen Birdie, um das Loch
zu gewinnen, was jedoch höchst unwahrscheinlich war. Ansonsten würde das Turnier in einem unbefriedigenden Gleichstand enden.

Dank ihrer Einmischung hatte Ted es bis zur Fahne am
weitesten und musste nun seinen zweiten Schlag machen. Da
keiner in der Nähe war und mithören konnte, sagte sie ihm,
was sie dachte. »Lass ihn doch gewinnen, du Idiot! Siehst du
denn nicht, wie viel ihm das bedeutet?«

Anstatt auf sie zu hören, drosch er ein 4er Eisen die Fairway hinunter und puttete den Ball in eine selbst für sie klar
ersichtliche perfekte Position. »Arschgesicht«, murmelte sie.
»Wenn du einen Birdie machst, ist das die Garantie dafür,
dass dein Gast nicht gewinnt. Hältst du das tatsächlich für
den besten Weg, ihn in gute Stimmung für eure widerlichen
Verhandlungen zu bringen?«

Er warf ihr seinen Schläger zu. »Ich weiß, wie dieses Spiel
gespielt wird, Meg, und Skipjack ebenso. Er ist kein Kind.«
Er stolzierte davon.

Dallie, Kenny und ein missmutiger Skipjack legten ihre
dritten Abschläge aufs Grün, aber Ted brauchte nur zwei.
Ihm war der gesunde Menschenverstand abhandengekom-
men. Offenbar war es für all jene, die Golfspielen geradezu
als religiöses Relikt betrachteten, eine Todsünde, ein Spiel zu
verlieren.

Meg erreichte Teds Ball als Erste. Er lag auf einem dicken
Büschel chemisch gedüngten Grases in perfekter Position, um
einen leichten Birdieschlag zu machen. Sie stellte seine Tasche
ab, ging in Gedanken noch mal ihre Prinzipien durch und trat
dann, so fest sie konnte, mit ihrem Turnschuh auf den Ball.

Als sie hörte, wie Ted näher kam, schüttelte sie traurig den
Kopf. »Wirklich schade. Sieht aus, als wärst du in einem Loch
gelandet.«

»Einem Loch?« Er schob sie beiseite und schaute sich seinen tief ins Gras gedrückten Ball an.

Sie trat zurück und entdeckte Skeet Cooper, der am Fringe des Grüns stand und sie aus seinen kleinen Augen zwischen all den Sonnenfältchen beobachtete. Ted starrte den Ball an. »Was zum –?«

»Wird wohl ein Nagetier sein«, meinte Skeet, aber so, dass er ihr damit zu verstehen gab, genau mitbekommen zu haben, was sie getan hatte.

»Nagetiere? Es gibt keine –« Ted wirbelte zu ihr herum. »Sag jetzt bloß nicht …«

»Bedanken kannst du dich später«, sagte sie.

»Gibt's da drüben ein Problem?«, rief Skipjack vom anderen Fringe.

»Ted hat ein Problem«, rief Skeet zurück.

Ted brauchte zwei Schläge, um aus dem Loch herauszukommen, in das sie seinen Ball versenkt hatte. Er schaffte dennoch Par, aber Par war nicht gut genug. Kenny und Skipjack gewannen das Spiel.

Kenny schien es wichtiger zu sein, nach Hause zu seiner Frau zu kommen, als den Sieg zu genießen, doch Spencer gluckste vor Freude, während sie zurück zum Clubhaus liefen. »Also, das war ja mal ein Golfspiel. Nur schade, dass Sie es am Ende verloren haben, Ted. Pech.« Dabei zählte er ein Bündel Geldscheine ab, um sie Mark als Trinkgeld zu geben. »Sie haben Ihren Job gut gemacht. Ich nehme Sie jederzeit wieder.«

»Danke, Sir, es war mir ein Vergnügen.«

Kenny reichte Lenny ein paar Zwanziger rüber und verabschiedete sich dann von seinem Partner mit einem Händedruck und ging. Ted kramte in seiner Tasche, drückte ihr ein Trinkgeld in die Hand und schloss ihre Finger darum. »Nichts für ungut, Meg. Du hast dein Bestes gegeben.«

»Danke.« Fast hätte sie vergessen, dass sie es mit einem Heiligen zu tun hatte.

Spencer Skipjack näherte sich ihr von hinten, legte ihr seine Hand ins Kreuz und rieb diese Stelle. Es fühlte sich geradezu unheimlich an. »Miss Meg, Ted und seine Freunde laden mich heute Abend zum Dinner ein. Es wäre mir eine Ehre, wenn Sie mich begleiten.«

»Mann, das würde ich gern tun, aber –«

»Sie kommt gern«, sagte Ted. »Stimmt doch, Meg?«

»Normalerweise ja, aber –«

»Nur keine Schüchternheit. Wir werden dich um sieben Uhr abholen. Megs momentanes Zuhause ist schwer zu finden, deshalb werde ich fahren.« Er sah sie an, und die Härte in seinem Blick vermittelte ihr die eindeutige Botschaft, dass sie sich nach einem neuen Zuhause würde umsehen müssen, wenn sie nicht kooperierte. Sie schluckte. »Zwanglose Kleidung?«

»Ganz zwanglos«, bestätigte er ihr.

Als die Männer sich entfernten, überlegte sie, auf was für eine missliche Situation sie sich da eingelassen hatte – eine Verabredung mit einem egozentrischen Angeber, der praktisch so alt wie ihr Vater war. Das hätte allein schon gereicht, wurde aber noch deprimierender, weil Ted jeden ihrer Schritte beobachten würde.

Sie rieb sich ihre schmerzende Schulter und löste dann ihre Finger, um zu überprüfen, wie viel Trinkgeld sie dafür bekommen hatte, viereinhalb Stunden lang Golfschläger mit dem Gewicht von fünfunddreißig Pfund unter der heißen Texassonne bergauf, bergab zu schleppen.

Eine einzige Eindollarnote.

Neonbeleuchtete Bierreklame, Geweihe und Erinnerungsstücke der städtischen Sportgeschichte schmückten die Bar, die als kantiger Holzblock inmitten des Roustabout stand. An zwei Wänden des Schuppens reihten sich Sitznischen, an der dritten standen Billardtische und Spielkonsolen. An den

Wochenenden spielte eine Countryband, aber jetzt dröhnte Toby Keith aus der Jukebox neben der kleinen, verschrammten Tanzfläche.

Meg war die einzige Frau am Tisch, und sie fühlte sich ein wenig wie eine Angestellte in einem vornehmen Herrenclub, obwohl sie froh war, dass weder Dallies noch Kennys Frau zugegen waren, da beide sie hassten. Sie saß zwischen Spencer und Kenny und direkt gegenüber von Ted zusammen mit seinem Vater und Dallies treuem Caddie Skeet Cooper.

»Das Roustabout ist eine Institution in dieser Gegend«, erklärte Ted, als Skipjack seinen Teller Rippchen verputzt hatte. »Es kann auf eine lange Geschichte zurückblicken. Es hatte viele schöne, aber auch traurige und schreckliche Momente.«

»An die schrecklichen Momente erinnere ich mich nur allzu gut«, warf Skeet ein. »Wie etwa damals, als Dallie und Francie ihre Auseinandersetzung auf dem Parkplatz hatten. Ist schon mehr als dreißig Jahre her, lange bevor sie verheiratet waren, aber die Leute reden jetzt noch darüber.«

»Das stimmt«, fügte Ted hinzu. »Ich kann gar nicht sagen, wie oft ich diese Geschichte gehört habe. Meine Mutter vergaß, dass sie nur halb so groß ist wie mein Vater, und versuchte, ihn niederzuringen.«

»Wäre ihr auch beinahe geglückt. Sie war wie eine Wildkatze in dieser Nacht, das kann ich euch sagen«, berichtete Skeet. »Es ist mir und Dallies Exfrau kaum gelungen dazwischenzugehen.«

»Es war nicht ganz so, wie sich das jetzt anhört«, konterte Dallie.

»Es war genau so, wie es sich anhört.« Kenny steckte sein Mobiltelefon ein, nachdem er mit seiner Frau gesprochen hatte.

»Woher willst du denn das wissen?«, brummte Dallie. »Du warst doch damals noch ein Kind und nicht einmal dabei. Außerdem hast du deine eigene Geschichte mit dem Parkplatz des Roustabout. Etwa in jener Nacht, als Lady Emma sich über dich ärgerte und dir deinen Wagen stahl. Du musstest ihr auf dem Highway hinterherlaufen.«

»Habe aber nicht lang gebraucht, um sie einzuholen«, hielt Kenny dagegen. »Meine Frau war keine gute Fahrerin.«

»Ist sie noch immer nicht«, warf Ted ein. »Die langsamste Fahrerin im Bezirk. Erst letzte Woche hat sie draußen auf der Stone Quarry Road für einen Rückstau gesorgt. Drei Leute riefen mich an und beschwerten sich.«

Kenny nahm es achselzuckend hin. »Und wenn wir uns noch so sehr bemühen, wir werden sie nicht davon überzeugen können, dass unsere Geschwindigkeitsbegrenzungen nur als höfliche Empfehlungen zu verstehen sind.«

So ging es den ganzen Abend lang hin und her. Die fünf unterhielten Skipjack mit ihren kumpelhaften Sprüchen, während Spence, wie Meg ihn auf sein Geheiß hin nennen sollte, in einer Mischung aus Belustigung und einem Anflug von Arroganz darin aufging. Es gefiel ihm, von diesen berühmten Männern hofiert zu werden – er genoss es, dass er etwas hatte, was sie wollten, etwas, was in seiner Macht lag. Er wischte sich mit seiner Serviette die Barbecuesoße vom Mund. »Ihr habt seltsame Gepflogenheiten in dieser Stadt.«

Ted lehnte sich entspannt wie immer in seinem Stuhl zurück. »Eins steht schon mal fest, wir machen uns das Leben nicht durch übermäßige Bürokratie schwer. Die Leute hier sehen keinen Sinn darin, alles durch Verbote zu regeln. Wenn wir uns was vornehmen, packen wir es an und tun es.«

Spence lächelte Meg zu. »Ich glaube, ich höre hier gerade eine politische Ankündigung, für die er bezahlt wird.«

Es war sehr spät geworden. Sie war hundemüde und wünschte sich nichts mehr, als sich auf ihrer Chorempore zusammenzurollen und zu schlafen. Nach ihrer katastrophalen Caddie-Runde hatte sie den Rest des Tages am Getränke-Cart verbracht. Leider war ihr unmittelbarer Vorgesetzter ein

Kiffertyp mit nur minimaler Kommunikationsfähigkeit und hatte keinen blassen Schimmer, wie ihre Vorgängerin die Getränke zusammengestellt hatte. Woher sollte sie wissen, dass die Golferinnen des Clubs von Arizona Diät-Eistee abhängig und beleidigt waren, wenn dieser nicht am vierzehnten Tee für sie bereitstand? Doch dass ihr das Bud Light ausging, war das viel schlimmere Malheur gewesen. In einem seltsamen Fall von Massentäuschung schienen die übergewichtigen männlichen Golfclubmitglieder für sich beschlossen zu haben, dass *light* ihnen erlaubte, die doppelte Menge zu konsumieren. Allein die Tatsache, dass sie alle einen Bauchansatz hatten, zeigte, wie falsch ihre Schlussfolgerung war, aber offenbar bemerkten sie das nicht.

Die größte Überraschung des heutigen Tags war jedoch die Erfahrung, dass sie ihre Arbeit gar nicht so widerlich fand. Eigentlich hätte sie für ihre Arbeit im Country Club nur Verachtung empfinden dürfen, doch es gefiel ihr, sich im Freien zu bewegen, obwohl es ihr nicht erlaubt war, den ganzen Platz so abzufahren, wie sie das gern getan hätte, da sie sich nur am fünften oder vierzehnten Tee aufstellen durfte. Dazu kam der Bonus, ihren Job noch immer zu haben.

Spence versuchte wiederholt einen Blick in den Ausschnitt ihres Oberteils zu werfen, das sie aus einer Stoffbahn der Seide kreiert hatte, die sie zum Probedinner getragen hatte, und nun zu Jeans kombinierte. Den ganzen Abend lang hatte er sie angegrapscht, einen Knochen ihres Handgelenks nachgezeichnet, ihre Schulter und ihr Kreuz liebkost und Interesse für ihre Ohrringe vorgetäuscht, nur um Gelegenheit zu bekommen, ihr Ohrläppchen zu reiben. Ted hatte alle Berührungen mitbekommen und schien zum ersten Mal, seit sie sich kennengelernt hatten, froh zu sein, sie um sich zu haben. Spence rückte viel zu nah an sie heran. »Ich befinde mich in folgendem Dilemma, Miss Meg.«

Sie rutschte zu Kenny, wie sie das bereits den ganzen Abend

getan hatte, bis sie mehr oder weniger auf dessen Schoß saß. Ihm schien das nichts auszumachen, denn offenbar war er so sehr daran gewöhnt, von Frauen angemacht zu werden, dass er das schon gar nicht mehr registrierte. Aber Ted registrierte es, und er wollte, dass sie blieb, wo sie war, dort, wo Skipjack sie betatschen konnte. Da sich sein ungezwungenes Lächeln nie veränderte, hätte sie nicht sagen können, woran sie das festmachte, doch sie wusste es und hatte vor, ihm bei nächster Gelegenheit unter die Nase zu reiben, dass er seinem eindrucksvollen Lebenslauf auch noch »Zuhälter« hinzufügen sollte.

Spence spielte mit ihren Fingern. »Ich habe zwei hübsche Grundstücke in Aussicht – eins am Rande von San Antone, einer Stadt, in der die Wirtschaft geradezu floriert. Das andere in der Pampa.«

Ted hasste es, Katz und Maus zu spielen. Das merkte sie daran, dass er sich weiter zurücklehnte, unerschütterlich, wie ein Mann nur sein konnte. »In einem Teil der Pampa, wie man es sich schöner nicht vorstellen kann«, warf er ein.

Und in einem Teil, das sie mit einem Hotel, Eigentumswohnungen, manikürten Fairways und makellosen Grünflächen zerstören wollten.

»Vergessen Sie nicht, dass es keine vierzig Meilen vor der Stadt eine Landebahn gibt.« Kenny spielte mit seinem Mobiltelefon.

»Aber sonst nicht viel, was der Rede wert wäre«, entgegnete Spence. »Keine exklusiven Boutiquen für unsere Frauen. Keine Nachtclubs, um mal chic auszugehen.«

Skeet kratzte sich an seinem stoppeligen Kinn. »Ich kann darin keinen Nachteil erkennen. Denn das heißt doch nur, dass die Leute ihr Geld in Ihrem Resort lassen.«

»Sofern sie nicht nach Wynette kommen, um sich ihre Dosis Kleinstadtamerika zu holen«, sagte Ted. »Zum Beispiel im Roustabout. Das ist was Authentisches – kein aufgemotztes

Franchise-Unternehmen mit Stierhörnern aus der Massenproduktion an den Wänden. Wir wissen doch alle, wie sehr reiche Leute das Echte zu schätzen wissen.«

Eine interessante Beobachtung von einem Multimillionär. Sie machte sich klar, dass alle hier am Tisch außer ihr selbst stinkreich waren. Selbst Skeet Cooper dürfte sich ein paar Millionen von all den Preisgeldern eingesteckt haben, die er sich als Dallies Caddie verdient hatte.

Spence umschloss Megs Handgelenk. »Lassen Sie uns tanzen, Miss Meg. Ich muss mein Abendessen abarbeiten.«

Sie wollte nicht mit ihm tanzen und entzog ihm deshalb ihre Hand mit der Entschuldigung, nach ihrer Serviette zu greifen. »Ich verstehe eigentlich nicht genau, warum Sie so versessen darauf sind, ein Urlaubsresort zu bauen. Sie sind doch bereits der Leiter eines großen Unternehmens. Warum wollen Sie Ihr Leben komplizierter machen?«

»Manche Dinge muss ein Mann einfach tun.« Das hörte sich an wie eine Zeile aus einem der schlimmsten Filme ihres Vaters. »Haben Sie jemals von einem Mann namens Herb Kohler gehört?«

»Ich glaube nicht.«

»Kohler Company. Sanitäranlagen. Mein größter Rivale.«

Ihr Interesse an Badezimmerarmaturen war nicht sehr groß, aber selbst sie hatte schon von Kohler gehört und nickte deshalb.

»Herb gehört der American Club in Kohler, Wisconsin, dazu vier der besten Golfplätze im Mittleren Westen. Jeder Raum im American Club ist mit den neuesten Armaturen ausgestattet. Es gibt sogar ein Installationsmuseum. Und jedes Jahr bekommt diese Anlage die höchste Auszeichnung.«

»Herb Kohler ist ein bedeutender Mann«, sagte Ted so naiv, dass sie fast die Augen verdreht hätte. War sie die Einzige, die ihn durchschaute? »Er hat dafür gesorgt, in der Golfwelt zur Legende zu werden.«

Und Spencer Skipjack wollte seinen Rivalen übertreffen. Deshalb war es so wichtig für ihn, dieses Resort zu bauen.

»Zu schade, dass Herb seinen Platz nicht dort gebaut hat, wo die Leute das ganze Jahr über spielen können«, warf Dallie ein. »Wisconsin ist ein verdammt kalter Staat.«

»Das ist auch der Grund, weshalb ich so klug bin und mich für Texas entschieden habe«, entgegnete Skipjack. »Ich bin als Kind von Indiana oft hierhergekommen, um die Familie meiner Mutter zu besuchen. Und habe mich im Lone Star State immer zu Hause gefühlt. Mehr als Texaner denn als Hoosier.«

Er wandte sich wieder Meg zu. »Wo ich auch immer bauen werde, Sie können versichert sein, dass Ihr Vater mir immer willkommen sein wird, um dort als mein Gast zu spielen, richten Sie ihm das aus.«

»Das werde ich tun.« Ihr sportlicher Vater spielte noch immer mit Begeisterung Basketball, und dank ihrer Mutter ritt er jetzt auch zu seinem Vergnügen, doch mit einem Golfschläger in der Hand konnte sie sich ihn nicht vorstellen.

Sie hatte heute mit beiden Elternteilen separate Telefonate geführt, aber anstatt sie um Geld anzubetteln, hatte sie ihnen erzählt, sie habe einen tollen Job im Dienstleistungsgewerbe in einem bedeutenden texanischen Country Club. Sie hatte zwar nicht behauptet, dort mit der Veranstaltungsleitung betraut zu sein, ihre Mutter jedoch auch nicht korrigiert, als sie diesen Schluss zog und meinte, wie wunderbar es sei, dass Meg endlich eine Stelle gefunden habe, in der sie ihre Kreativität einbringen könne. Und ihr Dad war über den Job genauso glücklich.

Jetzt konnte sie sich einfach nicht mehr länger zurückhalten. »Hat vielleicht auch mal jemand von Ihnen daran gedacht, dieses Stück Land in Ruhe zu lassen? Ich meine, braucht die Welt tatsächlich noch einen weiteren Golfplatz, der noch mehr natürliche Ressourcen auffrisst?«

Teds Stirnrunzeln war fast nicht wahrnehmbar. »Freizeit-oasen halten die Menschen gesund.«

»Das kann man wohl sagen«, warf Spence ein, ehe Meg die Golfer und deren Bud Lights ins Spiel bringen konnte. »Darüber haben Ted und ich uns schon ausführlich ausgetauscht.« Er schob seinen Stuhl zurück. »Kommen Sie, Miss Meg. Ich liebe diesen Song.«

Mochte Spence sie auch in den Armen halten, so hätte Meg doch schwören können, Teds Hand zu spüren, mit der er sie auf die Tanzfläche schob.

Spence war ein ganz anständiger Tänzer, und es war ein flotter Song, sodass alles ganz gut anfing. Aber als dann eine Ballade kam, zog er sie so dicht an sich heran, dass seine Gürtelschnalle sich an sie drückte, ganz zu schweigen von etwas weitaus Unangenehmerem. »Ich kenne den Grund nicht, weshalb Sie in Not geraten sind«, meinte Spence an ihr Ohr gedrückt. »Allerdings sieht es ganz danach aus, als könnten Sie jemanden gebrauchen, der sich um Sie kümmert, bis Sie wieder auf die Beine gekommen sind.«

Sie hoffte, er meinte damit nicht, was sie vermutete, doch der Beweis unterhalb seiner Gürtelschnalle schien es zu bestätigen.

»Also ich meine damit nichts, was Ihnen unangenehm sein könnte«, fuhr er fort. »Nur dass wir beide etwas Zeit miteinander verbringen.«

Sie stolperte mit Absicht über seinen Fuß. »Hoppla. Ich muss mich hinsetzen. Ich habe mir heute ein paar Blasen gelaufen.«

Spence blieb keine andere Wahl, als ihr zurück an den Tisch zu folgen. »Sie kann mit mir nicht mithalten«, brummte er.

»Das wird anderen auch so gehen«, schleimte der Bürgermeister.

Spence zog seinen Stuhl näher heran und legte ihr seinen Arm um die Schultern. »Ich habe eine tolle Idee, Miss Meg.

Lassen Sie uns doch heute Abend nach Las Vegas fliegen. Sie kommen auch mit, Ted. Rufen Sie eine Freundin an und kommen Sie mit uns. Ich rufe meinen Piloten an.«

Er war sich ihres Einverständnisses so sicher, dass er schon nach seinem Mobiltelefon griff, und da keiner der Männer am Tisch etwas unternahm, um ihn davon abzubringen, wurde ihr klar, dass sie auf sich allein gestellt war. »Tut mir leid, Spence. Ich muss morgen arbeiten.«

Er zwinkerte Ted zu. »So ein großartiger Country Club ist das nun auch wieder nicht, für den Sie da arbeiten, und ich wette, dass Ted Ihren Boss dazu überreden kann, Ihnen ein paar Tage freizugeben. Was meinen Sie, Ted?«

»Wenn er nicht kann, ich kann es«, sagte Dallie und warf sie damit den Wölfen zum Fraß vor.

Kenny setzte noch eins drauf. »Lass mich das machen. Ich übernehme gern den Anruf.«

Ted sah sie wortlos über seine Longneckflasche hinweg an. Sie hielt seinem Blick stand, so wütend, dass ihre Haut brannte. In letzter Zeit hatte sie sich mit vielem abfinden müssen, das würde sie sich allerdings nicht gefallen lassen. »Die Sache ist nur …« Sie überlegte, was sie weiter sagen sollte. »Ich bin eigentlich nicht frei. Gefühlsmäßig.«

»Wie denn das?«, fragte Spence.

»Es ist … nicht ganz einfach.« Gleich würde ihr übel werden. Warum gab es im Leben keinen Pausenknopf? Den hätte sie jetzt brauchen können, denn ohne die Möglichkeit nachzudenken würde sie das Nächstbeste sagen, was ihr einfiel, das Dümmste, aber wie gesagt, es gab keinen Pausenknopf. »Ted und ich.«

Teds Bierflasche schlug gegen seine Zähne. Kenny spitzte die Ohren. Spence sah sie verdattert an. »Aber heute Morgen haben Sie doch gesagt, Sie beide seien kein Paar.«

Sie verzog ihren Mund zu einem Lächeln. »Sind wir auch nicht«, erklärte sie. »Noch nicht. Aber ich mache mir Hoffnungen.« Die Worte steckten ihr wie ein Knochen im Hals. Sie hatte gerade all das bestätigt, was die Leute ihr als Motiv unterstellt hatten, um die Hochzeit platzen zu lassen.

Kenny kippte seinen Stuhl nach hinten und wirkte eher amüsiert als anklagend. »Das macht Ted mit allen Frauen, und zwar ständig. Keiner von uns weiß, wie er das anstellt.«

»Ich jedenfalls nicht.« Teds Vater warf ihr einen schrägen Blick zu. »Er war das unscheinbarste Kind, das man je gesehen hat.«

Ted äußerte sich entschieden dazu. »Das wird nicht passieren, Meg.«

»Das wird sich zeigen.« Nachdem sie sah, wie sehr sie ihn verärgert hatte, verstrickte sie sich noch immer weiter. »Ich bin dafür bekannt, mich in die *unmöglichsten* Männer zu verlieben.« Sie ließ das einen Moment im Raum stehen. »Was nicht heißen soll, dass Ted nicht perfekt ist. Ein wenig zu perfekt offensichtlich, aber … Anziehung folgt nicht immer logischen Gesetzen.«

Spence zog die Augenbrauen zusammen. »Stand er nicht erst im letzten Monat kurz davor, die Tochter der Präsidentin zu heiraten?«

»Ende Mai«, sagte sie. »Und Lucy ist meine beste Freundin. Es war ein absolutes Debakel, wie Sie sicherlich aus der Presse wissen.« Ted beobachtete sie, sein ungezwungenes Lächeln war wie festgefroren, und in seinem Augenwinkel zuckte kaum wahrnehmbar ein Nerv. Sie fand langsam Gefallen. »Aber Lucy war von Anfang an nicht die richtige Frau für ihn. Dank mir weiß er das jetzt, und seine Dankbarkeit wäre mir peinlich, wenn ich nicht Hals über Kopf in ihn verliebt wäre.«

»Dankbarkeit?« Teds Stimme war messerscharf.

Verdammt, was soll's. Sie wedelte lässig mit der Hand und improvisierte und schmückte aus, wie es ihr Vater, der berühmte Schauspieler und Dramatiker, nicht besser gekonnt hätte. »Ich könnte jetzt ganz verschämt so tun, als wäre ich ihm vollkommen – und ich meine *vollkommen* – verfallen, aber ich habe nie zu den Frauen gehört, die Spielchen spielen. Ich lege meine Karten sofort auf den Tisch. Auf lange Sicht ist das besser.«

»Ehrlichkeit ist eine bewundernswerte Eigenschaft«, meinte Kenny und hatte sichtlich seinen Spaß dabei.

»Ich weiß, was Sie alle denken. Dass ich mich unmöglich so schnell in ihn hatte verlieben können, weil ich nämlich, egal was alle sagen, diese Hochzeit *nicht* habe platzen lassen. Aber …« Sie sah Ted voller Bewunderung an. »Dieses Mal ist es was anderes für mich. Ganz was anderes.« Sie konnte es sich nicht verkneifen, die Glut anzufachen. »Und … nach Teds Besuch gestern Abend …«

»Ihr beide habt euch spätnachts getroffen?«, hakte sein Vater nach.

»Ziemlich romantisch, nicht wahr?« Sie setzte ein verträumtes Lächeln auf. »Um Mitternacht. Auf der Chorempore –«

Ted sprang auf. »Lass uns tanzen.«

Sie neigte leicht den Kopf und setzte eine Leidensmiene auf. »Ich habe Blasen.«

»Es ist ein Stehblues«, sagte er aalglatt. »Du kannst dich auf meine Füße stellen.«

Ehe ihr noch eine weitere Ausrede einfallen konnte, hatte Ted sie bereits am Arm gepackt und schleppte sie auf die volle Tanzfläche. Er drückte sie an sich – kurz vor dem Würgegriff. Wenigstens trug er keinen Gürtel, und sie kriegte es nicht auch noch mit einer Schnalle – oder einem anderen Gegenstand, der sich ihr ins Fleisch drückte – zu tun. Das einzig Harte an Ted Beaudine waren seine Augen. »Jedes Mal, wenn ich denke, du kannst nicht noch mehr Ärger machen, überraschst du mich aufs Neue.«

»Was hätte ich denn tun sollen?«, erwiderte sie. »Mit ihm

nach Las Vegas fliegen? Seit wann gehört Zuhälter denn zu deiner Jobbeschreibung?«

»So weit wäre es nicht gekommen. Du hättest nur nett sein müssen.«

»Warum sollte ich? Ich hasse diese Stadt, schon vergessen? Und mir ist scheißegal, ob dein blödes Golfresort gebaut wird. Ich *möchte* gar nicht, dass es gebaut wird.«

»Warum hast du dann so lange mitgespielt?«

»Weil ich pleite bin. Damit mein Magen was zu essen kriegt.«

»Ist das der einzige Grund?«

»Ich weiß nicht … Ich hielt es für richtig. Weiß Gott, warum. Im Unterschied zur allgemein vorherrschenden Meinung bin ich nämlich nicht das böse Miststück, zu dem mich alle abgestempelt haben. Aber das bedeutet nicht, dass ich bereit bin, mich zu euer *aller* Vorteil zur Hure zu machen.«

»Ich habe nie gesagt, dass du böse bist.« Er hatte doch tatsächlich den Nerv, verletzt dreinzuschauen.

»Du weißt doch, dass er nur meines Vaters wegen an mir interessiert ist«, zischte sie. »Er ist ein kleiner Mann mit einem großen Ego. Und das Zusammensein mit berühmten Leuten, und sei es auch nur über eine Ersatzperson wie mich, gibt ihm das Gefühl, wichtig zu sein. Gäbe es meine Eltern nicht, würde er mich keines Blickes würdigen.«

»Da wäre ich mir nicht so sicher.«

»Nicht doch, Ted. Ich bin nun wirklich nicht der Typ, das Häschen eines reichen Mannes zu spielen.«

»Das stimmt.« Sein Mitgefühl ließ seine Stimme weich klingen. »Häschen sind im Allgemeinen gutherzige Frauen, in deren Gegenwart man sich wohl fühlt.«

»Du sprichst sicherlich aus Erfahrung. Übrigens, du magst zwar auf dem Golfplatz Gott der Allmächtige sein, aber du bist ein lausiger Tänzer. Lass mich mal führen.«

Er kam aus dem Takt, sah sie verdutzt an, als hätte sie ihn

endlich überrumpelt, obwohl sie sich nicht vorstellen konnte warum, und holte deshalb erneut zum Angriff aus. »Ich habe da eine Idee. Warum begleitest du nicht gemeinsam mit deiner Geliebten Spence nach Las Vegas? Ich bin mir sicher, dass ihr beiden ihm eine unvergessliche Zeit bereitet.«

»Das ärgert dich richtig, nicht wahr?«

»Die Tatsache, dass du herumgevögelt hast, während du mit Lucy zusammen warst? Oh ja. Sie verzehrt sich nämlich vor lauter Schuldgefühlen. Und glaub ja nicht, dass ich sie nicht in all die schmutzigen Einzelheiten deiner anderweitigen Aktivitäten einweihen werde, sobald wir die Gelegenheit zu einem langen Plauderstündchen haben.«

»Sie wird dir bestimmt nicht glauben.«

»Ich begreife bloß nicht, warum du sie überhaupt zur Frau hast haben wollen.«

»Die Tatsache, keine Ehefrau zu haben, hat mich gebremst«, erklärte er. »Ich war bereit, das nächste Kapitel meines Lebens aufzuschlagen, und dazu brauchte ich eine Frau. Eine ganz besondere Frau. Die Tochter der Präsidentin hat da bestens gepasst.«

»Hast du sie je geliebt? Ein bisschen wenigstens?«

»Bist du verrückt? Es war von Anfang an nichts wie Lug und Trug.«

Irgendwas sagte ihr, dass er jetzt eine künstliche Nebelwand aufzog, aber ihre Fähigkeit, seine Gedanken lesen zu können, wie sie das den ganzen Abend getan hatte, versagte. »Ich möchte nicht mit dir tauschen, du hast ein schweres Leben«, sagte sie. »Nach außen hin der perfekte Gentleman. Innen durch und durch verdorben.«

»So schwer ist das gar nicht. Der Rest der Welt ist nicht so einsichtsvoll wie du.«

Er musterte sie mit seinem lässigen Lächeln, und eine Winzigkeit – kaum wahrnehmbar und so klein, dass sie kaum wert war, wahrgenommen zu werden, aber dennoch vorhanden – dockte an ihren Nervenenden an. Nicht an allen. Nur an ein paar wenigen. Es waren die, die sich irgendwo südlich ihres Nabels befanden.

»Mist!«, rief er und brachte damit ihre Gefühle bestens zum Ausdruck.

Sie drehte ihren Kopf und sah, was seine Aufmerksamkeit auf sich gezogen hatte. Seine schöne dunkelhaarige Geliebte bewegte sich direkt auf Spence zu.

Ted ließ Meg stehen und schlenderte voller Absicht so gemächlich zurück an den Tisch, dass es Meg nicht überrascht hätte, wenn auf dem Fußboden Trittspuren zurückgeblieben wären. Er blieb in dem Moment stehen, als seine Geliebte sich seinem Gast vorstellte.

»Guten Abend. Ich heiße Torie Traveler O'Connor.«

Kapitel 9

Torie Traveler O'Connor? Meg erinnerte sich, dass der Name in dem nächtlichen Gespräch zwischen Ted und Kenny gefallen war. Teds verheiratete Geliebte war Kennys Schwester?

Tories schleppender texanischer Singsang wirkte dekadent. »Ich habe gehört, Sie haben heute die Back Nine aufgemischt, Spence? Ich musste den Mann einfach kennenlernen, der diese alten Hasen derart abgezockt hat.«

Spence war einen Moment lang sprachlos. Die Wirkung, die Torie mit ihren makellosen Zügen, ihren tiefschwarzen Haaren und den langen Beinen, betont von wahnsinnig teuren Jeans, auf ihn hatte, war nicht zu übersehen. Im u-förmigen Ausschnitt ihres Tops baumelten drei kleine Glücksbringer aus Silber, an ihrer linken Hand blitzte ein riesiger Diamant, und zwei weitere, fast genauso groß, baumelten an ihren Ohrläppchen.

Kenny machte keinen erfreuten Eindruck. Wenn man sie zusammen sah, verriet das überdurchschnittlich gute Aussehen der beiden, dass sie Geschwister waren. »Warum bist du nicht zu Hause und kümmerst dich um meine Nichten?«

»Weil sie jetzt endlich eingeschlafen sind. Ich habe ein paar Xanax genommen und sie clever in ein paar Twinkies versteckt, aber nun ja ... sie sind eben kleine Monster.«

»Sie vermissen ihren Vater«, sagte Kenny. »Den einzigen Menschen in ihrem Leben, der ihnen Stabilität vermittelt.«

Torie grinste. »Morgen kommt er wieder zurück.« Sie stupste ihren Bruder an. »Habe gerade mit Lady Emma gesprochen. Sie sagte mir, ihrer Hand gehe es gut, und wenn du sie noch einmal anrufst, lässt sie dich heute Abend nicht ran.« Sie gab Ted einen Wangenkuss. »Hey, Bürgermeister. Es heißt, du hättest heute miserabel gespielt.«

»Bis auf einen eingelochten Eagle und ein paar Birdies«, warf ihr Bruder ein. »Ein so verzwicktes Spiel habe ich noch nicht gesehen.«

Sie hielt Ausschau nach einem Sitzplatz, und da sie keinen freien Stuhl fand, hockte sie sich auf Teds rechten Schenkel. »Komisch. Du bist doch sonst immer so souverän.«

»Spence hat mir Angst gemacht«, erwiderte Ted todernst. »Für ein Handicap sieben ist er ganz hervorragend.«

Kenny kippte seinen Stuhl nach hinten. »Hier passieren heute jede Menge interessanter Dinge, Torie. Meg hat Spence gerade über ihre unglückliche Liebe zu Ted informiert. Wer hätte das geahnt?«

Torie riss überrascht die Augen auf und sah die junge Frau erwartungsvoll an. Und da fiel es Meg wie Schuppen von den Augen. Obwohl Torie wie ein aalglatter, Männer vernaschender Panther auf Teds Schenkel thronte und einen Arm um seine Schultern geschlungen hatte, erkannte sie, dass sie kein Liebespaar waren. Welcher Art ihre Beziehung war, hätte sie nicht sagen können, auch nicht, warum Ted und die bloß in ein Handtuch gewickelte Torie gemeinsam in der Suite des Gasthofs waren oder warum Torie ihn an jenem Abend im Wagen geküsst hatte. Trotz all dieser gegenteiligen Beweise – und trotz Teds eigener Worte – wusste sie mit absoluter Sicherheit, dass diese beiden nicht intim miteinander waren.

Torie trank einen Schluck von Teds Bier und wandte dann ihre Aufmerksamkeit Meg zu. »Ich werde es nie leid, die Geschichten von Frauen zu hören, schon gar nicht, wenn es dabei um Männer geht. Und ich schwöre, dass ich am liebsten jeden Tag einen Liebesroman lesen würde, wenn ich nicht ständig hinter meinen Kindern herjagen müsste. Ist es einfach so aus Ihnen herausgeplatzt – haben Sie Ted freiheraus gesagt, was Sie für ihn empfinden?«

Meg war um Ernsthaftigkeit bemüht. »Ich glaube an Ehrlichkeit.«

»Sie ist sich ziemlich sicher, ihn herumzukriegen«, warf Kenny ein.

Torie gab Ted sein Bier zurück, ohne Meg aus den Augen zu lassen. »Ich bewundere Ihre Selbstsicherheit.«

Meg streckte ihre Handflächen vor. »Warum sollte ich ihn nicht rumkriegen? Sehen Sie mich doch an.«

Sie rechnete mit Gelächter, aber es kam keins. »Interessant«, sagte Torie.

»Finde ich nicht.« Ted schob sein Bier beiseite, damit Torie nicht mehr drankam.

Torie betrachtete Megs Sung-Dynastie-Ohrringe. »Dann ist es wohl besser, dass du nichts vom neuen Plan meiner Stiefmutter gehört hast, Geld für die Reparaturarbeiten an der Bibliothek aufzutreiben.«

»Shelby hat mir noch nichts von einem Plan erzählt«, sagte Ted.

Torie winkte ab. »Früher oder später wirst du das schon erfahren. Das Komitee ist noch damit beschäftigt, die Einzelheiten auszutüfteln.«

Ted schielte auf Kenny. »Hat Lady Emma dir was davon gesagt?«

»Kein Wort.«

Torie war eine Frau mit einer Mission, und sie ließ sich nicht lang ablenken. »Ihre Aufrichtigkeit ist erfrischend, Meg. Wann genau ist Ihnen denn klar geworden, dass Sie Ted lieben? Bevor oder nachdem Lucy ihm den Laufpass gegeben hat?«

»Lass es gut sein«, meinte Ted freundlich.

Torie reckte ihre perfekt geformte Nase in die Luft. »Ich habe nicht mit dir geredet. Wenn es um Frauen geht, lässt du das Interessanteste immer aus.«

»*Nachdem* sie weg war«, sagte Meg und ergänzte dann ein wenig bedächtiger: »Es gibt dazu wirklich nichts mehr hinzuzufügen. Ich hoffe bloß, Ted bei seinen Problemen helfen zu können.«

»Erinnern Sie mich doch, was das für Probleme sind«, bat Torie sie. »Ted, der so perfekt ist.« Ein kleiner Seufzer entwich ihren glänzenden Lippen. »Oh mein Gott, Teddy ... Doch nicht etwa *dieses* Problem! Du sagtest uns doch, das Viagra habe geholfen.« Sie beugte sich über Spence und sagte in vorgetäuschtem Flüsterton zu ihm: »Ted hat einen mutigen Kampf gegen erektile Dysfunktion geführt.«

Skeet verschluckte sich fast an seinem Bier. Kenny lachte. Dallie zuckte zusammen, und Spence zog die Augenbrauen hoch. Er war sich nicht sicher, ob Torie scherzte, und fühlte sich nicht gern ausgeschlossen. Meg empfand zum ersten Mal Mitgefühl, nicht für Spence, sondern für Ted, der so gelassen wie immer wirkte, obwohl er es mit Sicherheit nicht war. »Torie macht Spaß, Spence.« Meg verdrehte übertrieben die Augen. »Sie macht wirklich nur einen Scherz.« Um gleich darauf schuldbewusst hinzuzufügen: »Jedenfalls nach allem, was ich so gehört habe.«

»Okay, jetzt reicht es.« Ted hätte Torie fast zu Boden fallen lassen, als er unvermittelt aufstand und sie am Handgelenk packte. »Lass uns tanzen.«

»Wenn ich tanzen wollte, würde ich meinen Bruder fragen«, erwiderte Torie. »Jemanden, der keine zwei linken Füße hat.«

»So schlecht bin ich auch nicht«, konterte Ted.

»Es reicht.«

Kenny wandte sich an Spence. »Meine Schwester ist die einzige Frau in Wynette – vielleicht im ganzen Universum –, die Ted jemals reinen Wein über seine mangelhaften Qualitäten auf dem Parkett eingeschenkt hat. Der Rest zuckt mit den Wimpern und tut so, als wäre er Justin Timberlake. Unglaublich lustig.«

Ted ließ seinen Blick einen kurzen Moment auf Meg ruhen, dann wandte er sich ab und zog Torie zur Jukebox.

Spence beobachtete sie. »Ihre Schwester ist eine ungewöhnliche Frau.«

»Da sagen Sie was Wahres.«

»Sie und Ted scheinen sich sehr nah zu stehen.«

»Torie ist seit der Kindheit Teds beste Freundin«, erzählte Kenny. »Sie ist die einzige Frau unter sechzig, die nie in ihn verliebt war, das schwöre ich.«

»Und ihr Ehemann hat nichts gegen diese Freundschaft?«

»Dex?«, erwiderte Kenny lächelnd. »Nein. Dex ist sehr selbstbewusst.«

Ted schien eher Vorträge zu halten, als zu tanzen, und als Torie und er zurück an den Tisch kamen, zog er einen freien Stuhl heran und sorgte dafür, dass sie sich so weit wie möglich von Spence entfernt setzte. Was jedoch Torie nicht abhielt, die Vorteile von Wynette als perfekten Ort für ein Golfresort herauszustreichen und bei Spence auf den Busch zu klopfen, wie groß sein Vermögen war. Außerdem lud sie ihn zur Party ihrer Stiefmutter ein, die diese am Montag anlässlich des vierten Juli gab, und nötigte ihm für den Samstagnachmittag ein Golfturnier auf.

Ted wirkte unglücklich, verkündete jedoch rasch, dass Kenny und er mit von der Partie wären. Torie schielte auf Meg, und das boshafte Funkeln in ihren Augen erklärte, warum Ted sie so weit wie möglich von Skipjack hatte weghaben wollen. »Meg wird doch bestimmt wieder für Ted den Caddie machen, oder?«

Ted und Meg erwiderten unisono: »Nein!«

Aber aus einem unerfindlichen Grund hielt Kenny dies für eine gute Idee, und nachdem Spence dann noch meinte, das Turnier mache ohne Meg nur halb so viel Spaß, war die Sache besiegelt.

Als Spence auf die Herrentoilette verschwand, wurde das

Gespräch nüchterner. »Eine Sache verstehe ich nicht«, sagte Torie zu Ted. »Spences Leute haben letztes Frühjahr eindeutig zu verstehen gegeben, dass sie sich gegen Wynette und für San Antone entschieden haben. Dann ist er vor einem Monat plötzlich ohne Vorwarnung wieder aufgetaucht und hat gemeint, Wynette sei wieder im Rennen. Ich wüsste nur zu gern, was diesen Sinneswandel bewirkt hat.«

»Die Leute von San Antone sind genauso überrascht wie wir«, entgegnete Ted. »Sie hatten das Projekt schon in trockenen Tüchern gesehen.«

»Schade für sie.« Torie winkte jemandem im Raum zu. »Wir brauchen das hier mehr als die.«

Als es Zeit zum Aufbruch war, bestand Dallie darauf, Spence am Gasthof abzusetzen, und so landete Meg allein in Teds Mercedes. Sie wartete, bis sie auf dem Highway waren, dann brach sie das Schweigen. »Du hast also keine Affäre mit Kennys Schwester.«

»Das sage ich ihr wohl am besten.«

»Und du hast auch Luce nie betrogen.«

»Wie du meinst.«

»*Und*« – sie bemerkte, wie locker er die Hände am Steuer hielt, und fragte sich, ob dieses illustre Geschöpf jemals seine Fassung verlor – »wir müssen eine Einigung finden, falls du möchtest, dass ich weiter mit Spence kooperiere – was bestimmt der Fall sein wird.«

»Wer sagt denn, dass ich deine Kooperation brauche?«

»Oh, du brauchst sie.« Sie fuhr sich mit den Fingern durchs Haar. »Schon faszinierend, nicht wahr, wie beeindruckt Spence von meinem Vater ist, und von mir als seiner Tochter? Meiner Mutter gegenüber empfinde ich das natürlich als Beleidigung, wenn man bedenkt, wie erfolgreich sie im Geschäft ist, ganz zu schweigen davon, dass sie zu den schönsten Frauen der Welt gehört. Doch Spence hat ja auch erwähnt, dass er ihr Poster an seiner Schlafzimmerwand hängen hatte, und er ist – aus welchem verrückten Grund auch immer definitiv in mich vernarrt. Dies bedeutet, dass ich von einer Belastung zu einem Gewinn geworden bin, und du, mein Freund, musst dich jetzt ein wenig mehr anstrengen, um mich zufriedenzustellen, und da fangen wir am besten bei dem knauserigen Trinkgeld an. Spence hat Mark heute hundert Dollar gegeben.«

»Mark hat Spence auch keine drei Löcher und ich weiß nicht wie viele schlechte Schläge gekostet. Aber schön. Beim nächsten Mal kriegst du einen Hunderter. Allerdings ziehe ich dir für jedes Loch, um das du mich bringst, einen Fünfziger ab.«

»Abzüglich zehn Dollar für jedes Loch, das ich dich koste, und ich bin einverstanden. Ich stehe übrigens nicht besonders auf Diamanten oder Rosen, aber ein offenes Konto beim Lebensmittelhändler wüsste ich schon zu schätzen.«

Er bedachte sie mit einem seiner Heiligenblicke. »Ich dachte, du seist zu stolz, um Geld anzunehmen.«

»Es anzunehmen, ja. Aber zu verdienen? Bestimmt nicht.«

»Spence hat es nicht mit Dummheit so weit gebracht. Und so bezweifle ich, dass er dir diese miese Geschichte deiner nicht erwiderten Leidenschaft für mich abgekauft hat.«

»Das hätte er aber lieber tun sollen, denn ich werde mich von diesem Mann nicht noch mal betatschen lassen, nicht für alle Golfresorts dieser Welt, und deine Unwiderstehlichkeit ist meine Entschuldigung.«

Er zog die Augenbrauen hoch und bog dann in die dunkle, schmale Straße ein, die zu ihrem vorübergehenden Zuhause führte. »Vielleicht solltest du noch mal darüber nachdenken. Er macht einen ganz anständigen Eindruck, und er ist reich. Er könnte, offen gestanden, die Antwort auf deine Gebete sein.«

»Würde ich an meine sekundären Geschlechtsmerkmale ein Preisschild hängen, fände ich einen appetitlicheren Käufer.«

Das gefiel Ted, und er grinste noch, als sie vor der Kirche anhielten. Sie öffnete die Beifahrertür, um auszusteigen. Er legte seinen Arm über die Rückenlehne ihres Sitzes und sah sie mit einem Blick an, den sie nicht deuten konnte. »Ich nehme doch an, ich bin eingeladen, mit reinzukommen«, sagte er. »In Anbetracht der Intensität deiner Gefühle für mich?«

Er fixierte sie mit seinem Blick, jenen bernsteinfarbenen Augen, die sein individuelles Elixier aus gespannter Aufmerksamkeit, absolutem Verständnis, tiefer Wertschätzung und Vergebung all ihrer Sünden verströmten.

Er spielte mit ihr.

Sie stieß einen tragischen Seufzer aus. »Ich muss weg von deiner Perfektion, die nicht von dieser Welt ist, bevor ich mir einbilde, du appellierst an meine lüsterne Seite.«

»Wie lüstern ist diese denn?«

»Jenseits von Gut und Böse.« Sie stieg aus dem Wagen. »Gute Nacht, Theodore. Träum was Schönes.«

Sie stieg die Stufen bis zu den Kirchentüren hoch, wobei die Scheinwerfer seines Wagens ihr den Weg beleuchteten. Oben angekommen steckte sie den Schlüssel ins Schloss und trat ein. Die Kirche empfing sie. Dort war es dunkel, leer und einsam.

Den nächsten Tag verbrachte Meg am Getränke-Cart, ohne gefeuert zu werden, was sie schon als große Leistung ansah, da sie es sich nicht hatte verkneifen können, ein paar der Golfer darauf hinzuweisen, ihre verdammten Getränkedosen doch in die Recyclingbehälter anstatt in die Mülleimer zu werfen. Bruce Garvin, der Vater von Birdies Freundin Kayla, benahm sich besonders feindselig, und Meg vermutete, sie hätte es Spencer Skipjacks Interesse an ihr zu verdanken, dass ihr Beschäftigungsverhältnis fortgesetzt wurde. Sie war außerdem äußerst dankbar, dass die Nachricht ihrer falschen Liebeserklärung an Ted noch nicht die Runde gemacht hatte. Offenbar hatten die Zeugen des vergangenen Abends beschlossen, Stillschweigen zu bewahren, was in dieser kleinen Stadt einem Wunder gleichkam.

Sie begrüßte Birdies Tochter Haley, als sie in den Snackshop ging, um sich frisches Eis zu holen und die Getränke in ihrem Wagen aufzustocken. Haley hatte entweder die Säume ihres Angestelltenpolohemds abgenäht oder ihres mit jemandem getauscht, der schmaler war als sie, denn ihre Brüste zeichneten sich überdeutlich ab. »Heute spielt Mr. Collins«, sagte sie, »und er ist ganz wild auf Gatorade, also sollten Sie genügend davon dabeihaben.«

»Danke für den Tipp.« Meg deutete auf das Regal mit den Süßigkeiten. »Was dagegen, wenn ich davon auch noch welche mitnehme? Ich lege sie oben aufs Eis, dann sehe ich ja, ob sie sich verkaufen.«

»Gute Idee. Und sollten Sie Ted über den Weg laufen, würden Sie ihm dann bitte ausrichten, dass ich ihn sprechen muss?«

Meg hoffte sehr, dass ihr diese Begegnung erspart blieb.

»Er hat sein Handy ausgeschaltet«, sagte Haley, »aber ich soll heute seine Lebensmittel für ihn einkaufen.«

»Sie kaufen für ihn seine Lebensmittel ein?«

»Ich mache Besorgungen für ihn. Bringe Päckchen zur Post. Erledige die Dinge, für die er selbst keine Zeit hat.« Sie holte ein paar Hotdogs aus dem Dampfkocher. »Ich glaube, ich habe Ihnen schon gesagt, dass ich seine persönliche Assistentin bin.«

»Das stimmt. Das haben Sie.« Meg ließ sich ihre Belustigung nicht anmerken. Sie war mit persönlichen Assistenten aufgewachsen, und diese erledigten weitaus mehr als nur Besorgungen.

Als sie an diesem Abend nach Hause kam, öffnete sie die Fenster, froh, dass die Heimlichtuerei vorbei war, und nahm dann ein kurzes Bad im Fluss. Danach setzte sie sich im Schneidersitz auf den Fußboden und musterte ein paar Modeschmuckstücke, die vergessen und nie zurückgefordert worden waren und die sie aus der Kiste mit den Fundsachen im Club hatte mitnehmen dürfen. Sie arbeitete gern mit Schmuck, und seit den letzten paar Tagen hatte sie eine fixe Idee, von der sie nicht mehr loskam. Sie nahm die antik aussehende Zange, die sie in der Küchenschublade gefunden hatte, und machte sich daran, damit ein billig aussehendes Bettelarmband auseinanderzunehmen.

Draußen fuhr ein Wagen vor, und gleich darauf kam Ted hereinspaziert – lässig und umwerfend wie immer in seiner marineblauen Hose und einem zerknitterten grauen Sporthemd.

»Schon mal was von Anklopfen gehört?«, fragte sie.

»Schon mal was von unbefugtem Betreten gehört?«

Sein offener Hemdkragen enthüllte die gebräunte Vertiefung unterhalb seiner Kehle. Sie starrte einen Moment zu lange darauf, bevor ihr Blick wieder zum Bindering am Verschluss des Armbands zurücksprang. »Ich habe heute eine SMS von Lucy bekommen.«

»Ist mir egal.« Er stand nun mitten im Raum, und es war ihr zuwider, diesen Gutmenschen um sich zu haben.

»Sie will mir nach wie vor nicht sagen, was sie macht, und auch nicht, wo sie sich aufhält.« Die Zange rutschte ab. Sie zuckte zusammen, als sie sich in den Finger kniff. »Sie sagt nur, sie sei nicht von Terroristen gekidnappt worden, und ich solle mir keine Sorgen machen.

»Ich wiederhole. Das ist mir egal.«

Sie saugte an ihrem Finger. »Ja, das ist es dir, wenn auch nicht so, wie es den meisten sitzengelassenen Bräutigamen wäre. Dein Stolz ist verletzt, aber dein Herz scheint nicht die geringste Schramme abbekommen zu haben, geschweige denn gebrochen zu sein.«

»Was weißt du schon von meinem Herzen?«

Das Bedürfnis, ihm zu widersprechen, war einfach zu stark,

und als sie ihren Blick erneut von diesem abscheulichen offenen Hemdkragen löste, erinnerte sie sich an etwas, das sie von Haley aufgeschnappt hatte. »Findest du es nicht ein wenig peinlich, dass ein Mann deines Alters noch immer bei seinen Eltern lebt?«

»Ich lebe nicht bei meinen Eltern.«

»Aber nah genug dran. Dein Haus steht auf demselben Grundstück.«

»Es ist ein großes Grundstück, und sie haben mich gern in ihrer Nähe.«

Anders als ihre eigenen Eltern, die sie vor die Tür gesetzt hatten. »Wie reizend«, sagte sie. »Bringt die liebe Mami dich abends ins Bett?«

»Nur wenn ich sie darum bitte. Und dir steht es eigentlich nicht zu, Witze über liebe Mamis zu reißen.«

»Stimmt. Aber ich lebe auch nicht mit meiner zusammen.« Es gefiel ihr gar nicht, dass er vor ihr aufragte, und so erhob sie sich vom Fußboden und ging zu ihrem einzigen Wohnzimmermöbel, dem hässlichen braunen Polstersessel, den Ted zurückgelassen hatte. »Was willst du?«

»Nichts. Nur ausspannen.« Er schlenderte zu einem der Fenster und strich mit seinem Daumen über den Rahmen.

Sie hockte sich auf die Sessellehne. »Du hast sicher ein schweres Leben. Arbeitest du eigentlich? Ich meine, abgesehen von deinem sogenannten Job als Bürgermeister.«

Ihre Frage schien ihn zu amüsieren. »Aber sicher arbeite ich. Ich habe einen Schreibtisch und einen Bleistiftspitzer und all das.«

»Wo?«

»An einem geheimen Ort.«

»Um die Frauen fernzuhalten?«

»Um alle fernzuhalten.«

Sie dachte darüber nach. »Ich weiß, dass du ein ganz ausgefuchstes Softwaresystem entwickelt hast, das dir Millionen von Dollar eingebracht hat, aber ich habe davon noch nicht viel gehört. Was für einen Job hast du genau?«

»Einen lukrativen Job.« Das begleitete er mit einem entschuldigenden Nicken. »Tut mir leid. Ein Fremdwort, das du nicht verstehen wirst.«

»Das ist einfach gemein.«

Er lächelte und schaute hoch zum Deckenventilator. »Nicht zu fassen, wie heiß es hier drinnen ist, und dabei haben wir erst Anfang Juli. Schwer vorzustellen, wie viel schlimmer das noch werden wird.« Er schüttelte den Kopf und trug dabei die arglose Miene eines Heiligen zur Schau. »Ich hatte vor, für Lucy eine Klimaanlage einzubauen, doch jetzt bin ich froh, dass ich es nicht getan habe. Du könntest bestimmt nicht schlafen beim Gedanken an die Fluorkohlenstoffe in der Atmosphäre. Hast du ein Bier?«

Sie schaute ihn finster an. »Ich kann mir kaum die Milch fürs Müsli leisten.«

»Du wohnst hier mietfrei«, gab er ihr zu verstehen. »Da könntest du für Besuch wenigstens Bier im Kühlschrank parat haben.«

»Du bist kein Besuch. Du bist eine Plage. Was willst du?«

»Das hier gehört mir, schon vergessen? Ich brauche gar nichts zu wollen.« Er zeigte mit der Spitze eines abgewetzten, aber sehr teuren Halbschuhs auf den Schmuck, der auf dem Boden ausgebreitet lag. »Was ist das denn?«

»Modeschmuck.« Sie kniete nieder und begann die Stücke aufzuheben.

»Hoffentlich hast du dafür nicht wirklich Geld bezahlt. Der Wert liegt wohl im Auge des Betrachters.«

Sie blickte zu ihm hoch. »Hat dieser Ort eine Postadresse?«

»Natürlich hat er eine Adresse. Warum willst du das wissen?«

»Ich möchte einfach nur wissen, wo ich wohne.« Sie benötigte ein paar Sachen, die zu Hause in einem Schrank aufbewahrt wurden. Sie suchte nach einem Fetzen Papier und schrieb die Anschrift auf, die er ihr nannte. Sie zeigte mit dem Kopf auf die Vorderseite der Kirche. »Wenn du schon mal hier bist, könntest du mir vielleicht auch das Warmwasser aufdrehen? Ich bin es leid, immer kalt zu duschen.«

»Sag bloß.«

Sie lächelte. »Du wirst doch nicht etwa noch unter den Nachwirkungen von Lucys dreimonatigem Enthaltsamkeitsmoratorium leiden?«

»So ein Mist, ihr Frauen könnt aber auch nichts für euch behalten.«

»Ich habe ihr gesagt, wie dumm ich das finde.« Gern wäre sie jetzt boshaft genug gewesen, ihm zu stecken, dass Lucy sich bereits einen Liebhaber gesucht hatte.

»Da sind wir endlich mal einer Meinung«, meinte er.

»Und dennoch …« Sie beschäftigte sich wieder damit, den Schmuck einzupacken. »Alle wissen, dass du jede hirnlose Frau in Wynette kriegen kannst. Und deshalb verstehe ich dein Problem nicht, jemanden fürs Bett zu finden.«

Er sah sie an, als wäre sie gerade dem Idiotenclub beigetreten.

»Stimmt ja«, korrigierte sie sich. »Wir sind hier in Wynette, und du bist Ted Beaudine. Wenn du es mit einer machst, musst du es mit allen machen.«

Er grinste.

Sie hatte ihn ärgern, nicht amüsieren wollen und holte zum nächsten Schlag aus. »Nur schade, dass ich mich geirrt habe, was dich und Torie betrifft. Eine heimliche Affäre mit einer verheirateten Frau wäre die Lösung für dein Problem. Fast so gut, wie mit Lucy verheiratet zu sein.«

»Was willst du denn damit sagen?«

Sie streckte ihre Beine aus und stützte sich auf ihren Händen ab. »Kein überflüssiges Gefühlschaos. Du weißt schon. Wie wahre Liebe und echte Leidenschaft.«

Er starrte sie einen Moment lang mit seinen unergründlichen bernsteinfarbenen Augen an. »Du denkst also, Lucy und ich hätten keine leidenschaftliche Beziehung gehabt?«

»Ich will dich nicht beleidigen – na ja, ein bisschen vielleicht schon –, doch ich bezweifele, dass du auch nur einen Funken Leidenschaft im Leib hast.«

Ein normaler Sterblicher wäre beleidigt gewesen, aber nicht der heilige Theodore.

Er wirkte nur nachdenklich. »Dass ich das richtig verstehe: Eine Chaotin wie du analysiert mich?«

»Von der Seite habe ich es noch gar nicht gesehen.«

Er nickte. Überlegte. Und machte dann etwas sehr Ted-Beaudine-Untypisches. Er senkte die Augen und unterzog sie einer dreisten Fleischbeschau. Beginnend am Scheitel wanderte sein Blick über ihren Körper und verweilte hier und da. Auf ihrem Mund. Auf ihren Brüsten. Auf ihren Oberschenkeln. Und löste dadurch Verlangen in ihr aus.

Als sie voller Entsetzen feststellen musste, nicht immun gegen ihn zu sein, trat sie in Aktion und sprang vom Boden auf. »Verlorene Liebesmüh, Mr. B. Es sei denn natürlich, du zahlst.«

»Zahlen?«

»Du weißt schon. Du legst danach ein dickes Bündel Zwanziger auf den Frisiertisch. Ach nein … ich habe ja gar keinen. Also so in diese Richtung.«

Endlich war es ihr gelungen, ihn zu verärgern. Er ging in den hinteren Raum, um entweder das heiße Wasser aufzudrehen oder das ganze Ding in die Luft zu jagen. Sie hoffte sehr auf das Erstere. Es dauerte nicht lang, da hörte sie, wie die Hintertür zufiel, und gleich darauf, wie sein Wagen wegfuhr. Merkwürdigerweise war sie enttäuscht.

Am nächsten Tag trat der Vierer an. Ted und Torie spielten gegen Kenny und Spence.

»Ich musste gestern nach Austin«, erklärte Spence Meg, »und jedes Mal, wenn ich eine schöne Frau sah, musste ich an Sie denken.«

»Himmel, warum denn?«

Ted stupste sie mehrmals an. Spence warf seinen Kopf in den Nacken und lachte. »Sie sind mir eine, Miss Meg. Wissen Sie, an wen Sie mich erinnern?«

»Hoffentlich an die junge Julia Roberts.«

»Sie erinnern mich an mich selbst, ja, wirklich.« Er rückte seinen Panama-Strohhut zurecht. »In meinem Leben gab es viele Herausforderungen, aber ich habe mich ihnen immer gestellt.«

Ted gab ihr einen Klaps auf den Rücken. »Das ist unsere Meg, genau.«

Beim dritten Grün angekommen verschmachtete sie zwar fast vor Hitze, war aber dennoch glücklich, im Freien zu sein. Angestrengt bemühte sie sich, der perfekte Caddie zu sein, und himmelte gleichzeitig Ted immer dann an, wenn Spence zu vertraulich wurde.

»Willst du wohl damit aufhören!«, herrschte Ted sie an, als keiner mithören konnte.

»Was kümmert's dich?«

»Es nervt einfach«, beklagte er sich. »Als wäre ich in einer Parallelwelt gefangen.«

»Aber du bist es doch gewohnt, angehimmelt zu werden.«

»Aber nicht von *dir*.«

Schon bald war auch für Meg offenkundig, dass Torie eine sehr ehrgeizige Sportlerin war, allerdings verfehlte sie bei den Back Nine beim Einputten plötzlich mehrmals das Loch. Ted blieb immer locker und charmant, doch als er mit Meg allein war, bestätigte er deren Verdacht, dass Torie dies mit Absicht machte. »Das war ja wohl kaum ein 1-Meter-Putt«, meckerte er, »und Torie streift den Locheinsatz bloß. Spence bleibt womöglich noch wochenlang hier. Da kann schließlich keiner, der einigermaßen bei Verstand ist, von mir erwarten, dass ich ihn jedes Turnier gewinnen lasse.«

»Was ganz offenbar der Grund dafür ist, warum Torie diesen Putt verfehlt hat.« Wenigstens gab es noch jemanden, der Spences Ego einzuschätzen wusste. Sie hielt Ausschau nach dem letzten Headcover, den sie offenbar verlegt hatte. »Konzentrier dich doch auf das Wesentliche, Bürgermeister. Wenn du schon entschlossen bist, die hiesige Umwelt mit diesem Projekt zu zerstören, dann musst du dich eher an Torie orientieren und härter dafür arbeiten, Spence glücklich zu machen.«

Er ging nicht auf ihren Seitenhieb ein. »Sieh an, du redest davon, Spence glücklich zu machen. Es könnte nicht schaden, wenn du ein bisschen netter zu ihm wärst. Ich schwöre dir, ich werde einen öffentlichen Streit mit dir inszenieren, damit er in aller Deutlichkeit erfährt, wie aussichtslos deine Leidenschaft für mich ist.«

Er holte zu einem langen Wedgeschlag übers Grün aus, warf ihr den Schläger zu und stolzierte davon.

Dank Torie trugen Spence und Kenny einen Ein-Loch-Sieg davon. Danach steuerte Meg die Damenumkleide an, deren Benutzung dem Personal eigentlich nicht gestattet war, aber da sie mit einem reichhaltigen Angebot an Pflegeprodukten ausgestattet war, die sie in ihrem eigenen Vorrat schmerzlich vermisste, benutzte sie diese dennoch. Als sie sich kaltes Wasser in ihr von der Hitze gerötetes Gesicht spritzte, trat Torie zu ihr ans Waschbecken. Im Unterschied zu Meg schienen ihr die hohen Temperaturen überhaupt nichts auszumachen, denn sie setzte nur ihre Sonnenblende ab, um ihren Pferdeschwanz neu zu befestigen, und ließ dann ihren Blick durch die Umkleide schweifen, um sich zu vergewissern, dass sie allein waren. »Was läuft denn nun wirklich zwischen Ihnen und Ted?«

»Was meinen Sie damit? Sie kennen doch die Gerüchte,

dass ich Lucy vertrieben habe, damit ich ihn ganz für mich allein haben kann?«

»Ich bin viel klüger, als ich aussehe. Und Sie sind keine Frau, die sich in einen Mann verliebt, der sie abgrundtief hasst.«

»Ich glaube nicht, dass er mich noch immer so sehr hasst wie am Anfang. Jetzt ist es mehr ein ganz gewöhnlicher Abscheu.«

»Interessant.« Torie schüttelte ihr langes Haar und band es dann wieder zusammen.

Meg nahm sich einen Waschlappen vom Stapel neben dem Waschbecken und hielt ihn unters kalte Wasser. »Sie scheinen mich auch nicht zu hassen. Wie kommt das? Alle anderen in der Stadt hassen mich.«

»Ich habe meine Gründe dafür. Was aber nicht heißen soll, dass ich Ihnen nicht die Augen auskratzen würde, wenn ich Sie wirklich als Bedrohung für Ted ansähe.«

»Ich habe seine Hochzeit platzen lassen, wissen Sie noch?« Torie zuckte nur die Achseln.

Meg musterte sie, doch Torie gab nichts weiter preis. Meg rubbelte sich mit dem kalten Waschlappen den Nacken. »Da wir schon so vertraulich miteinander reden, wäre ich neugierig zu erfahren, was Ihr Ehemann dazu sagen würde, wenn er wüsste, dass Sie sich praktisch nackt mit Ted in einem Hotelzimmer aufhielten?«

»Oh, dass ich nackt war, würde Dex nichts ausmachen – ich kam ja gerade aus der Dusche –, allerdings gefiel ihm der Kuss, den Ted mir gab, gar nicht, auch nicht, als ich ihn darauf hinwies, dass das nichts zu bedeuten hatte.« Sie verschwand in der nächsten Kabine, redete aber weiter. »Dex regte sich fürchterlich auf und ließ Ted wissen, dass beim Küssen eine Grenze erreicht sei. Ich sagte Dex, mir wäre es lieber, er würde sie woanders ziehen, denn obwohl ich bezweifelt habe, dass dieser Kuss zu Teds besten gehörte, hatte ich doch meinen Spaß dabei. Daraufhin meinte Dex, er werde für so viel Spaß sorgen, wie ich vertragen könnte, was Sie, wenn Sie meinen Mann kennen würden, zum Lachen brächte. Aber Dex war mürrisch, weil ich ihn vor ein paar Wochen ausgetrickst hatte, sodass er bei den Mädchen bleiben musste, während ich mit Ted unterwegs war, um das neue GPS zu testen, das er für seinen Laster erfunden hat. Dex hätte die Testfahrt nämlich selbst gern gemacht.«

Das musste der Abend gewesen sein, als Meg die beiden zusammen sah. Langsam wurde sie richtig neugierig auf Dexter O'Connor. »Dann wusste Ihr Mann also, dass Sie mit Ted allein in einem Hotelzimmer des Gasthofs waren?« Sie griff nach der Sonnenmilch. »Sie müssen einen sehr verständnisvollen Ehemann haben.«

Die Toilettenspülung ging an. »Was meinen Sie mit allein? Dex stand unter der Dusche. Es war unser Zimmer. Ted kam nur vorbei.«

»Ihr Zimmer? Ich dachte, Sie leben in Wynette.«

Torie kam aus der Kabine und sah sie ein wenig mitleidig an. »Wir haben Kinder, Meg. K-i-n-d-e-r. Zwei wunderbare kleine Mädchen, die ich von ganzem Herzen liebe, die aber auf jeden Fall mir nachgeraten, weswegen Dex und ich uns alle paar Monate abzusetzen versuchen, um mal wieder allein zu sein.« Sie wusch sich die Hände. »Manchmal kriegen wir ein langes Wochenende in Dallas oder New Orleans hin. Aber normalerweise ist es eine Nacht im Gasthof.«

Meg hatte noch mehr Fragen, doch sie musste Teds Schläger wegbringen und ihr Trinkgeld kassieren.

Sie traf ihn im Laden an, wo er sich mit Kenny unterhielt. Als sie sich ihm näherte, griff er in seine Tasche. Sie hielt den Atem an. Gut, sie hatte auch noch seine letzten beiden Headcovers verloren, aber sie hatte ihn kein einziges Loch gekostet, und wenn dieser Geizkragen …

»Da bist du ja, Meg.«

Die ganzen einhundert Dollar. »Wow«, flüsterte sie. »Ich dachte schon, ich müsste mir eine Frisierkommode zulegen, um so viel Geld zu verdienen.«

»Gewöhn dich nicht daran«, warnte er. »Deine Tage, an denen du mein Caddie warst, sind gezählt.«

In dem Moment kam Spence zusammen mit einer jungen, geschäftsmäßig gekleideten Frau in einem ärmellosen schwarzen Kleid, Perlenkette und dunkelgrüner Birkin-Tasche aus dem Laden. Sie war groß und kurvig, ohne jedoch auch nur ansatzweise dick zu sein. Sie hatte markante Gesichtszüge – ein langes Gesicht mit schön geformten dunklen Augenbrauen, eine auffallende Nase und einen vollen, sinnlichen Mund. Ihr dunkelbraunes glattes Haar, das ihr Gesicht umrahmte, war dezent gesträhnt. Obwohl mit Sicherheit erst Ende zwanzig, trat sie mit der Selbstsicherheit einer älteren Frau auf, gepaart mit der erotischen Anziehungskraft einer jüngeren, die es gewohnt war, ihren Willen zu bekommen.

Skipjack schlang seinen Arm um sie. »Ted, Sie haben Sunny ja bereits kennengelernt, aber ich glaube nicht, dass der Rest von Ihnen meine schöne Tochter kennt.«

Sunny gab allen forsch die Hand, wiederholte sämtliche Namen und speicherte sie ab, beginnend bei Kenny, dann Torie – Meg mit abschätzigem Blick – und verweilte, als sie bei Ted ankam. »Es freut mich, Sie wiederzusehen, Ted.« Sie musterte ihn, als wäre er ein kostbares Stück Pferdefleisch, was Meg beleidigend fand.

»Ich mich auch, Sunny.«

Spence drückte ihren Arm. »Torie hat uns beide zu einem kleinen Remmidemmi am vierten Juli eingeladen. Das ist eine gute Gelegenheit, weitere Einheimische kennenzulernen und sich mit der Beschaffenheit des Geländes vertraut zu machen.«

Sunny lächelte Ted an. »Das klingt gut.«

»Möchten Sie, dass wir Sie abholen, Meg?«, fragte Spence.

»Torie hat auch Sie eingeladen. Sunny und ich würden Sie gern mitnehmen.«

Meg machte ein langes Gesicht. »Tut mir leid, aber ich muss arbeiten.«

Ted klopfte ihr auf den Rücken. Besonders heftig. »Ich wünschte, alle Angestellten des Clubs wären so engagiert.« Er ließ seinen Daumen unter ihr Schulterblatt gleiten, offenbar um dort einen jener tödlichen Druckpunkte zu finden, von dem nur Mörder wussten. »Zum Glück beginnt Shelbys Party erst am frühen Nachmittag. Du kannst vorbeikommen, sobald du freihast.«

Es gelang ihr, ein schwaches Lächeln aufzusetzen, sie sagte sich dann aber, dass eine freie Mahlzeit, ihre Neugierde Sunny Skipjack betreffend und die Gelegenheit, Ted zu ärgern, die Aussicht auf einen weiteren allein verbrachten Abend überwogen. »Also gut. Aber ich werde selbst fahren.«

Sunny indessen hatte Mühe, ihren Blick von Ted loszureißen. »Sie sind ja wirklich ein Staatsdiener.«

»Ich tue mein Bestes.«

Sie zeigte beim Lächeln ihre großen, perfekten Zähne. »Ich denke, das Mindeste, was ich tun kann, ist, mein eigenes Gebot abzugeben.«

Ted hielt seinen Kopf schief. »Wie bitte?«

»Die Auktion«, sagte sie. »Ich werde auf jeden Fall mitbieten.«

»Ich glaube, ich weiß nicht, wovon Sie sprechen, Sunny.«

Sie ließ ihre Birkin-Handtasche aufschnappen und zog einen knallroten Flyer heraus. »Das habe ich unter den Scheibenwischern meines Mietwagens gefunden, nachdem ich in der Stadt angehalten hatte.«

Ted betrachtete den Flyer. Meg bildete es sich womöglich nur ein, aber sie glaubte, ihn zusammenzucken zu sehen.

Kenny, Torie und Spence rückten näher, um über seine Schulter mitzulesen. Spence warf Meg einen fragenden Blick zu. Kenny schüttelte den Kopf. »Das ist Shelbys großartige Idee. Ich hörte, wie sie mit Lady Emma darüber sprach, aber ich hätte nie gedacht, dass das so weit gehen würde.«

Torie johlte. »Ich biete mit. Egal was Dex dazu sagt.«

Kenny zog die Augenbrauen hoch. »Lady Emma wird bestimmt nicht mitbieten.«

»Das glaubst auch nur du«, erwiderte seine Schwester. Sie reichte Meg den Flyer. »Sehen Sie sich das an. Nur schade, dass Sie arm sind.«

Der Flyer war schlicht und mit fetten schwarzen Lettern bedruckt.

GEWINNEN SIE EIN WOCHENENDE
MIT TED BEAUDINE!
Genießen Sie mit Wynettes beliebtestem Junggesellen
ein romantisches Wochenende in San Francisco.
Stadtbesichtigung, erlesenes Abendessen, romantische
nächtliche Bootsfahrt und mehr. Viel mehr …
Bieten Sie mit, meine Damen.
($100,00 Minimum)
Verheiratet! Single! Alt! Jung!
Alle sind willkommen.
Das Wochenende kann sich so freundschaftlich
(oder intim) gestalten, wie Sie möchten.
www.weekendwithted.com
Der Gesamterlös kommt dem Wiederaufbauprogramm
der Stadtbibliothek von Wynette zugute.

Ted riss ihr den Flyer aus der Hand, las ihn und zerknüllte ihn dann in seiner Faust. »Was für eine blöde Eselei …!«

Meg tippte ihm auf die Schulter und flüsterte ihm zu: »Ich würde mir an deiner Stelle eine Frisierkommode kaufen.«

Torie warf ihren Kopf in den Nacken und lachte. »Wie ich diese Stadt *liebe*!«

Kapitel 10

Als Meg an diesem Abend von der Arbeit nach Hause fuhr, kam sie am Secondhandshop der Stadt vorbei. Sie liebte solche Läden und beschloss anzuhalten. Auch dort hing ein Flyer im Fenster mit der Werbung für das »Gewinne ein Wochenende mit Ted Beaudine!«-Gewinnspiel. Sie öffnete die schwere altmodische Holztür. Ein leicht muffiger Geruch, wie er in den meisten dieser Läden vorherrschte, schlug ihr aus dem sonnengelb gestrichenen Inneren entgegen, aber das Sortiment war gut präsentiert, und die Ware lag zum Teil auf antiken Tischen und Kommoden aus, die auch die einzelnen Abteilungen voneinander abtrennten. In der Angestellten erkannte Meg Birdies Freundin Kayla, die Blondine, die am Tag von Megs Demütigung am Empfang des Gasthofs gesessen hatte.

Kaylas ärmelloses Kleid mit dem rosa-grauen Camouflage-Druck war definitiv nicht secondhand. Sie trug dazu Stilettos und mehrere mit Troddeln verzierte schwarze Emaillearmreifen. Es war zwar kurz vor Ladenschluss, doch ihr Make-up war noch immer makellos – Eyeliner, betonte Wangenknochen, glänzender Mokkamund –, und sie war der Inbegriff einer texanischen Schönheitskönigin. Sie gab durchaus zu erkennen, dass sie wusste, wer Meg war, und verfügte wie jeder andere in dieser blöden Stadt über keinerlei Taktgefühl. »Wie ich höre, steht Spencer Skipjack auf Sie«, sagte sie und kam hinter einem Schmuckregal hervor.

»Aber ich nicht auf ihn.« Ein kurzer Blick auf das Sortiment zeigte langweilige schicke Sportkleidung, pastellfarbene Sonntagskostüme und Großmutter-Sweatshirts mit aufgedruckten Halloweenkürbissen und Cartoonfiguren – Dinge, die man nur schwer mit diesem gestylten Wesen in Einklang bringen konnte.

»Das heißt aber nicht, dass Sie nicht nett zu ihm sein können«, erwiderte Kayla.

»Ich bin nett zu ihm.«

Kayla stemmte eine Hand in ihre Hüfte. »Haben Sie eine Vorstellung davon, wie viele Jobs dieses Golfresort den Leuten in dieser Stadt bescheren würde? Ganz zu schweigen von den neuen Geschäften, die dann entstehen können?«

Es war zwecklos, das Ökosystem zu erwähnen, das es zerstören würde. »Eine ganze Menge, schätze ich.«

Kayla hob einen Gürtel auf, der vom Ständer gefallen war. »Ich weiß, dass die Leute hier Sie nicht gerade mit offenen Armen empfangen haben, aber ich bin mir sicher, sie wüssten es alle zu schätzen, wenn Sie das nicht als Entschuldigung dafür nähmen, uns den Deal mit Spencer Skipjack zu vermasseln. Es gibt manchmal wichtigere Dinge, als nachtragend zu sein.«

»Ich werde es mir merken.« Meg wollte gerade den Laden verlassen, da fiel ihr etwas ins Auge – ein graues Männerhemd mit passendem Bandeau-Top und sehr kurzen Shorts mit hochgeschnittenem überweiten Taillenbund. Die Teile orientierten sich grob an der Sommermode der Fünfzigerjahre, und sie ging darauf zu, um sie sich genauer anzusehen. Als sie das Label entdeckte, konnte sie nicht glauben, was sie sah. »Das ist ja von Zac Posen.«

»Ich weiß.«

Als sie das Preisschild sah, musste sie blinzeln. Vierzig Dollar? Für ein dreiteiliges Zac-Modell? Sie hatte im Moment zwar keine vierzig Dollar übrig, nicht einmal mit Teds Trinkgeld, aber es war ein wirklich unglaubliches Schnäppchen. Direkt daneben hing ein Avantgarde-Kleid mit einem wunderbar gearbeiteten Korsagenoberteil in Grün und Melone, das neu mindestens zweitausend Dollar kostete, jetzt aber mit hundert ausgezeichnet war. Das Label trug den Namen ihres Onkels Michel Savagar. Sie sah die anderen Kleider durch, die noch am Ständer hingen, und fand ein chartreusefarbenes Tankdress aus Seide, bedruckt mit dem lang gestreckten Kopf eines Modigliani-Modells, eine umwerfende Origamijacke mit stahlgrauer Röhrenhose und einen schwarz-weißen Minirock von Miu Miu. Sie zog eine mädchenhafte Strickjacke in Fuchsia mit gehäkelten Rosen vom Bügel und stellte sich diese mit einem T-Shirt, Jeans und Chucks vor.

»Hübsche Stücke, nicht wahr?«, sagte Kayla.

»Sehr hübsch.« Meg legte die Jacke zurück und strich über eine Jacke von Narciso Rodriguez.

Kayla beobachtete sie fast scheu. »Die wenigsten Frauen haben die passende Figur, um diese Kleider zu tragen. Man muss schon sehr groß und dünn sein.«

Ich danke dir, Mom! Meg rechnete im Kopf rasch alles durch und verließ zehn Minuten später den Laden mit dem Minirock von Miu Miu und dem Modigliani-Tankdress.

Der nächste Tag war ein Sonntag. Die meisten Angestellten nahmen einen raschen Imbiss im Caddie-Raum oder einer Ecke in der Küche ein, aber ihr gefiel es an keinem dieser Orte. Sie steuerte stattdessen mit ihrem Erdnussbuttersandwich, das sie sich am Morgen gemacht hatte, den Swimmingpool an. Als sie am Patio des Restaurants vorbeikam, entdeckte sie Spence, Sunny und Ted, die an einem der Tische im Schatten eines Sonnenschirms saßen. Sunnys Hand lag auf Teds Arm, und Ted schien dies durchaus zu behagen. Er redete, während Spence aufmerksam zuhörte. Keiner schien sie zu bemerken.

Im Pool drängten sich Familien, die das lange Feiertagswochenende genossen. Eingedenk ihres Status als kleine Angestellte suchte sie sich einen Platz auf der Wiese hinter dem

Snackshop abseits der Clubmitglieder. Sie hatte es sich im Schneidersitz bequem gemacht, als Haley auftauchte und einen Trinkbecher mit dem grünen Logo des Country Clubs mitbrachte. »Ich habe Ihnen eine Cola mitgebracht.«

»Danke.«

Haley löste ihr Haar aus dem Pferdeschwanz, der in ihrem Job vorgeschrieben war, und setzte sich neben Meg. Sie hatte zwar alle Knöpfe ihres gelben Poloshirts für Angestellte geöffnet, aber es spannte dennoch über ihren Brüsten. »Mr. Clements und seine Söhne spielen um ein Uhr. Dr. Pepper und Bud Light.«

»Habe ich gesehen.« Meg warf jeden Tag einen Blick auf die Tee-Zeiten in der Hoffnung, bessere Trinkgelder zu bekommen, wenn sie sich Namen, Gesichter und die Getränkevorlieben der Mitglieder einprägte. Man hatte sie auch hier nicht mit offenen Armen empfangen, aber bis auf Kaylas Vater Bruce hatte auch keiner geäußert, sie loswerden zu wollen, was sie jedoch eher Spencer Skipjacks Interesse an ihr als der Qualität ihrer Dienstleistung zuschrieb.

Haley schielte auf den kurzen Anhänger, der sich in den Ausschnitt von Megs verhasstem Polohemd schmiegte. »Sie haben so tollen Schmuck.«

»Danke. Habe ich gestern Abend angefertigt.« Sie hatte eine kurze skurrile Halskette aus Teilen des geretteten Modeschmucks zusammengestellt: das Perlmuttzifferblatt einer kaputten Hello-Kitty-Armbanduhr, ein paar kleine rosa Glasperlen, die sie von einem einzelnen Ohrring genommen hatte, und ein silberner Fisch, der aussah, als hätte er einmal zu einer Schlüsselkette gehört. Mit ein wenig Kleber und Draht hatte sie ein interessantes Stück kreiert, das an der schwarzen Seidenkordel, die sie gekürzt hatte, bestens zur Geltung kam.

»Sie sind so kreativ«, meinte Haley bewundernd.

»Ich liebe Schmuck. Ihn zu kaufen, zu machen, zu tragen.

Wenn ich reise, suche ich immer die einheimischen Kunsthandwerker auf und sehe ihnen bei der Arbeit zu. Da habe ich eine Menge gelernt.« Impulsiv löste sie den Kordelverschluss. »Hier. Viel Freude damit.«

»Sie schenken sie mir?«

»Wieso nicht?« Sie legte Haley die Kette um den Hals. Der flippige Anhänger passte gut als Kontrast zu ihrem aufgedonnert geschminkten Gesicht.

»Cool. Danke schön.«

Haleys natürliche Zurückhaltung wurde durch das Geschenk ein wenig gelockert, und während Meg aß, erzählte sie, dass sie im Herbst aufs hiesige College gehen wolle. »Meine Mama möchte lieber, dass ich auf die University of Texas gehe. Sie liegt mir ständig damit in den Ohren, aber ich gehe da nicht hin.«

»Es überrascht mich, dass es dich nicht in eine Großstadt zieht«, warf Meg ein.

»Es ist gar nicht so schlecht hier. Zoey und Kayla reden immer davon, wie gern sie nach Austin oder San Antonio ziehen würden, aber sie unternehmen nie was.« Sie trank einen Schluck von ihrer Cola. »Alle sagen, Mr. Skipjack sei ganz vernarrt in Sie.«

»Er ist vernarrt in meine Promi-Beziehungen, und er ist sehr aufdringlich. Unter uns, ich habe versucht, ihn mir vom Leib zu halten, indem ich ihm erzählte, dass ich in Ted verliebt bin.«

Haleys Augen wurden noch größer. »Sie sind in Ted verliebt?«

»Du liebe Güte, nein. So unvernünftig bin ich auch wieder nicht. Es war einfach das Beste, was mir auf die Schnelle einfiel.«

Haley zog an einem Grasbüschel neben ihrem Knöchel. Schließlich sagte sie: »Haben Sie denn schon mal jemanden geliebt?«

»Ich dachte es schon ein paar Mal, aber es war nicht das Wahre. Was ist mit Ihnen?«

»Eine Weile war ich in diesen Jungen verknallt, mit dem ich den Schulabschluss gemacht habe. Kyle Bascom. Er geht nächstes Jahr auch aufs hiesige College.« Sie schaute auf die Uhr an der Wand des Snackshops. »Ich muss wieder an die Arbeit. Danke für das Halsband.«

Meg aß ihr Sandwich auf, holte sich einen leeren Golfcart und fuhr zurück zum vierzehnten Tee. Um vier Uhr leerte sich der Platz langsam, und es blieb ihr nichts anderes mehr zu tun, als sich mit ihrem persönlichen Versagen zu beschäftigen.

Als sie an diesem Abend mit ihrer Rostlaube an der Kirche vorfuhr, parkte dort ein ihr nicht bekanntes Auto vor den Stufen. Und sie war kaum ausgestiegen, da bog auch schon Sunny Skipjack vom Friedhof um die Ecke. Sie hatte das ringelblumengelbe Gewand, das sie zum Mittagessen angehabt hatte, gegen Shorts, ein weißes Top und eine kirschrote Sonnenbrille getauscht. »Macht es Ihnen gar nichts aus, allein hier draußen zu wohnen?«, erkundigte sie sich.

Meg deutete mit dem Kopf auf den Friedhof. »Die sind ziemlich harmlos. Aber bei einigen dieser schwarzen Totenbretter stehen mir die Haare zu Berge.«

Sunny näherte sich mit geschmeidigen Bewegungen, die ihre runden Hüften und vollen Brüste betonten. Sie gehörte nicht zu den Frauen, die sich das Leben schwer machten, weil sie in keine Kindergröße passten, und das mochte Meg an ihr. Was ihr jedoch nicht gefiel, war die aggressive Haltung, mit der sie zu erkennen gab, dass sie jeden niedermähen würde, der es wagte, sich ihr zu widersetzen.

»Gegen ein kaltes Bier hätte ich nichts einzuwenden«, sagte Sunny. »Ich habe die letzten beiden Stunden mit meinem Vater und Ted verbracht. Wir sind um das Gelände gestiefelt, dessen Kauf Spence in Erwägung zieht.«

»Bier gibt's nicht, aber ich habe Eistee.«

Sunny wollte sich nicht mit weniger als dem zufriedengeben, was sie sich in den Kopf gesetzt hatte, und lehnte ab. Da Meg sich schon aufs Schwimmen freute, beschloss sie, die Sache voranzutreiben. »Was kann ich für Sie tun?« Als wüsste sie das nicht … Sunny wollte ihr sicherlich nahelegen, ihre Finger von ihrem Daddy zu lassen.

Sunny wartete mit ihrer Antwort einen Augenblick zu lang. »Es geht um … die Kleiderordnung für die Party morgen. Ich dachte, Sie wüssten das vielleicht.«

Eine lahme Entschuldigung. Meg setzte sich auf eine Stufe. »Wir sind in Texas. Die Frauen hier brezeln sich gern auf.«

Sunny achtete kaum darauf. »Wieso landet Jake Korandas Tochter in einer hinterwäldlerischen Stadt wie dieser?«

Meg hatte guten Grund, sich über diese hinterwäldlerische Stadt lustig zu machen, aber Sunny war einfach ein Snob. »Ich nehme mir eine Auszeit von Los Angeles.«

»Krasser Wechsel«, meinte Sunny.

»Manchmal braucht man den. Ich denke, man sieht dann das Leben mit anderen Augen.« Hatte sie sich nicht zur weisen Philosophin gemausert?

»An meinem Leben gibt es nichts, was ich ändern möchte.« Sunny schob ihre knallrote Sonnenbrille hoch auf den Kopf, wo die Bügel die langen Strähnen ihrer dunkelbraunen Haare aus dem Gesicht schoben und ihre Ähnlichkeit mit Spence betonten. Sie hatte dessen kräftige Nase, die vollen Lippen und den anmaßenden Gesichtsausdruck. »Mir gefällt alles so, wie es ist. Ich sitze im Vorstand der Firma meines Vaters. Ich entwerfe Produkte. Es ist ein tolles Leben.«

»Beeindruckend.«

»Ich habe einen Bachelor in Maschinenbau und einen MBA«, ergänzte sie, als hätte Meg danach gefragt.

»Schön.« Meg musste an den Abschluss denken, den sie nicht hatte.

Sunny nahm eine Stufe über ihr Platz. »Sie scheinen die Stadt ganz schön aufgemischt zu haben, seit Sie hier sind.«

»Es ist eine Kleinstadt. Die ist leicht aufzumischen.«

Sunny rieb sich einen Fleck von ihrem Knöchel, den sie sich wohl bei ihrer Landbesichtigung geholt hatte. »Mein Vater spricht andauernd von Ihnen. Er ist begeistert von jüngeren Frauen.«

Endlich kamen sie auf den eigentlichen Grund des Besuchs zu sprechen, freute sich Meg.

»Diese sind offensichtlich von ihm ebenso begeistert«, fuhr Sunny fort. »Er ist erfolgreich, geht aus sich heraus und genießt gern das Leben. Er spricht unentwegt von Ihnen, deshalb weiß ich, dass Sie sein Interesse geweckt haben. Ich freue mich für Sie und ihn.«

»Tatsächlich?« Damit hatte Meg nicht gerechnet. Sie wünschte sich eine Verbündete, keine Kupplerin. Sie versuchte Zeit zu gewinnen, indem sie ihre Turnschuhe neu band. »Ich bin wohl etwas überrascht. Haben Sie denn keine Angst vor … Goldgräbern? Sie dürften gehört haben, dass ich pleite bin.«

Sunny zuckte mit den Achseln. »Mein Vater ist ein großer Junge. Er kann auf sich selbst aufpassen. Die Tatsache, dass Sie ihn derart herausfordern, macht die Sache nur noch interessanter für ihn.«

Interessant sein war das Letzte, was Meg wollte. Sie zog ihre Turnschuhe und ihre Socken aus und sagte dann vorsichtig: »Ich stehe eigentlich nicht auf ältere Männer.«

»Vielleicht sollten Sie es mit einem davon mal versuchen.« Sunny stand auf und setzte sich dann mit Meg auf eine Ebene. »Ich will ganz offen zu Ihnen sein. Mein Vater ist seit fast zehn Jahren von meiner Mutter geschieden. Er hat sein ganzes Leben lang hart gearbeitet und es verdient, ein wenig Spaß zu haben. Also brauchen Sie sich keine Sorgen zu machen, dass ich mich Ihnen in den Weg stellen werde. Ich habe kein

Problem damit, wenn Sie und er sich amüsieren. Und wer weiß, was sich daraus ergibt? Er war nie knauserig bei den Frauen, mit denen er zusammen war.«

»Aber ...«

»Wir sehen uns morgen auf der Party.« Das Geschäftliche war erledigt, und sie ging zu ihrem Mietwagen.

Als sie weggefahren war, zählte Meg eins und eins zusammen. Sunny hatte offenbar von Megs erklärtem Interesse an Ted erfahren, und das gefiel ihr nicht. Sie wollte Meg mit ihrem Vater beschäftigt wissen, damit sie freie Bahn hatte, den Heiligen mit Sex-Appeal für sich zu beanspruchen. Würde sie die Wahrheit kennen, hätte sie sich ihre kostbare Zeit sparen können.

Meg hatte keine Probleme, das maurische Anwesen zu finden, das Shelby und Warren Traveler bewohnten. Wollte man dem Klatsch Glauben schenken, waren Kenny und Torie nicht gerade glücklich darüber gewesen, dass ihr Vater eine dreißig Jahre jüngere Frau heiratete, die außerdem noch eine Schwester aus der Studentenvereinigung war, der auch Torie angehörte. Nicht einmal die Geburt eines Halbbruders hatte die Wogen zu glätten vermocht, doch seitdem waren elf Jahre vergangen, Kenny und Torie waren beide selbst verheiratet, und alles schien vergessen und vergeben zu sein.

Ein beeindruckender Mosaik-Springbrunnen stand vor dem Haus, das mit seinem rosenfarbenen Stuck und dem mit Zinnen versehenen Ziegeldach wie aus Tausendundeiner Nacht zu kommen schien. Sie wurde von einem Bediensteten durch ein paar geschnitzte Holztüren mit Bogenfenstern eingelassen. Dass die Innenausstattung im englischen Landhausstil gehalten war, überraschte in einem Haus mit derart auffälliger maurischer Architektur, aber irgendwie funktionierte es mit den von Shelby Traveler ausgesuchten Chintzstoffen, Jagddrucken und den Hepplewhite-Möbeln.

Eine Doppeltür mit Mosaikintarsien führte auf eine Terrasse mit hohen Stuckwänden, langen Bänken, die mit edelsteinfarbenen Stoffen bezogen waren, und Fliesentischen, auf denen Messingkübel standen, mit Blumenarrangements in Rot, Weiß und Blau, in denen kleine amerikanische Flaggen steckten. Bäume als Schattenspender und ein Nebelkühlsystem sorgten dafür, dass die Gäste sich trotz der Spätnachmittagshitze wohl fühlten.

Meg entdeckte Birdie Kittle und Kayla, die mit Kaylas bester Freundin Zoey Daniels, der Direktorin der örtlichen Grundschule, die Köpfe zusammensteckten. Mehrere Angestellte des Country Clubs halfen beim Bedienen, und Meg winkte Haley zu, die ein Tablett mit Hors d'œuvres vorbeitrug. Kenny Traveler stand neben einer attraktiven Frau mit honigbraunen Locken und Püppchenwangen. Meg wusste vom Probedinner, dass es Emma war, seine Frau.

Meg hatte sich in der Damenumkleide geduscht, sich etwas Haarpflege in ihre widerspenstigen Locken massiert, Lippenstift und Augen-Make-up aufgetragen und war dann in das chartreusefarbene Tankdress aus dem Secondhandshop geschlüpft. Wegen des vorne aufgedruckten, lang gestreckten Modigliani-Frauenkopfs passte keine Halskette dazu, aber sie hatte nicht widerstehen können, ihre Sung-Dynastie-Ohrringe jeweils mit ein paar großen violetten Plastikscheiben aufzupeppen. Dieses theatralische Nebeneinander von Alt und Modern passte gut zu dem Modigliani-Aufdruck und hielt den Eleganz-trifft-auf-Kitsch-Look zusammen. Ihrem Onkel Michel hätte es gefallen.

Als sie auftauchte, drehten sich viele Köpfe nach ihr um, aber sie vermutete, dass es nicht an ihren tollen Ohrringen lag. Von den Frauen hatte sie Feindseligkeit erwartet und nicht mit den amüsierten Blicken gerechnet, die einige von ihnen tauschten, als sie ihr Tankdress begutachteten. Da es perfekt saß und ihr hervorragend stand, machte ihr das nichts aus.

»Kann ich Ihnen was zu trinken bringen?«

Sie drehte sich um und sah sich einem großen, dünnen Mann Anfang vierzig gegenüber, mit glatten, leicht zerzausten braunen Haaren und weit auseinanderliegenden grauen Augen, die sie durch eine Nickelbrille ansahen. Er erinnerte sie an einen Literaturprofessor. »Arsen?«, fragte sie.

»Ich glaube nicht, dass das nötig sein wird.«

»Wenn Sie das sagen.«

»Ich bin Dexter O'Connor.«

»Nein, das kann nicht sein!« Die Worte platzten unüberlegt aus ihr heraus, aber sie konnte es nicht fassen, dass dieser so gelehrt wirkende Mann der Ehemann der umwerfenden Torie Traveler O'Connor sein sollte. Ein unpassenderes Paar konnte man sich gar nicht vorstellen.

Er lächelte. »Sie haben offenbar meine Frau bereits kennengelernt.«

Meg schluckte. »Äh … ja, es ist nur –«

»Torie ist Torie, und ich bin …?« Er zog die Augenbrauen hoch.

»Nun, ich meine … es könnte ganz gut gehen, oder? Je nachdem, wie man es sieht?« Sie hatte gerade unabsichtlich seine Frau beleidigt. Er wartete mit einem geduldigen Lächeln. »Ich wollte damit nicht sagen, dass Torie nicht umwerfend ist …«, haspelte sie weiter. »Torie ist praktisch der einzige nette Mensch, den ich in dieser Stadt kennengelernt habe, aber sie ist sehr –« Meg ritt sich nur noch tiefer in die ganze Sache hinein und gab es endlich auf. »Mist. Tut mir leid. Ich komme aus Los Angeles und habe deshalb keine Manieren. Ich bin Meg Koranda, wie Sie sicherlich schon wissen, und ich mag Ihre Frau.«

Der Spaß, den ihm ihr Unbehagen zu bereiten schien, war eher anerkennend als boshaft. »Ich auch.«

Und genau in dem Moment stieß Torie zu ihnen. Sie sah unglaublich hübsch aus in einem ärmellosen bestickten roten chinesischen Top und einem königsblauen Mini, der ihre langen gebräunten Beine betonte. Wie konnte ein so explosives Wesen wie sie mit einem so stillen, vergeistigt wirkenden Mann verheiratet sein?

Torie hakte sich bei ihrem Ehemann unter. »Siehst du, Dex. Nachdem du Meg nun kennengelernt hast, wirst du verstehen, dass sie nicht das Miststück ist, das jeder aus ihr machen will. Ich jedenfalls sehe sie anders.«

Dex betrachtete seine Frau mit einem toleranten und Meg mit einem mitfühlenden Lächeln. »Sie müssen Torie verzeihen. Was immer ihr durch den Kopf geht, sagt sie auch. Sie kann nichts dafür. Sie ist unglaublich verzogen.«

Torie grinste und sah ihren intellektuellen Ehemann so liebevoll an, dass Meg zu ihrer Überraschung einen Kloß im Hals spürte. »Ich begreife nicht, wie du darin ein Problem sehen kannst, Dex.«

Er tätschelte ihre Hand. »Das weiß ich doch.«

Meg musste ihre anfängliche Einschätzung von Dexter O'Connor als leichtgläubigem Gelehrten korrigieren. Er hatte zwar ein stilles Wesen, aber er war kein Trottel.

Torie ließ den Arm ihres Mannes fallen und packte Meg am Handgelenk. »Mir wird langweilig. Zeit, Sie ein paar Leuten vorzustellen. Das wird bestimmt Leben in die Bude bringen.«

»Ich glaube wirklich nicht –«

Aber Torie zerrte sie bereits zu Kenny Travelers Ehefrau, die ein Kleid in einem fröhlichen Mandarinenton gewählt hatte, dessen Saum Blütenblätter aus Stoff zierten. Der warme Farbton betonte ihre braunen Augen und die karamellfarbenen Locken.

»Lady Emma, ich glaube, du hast Meg Koranda noch nicht offiziell kennengelernt«, sagte Torie. Und dann zu Meg: »Nur damit Sie Bescheid wissen … eine der engsten Freundinnen von Lady Emma ist Teds Mutter Francesca. Sie ist auch meine Freundin, aber ich bin toleranter. Lady Emma hasst Ihr dreistes Auftreten wie alle anderen.«

Kennys Ehefrau zuckte mit keiner Wimper angesichts Tories unverblümter Äußerung. »Sie haben Francesca sehr viel Schmerz zugefügt«, bemerkte sie mit ihrem abgehackten britischen Akzent. »Da ich allerdings nicht alle Umstände kenne, finde ich Hass ein zu starkes Wort, doch Torie dramatisiert die Dinge gern.«

»Finden Sie nicht auch, dass sie das sehr elegant ausdrückt?« Torie lächelte die kleinere Frau an. »Lady Emma nimmt es mit der Gerechtigkeit peinlich genau.«

Nun hielt Meg den Zeitpunkt für gekommen, diesen Frauen, die alle freiheraus ihre Meinung sagten, eine kleine Dosis Gegengift zu verabreichen.

»Wenn es Ihnen zu mühsam ist, sich mir gegenüber fair zu verhalten, Lady Emma, erteile ich Ihnen die Erlaubnis, Ihre Prinzipien über Bord zu werfen.«

Sie blinzelte nicht einmal. »Emma reicht«, entgegnete sie. »Ich habe keinen Titel, nur ehrenhalber, wie alle hier nur allzu gut wissen.«

Torie sah sie nachsichtig an. »Sagen wir es mal so. Wenn mein Vater wie der deine der fünfte Earl von Woodbourne wäre, würde ich mich todsicher Lady nennen.«

»Wie du uns immer wieder versicherst.« Sie wandte sich wieder an Meg. »Offenbar interessiert Mr. Skipjack sich für Sie. Darf ich Sie fragen, ob Sie vorhaben, dies gegen uns zu verwenden?«

»Oh, eine Versuchung ist es schon«, antwortete Meg.

Ted betrat zusammen mit Spence und Sunny den Patio. Er trug langweilige hellbraune Shorts und ein gleichermaßen langweiliges weißes T-Shirt mit einem Chamber-of-Commerce-Logo auf der Brust. Wie vorherzusehen wählte ein Sonnenstrahl genau diesen Moment, um durch die Bäume zu fallen und sein Licht über ihn zu ergießen, sodass es aussah, als wäre er unter eine Kette von Blinklichtern getreten. Es sollte ihm eigentlich peinlich sein.

Haley nahm ihre Aufgabe als seine persönliche Assistentin sehr ernst. Sie ließ den älteren Herrn stehen, griff nach einem der Hühnerflügel auf ihrem Tablett und eilte zu Ted, um ihn damit zu bedienen.

»Ach du liebe Zeit«, sagte Emma. »Ted ist da. Ich gehe mal besser raus zum Pool und sehe nach den Kindern.«

»Shelby hat drei Bademeister engagiert«, sagte Torie. »Du willst ihm nur nicht begegnen.«

Emma schniefte. »Das Gewinnspiel um das Wochenende mit Ted war einzig und allein Shelbys Idee, aber du weißt, er wird mich dafür verantwortlich machen.«

»Du bist die Präsidentin der Freunde der Bibliothek.«

»Und ich hatte vorgehabt, vorab mit ihm zu sprechen. Glaub mir, ich hatte keine Ahnung, dass die Flyer so schnell rausgehen.«

»Es heißt, es seien bis jetzt bereits dreitausend Dollar geboten worden«, meinte Torie.

»Dreitausendvierhundert«, erwiderte Emma ein wenig verdutzt. »So viel könnten wir mit einem Dutzend Kuchenverkäufen nicht einnehmen. Und das, obwohl Kayla gestern Abend Ärger mit der Website hatte, sonst wären die Gebote womöglich noch höher.«

Torie zog die Nase kraus. »Die Website sollten wir Ted gegenüber am besten unerwähnt lassen. Das ist ein wunder Punkt.«

Emma zog ihre sehr volle Unterlippe zwischen ihre Zähne und ließ sie dann wieder los. »Wir nutzen ihn alle so sehr aus.«

»Das stört ihn nicht.«

»Es stört ihn wohl«, konterte Meg. »Ich weiß nicht, warum er sich das alles von Ihnen gefallen lässt.«

Torie winkte ab. »Sie sind von außerhalb. Man muss hier

leben, um das zu verstehen.« Ihr Blick wanderte über den Patio und blieb an Sunny Skipjack hängen, die cool und sexy aussah in ihrer weißen Hose und einer puderblauen Tunika mit Schlüssellochausschnitt, die ihr verführerisches Dekolleté betonte. »Sie bezirzt Ted nach allen Regeln der Kunst. Seht euch das an. Sie presst ihren Busen an seinen Arm.«

»Es scheint ihm aber zu gefallen«, sagte Emma.

War das so? Bei Ted wusste man es nie genau. Mit seinen gerade einmal zweiunddreißig Jahren trug er nicht nur das Gewicht von Sunny Skipjacks Busen auf seinem Arm, sondern außerdem die Last einer ganzen Stadt auf den Schultern.

Er schickte einen suchenden Blick über die Menge, der gleich darauf auf Meg fiel. Sie spürte, wie ihre eigenen inneren Blinklichter zu leuchten begannen.

Torie hob ihr langes Haar vom Nacken weg. »Sie haben sich da in eine ganz verzwickte Situation gebracht, Meg. Spence fiebert vor Ungeduld, Sie zu fassen zu kriegen. Gleichzeitig hat seine Tochter Ihr Liebesobjekt ins Visier genommen. Schwierige Lage.« Und für den Fall, dass Emma nicht wusste, worum es ging: »Meg hat Spence gesagt, sie sei in Ted verliebt.«

»Wer ist das nicht?« Emma legte die Stirn in Falten. »Ich sollte wohl am besten mit ihm reden.«

Aber Ted hatte die Skipjacks bereits an Shelby Traveler weitergereicht, damit er direkt auf Kennys Frau zusteuern konnte. Zuvor jedoch sah er Meg an und schüttelte dann bedächtig den Kopf.

»Was ist denn?«, fragte sie.

Er schaute Torie und Emma an. »Will es ihr denn keiner sagen?«

Torie schnippte ihr Haar zurück. »Ich nicht.«

»Ich auch nicht«, fügte Emma hinzu.

Ted zuckte mit den Achseln, und ehe Meg fragen konnte, worum es ging, bannte er sie mit seinem Tigerblick. »Spence möchte dich sehen, und du zeigst dich am besten kooperativ. Lächele ihn an und stelle ihm Fragen nach seinem Installationsimperium. Sein Hauptthema ist im Moment seine Cleaner-You-Toilette.« Meg sah ihn fragend an, und so wandte er sich an Emma. »Und was dich betrifft ...«

»Ich weiß. Es tut mir schrecklich leid. Wirklich. Ich hatte vor, vorher mit dir über dieses Gewinnspiel zu reden.«

Torie stupste ihm mit ihrem manikürten Fingernagel in die Schulter. »Wag es ja nicht, dich zu beschweren. Die Gebote liegen bereits bei dreitausendvierhundert Dollar. Da du selbst keine Kinder hast, kannst du dir gar nicht vorstellen, wie viel die Bibliothek den süßen Kleinen unserer Stadt bedeutet, die sich jetzt jeden Abend in den Schlaf weinen, weil sie keine neuen Bücher haben.«

Er biss nicht an. »Eure Ausgaben werden jeden Cent von diesen dreitausendvierhundert Dollar auffressen. Hat das mal jemand bedacht?«

»Oh ja, wir haben alle Ausgaben kalkuliert«, warf Emma ein. »Einer von Kennys Freunden stellt uns kostenlos seinen Privatjet zur Verfügung und sorgt für den Transport nach San Francisco. Und über die Verbindungen deiner Mutter bekommen wir sicherlich tolle Rabatte in den Hotels und Restaurants. Natürlich erst, wenn wir sie wissen lassen, dass wir sie brauchen.«

»Ich würde nicht auf ihre Hilfe bauen.«

»Ganz im Gegenteil. Ihr wird diese Idee sehr gut gefallen ... wenn ich erst mal erzähle, wie hervorragend dieses Gewinnspiel dich abgelenkt hat von deiner kürzlichen ...«

Während Emma noch nach dem richtigen Wort suchte, sprang Meg hilfreich ein. »Nationalen Demütigung? Öffentlichen Erniedrigung?«

»Das ist ungebührlich«, protestierte Torie. »Wenn man bedenkt, dass Sie dafür verantwortlich waren.«

»Ich bin nicht diejenige, die mit ihm Schluss gemacht hat«,

wehrte sich Meg. »Wann kriegt ihr das endlich mal in eure Dickschädel?«

Sie wartete auf die unvermeidliche Retourkutsche. Dass alles bestens war, bis sie auftauchte. Dass sie auf grausame Weise Lucys Hochzeitsaufregung ausgenutzt habe. Dass sie eifersüchtig gewesen sei und Ted für sich allein hatte haben wollen. Stattdessen winkte er ab und konzentrierte sich auf Emma. »Dir hätte ich wirklich mehr Verstand zugetraut, als dieses schwachsinnige Gewinnspiel zu unterstützen.«

»Sieh mich bitte nicht so an. Du weißt, wie elend ich mich fühle, wenn du die Stirn runzelst. Halte dich an Shelby.« Emma hielt Ausschau nach ihrer Schwiegermutter. »Die allerdings verschwunden zu sein scheint. Feigling.«

Torie stupste ihn in die Rippen. »Oh-oh … deine neueste Eroberung ist zu uns unterwegs. Mit ihrem Vater.«

Meg hätte schwören können, dass Ted die Stirn runzelte, doch in Wirklichkeit sah sie nur ein Kräuseln seiner Mundwinkel zu einem seiner langweiligen, weil so vorhersehbaren Lächeln. Doch ehe die Skipjacks ihn eingeholt hatten, durchbrach ein gellender Schrei den Partylärm.

»*Oh mein Gott!*«

Alle hörten zu reden auf und drehten ihre Köpfe, um die Lärmquelle auszumachen. Kayla starrte auf das kleine Display ihres metallicroten Smartphones, und Zoey spähte ihr auf Zehenspitzen über die Schulter. Als sie ihren Kopf hob, löste sich eine Haarsträhne aus ihrer lässigen Aufsteckfrisur. »Jemand hat gerade das Gebot um tausend Dollar erhöht!«

Sunny Skipjacks knallrote Lippen bogen sich zu einem zufriedenen Lächeln, und Meg sah, wie sie ihr Mobiltelefon in die Tasche ihrer Tunika zurücksteckte.

»Peng«, grummelte Torie. »Wenn ich das toppen wollte, bliebe von meinem verfügbaren Einkommen nicht mehr viel übrig.«

»Papa!« Mit einem entsetzten Aufschrei ließ Kayla Zoey

stehen und rannte durch die Menge zu ihrem Vater. Erst an diesem Morgen hatte Meg Bruce Garvin einen Orangensaft mit Soda serviert und null Trinkgeld dafür bekommen. Kayla packte ihn am Arm und zog ihn in ein heftiges Gespräch.

Teds träges Lächeln geriet ins Wanken.

»Sieh's doch positiv«, flüsterte Meg. »Die süßen kleinen Babys von Wynette, die sich an den neuen John Grisham kuscheln, rücken immer näher.«

Er ging nicht darauf ein, sondern wandte sich an Torie. »Sag jetzt bloß nicht, dass du tatsächlich mitbietest.«

»Natürlich biete ich mit. Glaubst du etwa, ich lasse mir die Chance entgehen, ein Wochenende in San Francisco ohne meine Kinder verbringen zu können? Aber Dex kommt natürlich mit.«

Ein überaus heißer Arm schlang sich um Megs Taille, begleitet vom süßlichen Duft schweren Parfüms. »Sie haben ja noch gar nichts zu trinken, Miss Meg. Ich werde mich darum kümmern.«

Der Installationskönig sah aus wie Johnny Cash, circa 1985. Sein dichtes schwarzes Haar glänzte silbern, und seine teure Uhr glitzerte im Nest seiner Armbehaarung. Obwohl die meisten Männer Shorts anhatten, trug er eine schwarze Hose und ein Designer-Polohemd, aus dessen offenem Hemdkragen ein kleines Haarbüschel quoll. Während er sie von den anderen wegführte, streichelte er ihr mit seiner Hand das Kreuz. »Sie sehen heute selbst aus wie ein Filmstar. Das ist ein prächtiges Kleid. Sind Sie zufällig mal Tom Cruise begegnet?«

»Nein, leider hatte ich nicht das Vergnügen.« Es war gelogen, aber sie wollte nicht, dass er sie in ein Gespräch über sämtliche Stars, denen sie je begegnet war, verstrickte. Aus dem Augenwinkel sah sie, wie Sunny Ted dreist anlächelte und Ted dieses Lächeln erwiderte. Sie schnappte einen Fetzen ihres Gesprächs auf.

»… und mit meiner Software«, sagte Ted, »können die Gemeinden ihre Stromenergie effizienter nutzen. Dynamischer Belastungsausgleich.«

Die Art, wie Sunny sich die Lippen leckte, machte ihre Antwort zum Softporno. »Optimierung der vorhandenen Infrastruktur. Das ist brillant, Ted.«

Bald schon bildeten sie eine Vierergruppe. Meg fiel auf, dass Sunny einfach alles präsentierte: Sie war sexy, klug und versiert. Ihr Vater bewunderte sie offenbar grenzenlos, denn er wurde nicht müde, ihre Leistungen hervorzuheben, von ihren GRE-Punkten bis zu den Design-Preisen, die sie für die Firma gewonnen hatte. Ted stellte die beiden allen vor, was sich überraschend unterhaltsam gestaltete, denn vor den Skipjacks mussten Birdie, Kayla und Zoey auch zu Meg höflich sein. Noch nie in ihrem Leben war sie von so vielen Schleimern umgeben gewesen, nicht einmal in Hollywood.

»Wynette ist der bestgehütete Geheimtipp in Texas«, trällerte Birdie. »Das ist wirklich Gottes Land.«

»Du brauchst nur die Straße runterzugehen, und schon läufst du Dallie Beaudine oder Kenny Traveler über den Weg«, bestätigte Kaylas Vater. »Nenn mir eine andere Stadt, wo dir so was passiert.«

»Unsere Landschaft ist unvergleichlich«, warf Zoey ein, »und die Menschen in Wynette wissen, wie man es anstellt, dass Fremde sich willkommen fühlen.«

Zu diesem letzten Punkt hätte Meg einiges zu sagen gehabt, aber eine Hand, die nicht Spence gehörte, kniff warnend in ihren Ellbogen.

Bis das Barbecue serviert wurde, behandelte Sunny Ted bereits wie einen langjährigen Freund. »Er muss zu uns nach Indianapolis kommen, nicht wahr, Dad? Es wird Ihnen gefallen. Die am meisten unterschätzte Stadt im Mittleren Westen.«

»Habe ich auch schon gehört«, erwiderte der Bürgermeister voller Bewunderung.

»Sunny hat recht.« Spence sah seine Tochter stolz an. »Und ich glaube, Sunny und ich kennen bereits jeden in der Stadt.«

Kayla stieß zu ihnen, um mit Ted zu flirten und zu verkünden, dass das Gebot um weitere fünfhundert Dollar aufgestockt worden war. Da sie darüber glücklich zu sein schien, vermutete Meg, dass »Daddy« dafür verantwortlich war. Sunny schien weder von dem höheren Einsatz noch von Kaylas Strahlen beeindruckt zu sein.

Als Zoey sich zu ihnen gesellte, stellte Ted auch sie den Skipjacks vor. Obwohl sie ihre Gefühle nicht ganz so eindeutig zeigte wie Kayla, ließen ihre Blicke auf Ted keinen Zweifel daran, was sie für ihn empfand. Meg hätte Zoey und Kayla am liebsten gesagt, sie sollten sich zusammenreißen. Es lag auf der Hand, dass Ted sie mochte, aber weiter gingen seine Gefühle nicht. Doch sie empfand sogar mehr als ein wenig Mitleid mit den beiden Frauen. Da Ted allen Frauen – mit Meg als einziger Ausnahme – vermittelte, dass sie unendlich begehrenswerte Geschöpfe waren, verwunderte es auch nicht, dass sie sich weiterhin Hoffnungen machten.

Sunny langweilte sich. »Wie ich hörte, gibt es einen wunderbaren Pool hier. Macht es Ihnen was aus, mir den zu zeigen, Ted?«

»Großartige Idee«, sagte er. »Meg wollte den auch schon immer sehen. Lasst uns alle zusammen hingehen.«

Für Teds Fürsorge, sie nicht mit Spence allein zu lassen, hätte sie sich bei ihm bedankt, wenn sie nicht sein eigentliches Motiv durchschaut hätte. Er wollte nicht mit Sunny allein sein.

Sie wanderten alle hinaus zum Pool. Meg traf ihren Gastgeber, Kennys Vater Warren Traveler, der wie eine ältere, rauere Version seines Sohnes aussah. Seine Ehefrau Shelby sah ein wenig wie ein Dummchen aus, ein Eindruck, der, wie Meg wusste, in Wynette täuschen konnte, und tatsächlich erfuhr sie schon bald darauf, dass Shelby Traveler im Beirat des britischen Internats saß, dessen frühere Rektorin Emma Traveler gewesen war.

»Ehe du mich anschreist«, sagte Shelby zu Ted, »solltest du wissen, dass Margo Ledbetter ein Vorstellungsvideo für dich aufgenommen und es bei der Fernsehshow *The Bachelor* eingereicht hat. Du solltest vielleicht langsam schon mal anfangen, die Rosenzeremonie zu proben.«

Ted zuckte zusammen, eine Reihe von Feuerwerkskörpern gingen los, und Meg lehnte sich eng genug an ihn, um ihm zuzuflüstern: »Du solltest wirklich zusehen, dass du aus dieser Stadt rauskommst.«

Der kleine Muskel, der ihr immer vertrauter wurde, pochte an seiner Wange, aber er lächelte und tat, als hätte er sie nicht gehört.

Kapitel 11

Am Pool verfolgte Meg, wie Torie zwei zukünftige Schönheitsköniginnen in Badetücher wickelte. Die fröhlichen Küsse, die sie beiden auf die Nase drückte, belegten, dass alle Klagen über ihre Kinder nur leeres Gerede waren. Kenny schlichtete indessen einen Streit zwischen zwei kleinen Jungs, die so dunkle Haare wie er selbst hatten, während ein kleines Mädchen mit den karamellfarbenen Löckchen seiner Mutter sich heimlich das Streitobjekt, das Gummischlauchboot, stibitzte und damit in den Pool sprang.

Schließlich gelang es Meg, sich zu entschuldigen, um die Toilette aufzusuchen, doch als sie wieder herauskam, wurde sie schon von Spence mit einem frischen Glas Wein erwartet. »Ich glaubte mich zu erinnern, dass Sie Sauvignon Blanc trinken.« Dabei sprach er die Konsonanten sehr hart aus wie ein Mann, der keine Geduld für irgendeine andere Sprache außer Englisch hat, und steckte seinen Kopf ins Badezimmer. »Kohler-Toilette«, sagte er. »Aber das hier sind meine Hähne. Gebürsteter Nickel. Teil unserer Chesterfield-Linie.«

»Sie sind … hübsch.«

»Sunny hat sie entworfen. Dieses Mädchen ist ein Genie.«

»Sie macht einen sehr versierten Eindruck.« Meg wollte sich an ihm vorbeizudrücken, doch er war ein großer Mann und blockierte den Flur. Er legte seine Hand auf die nur allzu vertraute Stelle auf ihrem Kreuz. »Ich muss für ein paar Tage zurück nach Indianapolis fliegen. Danach mache ich einen kurzen Abstecher nach London, um mir dort eine Schrankfirma anzusehen. Ich weiß, Sie haben Ihren Job, aber« – er zwinkerte – »ich könnte doch mal schauen, ob es mir nicht gelingt, Ihnen ein paar freie Tage zu verschaffen, und Sie kommen einfach mit mir?«

Ihr wurde langsam ein wenig übel. »Spence, Sie sind ein toller Kerl ...« Ein toller Kerl, dem ein Stück Grillhähnchen zwischen den Schneidezähnen steckte. »Ich fühle mich wirklich geschmeichelt, aber ...« Sie gab sich Mühe, einen schmelzenden Blick hinzubekommen. »Sie wissen doch, dass ich in Ted verliebt bin.«

Er lächelte nachsichtig. »Meine süße Meg, Sie verlieren noch Ihre Selbstachtung, wenn Sie einem Mann hinterherjagen, der sich nicht für Sie interessiert. Besser, Sie sehen den Tatsachen jetzt ins Auge, denn je länger Sie das hinausschieben, umso schwerer wird es.«

So leicht gab sie nicht auf. »Ich bin mir gar nicht mal so sicher, ob Ted nicht doch Interesse an mir hat.«

Er schob seine Hand hoch zu ihrer Schulter und drückte diese. »Sie haben Ted schließlich zusammen mit Sunny gesehen. Wie zwischen ihnen die Funken fliegen. Selbst ein Blinder mit Krückstock sieht doch, dass die beiden wie füreinander geschaffen sind.«

Da täuschte er sich. Die einzig echten Funken kamen von Sunny. Der Rest entstammte der Beaudine'schen Voodoomaschine. Sie hätte nicht genau sagen können, wie die Frau sein musste, die Ted brauchte, aber Spences Tochter war es genauso wenig, wie es Lucy gewesen war. Doch was wusste sie schon? Vielleicht war Sunny mit ihrem hervorragenden Abschluss und dem technischen Sachverstand doch die Richtige für ihn.

»Tja, ich weiß ja, dass er gerade erst eine geplatzte Verlobung hinter sich hat«, sagte Spence, »aber Sunny ist klug. Sie wird sich Zeit lassen. Er behandelt sie jetzt schon, als gäbe es außer ihr keine andere Frau mehr auf der Welt.«

Offenbar war Spence entgangen, dass Ted jedes weibliche

Wesen so behandelte. »Ted und Sunny ein Paar.« Er gluckste. »Also, das würde den Handel hier wirklich perfekt machen.«

Und in dem Moment wusste sie die Antwort auf die Frage, die sich alle in der Stadt gestellt hatten: Warum hatte Spence seine Meinung über Wynette geändert?

Im vergangenen Frühjahr hatte Spence der Stadt zugunsten von San Antonio eine Absage erteilt, war aber vor kaum einem Monat auf einmal wieder aufgetaucht und verkündete, Wynette sei wieder im Rennen. Und jetzt kannte Meg auch den Grund dafür. Sunny war der Grund. Seine Tochter war Ted begegnet, als dieser noch mit Lucy verlobt war. Jetzt war er allerdings nicht mehr verlobt, und wenn Sunny sich was in den Kopf setzte, würde Spence alles dafür tun, damit sie es bekam.

»Erzählen Sie mir doch von Ihrer Cleaner-You-Toilette«, forderte Meg ihn auf. »Ich möchte unbedingt alle Einzelheiten darüber erfahren.«

Und begeistert beschrieb er ihr eine Toilette, die automatisch den Hintern des Benutzers reinigte. Das führte rasch zu seinem nächsten Lieblingsthema, dem Leben in Hollywood. »All die Häuser der berühmten Leute ... Ich wette, Sie haben schon einige großartige Badezimmer gesehen.«

»Ich bin hauptsächlich in Connecticut aufgewachsen und habe viel Zeit mit Reisen verbracht.«

Doch dies hielt ihn nicht davon ab, sie zu fragen, ob sie seine Lieblingsstars persönlich kenne, eine Liste, zu der Cameron Diaz, Brad Pitt, George Clooney und unerklärlicherweise Tori Spelling gehörten.

Sobald es dunkel war, begann das Feuerwerk. Während die Gäste sich auf dem Rasen versammelten, tollte der elfjährige Peter Traveler, der Sohn von Shelby und Warren, mit seinen Freunden über den Hof, und die schläfrigen jüngeren Kinder kuschelten sich auf übergroßen Badetüchern an ihre Eltern. Eine von Tories Töchtern flocht das Haar ihrer Mutter um ihre Finger. Die drei Kinder von Kenny und Emma lagen auf ihren Eltern, das kleinste kuschelte sich in die Achselhöhle seines Vaters.

Meg, Spence, Ted und Sunny saßen auf einer Decke, die Shelby zur Verfügung gestellt hatte. Spence rückte immer näher, und Meg wich aufs Gras aus. Ted stützte sein Gewicht auf den Ellbogen ab und hörte zu, während Sunny die chemischen Bestandteile aufzählte, die für die speziellen Feuerwerksfarben benötigt wurden. Er machte einen faszinierten Eindruck, aber Meg vermutete, dass er in Gedanken ganz woanders war. Die Gäste jubelten, als die ersten Feuerräder in den Himmel aufstiegen. Spence legte seine heiße haarige Pranke auf Megs Hand. Die feuchte Abendluft verstärkte den Gestank seines Parfüms, und als eine Rakete in die Luft stieg, zwinkerte ihr der schwarze Stein an seinem kleinen Finger zu, als wäre es der böse Blick.

Das Eau de Cologne … die Hitze … zu viel Wein … »Entschuldigen Sie mich«, flüsterte sie. Sie befreite sich und bahnte sich ihren Weg zwischen den Decken und Badetüchern hindurch zu den Verandatüren, die sich zu einem weitläufigen Familienzimmer öffneten. Die gemütliche Ausstattung im englischen Landhausstil bestand aus Couchen und Polstersesseln, Beistelltischen mit Zeitschriften und Familienfotos im Silberrahmen sowie Bücherschränken mit Modellflugzeugen, Brettspielen und allen Bänden von *Harry Potter*.

Hinter ihr öffnete sich die Tür. Spence war ihr offenbar gefolgt, und ihr Magen verkrampfte sich. Sie war müde, nicht ganz auf der Höhe und ertrug es nicht länger. »Ich liebe Ted Beaudine. Liebe ihn leidenschaftlich.«

»Dann hast du allerdings eine komische Art, das zu zeigen.«

Mist. Kein Spence. Sie drehte sich um und sah Ted in der Verandatür stehen, wo sein großer, perfekter Körper sich wie ein Schattenriss vor der Nacht abzeichnete. Eine Feuerwerksrakete explodierte und ließ goldene Sterne hinter seinem Kopf herabregnen. Das war so verdammt vorhersehbar, dass sie vor Wut hätte schreien können. »Lass mich in Ruhe.«

»Leidenschaft scheint dich mürrisch zu machen.« Während er sich von der Tür wegbewegte, taumelten die goldenen Funken als luftiger Wasserfall herab und verschwanden. »Ich wollte nur nachsehen, ob mit dir alles in Ordnung ist. Du sahst ein wenig spitz aus im Gesicht.«

»Der Gestank von zu viel Eau de Cologne, aber das ist Blödsinn. Du wolltest weg von Sunny.«

»Ich weiß nicht, wie du darauf kommst. Sie ist wirklich ein kluges Mädchen. Und attraktiv dazu.«

»Und sie wäre perfekt für dich, nur leider magst du sie nicht so richtig, kannst allerdings außer bei mir nicht zugeben, mal jemanden nicht zu mögen. Aber wenn du es schaffst, dich in sie zu verlieben, dann wird dieses schreckliche Golfresort gebaut, ehe du dich's versiehst. Ich habe es von Spence persönlich, dass eine Beziehung zwischen dir und Sunny den Vertrag besiegeln würde. *Das* ist der Grund, weshalb er nach Wynette gekommen ist.« Und sie fügte mit finsterem Blick hinzu: »Wie du inzwischen sicherlich selbst schon herausgefunden hast.«

Er machte sich nicht die Mühe, es abzustreiten. »Wynette braucht das Resort, und ich werde mich nicht dafür entschuldigen, alles dranzusetzen, um es zu realisieren. Es gibt in dieser Stadt kaum jemanden, der nicht davon profitieren würde.«

»Dann wirst du sie wohl heiraten müssen. Was zählt schon das Glück eines Mannes gegen das Wohlergehen der Massen?«

»Wir kennen einander doch kaum.«

»Keine Sorge. Sunny ist eine Frau, die schnurgerade ihr Ziel verfolgt.«

Er rieb sich die Nase. »Sie hat einfach nur ihren Spaß.«

»*Au contraire.* Du bist der einzigartige Ted Beaudine, und dein bloßer Anblick lässt die Frauen –«

»Halt den Mund.« Das waren harte Worte, aber sanft ausgesprochen. »Lass es einfach sein, ja?«

Er sah so müde aus, wie sie sich fühlte. Sie ließ sich auf die damastgepolsterte Couch fallen, stützte die Ellbogen auf ihre Knie und legte ihr Kinn in ihre Hände. »Ich hasse diese Stadt.«

»Das mag schon sein. Aber du liebst auch die Herausforderung, die sie für dich darstellt.«

Sie riss ihren Kopf hoch. »Herausforderung? Ich schlafe in einer heißen Kirche ohne Mobiliar und verkaufe Bud Light an verwöhnte Golfer, die sich nicht dazu bewegen lassen, ihre Bierdosen zu recyceln. Oh ja, ich liebe diese Herausforderung.«

Seine Augen schienen direkt durch sie hindurchzusehen. »Das macht es doch nur noch interessanter, oder? Endlich kriegst du mal eine Chance, an deine Grenzen zu gehen.«

»Endlich?« Sie sprang von der Couch auf. »Ich war Kajakfahren auf dem Mekong und habe vor Kapstadt inmitten weißer Haie getaucht. Erzähle mir nichts von Grenzerfahrungen.«

»Das hatte nichts mit Grenzerfahrung zu tun. Das ist deine Vorstellung von Vergnügen. Aber was hier in Wynette passiert, ist etwas anderes. Endlich erfährst du mal, was du ohne Mamas und Papas Geld bist. Kannst du an einem Ort überleben, wo Spence Skipjack der Einzige ist, den dein Nachname beeindruckt, und wo – sehen wir den Tatsachen ins Auge – keiner dich mag?«

»Torie mag mich irgendwie. Und Haley Kittle.« Sie fühlte sich unwohl, weil er sie so forsch anblickte, deshalb trat sie ans Bücherregal und gab vor, die Titel zu lesen.

Er näherte sich ihr von hinten. »Du bist ein interessantes Beobachtungsobjekt. Schafft Meg Koranda es, mit nichts weiter als ihrem Verstand zu überleben? Das ist doch die echte Herausforderung für dich, oder nicht?«

Er lag damit zwar nicht ganz richtig, aber ganz falsch auch nicht. »Was weißt du denn schon? Du bist das genaue Gegenteil, eine amerikanische Erfolgsgeschichte. Reiche Eltern und eine privilegierte Erziehung. Eigentlich hättest du genauso verdorben enden sollen wie ich, aber das ist nicht passiert.«

»Du bist nicht verdorben, Meg. Hör auf, dir das einzureden.«

Wieder brachte er sie aus dem Gleichgewicht. Sie starrte auf die Reihe der Nachschlagewerke. »Was weißt du schon? Du hast in deinem Leben nie was vermasselt.«

»Da irrst du dich. Als Kind habe ich mutwillig die Freiheitsstatue beschädigt.«

»Du und ein Zauberstab. Toll.« Sie strich mit dem Daumen über den Rücken eines Wörterbuchs.

»Oh nein, es war schlimmer als das. Ich kletterte in die Krone, warf ein Fenster ein und rollte ein Banner aus, auf dem stand: ›Keine Atomwaffen‹.«

Das war dann doch ein Schock für sie, und sie drehte sich endlich um und sah ihn an. »Davon hat Lucy mir nie was erzählt.«

»Hat sie nicht?« Er hielt den Kopf schräg, damit sie ihm direkt in die Augen schauen konnte. »Vermutlich sind wir nie dazu gekommen, darüber zu reden.«

»Wieso hättet ihr über etwas derart Wichtiges nicht reden sollen?«

Achselzuckend meinte er: »Wir waren wohl mit anderen Dingen beschäftigt.«

»Die Erfahrung dürfte ja wohl ein wenig traumatisch gewesen sein.«

Seine Züge entspannten sich, und er lächelte. »Es war der schlimmste Moment meiner Kindheit. Und der beste.«

»Wieso denn der beste? Du wurdest doch mit Sicherheit erwischt?«

»Oh ja.« Er richtete seinen Blick auf die englische Landschaft, die über dem Kamin hing. »Meinen Vater habe ich erst kennengelernt, als ich neun war – aber das ist eine lange Geschichte –, und als es dann so weit war, lief es nicht gut. Er hatte andere Erwartungen an ein Kind, und ich stellte mir einen Vater anders vor. Glücklich war keiner von uns. Bis zu dem Tag auf der Freiheitsstatue.«

»Was ist passiert?«

Wieder lächelte er. »Ich erfuhr, dass ich mich auf ihn verlassen konnte. Das hat unser beider Leben verändert, und von da an war zwischen uns nichts mehr so wie davor.«

Vielleicht lag es am Wein. Daran, dass sie beide müde waren von einem langen Tag und der Anstrengung, sich mit Spence und Sunny zu beschäftigen. Sie wusste nur noch, dass sie sich gerade noch in die Augen schauten und im nächsten Moment aus keinem ersichtlichen Grund näher aneinanderrückten und ihre Körper sich berührten. Sie kippte ihr Kinn nach oben, und er senkte seinen Kopf, seine Augenlider fielen zu, und sie küssten sich einfach so.

Sie war so entsetzt, dass ihr Arm nach oben flog und gegen seinen Ellbogen schlug, aber ihre Ungeschicklichkeit konnte sie nicht aufhalten. Er nahm ihr Gesicht in seine Hände und drehte ihren Kopf, bis er im richtigen Winkel war. Und sie war zu neugierig und zu aufgedreht, um sich wegzudrehen.

Er schmeckte gut, wie Bier und Kaugummi. Sein Daumen glitt an die zarte Stelle hinter ihrem Ohrläppchen, während die andere Hand sich in ihre Locken grub. Es gab keinen Zweifel. Sie bekam gerade einen der besten Küsse ihres Lebens. Nicht zu hart. Nicht zu weich. Langsam und perfekt. Aber natürlich war er perfekt. Schließlich kam er von Ted Beaudine, und was er ablieferte, war tadellos.

Sie erinnerte sich nicht daran, ihre Arme um seine Schultern gelegt zu haben, aber da lagen sie, und sie war von seiner forschenden Zunge derart verzaubert, dass sie vor Wonne dahinschmolz

Er löste sich als Erster. Ihre Lider flatterten, und als sie aufblickte, erkannte sie das Entsetzen in seinen Augen, und sie war sich sicher, dass er auch ihr ansah, wie erschrocken sie war. Etwas war passiert. Etwas Unerwartetes. Und keiner von beiden war glücklich darüber. Langsam ließ er sie los.

Sie hörte ein Geräusch. Er richtete sich auf. Der Verstand setzte wieder ein. Sie strich sich eine Haarsträhne hinters Ohr und drehte sich herum. In der Verandatür stand Sunny Skipjack und hielt sich die Hand an den Hals. Ihre übliche Selbstsicherheit war ins Wanken geraten. Meg hatte keine Ahnung, ob es für Ted genauso impulsiv wie für sie zu diesem Kuss gekommen war oder ob er die ganze Zeit gewusst hatte, dass Sunny dort stand und deshalb rücksichtslos den Kuss initiiert hatte, um ihr den Schneid abzukaufen. Ob so oder so, er bedauerte es, und das war so eindeutig wie das Zittern ihrer Knie. Er war müde, endlich einmal wehrlos, und er wusste, dass er es gerade königlich vergeigt hatte.

Sunny war um Fassung bemüht. »Einer der merkwürdigen Momente des Lebens«, sagte sie.

Sollte Sunny deswegen Reißaus nehmen, würden die Leute von Wynette ganz bestimmt Meg dafür verantwortlich machen, und sie hatte auch so schon genug Probleme. Sie schaute Ted fest in die Augen und spielte die reumütige Verführerin. »Es tut mir so leid, Ted. Ich weiß, ich darf mich dir nicht derart an den Hals werfen. Und ich kann verstehen, wie unangenehm dir das ist. Aber du bist einfach so ... so ... verdammt unwiderstehlich.«

Er hob fragend die Augenbrauen.

Sie sah Sunny an, von Freundin zu Freundin. »Zu viel Wein. Ich schwöre, es wird nicht mehr vorkommen.« Und fügte dann, weil sie auch nur ein Mensch war, hinzu: »Er ist jetzt so verletzlich. So süß und hilflos wegen der Katastrophe mit Lucy. Das habe ich ausgenutzt.«

»Ich bin weder verletzlich noch hilflos«, erwiderte er pikiert.

Sie drückte ihren Zeigefinger auf seine Lippen. »Eine offene Wunde.« Und mit der Würde der tapferen Frau, die an unerwiderter Liebe leidet, zwängte sie sich an Sunny vorbei nach draußen, wo sie ihre Tasche nahm, um zu ihrem vorübergehenden Zuhause aufzubrechen.

Kaum hatte sie ihr Gesicht gewaschen und sich ihr HAPPY-PRINTING-COMPANY-T-Shirt übergestreift, da hörte sie draußen einen Wagen vorfahren. Natürlich hätte es auch ein texanischer Serienmörder sein können, aber sie wettete, dass es Sunny Skipjack war. Sie ließ sich Zeit damit, ihr Modigliani-Kleid im alten Schrank für die Chorgewänder aufzuhängen, und betrat dann durch die Tür neben dem Altar das Hauptschiff der Kirche.

Was Sunny betraf, hatte sie sich getäuscht.

»Du hast dein Partygeschenk vergessen«, sagte Ted.

Die berauschende Hitze, die sie überkam, als sie ihn hinten im Altarraum stehen und einen Paddleballschläger aus Holz mit einer aufgedruckten amerikanischen Flagge hochhalten sah, gefiel ihr gar nicht. »Shelby hatte auch einen Korb voller Jo-Jos, aber ich dachte, dir gefällt der hier besser. Oder vielleicht habe ich mir auch nur vorgestellt, dass du den brauchen könntest.« Dabei knallte er den Schläger kräftig gegen seine Hand.

Das HAPPY-PRINTING-COMPANY-T-Shirt reichte zwar über ihre Hüften, doch darunter trug sie nur einen elfenbeinfarbenen Tangaslip. Sie brauchte unbedingt mehr Klamotten, wie etwa eine Kettenrüstung und einen Keuschheitsgürtel. Er schlug ein paar Mal mit dem Schläger gegen den Gummiball und kam dabei auf sie zugeschlendert, ohne den

Blick von ihr abzuwenden. »Ich danke dir, dass du mir vor Sunny aus der Patsche geholfen hast, aber ohne Kommentar wäre es mir lieber gewesen.«

Sie musterte den Schläger und dann ihn. »Das hast du selbst zu verantworten. Du hättest mich nicht küssen sollen.«

Er runzelte die Stirn. »Wovon sprichst du eigentlich? Du bist doch diejenige, die mich geküsst hat?«, gab er in gespielter Empörung von sich.

»Ich doch nicht. Du bist plötzlich über mich hergefallen.«

»In deinen Träumen vielleicht.« Er schlug besonders fest auf den Paddleball. Sie hielt den Kopf schief. »Wenn du mit diesem Ding ein Fenster einschlägst, verpfeife ich dich bei meinem Vermieter.«

Er fing den Ball auf, starrte auf das, was er von ihrem Unterleib sehen konnte, und strich mit seinem Daumen am Rand des Schlägers entlang. »Mir ist da gerade eine ganz verrückte Idee gekommen.« Der Deckenventilator brachte sein Haar durcheinander. Wieder knallte er den Schläger gegen seine Handfläche. »Ich würde sie dir ja erzählen, aber du wirst nur wütend werden.«

Wie einer der Feuerwerkskörper dieses Abends hing Sex zwischen ihnen in der Luft. Egal wer den Kuss initiiert hatte, er hatte zwischen ihnen etwas unwiderruflich verändert, und beide wussten es.

Ein Spiel mit dem Feuer. Obwohl sie nichts abstoßender fand, als eine weitere von Ted Beaudines sexuellen Eroberungen zu werden, war die Vorstellung, ihn zu einer ihrer sexuellen Eroberungen zu machen, eine Überlegung wert. »Du kannst jede Frau in dieser Stadt haben. Vermutlich im ganzen Land. Lass mich in Ruhe.«

»Warum?«

»Was meinst du wohl? Weil du mich, seit ich hierhergekommen bin, wie Dreck behandelst.«

»Falsch. Ich war während des Probedinners ausgesprochen

nett zu dir. Ich habe erst angefangen, dich wie Dreck zu behandeln, nachdem Lucy weggelaufen war.«

»Was nicht mein Fehler war. Gib's endlich zu.«

»Das will ich nicht. Dann müsste ich womöglich mir die Schuld geben, habe ich das nötig?«

»Hast du. Außerdem muss ich der Gerechtigkeit halber einräumen, dass Lucy es hätte wissen müssen, bevor die Dinge so weit gekommen waren.«

Er schlug ein paar Mal auf den Paddleball. »Was steht sonst noch auf deiner Beschwerdeliste?«

»Du hast mich gezwungen, für Birdie Kittle zu arbeiten.«

Er legte den Schläger auf dem braunen Stuhl ab, als würde die Versuchung, ihn zum Einsatz zu bringen, langsam zu groß für ihn. »Das hat dich immerhin vor dem Gefängnis bewahrt, oder?«

»Und du hast dafür gesorgt, dass ich weniger bezahlt bekam als die anderen Zimmermädchen.«

Er stellte sich doof. »Daran kann ich mich nicht erinnern.«

Sie listete sämtliche Ungerechtigkeiten auf. »An jenem Tag im Gasthof, als ich sauber machte … Du standst in der Tür und beobachtetest mich dabei, wie ich beim Umdrehen der Matratze beinahe zu Tode gekommen wäre.«

Er grinste. »Das war zugegebenermaßen sehr unterhaltsam.«

»Und nachdem ich deine Schlägertasche achtzehn Löcher weit geschleppt hatte, gabst du mir einen einzigen Dollar Trinkgeld.«

Das hätte sie nicht ansprechen sollen, denn er grollte ihr noch immer. »Du hast mich drei Löcher gekostet. Und wenn du glaubst, ich hätte es nicht gemerkt, dass meine sämtlichen neuen Headcovers fehlen, dann täuschst du dich.«

»Du warst der Verlobte meiner besten Freundin! Und wenn dir das nicht reicht, dann vergiss nicht, dass ich dich eigentlich hasse.«

Der Blick seiner bernsteinfarbenen Augen traf sie mit voller Wucht. »Eigentlich magst du mich aber auch. Da kannst du nichts dafür. Es ist einfach passiert.«

»Ich werde es ungeschehen machen.«

Seine Stimme bekam ein rauchiges Timbre. »Warum solltest du das tun wollen, wo wir doch beide mehr als bereit sind, den nächsten Schritt zu machen? Und ich würde dringend empfehlen, dass wir es nackt machen.«

Sie schluckte. »Dir würde das sicherlich gefallen, aber vielleicht bin ich noch nicht so weit.« Die Verschämte zu spielen gehörte nicht zu ihren besten Rollen, und man sah ihm seine Enttäuschung an, dass sie es versuchte. Sie warf die Hände in die Luft. »Okay, ich gebe zu, dass ich neugierig bin. Große Sache. Wir beide wissen, wozu das führt. Katzenjammer.«

Er lächelte. »Oder jeder Menge Spaß.«

Es ärgerte sie, dass sie ernsthaft vorhatte weiterzumachen. »Ich ziehe diesen nächsten Schritt nicht ernsthaft in Erwägung«, sagte sie, »aber wenn ich es täte, dann hätte ich jede Menge Bedingungen.«

»Die da wären?«

»Es darf dabei nur um Sex gehen – keine süßen Kosenamen, keine nächtlichen Geständnisse, keine« – bei dieser Vorstellung rümpfte sie die Nase – »Freundschaft.«

»Wir haben bereits eine Art von Freundschaft.«

»Nur in deinem verqueren Kopf, weil dir der Gedanke, nicht mit jedem auf diesem Planeten befreundet zu sein, unerträglich ist.«

»Ich wüsste nicht, was daran falsch ist.«

»Es ist unmöglich, das ist falsch daran. Du dürftest mit keinem über uns sprechen, wenn mehr daraus würde. Und das meine ich ernst. Wynette ist die Klatsch-Metropole schlechthin, und ich habe schon genug Ärger am Hals. Wir müssten uns heimlich treffen. In der Öffentlichkeit müsstest du weiterhin so tun, als würdest du mich hassen.«

Seine Augen wurden schmal. »Das fällt mir nicht schwer.«

»Und komm bloß nicht auf die Idee, mich zu instrumentalisieren, um Sunny Skipjack zu entmutigen.«

»Darüber müssen wir noch reden. Diese Frau macht mir Angst.«

»Sie macht dir überhaupt keine Angst. Du willst dich einfach nicht mit ihr einlassen.«

»Ist das alles?«

»Nein. Erst muss ich mit Lucy sprechen.«

Das überraschte ihn. »Warum solltest du das tun?«

»Diese Frage beweist aufs Neue, wie wenig du mich kennst.«

Er griff in seine Tasche, zog sein Mobiltelefon heraus und warf es ihr zu. »Dann mach es.«

Sie warf es ihm sofort wieder zurück. »Ich benutze mein eigenes.«

Er steckte seins ein und wartete.

»Nicht jetzt«, sagte sie und fühlte sich plötzlich viel erschöpfter, als sie sein wollte.

»Jetzt«, befal er. »Du hast gerade gesagt, es sei eine Voraussetzung.«

Sie sollte ihn rauswerfen, aber sie wollte ihn so sehr, und da sie, wenn es um Männer ging, dazu prädestiniert war, schlechte Entscheidungen zu treffen, waren ihr die Freundschaften mit ihren Freundinnen immer wichtig gewesen. Um ihr Gesicht zu wahren, warf sie ihm einen giftigen Blick zu und trottete dann in die Küche, wo sie die Tür hinter sich zuknallte. Während sie nach ihrem Handy griff, sagte sie sich, sie würde es als Zeichen deuten, wenn Lucy nicht dranging.

Aber Lucy ging dran. »Meg? Was ist los?«

Sie ließ sich aufs Linoleum fallen und drückte ihr Rückgrat gegen die Kühlschranktür. »Hey, Luce. Hoffentlich habe ich dich nicht geweckt.« Sie nahm das Cornflake in die Hand, das ihr heute Morgen oder vielleicht auch schon letzte Woche runtergefallen war, und zerkrümelte es zwischen ihren Fingern. »Was ist los bei dir?«

»Es ist ein Uhr morgens. Was soll also los sein?«

»Tatsächlich? Hier ist es erst Mitternacht, aber da ich ja *keine Ahnung* habe, wo du bist, kannst du nicht erwarten, dass ich Zeitverschiebungen berücksichtige.«

Meg bereute ihre Gereiztheit, als Lucy seufzte. »Es dauert nicht mehr lang. Ich werde … werde es dir sagen, sobald ich kann. Im Moment ist alles ein wenig … verwirrend. Gibt's ein Problem? Du klingst besorgt.«

»Ja, es gibt ein Problem.« Es würde nicht leicht sein, das Thema anzusprechen. »Was würdest du dazu sagen –« Sie zog ihre Knie enger an ihre Brust und holte tief Luft. »Was würdest du dazu sagen, wenn ich mit Ted rummachen würde?«

Ein langes Schweigen folgte. »Rummachen? Wie in …?«

»Ja.«

»Mit Ted?«

»Deinem ehemaligen Verlobten.«

»Ich weiß, wer er ist. Du und Ted, ihr seid ein … Paar?«

»Nein!« Meg streckte ihre Beine aus. »Nein, kein Paar. Niemals. Es geht nur um Sex. Vergiss es. Ich kann im Moment nicht klar denken. Ich hätte dich niemals anrufen sollen. Mein Gott, was habe ich mir dabei gedacht? Das ist ein absoluter Verrat an unserer Freundschaft. Ich hätte niemals –«

»Nein! Nein, ich bin froh, dass du angerufen hast.« Lucy klang tatsächlich begeistert. »Oh Meg, das ist perfekt! Jede Frau sollte Sex mit Ted Beaudine haben.«

»Das kann ich nicht beurteilen, aber –« Sie zog ihre Knie wieder hoch. »Wirklich? Es würde dir nichts ausmachen?«

»Willst du mich auf den Arm nehmen?« Lucy klang geradezu ausgelassen. »Weißt du, dass ich noch immer unglaubliche Schuldgefühle habe? Wenn er mit dir schläft … Du bist meine beste Freundin. Er würde mit meiner besten Freundin schlafen! Das käme einer Absolution durch den Papst gleich!«

»Du darfst dir das nicht so zu Herzen nehmen.«

Die Tür ging auf. Meg streckte ihr Knie aus, als Ted hereinspaziert kam. »Grüß Lucy von mir«, sagte er.

»Ich bin nicht dein Bote«, erwiderte sie.

»Ist er tatsächlich da?«, fragte Lucy.

»Kann man mit Ja beantworten«, erwiderte Meg.

»Dann grüß ihn von mir zurück.« Lucys Stimme wurde wieder kleinlaut und schuldbewusst. »Und sag ihm, dass es mir leidtut.«

Meg legte ihre Hand über das Telefon und schaute zu ihm hoch. »Sie meinte, sie hätte die tollste Zeit ihres Lebens, vögele jeden Mann, der ihr über den Weg laufe, und dich sitzen zu lassen sei die beste Entscheidung gewesen, die sie je getroffen hat.«

»Ich habe das mitgehört«, entgegnete Lucy. »Und er wird wissen, dass du lügst. In solchen Dingen kennt er sich aus.«

Ted stützte sich mit dem Handballen an einem Schrank ab und sah sie überlegen an. »Lügnerin.«

Sie sah ihn finster an. »Geh weg. Du gehst mir total auf die Nerven.«

Lucy hielt die Luft an. »Hast du Ted Beaudine gerade gesagt, dass er dir auf die Nerven geht?«

»Schon möglich.«

Lucy atmete lang aus. »Mann ...« Sie klang ein wenig verdutzt. »Das habe ich nicht kommen sehen.«

Verwundert hakte Meg nach: »Was kommen sehen? Wovon redest du?«

»Nichts. Ich habe dich lieb. Und genieße es!« Dann legte sie auf.

Meg klappte das Handy zu. »Ich denke, wir können mit Sicherheit davon ausgehen, dass Lucy nicht mehr von Schuldgefühlen geplagt ist.«

»Bedeutet das, sie gibt uns ihren Segen?«

»Mir. Sie gibt mir ihren Segen.«

Er bekam einen sehnsüchtigen Blick. »Ich vermisse diese Frau. Klug. Lustig. Reizend. Sie hat mir nicht einen Moment Ärger bereitet.«

»Mann, das tut mir aber leid. Ich wusste, dass es langweilig war zwischen euch, allerdings nicht, dass es so arg war.«

Lächelnd streckte er die Hand nach ihr aus. Sie ließ sich von ihm auf die Füße ziehen, doch er ließ es dabei nicht bewenden. Mit einer schwungvollen Bewegung zog er sie an sich und setzte zu einem Kuss an, bei dem ihr die Luft wegblieb. Weil sie beide fast gleich groß waren, passten ihre Körper überraschend bequem zusammen, aber das war auch das einzig Bequeme an diesem lustvollen, Mark und Bein erschütternden Kuss.

Er roch so gut, schmeckte köstlich und fühlte sich gut an. Die Hitze seiner Haut, die kräftigen Muskeln, die harten Sehnen. Es war so lange her.

Er grapschte nicht nach ihrem Hintern und schob ihr auch nicht die Hand unters T-Shirt, wo er sehr schnell ganz viel nackte Haut entdeckt hätte, die nichts weiter als ein winziger Tanga unterteilte. Stattdessen konzentrierte er sich auf ihren Mund, ihr Gesicht, ihr Haar – streichelte es, erforschte es, tastete mit seinen Fingern durch ihre Locken und mit seinen Daumen nach ihren Ohrläppchen. Als hätte er das Diagramm aller nicht auf Anhieb zu entdeckenden erogenen Zonen ihres Körpers verinnerlicht. Es machte schwindelig und war erregend und stachelte ihre Lust an.

Nach dem Kuss drückte er seine Stirn gegen ihre und sagte leise: »Ich würde gern zu mir gehen, aber da ich nicht riskieren will, dass du es dir unterwegs anders überlegst, muss es eben hier sein.« Er hielt inne, um an ihrer Unterlippe zu knabbern. »Ich bezweifele zwar, dass wir die Ersten sind, die es auf dieser Chorempore treiben, doch ich dachte, meine Tage, an denen ich auf einem Futon ins Schwitzen gerate, wären mit meinem Collegeabschluss vorbei gewesen.«

Während er sie am Handgelenk hinaus ins Kirchenschiff zog, versuchte sie wieder zu Atem zu kommen. »Stopp.« Ihre Absätze rutschten auf dem alten Nadelholzboden. »Wir gehen keinen Schritt weiter in Richtung dieses Futons, bis wir DAS geklärt haben.«

Er war nicht doof. Er stöhnte, blieb aber stehen. »Ich bin nicht ansteckend. Es hat seit Lucy niemanden mehr gegeben, und da dies verdammte vier Monate her ist, wirst du verstehen, dass ich ein wenig ungeduldig bin.«

»Seit Lucy niemand mehr? Tatsächlich?«

»Welchen Teil der vier verdammten Monate zweifelst du an?« Er sah sie herausfordernd an, als rechnete er mit einem Kampf. »Und ich habe immer ein Kondom dabei. Jetzt denk, was du willst. Es ist so.«

»Du bist immerhin Ted Beaudine.«

»Wie ich sagte.«

»Vier Monate, puh. So lange war es nicht mal für mich.« Gelogen. Ihre katastrophale Affäre mit Daniel, dem australischen Rafting-Guide, war vor acht Monaten zu Ende gegangen. Von One-Night-Stands hatte sie noch nie was gehalten, was sie auf die ersten Gespräche mit ihrer Mutter über Sex zurückführte. Doch leider hatten diese Gespräche sie nicht davon abgehalten, sich mehrmals zu vertun. Mehr als eine ihrer Freundinnen hatte gesagt, Meg würde sich absichtlich Männer suchen, von denen sie wusste, dass sie sich niemals festlegen würden, weil sie selbst noch nicht erwachsen sein wolle.

»Ich bin auch nicht ansteckend«, sagte sie hochmütig, »und ich nehme die Pille. Das soll dich aber nicht davon abhalten, eins dieser Kondome zu benutzen, die du zweifellos en gros kaufst. Da wir hier in Texas sind, wo jeder eine Knarre hat, würde ich, sollte ich schwanger werden, mir eine Waffe besorgen und dir das Gehirn rausblasen. Ich habe dich gewarnt.«

»Gut. Dann hätten wir das geklärt.« Er griff nach ihrem

Handgelenk und zog sie über die gewundene Treppe hinauf auf die Chorempore, ohne sich dabei allerdings sehr anstrengen zu müssen.

»Ich bin auch nicht für One-Night-Stands zu haben«, sagte sie, als sie oben angelangt waren. »Also betrachte dies als Anfang einer kurzfristigen Monogamie.«

»Noch besser.« Er riss sich sein T-Shirt vom Leib.

»Und du kannst mich nicht mehr aus dem Club rauswerfen.«

Er hielt inne. »Warte. Ich will dich feuern.«

»Weiß ich«, antwortete sie, »aber noch viel mehr willst du unkomplizierten Sex.«

»Gut erkannt.« Er ließ das T-Shirt fallen.

Ehe sie wusste, wie ihr geschah, lagen sie beide auf dem schäbigen Futon, und er küsste sie wieder. Er umschloss mit den Händen ihre nackten Pobacken und glitt mit einem Daumen von oben in das Seidengarn, das in ihre Falte schnitt. »Wenn es um Sex geht, genieße ich eigentlich so gut wie alles.« Seine Erektion drückte sich hart an ihr Bein. »Du musst mich es bloß wissen lassen, falls ich irgendwas mache, was dich erschreckt.«

Das Blut, das normalerweise ihrem Hirn zugedacht war, verteilte sich auf andere Teile ihres Körpers, weshalb sie auch keine Ahnung hatte, ob er es ernst meinte oder nicht. »Sieh zu, dass dich nichts erschreckt«, war das Beste, was ihr einfiel.

Er spielte lang mit der Seidenkordel, zog dann seinen Daumen zurück und strich mit ihm über ihr Drachentattoo. Obwohl ihr die Fantasie gefiel, sich langsam von einem Mann ausziehen zu lassen, hatte sie noch nie einen kennengelernt, der richtig gut darin war, und sie wollte Ted keine Chance geben, der Erste zu sein. Sie setzte sich auf der schmalen Fläche neben ihm auf, ging in die Hocke und zog sich ihr T-Shirt über den Kopf.

Im Zeitalter der Silikonbrüste waren ihre nicht gerade

denkwürdig, aber Ted war zu sehr Gentleman, als dass er sich daran stören würde. Er achtete zwar darauf, griff allerdings nicht linkisch danach. Stattdessen umfasste er ihren Brustkorb, zog sich allein mithilfe seiner spektakulären Bauchmuskeln hoch und bedeckte ihre Taille mit Küssen.

Sie reagierte darauf mit Gänsehaut. Jetzt wurde es ernst. Bis auf ihren Tanga war sie nackt, doch er trug noch immer seine Khaki-Shorts und das, was er darunter trug oder auch nicht. Sie zog am Reißverschluss, um es herauszufinden.

»Noch nicht«, flüsterte er und zog sie neben sich. »Erst müssen wir dich warm machen.«

Warm machen? Sie stand schon fast in Flammen!

Er rollte auf die Seite und widmete ihrem Körper seine volle Aufmerksamkeit. Sein Blick ruhte auf der Vertiefung unterhalb ihrer Kehle. Auf der Rundung ihrer Brust. Den Runzeln ihres Nippels. Dem Stück elfenbeinfarbene Spitze unter ihrem Bauch. Aber er berührte nichts davon. Nichts von ihr.

Sie bot sich ihm mit durchgebogenem Rücken dar, bevor sie in Flammen aufging. Er senkte seinen Kopf über ihre Brüste. Sie schloss erwartungsvoll die Augen, spürte aber nur seine Zähne, die sie leicht in die Schulter bissen. Hatte dieser Mann nie die Grundlagen weiblicher Anatomie studiert?

Eine Weile ging es so weiter. Er untersuchte die empfindliche Stelle ihrer Ellenbeuge, den Pulspunkt an ihrem Handgelenk und die geschwungene Linie unter ihren Brüsten. Aber nur die untere Linie. Bis er die weiche Haut ihres inneren Oberschenkels berührte, bebte sie bereits vor Lust und hatte genug von seiner Folter. Aber als sie sich herumdrehte, um die Kontrolle zu übernehmen, verlagerte er sein Gewicht, vertiefte seine Küsse, und erneut war sie seiner Gnade ausgeliefert. Wie konnte ein Mann, der vier Monate lang keinen Sex gehabt hatte, derart beherrscht sein? Als wäre er kein menschliches Wesen. Als hätte er sein geniales Erfinderhirn zur Erschaffung eines sexuellen Avatars benutzt.

Mit der anhaltendsten Erektion der Welt.

Die erlesene Tortur ging weiter, denn seine Liebkosungen erreichten nie die Stelle, wo sie sich diese so verzweifelt ersehnte. Sie versuchte ihr Stöhnen zu unterdrücken, aber die Laute entglitten ihr. Das war seine Rache. Er würde sie mit seinem Vorspiel zu Tode quälen.

Erst als er ihre Hand packte, bemerkte sie, dass sie sich selbst hatte erlösen wollen. »Das kann ich leider nicht zulassen.«

»Zulassen?« Mit von Lust genährter Kraft wand sie sich unter ihm heraus, schwang ein Bein über seine Hüften und riss an der Schnalle seiner Shorts. »Nun mach schon und zeig, was du hast.«

Er packte ihre Handgelenke und hielt sie fest. »Die lass ich an, bis ich sie ausziehe.«

»Wieso? Hast du Angst, ich könnte lachen?«

Sein dichtes Haar war zerzaust, weil sie ihre Finger hineingegraben hatte, seine Unterlippe war dort ein wenig geschwollen, wo sie ihn womöglich gebissen hatte, und in seinem Blick lag ein wenig Bedauern. »Ich habe das jetzt noch nicht tun wollen, aber du lässt mir keine andere Wahl.« Er drehte sie, bis sie unter ihm lag, drückte sie mit seinem Körper nieder und presste seinen Mund auf ihren Nippel und saugte daran so gekonnt, dass es immer jenseits der Schmerzgrenze blieb. Gleichzeitig schob er einen Finger unter den dünnen Spitzenstreifen zwischen ihren Beinen und drang damit in sie ein. Sie stöhnte, stemmte ihre Fersen gegen das Bett und kam mit voller Wucht.

Als sie anschließend hilflos dalag, streiften seine Lippen ihr Ohrläppchen. »Ich dachte, du hättest ein wenig mehr Selbstkontrolle. Aber vermutlich hast du dein Bestes getan.« Benommen bekam sie mit, dass er an ihrem Spitzenhöschen zog und dann mit seinem Körper über ihren glitt. Er packte ihre Beine und zog sie weit auseinander. Seine Bartstoppeln streiften die Innenseiten ihrer Schenkel. Und dann legte er seinen Mund auf sie.

Eine zweite alles aufbrechende Explosion erschütterte sie, doch auch da drang er noch nicht in sie ein. Stattdessen quälte, linderte, quälte er sie weiter. Nachdem sie ihren dritten Orgasmus gehabt hatte, war sie Wachs in seinen Händen.

Endlich war er nackt, und als er in sie eindrang, tat er dies langsam, ließ ihr Zeit, ihn in sich aufzunehmen, fand den perfekten Winkel, ohne unbeholfene Bewegungen, kein linkisches Tasten, kein versehentlicher Kratzer oder Ellenbogenrempler. Seine erst regelmäßigen sanften Stöße, auf die härtere folgten, waren perfekt getimt und dazu bestimmt, ihr höchste Lust zu verschaffen. Etwas Derartiges hatte sie noch nie erfahren. Als ginge es einzig und allein um ihre Lust. Selbst als er kam, stützte er sein Gewicht ab, sodass sie es nicht ganz zu tragen brauchte.

Sie schlief. Sie wurden wach, liebten sich wieder und wieder. Irgendwann während der Nacht zog er die Decke über sie, hauchte einen Kuss auf ihre Lippen und ging.

Sie schlief nicht sofort wieder ein. Stattdessen gingen ihr Lucys Worte nicht aus dem Kopf. Jede Frau sollte mit Ted Beaudine Sex haben.

Dem konnte Meg nichts entgegenhalten. Noch niemals war sie so gründlich und so selbstlos geliebt worden. Fast, als hätte er alle jemals verfassten Sex-Anleitungen auswendig gelernt – wozu er ihrer Meinung absolut fähig wäre. Kein Wunder, dass er eine Legende war. Er wusste genau, wie man eine Frau zu ihrem maximalen Lustempfinden anstachelte.

Warum also war sie so enttäuscht?

Kapitel 12

Wegen des Feiertags blieb der Club am nächsten Tag geschlossen. So widmete Meg sich ihrer Wäsche und brach dann zum Friedhof auf, um mit ein paar rostigen Gartengeräten, die sie in den Ruinen des alten Schuppens gefunden hatte, den Kampf gegen das Unkraut aufzunehmen. Während sie einige der ältesten Grabsteine freilegte, versuchte sie Ted aus dem Kopf zu bekommen, und als ihr Mobiltelefon läutete, nahm sie seinen Anruf nicht einmal entgegen, konnte dann aber doch nicht widerstehen, seine Nachricht abzuhören. Eine Einladung zum Abendessen für Freitag im Roustabout. Da Sunny und Spence zweifellos Teil ihrer Essensgesellschaft waren, rief sie nicht zurück.

Doch sie hätte wissen müssen, dass er sich nicht so leicht entmutigen ließ. Gegen drei Uhr kam er in seinem puderblauen Kleinlaster vorgefahren. Sie musste daran denken, mit welcher Begeisterung die Frauen dieser Stadt sich für ihn in Schale warfen, und war froh, ihn mit Schmutzstreifen an den Armen, nackten Beinen und dem eng sitzenden Longhorns-T-Shirt zu begrüßen, das sie aus dem Abfallkorb der Damenumkleide gerettet und dann abgeändert hatte, indem sie die Ärmel und das Halsbündchen abschnitt. Alles in allem sah sie genau so aus, wie sie das wollte.

Als er aus der Kabine stieg, stimmten ein paar Indigofinken, die im Eschenahorn hockten, ein fröhliches Lied an. Ungläubig schüttelte sie den Kopf. Er trug eine Baseballkappe und wieder ein Paar ausgewaschene Shorts aus seinem offenbar endlosen Vorrat – diesmal braune Chinos –, zusammen mit einem ebenfalls ausgewaschenen grünen T-Shirt mit verblichenem Hawaiidruck. Wie schaffte er es nur, dass jedes Stück, das ihm am Morgen zufällig in die Hände fiel, aussah wie ein Designerteil?

Sie erinnerte sich an letzte Nacht, an das peinliche Stöhnen und die demütigenden Forderungen. Um nicht davon überwältigt zu werden, holte sie sofort zum Gegenschlag aus: »Wenn du nicht vorhast, diese Klamotten auszuziehen, bist du für mich gestorben.«

»Ihr kalifornischen Frauen seid wirklich verdammt aggressiv.« Er deutete auf den Friedhof. »Ich schicke hier einmal im Monat einen Pflegetrupp heraus. Du brauchst das nicht zu tun.«

»Ich bin gern im Freien.«

»Für eine verzogene Hollywood-Göre beschäftigst du dich auf sehr ungewöhnliche Weise.«

»Besser, als deine Schläger durch die Gegend zu schleppen.« Sie nahm ihre Baseballkappe ab und wischte sich ihre schweißnasse Stirn mit dem Rücken ihres dreckigen Arms ab. Ihre widerspenstigen Locken fielen ihr in die Augen und klebten an ihrem Nacken. Sie müsste zum Friseur, wollte aber kein Geld ausgeben. »Ich werde am Freitag nicht ins Roustabout mitkommen. Zu viele Skipjacks.« Sie setzte ihre Kappe wieder auf. »Außerdem halte ich es für besser, so wenig Zeit wie möglich gemeinsam in der Öffentlichkeit zu verbringen.«

»Ich habe nie gesagt, dass sie dort sein werden.«

»Du hast aber auch nicht gesagt, dass sie nicht da sind, und ich habe von beiden mehr als genug.« Ihr war heiß, sie war griesgrämig und entschlossen, unausstehlich zu sein. »Mal ganz ehrlich, Ted. Diese ganze Sache mit dem Golfresort … Möchtest du wirklich zulassen, dass die Skipjacks noch einen weiteren Naturraum zerstören, bloß damit noch mehr Idioten einen blöden weißen Ball abschlagen können? Du hast doch schon den Country Club. Reicht das nicht? Ich kenne die Vorteile für die hiesige Wirtschaft, aber findest du nicht, dass jemand, vielleicht der Bürgermeister, auch mal über die langfristigen Auswirkungen nachdenken sollte?«

»Also, langsam gehst du mir wirklich auf den Sack.«

»Wäre dir an den Sack lieber?«

Nun hatte sie ihn ernsthaft verärgert, denn er stolzierte zurück zum Truck. Aber anstatt wütend davonzufahren, riss er die Beifahrertür auf. »Steig ein.«

»Für einen Ausflug bin ich nicht passend angezogen.«

»Die einzige Person, die du sehen wirst, bin ich, was auch gut so ist, denn du siehst grauenhaft aus und stinkst vermutlich auch noch.«

Sie war froh, dass es ihm aufgefallen war. »Hat dein Truck eine Klimaanlage?«

»Das musst du selbst rausfinden.«

Einen geheimnisvollen Ausflug wollte sie auf keinen Fall verpassen, denn hier herumhängen und Unkraut jäten konnte sie noch immer. Aber sie ließ sich Zeit auf ihrem Weg zum Truck. Beim Einsteigen fiel ihr auf, dass das Armaturenbrett fehlte, dafür aber ein paar komisch aussehende Kontrolllampen und ein paar Schaltplatten dort eingebaut waren, wo früher das Handschuhfach war.

»Fass bloß nicht an diese Drähte«, sagte er, als er hinters Steuer rutschte, »es sei denn, dir ist nach einem Stromschlag zumute.«

Natürlich fasste sie sie an, woraufhin er sauer wurde. »Vielleicht habe ich ja die Wahrheit gesagt«, sagte er. »Das konntest du nicht wissen.«

»Ich lebe gern gefährlich. Das ist das kalifornische Lebensgefühl. Außerdem ist mir aufgefallen, dass ›Wahrheit‹ hier ein sehr dehnbarer Begriff ist.« Als er die Tür zuschlug, zeigte sie mit einem schmutzigen Fingernagel auf eine Reihe von Skalen neben dem Lenkrad. »Wozu sind die gut?«

»Sie kontrollieren die mit Solarenergie betriebene Klimaanlage, die noch nicht so funktioniert, wie ich das möchte.«

»Toll«, brummte sie. »Wirklich toll.« Als er von der Kirche losfuhr, inspizierte sie einen kleinen Bildschirm, der zwischen den beiden Sitzen angebracht war. »Und was ist das?«

»Der Prototyp eines neuartigen Navigationssystems. Auch das funktioniert noch nicht richtig, also lass bitte davon ebenso die Finger.«

»Gibt es in diesem Truck auch irgendwas, das funktioniert?«

»Mit meiner neuesten Wasserstoffbrennstoffzelle bin ich recht zufrieden.«

»Solarenergie-Klimaanlage, Navigationssystem, Wasserstoffbrennstoffzellen ... Du hast dir das Blaue Band für Fachtrottel wirklich verdient.«

»Du bist doch nur neidisch auf produktive Menschen.«

»Nur weil ich sterblich bin und deshalb Gegenstand rein menschlicher Gefühle. Egal. Du würdest ja doch nicht verstehen, was das bedeutet.«

Er lächelte und bog auf den Highway ein.

Er hatte recht. Die solare Klimaanlage funktionierte nicht sehr gut, aber doch so ausreichend, dass es in der Lasterkabine kühler war als in der Gluthitze draußen. Ein paar Kilometer fuhren sie schweigend einen Fluss entlang. Auf einen Weingarten folgte ein Lavendelfeld.

Sie versuchte, nicht daran zu denken, wie sie sich von ihm in ein schwärmerisches Bündel stöhnenden Verlangens hatte verwandeln lassen.

Er bog scharf links in eine schmale Straße ein, deren Asphalt bereits bröckelte. Sie holperten an Gestrüpp vorbei, das aus dem Felsgestein wuchs, und umrundeten eine Kalksteinklippe, ehe sich die Landschaft zu einem weitläufigen baumlosen Tafelberg öffnete, der, völlig unnatürlich, zehn Etagen höher lag als das umliegende Gebiet. Er schaltete den Motor ab und stieg aus dem Truck. Sie folgte ihm. »Was ist das? Sieht komisch aus.«

Er hakte seine Daumen in seinen Gesäßtaschen ein. »Du hättest es vor fünf Jahren sehen sollen, ehe es verschlossen wurde.«

»Was meinst du mit ›verschlossen‹?«

Er deutete mit dem Kopf auf ein rostiges Schild, das sie übersehen hatte. Es hing schief zwischen zwei verwitterten Metallpfosten nicht weit weg von ein paar entsorgten Reifen. INDIAN GRASS SOLID WASTE LANDFILL. Sie ließ ihren Blick über das Unkraut und das Gestrüpp schweifen. »Das war die Müllhalde der Stadt?«

»Auch bekannt als das unberührte Naturareal, um dessen Erschließung du dir solche Sorgen machst. Und es ist keine Müllhalde. Es ist eine Deponie.«

»Ist doch dasselbe.«

»Überhaupt nicht.« Er setzte zu einem kurzen, aber beeindruckenden Vortrag über verdichtete Lehmschichten, geotextile Matten, Sickerwassersammelbecken und all die anderen Merkmale an, welche altmodische Müllhalden von modernen Mülldeponien unterschieden. Eigentlich kein interessanter Stoff, und vermutlich hätten das auch die meisten Menschen so empfunden, aber genau das hatte sie studiert, als sie in ihrem zweiten Collegejahr alles hingeworfen hatte. Vielleicht aber betrachtete sie ihn nur deshalb so interessiert, weil sie seinen Gesichtsausdruck und die Haarsträhnen studieren wollte, die unter seiner Baseballkappe hervorlugten.

Er deutete auf das offene Gelände. »Jahrzehntelang hatte der Bezirk dieses Stück Land von der Stadt gepachtet. Vor zwei Jahren hat die Deponie dann allerdings ihre Grenze erreicht gehabt und musste dauerhaft geschlossen werden. Auf diese Weise entgingen uns Steuereinnahmen, doch wir bekamen fast achthundert Hektar degradiertes Land und noch weitere vierhundert als Puffer. Degradiertes Land ist, für den

Fall, dass du es noch nicht selbst herausgefunden hast, Land, das für so gut wie gar nichts zu gebrauchen ist.«

»Außer für einen Golfplatz?«

»Oder ein Ski-Resort, was in Zentraltexas nicht allzu praktisch ist. Wenn ein Golfplatz gut angelegt ist, vermag er viele natürliche Vorteile als Wildreservat zu bieten. Außerdem unterstützt er die Ansiedlung heimischer Pflanzen und verbessert die Luftqualität. Er kann sogar einen Temperaturausgleich herbeiführen. Golfplätze beinhalten weitaus mehr als Idioten, die den Bällen hinterherjagen.«

Sie hätte es wissen müssen, dass ein so kluger Mann wie Ted das alles bereits in Erwägung gezogen hatte, und sie kam sich ein wenig dumm vor, weil sie so selbstgerecht geurteilt hatte.

Er deutete auf ein paar Rohre, die aus dem Boden kamen. »Deponien geben Methan ab, das kontrolliert werden muss. Aber Methan kann auch aufgefangen und zur Stromerzeugung genutzt werden, was wir auch vorhaben.«

Sie schielte unter dem Schild ihrer Baseballkappe zu ihm hoch. »Das klingt alles fast zu schön.«

»Das ist der Golfplatz der Zukunft. Wir können es uns nicht leisten, noch weitere Augusta Nationals zu bauen, so viel steht fest. Diese Plätze sind schädlich mit ihren übertrieben gepflegten Fairways, von denen man essen kann, und den manikürten Roughs, die nur Wasser schlucken.«

»Glaubt Spence da auch daran?«

»Sagen wir mal so, er hat sich, als ich anfing, ihm den Werbeeffekt zu verdeutlichen, den es hätte, einen wirklich umweltfreundlichen Golfplatz zu bauen – welche Bedeutung er selbst dadurch bekäme, und das nicht nur in der Welt des Golfspiels –, sehr interessiert gezeigt.«

Eine brillante Strategie, wie sie zugeben musste. Die Aussicht, als Umweltpionier angekündigt zu werden, gab Spences Ego bestimmt enormen Auftrieb. »Aber Spence hat das mir gegenüber mit keinem Wort erwähnt.«

»Er war viel zu beschäftigt, deine Brüste anzuglotzen. Die es übrigens auf jeden Fall wert sind, betrachtet zu werden.«

»Ja?« Sie lehnte sich an den Kotflügel des Trucks, schob die Hüften mit den tief sitzenden Shorts ein wenig vor und freute sich über diese Atempause, die es ihr erlaubte, über das nachzudenken, was sie gerade über Ted Beaudine erfahren hatte.

»Ja.« Er zeigte ihr dabei ein schiefes Lächeln, das fast echt wirkte.

»Ich bin total verschwitzt«, sagte sie.

»Ist mir egal.«

»Perfekt.« Sie wollte seine zur Schau gestellte Selbstsicherheit erschüttern, ihn so durcheinanderbringen, wie er sie durcheinandergebracht hatte, also setzte sie ihre Kappe ab, griff nach dem zerfransten Saum ihres zu engen T-Shirts und riss es sich über den Kopf. »Ich bin die Antwort auf deine Jagdhundträume, du großer Junge. Sex ohne die Gefühlsduselei, die du so hasst.«

Er starrte auf den marineblauen Halbschalen-BH, der feucht auf ihrer Haut klebte. »Welcher Mann hasst das nicht?«

»Aber du hasst es *wirklich*.« Sie ließ ihr Hemd auf den Boden fallen. »Du gehörst zu den Typen, die emotional gern unbeteiligt bleiben. Was keine Klage über die letzte Nacht sein soll. Ganz und gar nicht.« *Halt den Mund*, sagte sie sich. *Sei einfach still.*

Er zog die Augenbrauen hoch – ein klein wenig. »Und warum hört es sich dann danach an?«

»Tut es das? Tut mir leid. Du bist, wer du bist. Zieh deine Hose aus.«

»Nein.«

Sie hatte ihn mit ihrem frechen Mundwerk abgelenkt. Und mal ganz ehrlich, worüber konnte sie sich beklagen? »Ich habe noch nie einen Mann gekannt, der so sehr darauf bedacht ist, seine Kleider anzubehalten. Was ist los mit dir?«

Der Mann, der nie in der Defensive war, holte aus. »Hast du ein Problem mit der gestrigen Nacht, das ich nicht mitbekommen habe? Konnte ich dich nicht *befriedigen?*«

»Wie hätte ich nicht befriedigt sein können? Du solltest deine Kenntnis über den weiblichen Körper vermarkten. Ich schwöre dir, du hast mich mindestens dreimal zu den Sternen katapultiert.«

»Sechsmal.«

Er hatte mitgezählt. Das überraschte sie nicht. Sie war wirklich verrückt. Wieso sonst beleidigte sie den einzigen Liebhaber, den sie je gehabt hatte, dem ihre Lust mehr am Herzen lag als die eigene? Sie war ein Fall für den Therapeuten.

»Sechsmal?« Sie griff rasch hinter ihren Rücken und löste ihren BH. Indem sie die Hände an die Schalen legte, ließ sie die Träger von ihren Schultern rutschen. »Dann solltest du es heute lieber etwas ruhiger angehen lassen.«

Ihre Bemerkung ärgerte ihn nicht, sondern stachelte seine Lust noch mehr an. »Oder vielleicht sollte ich mir einfach noch ein bisschen mehr Zeit mit dir lassen.«

»Oh Gott, nein«, stöhnte sie.

Aber sie hatte sein legendäres Liebesspiel infrage gestellt, weshalb verbissene Entschlossenheit seine Züge beherrschte. Mit einem Schritt überwand er den Abstand zwischen ihnen. Und gleich darauf lag ihr BH am Boden und ihre Brüste in seinen Händen. Und an der Umzäunung der Deponie, wo sich in verdichteten Zellen der Müll von Jahrzehnten zersetzte, wo Methanmessgeräte ihre Fühler in die Luft streckten und toxisches Sickerwasser durch unterirdische Rohre tröpfelte, zog Ted Beaudine sämtliche Register.

Selbst die langsame Folter der vergangenen Nacht hatte sie nicht auf die genauestens kalkulierte Qual vorzubereiten vermocht, mit der er sie heute überraschte. Niemals hätte sie auch nur andeuten dürfen, nicht vollkommen befriedigt worden zu sein, denn jetzt war er entschlossen, sie zu zwingen, alles wieder zurückzunehmen. Er biss in den Drachen auf ihrem Po, während er sich bückte, um ihre Shorts und ihren Slip auszuziehen. Er beugte und drehte sie. Er streichelte, liebkoste und erforschte sie mit seinen geschickten Erfinderfingern. Wieder war sie seiner Gnade ausgeliefert. Sie würde Ketten und Handschellen brauchen, sollte sie je vorhaben, die Kontrolle über diesen Mann zu übernehmen.

Während heiß die unerbittliche Texassonne auf sie herabbrannte, legte er seine Kleider ab. Schweiß lief über seinen Rücken, und zwei tiefe Falten furchten seine Stirn, während er das Drängen seines eigenen Körpers ignorierte, um sich eine Eins plus zu verdienen, indem er ihren entflammte. Sie hätte ihm gern zugerufen, er solle sich fallen lassen und einfach nur genießen, aber sie war zu sehr damit beschäftigt, ihr eigenes Verlangen herauszuschreien.

Er riss die Tür der Lastwagenkabine auf, hob ihren willenlosen Körper auf den Sitz und spreizte ihre Beine. Er selbst blieb mit seinen Beinen fest auf dem Boden stehen und spielte mit ihr, quälte sie und drang mit zwei Fingern in sie ein. Natürlich war ihm ein Orgasmus noch nicht genug, und als sie explodierte, zog er sie aus der Kabine und drückte sie mit dem Gesicht gegen die Seite des Lasters. Das aufgeheizte Metall wirkte an ihren ohnehin gereizten Nippeln wie ein Sexspielzeug, während er von hinten an ihr spielte. Endlich drehte er sie um und fing noch mal von vorn an.

Als er in sie eindrang, hatte sie aufgehört, ihre Orgasmen zu zählen, doch sie war sich sicher, dass er die Zahl kannte. Er stemmte sie mit offensichtlicher Leichtigkeit gegen den Laster, stützte ihren Hintern mit seinen Handflächen ab, während sie mit ihren Beinen seine Taille umschlungen hielt. Sie derart abzustützen konnte nicht angenehm für ihn sein, aber er zeigte keinerlei Anspannung.

Sein Stöße waren tief und kontrolliert und in erster Linie auf ihr Wohlbefinden bedacht, selbst als er seinen Kopf in den

Nacken warf, sein Gesicht der Sonne zudrehte und schließlich auch kam.

Was konnte sich eine Frau noch mehr von ihrem Liebhaber wünschen? Während des ganzen Heimwegs stellte sie sich diese Frage. Er war spontan, großzügig und einfallsreich. Er hatte einen tollen Körper, und er roch fantastisch. Er war rundum perfekt. Bis auf dieses Gefühlsloch in ihm.

Er war bereit gewesen, Lucy zu heiraten und den Rest seines Lebens mit ihr zu verbringen, aber ihre Fahnenflucht schien sein Alltagsleben nicht im Geringsten erschüttert zu haben. Woran sie denken sollte, sofern sie jemals, wenn auch noch so vage, eine dauerhaftere gemeinsame Zukunft ins Auge fassen sollte. Die einzig tiefe Empfindung, die Ted kannte, war sein Verantwortungsgefühl.

Als er in die Straße einbog, die zur Kirche führte, fummelte er an einem der geheimnisvollen Regler des Lasters herum. Offenbar wartete er auf sein Zeugnis als Liebhaber, und was sollte sie ihm schon anderes geben als eine Eins plus? Ihre schwelende Enttäuschung war ihr Problem, nicht seins. Nur ein absolutes Miststück würde einen Kerl abservieren, der alles – fast alles – richtig gemacht hatte.

»Du bist ein großartiger Liebhaber, Ted. Wirklich.« Sie lächelte, und jedes Wort war ihr ernst.

Er sah sie mit versteinerter Miene an. »Warum erzählst du mir das?«

»Ich möchte nicht, dass du mich für undankbar hältst.«

Sie hätte ihren Mund halten sollen, denn seine Augen funkelten vor Zorn. »Auf deine verdammte Dankbarkeit kann ich gut verzichten.«

»Ich meinte ja nur … es war umwerfend.« Aber sie machte alles nur noch schlimmer, und an seinen weiß hervortretenden Fingerknöcheln konnte sie nicht nur sehen, wie verbissen er das abgegriffene Lenkrad umklammerte, sondern auch, dass all die Leute, die behaupteten, Ted Beaudine könne nichts aus der Ruhe bringen, nicht wussten, wovon sie redeten.

»Ich war dabei, schon vergessen?« Seine Worte gruben sich ein wie Metallsplitter.

»Genau«, sagte sie. »Wie konnte ich das vergessen?«

Er bremste scharf. »Was zum Teufel ist los mit dir?«

»Ich bin nur müde. Vergiss, was ich gesagt habe.«

»Das werde ich auch.« Er griff über sie hinweg und stieß die Beifahrertür auf.

Da ihr Versöhnungsversuch schmählich versagt hatte, zeigte sie nun wieder ihr wahres Gesicht. »Ich dusche mich jetzt, und du bist nicht dazu eingeladen. Und du brauchst mich auch nie wieder anzufassen.«

»Warum sollte ich das auch wollen?«, konterte er. »Es gibt Frauen, die machen einfach zu viele Probleme.«

Sie seufzte, weil sie von sich selbst mehr angewidert war als von ihm. »Ich weiß.«

Er zeigte mit ausgestrecktem Finger auf ihren Kopf. »Sieh zu, dass du am Freitagabend um sieben Uhr fertig bist, denn da hole ich dich ab. Und rechne nicht damit, mich vorher zu sehen, denn ich habe geschäftlich in Santa Fe zu tun. Anrufen werde ich auch nicht. Ich habe Wichtigeres zu tun, als mich mit einer verrückten Frau zu streiten.«

»Vergiss den Freitag. Ich habe dir doch gesagt, dass ich keine Lust habe, noch mehr Zeit mit den Skipjacks ... oder mit dir zu verbringen.« Sie sprang aus dem Truck, aber wegen ihrer noch immer wackeligen Beine fiel die Landung etwas plump aus.

»Du erzählst mir eine Menge Scheiß«, erwiderte er. »Ich muss in Zukunft wohl genauer hinhören.« Er schlug ihr die Tür vor der Nase zu, der Motor heulte auf, und er fuhr in einer Staubwolke davon.

Sie fand ihr Gleichgewicht wieder und wandte sich den Stufen zu. Natürlich wussten sie beide, dass sie lieber einen

Abend mit den Skipjacks verbrachte, als die Wände ihrer stillen Kirche anzustarren. Und trotz allem, was sie sich gerade an den Kopf geworfen hatten, wussten sie beide auch, dass diese Affäre noch lange nicht vorbei war.

An den folgenden beiden Tagen war im Club viel los. Seit Shelbys Party wussten alle, dass Spence in sie vernarrt war, und sie bekam bessere Trinkgelder, weil den Golfern ihr möglicher Einfluss auf den Installationskönig bewusst war. Selbst Bruce, Kaylas Vater, drückte ihr einen Dollar in die Hand. Sie bedankte sich für die Großzügigkeit und erinnerte die Spieler dann, doch ihre Flaschen und Dosen zu recyceln. Daraufhin versicherten sie ihr, dem gern nachzukommen, erinnerten sie aber auch, dass jeder ihrer Schritte beobachtet wurde.

Am Donnerstag trafen die Kisten aus Los Angeles ein, um die sie die Haushälterin ihrer Eltern gebeten hatte. Sie besaß keine erlesene Garderobe, denn dazu reiste sie viel zu viel, und verschenkte ihre Sachen auch gern, aber ihre Schuhe brauchte sie. Noch wichtiger war allerdings die große Plastiktonne, in der sie die Beute ihrer Reisen verwahrte – die Perlen, Amulette und Münzen, viele davon Antiquitäten, die sie auf der ganzen Welt gesammelt hatte.

Ted rief sie von Santa Fe aus nicht an, aber damit rechnete sie auch nicht. Doch sie vermisste ihn, und so machte ihr Herz einen verrückten kleinen Sprung, als Kenny und er am Freitagnachmittag mitten in ihrem Spiel an ihrem Cart haltmachten. Kenny berichtete ihr, Spence und Sunny seien gerade aus Indianapolis zurückgekehrt und würden an diesem Abend im Roustabout zum Essen erwartet. Sie sagte Ted, sie werde selbst fahren und er brauche sie nicht abzuholen. Das gefiel ihm nicht, aber er wollte vor Kenny keinen Streit mit ihr anfangen und schlenderte deshalb zum Ball-Wäscher, warf seinen makellosen Titleist Pro V1 hinein und bediente die Wasserpumpe mit viel mehr Kraft, als nötig war.

Die Morgensonne tauchte ihn bei seinem Abschlag in ihr goldenes Licht, aber wenigstens hielten die Vögel den Schnabel. Verlor er denn nie seine Kontrolle? Sie versuchte sich vorzustellen, wie es unter seiner glatten Oberfläche bröckelte. Gelegentlich glaubte sie sogar Verletzlichkeit aufblitzen zu sehen, wenn es ein wenig zu lange dauerte, bis sein Mund sich zu einem lässigen Lächeln formte oder ein müder Schatten über seine Augen zog. Aber diese Eindrücke verschwanden so rasch, wie sie auftauchten, und ließen seinen Glanz ungetrübt.

Meg traf als Letzte im Roustabout ein. Sie hatte den schwarzweißen Miu-Miu-Minirock aus dem Secondhandshop angezogen, dazu ein giftgrünes Tankshirt und ein Paar ihrer Lieblingsschuhe, kunstvoll bestickte rosafarbene Plateausandalen aus Leinwand. Aber auf ihrem Weg zum Tisch bekam ihr Vintage-Rock größere Aufmerksamkeit als ihre fabelhaften Schuhe.

Außer Ted und den Skipjacks hatten sich auch sämtliche Travelers mit ihren Ehefrauen um den großen Holztisch versammelt: Torie und Dexter, Emma und Kenny, Warren Traveler und Shelby. Sunny hatte sich den Platz rechts von Ted gesichert, wo sie seine ungeteilte Aufmerksamkeit besser einfordern konnte. Während Meg sich näherte, musterte er erst ihren Mini und warf ihr dann einen Blick zu, den sie als Befehl verstand, sich an seine andere Seite zu setzen. Sie hatte ihm mehr als deutlich gemacht, ihre Affäre geheim halten zu wollen, und deshalb quetschte sie einen Stuhl zwischen Torie und Shelby, sodass sie direkt gegenüber von Emma zu sitzen kam.

Als sie sah, wie unkompliziert und liebevoll Torie, Emma und Shelby miteinander umgingen, merkte sie, wie sehr sie ihre eigenen Freundinnen vermisste. Wo mochte Lucy jetzt wohl sein, und wie kam sie zurecht? Und was die anderen betraf … Sie hatte seit Wochen keine Anrufe von Georgie, April und Sasha angenommen, weil sie ihre Freundinnen, die ihren Platz im Leben gefunden hatten, nicht wissen lassen wollte, wie bedrohlich ihre Lage war. Doch da diese von ihr gewohnt waren, dass sie gern abtauchte, schienen sie sich über ihre fehlenden Rückrufe auch nicht zu wundern.

Familie Traveler verstand es, den Skipjacks auf schon fast unverschämte Weise Honig ums Maul zu schmieren. Shelby ließ sich Viceroys neue Produktlinie in allen Einzelheiten erklären, Torie badete Sunny in Komplimenten über ihr glänzendes dunkles Haar und die Wahl ihrer klassischen Garderobe, während Kenny die Stärken von Spences Putting-Spiel betonte. Die Atmosphäre war angenehm, fast entspannt, bis auf den Moment, da Meg den Fehler machte, Kennys Frau mit »Emma« anzusprechen.

An einem Tisch nach dem anderen wurde es still. »Was habe ich falsch gemacht?«, sagte sie, als alle sie anstarrten. »Sie sagte mir, ich solle sie Emma nennen.«

Emma griff nach ihrem Weinglas und leerte es.

»Das tut man einfach nicht«, erwiderte Shelby Traveler und presste missbilligend die Lippen zusammen.

Emmas Ehemann schüttelte den Kopf. »Niemals. Nicht einmal ich tue es. Jedenfalls nicht, solange sie ihre Kleider anhat.«

»Schlechte Manieren«, ergänzte Torie und schüttelte ihr langes dunkles Haar.

»Respektlos«, stimmte Warren, ihr Vater, ihr zu.

Ted ließ sich in seinem Stuhl nach hinten kippen und sah sie ernst an. »Ich dachte, dass du inzwischen gelernt hast, niemanden zu beleidigen, den du kaum kennst.«

Emma senkte langsam ihren Kopf und schlug mit ihrer Stirn dreimal auf die Tischplatte.

Kenny massierte seiner Frau den Rücken und lächelte. Ted schmunzelte.

Meg hätte schwören können, dass sowohl Sunny als auch Spence Kennys Ehefrau mit Emma ansprachen, aber sie wusste, es wäre sinnlos, das anzusprechen. »Ich bitte vielmals um Entschuldigung, *Lady* Emma«, sagte sie schleppend. »Hoffentlich bekomme ich vor der Enthauptung noch eine Henkersmahlzeit.«

»Kein Grund, sarkastisch zu werden«, warf Torie ein.

Emma sah Meg über den Tisch hinweg an. »Sie können nicht anders. Wirklich.«

Ihr Ehemann drückte seiner Frau einen zufriedenen Kuss auf die Lippen und nahm dann das Gespräch über Spences neue Callaway-Schläger wieder auf. Ted wollte einsteigen, aber Sunny forderte seine volle Aufmerksamkeit und wusste auch, wie sie diese bekam. »Wie sieht die Antriebseffizienz Ihrer neuen Brennstoffzellen aus?«

Meg wusste nicht einmal, was das war, doch Ted zeigte sich entgegenkommend wie immer. »Achtunddreißig, zweiundvierzig Prozent, je nach Ladung.«

Sunny, die völlig in seinen Bann geschlagen war, rückte näher.

Spence forderte Meg zum Tanzen auf, und noch ehe sie sich weigern konnte, packten ein paar Frauenhände sie an den Armen und drängten sie aufzustehen. »Sie hat schon gedacht, Sie würden nie fragen«, meinte Shelby zuckersüß.

»Ich wünschte mir, Dex wäre so leichtfüßig, wie Sie das sind, Spence«, gurrte Torie.

Die gegenübersitzende Emma sah so besorgt aus, wie man aussehen konnte, wenn man ein gelbes Oberteil mit Sonnenblumendruck trug, und Meg hätte schwören können, auch bei Ted ein leichtes Stirnrunzeln zu bemerken.

Zum Glück war das erste Stück flott, und Spence unternahm keinen Versuch, sie in ein Gespräch zu verwickeln. Viel zu früh begann allerdings Kenny Chesney sein *All I Need to Know* zu schmettern, und Spence zog sie an sich. Für den

Duft, den er heute trug, war er viel zu alt, und sie kam sich vor, als wäre sie in einen Laden von Abercrombie & Fitch geraten. »Sie machen mich mehr als nur ein bisschen verrückt, Miss Meg.«

»Ich möchte überhaupt niemanden verrückt machen«, sagte sie diplomatisch. *Außer Ted Beaudine.*

Aus dem Augenwinkel sah sie Birdie, Kayla und Zoey, die sich an einen Tisch neben der Bar setzten. Kayla sah sehr sexy aus in ihrem engen Top, das eine Schulter freiließ und ihre Brüste betonte, ohne dass sie wie eine Schlampe aussah, und dazu trug sie einen Mini mit Tropenmuster, der ihre wohlgeformten Beine betonte. Birdie und Zoey waren weniger auffällig gekleidet, und alle drei beobachteten Meg sehr genau.

Spence legte seine Hand auf ihre und zog sie an seine Brust. »Shelby und Torie haben mir von Ihnen und Ted erzählt.«

Ihre inneren Alarmglocken schrillten. »Was genau haben sie gesagt?«

»Dass Sie endlich den Mut gefunden und die Tatsache akzeptiert haben, dass Ted nicht der Richtige für Sie ist. Ich bin stolz auf Sie.«

Sie kam aus dem Takt, als sie insgeheim die beiden Frauen verfluchte.

Er drückte ihre Finger, eine Geste, die offenbar tröstend gemeint war. »Sunny und ich haben keine Geheimnisse voreinander. Sie hat mir erzählt, dass Sie sich ihm auf Shelbys Party an den Hals geworfen haben. Vermutlich ist Ihnen alles klar geworden, als er Sie zurückwies, und ich möchte Ihnen sagen, wie stolz ich auf Sie bin, dass Sie den Tatsachen ins Auge sehen. Sie werden sich bestimmt besser fühlen, nachdem Sie die Jagd auf ihn aufgegeben haben. Davon ist Shelby jedenfalls überzeugt, und Torie hat gesagt – na ja, egal, was Torie gesagt hat.«

»Oh nein. Erzählen Sie es mir. Es wird für meine ... persönliche Entwicklung sicherlich förderlich sein.«

»Nun …« Er strich an ihrem Rückgrat entlang. »Torie sagte, wenn eine Frau sich einen Mann in den Kopf setzt, der kein Interesse an ihr hat, dann tötet das ihre Seele.«

»Sehr philosophisch.«

»Es hat mich selbst überrascht. Sie wirkt ein wenig überdreht. Sie hat mir auch erzählt, Sie hätten vor, sich meinen Namen auf Ihrem Knöchel eintätowieren zu lassen, was ich ihr aber nicht abgenommen habe.« Er zögerte. »Es stimmt doch nicht, oder?«

Als sie den Kopf schüttelte, war ihm seine Enttäuschung anzusehen. »Einige Leute in dieser Stadt sind merkwürdig«, meinte er. »Ist Ihnen das auch aufgefallen?«

Sie waren nicht merkwürdig. Sie waren schlau wie Füchse und doppelt so klug. Sie lockerte ihre steifen Knie. »Jetzt, da Sie es sagen.«

Torie schleifte ihren Mann auf die Tanzfläche und kam mit ihm Spence und Meg so nah wie möglich, zweifellos in der Hoffnung, etwas aufzuschnappen. Meg warf ihr einen tödlichen Blick zu und entzog sich Spence. »Entschuldigen Sie mich. Ich muss auf die Toilette.«

Kaum war sie eingetreten, kamen Torie, Emma und Shelby angestürmt, um sie zur Rede zu stellen. Emma deutete auf die nächstgelegene Kabine. »Gehen Sie. Wir warten auf Sie.«

»Nicht nötig.« Meg fuhr zu Shelby und Torie herum. »Warum haben Sie Spence erzählt, ich sei nicht mehr in Ted verliebt?«

»Weil Sie das nie waren.« Shelbys farbenprächtige Emaillearmreifen klimperten an ihrem Handgelenk. »Davon gehe ich zumindest aus. Obwohl, Ted ist immerhin Ted …«

»Und da Sie eine Frau sind …« Torie verschränkte ihre Arme. »Doch es war offensichtlich, dass Sie es nur erfunden haben, um Spence auf Distanz zu halten, und wir hätten auch alle mitgezogen, wenn Sunny nicht aufgetaucht wäre.«

Die Tür schwang auf, und Birdie, gefolgt von Kayla und Zoey, trat ein.

Meg warf ihre Hände in die Luft. »Großartig. Kommt es jetzt zu einer Gruppenvergewaltigung?«

»Sie sollten in einer derart ernsten Angelegenheit keine Witze reißen«, sagte Zoey. Sie trug eine weiße abgeschnittene Hose, ein marineblaues T-Shirt mit der Aufschrift WYNETTE PUBLIC SCHOOL'S HONOR ROLL und Ohrringe, die aussahen, als wären sie aus Trinkhalmen gefertigt.

»So sind diese Hollywood-Leute eben«, warf Birdie ein. »Sie denken nicht so moralisch wie wir Übrigen.« Und dann zu Shelby: »Weiß sie denn nicht, dass sie Ted jetzt in Ruhe lassen soll, nachdem Sunny sich in ihn verknallt hat?«

»Dahin kommen wir noch«, erwiderte Shelby.

Nun übernahm Emma das Kommando. Es war schon bemerkenswert, wie viel Autorität eine relativ kleine Frau mit Püppchenwangen und einem karamellfarbenen Lockenköpfchen ausstrahlte. »Ich versichere Ihnen, dass wir Verständnis für Ihre Situation haben. Ich war selbst auch einmal eine Außenseiterin in Wynette und weiß deshalb –«

»Bist du noch immer«, warf Torie in nicht zu überhörendem Flüsterton ein.

Emma beachtete sie nicht. »– deshalb bin ich nicht ohne Mitgefühl. Ich weiß auch, was es heißt, die Aufmerksamkeit eines Mannes auf sich zu ziehen, für den man selbst nichts empfindet, obwohl der Duke of Beddington weitaus verabscheuungswürdiger war als Mr. Skipjack. Doch mein unerwünschter Verehrer hielt nicht das wirtschaftliche Schicksal dieser Stadt in seinen Händen. Und ich habe Ted auch nicht benutzt, um ihn zu entmutigen.«

»Irgendwie schon«, widersprach Torie. »Aber Ted war damals erst zweiundzwanzig, und Kenny hat dich durchschaut.«

Emmas breiter Mund verhärtete sich an den Mundwinkeln, was ihre plumpe Unterlippe betonte. »Ihre Anwesenheit hat eine ohnehin schon schwierige Situation noch mehr verkompliziert, Meg. Ihnen sind Spences Aufmerksamkeiten offenbar unangenehm, und das verstehen wir.«

»Ich nicht.« Kayla rückte die randlose Burberry-Sonnenbrille zurecht, die sie sich in ihr blondes Haar geschoben hatte. »Haben Sie eine Ahnung davon, wie reich dieser Mann ist? Und er hat tolle Haare.«

»Leider bezieht Ihre Abschreckungsmethode Ted mit ein«, fuhr Emma fort, »was wir hätten akzeptieren können, wenn Sunny nicht aufgetaucht wäre.«

Birdie zupfte am Saum ihres tomatenroten Seidentops, das sie zu einem Baumwollrock trug. »Jeder, der zwei Augen im Kopf hat, sieht doch, wie vernarrt Spence in seine Tochter ist. Sie kämen vielleicht noch damit durch, ihn abzulehnen, aber Sie werden nicht damit durchkommen, sich dem Mann an den Hals zu werfen, in den sich sein süßes Mädchen verliebt hat.«

Torie nickte. »Was Sunny will, das kriegt sie auch.«

»Aber Ted bekommt sie nicht«, sagte Meg.

»Doch Ted wird dafür sorgen, dass sie nicht dahinterkommt, bevor die Tinte auf dem Grundstücksvertrag getrocknet ist«, erwiderte Emma forsch.

Meg hatte genug gehört. »Mir kommt da ein beängstigender Gedanke. Wenn nun euer heiliggesprochener Bürgermeister sich entschließt, euch alle den Wölfen zum Fraß vorzuwerfen, und sich da allein durchkämpft?«

Zoey deutete oberlehrerhaft anklagend mit einem Finger auf sie, was eine bemerkenswert effektive Geste von einer Frau war, die gerade mal ein Jahr älter als Meg selbst war. »Für Sie ist das alles ein Riesenspaß, aber für die Kinder an meiner Schule, die in überfüllten Klassenzimmern sitzen, ist es das nicht. Und auch nicht für die Lehrer, die versuchen, mit den überholten Schulbüchern und ohne Hilfsmittel ihren Unterricht zu gestalten.«

»Für mich ist es gewiss auch kein Spaß.« Kayla begutachte-
te sich immer wieder im Spiegel. »Ich hasse es, einen Secondhandshop voller Altweiberkleider zu führen, aber bis jetzt
gibt es nicht mehr als eine Handvoll Frauen in dieser Stadt,
die es sich leisten können, die Art von Mode zu kaufen, die
ich eigentlich verkaufen möchte.« Dabei schweifte ihr Blick
über Megs Vintage-Rock.

»Und ich habe mir schon immer gewünscht, einen Tearoom
mit integrierter Buchhandlung neben dem Gasthof zu eröffnen«, meldete Birdie sich zu Wort.

Shelby schob sich ihren blonden Bob hinters Ohr, wodurch
kleine Goldkreolen sichtbar wurden. »Ich habe einen Mann,
der nachts kaum schläft vor lauter Gewissensbissen, weil seine Firma nicht genügend Jobs anbieten kann, um die Stadt
über Wasser zu halten.«

»Dex empfindet das genauso«, warf Torie ein. »Eine Stadt
dieser Größe kann nicht allein von einer Industrie leben.«

Meg wandte sich Emma zu. »Was ist mit Ihnen? Welche
Gründe bewegen Sie dazu, von mir zu erwarten, dass ich
mich für Spencer Skipjack prostituiere?«

»Wenn diese Stadt stirbt«, erwiderte Emma ruhig, »haben
Kenny und ich genügend Geld, um damit über die Runden zu
kommen. Die meisten unserer Freunde aber nicht.«

Torie tippte mit der Spitze ihrer mit Nieten besetzten Riem-
chensandale auf den Fußboden. »Sie sind ein Störfaktor, Meg,
wenn es um Spence, Sunny und Ted geht. Sie müssen Wynette verlassen. Und im Unterschied zu allen anderen hier
mag ich Sie zufälligerweise sehr, sodass es nicht persönlich
gemeint ist.«

»Ich kann nicht behaupten, Sie nicht zu mögen«, sagte
Emma.

»Ich schon«, meldete sich Birdie zu Wort.

»Ich habe auch nichts gegen Sie«, beschwichtigte Shelby.
»Sie haben ein sehr nettes Lachen.«

Kayla deutete auf das Schlüsselanhängerhalsband, das Meg vor ein paar Stunden aufgepeppt hatte. »Zoey und mir gefällt Ihr Schmuck.«

Birdie plusterte sich auf wie ein wütender Sittich. »Wie kommt ihr alle dazu, ihr was Nettes zu sagen? Habt ihr das mit Lucy vergessen? Meg ist schuld daran, dass Teds Herz gebrochen ist.«

»Er scheint sich erholt zu haben«, sagte Emma. »Und deshalb bin ich bereit, darüber hinwegzusehen.«

Shelby öffnete ihre Handtasche, eine Juicy Clutch in rosabraunem Paisleymuster, und zog ein zusammengefaltetes Stück Papier heraus, das Meg sehr schnell als Scheck identifizierte. »Wir wissen, dass Sie knapp bei Kasse sind, und haben deshalb was gesammelt, damit Sie woanders neu anfangen können.«

Zum ersten Mal, seit Meg sie kennengelernt hatte, schien Torie etwas peinlich zu sein. »Sehen Sie es als Darlehen an, falls Sie damit besser klarkommen.«

»Wir würden uns freuen, wenn Sie es annehmen«, ergänzte Emma freundlich. »Es wäre für uns alle das Beste.«

Ehe Meg ihnen sagen konnte, sie sollten alle zur Hölle fahren, schwang die Toilettentür erneut auf, und Sunny kam hereinspaziert. »Findet hier eine Party statt?«

Rasch ließ Shelby den Scheck in ihrer Tasche verschwinden. »Es war nicht so geplant, aber wir sind ins Plaudern gekommen.«

»Und wollen jetzt Ihre Meinung hören.« Torie wandte sich bewusst dem Spiegel zu und gab vor, nach Wimperntuschespuren zu suchen. »Charlize Theron oder Angelina Jolie? Für welche von beiden würden Sie lesbisch werden?«

»Ich sage Angelina Jolie.« Kayla holte ihren Lipgloss heraus. »Im Ernst. Frauen, die dies abstreiten, lügen entweder oder leiden unter massiver Selbstverleugnung. Diese Frau trieft vor Sex.«

»Deiner Meinung nach.« Zoey, die vorhin den moralischen Zeigefinger erhoben hatte, begann an ihrem Haar herumzuzupfen. »Ich nähme Kerry Washington. Eine starke schwarze Frau. Oder Anne Hathaway. Aber nur, weil sie aufs Vassar College ging.«

»Für Anne Hathaway würdest du nicht lesbisch werden«, protestierte Birdie. »Anne Hathaway ist eine großartige Schauspielerin, doch sie ist nicht dein sexueller Typ.«

»Da ich nicht lesbisch bin, spielt mein sexueller Typ keine Rolle.« Zoey schnappte sich Kaylas Lipgloss. »Ich meine damit ja nur, dass ich, wäre ich lesbisch, mir eine Partnerin mit Köpfchen und Talent wünschen würde, die nicht nur schön aussieht.«

Emma strich ihr Sonnenblumenshirt glatt. »Ich muss zugeben, dass ich Keira Knightley äußerst umwerfend finde.«

Kayla ließ sich ihren Lipgloss zurückgeben. »Du schlägst dich ja immer auf die Seite der Briten.«

»Wenigstens ist sie über Emma Thompson hinweg.« Torie zog ein Papierhandtuch aus dem Spender. »Was ist mit Ihnen, Meg?«

Meg war es mehr als leid, derart manipuliert zu werden. »Ich bevorzuge Männer. Ganz besonders knackige Texaner. Fällt euch dazu was ein?«

Sie konnte spüren, wie all die Verrückten Frauen von Wynette um sie herum sich darauf fieberhaft eine passende Antwort überlegten. Sie ging zur Tür und ließ sie allein weitergrübeln.

Als sie an den Tisch zurückgekehrt war, hatte sie drei Beschlüsse gefasst: Teds Probleme mit Sunny musste dieser allein lösen. Bei Spence wollte sie es mit einer Hinhaltetaktik versuchen. Und keiner würde sie aus dieser schrecklichen Stadt vertreiben, bis sie selbst dazu bereit war zu gehen.

Kapitel 13

Am nächsten Tag sah Meg Ted auf dem Golfplatz, aber er
spielte mit Spence und Sunny und machte einen großen Bogen
um ihren Getränke-Cart. Als sie an diesem Abend nach Hause kam, wartete ein Lieferwagen vor ihren Eingangsstufen auf
sie. Zehn Minuten später hatte sie ihn zusammen mit seiner
Möbelladung wieder weggeschickt.

Sie stapfte in die heiße, stickige Kirche. Ständig versuchten
ihr die Leute Dinge zu geben, die sie gar nicht haben wollte. Am gestrigen Abend hatte Shelby ihr den Scheck, der sie
zum Abhauen bewegen sollte, heimlich in die Handtasche gesteckt, sodass Meg ihn zerreißen musste. Und jetzt das. Gewiss, sie brauchte ein paar Möbel, und nachdem sie die trag-
baren Klimageräte gesehen hatte, wäre sie ihren Prinzipien
fast untreu geworden. Fast, aber doch nicht.

Sie riss die Kirchenfenster auf, stellte die Ventilatoren an
und schenkte sich aus dem Kühlschrank ein Glas Eistee ein.
Dies war nun das zweite Mal in dieser Woche, dass jemand
sie hatte bestechen wollen, damit sie die Stadt verließ. Länger
darüber nachdenken durfte sie nicht, sonst würde sie depres-
siv. Doch sie wollte wütend sein. Nach einem kurzen Sprung
unter die Dusche zog sie Shorts, ein Tankshirt und ein Paar
Flipflops an und machte sich auf den Weg.

Steinsäulen markierten den Eingang zum Anwesen der
Beaudines. Der Weg schlängelte sich durch Wäldchen aus
Laubbäumen, querte dann eine alte Steinbrücke, ehe die Straße sich in mehrere Seitenwege aufteilte. Das Hauptgebäude
war nicht zu übersehen – es war niedrig und weitläufig im

texanischen Hazienda-Stil erbaut aus Kalkstein und Stuck, hatte Bogenfenster und Türen in dunklen Holzrahmen. Hinter einer niedrigen Mauer entdeckte sie einen großzügigen Pool, ein Badehaus, Hof und Garten und zwei kleinere Gebäude im gleichen Hazienda-Stil, vermutlich die Gästehäuschen. Das war weniger ein Anwesen, sondern eigentlich eine Siedlung, und wohin sie auch sah, überall taten sich atemberaubende Ausblicke auf.

Da die Straße sich als Ringstraße erwies, wählte sie eine andere Abzweigung, kam aber nur bis zu einem Putting Green und Wirtschaftsgebäuden. Sie versuchte es erneut und stieß auf eine kleine Ranch, gemauert aus Steinen und Ziegeln, hinter deren offener Garagentür sie Skeet Coopers Pick-up stehen sah. Was gab es Besseres, als seinen Caddie in unmittelbarer Nähe zu haben?

Die letzte Straße führte hügelauf zu einer felsigen Anhöhe. Und da stand es, ein modernes Gebäude aus verputzten Rechtecken, bekrönt von einem Schmetterlingsdach. Nach Süden zeigten ausladende Glasflächen mit spitzen Überhängen, gedacht, um nach innen Schatten zu spenden. Auch ohne die kleinen schlanken Windturbinen, die auf dem Dach montiert waren, hätte sie es als sein Haus erkannt. Seine Schönheit, Innovation und Funktionalität sprachen Bände über seinen Besitzer.

Die Eingangstür öffnete sich, bevor sie klingeln konnte, und er stand in einem schwarzen T-Shirt und grauen Sportshorts barfuß vor ihr. »Hast du deine Besichtigungstour genossen?«

Entweder hatte ihm jemand einen Tipp gegeben, oder das Gelände wurde überall von Kameras überwacht. Weil sie seine Begeisterung für Spielzeug kannte, vermutete sie Letzteres. »Der mächtige Herrscher des Königreichs von Beaudine ist tatsächlich allwissend.«

»Ich tue mein Bestes.« Er trat beiseite und ließ sie eintreten.

Das Haus war innen offen und luftig und mit seinen blassen Grau- und Weißschattierungen ein kühler, beruhigender Rückzugsort vor der quälenden Sommerhitze und den gleichermaßen quälenden Anforderungen, Ted Beaudine zu sein. Alles war spärlich möbliert, jedes Stück unter den Gesichtspunkten Bequemlichkeit und ruhiger, unaufdringlicher Schönheit sorgfältig ausgesucht. Besonders ins Auge fiel ein von Glas umschlossener rechteckiger Raum, der über dem hohen Wohnbereich hing.

Das Haus war fast spartanisch wie eine Mönchszelle. Keine Skulpturen in den Ecken, keine Gemälde an den Wänden. Keine Kunstwerke verstellten den Blick auf die Flussklippen, Granithügel und die Täler in der Ferne.

Sie war in großen Häusern aufgewachsen – dem weitläufigen Farmhaus ihrer Familie in Connecticut, ihrem Zuhause in Bel Air, dem Wochenendhaus an der Morro Bay –, aber das hier war etwas ganz Besonderes. »Hübsche Bude«, sagte sie.

Als er über den Bambusfußboden lief, ging automatisch ein Flurlicht aus, das sich bei ihrem Eintreten eingeschaltet hatte. »Solltest du vorbeigekommen sein, weil dir der Sinn nach Sex steht – ich bin deiner überdrüssig«, meinte er.

»Oh, das würde das große Bett erklären, das in dem Lieferwagen war, und auch diese bequemen mannsgroßen Sessel.«

»Und die Couch. Vergiss nicht die Couch. Ich wollte deine Gefühle nicht verletzen, aber es ist nicht allzu wohnlich bei dir. Doch dem Anruf nach zu schließen, den ich bekommen habe, möchtest du es auch weiterhin so beibehalten. Warum hast du den Lastwagen weggeschickt?«

»Hast du wirklich gedacht, ich würde Geschenke von dir annehmen?«

»Die Möbel waren für mich, nicht für dich. Verdammt soll ich sein, wenn ich noch eine Nacht auf diesem Futon zubringe.«

»Dann ist es ja gut, dass du meiner überdrüssig bist.«

»Ich könnte meine Meinung aber auch ändern. Eigentlich –«

»Es ist nicht deine Aufgabe, meine Behausung einzurichten«, wies sie ihn zurecht. »Das mache ich schon selbst, wenn ich dazu komme. Obwohl ich zugeben muss, dass ich bei diesen Klimageräten beinahe schwach geworden wäre. Doch leider habe ich auch meinen Stolz und bin zu stur, um ihn zu beugen.«

»Dein Schaden.«

»Du musst schon für genug Leute sorgen, Bürgermeister. Da musst du dich nicht auch noch um mich kümmern.«

Endlich hatte sie ihn aus der Ruhe gebracht. Er sah sie verblüfft an. »Das mache ich doch gar nicht.«

»Oh doch, das hast du.« Sie gab sich Mühe, sich von ihrer sanften Seite zu zeigen. »Ich bin hergekommen, um dir den Kopf abzureißen, aber dieses Haus scheint eine derart beruhigende Wirkung zu haben, dass ich längst nicht mehr so empört bin wie zuvor. Hast du zufällig was zu essen da?«

Er drehte den Kopf. »Da hinten.«

Die umwerfende Edelstahlküche war nicht groß, aber praktisch eingerichtet. Sie verfügte über eine riesige Arbeitsfläche, die nahtlos in einen eleganten Esstisch überging, der mit seinen jeweils vier seitlich untergeschobenen Drahtgeflechtstühlen groß genug für eine Dinnereinladung war. »Ich mag keine Esszimmer«, bemerkte er. »Ich esse gern in der Küche.«

»Gute Idee.«

Sie vergaß, dass sie Hunger hatte, und schlenderte zur markantesten Stelle des Raums, einer weiteren riesigen Fensterwand mit Blick hinunter aufs Pedernales Valley, wo der Fluss wie ein blaugrünes Band über zerklüftete Kalksteinterrassen zog. Jenseits des Tals hoben sich die violetten Hügel vor dem orangefarben lodernden Sonnenuntergang ab. »Unglaublich«, sagte sie. »Dieses Haus wurde von dir entworfen, nicht wahr?«

»Es ist das Experiment eines energieneutralen Hauses.«

»Und was bedeutet das genau?«

»Das Haus produziert mehr Energie, als es verbraucht. Im Moment etwa vierzig Prozent. Auf dem Dach befinden sich Fotovoltaik- und Solarpaneele, dazu kommt das Regenwassersammelbecken. Es gibt ein System für Grauwasser, Erdwärmeheizung und Wasserkühlmaschinen, Vorrichtungen, wodurch Schalter unterbrochen werden, damit sie im Off-Modus keinen Strom ziehen. Im Grunde genommen bin ich unabhängig vom Verteilernetz.«

Ted hatte sein Vermögen damit verdient, den Städten bei der Optimierung ihres Energieverbrauchs zu helfen, und so war dieses Haus nur die natürliche Weiterentwicklung seiner Arbeit, aber dennoch bemerkenswert.

»Wir verbrauchen in diesem Land einfach viel zu viel Energie.«

Er öffnete die Kühlschranktür. »Ich habe noch etwas Roastbeef übrig. Ansonsten ist genügend in der Tiefkühle.«

Sie konnte die Verwunderung aus ihrer Stimme nicht heraushalten. »Gibt es eigentlich irgendwas, was du nicht kannst?«

Er schlug die Tür zu und fuhr herum. »Offenbar wird mein Liebesspiel deinen Erwartungen nicht gerecht, wie auch immer diese aussehen mögen.«

Wieder einmal hatte sie sich ungewollt in die Todeszone begeben. »Ich wollte deine Gefühle nicht verletzen.«

»Genau. Zeig mir den Kerl, der sich großartig fühlt, nachdem du ihm gesagt hast, er sei eine Niete im Bett.«

»Du bist keine Niete im Bett. Du bist perfekt. Das weiß selbst ich.«

»Wieso meckerst du dann?«

»Was kümmert's dich?«, erwiderte sie. »Hast du schon mal

daran gedacht, dass es womöglich mein Problem ist und nicht deins?«

»Damit hast du verdammt recht, es ist dein Problem. Und ich bin nicht perfekt. Ich wünschte, du würdest aufhören, das zu sagen.«

»Stimmt. Du hast nämlich ein überentwickeltes Verantwortungsgefühl und bist so gut darin geworden, deine eigentlichen Emotionen zu verbergen, dass ich bezweifele, du weißt überhaupt noch, was du empfindest. Typisches Beispiel: Deine Verlobte lässt dich am Altar stehen, aber du scheinst es kaum wahrgenommen zu haben.«

»Lass mich das mal auf den Punkt bringen.« Er zeigte mit dem Finger auf sie. »Eine Frau, die nie einen Job gehabt hat, kein Ziel kennt und deren eigene Familie sie offenbar aufgegeben hat –«

»Sie haben mich nicht aufgegeben. Sie machen nur – ich weiß auch nicht – eine kurze Pause von mir.« Sie warf ihre Hände hoch. »Du hast ja recht. Ich bin neidisch, weil du alles bist und ich gar nichts.«

Das nahm ihm ein wenig den Wind aus den Segeln. »Du bist nicht neidisch, und das weißt du.«

»Ein bisschen neidisch schon. Du zeigst keinem, was du empfindest. Ich zeige jedem alles.«

»Viel zu viel.«

Sie konnte sich nicht zurückhalten. »Ich denke einfach, du könntest viel mehr sein.«

Er sah sie fassungslos an. »Du bedienst einen Getränkewagen!«

»Ich weiß. Und das Traurige daran ist, ich finde es gar nicht mal so schlimm.« Er schnaubte verächtlich und griff erneut nach der Kühlschranktür. Sie hielt die Luft an. Dann stürzte sie sich auf ihn, griff nach seinen Händen und starrte seine Handinnenflächen an. »Oh mein Gott. *Stigmata.*«

Er entriss sie ihr. »Ein Unfall mit dem Marker.«

Sie griff sich ans Herz. »Gib mir eine Sekunde, bis ich mich wieder gefangen habe, und zeig mir dann den Rest des Hauses.«

Er rieb an den roten Flecken in seiner Hand und meinte missmutig: »Eigentlich sollte ich dich rauswerfen.«

»Das bringst du nicht über dich.«

Er stolzierte aus der Küche, und sie dachte schon, er würde es wirklich tun, aber als er im Wohnbereich stand, ging er nicht weiter zur Eingangstür, sondern bog ab zu einer schwebenden Treppe, die hinauf in den hängenden Raum mit den Glaswänden führte. Sie folgte ihm nach oben und betrat seine Bibliothek.

Es war ein Gefühl, als würde man sich in einem gut ausgestatteten Baumhaus bewegen. Bücherwände umgaben einen komfortablen Sitzbereich. Ein offener Bogendurchgang an der hinteren Wand führte auf einen rundum gläsernen Verbindungsflur, der von diesem Teil des Hauses in einen separaten Raum führte, der zum Hang hin gebaut war. »Ist das ein Luftschutzbunker?«, fragte sie. »Oder eine Sicherheitszone, die es dir erlaubt, dich vor den Damen zu verstecken?«

»Das ist mein Büro.«

»Cool.« Sie wartete nicht auf seine Erlaubnis, sondern lief über den Verbindungsgang. Als sie über zwei Stufen in einen Raum mit hohen Fenstern, einem riesigen Computerarbeitsplatz aus gehärtetem Glas und schwarzem Stahl, mehreren ergonomischen Stühlen und ein paar eleganten Einbauschränken kam, ging automatisch die Deckenbeleuchtung an. Auch das Büro war spartanisch eingerichtet. Alles, was es über seinen Besitzer verriet, war dessen Effizienz.

»Keine Nacktkalender oder Ich-liebe-Wynette-Kaffeebecher?«

»Ich komme hierher, um zu arbeiten.«

Sie machte kehrt und ging zurück in die hängende Bibliothek. »*Die Chroniken von Narnia*«, sagte sie, als sie das

Regal mit den abgegriffenen Kinderbuchklassikern betrachtete. »Diese Reihe habe ich geliebt. Und *Tales of Fourth Grade Nothing*. Das habe ich bestimmt ein Dutzend Mal gelesen.«

»Peter und Fudge«, meinte er, als er hinter ihr den Raum betrat.

»Unglaublich, dass du die aufgehoben hast.«

»Von alten Freunden trennt man sich nicht so leicht.«

Von Freunden allgemein nicht. Die ganze Welt gehörte zu Teds engstem Kreis. Doch wie nah stand sie diesem?

Sie betrachtete seine Sammlung und entdeckte Belletristik, Biografien, Sachbücher zu einer Bandbreite von Themen, bei der es einem schwindelig wurde, sowie Fachbücher über Umweltverschmutzung und globale Erwärmung, über die Biologie der Pflanzen, Pestizideinsatz und öffentliches Gesundheitswesen, Bücher über Bodenschutz und gesundes Wasser, über die Schaffung von natürlichen Lebensräumen und die Erhaltung von Feuchtgebieten.

Sie kam sich lächerlich vor. »Mein ganzes Gejammere darüber, wie Golfplätze die Welt zerstören. Du warst von Anfang an diesbezüglich auf dem neuesten Stand.« Sie zog einen Band mit dem Titel *Eine neue Ökologie* aus dem Regal. »An dieses Buch erinnere ich mich, weil es im College auf meiner Lektüreliste stand. Darf ich es mir ausleihen?«

»Nur zu.« Er setzte sich auf eine niedrige Couch und schlug ein Bein übers andere. »Lucy erzählte mir, du hättest in deinem zweiten Studienjahr abgebrochen, aber den Grund hat sie mir nicht genannt.«

»War zu schwer.«

»Komm mir nicht so.«

Sie strich mit der Hand über den Buchrücken. »Ich war rastlos. Dumm. Konnte es nicht erwarten, dass mein Leben anfängt, und deshalb schien mir das College Zeitverschwendung zu sein.« Die Bitterkeit, die ihre Worte begleitete, gefiel ihr nicht. »Wenn du so willst, die verzogene Hollywood-Göre, wie du es nennst.«

»Das trifft es nicht genau.«

Es gefiel ihr nicht, wie er sie ansah. »Das war ich mit Sicherheit. Bin ich noch immer.«

»Hey. Ich war auch ein Kind reicher Eltern, oder?«

»Genau. Du und Lucy. Die gleichen megaerfolgreichen Eltern, die gleichen Privilegien, aber überleg mal, was aus euch beiden geworden ist.«

»Doch nur, weil wir beide schon ganz früh erkannt haben, was uns wirklich lag«, sagte er gelassen.

»Ja gut, das habe ich auch. Durch die Welt ziehen und es mir gut gehen lassen.«

Er spielte mit einem Stift, den er vom Fußboden aufgehoben hatte. »Das tun viele junge Leute, während sie auf der Suche sind. Für Leute wie uns, die wir bei überaus erfolgsorientierten Eltern aufgewachsen sind, gibt es keine Straßenkarte. Jedes Kind wünscht sich, dass seine Familie stolz sein kann, aber wenn die eigenen Eltern in dem, was sie tun, die Besten sind, dann ist es nicht ganz leicht, da mitzuhalten.«

»Du und Lucy, ihr habt es getan. Meine Brüder ebenso. Sogar Clay. Er verdient im Moment nicht viel Geld, doch er ist unglaublich talentiert, und er wird es schaffen.«

Er klickte mit dem Kugelschreiber. »Ich finde, man kann es schon eine Erfolgsstory nennen, wenn jemand, dem die Treuhänderfonds schon in die Wiege gelegt wurden, nicht bloß ziellos von Club zu Club zieht und dazwischen immer mal wieder eine Entziehungskur macht, was dir bis jetzt offenbar erspart geblieben ist.«

»Stimmt, aber …« Sie unterbrach sich und sprach dann im Flüsterton weiter. »Ich möchte auch das finden, was mir wirklich liegt.«

»Vielleicht hast du an der falschen Stelle danach gesucht«, erwiderte er leise.

»Du vergisst, dass ich praktisch überall war.«

»Um die Welt zu reisen macht natürlich viel mehr Spaß, als in dein Inneres zu reisen, vermute ich.« Er legte den Stift beiseite und erhob sich von der Couch. »Was macht dich glücklich, Meg? Das ist die Frage, die du dir beantworten musst.«

Du machst mich glücklich. Dich anzusehen. Dir zuzuhören. Zu beobachten, wie du nachdenkst. Dich zu küssen. Dich zu berühren. Mich von dir berühren zu lassen.

»Draußen zu sein«, erwiderte sie. »Verrückte Klamotten zu tragen. Alte Perlen und Münzen zu sammeln. Mich mit meinen Brüdern zu fetzen. Den Vögeln zu lauschen. Frische Luft einzuatmen. Nützliche Dinge wie diese.«

Ted machte sich nicht lustig über sie, aber das hatte sie sowieso nicht anders erwartet. »Also gut. Und da liegt auch deine Antwort.«

Das Gespräch nahm eine viel zu ernste Wendung. Sie wollte ihn analysieren, nicht andersherum. Sie ließ sich auf die Couch fallen, die er gerade frei gemacht hatte. »Welche Fortschritte gibt es bei dem fabelhaften Gewinnspiel zu vermelden?«

Sein Ausdruck verfinsterte sich. »Ich weiß es nicht, und es interessiert mich auch nicht.«

»Letzter Stand der Dinge ist nach meiner Information, dass das Gebot für deine Dienste inzwischen über siebentausend liegt.«

»Weiß nicht. Ist mir egal.«

Sie hatte erfolgreich das Gespräch von ihren eigenen Defiziten abgelenkt und legte ihre Füße auf den Fußschemel. »Im Club lag die gestrige *USA Today* aus. Nicht zu fassen, wie viel nationale Aufmerksamkeit das inzwischen erweckt hat.«

Er griff nach ein paar Büchern auf einem schmalen Tisch und schob sie zurück ins Regal.

»Tolle Schlagzeile in ihrer Rubrik für Leute von heute.« Sie entwarf sie in der Luft. »›Verschmähter Jorik-Verlobter im Angebot für die Meistbietende.‹ Man hat dich als wahren Menschenfreund geschildert.«

»Willst du endlich damit aufhören?« Er knurrte regelrecht.

Sie lächelte. »Du und Sunny, ihr werdet eine tolle Zeit in San Francisco verbringen. Ich würde dir sehr empfehlen, mit ihr ins de Young Museum zu gehen.« Und bevor er sie anschreien konnte, fügte sie hinzu: »Darf ich jetzt den Rest deines Hauses sehen?«

Wieder ein Knurren. »Wirst du irgendwas anfassen?«

Sie war auch nur ein Mensch und ließ deshalb beim Aufstehen ihren Blick über seinen Körper wandern. »Mit Sicherheit.«

Diese beiden Worte vertrieben die sommerlichen Gewitterwolken aus seinen Augen. Er hielt den Kopf schräg. »Was hältst du davon, wenn ich dir als Erstes mein Schlafzimmer zeige?«

»Okay.«

Er ging auf die Tür zu, blieb dann aber abrupt stehen und drehte sich mit zornigem Blick zu ihr um. »Wirst du mich kritisieren?«

»Ich war nur gerade in Stimmung. Vergiss es.«

»Das habe ich auch vor«, erklärte er mit einer gesunden Dosis Boshaftigkeit.

In seinem Schlafzimmer gab es ein paar weiche Sessel zum Lesen, Lampen mit geschwungenen Metallschirmen und hohe Fenster, die Licht hereinließen, aber nicht die Aussicht boten, die man im Rest des Hauses hatte, wodurch der Raum eine sehr intime Note bekam. Eine eisgraue Decke lag auf dem Plattform-Bett – eine Decke, die sogar noch schneller auf dem polierten Bambusboden landete als ihre Kleider.

Von Anfang an wusste sie, dass er entschlossen war, die Fehler der Vergangenheit zu korrigieren, obwohl er keine Ahnung hatte, wie diese Fehler aussahen. Noch nie war sie so gründlich geküsst, so sorgfältig liebkost, so vorzüglich stimuliert worden. Er glaubte offenbar, dass es reichte, sich einfach noch mehr anzustrengen. Er ließ sich sogar auf ihre Versuche ein, die Kontrolle zu übernehmen. Aber er war ein Mann, der anderen diente, und sein Herz war nicht bei der Sache. Für ihn zählte nur ihre Erfüllung, und er stellte seine eigene Befriedigung hintan, um sie nach allen Regeln der Kunst zu verführen. Sorgfältig recherchiert. Perfekt ausgeführt. Alles nach dem Lehrbuch. Nach demselben Muster des Liebesspiels mit jeder anderen Frau in seinem Leben.

Aber stand es ihr zu, ihn zu kritisieren, wenn sie nicht selbst mehr zum Ganzen beitrug? Dieses Mal gelobte sie sich, ihre Meinung für sich zu behalten, und als sie endlich wieder bei Sinnen war, rollte sie sich auf einen Ellbogen und sah ihn an.

Sein Atem ging noch immer heftig, kein Wunder, nach allem, was er durchgemacht hatte. Sie streichelte seine schweißnasse und erfreulicherweise nicht enthaarte Brust und leckte sich die Lippen. »Oh mein Gott, ich habe Sterne gesehen!«

Seine Augenbrauen zogen sich zusammen. »Bist du noch immer nicht zufrieden?«

Seine Fähigkeiten als Gedankenleser nahmen überhand. Sie keuchte. »Du machst wohl Witze? Ich bin im Delirium. Die glücklichste Frau auf Erden.«

Er sah sie nur an.

Sie fiel in die Kissen zurück und stöhnte. »Wenn ich dich vermarkten könnte, würde ich ein Vermögen damit machen. Genau, das sollte ich mit meinem Leben tun. Das sollte mein Lebenszweck sein, dich –«

Er sprang aus dem Bett. »Himmel, Meg! Was zum Teufel willst du eigentlich?«

Ich möchte, dass du mich willst, nicht nur alles dransetzt, dass ich dich will. Doch wie konnte sie ihm das vermitteln, ohne wie irgendeins der anderen Beaudine-Groupies dazustehen? »Jetzt bist du aber paranoid. Und ich habe noch immer nichts zu essen bekommen.«

»Was du auch nicht bekommen wirst.«

»Aber sicher. Weil dich genau das ausmacht. Deine Fürsorge für die Leute.«

»Seit wann ist das was Schlechtes?«

»Ist es nicht.« Sie brachte ein halbherziges Lächeln zustande.

Er ging ins Badezimmer, und sie legte sich zurück auf die Kissen. Ted sorgte sich nicht nur um die anderen, sondern tat auch was dafür, um ihnen zu helfen. Er fühlte sich regelrecht dazu verpflichtet, sich um alles und jeden zu kümmern, der ihm wichtig war. Höchstwahrscheinlich war er der beste Mensch, dem sie je begegnet war. Und vielleicht auch der einsamste. Denn eine derart schwere Last zu tragen musste einen erschöpfen. Kein Wunder, dass er so viele seiner Gefühle verbarg.

Vielleicht war dies aber auch nur ein Erklärungsversuch ihrerseits für die emotionale Distanz, die er zu ihr wahrte. Der Gedanke, dass er sie genauso behandelte, wie er alle seine anderen Eroberungen behandelt hatte, gefiel ihr gar nicht, obwohl sie sich nicht vorstellen konnte, dass er zu Lucy so grob gewesen war wie zu ihr.

Sie warf das Laken zurück und stieg aus dem Bett. Ted gab allen das Gefühl, er würde eine ganz besondere Beziehung nur zu ihnen unterhalten. Das war sein größter Trick, den er in seiner Zauberkiste hatte.

Spence und Sunny verließen Wynette, ohne dass eine Entscheidung gefallen war. Die Bewohner waren hin- und hergerissen: Einerseits waren sie erleichtert, weil sie abreisten, andererseits waren sie besorgt, sie könnten nicht zurückkommen. Aber Meg war unbesorgt. Solange Sunny glaubte, bei Ted Chancen zu haben, würde sie zurückkommen.

Spence rief Meg täglich an. Er schickte ihr auch einen luxuriösen Papiertaschentuchhalter, eine Seifenschale und den edelsten Handtuchhalter, den Viceroy Industries im Programm hatten. »Ich werde mit dir am nächsten Wochenende nach Los Angeles fliegen«, sagte er. »Du kannst mich dort herumführen, mich deinen Eltern und ein paar Freunden vorstellen. Wir werden eine tolle Zeit miteinander haben.«

Sein Ego war einfach zu groß, um eine Zurückweisung begreifen zu können, und es wurde für sie von Tag zu Tag schwieriger, zu ihm Distanz zu wahren, ohne ihn zu verprellen. »Das klingt großartig, Spence, aber im Moment ist keiner von ihnen in der Stadt. Vielleicht nächsten Monat.«

Auch Ted war geschäftlich unterwegs, und Meg war es sehr unangenehm, wie sehr sie ihn vermisste. Sie zwang sich, ihre Gefühle unter Kontrolle zu halten und sich der Aufstockung ihres Bankkontos zu widmen, indem sie die Wartezeiten an ihrem Getränke-Cart zu ihrem Vorteil nutzte. Sie entdeckte im Internet einen Laden für Schmuckbedarf, der die Versandkosten übernahm. Mit den Werkzeugen und Materialien, die sie kaufte, arbeitete sie unter Verwendung der Artefakte ihrer Sammlung aus der Plastiktonne in den Pausen zwischen den einzelnen Kunden und stellte eine Halskette und ein Paar Ohrringe her.

Am Tag, nachdem sie die Stücke fertiggestellt hatte, trug sie diese, und dem ersten Vierer, der an diesem Morgen zu ihr kam, fielen sie sofort ins Auge. »Solche Ohrringe habe ich noch nie gesehen«, bemerkte die einzige Diätcola-Trinkerin der Gruppe.

»Danke. Sie sind gerade fertig geworden.« Meg nahm sie von ihren Ohren ab und hielt sie hoch. »Die Perlen sind aus tibetischer Sherpakoralle. Ziemlich alt. Mir gefallen die verblichenen Farben.«

»Was ist mit der Halskette?«, wollte eine andere Frau wissen. »Die ist sehr ungewöhnlich.«

»Es ist ein chinesisches Nadelkästchen«, erklärte Meg, »von den Chin aus Südostasien. Über hundert Jahre alt.«

»Man stelle sich vor, so etwas zu besitzen. Verkaufen Sie Ihre Arbeiten?«

»Mann, darüber habe ich noch gar nicht nachgedacht.«

»Ich möchte diese Ohrringe«, meldete sich Diätcola.

»Wie viel wollen Sie für die Halskette?«, fragte eine andere Golferin.

Und schon war sie im Geschäft.

Den Frauen gefiel die Vorstellung, ein schönes Schmuckstück zu besitzen, das zugleich ein antikes Kunsthandwerksprodukt war, und bis zum folgenden Wochenende hatte Meg noch drei weitere Stücke verkauft. Sie hielt es sehr genau mit der Echtheit und fügte jedem Entwurf eine Karte als Herkunftsnachweis bei. Darin hielt sie fest, welche Materialien echte Antiquitäten und welche womöglich Kopien waren, und legte ihre Preise auch dementsprechend fest.

Kayla hatte davon erfahren und einige Stücke auf Kommission für den Secondhandshop bestellt. Es lief eigentlich zu gut.

Nachdem Ted zwei lange Wochen weg gewesen war, tauchte er in der Kirche auf. Er war kaum über die Schwelle getreten, da rissen sie einander schon die Kleider vom Leib. Keiner von beiden hatte die Geduld, über die Treppe auf die heiße Chorempore zu steigen. Stattdessen ließen sie sich auf die Couch fallen, die Meg im Club vor dem Müllcontainer gerettet hatte. Ted fluchte zwar, als er sich an der Korbgeflechtlehne den Ellenbogen anschlug, doch es dauerte nicht lang, bis er jegliches Unbehagen vergaß und sich mit ganzer Seele darauf konzentrierte, die rätselhaften Unzulänglichkeiten seiner Liebesspieltechnik zu beheben.

Sie gab sich ihm hin wie immer. Von der Couch rollten sie auf den harten Boden. Die Ventilatoren fächelten Luft über ihre nackten Körper, während er alle Schritte des offenbar in seinem Kopf abgespeicherten Sex-Manual-Videos abhakte. Lichter blitzten auf und zogen einen Bogen über die Blechdachdecke. Sie klammerte sich an ihn. Flehte. Befahl. Gab nach.

Als sie fertig waren, fragte er erschöpft, aber zugleich auch ein wenig gereizt: »War das jetzt gut genug für dich?«

»Mein Gott, ja!«

»Genau. Fünf! Und versuch nicht, das abzustreiten.«

»Hör auf, meine Orgasmen zu zählen.«

»Ich bin Ingenieur. Ich liebe Statistik.«

Lächelnd stupste sie ihn an. »Hilf mir bitte, mein Bett nach unten zu holen. Dort oben ist es zum Schlafen viel zu heiß.«

Dieses Thema hätte sie nicht ansprechen dürfen, denn er sprang sofort auf. »Hier ist es überall zu heiß. Und das ist auch kein Bett, es ist ein armseliger Futon, genau das Richtige, wenn man neunzehn ist, was wir aber nicht mehr sind.«

Sie blendete seine sehr Ted-untypische Schimpfkanonade aus, um den uneingeschränkten Anblick seines Körpers zu genießen. »Ich habe jetzt doch endlich Mobiliar, also hör auf, dich zu beschweren.«

Die Damengarderobe war vor Kurzem neu eingerichtet worden, und sie hatte das ausrangierte Inventar mitnehmen können. Die abgewetzten Korbmöbel und die alten Lampen schienen wie gemacht für ihre Kirche, aber er blieb unbeeindruckt. Ein Erinnerungsfetzen störte sie bei der Betrachtung seines Körpers, und sie erhob sich vom Fußboden. »Ich habe Lichter gesehen.«

»Freut mich zu hören.«

»Nein. Als wir miteinander zugange …« *Als du mit mir zugange warst.* »Ich habe Scheinwerfer gesehen. Ich glaube, jemand ist an der Kirche vorgefahren.«

»Ich habe nichts gehört.« Trotzdem zog er seine Shorts an und ging hinaus, um nachzusehen. Sie folgte ihm, aber dort standen nur ihr Wagen und sein Laster.

»Sollte jemand da gewesen sein«, sagte er, »dann hat er gut daran getan, wieder wegzufahren.«

Die Vorstellung, jemand könnte sie zusammen gesehen haben, beunruhigte sie. So zu tun, als wäre sie in Ted verliebt, war erlaubt. Allerdings sollte keiner erfahren, dass sie es nicht mehr nur vortäuschte.

Der Sex mit einem legendären Liebhaber war nicht so erfüllend, wie sie es gern gehabt hätte, aber zwei Tage später verkaufte sie ihr teuerstes Stück, einen römischen Cabochon aus Blauglas, den sie mit feinem Silber umwickelte, eine Technik, die sie sich von einem Silberschmied in Nepal abgeschaut hatte. In ihrem Leben lief alles derart glatt, dass sie beim Verlassen des Clubs am nächsten Abend fast mit Erleichterung auf den Kratzer reagierte, den jemand mit einem Schlüssel im Lack ihrer Rostlaube hinterlassen hatte.

Der Kratzer war lang und tief und reichte vom vorderen Kotflügel bis zum Kofferraum, war aber in Anbetracht des allgemein schlechten Zustands des Wagens keine Katastrophe. Dann wurde sie aus unerfindlichen Gründen von den anderen Autos angehupt. Daraufhin stieg sie aus und entdeckte die ordinären Aufkleber auf ihrer Stoßstange.

Bin nicht umsonst, aber billig.
Ich lutsch nicht nur, ich schluck auch.

Ted stieß zu ihr, als sie auf dem Angestelltenparkplatz vor der Stoßstange hockte und die widerlichen Aufkleber abzuziehen versuchte. Sie wollte nicht laut werden, konnte sich aber nicht zurückhalten. »Warum tut jemand so etwas?«

»Weil er fies ist. Komm, lass mich mal.«

Die Sanftheit, mit der er sie beiseiteschob, hätte sie fast sentimental werden lassen. Sie holte ein Taschentuch aus ihrer Tasche und schnäuzte sich. »Unter einem Scherz stelle ich mir was anderes vor.«

»Ich auch«, erwiderte er.

Sie wandte sich ab, während er methodisch die Ränder des zweiten Aufklebers ablöste. »Die Leute in dieser Stadt sind gemein«, sagte sie.

»Das war bestimmt ein Halbstarker. Was es aber nicht entschuldigt.«

Sie verschränkte ihre Arme vor der Brust, um sich zu beruhigen. In den Blumenbeeten gingen die Wassersprenger an. Sie schnäuzte sich zum zweiten Mal.

»Hey, du weinst doch nicht etwa?«

Nicht direkt, aber sie war nah dran. »Ich bin keine Heulsuse. War ich nie. Werd ich auch nie sein.« Sie hatte bis auf die letzten paar Monate auch nie viel Grund gehabt, Tränen zu vergießen.

Offenbar glaubte er ihr nicht, denn er erhob sich und legte ihr seine Hände auf die Schultern. »Du hast es mit Arlis Hoover ausgehalten, und du hast es mit mir ausgehalten. Du schaffst auch das.«

»Es ist nur so ... so widerlich.«

Er streifte ihr Haar mit seinen Lippen. »Es sagt nur was über den Halbstarken aus, der das getan hat.«

»Vielleicht war es gar kein Halbstarker. Hier gibt es mehr als genug Leute, die mich nicht leiden können.«

»Doch von Mal zu Mal weniger«, erklärte er leise. »Du hast allen Paroli geboten und dir damit Respekt verdient.«

»Ich weiß nicht, warum mir das was bedeuten soll.«

Sein Ausdruck wurde so zärtlich, dass sie hätte heulen können. »Weil du versuchst, dir etwas aufzubauen«, entgegnete er. »Ohne irgendwelche Hilfe.«

»Du hilfst mir.«

»Inwiefern?« Er ließ seine Hand fallen, weil sie ihn wieder mal enttäuschte. »Du erlaubst mir doch gar nicht, etwas für dich zu tun. Du lässt dich von mir ja nicht mal zum Essen ausführen.«

»Mal abgesehen davon, dass Sunny Skipjack scharf auf dich

ist, braucht keiner in dieser Stadt zu erfahren, dass eine Sünderin wie ich es mit ihrem geheiligten Bürgermeister treibt.«

»Du bist wirklich paranoid. Der einzige Grund, weshalb ich mich daran gehalten habe, ist der, dass ich die letzten paar Wochen gar nicht in der Stadt gewesen bin.«

»Daran wird sich aber selbst jetzt, da du wieder hier bist, nichts ändern. Unsere geheime Affäre bleibt auch geheim.«

Er ließ kurzzeitig das Thema auf sich beruhen und lud sie zu einem Candlelight-Dinner zu sich nach Hause ein. Sie nahm seine Einladung an, aber sobald sie bei ihm daheim ankam, schleppte er sie nach oben ab und begann mit seinem präzisen, wohlkalkulierten Liebesspiel. Am Ende hatte er jede Faser ihres Körpers befriedigt, ohne sie auch nur im Geringsten im Innersten zu berühren. Genau, wie es sein sollte, sagte sie sich.

»Du bist ein Zauberer«, sagte sie. »Du hast mich für immer für andere Männer verdorben.«

Er warf die Decke zurück, stellte seine Füße mit Nachdruck neben dem Bett ab und verschwand.

Kurz darauf traf sie ihn in der Küche an. Über ihren Slip hatte sie sich sein abgestreiftes schwarzes T-Shirt angezogen, den Rest ihrer Klamotten jedoch verknäult mit der Überdecke auf dem Boden seines Schlafzimmers zurückgelassen. Sein dunkelbraunes Haar war zerzaust von ihren Fingern, und er stand barfuß und mit nacktem Oberkörper vor ihr. Er trug Shorts, weil seine Boxershorts, wie sie zufällig wusste, im Durcheinander der Laken zurückgeblieben waren.

Er hielt ein Bier in der Hand, ein zweites stand für sie auf der Theke. »Ich bin kein guter Koch«, bemerkte er verdrossen und sah nur noch hinreißender aus.

Sie löste ihren Blick von seiner Brust. »Das glaube ich dir nicht. Du bist doch in allem gut.« Dabei starrte sie unverfroren auf seinen Schritt, um sich für ihre Enttäuschung zu entschädigen. »Und ich meine in allem.«

Da er ihre Gedanken lesen konnte, grinste er höhnisch. »Sollte ich deinen Standards nicht entsprechen, bitte ich um Entschuldigung.«

»Du hast Wahnvorstellungen, und ich bin hungrig.«

Er lehnte seine Hüfte gegen die Spüle, nicht bereit, von seinem Missmut abzulassen. »Such dir im Gefrierschrank aus, was du essen willst, dann taue ich es vielleicht für dich auf.«

Derart grob wäre er mit keiner anderen Frau umgesprungen, und das hob ihre Stimmung. Während sie hinter den Küchenblock trat, überlegte sie, das Gewinnspiel anzusprechen, aber da dank der nationalen Anteilnahme das Gebot inzwischen auf neuntausend Dollar hochgeschnellt war, wollte sie nicht so gemein sein.

Der Kühlschrank eines Mannes sagte eine Menge über ihn aus. Sie öffnete die Tür und bestaunte die blitzenden Glasregale, auf denen Biomilch, Bier, Käse und kalter Braten lagen, sowie einige ordentlich beschriftete Essensbehälter. Ein Blick in den Gefrierschrank offenbarte weitere Behälter, teure Tiefkühlmahlzeiten in Bioqualität und Schokoladeneis. Sie schaute ihn an. »Das ist ein Frauenkühlschrank.«

»Sieht dein Kühlschrank so aus?«

»Nein. Aber er würde es, wenn ich eine bessere Hausfrau wäre.«

Er grinste sie an. »Du weißt aber schon, dass ich nicht derjenige bin, der ihn säubert und bestückt?«

»Ich weiß, dass Haley deine Lebensmittel besorgt, und ich möchte auch eine persönliche Assistentin haben.«

»Sie ist nicht meine persönliche Assistentin.«

»Sag ihr das bloß nicht.« Sie zog zwei beschriftete und mit Datum versehene Behälter heraus, Schinken und Süßkartoffeln. Obwohl sie keine großartige Köchin war, konnte sie dank der Haushälterinnen, die sich um die den Kühlschrank plündernden Koranda-Kinder gekümmert hatten, immerhin viel besser kochen als ihre Eltern.

Auf der Suche nach Salat beugte sie sich über das Fach mit der 0-Grad-Zone. Da ging die Eingangstür auf, und sie hörte das Klappern von Absätzen auf dem Bambusboden. Ihr wurde ein wenig beklommen zumute, und sie richtete sich rasch auf.

Francesca Day Beaudine kam in den Raum gerauscht und breitete ihre Arme aus. »Teddy!«

Kapitel 14

Teds Mutter trug eine hautenge schwarze Hose und ein knall-
rosa Korsagenoberteil, das an einer Frau, die Mitte fünfzig
war, eigentlich nicht so gut hätte aussehen dürfen. Da ihr
glänzendes kastanienbraunes Haar keine grauen Strähnen
zeigte, hatte sie offenbar Glück oder einen sehr geschickten Friseur. Diamanten funkelten an ihren Ohrläppchen, um
ihren Hals und an ihren Fingern, aber nichts war übertrieben. Sie strahlte die Eleganz einer Frau aus, die es aus eigener Kraft zu was gebracht hatte und über Schönheit, Macht
und einen eigenen Stil verfügte. Francesca hatte Meg noch
nicht entdeckt, als sie sich an die nackte Brust ihres geliebten Sohnes warf.

»Ich habe dich so vermisst!« Sie sah so winzig aus in den
Armen ihres großen Sprösslings, und man konnte sich nur
schwer vorstellen, dass sie ihn geboren hatte. »Ich habe ge-
klingelt, ehrlich, aber deine Klingel scheint nicht zu funktionieren.«

»Ich habe sie abgeschaltet. Ich arbeite an einem Türschloss,
das Fingerabdrücke lesen kann.« Er erwiderte ihre Umarmung und ließ sie dann los. »Wie lief dein Interview mit den
heldenhaften Polizisten?«

»Die sind wunderbar. Alle meine Interviews liefen hervorragend, bis auf das mit diesem Miststück von einer Schauspielerin, deren Namen ich nie wieder aussprechen werde.« Sie
warf ihre Hände hoch. Und da entdeckte sie Meg.

Sie musste die draußen geparkte Rostlaube gesehen haben,
aber das Entsetzen, das in ihren grünen, weit aufgerissenen

Katzenaugen stand, legte nahe, dass sie den Wagen einem Bediensteten oder jemandem aus Teds unorthodoxem Freundeskreis zugeordnet hatte, zu dem auch Leute zählten, die nicht mit dem Silberlöffel im Mund geboren waren. Megs und Teds zerzaustes Aussehen verriet überdeutlich, was sich zwischen ihnen abgespielt hatte, und alles in ihr sträubte sich.

»Du erinnerst dich doch an Meg, Mom, nicht wahr?«

Wäre Francesca ein Tier gewesen, hätten sie ihr die Krallen gezeigt. »Oh. Ja.«

Ihre Feindseligkeit hätte komisch sein können, nur dass Meg glaubte, sich übergeben zu müssen. »Mrs. Beaudine.«

Francesca wandte sich von Meg ab und ihrem geliebten Sohn zu. Meg war es gewohnt, Wut in den Augen von Eltern zu sehen, aber sie wollte nicht zusehen müssen, wie diese sich gegen Ted richtete, und mischte sich ein, ehe Francesca irgendwas sagen konnte. »Ich habe mich ihm an den Hals geworfen wie jede andere Frau im Universum auch. Er war hilflos. Sie werden das sicherlich schon mindestens hundertmal miterlebt haben.«

Die beiden starrten sie an, Francesca mit offener Feindseligkeit, Ted ungläubig.

Meg versuchte den Saum seines T-Shirts in die Länge zu ziehen. »Tut mir leid, Ted. Es … äh … wird nicht wieder passieren. Ich werde – ich gehe jetzt.« Doch dazu brauchte sie die Autoschlüssel, die in ihrer Hosentasche steckten, und der einzige Weg, an diese zu kommen, war der zurück in sein Schlafzimmer.

»Du gehst nirgendwohin, Meg«, sagte Ted ruhig. »Mom, Meg hat sich mir nicht an den Hals geworfen. Sie kann mich kaum ausstehen. Und das geht dich auch gar nichts an.«

Megs Hand schoss nach vorne. »Also wirklich, Ted, du solltest nicht so mit deiner Mutter reden.«

»Versuch bloß nicht, dich bei ihr einzuschleimen«, warnte er sie. »Das führt zu nichts.«

Aber sie unternahm einen letzten Versuch. »Ich bin schuld«, erklärte sie Francesca. »Ich habe einen schlechten Einfluss auf ihn.«

»Lass es gut sein.« Er deutete auf die Essensbehälter, die auf der Theke standen. »Wir essen gleich, Mom. Möchtest du mitessen?«

Das konnte nicht wahr sein.

»Nein danke.« Ihr knapper britischer Akzent brachte die Worte noch eisiger herüber. Sie machte auf den Absätzen ihrer Riemchensandalen kehrt und starrte ihren Sohn an. »Wir reden später darüber.« Mit einem Satz war sie aus der Küche, und ihre Stöckel klapperten im Stakkato über den Fußboden.

Die Eingangstür fiel ins Schloss, aber der Duft ihres Parfüms, schwach überlagert von Schierling, schwebte noch im Raum. Meg sah Ted bedrückt an. »Die gute Nachricht ist, du bist zu alt, als dass sie dich mit Hausarrest bestrafen könnte.«

»Was sie nicht abhalten wird, es trotzdem zu versuchen.« Lächelnd hob er seine Bierflasche. »Es ist auf jeden Fall nicht leicht, mit der unbeliebtesten Frau der Stadt eine Affäre zu haben.«

»Er schläft mit ihr!«, empörte sich Francesca. »Wusstest du davon? Wusstest du, dass er mit ihr schläft?«

Emma hatte sich gerade erst mit Kenny und den Kindern zum Frühstücken hingesetzt, als es klingelte. Nach einem Blick in Francescas Gesicht hatte Kenny sich den Korb mit den Muffins geschnappt, die Kinder gepackt und war verschwunden. Emma führte Francesca auf die Sonnenveranda in der Hoffnung, der Lieblingsplatz ihrer Freundin möge diese besänftigen, aber weder das duftende Morgenlüftchen nach der reizende Ausblick auf die Weide reichten aus, um sie zu beruhigen.

Francesca sprang von dem glänzend schwarzen Rattanstuhl

auf, in den sie sich gerade erst hatte fallen lassen. Sie hatte sich nicht die Mühe gemacht, sich zu schminken, was sie auch nicht nötig hatte, und ihre kleinen Füße in ein Paar Clogs gesteckt, die sie, wie Emma wusste, sonst nur zum Gärtnern anzog. »Das war von Anfang an ihr Plan.« Francesca gestikulierte wild mit ihren kleinen Händen. »Genau das, was ich Dallie gesagt habe. Erst wird sie Lucy los, dann nimmt sie sich Ted vor. Aber er hat doch eine so gute Menschenkenntnis. Keinen Augenblick habe ich daran gedacht, dass er darauf hereinfällt. Wie kann er nur so blind sein?« Sie stieg über ein ramponiertes Exemplar von *Fancy Nanny and the Posh Puppy*. »Er steht noch immer unter Schock, sonst würde er sie durchschauen. Sie ist hinterhältig, Emma. Sie wird alles dransetzen, um ihn zu kriegen. Und Dallie kann man überhaupt nicht gebrauchen. Er sagt, Ted sei ein erwachsener Mann und ich solle mich nicht einmischen, aber würde ich mich etwa nicht einmischen, wenn mein Sohn eine schlimme Krankheit hätte? Doch, ich würde es tun, und ich werde mich auch jetzt nicht zurückhalten.« Sie bückte sich nach *Fancy Nanny* und zeigte mit dem Buch auf Emma. »Du hättest es wissen müssen. Warum hast du mich nicht angerufen?«

»Ich hatte keine Ahnung, dass es so weit kommen würde. Komm, Francesca, ich hol dir einen Muffin. Und möchtest du nicht auch eine Tasse Tee?«

Francesca warf das Buch auf einen Stuhl. »Jemand muss es gewusst haben.«

»Du bist nicht hier gewesen und begreifst deshalb gar nicht, wie kompliziert alles geworden ist wegen der Skipjacks. Spence ist besessen von Meg, und Sunny hat sich Ted in den Kopf gesetzt. Wir sind uns ziemlich sicher, dass das der Grund ist, warum Spence wieder nach Wynette kam, kurz nachdem die Hochzeit geplatzt war.«

Francesca ging nicht auf die Skipjacks ein. »Torie hat mir das von Sunny erzählt, Ted hat sie im Griff.« Sie schloss vor

Schmerz die Augen. »Ich kann nicht verstehen, warum weder du noch Torie mich angerufen haben.«

»Es war alles so verwirrend. Meg hat tatsächlich einigen Leuten erzählt, sie sei in Ted verliebt, das stimmt. Aber wir sind davon ausgegangen, dass sie das nur vorschob, damit Spence einen Rückzieher macht.«

Erstaunt riss Francesca ihre smaragdgrünen Augen auf. »Worum wolltet ihr nicht glauben, dass sie in ihn verliebt war?«

»Weil sie sich nicht dementsprechend verhielt«, erklärte Emma geduldig. »Ich habe abgesehen von Torie noch keine Frau erlebt, die ihm das Leben so schwer gemacht hat. Meg läuft nicht mit Sternchen in den Augen herum oder klebt ständig an seinen Lippen. Sie macht kein Hehl daraus, wenn sie nicht seiner Meinung ist.«

»Dann ist sie noch raffinierter, als ich dachte.« Francesca fuhr sich mit ihrer Hand durch ihr ungekämmtes Haar. »Er war noch nie mit einer Frau zusammen, die ihm Schwierigkeiten bereitet hat. Und genau das ist es, was ihn anzieht – eine neue Erfahrung.«

Sie ließ sich auf die Couch plumpsen. »Ich kann nur hoffen, dass sie keine Drogen nimmt. Überraschen würde es mich nicht. In Hollywood gehört der Drogenkonsum einfach dazu.«

»Ich glaube nicht, dass sie Drogen nimmt, Francesca. Und wir haben wirklich versucht, sie zur Abreise zu bewegen. Sunny Skipjack möchte keine Konkurrenz, und Spence liebt seine Tochter abgöttisch. Es wird zu kompliziert. Wir wussten, dass Meg kein Geld hat, also boten wir ihr einen Scheck an. Das war nicht gerade unsere Sternstunde, so viel kann ich dir versichern. Egal, sie hat ihn abgelehnt.«

»Natürlich hat sie das. Warum sollte sie auch euren armseligen Scheck nehmen, wenn Ted und sein Geld in greifbarer Nähe sind?«

»Meg könnte aber auch ein wenig komplizierter gestrickt sein.«

»Das ist sie ganz gewiss!«, ereiferte sich Francesca. »Ihre eigene Familie hat sie enterbt, und glaub mir, das ist kein Schritt, den man leichtfertig macht.«

Emma wusste, dass sie vorsichtig vorgehen musste. Francesca war eine intelligente, rational denkende Frau, außer es ging um ihren Sohn oder Ehemann. Beide Männer liebte sie heiß und innig und würde gegen ganze Armeen zu Felde ziehen, um sie zu beschützen, auch wenn keiner von ihnen diesen Schutz wollte. »Ich weiß, wie schwierig das ist, aber wenn du sie besser kennenlernen würdest …«

Francesca griff nach der Star-Wars-Figur, die sie in die Hüfte gepikst hatte, und warf sie beiseite. »Sollte jemand – und das schließt meinen Ehemann mit ein – glauben, ich werde tatenlos zusehen, wie diese Frau meinen Sohn verhext …« Sie blinzelte. Ihre Schultern sackten nach vorne, und sämtliche Energie schien aus ihr zu entweichen. »Warum musste das jetzt passieren?«, schob sie leise nach.

Emma ging zu ihr und setzte sich neben sie auf die Couch. »Du hoffst noch immer darauf, dass Lucy zurückkommt, nicht wahr?«

Francesca rieb sich die Augen. Die Schatten darunter verrieten, dass sie nicht gut geschlafen hatte. »Lucy ist nicht nach Washington zurückgekehrt, nachdem sie weggerannt ist«, sagte sie.

»Nein?«

»Ich habe mit Nealy gesprochen. Wir halten dies beide für ein positives Zeichen. Fern von zu Hause, von ihrer Arbeit und ihren Freunden wird sie Gelegenheit finden, in sich hineinzuhören und zu erkennen, was sie aufgegeben hat. Du hast sie mit Ted erlebt. Sie liebten einander. *Lieben* einander. Und er weigert sich, mit ihr zu reden. Das sagt doch alles, oder?«

»Es ist zwei Monate her«, warf Emma zögernd ein. »Das ist eine schrecklich lange Zeit.«

Davon wollte Francesca nichts hören. »Ich möchte, dass das alles aufhört.« Sie war wieder von der Couch aufgesprungen und lief umher. »Nur lang genug, um Lucy eine Chance zu geben, es sich anders zu überlegen. Stell dir mal vor, sie kommt endlich doch nach Wynette zurück und muss dann entdecken, dass Ted eine Affäre mit der Frau hat, die sie für ihre beste Freundin hält. Das hält man doch im Kopf nicht aus.« Sie fuhr herum, sah Emma an und fügte fest entschlossen hinzu: »Und das werde ich nicht zulassen.«

Emma versuchte es erneut. »Ted ist sehr wohl in der Lage, seine Angelegenheiten selbst zu regeln. Du darfst nichts – du darfst nichts überstürzen.« Sie blickte ihre Freundin besorgt an und ging dann in die Küche, um Tee zu kochen. Als sie den Wasserkessel füllte, musste sie an eine der meisterzählten Legenden von Wynette denken. Nach hiesiger Überlieferung hatte Francesca einmal ein Paar vierkarätige Diamanten in eine Kiesgrube geworfen, nur um zu beweisen, wie weit sie gehen würde, um ihren Sohn zu beschützen.

Meg sollte sich in Acht nehmen.

Am Tag nach Megs Zusammenstoß mit Francesca Beaudine wurde sie aufgefordert, sich im Büro zu melden. Als sie mit dem Getränke-Cart am Golfladen vorbeikam, kamen Ted und Sunny heraus. Sunny trug einen kurzen blau-gelben Golfrock mit Rautenmuster und ein ärmelloses Polohemd, dazu einen Vierpass-Diamantenanhänger im Ausschnitt. Sie wirkte bestens organisiert, selbstsicher und diszipliniert und sah ganz danach aus, als wäre sie in der Lage, am Morgen Ted ein kleines Genie von einem Baby zu gebären, um gleich darauf rasch mal zehn Löcher auf dem Golfplatz einzuputten.

Teds hellblaues Polohemd passte gut zu ihrem. Beide trugen Golfschuhe der Hightech-Klasse, er hatte jedoch eine Baseballkappe auf, wogegen sie sich eine gelbe Sonnenblende in ihr dunkles Haar geschoben hatte. Meg konnte sich des Gedankens nicht erwehren, dass Ted mit dieser Frau, die sich ihn als Geisel im Austausch gegen ein Golfresort und eine Eigentumswohnanlage hielt, einen sehr entspannten Umgang pflegte.

Meg parkte den Karren und ging durch den Club zum Büro des stellvertretenden Managers. Minuten später hing sie über seinem Schreibtisch und musste sich beherrschen, ihn nicht anzuschreien. »Wie kommen Sie dazu, mich zu feuern? Noch vor zwei Wochen haben Sie mir eine Aufstiegschance zur Leiterin des Snackshops angeboten.« Ein Angebot, das sie ausgeschlagen hatte, weil sie nicht drinnen eingesperrt sein wollte.

Er zog an seiner blöden rosa Krawatte. »Sie haben von Ihrem Getränke-Cart aus Privatgeschäfte abgewickelt.«

»Darüber habe ich Sie von Anfang an in Kenntnis gesetzt. Ich habe für Ihre Mutter eine Halskette angefertigt!«

»Das verstößt gegen die Politik des Clubs.«

»Letzte Woche tat es das nicht. Was ist denn seitdem passiert?«

Er vermied es, ihr in die Augen zu sehen. »Tut mir leid, Meg. Mir sind die Hände gebunden. Das kommt von ganz oben.«

Megs Gedanken überschlugen sich. Sie hätte ihn gern gefragt, wer Spence wohl erzählen würde, dass sie gefeuert war? Oder Ted? Und was mit den Senioren war, die jeden Dienstagmorgen spielten und sich jedes Mal freuten, dass sie für sie Kaffee am Cart bereithielt? Oder die Golfer, denen aufgefallen war, dass sie ihre Getränkebestellungen kein einziges Mal durcheinandergebracht hatte?

Aber sie sagte nichts dergleichen.

Als sie zu ihrem Wagen kam, sah sie, dass jemand versucht hatte, ihre Scheibenwischer rauszureißen. Sie setzte sich hinters Lenkrad, und die Sitzbezüge brannten sich in die Rückseite ihrer Schenkel. Dank ihrer Schmuckverkäufe hatte sie genug Geld für die Rückreise nach Los Angeles, weshalb hing sie also an diesem beschissenen Job?

Weil sie an ihrem beschissenen Job hing und ihr es in ihrer Kirche mit den beschissenen improvisierten Möbeln gefiel. Und weil sie diese beschissene Stadt mit ihren großen Problemen und verrückten Leuten mochte. Und Ted hatte recht, denn vor allem gefiel es ihr, dass sie gezwungen war, sich mit Köpfchen und harter Arbeit über Wasser halten zu müssen.

Sie fuhr nach Hause, duschte, zog ihre Jeans, eine weiße Tunika und ihre rosa Leinenplateausandalen an. Fünfzehn Minuten später passierte sie die Steinsäulen des Beaudine-Geländes, aber nicht, um zu Teds Haus weiterzufahren. Stattdessen bog sie mit ihrer Rostlaube in die kreisförmige Auffahrt vor dem lang gestreckten Gebäude aus Kalkstein und Stuck ein, das seine Eltern bewohnten.

Dallie öffnete die Tür. »Meg?«

»Ist Ihre Frau zu Hause?«

»Sie ist in ihrem Büro.« Es schien ihn nicht allzu sehr zu überraschen, sie zu sehen, und er trat beiseite, um sie einzulassen. »Am einfachsten kommen Sie dorthin, wenn Sie dem Flur bis zum Ende folgen, durch die Tür und dann über den Hof gehen. Bei den großen Bögen im rechten Flügel.«

»Danke.«

Die Wände im Haus waren grob verputzt, Balken zogen sich über die Decken, und die kühlen Fußböden waren gefliest. Im Hof plätscherte ein Springbrunnen, und der zarte Geruch von Holzkohle legte die Vermutung nahe, dass irgendwo ein Grill fürs Abendessen angezündet worden war. Ein Bogenportikus beschattete Francescas Büro. Durch die Türscheiben sah Meg sie am Schreibtisch sitzen, wo sie durch die Lesebrille auf der kleinen Nase mit kritischem Blick einen Text studierte. Meg klopfte. Francesca hob den Kopf. Als sie sah, wer da zu Besuch kam, lehnte sie sich in ihren Sessel zurück und dachte nach.

Die orientalischen Teppiche auf den Fliesenböden, die geschnitzten Holzmöbel, die Volkskunst und die gerahmten Fotos täuschten nicht darüber hinweg, dass dies hier ein Arbeitsplatz war mit zwei Computern, einem Flachbildfernseher und Bücherregalen, auf denen sich Papiere, Ordner und Heftmappen stapelten. Francesca erhob sich schließlich und kam in Regenbogen-Flipflops zur Tür. Sie strich sich das Haar aus dem Gesicht und klammerte es beidseits der Schläfen mit kleinen silbernen Haarspangen in Herzform fest, die ein Gegengewicht zu ihrer strengen Halbbrille darstellten. Ihr gut geschnittenes T-Shirt verriet ihre Treue zu den Texas Aggies, und ihre Jeansshorts zeigten noch immer wohlgeformte Beine. Doch auch in dieser lässigen Kleidung verzichtete sie nicht auf ihre Diamanten. Sie funkelten an den Ohrläppchen, an ihrem schlanken Handgelenk und ihren Fingern.

Sie öffnete die Tür. »Ja?«

»Ich verstehe, warum Sie es getan haben«, sagte Meg. »Aber ich bitte Sie, es rückgängig zu machen.«

Francesca setzte ihre Lesebrille ab, rührte sich allerdings nicht vom Fleck. Meg hatte kurz mit dem Gedanken gespielt, Sunny könnte dafür verantwortlich sein, aber dies war eine spontane Aktion und keine geplante. »Ich muss arbeiten«, sagte Francesca.

»Dank Ihnen muss ich das nicht.« Sie hielt dem eisigen Grün von Francescas Augen stand. »Ich liebe meinen Job. So peinlich es mir ist, das zuzugeben, denn eine großartige Karriere verspricht er nicht, doch ich bin gut darin.«

»Interessant, aber wie gesagt, ich bin beschäftigt.«

Meg weigerte sich, klein beizugeben. »Folgendes. Ich möchte meinen Job zurück. Im Gegenzug werde ich Sie bei Ihrem Sohn nicht verpfeifen.«

Francesca zeigte die ersten Anzeichen von Vorsicht. Nach einer kurzen Pause trat sie gerade so weit zur Seite, dass Meg eintreten konnte. »Sie wollen verhandeln? Also gut, dann lassen Sie uns das tun.«

Familienfotos standen überall im Büro herum. Eins der auffälligsten zeigte einen jüngeren Dallie Beaudine, der einen Turniersieg feierte, indem er Francesca vom Boden hochhob. Sie hing über ihm, eine Haarlocke fiel ihr ins Gesicht, ein silberner Ohrring streifte ihre Wange, sie hatte nackte Füße, und eine sehr weibliche rote Sandale balancierte auf seinem Golfschuh. Es gab auch Fotos von Francesca mit Dallies erster Frau, der Schauspielerin Holly Grace Jaffe. Aber die meisten Fotos zeigten einen jungen Ted. Ein schlaksiger, unauffälliger Junge mit riesiger Brille, die Hose beinah bis unter die Achseln hochgezogen, posierte mit ernsthaftem und gelehrtem Gesichtsausdruck mit Modellraketen, Gegenständen von der Wissenschaftsmesse und seinem Vater.

»Lucy liebte diese Fotos.« Francesca setzte sich hinter ihren Schreibtisch.

»Kann ich mir gut vorstellen.« Meg entschied sich für eine Schockbehandlung. »Ich habe mir von ihr die Erlaubnis eingeholt, bevor ich mit Ihrem Sohn schlief. Und ihren Segen. Sie ist meine beste Freundin. Ich hätte niemals etwas hinter ihrem Rücken unternommen.«

Damit hatte Francesca nicht gerechnet. Einen Moment lang schien ihr Gesicht zusammenzufallen, doch dann reckte sie ihr Kinn vor.

Meg machte weiter. »Ich werde Ihnen weitere Details über das Sexleben Ihres Sohnes ersparen, aber ich versichere Ihnen, dass er bei mir sicher ist. Ich hege keinerlei Illusionen hinsichtlich Ehe, Babys oder einem dauerhaften Wohnsitz in Wynette.«

Francesca verzog das Gesicht und zeigte sich nicht so erleichtert, wie sie das nach diesem Geständnis hätte sein sollen. »Natürlich nicht. Sie sind ein Mensch, der im Augenblick lebt, nicht wahr?«

»In gewisser Weise, ja. Ich weiß nicht. Nicht mehr so stark wie früher.«

»Ted hat genug durchgemacht. Es muss nicht sein, dass Sie jetzt auch noch sein Leben durcheinanderbringen.«

»Mir ist aufgefallen, dass es in dieser Stadt eine Menge Leute gibt, die offenbar sehr genau zu wissen scheinen, was Ted braucht oder nicht.«

»Ich bin seine Mutter. Ich habe eine klare Haltung zu diesem Thema.«

Abgesehen davon, dass es bis jetzt auch nicht gerade glattgegangen war, kam jetzt der kniffelige Teil. »Vermutlich sieht jemand von außerhalb, jemand ohne vorgefasste Meinungen, eine Person ein wenig anders als jene, die ihn schon lange kennen.« Meg nahm das Foto eines noch sehr jungen Ted mit der Freiheitsstatue im Hintergrund in die Hand. »Ted ist brillant«, fuhr sie fort. »Alle wissen das. Und er ist schlau. Auch das wissen viele. Er hat ein übertriebenes Verantwortungsgefühl. Dagegen kann er nicht an. Aber es gibt etwas, was die meisten Menschen, insbesondere die Frauen, die sich in ihn verlieben, nicht zu bemerken scheinen. Ted intellektualisiert das, was die meisten Menschen emotional verarbeiten.«

»Ich habe keine Ahnung, wovon Sie sprechen.«

Sie stellte das Foto an seinen Platz zurück. »Er lässt sich nicht zu romantischen Beziehungen hinreißen, wie das andere Leute tun. Er wägt in einer Art Bestandsaufnahme das Für und Wider gegeneinander ab und handelt dann dementsprechend. Genau das ist bei Lucy passiert. In seiner Bestandsaufnahme passen sie zueinander.«

Zorn ließ Francesca aus ihrem Stuhl hochfahren. »Wollen Sie damit sagen, Ted habe Lucy nicht geliebt? Dass er keine tiefen Gefühle für jemanden entwickeln könne?«

»Er empfindet sehr viele Dinge sehr tief. Ungerechtigkeit. Loyalität. Verantwortung. Ihr Sohn gehört zu den klügsten und moralisch aufrechtesten Menschen, die mir je begegnet sind.

Aber in Gefühlsbeziehungen reagiert er absolut pragmatisch.«
Je länger sie redete, umso deprimierter wurde sie. »Und das erkennen die Frauen nicht. Sie würden ihm gern den Boden unter
den Füßen wegziehen, doch er lässt sich nicht mitreißen. Lucys
Entscheidung hat Sie mehr traumatisiert als ihn.«

Francesca schoss hinter dem Schreibtisch hervor. »Das würden Sie gern glauben. Aber da irren Sie sich gewaltig.«

»Ich bin keine Bedrohung, Mrs. Beaudine«, sagte Meg etwas ruhiger. »Ich werde ihm nicht das Herz brechen oder
versuchen, ihn zu einer Ehe zu überreden. Ich werde nicht an
ihm kleben. Bei mir ist Ihr Sohn ganz sicher, bis eine passen-
dere Frau des Weges kommt.« Das schmerzte mehr, als ihr
lieb war, aber irgendwie schaffte sie sogar noch ein lässiges
Achselzucken. »Ich bin das Mädchen, das Sie sich wünschen.
Und ich möchte meinen Job zurück.«

Francesca hatte sich wieder unter Kontrolle. »Sie können
doch nicht wirklich eine Zukunft darin sehen, eine so niedrige Arbeit im Country Club einer Kleinstadt zu verrichten.«

»Sie gefällt mir. Wer hätte das gedacht?«

Francesca holte einen Notizblock von ihrem Schreibtisch.
»Ich werde Ihnen einen Job in Los Angeles besorgen oder in
New York. Oder in San Francisco. Wo immer Sie wollen. Ei-
nen guten Job. Was Sie damit anstellen, liegt bei Ihnen.«

»Danke, aber ich habe mich daran gewöhnt, meine Angelegenheiten selbst zu regeln.«

Francesca legte den Block ab und drehte an ihrem Ehering.
Endlich schien sie sich unbehaglich zu fühlen. Ein paar weitere Sekunden verstrichen. »Warum sind Sie mit Ihrem Groll,
den Sie gegen mich hegen, nicht gleich zu Ted gegangen?«

»Weil ich meine Kämpfe gern selbst austrage.«

Der kurze Moment, den Francesca sich angreifbar gezeigt
hatte, war vorüber, und sie richtete sich kerzengerade auf.
»Er hat genug durchgemacht. Ich möchte nicht, dass er schon
wieder leiden muss.«

»Glauben Sie mir, ich bin nicht wichtig genug, als dass es jemals so weit kommen könnte.« Es tat weh, das zu erkennen. »Ich bin das Mädchen, mit dem er sich über Lucy hinwegtröstet. Und außerdem bin ich außer Torie die einzige Frau, bei der er auch mal schlecht gelaunt sein darf. So kann er sich entspannen. Und was mich betrifft … Er ist eine nette Abwechslung von den Losertypen, mit denen ich mich normalerweise einlasse.«

»Sehr pragmatisch von Ihnen.«

»Wie gesagt. Ich bin das Mädchen, das Sie sich wünschen«, sagte sie mit einem anmaßenden Lächeln. Doch nachdem sie das Büro verlassen hatte und über den Hof lief, merkte sie, dass sie sich nicht länger so tapfer zeigen wollte. Sie war es leid, sich unwürdig zu fühlen.

Als Meg am nächsten Tag zur Arbeit erschien, erinnerte sich offenbar keiner daran, dass man sie gefeuert hatte. Ted kam an ihrem Getränke-Cart vorbei. Und sie hielt Wort und erzählte ihm nicht, was passiert war und welche Rolle seine Mutter dabei gespielt hatte.

Es wurde ein sengend heißer Tag, und sie kam schweißnass und erschöpft nach Hause. Sie konnte es nicht erwarten, in ihren Schwimmtümpel einzutauchen. Als sie an dem ramponierten alten Tisch vorbeikam, auf dem ihre Schmuckvorräte lagen, zog sie sich bereits das Polohemd über den Kopf. Eins der Ökologiebücher, das sie sich von Ted ausgeliehen hatte, lag aufgeschlagen auf der abgewetzten Couch. In der Küche wartete ein Berg schmutzigen Geschirrs in der Spüle auf sie. Sie streifte ihre Turnschuhe ab und öffnete die Badezimmertür.

Alles Blut wich aus ihrem Kopf, denn sie sah, welche Gehässigkeit mit rotem Lippenstift auf ihren Spiegel geschmiert war:

HAU AB!

Kapitel 15

Mit zitternden Händen versuchte sie die Worte abzuwaschen, und sie war hilflos gegen die seltsamen Laute, die sich ihrer Kehle entrangen.

HAU AB!

Lippenstiftnachrichten auf Spiegeln zu hinterlassen war ein derartiges Klischee, dass nur Menschen, die überhaupt keine Vorstellungsgabe besaßen, es tun würden. Sie musste ihre Fassung wiedergewinnen. Doch zu wissen, dass sich ein Eindringling in ihr Haus geschlichen und ihre Sachen berührt hatte, während sie weg war, bereitete ihr Übelkeit. Erst als sie die schrecklichen Worte vollständig entfernt hatte, hörte sie auf zu zittern, und sie durchsuchte die Kirche nach anderen Einbruchsspuren. Sie fand nichts.

Nachdem sie sich von ihrem Schrecken ein wenig erholt hatte, versuchte sie herauszufinden, wer dahintersteckte, aber es gab so viele potenzielle Kandidaten, dass sie gar nicht alle durchgehen konnte. Die Eingangstür war verschlossen gewesen. Die Hintertür war jetzt verschlossen, doch sie hatte das nicht überprüft, bevor sie ging. Der Eindringling musste auf jeden Fall auf diesem Weg hereingekommen sein und hatte danach abgeschlossen.

Sie zog ihr feuchtes Polohemd wieder an, ging nach draußen und wanderte durch die Kirche, ohne jedoch etwas Ungewöhnliches zu entdecken.

Schließlich ging sie unter die Dusche, warf dabei aber immer wieder einen nervösen Blick auf die offene Tür. Sie hasste es, erschreckt zu werden. Hasste es umso mehr, als Ted ohne Vorwarnung in der offenen Tür lehnte, und sie schrie.

»Himmel!«, sagte er. »Was ist denn mit dir los?«

»Schleich dich nicht so an!«

»Ich habe geklopft.«

»Wie sollte ich das hören?« Wütend drehte sie den Hahn zu.

»Seit wann bist du so schreckhaft?«

»Du hast mich überrascht.« Sie konnte es ihm nicht sagen. Das war ihr sofort klar gewesen. In seiner Position als zertifizierter Superheld würde er niemals zulassen, dass sie noch länger hier wohnen blieb. Aber sie konnte es sich nicht leisten, woanders zu wohnen, und ihn die Miete bezahlen zu lassen kam für sie schon gar nicht infrage. Außerdem liebte sie ihre Kirche. Vielleicht nicht in diesem Moment, doch das gab sich bestimmt wieder, sobald sie sich von ihrem Schrecken erholte hatte.

Er zog ein Handtuch von der neuen Viceroy-Handtuchstange der Edinburgh-Linie, die sie vor Kurzem angebracht hatte. Aber anstatt es ihr zu reichen, drapierte er es sich über der Schulter.

Sie streckte ihre Hand danach aus, hatte dabei allerdings eine ziemlich gute Vorstellung von dem, was jetzt käme. »Gib es mir.«

»Hol es dir doch.«

Sie war nicht in der Stimmung dazu. Und war es dann doch, weil Ted vor ihr stand, vertrauenswürdig und sexy und klüger als jeder Mann, den sie je gekannt hatte. Welche bessere Möglichkeit gab es, ihre verbliebene Schreckhaftigkeit zu vertreiben, als sich im Liebesspiel zu verlieren, das von ihr so wenig Einsatz forderte?

Sie trat aus der Dusche und presste ihren feuchten Körper an seinen. »Tu dein Bestes, Lover Boy.«

Er grinste und tat genau das, worum sie gebeten hatte. Besser als das. Jedes Mal gab er sich noch mehr Mühe und zog seine eigene Befriedigung noch länger hinaus. Als sie fertig waren, wickelte sie sich in einen Sarong ein, zu dem sie eine der Stoffbahnen umfunktionierte, die sie auf dem Probeessen getragen hatte, und holte dann für beide ein Bier aus der Zwölferpackung, die sie in ihrem Kühlschrank aufbewahrte. Er hatte bereits seine Shorts wieder angezogen und zog ein gefaltetes Blatt Papier aus seiner Tasche.

»Das kam heute mit der Post.« Er setzte sich auf die Couch, streckte einen Arm auf der Lehne aus und legte die übereinandergeschlagenen Beine auf die Holzkiste, die sie in einen Kaffeetisch verwandelt hatte.

Sie nahm das Blatt entgegen und las den Briefkopf. Texanische Gesundheitsbehörde. Normalerweise ließ er sie an den banaleren Aspekten seines Jobs als Bürgermeister nicht teilhaben, und so setzte sie sich auf die Lehne eines Korbsessels, dessen Polster einen verblassten Tropendruck zeigten, um zu lesen. Nach wenigen Sekunden schon sprang sie auf, musste aber feststellen, dass ihre Knie zu weich waren, um ihr Gewicht zu halten. Sie sank auf die Polster zurück und las den relevanten Paragrafen noch einmal.

Nach texanischem Recht muss jede Person, die positiv auf eine sexuelle übertragbare Krankheit getestet wurde, wozu unter anderem Chlamydien, Gonorhö, HPV-Infektionen und AIDS gehören, eine Liste der letzten Sexualpartner vorlegen. Hiermit teilen wir Ihnen mit, dass Meg Koranda *Sie als einen dieser Partner angegeben hat. Wir raten Ihnen dringend, sofort Ihren Arzt aufzusuchen. Außerdem raten wir Ihnen dringend, jeglichen sexuellen Kontakt mit der oben erwähnten infizierten Person zu unterbinden.*

Meg schaute zu ihm hoch. Ihr war übel. »Infizierten Person?«

»*Gonorrhö* ist falsch geschrieben«, erwiderte er. »Und der Briefkopf ist gefälscht.«

Sie zerknüllte das Blatt in ihrer Faust. »Warum hast du mir das nicht sofort gezeigt, als du herkamst?«

»Ich hatte Angst, du würdest mich dann nicht ranlassen.«

»Ted …«

Er betrachtete sie ungerührt. »Hast du eine Ahnung, wer dahinterstecken könnte?«

Sie musste an die Nachricht auf ihrem Badezimmerspiegel denken. »Irgendeine der zig Frauen, die dich begehren.«

Darauf ging er nicht ein. »Der Brief wurde in Austin abgestempelt, aber das heißt nicht viel.«

Jetzt war der Moment gekommen, ihm zu erzählen, dass seine Mutter versucht hatte, sie zu feuern, doch Meg konnte sich nicht vorstellen, dass Francesca Beaudine etwas derart Gemeines tun würde, wie einen solchen Brief zu schicken. Außerdem hätte Francesca ihn mit Sicherheit auf Rechtschreibfehler überprüft. Und sie bezweifelte auch, dass Sunny ein derartiger Fehler unterlaufen würde, es sei denn, sie hätte ihn absichtlich gemacht, um sie auf eine falsche Fährte zu locken. Was Kayla, Zoey und die anderen Frauen betraf, deren Fantasien um Ted kreisten … Meg konnte wohl kaum nur aufgrund böser Blicke mit Anschuldigungen um sich werfen. Sie warf das Papier auf den Boden. »Warum musste Lucy sich nicht mit solchem Dreck herumschlagen?«

»Wir haben viel Zeit in Washington verbracht. Und offen gestanden hat Lucy die Leute nicht so gegen sich aufgebracht wie du.«

Meg erhob sich aus dem Sessel. »Bis auf deine Mutter, und wer immer von ihr darüber informiert worden sein mag, weiß keiner von uns.«

»Dad und Lady Emma, die es wahrscheinlich Kenny erzählt hat.«

»Der, da bin ich mir sicher, es Torie auf die Nase gebunden hat. Und wenn Torie mit ihrer großen Klappe es weiß –«

»Wenn Torie es wüsste, hätte sie mich sofort angerufen.«

»Bleibt noch unser mysteriöser Besucher von vor drei Nächten«, sagte sie. Teds wandernde Augen teilten ihr mit, dass ihr Sarong rutschte, und sie band ihn neu. »Die Vorstellung, jemand könnte uns durchs Fenster beobachtet haben …«

»Genau.« Er stellte seine Bierflasche auf die Weinkiste. »Ich komme langsam zu der Überzeugung, dass diese Stoßstangenaufkleber an deinem Auto nicht das Werk von Jugendlichen waren.«

»Jemand hat außerdem versucht, meine Scheibenwischer abzubrechen.«

Er runzelte die Stirn, und sie überlegte kurz, ob sie nicht doch die Schmiererei auf ihrem Spiegel erwähnen sollte, aber sie wollte nicht aus ihrem Zuhause ausgesperrt werden, und genau das würde passieren. »Wie viele Leute haben einen Schlüssel für die Kirche?«, fragte sie.

»Wieso?«

»Ich frage mich nur, ob ich mir Sorgen machen muss.«

»Ich habe die Schlösser ausgetauscht, als ich die Kirche übernahm«, erklärte er. »Du hast den Schlüssel, den ich draußen versteckt hatte. Ich habe einen. Lucy dürfte auch noch immer einen haben, und im Haus gibt es noch einen Ersatzschlüssel.«

Dies konnte nur bedeuten, dass der Eindringling durch die unverschlossene Hintertür hereingekommen war. Sie nicht abzusperren war ein Fehler, den Meg sicher nicht noch einmal machen würde.

Nun war der Zeitpunkt gekommen, die große Frage zu stellen, und sie stupste das zerknüllte Blatt Papier mit ihren nackten Zehen an. »Dieser Briefkopf sieht echt aus. Und viele Regierungsbeamte sind in der Orthografie nicht gerade sattelfest.« Sie befeuchtete ihre Lippen. »Es könnte also durchaus der Wahrheit entsprechen.« Endlich sah sie ihm in die Augen. »Warum also hast du mich nicht sofort darauf angesprochen?«

Unglaublich, aber ihre Frage schien ihn zu ärgern. »Was meinst du damit? Hätte es ein Problem gegeben, hättest du mir das doch schon längst erzählt.«

Sie hatte das Gefühl, als würde man ihr den Boden unter den Füßen wegziehen. Dieses Vertrauen ... in ihre Integrität. Und da wusste sie, dass das Schlimmste passiert war. Ihr rutschte das Herz in die Hose. Sie hatte sich in ihn verliebt.

Am liebsten hätte sie sich die Haare gerauft. Natürlich hatte sie sich in ihn verliebt. Welcher Frau passierte das nicht? In Wynette war es eine Art weiblicher Initiationsritus, sich in Ted zu verlieben, und sie war gerade Mitglied dieser Schwesternschaft geworden.

Sie begann zu hyperventilieren, wie sie das immer tat, wenn sie sich in die Ecke gedrängt fühlte. »Du musst jetzt gehen.«

Sein Blick wanderte über ihren dünnen Seidensarong. »Wenn ich das tue, wäre dies nichts weiter als eine kurze Affäre gewesen.«

»Stimmt. Genau so, wie ich das haben wollte. Heißer Sex ohne große Worte.«

»Langsam habe ich das Gefühl, als wären die Rollen vertauscht und ich die Tussi in unserer Beziehung.«

»Dann hast du so deinen Horizont erweitert.«

Er lächelte, erhob sich von der Couch, zog sie in seine Arme und begann sie wie besinnungslos zu küssen. Doch gerade, als sie in ein weiteres Beaudine-induziertes Sexkoma fiel, gewann er seine legendäre Selbstkontrolle zurück und löste sich von ihr. »Tut mir leid, Baby. Wenn du mehr von mir willst, musst du mit mir ausgehen. Zieh dich an.«

Sie fand in die Realität zurück. »Drei Worte, die ich aus deinem Mund nie wieder hören möchte. Was ist denn los mit dir?«

»Ich möchte abendessen gehen«, sagte er gelassen. »Nur wir beide. Wie normale Menschen. In ein echtes Restaurant.«

»Eine wirklich schlechte Idee.«

»Spence und Sunny bereiten gerade eine internationale Fachmesse vor, und während sie weg sind, werde ich mich wieder meinen Geschäften widmen, die ich in letzter Zeit vernachlässigt habe.« Er steckte eine Locke hinter ihr Ohr. »Ich werde fast zwei Wochen weg sein. Aber ehe ich abreise, möchte ich gern mal einen Abend ausgehen, denn ich bin die Heimlichtuerei leid.«

»Du traust dich was«, erwiderte sie. »Hör auf, so selbstsüchtig zu sein. Denk doch mal an deine kostbare Stadt und mal dir Sunnys Gesichtsausdruck aus, wenn sie dahinterkommt, was zwischen uns beiden läuft –«

Seine coole Fassade bröckelte. »Die Stadt und Sunny sind meine Angelegenheit, nicht deine.«

»Mit dieser egozentrischen Einstellung, Bürgermeister, werden Sie sicherlich nicht wiedergewählt.«

»Ich wollte schon beim ersten Mal nicht gewählt werden!«

Sie willigte schließlich ein, mit ihm in ein Tex-Mex-Restaurant in Fredericksburg zu fahren, aber kaum dass sie dort angekommen waren, lenkte sie ihn zu einem Stuhl mit Blick auf die Wand, sodass sie alles im Blick hatte. Das ärgerte ihn derart, dass er für sie beide bestellte, ohne sie nach ihren Wünschen zu fragen.

»Du rastest nie aus«, sagte sie, als der Kellner sich vom Tisch entfernte. »Außer bei mir.«

»Das stimmt nicht«, gab er angespannt zurück. »Torie schafft es auch, mich auf Hundertachtzig zu bringen.«

»Torie zählt nicht. Du warst in einem früheren Leben offensichtlich ihre Mutter.«

Er revanchierte sich, indem er das Körbchen mit den Chips in Beschlag nahm.

»Ich hätte nie gedacht, dass du auch eingeschnappt sein kannst«, bemerkte sie nach langem, drückendem Schweigen. »Jetzt sieh dich an.«

Er tunkte einen Chip in die Schale mit der schärfsten Salsa.

»Ich hasse es, Versteck zu spielen, und ich werde das auch nicht länger tun. Diese Affäre wird jetzt öffentlich gemacht.«

Sein Starrsinn und seine Entschlossenheit machten ihr Angst. »Lass es dabei bewenden. Spence ist es gewohnt, seinen Kopf durchzusetzen, ob für Sunny oder für ihn. Und wenn du das nicht wüsstest, hättest du mich auch nicht ermutigt, mich weiterhin bei ihm einzuschmeicheln.«

Er brach einen Chip entzwei. »Das wird jetzt auch aufhören. Sofort.«

»Nein, wird es nicht. Ich habe Spence im Griff. Du kümmerst dich um Sunny. Und was uns beide angeht … Ich habe dir doch von Anfang an klargemacht, wie es laufen soll.«

»Aber ich sage dir …« Er stach mit dem durchgebrochenen Chip in Richtung ihres Gesichts. »Ich habe in meinem ganzen Leben noch nichts heimlich gemacht und werde es auch jetzt nicht tun.«

Sie verstand ihn nicht. »Du kannst doch etwas derart Wichtiges nicht wegen ein paar bedeutungsloser Schäferstündchen aufs Spiel setzen. Das ist nur ein Techtelmechtel, Ted. Vorübergehend. Ich kann hier jeden Tag meine Zelte abbrechen und nach Los Angeles zurückkehren. Es überrascht mich selbst, dass ich es noch nicht getan habe.«

Wenn sie darauf gehofft hatte, er werde darauf beharren, dass ihre Beziehung nicht bedeutungslos war, dann hatte sie sich ihre Enttäuschung selbst zuzuschreiben. Er beugte sich über den Tisch. »Es hat nichts damit zu tun, ob etwas vorübergehend ist. Es hat was mit der Person zu tun, die ich bin.«

»Und was ist mit der Person, die ich bin? Ich fühle mich bei dieser Heimlichtuerei nämlich durchaus wohl.«

»Du hast gehört, was ich gesagt habe.«

Sie sah ihn bestürzt an. Das hatte sie nun davon, sich einen Liebhaber mit Ehrgefühl zu nehmen. Jedenfalls mit dem, was er unter Ehrgefühl verstand. Alles würde nun auf eine Katastrophe hinauslaufen oder darauf, dass er ihr das Herz brach.

Da Meg einerseits versuchte, nicht allzu oft daran zu denken, wie sehr sie in Ted verliebt war, und sich andererseits viel zu viele Gedanken über ein mögliches Wiederauftauchen des mysteriösen Eindringlings machte, schlief sie nicht gut. Sie nutzte ihre durchwachten Nächte für ihre Schmuckentwürfe. Die Stücke wurden immer ausgefallener und komplizierter, weil ihr kleiner Kundenstamm eine entschiedene Vorliebe für Schmuck an den Tag legte, in dem echte Antiquitäten und keine Kopien verarbeitet waren. Sie suchte nach Internethändlern, die sich auf die Art von Kunstgegenständen spezialisiert hatten, die sie verwenden wollte, und steckte beängstigend viel von ihrer Rücklage in eine Bestellung bei einem Anthropologieprofessor aus dem Raum Boston, der den Ruf hatte, ehrlich zu sein, und alles, was er verkaufte, mit einem ausführlichen Herkunftsnachweis versah.

Während Meg ein paar Münzen aus dem Nahen Osten, romanische Cabochons und drei kleine kostbare Mosaikperlen aus dem zweiten Jahrhundert auspackte, ertappte sie sich bei der Überlegung, ob sie die Gestaltung von Schmuck nun als berufliche Chance sehen sollte oder ob sie sich damit nur ablenkte, um sich keine ernsthafteren Gedanken über ihre weitere Lebensplanung machen zu müssen?

Eine Woche nachdem Ted die Stadt verlassen hatte, rief Torie an und befahl Meg, sich am nächsten Morgen eine Stunde eher zur Arbeit einzufinden. Als Meg sich nach dem Grund erkundigte, reagierte Torie darauf, als ob Meg gerade durch den IQ-Test gefallen wäre. »Weil Dex dann zu Hause ist, um auf die Mädchen aufzupassen. Mein Gott.«

Sobald Meg jedoch am nächsten Morgen erschien, schleppte Torie sie zum Übungsplatz ab. »Sie können nicht in Wynette leben, ohne einen Golfschläger in die Hand zu nehmen. Das ist eine Stadtverordnung.« Sie reichte ihr ein 5er Eisen. »Machen Sie einen Schlag.«

»Ich werde nicht mehr lang hier sein, deshalb lohnt es sich

nicht.« Meg achtete nicht auf den Stich in ihrem Herzen. »Außerdem bin ich nicht reich genug, um Golf zu spielen.«

»Sie schwingen jetzt einfach dieses verdammte Ding.«

Meg tat es, traf allerdings den Ball nicht. Sie versuchte es wieder und schlug noch mal daneben, doch nach ein paar weiteren Schwüngen gelang es ihr irgendwie, den Ball in perfektem Bogen in die Mitte des Übungsfelds zu schlagen. Sie jubelte.

»Ein Glückstreffer«, sagte Torie, »aber genau so wird man süchtig danach.« Sie nahm Meg den Schläger ab, gab ihr ein paar Pointer und erklärte ihr dann, wie sie üben sollte.

Während der folgenden halben Stunde folgte Meg Tories Anweisungen, und da sie das sportliche Talent ihrer Eltern geerbt hatte, freundete sie sich immer mehr mit dem Ball an.

»Wenn Sie üben, können Sie richtig gut werden«, ermunterte Torie sie. »Angestellte können am Montag umsonst spielen. Nutzen Sie Ihren freien Tag. Ich habe ein übriges Set Schläger im Bagroom, das können Sie sich ausleihen.«

»Danke für das Angebot, aber ich will eigentlich gar nicht.«

»Oh, Sie werden schon wollen, da bin ich mir sicher.«

Und sie hatte recht. So viele Menschen Golf spielen zu sehen stachelte ihr Interesse an. »Warum machen Sie das?«, wollte sie wissen, als sie Tories Tasche zurück ins Clubhaus trug.

»Weil Sie die einzige Frau außer mir sind, die Ted reinen Wein eingeschenkt und ihm gesagt hat, dass er ein schlechter Tänzer ist.«

»Ich verstehe nicht.«

»Aber ja. Mir ist womöglich auch aufgefallen, dass Ted, als ich Ihren Namen bei einem Telefonat in dieser Woche ins Gespräch brachte, merkwürdig still wurde. Ich weiß nicht, ob Sie beide eine Zukunft haben – vorausgesetzt, er muss Sunny nicht heiraten –, aber wetten möchte ich nicht darauf.«

Was auch immer das bedeuten sollte. Doch Meg setzte Torie O'Connor auf die Liste all derer, die sie vermissen würde, wenn sie Wynette verließe. Sie ließ die Schlägertasche von ihrer Schulter rutschen. »Mal abgesehen von Sunny, wie könnten Ted und ich eine Zukunft haben? Er ist das Lamm Gottes, und ich bin das böse Mädchen der Stadt.«

»Ich weiß«, erwiderte Torie strahlend.

Als Meg an diesem Abend mit dem Wasserschlauch den Staub des Tages von ihrem Getränke-Cart spritzte, näherte sich ihr der Leiter der Gastronomie und teilte ihr mit, dass eins der weiblichen Mitglieder sie als Bedienung bei einem Damenlunch anheuern wolle, der am nächsten Tag in deren Haus stattfinden sollte. Die wenigen Stadtbewohner, die es sich leisten konnten, stellten für ihre Privatpartys immer mal wieder Personal ein, aber sie war nie gefragt worden und hatte das Geld doch so nötig, nachdem sie gerade erst so viel Material eingekauft hatte. »Mache ich«, sagte sie.

»Holen Sie sich eine weiße Bedienungsbluse aus dem Gastronomiebüro, bevor Sie gehen. Und ziehen Sie dazu einen schwarzen Rock an.«

Das Kleidungsstück, das dem am nächsten kam, war ihr schwarzweißer Miu-Miu-Minirock aus dem Secondhandshop. Der musste es auch tun.

Der Leiter der Gastronomie reichte ihr ein Blatt Papier mit der Wegbeschreibung. »Duncan, unser Küchenchef, kocht, und Sie werden mit Haley Kittle zusammenarbeiten. Sie wird Ihnen alles Nötige beibringen. Seien Sie um zehn Uhr da. Und das ist eine große Sache, also erledigen Sie Ihren Job gut.«

Als sie an diesem Abend von ihrem Schwimmteich zurückkam, sah sie sich endlich die Information an, die der Leiter der Gastronomie ihr gegeben hatte. Die Wegbeschreibung kam ihr irgendwie bekannt vor. Ihr Blick flog ans untere Ende der Seite, wo der Name der Person, für die sie arbeiten würde, gedruckt stand.

Sie zerknüllte das Papier in ihrer Faust. Welches Spiel spielte Francesca? Glaubte sie allen Ernstes, Meg würde den Job annehmen? Nur, Meg hatte genau das bereits getan.

Sie streifte sich ihr HAPPY-PRINTING-COMPANY-T-Shirt über den Kopf und stampfte in ihrer Küche auf und ab, verfluchte dabei Francesca, verfluchte sich dafür, das Informationsblatt nicht gelesen zu haben, solange sie sich noch hätte weigern können. Hätte sie es getan? Wahrscheinlich nicht. Ihr dummer Stolz hätte das nicht zugelassen.

Die Versuchung, das Telefon zu nehmen und Ted anzurufen, war fast unwiderstehlich. Doch sie machte sich ein Sandwich und ging damit hinaus auf den Friedhof, wo sie allerdings feststellen musste, gar keinen Appetit zu haben. Es war kein Zufall, dass das passierte, während er weg war. Francesca hatte einen listigen Angriff geplant, um Meg in ihre Schranken zu verweisen. Und dabei dürfte es für sie keinen Unterschied machen, ob Meg annahm oder nicht. Sie wollte ein Exempel statuieren. Meg war eine Außenseiterin, eine vom Glück verlassene Rumtreiberin, die gezwungen war, für einen mageren Stundenlohn zu arbeiten. Eine Außenseiterin, die nur als Mitglied des Personals Zugang zu Francescas Haus bekam.

Meg warf das Sandwich ins Unkraut. Auch egal!

Sie erreichte das Grundstück der Beaudines am nächsten Morgen um kurz vor zehn. Zu ihrer weißen Bedienungsbluse und dem Miu-Miu-Mini trug sie ihre funkelnden rosa Plateauschuhe. Das waren zum Arbeiten zwar nicht die bequemsten Schuhe, aber am besten verteidigte man sich gegen Francesca mit einer heftigen Offensive, und diese Schuhe würden ihr eindeutig vermitteln, dass sie nicht vorhatte, unsichtbar zu sein. Meg würde ihren Kopf hochhalten, lächeln, bis ihre Wangen schmerzten, und ihren Job so gut wie möglich erledigen, denn sie gönnte Francesca ihre Genugtuung nicht.

Haley fuhr in ihrem roten Ford Focus vor. Sie sprach kaum, als sie gemeinsam ins Haus gingen, und sah so blass aus, dass Meg sie besorgt fragte: »Geht es dir nicht gut?«

»Ich habe … wirklich schlimme Krämpfe.«

»Gibt es niemanden, der für dich einspringen kann?«

»Ich habe versucht, jemanden zu finden, aber vergeblich.«

Die Küche der Beaudines war sowohl luxuriös als auch gemütlich mit warmen safranfarbenen Wänden, einem Terrakottafußboden und handgearbeiteten kobaltblauen Fliesen. Ein riesiger Kandelaber aus Schmiedeeisen mit bunten Glasschalen hing in der Mitte des Raums, und in offenen Regalen sah man Kupfertöpfe und handgetöpferte Keramik.

Küchenchef Duncan packte das Essen aus, das er für diesen Anlass vorbereitet hatte. Er war ein kleiner Mann Anfang vierzig, hatte eine große Nase und drahtiges, leicht ergrautes rostrotes Haar, das unter seiner Kappe herausquoll. Stirnrunzelnd verfolgte er, wie Haley im Badezimmer verschwand, und herrschte dann Meg an, sich an die Arbeit zu machen.

Während sie die Gläser herrichtete und die Servierteller bereitstellte, teilte er ihr das Menü mit: Blätterteighäppchen als Hors d'œuvre, gefüllt mit geschmolzenem Briekäse und Orangenmarmelade, frische Erbsensuppe mit Minze, zu servieren in Mokkatassen, die erst noch gespült werden mussten, ein Salat, gewürzt mit Fenchel, warme Laugenbrötchen, und zum Hauptgang Spargelfrittata mit Räucherlachs, den sie in der Küche auf den Tellern anrichten würden. Die besondere Spezialität war das Dessert, Schokoladensoufflés, an deren Perfektion der Koch den ganzen Sommer über gearbeitet hatte und die unbedingt serviert werden mussten, sobald sie aus dem Ofen kamen, und dann sanft, überaus sanft den Gästen vorgesetzt wurden.

Meg nickte zu den Anweisungen und trug dann die klobigen grünen Wassergläser ins Esszimmer. Palmen und Zitronenbäume wuchsen in mediterranen Töpfen, welche die Ecken des Raums füllten, und aus einem Steinbrunnen, der in eine geflieste Wand eingelassen war, tröpfelte Wasser. Zu dem langen Holztisch, dessen stark beanspruchter Tischplatte man ansah, dass er offenbar immer im Raum stand, hatte man noch zwei Tische gestellt. Anstatt förmlich einzudecken, hatte Francesca sich für handgewebte Platzsets entschieden. In der Mitte jedes Tischs stand ein kupfernes Tablett mit einer Auswahl von Tontöpfen, bestückt mit Oregano, Majoran, Salbei und Thymian, zusammen mit irdenen Krügen, randvoll mit goldgelben Blüten. Durch die riesigen Esszimmerfenster konnte sie einen Teil des Hofs und eine schattige Pergola sehen, wo auf einer Holzbank verlassen ein Buch lag. Es fiel schwer, eine Frau nicht zu mögen, die zum Wohle ihrer Freundinnen ein derart hübsches Ambiente geschaffen hatte, aber Meg war entschlossen, sich dennoch alle Mühe zu geben.

Haley war noch nicht wieder aus dem Badezimmer aufgetaucht, als Meg in die Küche zurückkehrte. Sie hatte gerade mit dem Spülen der Keramik-Mokkatassen begonnen, da kündigte das Geklappere von Absätzen das Kommen der Hausherrin an. »Danke, dass Sie mir heute aushelfen, Chefkoch Duncan«, sagte Francesca. »Ich hoffe, Sie finden alles, was Sie benötigen.«

Meg wandte sich von der Spüle ab und schenkte Francesca ihr strahlendstes Lächeln. »Hallo, Mrs. Beaudine.«

Im Unterschied zu ihrem Sohn hatte Francesca ein lausiges Pokergesicht, und die Gefühle, die sich auf ihrem Gesicht widerspiegelten, waren sehr leicht zu entschlüsseln. Zuerst Überraschung. (Sie hatte nicht damit gerechnet, dass Meg den Job annahm.) Dann Verblüffung. (Wann genau war Meg gekommen?) Als Nächstes Unbehagen. (Was würden die Gäste denken?) Dann Zweifel. (Vielleicht hätte sie sich das doch sorgfältiger überlegen sollen.) Gefolgt von Verzweiflung. (Das war eine fürchterliche Idee gewesen.) Und das alles endete in einem … Entschluss.

»Könnte ich Sie bitte im Esszimmer sprechen, Meg?«

»Natürlich.«

Sie folgte den klappernden Absätzen aus der Küche. Francesca war so winzig, dass Meg sie fast unter ihr Kinn hätte ziehen können, wenngleich sie sich nicht vorstellen konnte, dies jemals zu tun. Francesca war wie immer modisch gekleidet – sie trug ein smaragdgrünes Top und einen weißen Rock aus kühler Baumwolle mit einem pfauenblauen Gürtel. Sie blieb vor dem Steinbrunnen stehen und drehte an ihrem Ehering. »Ich fürchte, das ist ein Irrtum. Mein eigener, natürlich. Ich werde Sie doch nicht benötigen. Natürlich bezahle ich Sie für die Zeit. Sie werden sicherlich knapp bei Kasse sein, sonst hätten Sie bestimmt keine Notwendigkeit gesehen … heute herzukommen.«

»Es war schon mal knapper«, erwiderte Meg fröhlich. »Mein Geschäft mit dem Schmuck läuft besser, als ich mir das erträumt habe.«

»Ja, das habe ich gehört.« Francesca war sichtlich nervös und ebenso entschlossen, dies zu regeln. »Ich bin wohl davon ausgegangen, dass Sie diesen Job nicht annehmen werden.«

»Manchmal bin ich von mir selbst überrascht.«

»Natürlich ist das mein Fehler. Ich neige zu impulsiven Handlungen. Das hat mir schon mehr Ärger eingebracht, als Sie sich vorstellen können.«

Meg konnte ein Lied davon singen, was es hieß, impulsiv zu sein.

Francesca richtete sich zu ihrer vollen, wenig beeindruckenden Größe auf und sagte steif und würdevoll: »Ich werde mein Scheckbuch holen.«

Das war zwar höchst verführerisch, aber Meg brachte es nicht über sich. »Sie erwarten zwanzig Gäste, und Haley fühlt sich nicht gut. Ich kann den Chef nicht hängen lassen.«

»Ich bin mir sicher, dass wir das irgendwie schaffen werden.« Dabei spielte sie mit ihrem Diamantarmband. »Es ist wirklich peinlich. Ich möchte nicht, dass meine Gäste sich unwohl fühlen. Und Sie natürlich auch nicht.«

»Wenn Sie diejenigen zu Gast haben, von denen ich ausgehe, wird ihnen das gefallen. Und was mich betrifft ... ich bin jetzt seit zweieinhalb Monaten in Wynette, also braucht es schon Schlimmeres, damit ich mich unwohl fühle.«

»Ehrlich gesagt, Meg ... Es ist etwas anderes, ob Sie im Club arbeiten oder hier. Ich weiß, dass –«

»Entschuldigen Sie mich bitte. Ich muss meine Tassen fertig spülen.« Mit einem durchaus befriedigenden Klappern ihrer funkelnden rosa Plateauschuhe kehrte Meg zurück in die Küche.

Haley war aus dem Badezimmer wieder aufgetaucht, aber als sie an der Küchentheke stand, sah sie nicht viel besser aus, und der Koch bekam langsam Stress. Meg nahm ihr die Flasche Pfirsichnektar aus der Hand und schüttete nach Anweisung des Kochs jeweils ein bisschen was davon in die Sektflöten. Sie füllte sie mit Champagner auf, gab eine Scheibe frisches Obst dazu und reichte dann Haley voller Zuversicht das Tablett. Während Haley es wegtrug, nahm Meg die Platte mit dem warmen Blätterteiggebäck, das der Chef aus dem Ofen geholt hatte, dazu einen Stapel Cocktailservietten und folgte ihr.

Haley hatte sich einen Platz an der Eingangstür gesucht, damit sie nicht herumlaufen musste. Die Gäste trafen pünktlich ein. Sie trugen Leinen und Baumwolle in allen Farben und waren mehr herausgeputzt, als man dies in Kalifornien zu so einem Anlass getan hätte, aber in Texas war es offenbar selbst bei der jungen Generation eine Todsünde, nicht dem Anlass gemäß gekleidet zu sein.

Meg erkannte ein paar der Golferinnen aus dem Club. Torie unterhielt sich mit der einzigen Person im Raum, die komplett in Schwarz gekleidet war, einer Frau, die Meg noch nie gesehen hatte. Sie zögerte auf halbem Weg, die Champagnerflöte an ihre Lippen zu führen, als sie Meg mit dem Serviertablett kommen sah. »Was um Himmels willen tun Sie denn hier?«

Meg täuschte einen Knicks vor. »Ich heiße Meg, und ich werde Sie heute bedienen.«

»Warum?«

»Warum nicht?«

»Weil ...« Torie winkte ab. »Ich weiß nicht, warum nicht. Ich weiß nur, dass ich es nicht richtig finde.«

»Aber Mrs. Beaudine brauchte Hilfe, und ich hatte einen freien Tag.«

Torie zog die Stirn kraus und wandte sich dann an die dünne Frau an ihrer Seite, die einen strengen schwarzen Bob und eine Brille mit rotem Plastikgestell trug. Ohne sich Sorgen ums Protokoll zu machen, stellte sie die beiden Frauen einander vor. »Lisa, das ist Meg. Lisa ist Francescas Agentin. Und Meg ist –«

»Ich kann dieses Blätterteiggebäck nur wärmstens empfehlen.« Meg war sich nicht sicher, ob Torie nicht vorhatte, sie als die Tochter der großartigen Fleur Savagar Koranda vorzustellen, des Superstars der Talentagenten, denn sie kannte Torie inzwischen gut genug und wollte kein Risiko eingehen. »Und sehen Sie zu, dass noch Platz fürs Dessert bleibt. Ich werde die Überraschung nicht verderben, indem ich erzähle, was das sein wird, aber enttäuscht werden Sie mit Sicherheit nicht.«

»Meg?« Emma tauchte auf und runzelte ihre schmale Stirn. Das Ohrringpaar, das Meg aus farbenprächtigen Karneolperlen gefertigt hatte, hüpfte an ihren Ohrläppchen. »Ach du liebe Zeit ...«

»Lady Emma.« Meg hielt ihr das Tablett hin.

»Nur Emma. Ach, vergessen Sie's. Ich weiß auch nicht, warum ich das immer sage.«

»Ich auch nicht«, sagte Torie. »Lisa, ich bin mir sicher, Francesca hat Ihnen bereits alles über unser hiesiges Mitglied der königlichen Familie Großbritanniens erzählt, aber ich glaube, begegnet sind Sie sich noch nicht. Das ist meine Schwägerin Lady Emma Wells-Finch Traveler.«

Emma seufzte und streckte ihre Hand aus. Meg stahl sich davon und bediente unter Francescas wachsamen und besorgten Augen die örtliche Mafia.

Birdie, Kayla, Zoey und Shelby Traveler standen als Grüppchen am Fenster. Beim Näherkommen hörte Meg Birdie sagen: »Haley war gestern Abend mit Kyle Bascom zusammen. Und ich schwöre bei Gott, sollte sie schwanger werden ...«

Meg fiel Haleys bleiches Gesicht wieder ein, und sie betete, es möge nicht bereits passiert sein. Kayla sah Meg und rempelte Zoey so fest an, dass diese ihren Champagner verschüttete. Sämtliche Frauen inspizierten Megs Rock. Shelby warf Kayla einen inquisitorischen Blick zu. Meg hielt Birdie den Stapel Servietten hin.

Zoey nestelte an ihrer Halskette, die aussah, als wäre sie aus gelackten Froot Loops zusammengesetzt. »Es überrascht mich, dass Sie noch immer auf Partys arbeiten müssen, Meg. Kayla erzählte, dass Ihr Schmuck sich hervorragend verkauft.«

Kayla zupfte sich die Haare zurecht. »So hervorragend nun auch wieder nicht. Das Affenhalsband habe ich zweimal reduziert, bin es aber nach wie vor nicht losgeworden.«

»Ich habe Ihnen doch gesagt, dass ich es noch einmal neu mache.« Meg musste zugeben, dass das Affenhalsband nicht ihr bestes Stück war, aber fast alles andere, was sie Kayla gegeben hatte, hatte sich schnell verkauft.

Birdie fuhr sich durch ihr knallrotes Haar und betrachtete Meg hochmütig. »Würde ich mir Hilfe zum Bedienen holen, würde ich sehr genau angeben, wen ich haben möchte. Francesca ist in dieser Hinsicht zu gleichgültig.«

Zoey sah sich um. »Hoffentlich ist Sunny noch nicht zurück. Stellt euch mal vor, Francesca hätte sie eingeladen, und Meg wäre auch da. Solchen Stress braucht keiner von uns. Ich jedenfalls nicht, denn in wenigen Wochen fängt bei mir die Schule wieder an, und mir fehlt eine Vorschulerzieherin.«

Shelby Traveler wandte sich an Kayla. »Ich liebe Affen«, sagte sie. »Ich werde die Halskette kaufen.«

Torie schloss sich dem Kreis an. »Seit wann liebst du denn Affen? Ich kann mich noch gut erinnern, dass du kurz vor Peteys zehntem Geburtstag meintest, es seien schmutzige kleine Biester.«

»Nur weil er Kenny fast dazu überredet hätte, ihm einen zum Geburtstag zu kaufen.«

Torie nickte. »Das würde Kenny auch tun. Er liebt Petey genauso wie seine eigenen Kinder.«

Kayla schüttelte ihr Haar. »Diese französische Freundin von Ted, das Model, bei der fand ich immer, dass sie ein wenig an einen Affen erinnerte. Hatte was mit ihren Zähnen zu tun.«

Die Verrückten Frauen von Wynette waren nicht mehr zu bremsen. Meg schlich sich davon.

Als sie in die Küche kam, war Haley verschwunden, und der Koch schäumte vor Wut, während er über zerbrochene Champagnerflöten stieg. »Sie ist heute zu nichts zu gebrauchen! Ich habe sie nach Hause geschickt. Lassen Sie das blöde Glas liegen, und fangen Sie an, den Salat auf die Teller zu verteilen.«

Meg gab sich Mühe, seine wie aus dem Maschinengewehr abgeschossenen Befehle zu befolgen. Sie rannte durch die Küche, wich den Glasscherben aus und verfluchte ihre rosa Plateausohlenschuhe, aber als sie mit einem Tablett frischer Getränke in das Wohnzimmer zurückkehrte, verlangsamte sie absichtlich ihren Schritt, als ob sie alle Zeit der Welt hätte. Es mochte ja sein, dass es ihr an Erfahrung als Kellnerin fehlte, aber das brauchte keiner mitzukriegen.

Wieder zurück in der Küche, grub sie drei kleine Krüge für das Salatdressing aus, während er zum Herd raste, um nach den Frittatas zu sehen. »Ich möchte, dass die heiß serviert werden.«

Die nächste Stunde verging wie im Flug, denn Meg erledigte die Arbeit für zwei, während der Küchenchef sich Sorgen um seine Schokoladensoufflés machte. Torie und Emma schienen beide entschlossen zu sein, sie jedes Mal, wenn sie ins Esszimmer kam, in ein Gespräch zu verwickeln, als wäre auch Meg ein Gast. Meg wusste ihre guten Absichten zu schätzen, obwohl es ihr lieber gewesen wäre, sie hätte sich auf ihre Arbeit konzentrieren können. Kayla vergaß für einen Moment ihre Feindseligkeit und sagte Meg, sie wolle noch ein weiteres Halsband aus präkolumbianischen Steinen und Ohrringe für eine Freundin, die in Austin einen Laden hatte. Selbst Francescas Agentin suchte das Gespräch, nicht über Megs Eltern – offensichtlich hatte sie keiner informiert –, sondern über die Frittata und ihr Gefühl, eine Spur Curry herausgeschmeckt zu haben.

»Sie haben einen sehr feinen Gaumen«, sagte Meg. »Der Chef hat wirklich nur eine winzige Prise hineingetan. Kaum zu glauben, dass Sie das geschmeckt haben.«

Francesca hatte offenbar mitbekommen, dass Meg keine Ahnung hatte, ob die Fritatta mit Curry gewürzt war oder nicht, denn sie sicherte sich rasch Lisas Aufmerksamkeit.

Beim Bedienen schnappte Meg Gesprächsfetzen auf. Die Gäste wollten wissen, wann Ted zurückkäme und was er bei verschiedenen lokalen Problemen zu tun gedenke, zu denen jemandes lauter Hahn genauso gehörte wie die Rückkehr der Skipjacks nach Wynette. Während Meg Birdie frischen Eistee nachschenkte, schalt Torie Zoey wegen ihrer Froot-Loops-Halskette. »Könntest du nicht einmal normalen Schmuck tragen?«

»Glaubst du etwa, mir macht es Spaß, mit einem halben

Lebensmittelladen um den Hals herumzulaufen?«, flüsterte Zoey ihr zu, holte sich ein Brötchen aus dem Korb und riss es entzwei. »Aber Hunter Grays Mutter sitzt am Nebentisch, und ich brauche sie, damit sie mir bei der Organisation des diesjährigen Büchertrödels hilft.«

Torie blickte zu Meg auf. »Wenn ich Zoey wäre, würde ich striktere Grenzen zwischen meiner Arbeit und meinem Privatleben ziehen.«

»Das sagst du jetzt«, konterte Zoey, »aber überleg mal, wie begeistert du warst, als ich diese Makkaroniohrringe trug, die Sophie für mich gemacht hat?«

»Das war was anderes. Meine Tochter ist künstlerisch begabt.«

»Aber ja doch«, meinte Zoey höhnisch. »Und du hast am selben Tag die Haustelefonanlage der Schule für mich installiert.«

Irgendwie schaffte Meg es, das Geschirr abzuräumen, ohne jedermann die Reste auf den Schoß zu knallen. Die Golferinnen fragten sie, ob sie Arizona Iced Tea hätte. Mit schweißnassem Gesicht zog der Koch in der Küche die perfekt aufgegangenen Schokoladensoufflés aus dem Ofen. »Beeilung! Bringen Sie diese auf den Tisch, bevor sie zusammenfallen. Sacht! Denken Sie an das, was ich Ihnen gesagt habe.«

Meg schleppte das schwere Tablett ins Esszimmer. Das Servieren der Soufflés war eigentlich eine Aufgabe für zwei Leute, aber sie presste die Kante des Tabletts gegen ihre Hüfte und griff nach dem ersten Töpfchen.

»Ted!«, rief Torie freudig. »Seht mal alle her, wer da kommt!«

Meg schlug das Herz bis zum Hals, ihr Kopf ging ruckartig nach oben, und sie konnte sich kaum auf ihren rosa Plateausohlen halten, als sie Ted in der Tür stehen sah. Und binnen Sekunden begannen die Soufflés zu rutschen … und sie musste an den Kinderwagen denken.

Ihr Papa hatte ihr das Phänomen erklärt, als sie noch ein Kind war. Wenn man im Film einen Kinderwagen sah, wusste man, dass ein schnelles Auto darauf zugefahren kam. Dasselbe passierte mit dem Karren eines Blumenhändlers, einer Hochzeitstorte oder einer Fensterscheibe, die über eine Straße getragen wurde.

Lehn dich zurück in deinen Sessel, Kindchen, und halt dich fest, denn eine Verfolgungsjagd im Auto kommt auf dich zu.

Genauso war es mit den Schokoladensoufflés.

Sie schaffte es kaum noch, das Tablett zu halten. Sie verlor ihr Gleichgewicht. Die Soufflés hatten zu rutschen begonnen. Eine Verfolgungsjagd im Auto kam auf sie zu.

Doch das Leben war kein Film, und lieber hätte sie die Glasscherben vom Küchenboden gegessen, als zuzulassen, dass diese weißen Töpfchen herunterfielen. Sie schwankte zwar auf ihren Absätzen, verlagerte aber dennoch das Gewicht, brachte ihre Hüfte wieder in Position und konzentrierte sich einzig auf ihre Willenskraft, um wieder ins Gleichgewicht zu kommen.

Die Töpfchen kamen zur Ruhe. Francesca erhob sich von ihrem Stuhl. »Teddy, mein Schatz, du kommst gerade rechtzeitig zum Dessert. Setz dich zu uns.«

Meg hob ihr Kinn. Der Mann, den sie liebte, starrte sie an. Seine bernsteinfarbenen Augen, die sich beim Liebesspiel verschleierten, waren jetzt vollkommen klar und verfolgten alles ganz genau. Sein Blick fiel auf das Tablett, das sie trug. Dann sah er sie wieder an. Meg schaute nach unten. Die Soufflés fielen langsam in sich zusammen. Eins nach dem anderen. Pfft …Pfft …Pfft …

Kapitel 16

»Meine Damen.« Teds Blick wanderte von Megs weißer Kellnerinnenschürze zu seiner Mutter, die sich plötzlich in das reinste Energiebündel verwandelt hatte.

»Hol dir einen Stuhl, Liebling. Quetsch dich hier neben Shelby.« Ihre kleine Hand flog vom Haar zu den Armreifen und dann zur Serviette, wie ein Paradiesvogel, der einen sicheren Platz zum Landen suchte. »Glücklicherweise ist mein Sohn in Damengesellschaft in seinem Element.«

Torie schnaubte. »Das kannst du wohl sagen. Er hat mit der Hälfte der hier Anwesenden was gehabt.«

Ted neigte seinen Kopf den Versammelten zu. »Und jeden Augenblick genossen.«

»Nicht jeden«, warf Zoey ein. »Erinnerst du dich noch, als Bennie Hanks sämtliche Toiletten verstopft hatte, kurz vor dem Chorkonzert der fünften Klasse? An diesem Abend haben wir es nicht geschafft, essen zu gehen.«

»Aber ich hatte Gelegenheit, eine engagierte junge Erzieherin in Aktion zu erleben«, sagte Ted galant, »und Bennie hat eine wichtige Lektion gelernt.«

Als Zoey sich der Vorstellung von dem, was hätte sein können, hingab, nahm ihr Gesicht einen sehnsüchtigen Ausdruck an und machte ihre Züge weich. Doch sie riss sich zusammen und kehrte wieder in die Wirklichkeit zurück. »Bennie ist im Space-Camp von Huntsville. Wollen wir hoffen, dass sie dort besser auf ihre Toiletten aufpassen.«

Ted nickte, aber er hatte sich bereits seiner Mutter zugewandt. Mit festem Blick und ohne ein Lächeln auf den Lippen. Francesca stürzte sich auf ihr Wasserglas. Emmas Blicke schossen besorgt zwischen den beiden hin und her, und sie sprang rasch in die Bresche. »War deine Geschäftsreise denn erfolgreich, Ted?«

»War sie.« Langsam löste er seinen Blick von seiner Mutter und konzentrierte sich auf Meg. Sie gab vor, es nicht zu bemerken, und servierte schwungvoll das erste der Soufflés, als gehörte der Krater in dessen Mitte dazu.

Er kam auf sie zu, das Kinn entschlossen vorgereckt. »Lass mich dir helfen, Meg.«

Gelbe Warnleuchten begannen in ihrem Kopf zu blinken. »Nicht nötig.« Sie schluckte. »Sir.«

Seine Augen wurden schmal. Sie griff nach dem nächsten Töpfchen. Sowohl Francesca als auch Emma wussten, dass Ted und sie ein Liebespaar waren, und der mysteriöse nächtliche Spanner, der womöglich auch bei ihr eingebrochen war, wusste es ebenfalls. War dieser Mensch etwa jetzt hier und beobachtete sie? Diese Möglichkeit war aber nur zum Teil für die sich immer stärker bemerkbar machende bange Ahnung verantwortlich.

Ted nahm ihr das Auflaufförmchen aus der Hand und bediente einen Gast nach dem anderen mit einem unbefangenen Lächeln und einem passenden Kompliment. Meg schien als Einzige die Anspannung um die Winkel seines lächelnden Munds zu bemerken.

Francesca plauderte aufgekratzt mit ihren Gästen und tat so, als würde ihr Sohn dem Dienstpersonal immer zur Hand gehen. Teds Augen verdunkelten sich, als Shelby verkündete, dass das Gebot für »Gewinne ein Wochenende mit Ted Beaudine!« inzwischen auf elftausend Dollar angestiegen war. »Dank der guten Reklame kommen die Gebote von überallher.«

Kayla schien darüber weniger glücklich zu sein als die anderen, vermutlich hatte Daddy ihr den Geldhahn fürs Mitbieten zugedreht.

Eine der Golferinnen winkte, um seine Aufmerksamkeit zu erlangen. »Stimmt es, Ted, dass die Crew von *The Bachelor* nach Wynette kommt, um hier zu recherchieren und zu drehen?«

»Das stimmt nicht«, warf Torie ein. »Er hat ihren Idiotentest nicht bestanden.«

Endlich war das Tablett leer, und Meg versuchte sich davonzustehlen. Sie rannte in die Küche, aber Ted lief ihr hinterher.

Der Chefkoch begann übers ganze Gesicht zu strahlen, als er sah, wer da hereinplatzte. »Hey, Mr. Beaudine. Schön, Sie zu sehen.« Er ließ die Kaffeekannen stehen, die er gerade gefüllt hatte. »Wie ich hörte, waren Sie auswärts.«

»Bin gerade zurückgekommen, Chef.« Ted sah Meg an, und seine gute Laune verflog. »Warum bedienst du hier auf der Party meiner Mutter?«

»Ich helfe aus«, erklärte sie, »und du stehst mir im Weg.« Sie nahm ein zusätzliches Soufflé von der Theke und schob es ihm hin. »Setz dich und iss.«

Der Küchenchef umrundete den Küchenblock. »Das können Sie ihm doch nicht geben. Das ist bereits zusammengefallen.«

Zum Glück wusste der Koch nichts von den zwanzig anderen, denen das gleiche Schicksal widerfahren war. »Ted wird das nicht auffallen«, sagte sie, »er isst Marshmallow Fluff direkt aus dem Glas.«

Sie war diejenige, die das tat, aber das Leben in Wynette hatte sie den Wert von Ausflüchten gelehrt.

Ted stellte das leere Desserttöpfchen mit verbissener Miene zurück auf die Theke. »Meine Mutter hat dir eine Falle gestellt, oder?«

»Mir eine Falle gestellt? Deine Mutter?« Sie stürzte sich auf die Kaffeekannen, war aber nicht schnell genug, denn er kam ihr zuvor. »Gib sie mir zurück«, sagte sie. »Ich brauche deine Hilfe nicht. Ich möchte, dass du mir aus dem Weg gehst, damit ich meinen Job erledigen kann.«

»Meg!« Das bereits stark gerötete Gesicht des Kochs bekam einen Stich ins Violette. »Ich muss mich entschuldigen, Mr. Beaudine. Meg hat bisher noch nicht bedient, und sie muss noch viel lernen, wie man mit Leuten umgeht.«

»Da sagen Sie was Wahres.« Ted verschwand mit dem Kaffee durch die Tür.

Er würde alles vermasseln. Wie, wusste sie noch nicht. Sie wusste nur, er würde etwas Schreckliches tun, was sie unbedingt verhindern musste. Sie griff nach dem Krug voller Eistee und lief ihm hinterher.

Er hatte bereits mit dem Einschenken begonnen, ohne überhaupt zu fragen, was jeder wollte, aber nicht einmal die Teetrinker protestierten. Sie waren viel zu sehr damit beschäftigt, ihn zu hätscheln. Ted vermied den Blickkontakt mit seiner Mutter, auf deren ansonsten glatter Stirn sich zwei tiefe Furchen eingegraben hatten.

Meg begann auf der anderen Seite des Esszimmers, die Gläser mit Eistee nachzuschenken. Die Frau, die von Zoey als Hunter Grays Mutter angesprochen worden war, deutete auf Meg. »Torie, das sieht doch aus wie dein Miu-Miu-Rock. Der Rock, den du trugst, als wir alle zum Konzert von Vampire Weekend nach Austin fuhren.«

Ted brach sein Gespräch mit Francescas Agentin ab. Torie streifte träge mit dem Blick eines reichen Mädchens Megs Rock. »Heutzutage wird doch alles gefälscht. Damit will ich Sie nicht beleidigen, Meg. Ist wirklich anständig gemacht.«

Aber das war kein Imitat, und plötzlich ging Meg ein Licht auf, warum sie immer dann, wenn sie eins der Kleidungsstücke trug, die sie in Kaylas Secondhandshop erworben hatte, merkwürdig angesehen wurde. Sie hatte die ganze Zeit Torie O'Connors abgelegte Klamotten getragen, Kleidungsstücke, die so leicht zu identifizieren waren, dass kein anderer in der

Stadt sie kaufen würde. Und alle waren eingeweiht gewesen und hatten sich auf ihre Kosten lustig gemacht, einschließlich Ted.

Birdie sah Meg selbstgefällig an, als sie ihr das Eisteeglas reichte. »Der Rest von uns hat zu viel Stolz, um sich Tories alte Kleider anzuziehen.«

»Mal ganz zu schweigen davon, dass wir nicht den Körper dafür haben«, warf Zoey ein.

Kayla plusterte sich ihre Haare auf. »Ich sage Torie immer, sie könnte viel mehr Geld dafür bekommen, wenn sie ihre Sachen in ein Konsignationslager in Austin schicken würde, aber das ist ihr zu umständlich. Bis Meg kam, konnte ich ihre Sachen nur an Leute von außerhalb verkaufen.«

Die Kommentare hätten sie getroffen, doch alle Frauen, selbst Birdie, sprachen leise genug, sodass nur Meg allein ihre spitzen Bemerkungen zu hören bekam. Und ihr blieb keine Zeit, darüber nachzudenken, warum sie dies taten, denn Ted stellte beide Kaffeekannen ab und kam direkt auf sie zu.

Sein lockeres Lächeln behielt er zwar bei, aber sein entschlossener Blick erzählte eine gefährliche Geschichte. Ein Autounfall kam auf sie zu, und sie sah keine Möglichkeit, diesem auszuweichen.

Er blieb direkt vor ihr stehen, nahm ihr den Krug mit dem Eistee aus der Hand und reichte diesen an Torie weiter. Meg trat einen Schritt zurück, spürte jedoch bereits, wie seine Finger sich um ihren Nacken schlossen und sie festhielten. »Geh du doch in die Küche, Liebling, und hilf dem Koch. Ich werde hier das Geschirr abräumen.«

Liebling?

Der Motor dröhnte, die Reifen quietschten, die Bremsen rauchten, und das heranrasende Auto knallte gegen den Kinderwagen. Direkt vor den Augen der größten Klatschweiber von Wynette, Texas, neigte Ted Beaudine seinen Kopf, legte seine legendären Lippen auf die ihren und verkündete der ganzen Welt das Ende der Heimlichtuerei. Meg Koranda war die neue Frau in seinem Leben.

Kayla sprang wütend von ihrem Stuhl auf. Shelby stöhnte. Birdie warf ihr Eisteeglas um. Emma vergrub das Gesicht in ihren Händen, und Zoey, die genauso bedröppelt aussah wie einer ihrer Zweitklässler, rief: »Ich dachte, sie würde nur so tun, um sich Spence vom Leib zu halten.«

»Ted und *Meg*?«, rief Hunter Grays Mutter fassungslos.

Francesca sackte in ihrem Stuhl zusammen. »Teddy … Was tust du da?«

Mit Ausnahme womöglich ihrer Agentin begriffen alle im Raum die Bedeutung dessen, was gerade passiert war. Kayla sah ihre Boutique dahinschwinden. Birdie sah ihren neuen Tearoom samt integrierter Buchhandlung in Rauch aufgehen. Zoey trauerte um die neuen Lehrmittel, die es nie geben würde. Shelby und Torie sahen weitere schlaflose, von Schuldgefühlen geplagte Nächte ihrer Ehemänner vor sich. Und Francesca sah, wie ihr einziger Sohn einer raffinierten, wertlosen Frau in die Hände fiel.

Meg hätte vor lauter Rührung, weil er so etwas unglaublich Dummes für sie getan hatte, heulen können.

Er strich mit seinen Fingerknöcheln über ihre Wange. »Jetzt geh, Liebling. Mom weiß es zu schätzen, dass du heute eingesprungen bist, um ihr zu helfen, aber jetzt übernehme ich das.«

»Ja, Meg«, sagte Francesca mit gedämpfter Stimme. »Das schaffen wir jetzt selbst.«

Meg war ihm wichtiger als diese Stadt. Ihr Herz quoll über vor rauschhafter Ausgelassenheit, bei der ihr schwindelig wurde, doch die Frau, zu der sie geworden war, ließ sie diesen Moment nicht allzu lang auskosten. Sie grub ihre Nägel in ihre Handflächen und stellte sich vor die Gäste seiner Mutter. »Ich … ich … es tut mir leid, dass Sie gezwungen waren, das mit anzusehen.« Sie räusperte sich. »Er … äh … hat in letz-

ter Zeit viel mitgemacht. Ich versuche nett zu sein, aber …«
Sie holte zitternd Luft. »Er kann es einfach nicht akzeptieren,
dass ich … dass ich nicht so auf ihn stehe.«

Ted nahm sich den Rest des von Torie übrig gelassenen
Soufflés, biss hinein und hörte Meg geduldig zu, die sich alle
Mühe gab, das Richtige zu tun und ihn aus dem schönen
Schlamassel herauszuholen, den er da angerichtet hatte. »Es
liegt an mir, nicht an dir.« Sie wandte sich ihm zu und zwang
ihn mit ihrem Blick zur Komplizenschaft. »Alle hier finden
dich fabelhaft, und deshalb muss ich das auch, oder? Keiner sonst scheint dich ein klein wenig … gruselig zu finden.«

Er zog die Augenbrauen hoch.

Francesca richtete sich in ihrem Stuhl auf. »Haben Sie meinen Sohn gerade ›gruselig‹ genannt?«

Ted löffelte weiter an seinem Soufflé und verfolgte interessiert, womit sie noch aufwarten würde. Und signalisierte
keinerlei Bereitschaft, sie zu unterstützen. Sie hätte ihn gern
geküsst, ihn angeschrien. Stattdessen wandte sie sich wieder
den Frauen zu. »Seien Sie ehrlich.« Ihre Stimme gewann an
Festigkeit, weil sie für richtig hielt, was sie tat. »Sie wissen
alle, was ich meine. Dass die Vögel zu singen anfangen, wenn
er draußen vorbeiläuft. Das ist doch gruselig, oder? Und diese Heiligenscheine, die sich ständig um seinen Kopf bilden?«

Keiner rührte sich. Keiner sagte was.

Ihr Mund war trocken, aber sie machte weiter. »Und was
ist mit den *Stigmata*?«

»Stigmata?«, warf Torie ein. »Das ist was Neues.«

»Unfall mit dem Marker.« Ted ließ sich den letzten Löf-
fel Schokolade schmecken und stellte das Schälchen beiseite.
»Meg, Liebling – und ich sage das nur, weil ich mir Sorgen
mache –, du verhältst dich ein wenig seltsam. Du wirst doch
nicht etwa schwanger sein?«

In der Küche klapperte Geschirr und brachte ihren Entschluss ins Wanken. Er war ein Meister der Coolness. Und

sie nur ein Möchtegern auf diesem Gebiet und niemals in der Lage, ihn in seinem eigenen Spiel zu schlagen. Das hier waren seine Stadt und sein Problem, das er lösen musste. Sie griff nach dem Eisteekrug und rannte in die Küche.

»Wir sehen uns heute Abend«, rief er ihr nach. »Gleiche Zeit wie immer. Und zieh das Kleid von Torie an. Es sieht an dir bei Weitem besser aus als jemals an ihr. Tut mir leid, Torie, aber du weißt, dass das stimmt.«

Auf dem Weg durch die Tür bekam Meg noch Shelbys Jammern mit. »Was wird denn jetzt aus dem Gewinnspiel? Das wird alles ruinieren!«

»Scheiß auf das Gewinnspiel«, erwiderte Torie. »Wir haben größere Probleme. Unser Bürgermeister hat Sunny Skipjack gerade den Stinkefinger gezeigt und San Antone ein neues Golfresort beschert.«

Ted kehrte klugerweise nicht in die Küche zurück. Während Meg dem Koch beim Aufräumen half, drehte sich alles in ihrem Kopf. Sie hörte die Gäste aufbrechen, und nicht lang danach kam Francesca in die Küche. Sie war bleich. Sie war barfuß und hatte statt ihrer Partykleider Shorts und ein T-Shirt angezogen. Sie bedankte sich beim Koch und bezahlte ihn, dann reichte sie Meg ihren Scheck.

Es war doppelt so viel, wie man ihr zugesagt hatte.

»Sie haben für zwei Leute gearbeitet«, sagte Francesca.

Meg nickte und gab ihn ihr zurück. »Mein Beitrag für den Bibliotheksfond.« Sie hielt Francescas Blick gerade lang genug stand, um ein wenig Würde zu wahren, und kehrte dann an ihre Arbeit zurück.

Es war fast schon Abendessenszeit, als das letzte Geschirr weggeräumt war und sie gehen konnte, bepackt mit einem großzügigen Sack voller Reste, die der Koch ihr mitgegeben hatte. Den ganzen Weg zur Kirche musste sie lächeln. Teds Laster stand vor den Stufen. So müde sie auch war, konnte sie doch an nichts anderes denken, als ihm die Kleider vom Leib zu reißen. Sie griff nach den Essensresten und rannte hinein, blieb dann aber wie angewurzelt stehen.

Die Kirche war verwüstet worden. Umgeworfene Möbel, aufgeschlitzte Kissen, verstreute Kleidung ... Orangensaft und Ketchup waren über den Futon geschmiert, und überall lag ihr Schmuckmaterial verstreut – ihre kostbaren Perlen, die Werkzeuge, die sie gerade erst gekauft hatte, Drahtgewirr.

Ted stand inmitten des Durcheinanders. »Der Sheriff ist schon unterwegs.«

Der Sheriff fand keinerlei Anzeichen auf gewaltsames Eindringen. Als das Thema auf die Schlüssel kam, sagte Ted, er habe bereits einen Austausch der Schlösser veranlasst. Während der Sheriff seine Theorie unterbreitete, ein Obdachloser habe dies getan, wusste Meg, dass sie nun von der Nachricht berichten musste, die auf ihren Badezimmerspiegel geschmiert worden war.

Ted explodierte. »Und damit rückst du erst jetzt heraus? Was zum Teufel hast du dir eigentlich dabei gedacht? Ich hätte dich keinen weiteren Tag mehr hier wohnen lassen.«

Sie sah ihn einfach nur an. Er erwiderte ihren Blick mit finsterer Miene – ohne dass ein Heiligenschein in Sicht gewesen wäre.

Der Sheriff befragte sie, ob jemand ihr feindlich gesonnen sei, und schaute sie dabei ernst an. Sie dachte, er wolle sie verkohlen, bis ihr einfiel, dass er für den Bezirk arbeitete und womöglich in den örtlichen Klatsch nicht eingeweiht war.

»Meg hat mit einigen Leuten Streit gehabt«, antwortete Ted für sie, »aber ich kann mir nicht vorstellen, dass einer von ihnen so etwas tun würde.«

Der Sheriff holte sein Notizbuch heraus. »Welche Leute?«

Sie versuchte sich zusammenzureißen. »Im Grunde ist keiner der Leute, die Ted mögen, besonders angetan von mir.«

Der Sheriff schüttelte den Kopf. »Das sind ja furchtbar viele Menschen. Könnten Sie das nicht etwas eingrenzen?«

»Es bringt nichts, wenn ich jetzt ein paar Namen nenne, die mir zufällig einfallen«, erwiderte sie.

»Sie beschuldigen niemanden damit. Sie geben mir nur eine Liste der Leute, die nicht gut auf Sie zu sprechen sind. Ich benötige Ihre Kooperation, Miss Koranda.«

Sie verstand ihn, doch es schien ihr nicht rechtens zu sein.

»Miss Koranda?«

Sie nahm alle Kraft zusammen. »Nun, das wären ...« Wo sollte sie anfangen? »Sunny Skipjack möchte Ted für sich haben.«

Sie betrachtete das Werk der Zerstörung, das sie umgab, und holte tief Luft. »Dann kämen Birdie Kittle, Zoey Daniels, Shelby Traveler, Kayla Garvin und Kaylas Vater Bruce infrage. Vielleicht auch Emma Traveler, obwohl ich dachte, sie habe sich gefangen.«

»Keine von ihnen würde einen Ort derart verwüsten«, sagte Ted.

»Jemand hat es getan«, entgegnete der Sheriff und schlug eine neue Seite in seinem Notizbuch auf. »Machen Sie weiter, Miss Koranda.«

»Sämtliche ehemaligen Freundinnen von Ted, vor allem nach den Ereignissen des heutigen Mittagessens.« Das machte eine kurze Erklärung erforderlich, die Ted nachdenklich lieferte und mit dem Kommentar über die Feigheit von Leuten versah, denen Heimlichtuerei lieber war, als zu ihren Beziehungen zu stehen.

»Sonst noch jemand?« Der Sheriff blätterte zur nächsten Seite.

»Skeet Cooper hat mitbekommen, wie ich einen von Teds Golfbällen in den Boden drückte, damit Ted sein Match gegen Spencer Skipjack nicht gewinnen konnte. Du hättest sehen sollen, wie er mich ansah.«

»Du hättest sehen sollen, wie ich dich ansah«, entgegnete Ted angewidert.

Meg zupfte an einem Nietnagel.

»Und?« Der Sheriff klickte mit seinem Stift.

Sie gab vor, aus dem Fenster zu sehen. »Francesca Beaudine.«

»Moment mal!«, rief Ted.

»Der Sheriff wollte eine Liste«, verteidigte sie sich. »Ich gebe ihm eine Liste, ohne jemanden zu beschuldigen.« Sie wandte sich wieder an den Sheriff. »Ich sah Mrs. Beaudine vor etwas mehr als einer Stunde bei sich zu Hause, weshalb sie für das hier kaum infrage kommt.«

»Wohl kaum, aber es ist nicht ausgeschlossen«, meinte der Sheriff.

»Meine Mutter hat diesen Ort hier nicht verwüstet«, behauptete Ted.

»Was Teds Vater betrifft, kann ich nichts sagen«, fuhr Meg fort. »Er ist schwer zu durchschauen.«

Jetzt war es am Sheriff, sich empört aufzublasen. »Der große Dallas Beaudine ist kein Vandale.«

»Vermutlich nicht. Und ich denke, wir können auch Cornelia Jorik ausschließen. Einer ehemaligen Präsidentin der Vereinigten Staaten dürfte es schwerfallen, sich unbemerkt nach Wynette zu schleichen.«

»Sie hätte ihre Handlager schicken können«, meinte Ted lässig.

»Wenn dir meine Liste nicht gefällt, dann stell du doch eine auf«, konterte sie. »Du kennst meine Verdächtigen allesamt besser als ich. Die Botschaft ist doch eindeutig – jemand gibt mir unmissverständlich zu verstehen, dass man mich in Wynette nicht haben will.«

Der Sheriff sah Ted an. »Ist das so, Ted?«

Ted strich sich mit der Hand durchs Haar. »Ich kann nicht glauben, dass jemand von diesen Leuten etwas derart Hässliches tun würde. Was ist mit den Leuten im Club, mit denen du zusammenarbeitest?«

»Das sind die Einzigen, zu denen ich ein gutes Verhältnis habe.«

Der Sheriff klappte sein Notizbuch zu. »Sie sollten nicht allein hierbleiben, Miss Koranda.«

»Glauben Sie mir, sie wird nicht hierbleiben«, sagte Ted.

Der Sheriff versprach, mit dem Polizeichef zu sprechen. Ted begleitete ihn zu seinem Streifenwagen, und in Megs Tasche klingelte das Telefon. Als sie auf das Display schielte, sah sie, dass es ihre Mutter war, der letzte Mensch, mit dem sie jetzt reden wollte und nach deren Stimme zu hören sie sich doch verzweifelt sehnte.

Sie ging durch die verwüstete Küche und trat durch die Hintertür ins Freie. »Hallo, Mom.«

»Hallo, mein Liebling. Wie läuft's in der Arbeit?«

»Großartig. Wirklich großartig.« Sie sank auf die Stufe. Der Zement speicherte noch die Hitze des Tages, und sie spürte die Wärme durch Torie O'Connors abgelegten Rock.

»Dein Dad und ich, wir sind so stolz auf dich.«

Ihre Mutter dachte noch immer, Meg sei für die Organisation der Veranstaltungen im Club verantwortlich, ein Bild, das sie sehr bald korrigieren musste. »Ganz ehrlich, so toll ist der Job nun auch wieder nicht.«

»Hey, ich weiß wohl besser als sonst jemand, was es heißt, mit riesigen Egos umgehen zu müssen, und davon wirst du in einem Country Club jede Menge zu sehen bekommen. Was mich wieder zum Grund meines Anrufs zurückführt. Ich habe großartige Neuigkeiten.«

»Belinda ist gestorben und hat mir ihr gesamtes Geld vermacht.«

»Wunschdenken. Nein, deine Großmutter wird ewig leben. Sie ist eine der Untoten. Die große Neuigkeit ist ... Dein Vater und ich werden dich besuchen.«

Oh Gott ... Meg sprang von der Stufe auf. Ein Dutzend hässliche Bilder rasten ihr durch den Kopf. Die aufgeschlitzten Sofakissen ... Das zerbrochene Glas ... Der Getränke-Cart ... Die Gesichter all jener, die ihr feindselig gesonnen waren.

»Wir vermissen dich und wollen dich sehen«, sagte ihre Mutter. »Wir möchten deine neuen Freunde kennenlernen. Wir sind so stolz, dass es dir gelungen ist, dein Leben derart zu verändern.«

»Das ist ... das ist toll.«

»Über den Termin sind wir uns noch nicht ganz im Klaren, aber das wird bald geregelt sein. Nur eine Stippvisite. Ein Tag oder so. Du fehlst mir.«

»Du fehlst mir auch, Mom.« Ihr bliebe also noch Zeit, das Durcheinander drinnen aufzuräumen, aber das war nur die Spitze des Eisbergs. Was war mit ihrem Job? Sie erwog ihre Chancen, noch vor ihrem Besuch zur Veranstaltungsmanagerin des Clubs befördert zu werden, und kam dabei zu dem Schluss, dass die Wahrscheinlichkeit, in Birdies Haus zu einer Pyjamaparty eingeladen zu werden, weitaus größer war. Beim Gedanken, Ted ihren Eltern vorzustellen, schauderte es sie. Man brauchte nicht viel Fantasie, sich ihre Mutter vorzustellen, wie sie auf ihre Knie fiel und Ted anflehte, bloß nicht zur Vernunft zu kommen.

Sie packte das einfachste ihrer Probleme an. »Da ist nur eine Sache, Mom ... Mein Job. Er ist gar nicht so beeindruckend.«

»Hör auf, dich ständig abzuwerten, Meg. Ich kann nichts daran ändern, dass du in einer Familie von durchgeknallten Überfliegern aufgewachsen bist. Wir sind die Seltsamen. Du bist eine normale, intelligente, schöne Frau, die sich von all den Verrücktheiten in ihrem Umfeld hat ablenken lassen. Aber das liegt jetzt hinter dir. Du hast einen Neuanfang gemacht, und darauf können wir gar nicht stolz genug sein. Ich muss los. Ich habe dich lieb.«

»Ich dich auch«, antwortete Meg matt. Und nachdem ihre Mutter aufgelegt hatte, ergänzte sie: »Ich bin das Mädchen vom Getränke-Cart, Mom, keine Veranstaltungsmanagerin. Aber mein Schmuck verkauft sich sehr gut.«

Die Hintertür öffnete sich, und Ted kam heraus. »Ich werde morgen jemanden zum Aufräumen herschicken.«

»Nein«, sagte sie müde. »Ich möchte nicht, dass das jemand sieht.«

Er verstand sie. »Dann bleib hier draußen und entspanne dich. Ich kümmere mich darum.«

Am liebsten hätte sie sich zu einer kleinen Kugel zusammengerollt und über alles nachgedacht, was passiert war, doch sie hatte zu viele Jahre andere Leute für sich aufräumen lassen. »Mir geht es gut. Ich will mich nur kurz umziehen.«

»Du solltest das nicht tun müssen.«

»Du aber auch nicht.« Es schmerzte sie, dieses freundliche, schöne Gesicht anzusehen. Noch vor ein paar Wochen hätte sie sich gefragt, was ein Mann wie Ted mit einer Frau wie ihr wollte, aber jetzt dachte sie anders darüber und hatte nicht nur das Gefühl, etwas erreicht zu haben, sondern auch, etwas wert zu sein.

Er schleifte den ruinierten Futon nach draußen, danach die kaputte Couch und die Stühle aus dem Club. Während er arbeitete, machte er ein paar Scherze, um sie aufzuheitern. Sie fegte das zerbrochene Glas zusammen und untersuchte es darauf, ob nicht versehentlich ein paar ihrer kostbaren Perlen hineingeraten waren. Danach ging sie in die Küche, um dort sauber zu machen, aber das hatte er bereits erledigt.

Bis sie alles fertig hatten, war es fast dunkel, und sie waren beide hungrig. Sie gingen mit den Resten vom Mittagessen und zwei Flaschen Bier auf den Friedhof und breiteten alles auf einem der Badetücher aus. Sie aßen direkt aus den Behältern, wobei ihre Gabeln sich gelegentlich berührten. Sie musste über die Ereignisse im Haus seiner Mutter mit ihm spre-

chen, aber sie wartete damit, bis sie gegessen hatten. »Was du
beim Mittagessen getan hast, hättest du niemals tun dürfen.«

Er lehnte sich an den Grabstein von Horace Ernst. »Und
was habe ich getan?«

»Lass die Spielchen. Du hast mich geküsst.« Dabei musste
sie gegen das Hochgefühl ankämpfen, das nach wie vor aus
ihr heraussprudeln wollte. »Inzwischen weiß die ganze Stadt,
dass wir ein Paar sind. Und Spence und Sunny werden bei
ihrer Rückkehr keine fünf Minuten brauchen, um alles darüber zu erfahren.«

»Lass das mit Spence und Sunny mal meine Sorge sein.«

»Wie konntest du nur so etwas Dummes tun?« *Etwas so
Wunderbares.*

Ted streckte seine Beine zum Grab der Müllers aus. »Ich
möchte, dass du eine Weile bei mir einziehst.«

»Hörst du mir eigentlich zu, wenn ich dir was sage?«

»Alle wissen jetzt über uns Bescheid. Es gibt keinen Grund,
nicht bei mir einzuziehen.«

Nach allem, was er für sie getan hatte, konnte sie nicht
länger gegen ihn ankämpfen. Sie griff nach einem Stock und
schälte mit ihrem Daumennagel die Rinde ab. »Ich weiß dein
Angebot zu schätzen, aber wenn ich bei dir einziehe, bedeutet das nichts anderes, als deiner Mutter eine lange Nase zu
machen.«

»Um meine Mutter kümmere ich mich«, erklärte er finster. »Ich liebe sie, aber sie bestimmt nicht über mein Leben.

»Ja, das sagen wir alle. Du. Ich. Lucy.« Sie stach mit dem
Stock in den Staub. »Das sind mächtige Frauen. Sie sind vernünftig, sie sind klug, sie regieren ihre Welt, und sie lieben uns
gnadenlos. Eine kraftvolle Mischung, die es einem erschwert,
sie als ganz normale Mütter anzusehen.«

»Du bleibst nicht allein hier. Du hast ja nicht mal was zum
Schlafen.«

Ihr Blick fiel durch die Bäume auf den Müllhaufen, auf dem

nun ihr Futon lag. Wer immer dies getan hatte, würde nicht aufhören, nicht, solange Meg in Wynette blieb. »Also gut«, willigte sie ein. »Aber nur für heute Nacht.«

Sie fuhr in ihrer Rostlaube hinter ihm her zu seinem Haus. Kaum hatten sie es betreten, zog er sie an seine Brust und telefonierte einhändig. »Mom, jemand ist in die Kirche eingebrochen und hat dort alles verwüstet, also wird Meg ein paar Tage hier bei mir wohnen. Du machst ihr Angst, ich bin sauer auf dich, und du bist im Moment hier nicht willkommen, also lass uns in Ruhe.« Er legte auf.

»Sie macht mir keine Angst«, protestierte Meg. »Keine große.«

Er gab ihr einen Kuss auf die Nase, drehte sie so, dass sie die Treppe vor sich hatte, und gab ihr nach einigem Zögern über dem Drachen einen Klaps auf den Po. »So ungern ich das auch sage, du bist fix und fertig. Geh zu Bett. Ich komme später hoch.«

»Eine heiße Verabredung?«

»Noch besser. Ich werde an der Kirche eine Überwachungskamera installieren.« Seine Stimme bekam einen schroffen Unterton. »Was ich sofort getan hätte, wenn du mich über den ersten Einbruch informiert hättest.«

Sie war nicht so dumm, sich diesbezüglich zu verteidigen. Stattdessen schlang sie ihre Arme um ihn und zog ihn auf den Bambusboden hinab. Nach allem, was heute passiert war, würde es diesmal anders sein. Diesmal würde er nicht nur ihren Körper berühren.

Sie rollte sich auf ihn, packte seinen Kopf mit beiden Händen und küsste ihn heftig. Er erwiderte ihre Küsse mit seiner gewohnten Kompetenz. Erregte sie mit seinem berauschenden Einfallsreichtum. Ließ sie schwitzend und atemlos und fast … aber nicht ganz … befriedigt zurück.

Kapitel 17

Meg war keine Klimaanlage gewohnt, und da nur ein Laken auf ihr lag, wurde ihr kalt während der Nacht. Sie kuschelte sich an Ted, und als sie ihre Augen öffnete, war es Morgen. Sie rollte sich auf die Seite und studierte ihn. Er war schlafend genauso unwiderstehlich wie wach. Seine Haare hatten genau die richtige Mischung von platt gedrückt und zerzaust, und es juckte sie in den Fingern, sie zu ordnen. Sie verlor sich in der Linie über seinem Bizeps, wo die Bräunung aufhörte. Kein Glamourboy aus Südkalifornien würde sich mit einem derartigen Bräunungsstreifen sehen lassen, aber Ted verschwendete keinen Gedanken daran. Sie drückte ihre Lippen darauf.

Er drehte sich auf den Rücken, wobei er einen Teil des Lakens mitzog und den moschusartigen Duft, den ihre beiden schlafenden Körper verbreiteten, aufwirbelte. Sie war sofort erregt, doch da sie schon bald in den Club musste, zwang sie sich aufzustehen. Inzwischen würde sich die Nachricht, was sich gestern beim Mittagessen abgespielt hatte, wie ein Lauffeuer verbreitet haben, aber bestimmt würde keiner Ted für diesen Kuss verantwortlich machen. Ein Tag voller Probleme erwartete sie.

Sie bestückte gerade den Cart für die Golferinnen, die am Dienstagmorgen spielten, als Torie aus der Umkleide kam. Mit schwingendem Pferdeschwanz kam sie auf Meg zumarschiert und in der für sie typischen Art auch gleich zur Sache. »Sie können nach allem, was passiert ist, natürlich nicht in der Kirche wohnen bleiben, aber bei Ted genauso wenig, deshalb haben wir alle beschlossen, dass Sie am besten in Shelbys Gästesuite ziehen. Ich habe selbst dort zwischen meinen ersten beiden unglücklichen Ehen gewohnt. Sie sind dort für sich und haben allen Komfort, zudem gibt es eine Küche, was Sie nicht hätten, wenn Sie bei Emma oder mir wohnten.« Mit hüpfendem Pferdeschwanz ging sie weiter zum Laden und rief ihr dabei über die Schulter zu: »Shelby erwartet Sie um sechs. Sie wird unangenehm, wenn Leute sich verspäten.«

»Einen Moment mal!« Meg folgte ihr nach. »Ich werde dort nicht einziehen.«

Torie stemmte ihre Hand in die Hüfte und blickte so ernst drein, wie Meg sie noch nie erlebt hatte. »Sie können *nicht* bei Ted wohnen.«

Das wusste Meg bereits, aber sie ließ sich nicht gern herumkommandieren. »Entgegen der allgemeinen Auffassung wird keine von euch darüber bestimmen. Und ich werde in die Kirche zurückkehren.«

Torie schnaubte. »Glauben Sie allen Ernstes, dass er das zulässt, nach allem, was passiert ist?«

»Ted wird mir nicht vorschreiben, was ich zu tun habe.« Sie stapfte zu ihrem Cart zurück. »Richten Sie Shelby meinen Dank für ihre Großzügigkeit aus, aber ich habe eigene Pläne.«

Torie kam hinter ihr her. »Sie können nicht bei Ted einziehen, Meg. Das geht nicht.«

Meg gab vor, sie nicht gehört zu haben, und fuhr davon.

Sie war nicht in der Stimmung, an ihrem Schmuck zu arbeiten, während sie auf Kunden wartete, also holte sie eine Ausgabe von *American Earth* heraus, die sie sich von Ted geliehen hatte, aber nicht einmal die Worte der scharfsinnigsten Umweltschützer des Landes vermochten sie zu interessieren. Sie legte das Buch beiseite, als die ersten vier Frauen auftauchten.

»Wir haben von dem Einbruch gehört, Meg.«

»Sie werden sehr erschrocken sein.«

»Wer, glauben Sie, hat das getan?«

»Ich wette, die wollten an Ihren Schmuck.«

Sie löffelte Eis in Pappbecher, schenkte Getränke aus und beantwortete die Fragen so knapp wie möglich. Ja, es war unheimlich. Nein, sie hatte keine Ahnung, wer es getan haben könnte. Ja, sie beabsichtige, in Zukunft sehr viel vorsichtiger zu sein.

Als das nächste Vierergrüppchen auftauchte, wurden die gleichen Fragen gestellt, aber sie kamen gar nicht richtig bei ihr an. Erst als alle auf dem Fairway waren, fiel ihr ein, dass keine dieser acht Frauen Teds Kuss beim Mittagessen oder seine Erklärung, dass Meg und er ein Paar waren, erwähnt hatte.

Das war ihr unbegreiflich. Die Frauen in dieser Stadt liebten nichts mehr, als sich in die Angelegenheiten anderer Leute einzumischen, vor allem in die von Ted, also war nicht Höflichkeit der Grund ihrer Zurückhaltung. Was war da los?

Erst als das nächste Vierergrüppchen auftauchte und seine Carts zum Tee zog, gelang es ihr, die Puzzleteile zusammenzusetzen. Und sie verstand, was los war.

Keine der Frauen, die sie gesprochen hatte, war beim Mittagessen dabei gewesen und wusste also nicht Bescheid. Und die zwanzig Gäste, die Zeugen des Vorfalls wurden, hatten eine Verschwörung des Schweigens gebildet.

Sie ließ sich in ihren Cart zurückfallen und versuchte, sich die Telefonleitungen vorzustellen, die bestimmt den ganzen Abend lang heiß gelaufen waren. Sie sah Francescas Gäste fast bildlich vor sich, wie sie auf die Bibel oder auf die neueste Ausgabe der Zeitschrift *InStyle* schworen, kein Sterbenswörtchen nach außen dringen zu lassen. Zwanzig schwatzhafte Frauen hatten ein Schweigegelübde abgelegt. Das konnte nicht halten, nicht unter normalen Umständen. Aber da es Ted betraf, war es gut möglich.

Sie bediente die nächste Gruppe, und auch diese sprach nur

vom Einbruch, ohne Ted zu erwähnen. Aber das änderte sich, als eine Stunde später die letzte Gruppe, ein Zweier, anrückte. Sobald sie die Frauen aus dem Golfcart steigen sah, wusste sie, dass dieses Gespräch anders verlaufen würde. Beide waren beim Mittagessen dabei gewesen. Beide hatte gesehen, was passiert war. Und sie kamen beide mit entschlossenen, unfreundlichen Mienen auf sie zu.

Die kleinere der beiden, eine forsche Brünette, die von allen Cookie genannt wurde, kam gleich zur Sache. »Wir alle wissen, dass Sie den Einbruch in der Kirche zu verantworten haben, und wir wissen auch, warum.«

Meg hätte es eigentlich kommen sehen müssen.

Die größere Frau zog an ihrem Golfhandschuh. »Sie wollten bei ihm einziehen, aber das wollte er nicht, also beschlossen Sie, dafür zu sorgen, dass er sich nicht mehr weigern kann. Sie haben am Morgen, ehe Sie zu Francesca gingen, Ihre eigene Bleibe verwüstet.«

»Das glauben Sie doch wohl selbst nicht«, erwiderte Meg.

Cookie riss einen Schläger aus ihrer Tasche, ohne sich ihren üblichen Drink geben zu lassen. »Haben Sie im Ernst geglaubt, dass Sie das so durchziehen können? Ich bitte Sie.«

Nachdem sie gegangen waren, trottete Meg eine Weile um das Tee herum und ließ sich dann auf eine Holzbank neben dem Tee-Marker fallen. Es war noch nicht einmal elf Uhr, doch es war bereits drückend heiß. Sie sollte verschwinden. Hier hatte sie keine Zukunft. Keine echten Freunde. Keinen guten Job. Und dennoch blieb sie. Sie blieb, weil der Mann, in den sie sich dummerweise verliebt hatte, die Zukunft dieser Stadt, die ihm so sehr am Herzen lag, aufs Spiel gesetzt hatte, indem er aller Welt zeigte, wie viel sie ihm bedeutete.

Und an dieses Wissen klammerte sie sich.

Kurz darauf läutete Megs Telefon. Der erste Anruf war von Ted. »Wie ich höre, versucht die weibliche Lokalmafia dich aus meinem Haus zu verscheuchen«, sagte er. »Hör nicht auf sie. Du wohnst bei mir, und ich hoffe, du planst ein leckeres Abendessen.« Dann folgte eine lange Pause. »Ums Dessert kümmere ich mich.«

Ihr nächster Anrufer war Spence, und so ging sie nicht dran, doch er hinterließ eine Nachricht mit der Information, er werde in zwei Tagen zurückkommen und ihr eine Limousine schicken, die sie zum Abendessen abholte. Danach meldete sich Haley und bat Meg, sich während ihrer Pause um zwei Uhr mit ihr im Snackshop zu treffen. Als Meg dort eintraf, erwartete sie eine unwillkommene Überraschung in Gestalt von Birdie Kittle, die ihrer Tochter an einem der grünen metallenen Bistrotische gegenübersaß.

Birdie trug ihre Arbeitskleidung, diesmal ein auberginefarbenes Strickkostüm. Sie hatte die Jacke über die Stuhllehne drapiert, und ihr weißes Mieder zeigte ihre plumpen, sommersprossigen Arme. Haley hatte sich nicht die Mühe gemacht, sich zu schminken, was ihrem Erscheinungsbild zugutekam, wäre sie nicht so blass und angespannt gewesen. Sie sprang wie von der Tarantel gestochen vom Tisch auf. »Mom hat Ihnen was zu sagen.«

Meg war nicht scharf darauf zu hören, was Birdie Kittle zu sagen hatte, aber sie setzte sich auf den leeren Stuhl zwischen den beiden. »Wie geht es dir?«, fragte sie Haley. »Hoffentlich besser als gestern.«

»Ganz gut.« Haley setzte sich wieder und begann an dem Schokokeks herumzupicken, der auf einem Wachspapierquadrat vor ihr lag. Meg musste an das Gespräch denken, das sie beim Mittagessen mitbekommen hatte.

»*Haley war gestern Abend mit Kyle Bascom zusammen*«, hatte Birdie gesagt. »*Und ich schwöre bei Gott, sollte sie schwanger werden ...*«

Vergangene Woche hatte Meg Haley auf dem Parkplatz mit einem schlaksigen Jugendlichen etwa ihres Alters gesehen, aber als sie Haley darauf ansprach, war diese ausgewichen.

Sie brach ein Stück von dem Keks ab. Meg hatte versucht, genau diese Kekse in ihr Verkaufsangebot mit aufzunehmen, doch die Schokochips schmolzen. »Na los, Mom«, sagte Haley. »Frag sie.«

Birdies Mund wurde spitz, und ihr Goldarmband schlug klappernd gegen die Tischkante. »Ich habe von dem Einbruch in der Kirche gehört.«

»Ja, jeder scheint davon gehört zu haben.«

Birdie riss das Schutzpapier um den Strohhalm ab und steckte diesen in ihren Softdrink. »Ich habe vor ein paar Stunden mit Shelby gesprochen. Ich finde es nett von ihr, dass sie Sie einlädt, bei ihr zu wohnen. Das müsste sie nicht tun, wissen Sie.«

Meg antwortete darauf ganz neutral. »Das weiß ich.«

Birdie stieß den Strohhalm durch das Eis. »Da Sie offenbar nicht willens sind, dort zu wohnen, dachte Haley …«

»Mom!« Haley warf ihr einen mörderischen Blick zu.

»Ist ja gut, entschuldige. *Ich* dachte, dass Sie im Gasthof vielleicht komfortabler untergebracht wären. Er liegt näher am Club als Shelbys Haus, Sie hätten also nicht so einen weiten Weg zur Arbeit, und ich bin im Moment nicht ausgebucht.« Birdie trieb den Strohhalm so fest in den Pappbecher, dass dieser unten ein Loch bekam. »Ich kann Ihnen den Jasmine Room anbieten. Da gibt es eine Küchenzeile, wie Sie sich sicherlich von den vielen Malen erinnern werden, die Sie dort sauber gemacht haben.«

»Mom!« Haleys blasses Gesicht lief rot an. Ihre fieberhafte Hektik beunruhigte Meg. »Mom möchte, dass Sie dort wohnen. Nicht nur ich.«

Meg hatte da ihre Zweifel, fand es aber bemerkenswert, dass Haley ihre Freundschaft hoch genug schätzte, um sich gegen ihre Mutter zu stellen. Sie nahm sich ein Stück von dem

Keks, den Haley nicht aß. »Ich weiß Ihr Angebot zu schätzen, doch ich habe bereits andere Pläne.«

»Was für Pläne?«, hakte Haley nach.

»Ich ziehe in die Kirche zurück.«

»Das wird Ted nicht zulassen«, sagte Birdie.

»Er hat die Schlösser austauschen lassen, und ich möchte wieder mein eigenes Reich haben.« Die Überwachungskamera, die er heute noch fertig anschließen wollte, ließ sie unerwähnt. Je weniger Leute davon wussten, umso besser.

»Ja nun, wir bekommen nicht immer das, was wir wollen«, zitierte Birdie den Song *You Can't Always Get What You Want* der Rolling Stones, den Mick Jagger so voller Inbrunst sang. »Denken Sie bei Ihren Planungen eigentlich auch mal an jemand anderen außer an sich selbst?«

»Mom! Es ist doch gut, wenn sie zurückgeht. Warum musst du immer so negativ sein?«

»Tut mir leid, Haley, aber offenbar willst du nicht sehen, was für ein Durcheinander Meg überall hinterlassen hat. Gestern bei Francesca … Du warst nicht dabei und hast deshalb keine Ahnung –«

»Ich bin nicht taub. Ich habe dich mit Shelby telefonieren hören.«

Offenbar gab es ein paar undichte Stellen im Schweigekodex.

Birdie hätte beim Aufstehen beinahe ihren Drink umgekippt. »Wir tun alle unser Bestes, um hinter Ihnen aufzuräumen, Meg Koranda, aber ganz allein schaffen wir das nicht. Ein wenig Kooperation wäre sehr hilfreich.« Sie griff nach ihrer Jacke und entfernte sich, ihr Haar loderte in der Sonne feuerrot.

Haley zerkrümelte ihren Keks in dem Wachspapierquadrat. »Ich finde, Sie sollten zurück in die Kirche.«

»Da scheinst du die Einzige zu sein.« Besorgt betrachtete Meg die ins Leere stierende Haley. »Offenbar stelle ich mich bei der Lösung meiner eigenen Probleme nicht besonders geschickt an, aber ich weiß, dass dich was quält. Wenn du reden willst – ich höre dir zu.«

»Ich habe nichts zu bereden. Ich muss zurück an die Arbeit.« Haley griff nach dem von ihrer Mutter zurückgelassenen Pappbecher und dem zerkrümelten Keks und kehrte in den Snackshop zurück.

Meg ging zurück zum Clubhaus, um ihren Getränke-Cart zu holen. Sie hatte diesen neben dem Trinkbrunnen abgestellt, und als sie dort eintraf, kam eine sehr vertraute, äußerst unwillkommene Gestalt ums Clubhaus gebogen. Ihr Designer-Sonnenkleid und die Louboutins legten nahe, dass sie nicht kam, um eine Runde Golf zu spielen. Stattdessen schlug sie den direkten Weg zu Meg ein, wobei ihre Stilettos erst über den Asphalt klapperten und sich dann lautlos über die Wiese bewegten.

Meg widerstand dem Drang, ihre zum Kreuzzeichen aufeinandergelegten Finger hochzuheben, aber als Francesca vor ihr stehen blieb, konnte sie sich ein Stöhnen doch nicht verkneifen. »Bitte sagen Sie jetzt nicht, was ich glaube, dass Sie sagen werden.«

»Ja nun, glauben Sie ja nicht, dass mich das hier begeistert.« Mit einer raschen Handbewegung schob sie ihre Cavalli-Sonnenbrille auf den Kopf und legte damit ihre leuchtend grünen Augen frei, auf deren Lidern bronzefarbener Lidschatten glänzte und seidige dunkle Wimperntusche ihre bereits dichten Wimpern betonte. Das wenige Make-up, das Meg am Morgen aufgetragen hatte, hatte sie schon vor Stunden weggeschwitzt, und wo Francesca nach Quelques Fleurs duftete, roch Meg nach verschüttetem Bier.

Sie blickte auf Teds winzige Mutter herab. »Könnten Sie mir nicht wenigstens vorher eine Waffe geben, damit ich mich selbst erschießen kann?«

»Nun werden Sie nicht albern«, erwiderte Francesca. »Wenn

ich eine Waffe hätte, wäre die bei Ihnen schon zum Einsatz gekommen.« Sie schlug nach einer Fliege, die die Dreistigkeit besaß, zu nah an ihrem feinen Gesicht vorbeizufliegen. »Unser Gästehaus steht leer. Sie können es ganz für sich haben.«

»Muss ich dann auch Mom zu Ihnen sagen?«

»Gott bewahre, nein.« Etwas passierte mit ihrem Mundwinkel. War das eine Grimasse? Ein höhnisches Grinsen? Unmöglich zu sagen. »Nennen Sie mich Francesca wie alle anderen auch.«

»Prima.« Meg steckte ihre Finger in ihre Tasche. »Nur so aus Neugierde, gibt es denn niemanden in dieser Stadt, der in der Lage ist, sich nur um seine eigenen Belange zu kümmern?«

»Nein. Und das ist auch der Grund, weshalb ich von Anfang an darauf bestanden habe, dass Dallie und ich uns eine Wohnung in Manhattan halten. Wussten Sie, dass Ted bereits neun Jahre alt war, als er zum ersten Mal nach Wynette kam? Und können Sie sich vorstellen, wie viele lokale Absonderlichkeiten er aufgeschnappt hätte, wenn er von Geburt an hier gelebt hätte?« Sie schnaubte. »Allein der Gedanke daran ist kaum auszuhalten.«

»Ich weiß Ihr Angebot zu schätzen, genauso wie ich das von Shelby oder von Birdie Kittle zu schätzen weiß, aber seien Sie bitte so freundlich und informieren Sie Ihren Hexenzirkel darüber, dass ich in die Kirche zurückkehren werde.«

»Das wird Ted niemals zulassen.«

»Das hat Ted nicht zu bestimmen«, konterte Meg schnippisch.

Francesca gurrte fast befriedigt. »Das beweist nur, dass Sie meinen Sohn nicht annähernd so gut kennen, wie Sie glauben. Das Gästehaus ist unverschlossen und der Kühlschrank gefüllt. Kommen Sie ja nicht auf die Idee, sich mir zu widersetzen.« Und weg war sie.

Lief übers Gras.

Den Cart-Pfad hinunter.
Tock ... tock ... Tock ... tock ... Tock ... tock ...

Als Meg an diesem Abend den Angestelltenparkplatz verließ und über die Lieferantenauffahrt Richtung Highway fuhr, ließ sie ihren erbärmlichen Tag Revue passieren. Sie hatte nicht die Absicht, in Francesca Beaudines Gästehaus einzuziehen, auch nicht in das von Shelby Traveler oder in das Wynette Country Inn. Aber bei Ted wollte sie auch nicht wohnen bleiben. So wütend sie die Machenschaften der Frauen in dieser Stadt auch machten, eine Nase drehen wollte sie ihnen auch nicht. So schrecklich, bevormundend und wertend sie auch waren, sie taten, was sie für das Richtige hielten. Anders als vielen anderen Amerikanern war den Bewohnern von Wynette, Texas, Bürgerverdrossenheit ein Fremdwort. Außerdem hatte sie die Realität auf ihrer Seite. Solange die Skipjacks zugange waren, konnte sie unmöglich bei Ted wohnen.

Aus dem Nichts kam etwas auf ihr Auto zugeflogen. Sie hielt die Luft an und trat auf die Bremse, aber zu spät. Ein Stein flog durch ihre Windschutzscheibe. Einen Moment lang glaubte sie zwischen den Bäumen etwas huschen zu sehen, und sie hielt an und sprang aus dem Wagen. Auf dem lockeren Kies verlor sie ihr Gleichgewicht, doch sie fing sich und raste auf das Wäldchen zu, das die Lieferantenzufahrt säumte.

Kletten verfingen sich in ihren Shorts und kratzten an ihren Beinen, als sie durchs Unterholz brach. Wieder sah sie, wie etwas sich bewegte, aber sie hätte nicht sagen können, ob es eine Person war. Sie wusste nur, dass es wieder jemand auf sie abgesehen hatte, und war es leid, Opfer zu sein.

Planlos kämpfte sie sich durchs Unterholz, blieb stehen, um zu lauschen, hörte allerdings nur ihren eigenen rasselnden Atem. Schließlich gab sie auf. Wer auch immer den Stein geworfen hatte, war davongekommen.

Am ganzen Leib zitternd kehrte sie zum Wagen zurück. Wie ein Spinnennetz breitete sich das geborstene Glas über die Windschutzscheibe aus, aber wenn sie ihren Hals verrenkte, sah sie genug, um noch fahren zu können.

Auf dem Weg zur Kirche verwandelte sich ihr Schrecken in Wut. Sehnsüchtig wünschte sie sich, Teds Laster geparkt zu sehen, doch er war nicht da. Sie versuchte mit ihrem Schlüssel aufzusperren, aber wie erwartet war das Schloss ausgetauscht worden. Also stapfte sie die Stufen hinunter und sah unter dem Steinfrosch nach, obwohl ihr schon, als sie ihn hochhob, klar war, dass Ted ihr niemals den neuen Schlüssel bereitgelegt hätte. Während sie noch ein wenig umherlief, fiel ihr die im Hickorybaum installierte Überwachungskamera ins Auge, der einst den Gläubigen Schutz geboten hatte, wenn sie nach dem Gottesdienst aus der Kirche kamen.

Sie hob drohend die Faust. »Theodore Beaudine, wenn du nicht gleich hierherkommst und mich reinlässt, werfe ich ein Fenster ein!« Sie ließ sich auf die unterste Stufe fallen, um zu warten, sprang dann aber wieder auf und ging über den Friedhof zum Fluss.

Der Schwimmteich wartete auf sie. Sie zog sich bis auf den BH und ihr Höschen aus und tauchte ein. Kühl und einladend schloss sich das Wasser über ihrem Kopf. Sie schwamm hinab bis zum steinigen Grund, stieß sich ab und tauchte wieder auf. Fest entschlossen, ihren schrecklichen Tag von sich abzuspülen, tauchte sie erneut unter. Als sie sich endlich abgekühlt hatte, streifte sie ihre Turnschuhe über ihre nassen Füße, packte ihre Arbeitsklamotten und kehrte in ihrer feuchten Unterwäsche zur Kirche zurück. Aber als sie aus den Bäumen trat, blieb sie wie angewurzelt stehen.

Der große Dallas Beaudine saß auf einem schwarzen Granitgrabstein, daneben sein getreuer Caddie, Skeet Cooper.

Fluchend zog sie sich in die Bäume zurück und zog ihre Shorts und das verschwitzte Polohemd an. Eine Konfrontation mit Teds Vater spielte sich in einer völlig anderen Liga ab als die Auseinandersetzung mit den Frauen. Sie zog ihre Finger durch ihr nasses Haar, sprach sich Mut zu und schlenderte auf den Friedhof. »Suchen Sie sich Ihren zukünftigen Ruheplatz aus?«

»Noch nicht«, erwiderte Dallie. Er saß offenbar sehr bequem auf dem Grabstein und hatte seine langen, mit einer Jeans bekleideten Beine von sich gestreckt. Sonnenlichtsprenkel spielten mit den Silberfäden seines dunkelblonden Haars. Trotz seiner neunundfünfzig Jahre war er ein höchst attraktiver Mann, neben dem die ledrige Hässlichkeit von Skeet besonders ins Auge fiel.

Ihre nassen Füße quatschten in ihren Schuhen. »Es gibt Schlimmeres als diesen Ort hier.«

»Schon möglich.« Dallie schlug seine Knöchel übereinander. »Die Bauinspektoren sind einen Tag früher gekommen, und Ted ist mit ihnen auf der Müllhalde. Wie es aussieht, wird es doch noch was mit dem Resort. Wir haben ihm versprochen, Ihnen beim Umzug in sein Haus zu helfen.«

»Ich habe beschlossen hierzubleiben.«

Dallie nickte, als würde er darüber nachdenken. »Scheint nicht sehr sicher zu sein.«

»Er hat aber immerhin eine Überwachungskamera installiert.«

Dallie nickte wieder. »Um ehrlich zu sein, Skeet und ich haben Ihre Sachen schon weggebracht.«

»Dazu hatten Sie kein Recht!«

»Das ist Ansichtssache.« Dallie drehte sein Gesicht in den Wind, als wollte er die Windrichtung bestimmen, bevor er zum nächsten Golfschlag ausholte. »Sie wohnen bei Skeet.«

»Bei *Skeet*?«

»Er redet nicht viel. Wir haben uns gedacht, dass Sie lieber dort wohnen werden, als sich mit meiner Frau arrangieren zu müssen. Sie müssen nämlich wissen, dass ich es gar nicht mag, wenn sie sich aufregt, und Sie geben ihr Grund zur Aufregung, so viel steht fest.«

»Sie regt sich über die kleinsten Kleinigkeiten auf.« Skeet schob seinen Zahnstocher von der einen Mundseite in die andere. »Man kann es ihr aber auch kaum ausreden, Francie ist eben Francie.«

»Bei allem Respekt …«, begann Meg im Tonfall eines Anwalts, denn Dallies gelassene Selbstsicherheit setzte ihr ganz anders zu als die Frauen. »Ich möchte nicht bei Skeet wohnen.«

»Wieso eigentlich nicht?« Skeet verlagerte seinen Zahnstocher. »Sie haben Ihren eigenen Fernseher, und ich störe keinen. Aber ich hab's gern ordentlich.«

Dallie erhob sich vom Grabstein. »Sie können uns hinterherfahren, oder Skeet fährt Ihren Wagen, und Sie steigen bei mir ein.«

Sein fester Blick ließ keinen Zweifel daran, dass die Entscheidung feststand und kein Einwand ihrerseits etwas daran ändern würde. Sie erwog alle Möglichkeiten. Im Moment war eine Rückkehr in die Kirche definitiv ausgeschlossen. Bei Ted wollte sie nicht einziehen. Wenn er nicht begriff, warum, sie wusste es. Blieben noch Shelby und Warren Travelers Haus, der Gasthof und Francescas Gästehaus – oder sie wohnte bei Skeet Cooper.

Mit seinem von der Sonne gegerbten Gesicht, den grauen Bartstoppeln und dem Willie-Nelson-Pferdeschwanz, der ihm zwischen den Schulterblättern hing, erinnerte Skeet eher an einen Obdachlosen denn an einen Mann, der als Caddie für eine Golflegende ein paar Millionen Dollar eingesackt hatte. Sie nahm ihren ganzen Stolz zusammen und sah ihn hochmütig an.

»Ich erlaube nicht, dass meine Mitbewohner sich meine Kleider ausleihen, aber freitags mache ich immer gern einen Schönheitstag. Gönne mir eine Mani- und Pediküre. Wie wär's? Ich kümmere mich um Ihre Hände und Füße und Sie sich um meine. So was in der Art.«

Skeet schob seinen Zahnstocher in die andere Ecke seines Munds und starrte Dallie an. »Sieht ganz danach aus, als bekämen wir ein weiteres Energiebündel.«

»Scheint so.« Dallie zog seine Autoschlüssel aus seiner Tasche. »Aber noch ist es zu früh, um das zu beurteilen.«

Sie hatte keine Ahnung, worüber sie sprachen. Sie gingen voraus, doch sie hörte Skeet kichern: »Erinnerst du dich noch an den Abend, als wir Francie beinahe im Swimmingpool hätten ertrinken lassen?«

»War verlockend«, erwiderte Francies sie liebender Ehemann.

»Gut, dass wir's nicht getan haben.«

»Die Wege des Herrn sind unergründlich.«

Skeet warf seinen Zahnstocher ins Gebüsch. »Auf jeden Fall scheint er im Moment Überstunden zu machen.«

Sie hatte Skeets kleines Steinhaus im Ranchstil bereits gesehen, als sie zum ersten Mal das Anwesen der Beaudines erforscht hatte. Vertikale Verschiebefenster flankierten eine Eingangstür, die in einem undefinierbaren Braunton gestrichen war. Als einziges schmückendes Beiwerk hing eine amerikanische Flagge schlapp von einem Mast am Eingangsweg.

»Wir haben uns bemüht, Ihre Sachen beim Transport nicht allzu sehr durcheinanderzubringen«, meinte Dallie, während er ihr die Eingangstür aufhielt.

»Sehr aufmerksam.« Sie betrat einen unglaublich ordentlichen Wohnbereich, der in einem helleren Braunton als die Eingangstür gestrichen war und von ein paar teuren, aber unglaublich hässlichen braunen Lehnstühlen beherrscht wurde, die direkt auf einen großen, an der Wand montierten Flachbildfernseher ausgerichtet waren. Über diesem hing mittig ein bunter Sombrero. Die einzig ästhetische Note bekam der

Raum durch einen wunderschönen Teppich in Erdtönen, dem ähnlich, der in Francescas Arbeitszimmer lag, ein Teppich, den Skeet, wie Meg vermutete, sich sicherlich nicht selbst ausgesucht hatte.

Skeet griff zur Fernbedienung und schaltete den Golf-Kanal ein. In dem nach hinten offenen Raum sah man einen Flur und eine funktionale Küche mit Holzschränken, weißen Arbeitsflächen und Keramikbehältnissen, die wie englische Cottages geformt waren. Über einem runden Esstisch aus Holz mit vier gepolsterten Drehstühlen darum herum hing eine kleinere Ausgabe eines Flachbildfernsehers.

Sie folgte Dallie den Flur hinunter. »Skeets Schlafzimmer liegt am Ende«, sagte er. »Er schnarcht wie verrückt, weshalb Sie sich vielleicht ein Paar Ohrstöpsel zulegen sollten.«

»Es wird immer besser, oder?«

»Ist doch nur vorübergehend. Bis alles wieder im Lot ist.«

Sie wollte ihn fragen, wann dies seiner Einschätzung nach der Fall sei, verzichtete dann aber darauf. Er führte sie in ein spärlich eingerichtetes Schlafzimmer mit Möbeln von der Stange im Stil der Gründerzeit: ein Doppelbett, auf dem ein gequilteter Bettüberwurf mit tropischem Muster lag, eine Kommode, ein Polstersessel und ein weiterer Flachbildfernseher. Auch dieser Raum war im selben Braunton wie der Rest des Hauses gestrichen, und ihr Koffer stand zusammen mit ein paar Umzugskartons auf dem nackten Fliesenboden. Durch die offene Schranktür sah sie ihre Garderobe an einer Holzstange hängen, ihre Schuhe standen ordentlich aufgereiht darunter.

»Francie hat ihm mehr als einmal angeboten, ihm bei der Raumgestaltung zu helfen«, sagte Dallie, »aber Skeet hat es gern schlicht. Sie haben Ihr eigenes Badezimmer.«

»Hurra!«

»Skeets Büro befindet sich im nächsten Raum. Soweit ich das beurteilen kann, benutzt er es überhaupt nicht, also können Sie dort gerne Ihren Schmuck machen. Er wird es gar nicht bemerken, es sei denn, Sie verlieren die Fernbedienung, die er oben auf dem Aktenschrank verwahrt.«

Die Eingangstür fiel ins Schloss, und selbst der Golf-Kanal vermochte den Klang wütender Schritte nicht zu übertönen, auf die das fordernde Gebrüll von Wynettes Lieblingssohn folgte: »Wo ist sie?«

Dallie schaute den Flur hinunter. »Ich habe Francie gesagt, wir hätten in New York bleiben sollen.«

Kapitel 18

Skeet reagierte auf Teds Eindringen, indem er den Ton lauter stellte. Meg riss sich zusammen und steckte ihren Kopf durch die Wohnzimmertür. »Überraschung.«

Unter Teds Baseballkappe waren seine Augen nicht zu erkennen, aber sein energisches Kinn deutete auf Sturm. »Was machst du hier?«

Sie deutete mit weit ausholender Geste auf den Ruhesessel. »Ich habe mir einen Liebhaber genommen. Tut mir leid, dass du es so erfahren musstest.«

»*Golf Central* läuft«, brummte Skeet, »und ich versteh überhaupt nichts.«

Dallie tauchte hinter ihr aus dem Flur auf. »Das kommt daher, weil du langsam taub wirst. Seit Monaten rede ich dir zu, dir endlich mal ein Hörgerät anzuschaffen. Hallo, mein Sohn. Wie lief es auf der Müllhalde?«

Ted hatte nach wie vor die Hände trotzig in die Hüften gestemmt. »Was macht sie hier? Sie soll bei mir wohnen.«

Dallie wandte sich mit seinen blauen Augen, die so klar wie der Himmel über Hill Country waren, wieder an sie. »Ich habe Ihnen gleich gesagt, Meg, glücklich wird er nicht darüber sein. Beim nächsten Mal sollten Sie auf mich hören.« Er schüttelte traurig den Kopf. »Ich habe mein Bestes getan, es ihr auszureden, aber Meg hat ihren eigenen Kopf.«

Sie hatte mehrere Möglichkeiten. Und sie entschied sich für die, bei der sie keinem wehtun musste. »Es ist besser so.«

»Besser für wen?«, erwiderte Ted. »Für mich ist es todsicher nicht besser. Und für dich auch nicht.«

»Tatsache ist aber, es ist besser. Du hast keine Ahnung –«

»Dieses Gespräch solltet ihr am besten unter vier Augen führen.« Dallie machte ein peinlich berührtes Gesicht, das allerdings nicht seiner Gemütslage entsprach. »Deine Mama und ich essen heute Abend im Club. Normalerweise hätte ich euch beide eingeladen, zu uns zu stoßen, aber es scheint Spannungen zu geben.«

»Da hast du verdammt recht, Spannungen gibt es«, erwiderte Ted. »Da draußen läuft ein Spinner rum, der's auf sie abgesehen hat, und ich möchte sie dort haben, wo ich auf sie aufpassen kann.«

»Ich bezweifele, dass sie hier zu Schaden kommen wird.« Dallie ging auf die Eingangstür zu. »Von ihren Trommelfellen mal abgesehen.«

Hinter ihm fiel die Tür ins Schloss. Unter Teds strafendem Blick bekam sie eine Gänsehaut, wozu auch ihre feuchten Kleider und die klamme Unterwäsche ihren Teil beitrugen. Sie stapfte den Flur hinunter zu ihrem Zimmer und kniete sich vor ihren Koffer. »Ich hatte einen harten Tag«, sagte sie, als er hinter ihr den Raum betrat. »Du kannst jetzt auch gehen.«

»Ich fass es nicht, dass du dich von ihnen hast rumkriegen lassen!«, rief er aus. »Ich dachte, du hättest mehr Rückgrat.«

Es überraschte sie nicht, dass er die Scharade seines Vaters durchschaut hatte. Sie holte einen Beutel, in dem ihre Toilettenartikel ordentlich verpackt waren, aus dem Koffer. »Ich habe Hunger und muss duschen.«

Er hörte auf, im Raum umherzulaufen. Die Matratze quietschte, als er sich setzte. Sekunden verstrichen, bis er mit fast unerträglich sanfter Stimme meinte: »Manchmal spüre ich es fast im kleinen Zeh, dass ich diese Stadt verlassen möchte.«

Zärtlichkeit überkam sie. Sie legte den Beutel beiseite und ging zu ihm. Als aus dem Wohnzimmer eine Viagra-Werbung herüberdröhnte, lächelte sie und zog ihm seine Baseballkappe vom Kopf. »Du bist diese Stadt«, flüsterte sie. Und dann küsste sie ihn.

Zwei Tage später, als sie beim fünften Tee im Schatten saß und in ihre Lektüre über großflächige Kompostierung vertieft war, kam einer der Junior-Caddies in einem der brummenden Elektro-Carts auf sie zugefahren. »Sie werden im Laden erwartet«, sagte er. »Ich übernehme das hier.«

Mit einer bösen Vorahnung fuhr sie seinen Cart zurück zum Clubhaus, wo diese sich bewahrheiten sollte. Kaum hatte sie den Golfladen betreten, legte ihr jemand seine großen, verschwitzten Hände über die Augen. »Raten Sie mal, wer das ist?«

Sie unterdrückte ein Stöhnen und riss sich zusammen. »Die männliche Tonlage lässt auf Matt Damon schließen, aber irgendwas sagt mir … Sie sind Leonardo DiCaprio, stimmt's?«

Sie hörte ein herzhaftes Lachen, dann nahm der große Unbekannte die Hände von ihren Augen, und Spencer Skipjack drehte sie herum, sodass sie ihn ansehen musste. Er trug seinen Panamahut, ein hellblaues Sporthemd und eine dunkle Hose. Ein breites Grinsen legte seine großen, quadratischen weißen Veneers frei. »Ich habe Sie tatsächlich vermisst, Miss Meg. Sie sind mir eine.«

Außerdem hatte sie megaberühmte Eltern und war mehr als zwanzig Jahre jünger als er, was für einen Egomanen wie ihn eine unwiderstehliche Kombination war. »Hallo, Spence. Danke für die Geschenke.«

»Diese Seifenschale ist aus unserer neuen Produktlinie. Kostet im Einzelhandel hundertfünfundachtzig Dollar. Haben Sie meine Nachricht bekommen?«

Sie stellte sich dumm. »Welche Nachricht?«

»Wegen heute Abend. Wegen meiner vielen Geschäftsreisen habe ich Sie vernachlässigt, aber das wird sich jetzt sofort ändern.« Er deutete in Richtung der Büros. »Ich habe Sie für den Rest des Tages von Ihrer Arbeit freigestellt. Wir fliegen nach Dallas.« Dabei packte er sie am Arm. »Als Erstes machen wir einen kleinen Einkaufsbummel für Sie bei Nieman's, dann genehmigen wir uns ein paar Drinks im Adolphus und essen anschließend im Mansion zu Abend. Mein Flugzeug wartet auf uns.«

Er schleifte sie fast zur Tür, und dieses Mal würde er sich von ihr nicht wieder abweisen lassen. Die verlockendste Möglichkeit wäre die, ihm zu sagen, er solle sich zum Teufel scheren, doch die Landvermesser waren noch in der Stadt, der Vertrag über das Resort war so gut wie unterschrieben, und da wollte sie nicht kurz vor Schluss noch die Spielverderberin sein. »Sie sind ein sehr aufmerksamer Mann.«

»Das mit dem Shoppen bei Nieman's war Sunnys Idee.«

»Sie ist unglaublich.«

»Sie verbringt den heutigen Tag mit Ted. Die beiden haben jede Menge nachzuholen.«

Vom Kuss beim Mittagessen hatte Sunny womöglich nichts erfahren, aber von Teds legendären Liebeskünsten mit Sicherheit, und Meg vermutete, dass sie alles daransetzen würde, selbst herauszufinden, ob an diesen Geschichten was dran war. Meg war sich allerdings auch sicher, dass Ted sie nicht anfassen würde. Es erschütterte sie, dass sie so viel Vertrauen zu einem Mann hatte. Hatte sie nicht auch früher schon Männern vertraut? Allerdings war keiner dieser Männer Ted gewesen.

Ted … der vor der ganzen Stadt Ansprüche auf sie geltend machte und sich keinen Deut um die Folgen scherte. Ein dummer, trotziger Einfall, der ihr alles bedeutete.

Sie zupfte mit den Zähnen an ihrer Unterlippe. »Wir kennen einander doch wohl gut genug, dass ich aufrichtig sein kann, stimmt's?«

Der Anblick seiner sich schmal zusammenziehenden Augen war nicht ermutigend, und so stellte sie ihre Würde hintan und zog einen Schmollmund. »Was mir wirklich Spaß machen würde, wäre eine Golfstunde.«

»Eine Golfstunde?«

»Sie haben so einen tollen Schlag. Er erinnert mich an den von Kenny, aber ihn kann ich schließlich nicht um Unterricht bitten, obwohl ich nur von den Besten lernen möchte. Bitte, Spence. Sie sind so ein großartiger Spieler. Es würde mich wesentlich glücklicher machen als ein weiterer Ausflug nach Dallas, wo ich mindestens schon tausendmal war.« Sie war dort bislang nur einmal gewesen, aber das brauchte er nicht zu wissen, und zwanzig Minuten später waren sie auf dem Übungsplatz.

Im Gegensatz zu Torie war Spence ein miserabler Lehrer, der sich mehr dafür interessierte, dass sie seinen Schlag bewunderte, als ihr zu helfen, ihren eigenen zu entwickeln, doch Meg gab ihm das Gefühl, der König aller Golflehrer zu sein. Sein Gequassel veranlasste Meg, sich zu fragen, ob er tatsächlich so entschlossen war, ein umweltbewusstes Resort zu bauen, wie Ted dies annahm. Und so beschloss sie während einer Pause, als sie sich auf eine Bank setzten, ein wenig auf den Busch zu klopfen. »Sie sind wirklich gut. Ich schwöre Ihnen, Spence, Ihre Liebe für dieses Spiel zeigt sich in allem, was Sie tun.«

»Ich spiele bereits seit meiner Kindheit.«

»Deshalb bringen Sie diesem Sport auch so viel Achtung entgegen. Wissen Sie, mit Geld kann jeder einen Golfplatz bauen, aber wie viele Menschen haben die Vision, einen Golfplatz zu bauen, der Marksteine für zukünftige Generationen setzen wird?«

»Ich glaube daran, das zu tun, was richtig ist.«

Das klang ermutigend. Also setzte sie noch eins drauf. »Ich weiß, Sie werden sicherlich sagen, all die Umweltpreise, die Sie mit Sicherheit einheimsen werden, sind nicht das Wichtigste, aber Sie haben jegliche Anerkennung verdient, die Sie erhalten werden.«

Sie glaubte schon, damit zu weit gegangen zu sein, aber wieder einmal hatte sie sein überzogenes Ego verkannt. »Jemand muss doch einen neuen Standard setzen«, erwiderte er und klang dabei wie das Echo von Ted.

Sie bohrte tiefer. »Vergessen Sie nicht, einen Fotografen anzuheuern, damit dieser Fotos von der Mülldeponie in ihrem jetzigen Zustand macht. Ich bin zwar keine Journalistin, aber ich vermute, dass die verschiedenen Komitees, die für die Preisverteilung zuständig sind, wirklich gute Vorher- und Nachher-Fotos haben möchten.«

»Nun zäumen Sie aber das Pferd am Schwanz auf, Miss Meg. Noch habe ich nichts unterschrieben.«

Sie hatte nicht wirklich damit gerechnet, dass er sie über seinen letztgültigen Entschluss informieren würde, wenngleich sie es gehofft hatte. Über ihnen kreiste ein Bussard, und Spence begann, von einem romantischen Dinner auf einem der örtlichen Weingüter zu faseln. Wenn sie schon mit ihm essen musste, dann wollte sie das dort tun, wo sie jede Menge Gesellschaft hatte, und bestand deshalb darauf, dass nur das Barbecue im Roustabout ihren Hunger würde stillen können.

Und wie geplant saßen sie kaum, da kam auch schon Verstärkung. Dallie schlenderte als Erster herein, gefolgt von Shelby Traveler, die sich nicht einmal Zeit genommen hatte, sich die Wimpern zu tuschen. Kaylas Vater Bruce, der noch immer seine Sportshorts trug, stürmte als Nächster herein und bedachte Meg mit bösen Blicken, während er bestellte. Sie hatten nicht die Absicht, sie mit Spence allein zu lassen, und um neun Uhr belegte ihre Gruppe drei Tische, und es fehlten nur Ted und Sunny.

Meg hatte sich in der Umkleide geduscht, bevor sie vom Club aufbrachen, und wechselte ihre Klamotten: Sie schlüpfte in ein nichtssagendes graues Top mit Schlauchkragen und einen weiten Rock und zog Sandalen an, aber selbst diese

Kleidung entmutigte Spence nicht, der seine Hände nicht bei sich behalten konnte. Er nutzte jede Gelegenheit, sich an sie zu drücken. Strich mit seinen Fingern über ihr Handgelenk, sorgte dafür, dass die Papierserviette richtig auf ihrem Schoß zu liegen kam, und streifte beim Griff nach einer Flasche Tabasco ihre Brust mit seinem Arm. Lady Emma gab sich alle Mühe, ihn abzulenken, doch Spence hielt sämtliche Fäden in der Hand und nutzte sie zu seinem Vorteil. Und so landete sie schließlich unter dem rot-blauen Neonschild des Roustabout auf dem Parkplatz und hielt sich ihr Telefon ans Ohr.

»Dad, ich habe einen deiner größten Fans hier«, sagte sie, als ihr Vater abnahm. »Du hast sicherlich schon von Spencer Skipjack gehört, dem Gründer von Viceroy Industries. Sie stellen die luxuriösesten Installationsartikel her. Er ist im Grunde ein Genie.«

Spence grinste, und seine Brust blähte sich im Neongeflacker auf wie ein Soufflé.

Sie hatte ihren Vater von seiner alten Smith-Corona-Schreibmaschine weggeholt oder von ihrer Mutter. Glücklich war er darüber jedenfalls nicht. »Worum geht's, Meg?«

»Kannst du dir das vorstellen?«, antwortete sie. »Er hat unglaublich viel zu tun und hat mir trotzdem heute eine Golfstunde gegeben.«

Sein Ärger verwandelte sich in Besorgnis. »Steckst du in irgendwelchen Schwierigkeiten?«

»Keineswegs. Golf ist ein ganz wunderbarer Sport. Aber das weißt du ja selbst.«

»Dafür solltest du wirklich gute Gründe haben.«

»Habe ich. Hier ist er.«

Sie reichte Spence das Telefon und hoffte das Beste.

Spence schlug bei ihrem Vater sofort einen peinlich intimen Ton an und würzte eine Filmkritik mit Installationsratschlägen, bot die Nutzung seines Privatjets an und informierte Jack Koranda darüber, wo man in Los Angeles gut essen konnte. Offenbar hatte ihr Vater sich zusammengenommen und ihn nicht durch irgendeine Bemerkung beleidigt, denn Spence strahlte, als er ihr endlich das Telefon zurückgab.

Ihr Vater hingegen war alles andere als glücklich. »Dieser Kerl ist ein Idiot.«

»Ich wusste, du würdest beeindruckt sein. Ich habe dich lieb.« Meg klappte ihr Telefon zu und zeigte Spence den erhobenen Daumen. »Normalerweise wird mein Dad nicht so schnell warm mit Leuten.«

Ein Blick auf Spences strahlendes Gesicht sagte ihr, dass dieses Gespräch seine Fixierung auf sie nur noch verstärkt hatte. Er legte seine Hände um ihre Arme und wollte sie gerade an sich ziehen, da flog die Tür des Roustabouts auf, und Torie, die endlich mitbekommen hatte, dass sie fehlten, kam zu ihrer Rettung herbeigeeilt. »Beeilt euch, ihr beiden. Kenny hat gerade jedes Dessert auf der Speisekarte dreimal bestellt.«

Spence behielt seine Raubtieraugen fest auf Meg gerichtet. »Meg und ich haben andere Pläne.«

»Den Molten Lava Cake?«, schrie Meg begeistert.

»Und den gewürzten Peach Cobbler!«, verkündete Torie lauthals.

Es gelang ihnen, Spence wieder mit hineinzunehmen, aber Meg war es leid, wie eine Geisel gehalten zu werden. Zum Glück hatte sie darauf bestanden, selbst zu fahren, und nach vier Bissen vom Molten Lava Cake erhob sie sich vom Tisch. »Es war ein langer Tag, und ich muss morgen wieder arbeiten.«

Dallie war sofort auf den Beinen. »Ich werde Sie zu Ihrem Auto begleiten.«

Kenny schob Spence ein Bier zu und stoppte ihn, bevor er ihr folgen konnte. »Ich könnte einen geschäftlichen Rat brauchen, Spence, und da fällt mir niemand Besserer als Sie ein.«

Sie flüchtete.

Tags zuvor hatte sie, als sie von der Arbeit kam, entdeckt,

dass die zerbrochene Windschutzscheibe ihrer Rostlaube durch eine neue ersetzt worden war. Ted leugnete, dafür verantwortlich zu sein, doch sie wusste, dass sie es ihm zu verdanken hatte. Bis jetzt waren keine weiteren Übergriffe erfolgt, aber vorbei war es noch nicht. Wer auch immer sie so sehr hasste, würde nicht aufgeben, nicht, solange sie in Wynette weilte.

Sie betrat das Haus, wo sie Skeet schlafend in einem Sessel vorfand. Auf Zehenspitzen ging sie an ihm vorbei in ihr Zimmer. Während sie ihre Sandalen abstreifte, glitt das Fenster auf, und Ted zwängte sich gelenkig hindurch. Kleine Lustbläschen stiegen in ihr auf. Mit schief gelegtem Kopf sagte sie: »Ich bin wirklich froh, dass diese Heimlichtuerei ein Ende hat.«

»Mir war nicht nach einem Gespräch mit Skeet zumute, und heute Abend kannst nicht mal du mich auf die Palme bringen.«

»Hat Sunny endlich eingeschlagen?«

»Noch besser.« Er grinste. »Morgen wird es offiziell verkündet. Spence hat sich für Wynette entschieden.«

Sie lächelte. »Glückwunsch, Bürgermeister.« Sie wollte ihn umarmen, hielt sich aber zurück. »Du weißt schon, dass du einen Pakt mit dem Teufel schließt.«

»Spences Ego ist sein Schwachpunkt. Solange wir den unter Kontrolle haben, haben wir die Kontrolle über den Mann.«

»Schonungslos, aber wahr«, erwiderte sie. »Ich kann noch immer nicht glauben, dass all diese Frauen den Mund gehalten haben.«

»Worüber?«

»Deinen kurzzeitigen Anfall von Wahnsinn beim Mittagessen deiner Mutter. Zwanzig Frauen! Einundzwanzig, wenn wir Mami mitzählen.«

Aber er hatte Wichtigeres im Kopf, was er loswerden wollte. »Ich habe eine PR-Firma an der Hand. Sobald die Tinte auf dem Vertrag über den Landverkauf trocken ist, wird eine Pressemitteilung rausgehen, die Spence zum Vorreiter der grünen Golfbewegung krönt. Ich möchte gleich von Anfang an sicherstellen, dass er viel zu tief drinsteckt, um noch einen Rückzieher machen zu können.«

»Ich liebe es, wenn du boshaft bist.«

Doch noch während sie ihn neckte, breitete sich Unbehagen in ihr aus, weil sie das Gefühl hatte, etwas zu übersehen. Sobald sie sich allerdings an seinen Kleidern zu schaffen machte, vergaß sie es wieder. Er kooperierte bestens, und bald schon lagen sie nackt auf dem Bett, wo eine kühle Brise vom Fenster ihre Haut streifte.

Diesmal würde sie ihm nicht die Oberhand lassen. »Schließ deine Augen«, flüsterte sie. »Mach sie fest zu.«

Er tat wie ihm befohlen, und sie küsste sich vor bis zu einer kleinen, harten Brustwarze. Dort verweilte sie ein wenig und ließ ihre Hand dann zwischen seine Schenkel gleiten. Sie küsste ihn, umfasste ihn, streichelte ihn.

Seine Augenlider öffneten sich. Er griff nach ihr, aber sie setzte sich auf ihn, ehe er die Kontrolle übernehmen konnte. Langsam führte sie ihn in ihren Körper ein – einen Körper, der für eine derart beeindruckende Invasion noch nicht ganz bereit war. Aber die schmerzhafte Dehnung erregte sie.

Jetzt waren seine Augen geöffnet. Sie ließ sich hart auf ihn fallen, spürte jedoch, wie seine Hände nach ihren Schenkeln griffen und sie zurückhielten. Seine Stirn furchte sich. Sie wollte keine Besorgnis sehen. Sie wollte entfesselte Lust.

Aber dazu war er zu sehr Gentleman.

Er bog seinen Rücken durch und drückte seinen Mund auf ihre Brust. Bei dieser Bewegung richteten sich seine Schenkel auf und schoben sie von ihm weg. »Nicht so schnell«, flüsterte er an ihrem feuchten Nippel.

Doch, *schnell!*, hätte sie am liebsten geschrien. Schnell und unbeholfen und verrückt und leidenschaftlich.

Aber er hatte ihre Enge gespürt, und die wollte er nicht. Sie sollte sich bei seinem Streben nach der eigenen Befriedigung keinen Augenblick unwohl fühlen. Während er ihre Brustwarze liebkoste, griff er zwischen ihre Körper und begann mit seinen Zaubertricks und erregte sie zur Besinnungslosigkeit. Wieder eine Eins-plus-Darbietung.

Sie erholte sich als Erste und löste sich von ihm. Seine Augen waren geschlossen, doch sie erkannte an dem raschen Auf und Ab seiner Brust und seiner schweißgebadeten Haut, dass er es genossen hatte. Aber trotz seiner zerzausten Haare und der leichten Schwellung seiner Unterlippe, für die sie verantwortlich war, war sie nicht davon zu überzeugen, dass sie ihm etwas bedeutete, jedenfalls nicht viel. Nur die Erinnerung an jenen rücksichtslosen Kuss in der Öffentlichkeit sagte ihr, dass er es ernst mit ihr meinte.

Die Bewohner reagierten jubelnd auf die Nachricht, dass Spence sich für Wynette entschieden hatte. In den darauf folgenden drei Tagen fielen die Leute auf der Straße einander in die Arme, im Roustabout wurde Freibier ausgeschenkt, und im Friseurladen dröhnten aus dem alten Gettoblaster alte Queenhymnen. Ted konnte nirgendwo mehr hingehen, ohne dass Männer ihm auf den Rücken klopften und Frauen sich an ihn ranwarfen, was sie allerdings ohnehin schon immer taten. Die guten Nachrichten stellten sogar Kaylas Ankündigung in den Schatten, dass das Gebot beim Gewinnspiel inzwischen auf zwölftausend Dollar angestiegen war.

Meg bekam Ted kaum zu sehen. Entweder hing er am Telefon und verhandelte mit Spences Anwälten, die jeden Tag erwartet wurden, um die Verträge unter Dach und Fach zu bringen, oder er war mit der Operation »Meide Sunny!« beschäftigt. Sie vermisste ihn schrecklich und ebenso ihr nicht vollkommen befriedigendes Sexleben.

Auch sie war damit beschäftigt, Spence so gut es ging aus

dem Weg zu gehen. Glücklicherweise unterstützten die Einheimischen sie dabei. Doch das Unbehagen, das sie seit Tagen begleitete, wollte nicht weichen.

Am Sonntag machte sie nach der Arbeit einen Umweg zu ihrem Schwimmteich, um sich dort abzukühlen. Dieser Fluss und auch der Pedernales River, der ihn speiste, hatten es ihr angetan. Obwohl sie auf Fotos gesehen hatte, wie er durch plötzliche schwere Regenfälle zu einem wilden, zerstörerischen Ungetüm anschwellen konnte, war das Wasser immer sanft zu ihr gewesen.

Am Flussufer wuchsen Zypressen und Eschen, und manchmal erhaschte sie einen Blick auf einen Weißwedelhirsch oder ein Gürteltier. Einmal tauchte hinter einem Knopfbusch ein Kojote auf und war genauso erschrocken, sie zu sehen, wie sie ihn. Aber heute verweigerte das kühle Wasser ihr seine Zauberkraft. Das beunruhigende Gefühl, dass ihr was Wichtiges entgangen war, ließ sie nicht los. Es baumelte vor ihr wie eine Frucht, an die sie nicht drankam.

Es zogen Wolken auf, und ein Buschhäher schimpfte von seinem Sitz auf einem Nesselbaum auf sie herab. Sie schüttelte sich das Wasser aus den Haaren und tauchte wieder unter. Als sie hochkam, war sie nicht mehr allein.

Spence ragte am Ufer über ihr auf und hielt die Kleider, die sie ausgezogen hatte, in seinen großen Händen. »Sie sollten nicht ganz allein schwimmen gehen, Miss Meg. Das ist gefährlich.«

Ihre Zehen gruben sich in den Schlamm, und die Wellen schlugen an ihre Schultern. Offenbar war er ihr hierher gefolgt, und sie war zu sehr in Gedanken gewesen, um es zu bemerken. Ein dummer Fehler, den jemand, der so viele Feinde hatte wie sie, niemals hätte machen dürfen. Als sie ihn mit ihren Kleidern sah, krampfte sich alles in ihr zusammen. »Nichts für ungut, Spence, aber ich bin nicht in der Stimmung, Gesellschaft zu haben.«

»Aber ich bin es womöglich leid, darauf zu warten, bis Sie bereit dazu sind.« Mit ihren Kleidern in der Hand setzte er sich auf einen großen Felsen am Flussufer neben das Handtuch, das sie dort abgelegt hatte, und studierte sie. Er war geschäftsmäßig gekleidet mit dunkelblauer Hose und einem langärmeligen blauen Oxfordhemd, das er bereits durchgeschwitzt hatte. »Es hat ganz den Anschein, als gelänge es Ihnen jedes Mal, wenn ich ein ernstes Gespräch mit Ihnen beginnen möchte, mir zu entschlüpfen.«

Bis auf ihr nasses Höschen war sie nackt, und so gern sie in Spence auch den Hanswurst sah, war er dies doch ganz und gar nicht. Eine Wolke schob sich über die Sonne. Sie ballte unter Wasser ihre Fäuste. »Ich bin ein unbekümmerter Mensch und mag keine ernsten Gespräche.«

»Es kommt aber der Zeitpunkt, da wird es für jeden mal ernst.«

Als sie zusehen musste, wie er ihren BH durch seine Finger gleiten ließ, lief ihr ein Schauer über den Rücken. Sie ließ sich nicht gern erschrecken. »Gehen Sie, Spence. Sie waren nicht eingeladen.«

»Entweder kommen Sie heraus oder ich komme rein.«

»Ich bleibe, wo ich bin. Mir gefällt das nicht, und ich möchte, dass Sie gehen.«

»Das Wasser sieht verdammt einladend aus.« Er legte ihre Kleider neben sich auf den Felsen. »Habe ich Ihnen schon erzählt, dass ich auf dem College Wettkampfschwimmer war?« Er begann seine Schuhe auszuziehen. »Ich überlegte sogar, für die Olympischen Spiele zu trainieren, aber ich hatte zu viel anderes zu tun.«

Sie ließ sich tiefer ins Wasser sinken. »Wenn Sie ernsthaft an mir interessiert sind, Spence, dann schlagen Sie jetzt den falschen Weg ein.«

Er zog seine Socken aus. »Ich hätte schon viel früher Tacheles mit Ihnen reden sollen, aber Sunny meint, ich sei zu geradeheraus. Mein Gehirn arbeitet schneller als das der meisten Leute. Sie meint, ich lasse den Leuten nicht immer genug Zeit, mich kennenzulernen.«

»Da hat sie recht. Sie sollten auf Ihre Tochter hören.«

»Lassen Sie den Blödsinn, Meg. Sie hatten genug Zeit.« Er knöpfte sein blaues Oxford-Frackhemd auf. »Sie denken wohl, ich möchte nur eine schnelle Nummer schieben. Aber ich will mehr als das, aber Sie bleiben ja nie lang genug und hören sich an, was ich Ihnen zu sagen habe.«

»Dafür entschuldige ich mich. Ich werde mich mit Ihnen in der Stadt zum Abendessen treffen, dann können Sie mir sagen, was Sie mir sagen wollen.«

»Dazu müssen wir ungestört sein, und in der Stadt haben wir nicht die Ruhe dazu.« Er löste seine Manschettenknöpfe. »Wir beide haben eine gemeinsame Zukunft vor uns. Vielleicht keine Ehe, aber eine Zukunft. Zusammen. Das wusste ich vom ersten Moment an, als ich Sie sah.«

»Wir haben keine Zukunft. Seien Sie doch realistisch. Sie fühlen sich nur wegen meines Vaters zu mir hingezogen. Sie kennen mich doch gar nicht. Sie glauben es nur.«

»Da täuschen Sie sich.« Er zog sein Hemd aus und entblößte dabei seine grauenhaft behaarte Brust. »Ich bin schon viel länger hier und verstehe die menschliche Natur weitaus besser.« Er erhob sich. »Sehen Sie sich doch an. Sie fahren einen blöden Getränke-Cart auf einem drittklassigen öffentlichen Golfplatz, der sich selbst Country Club nennt. Manche Frauen kommen gut allein zurecht, aber Sie gehören nicht dazu. Sie brauchen jemanden, der Sie finanziert.«

»Da liegen Sie falsch.«

»Tatsächlich?« Er ging aufs Ufer zu. »Ihre Eltern haben Sie verwöhnt. Das ist ein Fehler, den ich bei Sunny nicht gemacht habe. Sie hat, seit sie vierzehn ist, in der Firma mitgearbeitet und auf diese Weise schon sehr früh gelernt, wo das Geld herkommt. Aber bei Ihnen war das anders. Sie genossen nur die Privilegien und mussten keinerlei Verantwortung übernehmen.«

Er sagte die Wahrheit, und das zu hören tat weh.

Am Ufer blieb er stehen. Ein Rabe kreischte. Das Wasser jagte an ihr vorbei. Sie zitterte vor Kälte und Wehrlosigkeit. Er griff nach seiner Gürtelschnalle. Als er sie aufzog, hielt sie die Luft an. »Lassen Sie es gut sein«, sagte sie.

»Mir ist heiß, und dieses Wasser sieht wirklich verlockend aus.«

»Es ist mir ernst, Spence. Ich will nicht, dass Sie hier reinkommen.«

»Das meinen Sie nur.« Er zog seine Hose aus, warf sie beiseite und stand vor ihr. Sein behaarter Bauch hing über seinen weißen Boxershorts, die Beine darunter waren käsig.

»Das gefällt mir nicht, Spence.«

»Das haben Sie sich selbst zuzuschreiben, Meg. Wären Sie mit mir nach Dallas gefahren, wie ich das gestern vorgeschlagen hatte, hätten wir dieses Gespräch in meinem Flugzeug führen können.« Er begann zu schwimmen. Das aufspritzende Wasser traf sie in den Augen. Sie musste blinzeln, und binnen Sekunden tauchte er neben ihr auf. Das Haar klebte ihm am Kopf, und über seinen blauschwarzen Bartschatten tropfte das Wasser. »Was ist Ihr Problem, Meg? Glauben Sie etwa, ich würde nicht für Sie sorgen?«

»Ich möchte nicht, dass Sie für mich sorgen.« Sie hatte keine Ahnung, ob er vorhatte, sie zu vergewaltigen, oder ob er nur seine Macht über sie ausspielen wollte. Sie wusste nur, dass sie wegmusste, aber als sie zum Ufer zurückwich, schoss sein Arm nach vorn, und er packte sie am Handgelenk. »Kommen Sie.«

»Lassen Sie mich los.«

Seine Daumen gruben sich in ihre Oberarme. Er war kräftig, und er hob sie von dem steinigen Untergrund hoch, sodass ihre Brüste entblößt waren. Sie sah seine Lippen auf sich zukommen und diese großen eckigen Zähne nach ihrem Mund zielen.

»Meg!«

Eine Gestalt kam aus den Bäumen herausgeschossen. Schlank, dunkelhaarig, in Hüftshorts und einem Retro-Haight-Ashbury-T-Shirt.

»Haley!«, schrie Meg.

Spence sprang zurück, als hätte er einen Schlag in die Magengrube bekommen. Haley kam näher und blieb dann stehen. Unsicher, was sie tun sollte, verschränkte sie ihre Arme vor der Brust und klammerte sich an ihre Ellbogen.

Meg wusste nicht, warum sie aufgetaucht war, aber noch nie war sie so froh gewesen, jemanden zu sehen. Spences kräftige gerunzelte Augenbrauen schoben sich bedrohlich über seine kleinen Augen. Meg brachte ihn dazu, sie anzusehen. »Spence wollte gerade gehen, nicht wahr, Spence?«

Die Wut, die sein Gesicht widerspiegelte, sagte ihr, dass ihre Liebesaffäre gestorben war. Und weil sie sein Ego angekratzt hatte, stand sie nun ganz oben auf seiner Abschussliste.

Er hievte sich aus dem Wasser. Seine weiße Unterhose klebte an seinem Hinterteil, und sie wandte sich ab. Haley stand wie erstarrt im Schatten, doch Spence verschwendete keinen Blick auf sie, als er in seine Hose stieg und ohne Socken in seine Schuhe schlüpfte.

»Sie glauben, Sie hätten das Beste aus mir herausgeholt, aber das haben Sie nicht.« Seine Stimme war fast ein Knurren, während er nach seinem Hemd griff. »Hier ist nichts passiert, und ich warne euch, sollte jemand von euch beiden versuchen, das anders darzustellen.«

Er verschwand über den Pfad.

Megs Zähne klapperten, und ihre Knie waren blockiert, sodass sie sich nicht bewegen konnte.

Haley hatte endlich ihre Sprache wiedergefunden. »Ich muss – ich muss gehen.«

»Noch nicht. Hilf mir raus. Ich bin ein wenig wackelig auf den Beinen.

Haley kam zum Ufer. »Sie sollten hier nicht ganz allein schwimmen.«

»Glaub mir, es war das letzte Mal. Es war dumm von mir.« Ein spitzer Stein grub sich in ihren Fußballen, und sie zuckte zusammen. »Hier, gib mir deine Hand.«

Mit Haleys Hilfe schaffte sie es hinauf ans Ufer. Sie war tropfnass und bis auf ihr Höschen nackt, und ihre Zähne wollten nicht aufhören zu klappern. Sie griff nach dem Handtuch, das sie mitgebracht hatte, und ließ sich auf den von der Sonne erhitzten Felsen fallen. »Ich weiß nicht, was ich getan hätte, wenn du nicht aufgetaucht wärst.«

Haleys Blick fiel auf den Pfad. »Werden Sie die Polizei rufen?«

»Glaubst du wirklich, dass sich im Moment jemand mit Spence anlegen würde?«

Haley rieb sich ihre Ellbogen. »Und was ist mit Ted? Werden Sie es ihm erzählen?«

Meg erwog die Konsequenzen, die dies hätte, und die gefielen ihr gar nicht. Aber sie würde dieses Erlebnis dennoch nicht für sich behalten. Sie rubbelte sich ihre Haare mit dem Handtuch trocken und knüllte es dann zusammen. »Ich werde mich für die nächsten paar Tage in der Arbeit krankmelden und dafür sorgen, dass Spence mich nicht findet. Aber sobald die Anzahlung dieses Mistkerls bei der Bank eingegangen ist, werde ich Ted sehr genau erzählen, was sich hier zugetragen hat. Und auch noch ein paar anderen Leuten. Sie müssen erfahren, wie rücksichtslos Spence sein kann. Doch du behältst es erst mal für dich, okay?«

»Ich frage mich nur, was Spence getan hätte, wenn ich nicht aufgetaucht wäre?«

»Daran will ich lieber nicht denken.« Meg hob ihr T-Shirt vom Boden auf und zog es an, aber sie brachte es nicht über sich, den BH anzuziehen, den er in der Hand gehalten hatte. »Ich weiß nicht, welcher Glücksfall dich heute hierher geführt hat, aber ich bin wirklich froh. Was wolltest du hier?«

Haley zuckte zusammen, als hätte diese Frage sie erschreckt. »Ich war – ich weiß nicht.« Sie wurde rot unter ihrem Make-up. »Ich fuhr einfach so durch die Gegend und dachte mir, Sie wollen vielleicht … dass wir Burgers holen oder so.«

Megs Hände zögerten am Saum ihres T-Shirts. »Alle wissen doch, dass ich bei Skeet wohne. Wie hast du mich hier gefunden?«

»Das ist doch jetzt egal.« Damit fuhr sie herum und lief auf den Pfad zu.

»Warte!«

Aber Hailey wartete nicht, und Meg überlegte erstaunt, was Haley wohl zu dieser extremen Reaktion veranlasste, die so gar nicht zu dem vorangegangenen Gespräch passen wollte. Aber dann setzten die Puzzleteile sich zusammen.

Es schnürte ihr die Kehle zu. Sie schob ihre Füße in ihre Flipflops und rannte ihr hinterher. Dabei nahm sie die Abkürzung über den Friedhof. Ihre Flipflops schlugen gegen ihre Fersen, und Unkraut verfing sich an ihren noch immer feuchten Beinen. Meg traf vor der Kirche ein, als Haley gerade von hinten angerannt kam, und verstellte ihr den Weg. »Bleib sofort stehen! Ich will mit dir reden!«

»Gehen Sie mir aus dem Weg!«

Haley versuchte, an ihr vorbeizukommen, aber Meg ließ es nicht zu. »Du wusstest, dass ich hier war, weil du mir gefolgt bist. Genau wie Spence.«

»Sie wissen nicht, wovon Sie reden. Lassen Sie mich los!«

Meg verstärkte ihren Griff. »Du warst das.«

»Aufhören!«

Haley wollte ihre Arme befreien, doch Meg, der das Wasser eisig über den Nacken lief, hielt sie fest. »Die ganze Zeit. Du warst diejenige, die in die Kirche eingebrochen ist. Du hast diesen Brief geschickt und den Stein auf mein Auto geworfen. Die ganze Zeit. Du warst es.«

Haleys Brust hob sich. »Ich weiß nicht – keine Ahnung, wovon Sie reden.«

Megs T-Shirt klebte feucht an ihrer Haut, und Gänsehaut überzog ihre Arme. Ihr war übel. »Ich dachte, wir seien Freundinnen.«

Ihre Worte lösten etwas in Haley aus. Sie riss ihren Arm los, und mit einem höhnischen Grinsen platzte es aus ihr heraus: »Freundinnen! Ja, eine Freundin waren Sie mal.«

Es windete auf. Ein Tier raschelte im Gebüsch. Endlich begriff Meg. »Hier geht es um Ted …«

Haleys Gesicht war vor Wut verzerrt. »Sie sagten mir, Sie würden ihn nicht lieben. Sie sagten mir, es sei nur vorgeschoben, um sich Spence vom Leib zu halten. Und das habe ich geglaubt. Ich war so dumm. Ich glaubte Ihnen bis zu der Nacht, als ich Sie beide zusammen sah.«

Die Nacht, in der Meg und Ted sich in der Kirche geliebt hatten und Meg die Scheinwerfer sah. Ihr drehte sich der Magen um. »Du hast uns nachspioniert.«

»Ich habe Ihnen nicht nachspioniert!«, rief Haley. »So war es nicht! Ich fuhr durch die Gegend, und da sah ich Teds Laster vorbeifahren. Er war nicht in der Stadt gewesen, und ich wollte ihn sprechen.«

»Und so bist du ihm hierher gefolgt.«

Sie schüttelte ruckartig den Kopf. »Ich wusste nicht, wohin er fuhr. Ich wollte nur mit ihm reden.«

»Und hast uns am Ende durchs Fenster beobachtet.«

Tränen der Wut quollen aus ihren Lidern. »Sie haben mich angelogen! Sie haben mir gesagt, es sei alles nur vorgetäuscht!«

»Das war auch nicht gelogen. So hat es angefangen. Aber die Dinge veränderten sich, und ich wollte das natürlich auf keinen Fall an die große Glocke hängen.« Meg betrachtete sie voller Abscheu. »Ich fass es einfach nicht, dass du mir all das antun konntest. Kannst du dir eigentlich vorstellen, wie ich mich dabei gefühlt habe?«

Haley wischte sich mit ihrem Handrücken die Nase ab. »Ich habe Sie nicht verletzt. Ich wollte nur, dass Sie *weggehen.*«

»Und was ist mit Kyle? Das verstehe ich nämlich nicht. Ich dachte, du seist verrückt nach ihm. Ich habe euch zusammen gesehen.«

»Ich habe ihm gesagt, er soll mich in Ruhe lassen, aber er tauchte ständig bei mir in der Arbeit auf.« Die Tränen hatten ihre Mascara verschmiert und hinterließen auf ihren Wangen schmutzige Spuren. »Im letzten Jahr, als ich ihn gern mochte, wollte er nicht mit mir reden. Als ich ihn dann aber für mich abgeschrieben hatte, wollte er auf einmal mit mir ausgehen.«

Die Puzzleteile ergaben ein Bild. »Du hast deine Meinung wegen der University of Texas nicht Kyles wegen geändert. Es ging die ganze Zeit nur um Ted. Weil seine Hochzeit mit Lucy geplatzt war.«

»Na und?« Ihre Nase war rot, ihre Haut fleckig.

»Hast du ihr eigentlich auch solche Sachen angetan? Sie schikaniert, wie du mich schikaniert hast?«

»Lucy war anders.«

»Sie wollte ihn heiraten! Aber sie hast du in Ruhe gelassen, und mich belästigst du. Warum? Das begreife ich nicht.«

»Damals habe ich ihn noch nicht geliebt«, erwiderte sie zornig. »Nicht so wie jetzt. Alles hat sich verändert, nachdem sie ihn verlassen hat. Davor – da habe ich ihn angehimmelt wie alle anderen auch, aber es war kindisch. Nachdem sie weg war, glaubte ich all den Schmerz in seinem Herzen zu sehen und wollte, dass dieser verschwand. Es war, als würde ich ihn verstehen, wie kein anderer ihn verstand.«

Noch eine Frau, die glaubte, Ted Beaudine zu verstehen.

Haleys Augen funkelten vor Zorn. »Da wusste ich, dass ich

nie wieder jemand so lieben würde, wie ich ihn liebe. Und wenn man jemanden so sehr liebt, dann muss derjenige diese Liebe doch erwidern, oder? Ich musste dafür sorgen, dass er mich sah, wie ich bin. Es funktionierte auch. Ich brauchte nur noch etwas Zeit. Aber dann waren Sie hinter ihm her.«

Haley war längst fällig für einen Wirklichkeitscheck, und Meg hatte genügend Wut in sich, ihr diesen zu verpassen. »Es hat einzig und allein in deiner Fantasie funktioniert. Ted hätte sich niemals in dich verliebt. Du bist zu jung, und er ist zu schwierig.«

»Er ist nicht schwierig! Wie können Sie das von ihm behaupten?«

»Weil es stimmt.« Meg blickte sie abschätzig an. »Du bist ein Baby. Achtzehn, aber benimmst dich wie zwölf. Echte Liebe macht einen zum besseren Menschen. Und nicht zu jemandem, der sich anschleicht und mutwillig etwas zerstört. Glaubst du allen Ernstes, Ted könnte jemanden lieben, der einem anderen Menschen derart schadet, wie du das getan hast?«

Ihre Worte saßen, und Haley zuckte innerlich zusammen. »Ich wollte Ihnen nicht schaden. Ich wollte nur, dass Sie gehen.«

»Offensichtlich. Und was hattest du geplant, mir heute anzutun?«

»Nichts.«

»Lüg mich nicht an!«

»Ich weiß es nicht!«, schrie sie. »Ich – als ich Sie beim Schwimmen sah, habe ich überlegt, vielleicht Ihre Kleider wegzunehmen. Vielleicht auch zu verbrennen.«

»Sehr reif.« Meg hielt inne und rieb sich ihr Handgelenk dort, wo Spence sie gepackt hatte. »Doch stattdessen kamst du heraus, um mich zu beschützen.«

»Ich wollte, dass Sie weggehen, nicht, dass man Sie vergewaltigt!«

Meg ging nicht davon aus, dass Spence sie vergewaltigt hätte, aber sie neigte dazu, die Dinge grundsätzlich optimistisch zu sehen.

Ihre Auseinandersetzung wurde unterbrochen, als sie das Knirschen von Autoreifen auf dem Kies hörten. Sie drehten sich gemeinsam um und sahen einen puderblauen Pick-up in rasanter Fahrt die Straße entlangkommen.

Kapitel 19

Meg hatte die Überwachungskamera vergessen, und Haley wusste nichts davon. Ihr Kopf schoss voller Panik in die Höhe. »Sie werden ihm erzählen, was ich getan habe, oder?«

»Nein. Das erzählst du ihm selbst.« Haley war boshaft und destruktiv gewesen, aber sie hatte Meg heute auch vor Spence beschützt, und dafür schuldete Meg ihr etwas. Sie packte sie an den Schultern. »Hör mir zu, Haley. Du hast jetzt die Chance, dein Leben zu verändern. Du kannst aufhören, ein raffiniertes, destruktives, vor Liebe blindes Kind zu sein, und anfangen, eine Frau mit zumindest ein wenig Charakter zu werden.« Haley zuckte zusammen, als Meg ihre Finger in ihre Arme grub, doch Meg ließ sie nicht los. »Wenn du jetzt nicht aufrichtig bist und dich den Konsequenzen deines Handelns stellst, wirst du ein Leben lang mit dessen Schatten leben – dich immer schämen und immer wissen, dass du eine gemeine kleine Ratte bist, die eine Freundin betrogen hat.«

Haleys Gesicht verzog sich. »Ich kann das nicht.«

»Wenn du es dir vornimmst, kannst du alles. Das Leben schenkt einem nur wenige Momente wie diesen, und weißt du, was ich glaube? Ich glaube, dass dein Verhalten in den nächsten paar Minuten darüber bestimmen wird, welcher Mensch du von nun an sein wirst.«

»Nein, ich –«

Ted sprang aus seinem Laster und eilte auf Meg zu. »Die Leute von der Sicherheitsfirma haben angerufen. Sie sagten, Spence sei aufgetaucht. Ich bin so schnell es ging hergekommen.«

»Spence ist weg«, sagte Meg. »Er ging, als er Haley sah.«
Mit einem raschen Blick erfasste er Megs nackte Beine und das feuchte T-Shirt, das ihren feuchten Slip kaum bedeckte. »Was ist passiert? Er hat dir Schwierigkeiten gemacht, nicht wahr?«

»Sagen wir, er war nicht gerade freundlich. Aber ich habe deinen großen Deal nicht vermasselt, wenn es das ist, was du wissen willst.« Natürlich war es das, was ihn interessierte. »Davon gehe ich jedenfalls aus.«

Spiegelte die Erleichterung, die sich auf seinem Gesicht abzeichnete, seine Sorge um sie oder für die Stadt wider? Es brannte ihr auf den Nägeln, ihm zu erzählen, was passiert war, aber das brächte ihn in eine unmögliche Situation. Egal wie schwer es ihr auch fiel, sie würde auf den richtigen Zeitpunkt warten, wenigstens ein paar Tage.

Endlich fielen ihm Haleys rote Augen und das fleckige Gesicht auf. »Was ist denn mit dir passiert?«

Haley sah Meg an und schien darauf zu warten, dass diese sie auffliegen ließ, aber sie starrte nur zurück. Haley senkte ihren Kopf. »Ich – ich bin von einer Biene gestochen worden.«

»Von einer Biene?«, wunderte sich Ted.

Haley schaute Meg erneut an, als wollte sie sie auffordern, etwas zu sagen. Oder darum zu bitten, das zu tun, was Haley aus eigener Kraft nicht schaffte. Sekunden verstrichen, und weil Meg nichts sagte, begann Haley an ihrer Unterlippe zu zupfen. »Ich muss gehen«, murmelte sie schließlich mit der leisen Stimme eines Feiglings.

Ted wusste, dass mehr passiert war als ein Bienenstich. Auf der Suche nach einer Erklärung blickte er Meg an, aber sie hielt ihren Blick unverwandt auf Haley gerichtet.

Haley fischte in der Tasche ihrer winzigen Shorts nach ihrem Autoschlüssel. Sie hatte ihren Focus in Richtung Straße geparkt, vermutlich, damit sie schnell flüchten konnte, nachdem sie Megs Kleider verbrannt hatte. Sie zog ihre Schlüssel heraus und studierte diese eine Weile, da sie offenbar noch immer darauf wartete, von Meg bloßgestellt zu werden. Als dies nicht geschah, ging sie mit kurzen, vorsichtigen Schritten zu ihrem Auto.

»Ich wünsch dir ein schönes Leben«, rief Meg ihr nach.

Ted sah sie neugierig an. Haley stockte und blieb dann stehen. Nach einer Weile drehte sie sich endlich um und sah ihn mit ihren trostlosen Augen flehend an.

Meg schüttelte den Kopf.

Haleys Halsmuskeln arbeiteten. Meg hielt den Atem an.

Haley machte wieder kehrt Richtung Wagen. Ging einen Schritt. Blieb stehen und sah ihn an. »Ich war es«, sprudelte es aus ihr heraus. »Ich bin diejenige, die Meg all diese Sachen angetan hat.«

Ted starrte sie an. »Wovon sprichst du?«

»Ich – ich bin diejenige, die die Kirche verwüstet hat.«

Ted Beaudine war nicht oft um Worte verlegen, aber dies war einer jener Momente. Haley drehte ihre Schlüssel in ihren Händen hin und her. »Ich habe den Brief geschickt. Ich habe die Stoßstangenaufkleber an ihr Auto geklebt und versucht, die Scheibenwischer abzubrechen, und den Stein auf ihre Windschutzscheibe geworfen.«

Kopfschüttelnd versuchte er das alles zu verarbeiten. Dann wandte er sich an Meg. »Du hast mir erzählt, der Stein sei von einem Lastwagen gefallen.«

»Ich wollte dich nicht beunruhigen«, sagte Meg. *Oder dich veranlassen, meine Rostlaube durch einen Humvee zu ersetzen, was ich dir absolut zutraue.*

Er fuhr herum und stellte Haley zur Rede. »Warum? Warum hast du das alles getan?«

»Um – um sie zu vertreiben. Es … tut mir leid.«

Für ein Genie war er schwer von Begriff. »Was hat sie dir denn getan?«

Wieder zögerte Haley. Das würde der schwerste Teil werden, und sie sah Meg Hilfe suchend an. Aber Meg ließ sich nicht erweichen. Haley umschloss mit einer Faust ihre Schlüssel. »Ich war eifersüchtig auf sie.«

»Eifersüchtig *weswegen*?«

Meg wünschte sich, er würde nicht so ungläubig klingen. Haleys Stimme war nur noch ein Flüstern. »Ihretwegen.«

»Meinetwegen?« Er schien es nicht glauben zu können.

»Weil ich mich in Sie verliebt hatte«, gestand Haley, und aus jedem einzelnen Wort klang ihr Elend.

»Das ist das Dümmste, was ich je gehört habe.« Teds Abscheu war derart greifbar, dass Meg fast Mitleid mit Haley hatte. »Du hast also Meg gequält, um mir deine sogenannte *Liebe* zu zeigen?« Mit diesem hingerotzten Wort brachte er Haleys Fantasiewelt zum Einsturz.

Sie presste sich ihre Hände an den Magen. »Es tut mir leid.« Sie fing zu weinen an. »Ich … ich hatte nicht vor, so weit zu gehen. Es tut mir … so leid.«

»Leidtun reicht nicht«, schleuderte er ihr entgegen. Und lieferte dann den letzten Beweis dafür, dass ihre Gefühle für ihn in keiner Weise erwidert wurden. »Steig in dein Auto. Wir fahren zur Polizeiwache. Und am besten rufst du unterwegs gleich deine Mutter an, denn du wirst jegliche Unterstützung brauchen, die du kriegen kannst.«

Haley liefen die Tränen über die Wangen, und kleine, erstickte Schluchzer entrangen sich ihrer Kehle, doch sie hielt den Kopf aufrecht. Sie hatte ihr Schicksal angenommen und widersetzte sich ihm nicht.

»Warte.« Meg blies ihre Wangen auf und ließ die Luft wieder entweichen. »Ich bin dagegen, dass wir zur Polizei gehen.«

Haley starrte sie an. Ted winkte ab. »Darüber verhandele ich nicht mit dir.«

»Da ich das Opfer bin, habe ich wohl das letzte Wort.«

»Einen Teufel hast du«, konterte er. »Sie hat dich terrorisiert, und jetzt wird sie dafür bezahlen.«

»Dafür, was es dich gekostet hat, mir eine neue Windschutzscheibe einzubauen, auf jeden Fall.«

Er war so wütend, dass seine Haut trotz seiner Bräune blass geworden war. »Für mehr als das. Sie hat gegen mindestens ein Dutzend Gesetze verstoßen. Unbefugtes Betreten, Schikane, Vandalismus –«

»Gegen wie viele Gesetze hast du verstoßen, als du die Freiheitsstatue verwüstet hast?«

»Ich war *neun.*«

»Und ein Genie«, gab sie ihm zu bedenken, während Haley ihnen verunsichert zusah, nicht wissend, was da vor sich ging und welche Auswirkungen es auf sie haben würde. »Wenn man bedenkt, dass du einen so hohen IQ hast, bedeutet das, dass du mindestens neunzehn warst. Ein Jahr älter, als sie ist.«

»Denk doch mal nach, Meg, was sie dir angetan hat.«

»Das brauche ich nicht. Haley muss nachdenken, und ich könnte mich zwar täuschen, aber ich habe das Gefühl, dass sie genau das jetzt tut. Bitte, Ted. Jeder hat eine zweite Chance verdient.«

Haleys Zukunft lag in Teds Händen, doch sie sah Meg schamvoll und zugleich verwundert an.

Ted blickte Haley finster an. »Das hast du nicht verdient.«

Haley wischte sich mit den Fingern über die Wangen und schielte auf Meg. »Danke schön«, flüsterte sie. »Das werde ich Ihnen nie vergessen. Und ich verspreche es. Irgendwie werde ich das wiedergutmachen.«

»Mach dir meinetwegen keine Gedanken«, sagte Meg. »Mach es bei dir wieder gut.«

Haley nahm sich diesen Rat zu Herzen. Schließlich nickte sie – erst nur zögerlich, dann fest entschlossen.

Während Haley auf ihren Wagen zuging, erinnerte Meg sich an das nagende Gefühl, dass sie sich etwas Wichtiges hatte entgehen lassen. Das musste es sein. Irgendwo in ihrem Unterbewussten hatte sie Haley offenbar verdächtigt, auch wenn sie nicht wusste, wie sie darauf gekommen war.

Haley fuhr davon. Ted stampfte durch den Kies. »Du bist viel zu weich, weißt du das? Viel zu weich.«

»Ich bin ein verwöhntes Promikind, das weißt du doch, oder? Ich kenne es nicht anders.«

»Das ist nicht der richtige Zeitpunkt, um Scherze zu machen.«

»Hey, mir will kein besserer Scherz einfallen als der, dass Ted Beaudine mit einer Normalsterblichen wie Meg Sex hat –«

»Hör auf damit!«

Sie waren beide angespannt, denn dieser Tag war mehr als anstrengend, aber sie wollte sich nicht anmerken lassen, wie verwundbar sie sich fühlte. »Ich mag es nicht, wenn du schlecht drauf bist«, sagte sie. »Das ist ein Verstoß gegen die Naturgesetze. Wenn du dich schon in einen Miesepeter verwandeln kannst, wer weiß, was als Nächstes kommt? Womöglich fliegt das ganze Universum in die Luft.«

Darauf ging er nicht ein. Stattdessen schob er eine ihrer feuchten Locken hinter ihr Ohr. »Was wollte Spence? Außer deiner gespannten Aufmerksamkeit und dass du ihn deinen berühmten Bekannten vorstellst?«

»Das … deckt es im Grunde ab.« Sie drehte ihre Wange in seine Handfläche.

»Du verheimlichst mir was.«

Sie antwortete ihm mit einem verführerischen Schnurren. »Du musst nicht alles wissen, Babe.«

Er lächelte und legte seinen Daumen auf ihre Unterlippe. »Du darfst nicht auf eigene Faust weglaufen. Alle sind bemüht sicherzustellen, dass du nie mit ihm allein bist, aber du musst schon auch deinen Teil dazu beitragen.«

»Ich weiß. Und glaub mir, es wird nicht wieder vorkommen. Obwohl ich dir gar nicht sagen kann, wie sehr es mich nervt, dass ich diejenige bin, die in Deckung gehen muss, bloß weil so ein geiler Milliardär –«

»Ich weiß. Das ist nicht richtig.« Er drückte seine Lippen auf ihre Stirn. »Geh ihm einfach noch ein paar Tage aus dem Weg, dann kannst du ihn zum Teufel schicken. Das werde ich sogar höchstpersönlich für dich erledigen. Du kannst dir gar nicht vorstellen, wie satt ich es habe, mir von diesem Clown mein Leben diktieren zu lassen.«

Das Gefühl überfiel sie ohne Vorwarnung. Irgendetwas lauerte ihr auf. Etwas, das nichts mit Haley Kittle zu tun hatte.

Der Himmel hatte sich zugezogen, und der Wind presste ihr T-Shirt an ihren Körper. »Findest du ... Findest du es nicht merkwürdig, dass Spence nichts von uns weiß? Oder dass Sunny nichts mitbekommen hat? So viele Menschen wissen Bescheid, nur die beiden nicht. Sunny weiß es nicht, oder?«

Er schielte hoch zu den Wolken. »Sieht nicht danach aus.«

Sie konnte gar nicht genug Luft in ihre Lungen kriegen. »Zwanzig Frauen haben zugesehen, wie du mich beim Mittagessen geküsst hast. Einige müssen es doch ihren Ehemännern oder einer Freundin erzählt haben. Birdie hat es Haley weitergesagt.«

»Typisch!«

Die dahinjagenden Wolken warfen einen Schatten auf sein Gesicht, und die Frucht, der sie sich so mühsam entgegengestreckt hatte, kam näher. Sie holte noch mal tief Luft. »Alle diese Leute wissen, dass wir ein Paar sind. Aber Spence und Sunny haben davon nicht die geringste Ahnung.«

»Wir sind in Wynette. Da halten alle zusammen.«

Die Frucht hing so dicht vor ihr, dass sie ihren Duft roch, der aber nicht mehr angenehm war, sondern faul und überreif. »Was für loyale Leute.«

»Das macht sie nicht besser.«

Und einfach so hielt sie auf einmal die vergiftete Frucht in ihrer Hand. »Du wusstest die ganze Zeit, dass keiner etwas zu Spence oder Sunny sagen würde.«

Donnergrollen in der Ferne ... Er reckte seinen Kopf der Videokamera im Baum zu, als wollte er sichergehen, dass sie sich nicht bewegt hatte. »Ich verstehe nicht, worauf du hinauswillst.«

»Oh doch, das verstehst du sehr gut.« Den Rest presste sie mit einem einzigen schmerzhaften Atemzug heraus. »Als du mich geküsst hast ... Als du vor all diesen Leuten erklärt hast, wir seien ein Paar ... Da wusstest du, sie alle würden es für sich behalten.«

Er zuckte mit den Achseln. »Die Leute tun das, was sie tun müssen.«

Die Frucht platzte in ihrer Hand auf und entblößte ihr wurmiges, verdorbenes Fleisch. »Dein ganzes Gerede von wegen Offenheit und Ehrlichkeit, darüber, wie sehr du die ganze Heimlichtuerei hasst. Ich habe es dir abgekauft.«

»Ich mag keine Heimlichtuerei.«

Die Wolken zogen über ihnen hinweg, Donner grollte, und sie wurde von einer Woge des Zorns erfasst. »Ich war so *gerührt*, als du mich vor allen geküsst hast. Mir war ganz schwindelig, dass du bereit warst, dieses Opfer zu bringen. Für mich! Aber du ... *du* hast überhaupt nichts riskiert dabei.«

»Einen Moment mal.« In seinen Augen flammte selbstgerechte Entrüstung auf. »Du hast mich an diesem Abend aufgeklärt. Du hast gesagt, was ich getan habe, sei dumm gewesen.«

»Das hat mein Kopf gesagt. Aber mein *Herz* ... Mein blödes Herz ...« Ihre Stimme brach. »Das hat gejubelt.«

Er zuckte zusammen. »Meg ...«

Die Gefühle, die sich auf dem Gesicht dieses Mannes widerspiegelten, der niemals willentlich jemand verletzen würde, waren so leicht zu dechiffrieren, dass es wehtat. Seine Bestürzung. Seine Besorgnis. Sein Mitleid. Sie hasste es – hasste ihn. Sie wollte ihm wehtun, wie er ihr wehgetan hatte, und sie wusste genau, wie sie ihn bestrafen konnte. Mit ihrer Aufrichtigkeit.

»Ich habe mich in dich verliebt«, erklärte sie. »Wie alle anderen.«

Er konnte seine Bestürzung nicht verbergen. »Meg …«

»Aber ich bedeute dir nicht mehr als der Rest von ihnen. Nicht mehr, als Lucy dir bedeutet hat.«

»Sprich nicht weiter.«

»Ich bin so ein Idiot. Dieser Kuss hat mir so viel bedeutet. Ich habe zugelassen, dass er mir so viel bedeutet.« Sie lachte rau, doch es war eher ein Schluchzen, und sie war sich nicht mehr sicher, auf wen von beiden sie wütender war. »Und dass ich unbedingt bei dir wohnen sollte … Alle waren deswegen in großer Sorge, aber wäre es dazu gekommen, hätten sie sich gegenseitig umgebracht, um dich zu decken. Das wusstest du.«

»Du machst viel Wind um nichts.« Aber dabei konnte er ihr nicht in die Augen sehen.

Sie blickte auf sein markantes Profil. »Schon allein dein Anblick bringt etwas in mir zum Tanzen«, flüsterte sie. »So wie dich habe ich noch keinen Mann geliebt. Mir nie die Gefühle vorstellen können, die ich für dich hege.«

Sein Mund zuckte, und seine Augen verdunkelten sich. »Meg, es bedeutet mir was. Glaube ja nicht, es würde mir nichts bedeuten. Du bist – du bist wunderbar. Du machst mich …«

Er hielt inne und suchte nach dem richtigen Wort, doch sie grinste ihn höhnisch durch ihren Tränenschleier an. »Bringe ich dein Herz zum Jubeln? Wecke ich in dir das Gefühl zu tanzen?«

»Du bist durcheinander, du –«

»Meine Liebe brennt!« Die Worte platzten aus ihr heraus.
»Es hat was mit Feuer zu tun. Sie flackert und knistert, ist
stark und geht ganz tief. Aber deine Gefühle sind alle kühl
und auf Sparflamme. Du bleibst an der Seitenlinie stehen, damit du nicht zu sehr ins Schwitzen kommst. Deshalb wolltest
du auch Lucy heiraten. Da war alles geordnet. Alles logisch.
Nun, mit mir ist nichts geordnet. Ich bin chaotisch und wild
und aufbrausend, und du hast mir das Herz gebrochen.«

Mit einem Donnerschlag öffnete der Himmel seine Schleu-
sen. Ted erschauerte. »Sag das nicht. Du bist durcheinander.«

Er streckte seine Hand nach ihr aus, aber sie zuckte zurück.
»Geh weg. Lass mich allein.«

»Nicht so.«

»Doch, genau so. Weil du immer nur das willst, was für die
Allgemeinheit das Beste ist. Und im Moment ist es für mich
das Beste, wenn du mich allein lässt.«

Der Regen fiel jetzt heftiger. Sie konnte sehen, wie er hin
und her überlegte. Das Für und Wider abwog. Das Richtige
tun wollte. Immer das Richtige tun. So war er gestrickt. Und
sie konnte ihn nicht mehr verletzen, als ihm zu zeigen, wie
sehr er sie verletzt hatte.

Ein Blitz spaltete die Luft. Er zog sie auf die Stufen unter
dem Überhang vor der Kirchentür. Sie riss sich los. »Geh!
Kannst du nicht wenigstens das tun?«

»Bitte, Meg. Wir klären das. Wir brauchen nur ein wenig
Zeit.« Er versuchte ihr Gesicht zu berühren, aber als sie zu-
sammenzuckte, ließ er seinen Arm fallen. »Du bist durcheinander. Und das verstehe ich. Wir werden am späteren
Abend –«

»Nein. Nicht heute Abend.« *Nicht morgen. Niemals.*

»Hör mir zu. Bitte … ich habe morgen den ganzen Tag Ter-
mine mit Spence und seinen Leuten, aber morgen Abend werden wir … Wir werden bei mir zu Hause essen, da sind wir

ungestört. Nur wir beide. Dann haben wir Zeit, über all das nachzudenken und es durchzusprechen.«

»Genau. Zeit zum Nachdenken. Das wird alles lösen.«

»Sei doch fair, Meg. Das kam für mich völlig überraschend. Versprich es mir«, sagte er hart. »Wenn du mir nicht versprichst, dich morgen Abend mit mir zu treffen, werde ich nirgendwohin gehen.«

»Also gut«, erwiderte sie hölzern. »Ich verspreche es.«

»Meg …«

Wieder versuchte er, sie zu berühren, und wieder entzog sie sich ihm. »Geh einfach. Bitte. Wir reden morgen darüber.«

Er sah sie so lange forschend an, dass sie glaubte, er würde nicht gehen. Aber schließlich tat er es doch, und sie stand auf der obersten Stufe der Kirchentreppe und schaute zu, wie er im Regen davonfuhr.

Als sie ihn nicht mehr sehen konnte, tat sie, was sie zuvor nicht hatte tun können. Sie ging seitlich um die Kirche und schlug eine Fensterscheibe ein. Eine einzige Scheibe, damit sie durchgreifen und den Riegel öffnen konnte. Dann drückte sie das Fenster auf und kletterte in den staubigen, leeren Altarraum.

Er erwartete sie am morgigen Abend zu einem ruhigen, vernünftigen Gespräch über ihre unerwiderte Liebe. Das hatte sie ihm versprochen.

Ein Donnerschlag erschütterte das Gebäude, woraufhin sie überlegte, wie leicht man ein solches Versprechen brechen konnte.

Auf der Chorempore fand sie eine Jeans, die Dallie und Skeet beim Einpacken ihrer Sachen übersehen hatten. In der Küche war noch Essen, aber sie hatte keinen Appetit. Sie lief umher und ging alles noch mal durch, was sie zu diesem Punkt geführt hatte. Ted konnte sich nicht ändern, er war so. Hatte sie tatsächlich geglaubt, er könne sie lieben? Wie konnte sie sich auch nur einen Moment lang eingebildet haben, sie sei anders als der Rest?

Nur weil sie eine Seite von ihm kennengelernt hatte, die er noch keinem anderen gezeigt hatte, glaubte sie etwas anderes zu sein. Trotzdem war sie einem Trugschluss erlegen, und ihr blieb nichts anderes übrig, als wegzugehen, denn bleiben konnte sie auf keinen Fall.

Der Gedanke, ihn nie wiederzusehen, bedrückte sie so sehr, dass sie sich lieber darauf konzentrierte, wie sie das umsetzen sollte. Die alte, verantwortungslose Meg wäre noch an diesem Abend in ihren Wagen gesprungen und davongebraust. Aber ihr neues, verbessertes Alter Ego hatte Verpflichtungen. Morgen war ihr freier Tag, also würde keiner damit rechnen, dass sie zur Arbeit erschien, und das gab ihr Zeit, das Notwendige zu tun.

Sie wartete, bis sie sich sicher sein konnte, dass Skeet schlief, und kehrte dann in sein Haus zurück. Während sein Schnarchen über den Flur dröhnte, setzte sie sich in seinem Büro an den Schreibtisch, wo sie an ihrem Schmuck gearbeitet hatte, und griff nach einem gelben Block.

Sie machte Notizen für denjenigen, der ihren Getränke-Cart übernehmen würde, listete auf, wie man ihn am besten bestückte und welche Vorlieben die einzelnen Stammgäste hatten, und schrieb dann noch ein paar Zeilen über das Recyceln von Bechern und Dosen dazu. Sie leistete zwar nicht die Arbeit eines Gehirnchirurgen, doch sie hatte den Umsatz ihres Getränke-Carts mehr als verdoppelt, worauf sie stolz war. Am Ende schrieb sie: *Ein Job ist das, was man daraus macht.* Aber dann kam sie sich blöd vor und strich den letzten Satz durch.

Nachdem das Armband fertig war, das sie Torie versprochen hatte, versuchte sie, nicht an Ted zu denken, aber das war unmöglich, und als sie in der Morgendämmerung das Schmuckstück in einen gepolsterten Umschlag steckte, hatte sie müde Augen und war erschöpft und trauriger denn je zuvor.

Skeet aß vor der aufgeschlagenen Sportseite sein Cap'n Crunch am Küchentisch, als sie aus ihrem Zimmer kam. »Gute Neuigkeiten«, sagte sie und rang sich ein Lächeln ab. »Mein Stalker wurde identifiziert und überführt. Fragen Sie mich nicht nach den Einzelheiten.«

Skeet sah von seinem Müsli auf. »Weiß Ted davon?«

Sie kämpfte gegen den Schmerz an, der sie wie eine Woge zu ertränken drohte, wann immer sie daran dachte, dass sie ihn nie wiedersehen würde. »Ja. Und ich ziehe zurück in die Kirche.« Skeet anzulügen fiel ihr schwer, aber sie brauchte eine Erklärung, warum sie ihre Sachen zusammenpackte, ohne dass er Verdacht schöpfte.

»Ich sehe keinen Anlass zur Eile«, brummelte er.

Während er sich wieder seinem Cap'n Crunch widmete, wurde ihr bewusst, dass sie den alten Griesgram zusammen mit vielen anderen Leuten in dieser verrückten Stadt vermissen würde.

Schlafentzug und Kummer hatten sie ausgelaugt, und sie hatte kaum mit dem Packen begonnen, da legte sie sich hin. Trotz ihrer düsteren Träume wurde sie erst am Nachmittag wach. Rasch packte sie ihre restlichen Sachen zusammen, doch als sie zur Bank kam, war es schon fast drei Uhr. Bis auf zwanzig Dollar hob sie alles von ihrem mageren Konto ab. Würde sie das Konto auflösen, müsste sie Fragen des Schalterbeamten beantworten, und keine fünf Minuten nachdem sie durch die Tür war, würde Ted wissen, dass sie wegging. Einer weiteren Konfrontation fühlte sie sich nicht gewachsen.

Der einzige Briefkasten der Stadt stand vor der Treppe zum Postamt. Ihre Notizen zum Getränke-Cart und ihre Kündigung schickte sie an Barry, den stellvertretenden Manager. Während sie den Umschlag mit Tories Armband einwarf, hielt ein Wagen in der Parkverbotszone an. Das Fenster auf der

Fahrerseite glitt nach unten, und Sunny Skipjack steckte ihren Kopf heraus. »Ich habe Sie gesucht und ganz vergessen, dass der Club heute geschlossen hat. Lassen Sie uns was trinken, damit wir reden können.«

Sunny mit ihrem glänzenden dunklen Haar und ihrem Platinschmuck war der Inbegriff unangefochtener Souveränität. Meg hingegen hatte sich noch nie zerbrechlicher gefühlt. »Das ist leider kein guter Zeitpunkt«, sagte sie. »Ich habe eine Unmenge zu erledigen.« *Nämlich in meinen Wagen zu steigen und dem Mann, den ich so sehr liebe, den Rücken zu kehren.*

»Vergessen Sie's. Das hier ist wichtig.«

»Geht es um Ihren Vater?«

Sunny sah sie verdutzt an. »Was ist mit meinem Vater?«

»Nichts.«

Ein paar Leute auf dem Gehweg blieben stehen, um sie zu beobachten, und keiner tat dies sonderlich diskret. Sunny, die vielbeschäftigte Geschäftsfrau, klopfte ungeduldig mit ihren Fingern aufs Lenkrad. »Können Sie wirklich nicht ein paar Minuten Ihrer kostbaren Zeit erübrigen, um eine mögliche Geschäftsidee zu besprechen?«

»Eine Geschäftsidee?«

»Ich habe Ihren Schmuck gesehen. Ich möchte mit Ihnen reden. Steigen Sie ein.«

Megs Zukunftspläne lagen bestenfalls im Nebel. Sie wog das Risiko, ihre Abreise um eine Stunde zu verschieben, gegen den Nutzen ab, sich anzuhören, was Sunny zu erzählen hatte. Sunny war sicherlich eine Nervensäge, aber gleichzeitig auch eine kluge Geschäftsfrau. Meg nahm Abstand von ihrem Vorsatz, sich nie wieder mit einem Skipjack in einen geschlossenen Raum zu begeben, und stieg in den Wagen.

»Haben Sie gehört, dass ausgerechnet im *Wall Street Journal* ein Artikel über Teds Gewinnspiel erschienen ist?«, erkundigte sich Sunny beim Losfahren. »Als Teil einer Serie über kreative Versuche der Beschaffung von Geldmitteln für wohltätige Zwecke.«

»Nein, habe ich nicht gehört.«

Sie fuhr mit nur einer Hand am Steuer. »Jedes Mal, wenn derartige Berichte erscheinen, gehen die Gebote in die Höhe. Dass inzwischen die ganze Nation darauf aufmerksam geworden ist, macht es teuer, aber ich habe mich schon lange nicht mehr in Unkosten gestürzt.« Sunnys Mobiltelefon klingelte. Sie schob es unter die Sichel ihres glänzenden dunklen Haars, die wippend über ihrem Ohr lag. »Hallo, Dad.«

Meg versteifte sich.

»Ja, ich habe das Memo gelesen und mit Wolfburg gesprochen«, sagte Sunny. »Ich werde Terry heute Abend anrufen.«

Sie unterhielten sich noch ein paar Minuten über Anwälte und den Landverkauf. Megs Gedanken kehrten zu Ted zurück, doch nur um gleich darauf von Sunnys Worten aufgeschreckt zu werden: »Ich muss das später überprüfen. Meg und ich vertreiben uns gerade die Zeit.« Sie schaute Meg an und verdrehte die Augen. »Nein, du bist nicht eingeladen, zu uns zu stoßen. Wir sprechen uns später.« Sie hörte noch einen Moment lang zu, runzelte die Stirn und legte auf. »Klang ganz so, als wäre er sauer. Was ist los mit Ihnen beiden?«

Meg begrüßte die in ihr aufwallende Wut. »Ihr Vater ist nicht sehr gut darin, ein Nein zu akzeptieren.«

»Deshalb ist er auch so erfolgreich. Er ist klug und zielorientiert. Ich verstehe wirklich nicht, warum Sie ihm das Leben so schwer machen. Oder vielleicht doch.«

Die Richtung dieses Gesprächs gefiel Meg ganz und gar nicht, und sie bereute bereits, in den Wagen gestiegen zu sein.

»Sie wollten mit mir über meinen Schmuck sprechen«, erinnerte sie Sunny, als sie auf den Highway einbogen.

»Sie verkaufen ihn zu billig. Ihre Stücke sind unverwechselbar, und sie haben Snob-Appeal. Sie müssen sich umorientieren und den Luxusmarkt ins Auge fassen. Gehen Sie nach

New York. Nutzen Sie Ihre Kontakte, um die richtigen Käufer zu finden. Und hören Sie auf damit, an die Einheimischen zu verkaufen. Im texanischen Hinterland können Sie sich unmöglich einen ernsthaften Ruf als Designerin erwerben.«

»Guter Rat«, erwiderte Meg, während sie am Roustabout vorbeifuhren. »Ich dachte, wir wollten was trinken gehen.«

»Mir machen nur kurz einen Umweg zur Deponie.«

»Die kenne ich bereits, und ich möchte jetzt wirklich zurück.«

»Ich muss noch ein paar Fotos machen. Wir bleiben nicht lange. Außerdem sind wir dort unter uns und können reden.«

»Ich wüsste nicht, was wir zu bereden hätten.«

»Doch, das haben wir.« Sunny bog in die Straße ein, die zur Deponie führte. Seit Megs letztem Besuch, als Ted und sie sich auf der Kühlerhaube des Trucks geliebt hatten, war die Straße neu gekiest worden. Eine neue Schmerzwelle schlug ihr gegen die Brust.

Sunny parkte neben dem rostigen Schild, holte eine Kamera aus ihrer Tasche und stieg aus. Mit jeder Geste, jeder Bewegung verfolgte sie einen Zweck. Noch nie war Meg jemandem mit so viel Selbstvertrauen begegnet.

Da sie nicht im Auto zurückbleiben wollte, stieg auch sie aus. Sunny hielt sich die Kamera vors Auge und nahm die Deponie ins Visier. »Das ist die Zukunft von Wynette.« Der Auslöser klickte. »Anfangs war ich dagegen, dass wir hier bauen, aber als ich die Stadt und die Leute besser kennenlernte, änderte ich meine Meinung.«

Nachdem du Ted Beaudine kennenlerntest, sagte sich Meg.

Sie machte noch ein paar Aufnahmen aus verschiedenen Blickwinkeln. »Es ist tatsächlich ein einzigartiger Ort. Das Fundament von Amerika und all das. Normalerweise ist Dad nicht wild auf Kleinstädte, aber alle waren hier so nett zu ihm, und er liebt es, mit Jungs wie Dallie, Ted und Kenny Golf spielen zu können.« Sie senkte die Kamera. »Und was mich betrifft … Es ist kein Geheimnis, dass ich mich für Ted interessiere.«

»Sie und der Rest des weiblichen Universums.«

Sunny lächelte. »Aber im Unterschied zum Rest bin ich auch eine Ingenieurin. Ich bin ihm intellektuell nicht unterlegen, und wie viele andere Frauen können das schon von sich behaupten?«

Ich nicht, sagte sich Meg.

Sunny ging hinter das Schild der Deponie und zeigte mit ihrer Kamera auf die Methanrohre. »Ich begreife die Technologie, die ihn interessiert.« Der Auslöser klickte. »Ich schätze seine Leidenschaft für die Ökologie sowohl in wissenschaftlicher als auch in praktischer Hinsicht. Er weiß unglaublich viel, und nicht viele Menschen können mit dieser Art von Klugheit Schritt halten.«

Wieder eine Frau, die zu wissen glaubte, was er brauchte. Meg konnte sich nicht zurückhalten. »Und Ted erwidert Ihre Gefühle?«

»Wir sind auf dem Weg.« Sie senkte ihre Kamera wieder. »Das hoffe ich jedenfalls. Ich bin Realistin. Vielleicht passiert es nicht so, wie ich das möchte, aber ich bin wie mein Vater. Ich scheue vor keiner Herausforderung zurück. Ich glaube daran, dass Ted und ich eine Zukunft haben, und beabsichtige, alles daranzusetzen, um dies Wirklichkeit werden zu lassen.« Sie starrte Meg direkt in die Augen. »Ich bin ehrlich zu Ihnen. Ich möchte, dass Sie Wynette verlassen.«

»Das möchten Sie?« Sie sah keinen Grund, Sunny zu erzählen, dass sie, wäre sie von ihr nicht aufgehalten worden, bereits unterwegs wäre. »Wie kommt das?«

»Es ist nichts Persönliches. Ich finde, dass Sie gut zu meinem Vater passen. Er war in letzter Zeit deprimiert. Das Älterwerden und so. Sie haben ihn davon abgelenkt. Mein Problem ist, dass Sie Ted zurückhalten. Er würde es nie zugeben, dass er sich an Sie klammert, aber es ist offensichtlich.«

»Sie glauben, Ted klammert sich an mich?«

»Ich erkenne dies daran, wie er Sie ansieht, wie er über Sie spricht. Ich weiß, dass Sie und Lucy Jorik die besten Freundinnen waren. Sie erinnern ihn an sie, und solange Sie hier sind, wird es ihm sehr schwer fallen weiterzumachen.«

So klug und doch so dumm.

»Ich bin außerdem davon überzeugt, dass Frauen auf andere Frauen achtgeben sollten«, fuhr Sunny fort. »Auch Ihnen tut es nicht gut, in seiner Nähe zu sein. Ich habe von mehr Leuten, als ich zählen kann, gehört, dass Sie über ihn hinweg sind, doch wir wissen beide, dass das nicht ganz stimmt. Sehen Sie den Tatsachen ins Auge, Meg. Ted wird sich niemals für Sie interessieren. Sie beide haben keine Gemeinsamkeiten.«

Bis auf berühmte Eltern, eine privilegierte Kindheit, die Leidenschaft für Ökologie und eine tolerante Einstellung gegenüber Andersdenkenden, was Sunny wohl nie verstehen würde.

»Ted fühlt sich wohl bei Ihnen, weil Sie ihn an Lucy erinnern«, fuhr Sunny fort. »Aber mehr wird auch nie daraus werden. Es bringt Sie nicht weiter, wenn Sie hierbleiben, und es macht meine Beziehung zu ihm viel komplizierter.«

»Sie sind sehr direkt.«

Sie zuckte die Achseln. »Ich glaube an Aufrichtigkeit.«

Was Sunny allerdings unter Aufrichtigkeit verstand, war nichts weiter als eine reine Missachtung jeglicher Gefühle und Meinungen, die nicht die ihren waren.

»Ich war nie jemand, der um den heißen Brei herumredet«, sagte sie, aufgeblasen und überheblich wie sie war. »Wenn Sie bereit sind zu verschwinden, bin ich bereit, Ihnen bei Ihrem Einstieg in den Schmuckhandel zu helfen.«

»Sie bieten mir Blutgeld an?«

»Wieso nicht? Sie sind keine schlechte Investition. Indem Sie echte Altertümer in Ihre Stücke einarbeiten, sind Sie in einen kleinen Nischenmarkt gestolpert, der sich als höchst profitabel erweisen könnte.«

»Nur dass ich mir gar nicht sicher bin, ob ich ins Schmuckgeschäft einsteigen möchte.«

Sunny hatte kein Verständnis dafür, dass jemand einem rentablen Geschäft die kalte Schulter zeigen konnte, und versteckte deshalb auch ihr höhnisches Grinsen nicht. »Was werden Sie sonst tun?«

Sie wollte Sunny gerade erzählen, dass sie ihre Zukunft auf ihre Weise in die Hand nehmen werde, da hörte sie das Knirschen von Autoreifen auf dem Kies. Beide drehten sich um, als ein unbekannter Wagen hinter ihnen anhielt. Weil die Sonne Meg blendete, konnte sie nicht erkennen, wer hinter dem Steuer saß, aber diese Unterbrechung erstaunte sie nicht. Die guten Bürger von Wynette würden sie mit keinem der Skipjacks lange allein lassen.

Doch als sich die Wagentür öffnete, zog sich alles in ihr zusammen. Die Person, die aus der dunklen Limousine stieg, war Spence. Sie wandte sich an Sunny. »Bringen Sie mich in die Stadt zurück.«

Aber Sunnys Augen waren auf ihren Vater gerichtet, während dieser sich ihnen näherte. Sein Panamahut warf einen Schatten auf die obere Hälfte seines Gesichts. »Dad, was machst du hier?«

»Du sagtest mir, du würdest hier Fotos machen.«

Meg hatte nicht mehr die Kraft, das über sich ergehen zu lassen. »Ich möchte jetzt zurück in die Stadt.«

»Lass uns allein«, wandte sich Spence an seine Tochter. »Ich muss noch ein paar Dinge mit Meg unter vier Augen besprechen.«

»Nein! Gehen Sie nicht.«

Megs aufgeregte Reaktion verwirrte Sunny, und ihr Begrüßungslächeln für ihren Vater verschwand. »Was geht da vor sich?«

Spence zeigte durch eine Drehung seines Kopfs auf Sunnys Auto. »Ich sehe dich dann in der Stadt. Fahr los.«

»Bleiben Sie, wo Sie sind, Sunny«, sagte Meg. »Ich möchte nicht mit ihm allein sein.«

Sunny sah sie angewidert an. »Was ist denn mit Ihnen los?«

»Meg ist ein Feigling«, erklärte er. »Das ist los mit ihr.«

Meg wollte nicht schon wieder sein hilfloses Opfer sein. »Ihr Vater ist gestern über mich hergefallen, Sunny.«

Kapitel 20

»Über Sie hergefallen?« Spence brach in wildes Gelächter
aus. »Der ist gut. Zeigen Sie mir irgendwelche Male, und Sie
bekommen eine Million Dollar von mir.«

Die sonst so beherrschte Sunny sah Meg empört an. »Wie
können Sie etwas derart Gemeines sagen?«

Weitere Autos rollten holpernd über die Kiesstraße heran,
nicht nur eins, sondern ein ganzer Korso, da offenbar alle
spürten, dass Ärger in der Luft lag. »Mist«, rief Spence. »In
dieser Stadt kann man nicht mal scheißen, ohne dass alle auftauchen, um zuzuschauen.«

Kayla sprang aus dem Beifahrersitz eines roten Kia, der von
einer der Kellnerinnen im Roustabout gelenkt wurde. »Was
macht ihr denn alle hier draußen?«, zirpte sie und stürzte sich
auf sie, als wäre sie zufällig gerade an einem Picknick vorbeigekommen.

Ehe jemand darauf antworten konnte, spuckte ein silberner Range Rover Torie, Dexter und Kenny aus. Tories Sarong mit dem Hawaiidruck passte überhaupt nicht zu ihrem
karierten Bikinioberteil. Ihre Haare waren nass, und sie trug
kein Make-up. Ihr Ehemann kam im dunkelblauen Businessanzug, und Kenny hob seine rechte Hand, die mit einem Spi-
der-Man-Pflaster verziert war. »Einen schönen Nachmittag,
Spence. Sunny. Schönes Wetter nach dem gestrigen Unwetter.
Doch wir hatten den Regen bitter nötig.«

Zoey sprang aus einem marineblauen Toyota Camry. »Ich
war unterwegs zu einer Fachkonferenz«, redete sie ins Blaue
hinein.

Hinter ihr hielten weitere Autos an. Die ganze Stadt schien die sich anbahnende Katastrophe zu ahnen, und alle waren entschlossen, sie zu verhindern.

Dexter O'Connor deutete auf die Deponie. »Sie können sich glücklich schätzen, Spence. So viele Möglichkeiten.«

Anstatt ihn anzusehen, hielt Spence seinen wütenden Blick unverwandt auf Meg gerichtet, und die Erleichterung, die sie beim Herannahen all dieser Leute empfunden hatte, begann zu schwinden. Sie versuchte sich einzureden, dass sie sich irrte. Er würde sicherlich davon Abstand nehmen. Unvorstellbar, dass er vor so vielen Leuten weiterinsistierte. Aber sie hatte von Anfang an gewusst, dass er sich unter keinen Umständen von jemandem unterkriegen ließe.

»Die Verträge sind noch nicht unterschrieben«, sagte er drohend.

Auf den Gesichtern der Anwesenden machte sich kollektive Panik breit. »Dad …« Sunny legte ihre Hand auf den Arm ihres Vaters.

Torie ergriff die Initiative. Sie verknotete ihren Sarong neu und marschierte dann auf Spence zu. »Dex und ich haben geplant, heute Abend ein paar Steaks auf den Grill zu werfen. Was halten Sie davon, mit Sunny zu uns zu kommen, das heißt, wenn Sie nichts gegen Kinder haben, aber die könnten wir auch zu Dad bringen? Haben Sie schon mal Emus aus der Nähe gesehen, Sunny? Dex und ich haben eine ganze Herde davon. Im Grunde genommen habe ich ihn nur geheiratet, damit ich die Futterrechnung bezahlen konnte. Er ist nicht so begeistert von ihnen wie ich, aber es sind die süßesten Geschöpfe, die Sie je gesehen haben.« Torie schob einen atemlosen und sehr weitschweifigen Monolog hinterher, indem sie Pflege und Ernährung der Emus und deren Nutzen für die Menschheit schilderte. Sie versuchte Zeit zu schinden, und da alle auf die Straße schielten, fiel es Meg nicht schwer zu erahnen, warum. Sie warteten darauf, dass ein Ritter in einem puderblauen Pick-up auftauchte und die Stadt vor der Katastrophe bewahrte.

Weitere Fahrzeuge kamen angefahren. Torie hatte ihr Emu-Pulver verschossen und sah die anderen auffordernd an. Ihr Bruder reagierte als Erster, legte seinen Arm um Spences Schultern und deutete mit der anderen auf die Deponie. »Ich habe mich schon mal ausführlich mit der Straßenführung beschäftigt.«

Aber Spence wandte sich von ihm ab und musterte die wachsende Menge. Sein Blick kehrte zu Meg zurück, und seine immer schmaler werdenden Augen sagten ihr, dass jetzt der Zeitpunkt der Rache gekommen war. »Wie es aussieht, könnte das ein wenig voreilig gewesen sein, Kenny. Ich muss auf meinen Ruf achten, und Meg hat meiner Tochter gerade etwas ziemlich Schockierendes erzählt.«

Meg fuhr der Schreck in die Glieder. Er wollte Rache und wusste ganz genau, wie er sie kriegte. Bliebe sie bei ihrer Behauptung, würde sie sehr vielen Menschen schaden, aber beim Gedanken an einen Rückzieher wurde ihr übel. Wieso fühlte sich das Richtige so falsch an? Sie grub ihre Finger in ihre Handflächen. »Vergessen Sie's.«

Aber Spence wollte jede Wunde, die sie seinem Ego zugefügt hatte, mit ihrem Fleisch aufgewogen sehen und setzte ihr deshalb weiter zu. »Oh nein, das kann ich nicht«, erwiderte er. »Manches ist zu schwerwiegend, um es vergessen zu können. Meg behauptet, ich – welches Wort haben Sie noch mal gebraucht?«

»Lassen Sie es gut sein«, meinte sie, wohl wissend, dass er genau das nicht tun würde.

Er schnippte mit den Fingern. »Es fällt mir wieder ein. Sie sagten, ich sei über Sie *hergefallen*. Habe ich Sie da richtig verstanden, Meg?«

Ein Raunen ging durch die Menge. Kaylas glänzende Lippen wurden schlaff. Zoey drückte ihre Hand an ihre Kehle.

Mobiltelefone wurden aufgeklappt, und Meg kämpfte gegen ihre Übelkeit an. »Nein, Spence, das haben Sie nicht richtig verstanden«, antwortete sie hölzern.

»Aber das habe ich Sie sagen hören. Es ist das, was meine Tochter Sie sagen hörte.« Er reckte sein Kinn vor. »Ich kann mich erinnern, gestern mit Ihnen schwimmen gegangen zu sein, kann mich aber nicht erinnern, mich auf Sie gestürzt zu haben.«

Sie verzog keine Miene. »Sie haben recht«, murmelte sie. »Ich habe das falsch aufgefasst.«

Er schüttelte den Kopf. »Wie konnten Sie etwas derart Ernstes nur so falsch verstehen?«

Er würde sie fertigmachen. Die einzige Möglichkeit für sie, doch noch zu gewinnen, bestand darin, ihn gewinnen zu lassen, und sie nahm alle Kraft zusammen. »Ganz einfach. Ich war nicht bei mir.«

»Hallo, alle miteinander.«

Die Menge drehte sich synchron zu ihrem herannahenden Retter um. Er war unbemerkt geblieben, weil er seinen dunkelgrauen Mercedes fuhr, an den schon keiner mehr dachte. Er sah müde aus. »Was ist hier los?«, fragte er. »Habe ich vergessen, dass hier eine Party steigt?«

»Leider nein.« Obwohl Spence die Stirn runzelte, konnte Meg sehen, wie sehr er die Macht genoss, die er über sie alle hatte. »Ich bin wirklich froh, dass Sie gekommen sind, Ted. Scheint ganz so, als hätten wir ein unerwartetes Problem.«

»Oh? Und das wäre?«

Spence rieb sich das Kinn, auf dem bereits ein blauschwarzer Bartschatten lag. »Es wird schwer für mich werden, in dieser Stadt Geschäfte zu machen, solange hier eine Person frei herumlaufen und ungestraft falsche Beschuldigungen machen kann.«

Er würde den Deal nicht aufkündigen. Da war Meg sich ganz sicher. Nicht, solange Sunny ihn derart flehend ansah.

Nicht, wenn eine ganze Stadt vor ihm in Reih und Glied stand, um zu katzbuckeln. Er spielte Katz und Maus, ließ die Muskeln spielen, indem er sie demütigte und allen zeigte, wer hier das Heft in der Hand hielt.

»Das tut mir leid zu hören, Spence«, sagte Ted. »Ich denke, Missverständnisse gibt es immer wieder mal. Das Gute an Wynette ist jedoch, dass wir unsere Schwierigkeiten in Angriff nehmen, bevor sie so groß werden, um Probleme zu bereiten. Vielleicht kann ich ja zu einer Klärung beitragen.«

»Ich weiß nicht, Ted.« Spences Blick fiel auf die brache Deponie. »Über eine Sache wie diese kommt man nur schwer hinweg. Alle erwarten von mir, dass ich morgen diese Verträge unterzeichne, aber ich kann mir nicht vorstellen, dass es dazu kommt, solange diese falsche Anschuldigung im Raum steht.«

Angespanntes Raunen ging durch die Menge. Sunny durchschaute das Spiel ihres Vaters nicht, und ihr Gesicht spiegelte ihre Bestürzung darüber, dass ihre Zukunft mit Ted ihr zu entgleiten drohte, wider. »Dad, lass uns unter vier Augen darüber reden.«

Mr. Cool zog seine Baseballkappe ab und kratzte sich am Kopf. Sah denn kein anderer außer ihr seinen Überdruss? »Sie müssen tun, was Sie für richtig halten, Spence, so viel steht fest. Aber ich wette, ich kann Ihnen bei der Lösung des Problems behilflich sein, wenn Sie mir nur sagen, worin es besteht.«

Meg hielt es nicht länger aus. »Ich bin das Problem«, erklärte sie. »Ich habe Spence beleidigt, und jetzt möchte er dafür die Stadt bestrafen. Aber Sie brauchen das nicht zu tun, Spence, denn ich verlasse Wynette. Ich wäre schon längst weg, wenn Sunny mich nicht aufgehalten hätte.«

Ted setzte sich seine Kappe wieder auf und sagte trotz finsterer Miene mit ruhiger Stimme: »Warum lässt du mich das nicht regeln, Meg?«

Doch Spence wollte Blut sehen. »Sie glauben also, Sie können einfach davonfahren, als wäre nichts passiert, nachdem Sie eine derart schwerwiegende Anschuldigung vor meiner Tochter ausgesprochen haben? So läuft das bei mir nicht.«

»Einen Moment mal«, warf Ted ein. »Wie wär's, wenn wir noch mal ganz von vorne anfangen?«

»Ja, Meg«, höhnte Spence. »Warum machen wir das nicht?« Sie konnte Ted nicht in die Augen sehen, deshalb konzentrierte sie sich auf Spence. »Ich habe zugegeben, gelogen zu haben. Sie waren ein perfekter Gentleman. Es gab keinen Übergriff. Ich … habe mir das alles aus den Fingern gesaugt.«

Ted fuhr zu ihr herum. »Spence ist über dich hergefallen?«

»Das hat sie meiner Tochter gesagt.« Spences Worte trieften vor Verachtung. »Sie ist eine Lügnerin.«

»*Sie sind über sie hergefallen?*« In Teds Augen brannte der Zorn. »Sie Mistkerl.« Und ohne weitere Warnung stürzte Mr. Cool sich auf die letzte große Hoffnung der Stadt.

Die fassungslose Menge stöhnte auf. Der Installationskönig lag der Länge nach auf dem Boden, sein Panamahut rollte in den Staub. Meg war so schockiert, dass sie sich nicht mehr rühren konnte. Sunny stieß einen erstickten Schrei aus, und alle sahen starr vor Schreck zu, wie ihr unerschütterlicher Bürgermeister – ihr Friedensstifter – Spencer Skipjack am Kragen seines Frackhemds packte und wieder auf die Füße zog.

»*Für wen zum Teufel halten Sie sich eigentlich?*«, schrie Ted ihm ins Gesicht, wobei seine eigenen Züge sich vor blinder Wut verzerrten.

Spence trat mit dem Fuß nach ihm und erwischte Ted am Bein, sodass sie beide wieder zurück in den Staub taumelten.

Es war alles ein schlechter Traum.

Ein schlechter Traum, der sich zum ausgewachsenen Albtraum gestaltete, als zwei vertraute Gestalten sich aus der Menge lösten.

Sie bildete sich das nur ein. Es war unmöglich. Sie blinzelte, aber das Schreckensbild wollte nicht weichen.

Ihre Eltern. Fleur und Jake Koranda. Die sie mit entsetzten Gesichtern anstarrten.

Sie konnten unmöglich hier sein. Doch nicht, ohne sich bei ihr anzukündigen. Und schon gar nicht hier an der Deponie als Zeugen der größten Katastrophe ihres Lebens.

Sie blinzelte noch mal, aber da standen sie, Francesca und Dallie Beaudine direkt hinter ihnen. Ihre Mutter war umwerfend schön wie immer und ihr Vater groß und stattlich.

Die beiden Schläger waren erst auf den Beinen, dann wieder auf dem Boden. Spence war gute fünfzig Pfund schwerer als Ted, aber sein Gegner kräftiger, wendiger und von einer Wut angestachelt, die aus ihm einen Mann gemacht hatte, den Meg nicht wiedererkannte.

Torie klammerte sich an ihren Sarong. Kenny stieß ein ätzendes Schimpfwort aus. Kayla fing zu weinen an. Und Francesca versuchte ihrem Prachtjungen zu Hilfe zu eilen, wurde aber von ihrem Mann daran gehindert.

Keiner dachte jedoch daran, Sunny zurückzuhalten, die keinen Angriff auf ihren geliebten Vater duldete, von keinem Mann, nicht einmal von dem, den sie zu lieben glaubte. »Daddy!« Mit einem Schrei warf sie sich auf Teds Rücken.

Das war mehr, als Meg ertrug. »*Lassen Sie ihn los!*«

Sie lief los, um sich einzumischen, rutschte auf dem Kies aus und fiel auf Sunny, sodass Ted zwischen ihnen beiden gefangen war. Spence nutzte Teds vorübergehende Gefangenschaft und sprang auf die Beine. Meg verfolgte alarmiert, wie er sein Bein zurückzog, um Ted gegen den Kopf zu treten. Mit einem wütenden Aufschrei drehte sie sich zur Seite und schlug auf ihn ein, bis er das Gleichgewicht verlor. Während er stürzte, packte sie Sunny am Rücken ihrer Designerbluse. Ted würde niemals eine Frau schlagen, aber Meg kannte solche Skrupel nicht.

Schließlich zogen Torie und Shelby Traveler Meg von der schluchzenden Sunny weg, aber der friedfertige Bürgermeister der Stadt wollte Blut sehen, und es brauchte drei Männer, um ihn zurückzuhalten. Er war nicht der Einzige, der zurückgehalten wurde. Megs Mutter, Skeet, Francesca und der Chef der Feuerwehr halfen alle zusammen, um ihren Vater daran zu hindern, sich einzumischen.

Die Adern an Teds Hals waren angeschwollen, als er sich kämpfend befreite, um das zu Ende zu führen, was er begonnen hatte. »Sollten Sie auch nur daran *denken,* sich ihr wieder zu nähern, werden Sie das bereuen.«

»Sie sind ja verrückt!«, schrie Spence. »Ihr seid alle verrückt!«

Teds Lippen wurden vor Verachtung ganz schmal. »Sehen Sie zu, dass Sie wegkommen.«

Spence hob seinen Hut vom Boden auf. Fettige schwarze Haarsträhnen hingen ihm in die Stirn. Eins seiner Augen schwoll langsam an, und seine Nase blutete. »Diese Stadt hat mich immer mehr gebraucht als ich sie.« Er schlug seinen Hut an seinem Bein aus. »Wenn Sie zusehen müssen, wie dieser Platz hier verrottet, Beaudine, dann denken Sie an das, was Sie aufgegeben haben.« Er klatschte sich seinen Hut auf den Kopf und starrte Meg giftig an. »Und denken Sie daran, wie viel Sie diese Frau, die nichts wert ist, gekostet hat.«

»Daddy …« Sunnys schmutzige Bluse war eingerissen, und sie hatte sich den Arm aufgeschürft und einen Kratzer auf der Wange, doch Spence war zu sehr in seiner eigenen Wut gefangen, als ihr den Trost geben zu können, den sie ersehnte.

»Sie hätten alles haben können«, sagte er, während ihm das Blut aus der Nase tropfte. »Und haben es für eine verlogene Schlampe aufgegeben.«

Nur dem Einsatz von Megs Mutter war es zu verdanken, dass ihr Vater sich nicht auf Spence stürzte, während die Männer, die Ted zurückhielten, fast ihren Kampf gegen ihn verloren.

Dallie trat vor, und seine Augen funkelten vor Zorn. »Ich

rate Ihnen, von hier wegzugehen, solange Sie das noch können, Spence, denn ich muss nur mit dem Kopf nicken, und die Jungs, die Ted davon zurückhalten, die Sache zu Ende zu bringen, werden ihn loslassen.«

Spence schaute in lauter feindselige Gesichter und zog sich langsam zu den Wagen zurück. »Komm, Sunny«, sagte er in seinem unglaubwürdigen draufgängerischen Ton. »Nichts wie weg aus diesem Scheißkaff.«

»Der Verlierer sind Sie, Arschloch!«, rief Torie ihm hinterher. »Ich habe das 5er Eisen schon auf der Junior High besser abgeschlagen. Und Sie sind eine hochnäsige Ziege, Sunny.«

Da Vater und Tochter spürten, dass ihnen womöglich bald ein wütender Mob auf den Fersen war, eilten sie zu ihren Autos und sprangen hinein. Während sie davonfuhren, richtete sich ein Augenpaar nach dem anderen auf Meg. Sie spürte ihren Ärger, sah ihre Verzweiflung. Nichts davon wäre passiert, wenn sie die Stadt so hätte verlassen können, wie sie das geplant hatte.

Irgendwie schaffte sie es, ihren Kopf hochzuhalten, obwohl sie gegen ihre Tränen ankämpfte. Ihre bezaubernde Mutter kam mit ihren ganzen eins dreiundachtzig auf sie zu und bewegte sich dabei mit der Autorität, die sie einst über die größten Laufstege der Welt getragen hatte. Die Menge war so sehr auf die sich vor ihren Augen abspielende Katastrophe fixiert gewesen, dass keiner die Fremden in ihrer Mitte bemerkt hatte, aber alle über Dreißigjährigen erkannten Glitter Baby an ihrem blond gesträhnten Haar, den theatralischen kräftigen Augenbrauen und dem breiten Mund, und Gemurmel wurde laut. Dann trat Megs Vater neben ihre Mutter, und das Gemurmel erstarb, während die Zuschauer sich mit der erstaunlichen Tatsache vertraut machten, dass der legendäre Jake Koranda von der Leinwand herabgestiegen war, um sich unter sie zu mischen.

Meg betrachtete die beiden mit einer unglücklichen Mischung aus Liebe und Verzweiflung. Wie konnte jemand, der so gewöhnlich war wie sie, der Sprössling dieser beiden zauberhaften Geschöpfe sein?

Aber ihre Eltern schafften es nicht, sich ihr zu nähern, denn Teds Geduld war am Ende. »Alle verschwinden auf der Stelle von hier!«, brüllte er. »Alle!« Aus unerfindlichen Gründen schloss er ihre Eltern in seinen Aufruf mit ein. »Sie auch.«

Meg wollte nichts lieber, als auf Nimmerwiedersehen zu verschwinden, aber sie hatte keinen Wagen, und bevor sie nicht Gelegenheit gehabt hatte, ihre Fassung zurückzugewinnen, stand ihr auch nicht der Sinn danach, bei ihren Eltern einzusteigen. Torie schien ihr noch die beste Wahl zu sein, und sie warf einen flehentlichen Blick in ihre Richtung, woraufhin Teds Arm auf sie zuschoss. »Du bleibst, wo du bist.«

Jedes Wort klang abgehackt und kalt. Er wollte eine letzte Kraftprobe, und nach allem, was passiert war, hatte er diese verdient.

Ihr Vater warf einen abschätzenden Blick auf Meg und wandte sich dann an sie. »Hast du ein Auto hier?«

Als sie den Kopf schüttelte, holte er die Wagenschlüssel heraus und warf sie ihr zu. »Wir lassen uns in die Stadt mitnehmen und warten im Gasthof auf dich.«

Einer nach dem anderen entfernte sich. Keiner wagte es, sich Ted zu widersetzen, nicht einmal seine Mutter. Francesca und Dallie führten Megs Eltern zu ihrem Cadillac. Nachdem die Autos sich langsam entfernt hatten, ging Ted auf das rostige Schild zu und ließ seinen Blick über das weite, verseuchte Land schweifen, das nun aller Hoffnungen auf eine Zukunft beraubt war. Seine Schultern sackten nach vorne. Und sie hatte ihm dies angetan. Nicht absichtlich, aber sie hatte es dennoch getan, indem sie in Wynette blieb, obwohl sämtliche Zeichen ihr dringend nahelegten zu verschwinden. Und um ihrer Dummheit die Krone aufzusetzen, hatte sie sich absurderweise in den Mann verliebt, der ihre Liebe am allerwenigsten erwidern würde. Diesen Augenblick hatte sie mit ihrer Maßlosigkeit herbeigeführt, und jetzt fiel das ganze Kartenhaus in sich zusammen.

Die Sonne stand tief am Himmel und strahlte sein Profil an. Der letzte Wagen verschwand, und es war, als hätte sie aufgehört zu existieren, denn er rührte sich nicht vom Fleck. Meg hielt es nicht länger aus und zwang sich, zu ihm zu gehen. »Es tut mir leid«, flüsterte sie.

Sie hob ihre Hand, um ihm das Blut von seinem Mundwinkel zu wischen, aber er packte ihre Hand, bevor sie ihn berühren konnte. »War das für dich *heiß* genug?«

»Was?«

»Du glaubst, ich hätte keine Gefühle«, sagte er mit belegter Stimme. »Hältst mich für eine Art Roboter.«

»Oh Ted ... so habe ich das doch nicht gemeint.«

»Mit deinem Hang zur Melodramatik glaubst du dir als Einzige Gefühle erlauben zu dürfen, stimmt's?«

Das war nicht das Gespräch, das sie mit ihm führen wollte. »Ted, es lag nie in meiner Absicht, dich in diese Geschichte mit Spence zu verwickeln.«

»Was hätte ich denn tun sollen? Ihm durchgehen lassen, dass er sich über dich hergemacht hat?«

»Das hat er nicht gerade getan. Aber ich weiß ehrlich nicht, was passiert wäre, wenn Haley nicht gekommen wäre. Er –«

»Ich schwitze!«, rief er aus, was überhaupt keinen Sinn ergab. »Du sagtest, ich würde nie schwitzen.«

Wovon redete er da? Sie versuchte es noch mal. »Ich war allein im Schwimmteich am Fluss, als er plötzlich auftauchte. Ich bat ihn zu gehen, aber er weigerte sich. Es wurde unangenehm.«

»Und dafür hat dieser Mistkerl bezahlt.« Er packte ihren Arm. »Vor zwei Monaten war ich bereit, eine andere Frau zu heiraten. Warum kannst du nicht etwas nachsichtiger mit mir sein? Nur weil du am tiefen Ende hineinspringst, heißt das doch nicht, dass ich mich dort zu dir gesellen muss.«

Sie war es gewohnt, seine Gedanken zu lesen, aber diesmal wollte sie nicht. »Was genau meinst du mit ›am tiefen Ende hineinspringen‹?«

Sein Mund zuckte verächtlich. »Sich verlieben.«

Diese Worte sprach er mit so viel Verachtung aus, dass sie auf seinen Lippen eigentlich Blasen hätten zurücklassen müssen. Sie wich zurück. »Ich würde ›sich verlieben‹ nicht mit ›am tiefen Ende hineinspringen‹ gleichsetzen.«

»Wie würdest du es dann nennen? Ich war dazu bereit, den Rest meines Lebens mit Lucy zu verbringen. Den Rest meines Lebens! Wieso kapierst du das nicht?«

»Ich kapiere es schon. Ich weiß nur nicht, warum wir jetzt, nach allem, was passiert ist, darüber reden.«

»Natürlich nicht.« Sein Gesicht war bleich geworden. »Wenn es um vernünftiges Verhalten geht, kapierst du gar nichts. Du glaubst mich so gut zu kennen, aber du weißt überhaupt nichts über mich.«

Noch eine Frau, die dachte, Ted Beaudine zu verstehen …

Ehe sie wieder zum Thema zurückfand, holte er erneut zum Angriff aus. »Du brüstest dich damit, dich immer von deinen Gefühlen leiten zu lassen. Na dann, eine Runde Applaus dafür. Ich bin nicht so gestrickt. Ich möchte, dass Dinge einen Sinn ergeben, und wenn das in deinen Augen ein Verbrechen ist, auch gut.«

Es war, als würde er plötzlich eine fremde Sprache sprechen. Sie verstand seine Worte, aber nicht den Kontext. Warum unterhielten sie sich nicht über die Rolle, die sie bei der Katastrophe mit Spence gespielt hatte?

Er wischte sich mit dem Handrücken einen Blutstropfen aus seinem Mundwinkel. »Du behauptest, mich zu lieben. Was soll das heißen? Ich habe Lucy geliebt, und du siehst ja, als wie bedeutungslos sich das erwiesen hat.«

»Du hast Lucy geliebt?« Das nahm sie ihm nicht ab. Wollte es nicht glauben.

»Schon nach den ersten fünf Minuten mit ihr wusste ich, dass sie die Eine ist. Sie ist klug. Sie ist sehr umgänglich. Sie sorgt sich um andere Menschen und will ihnen helfen und versteht, was es bedeutet, auf dem Präsentierteller zu liegen. Meine Freunde liebten sie. Meine Eltern liebten sie. Wir hatten gemeinsame Vorstellungen von unserem Leben. Und ich hätte mich doch nicht mehr täuschen können.« Seine Stimme schwankte. »Du erwartest von mir, all das zu vergessen? Du erwartest von mir, dass ich mit den Fingern schnippe und all das ungeschehen mache?«

»Das ist nicht fair. Du hast dich verhalten, als würde dich das alles nicht berühren. Es schien dir nichts auszumachen.«

»Natürlich hat es mir was ausgemacht! Ich laufe nur nicht herum und zeige jedem meine Gefühle, aber das heißt doch nicht, dass ich sie nicht habe. Du sagtest, ich hätte dir das Herz gebrochen. Gut, sie hat mir meins gebrochen.«

An seinem Hals pochte eine Ader. Sie hatte das Gefühl, von ihm geohrfeigt worden zu sein. Wieso hatte sie das nicht in Betracht gezogen? Sie war davon überzeugt gewesen, dass er Lucy nicht geliebt hatte, aber das Gegenteil war der Fall. »Ich wünschte, ich hätte das bemerkt«, hörte sie sich sagen. »Ich habe es nicht verstanden.«

Er machte eine schroffe, wegwerfende Geste. »Und dann kamst du daher. Mit all deinem Chaos und all deinen Forderungen.«

»Ich habe keine einzige Forderung an dich gestellt!«, protestierte sie. »Du bist derjenige, der Forderungen stellte, von Anfang an. Mir sagte, was ich tun oder nicht tun konnte. Wo ich arbeiten durfte. Wo ich wohnen durfte.«

»Wen verarschst du eigentlich?«, fuhr er sie grob an. »Du bist eine einzige Forderung. Diese großen Augen – blau in der einen Minute, grün in der nächsten. Wie du lachst. Dein Kör-

per. Selbst dein Drachentattoo auf deinem Hintern. Du forderst alles von mir. Und kritisierst dann, was du bekommst.«
»Ich habe nie –«
»Einen Teufel hast du nicht.« Er bewegte sich so schnell, dass sie dachte, er werde sie schlagen. Stattdessen riss er sie an sich und fuhr mit seinen Händen unter ihren kurzen Baumwollrock, den er bis zu ihrer Taille hochschob, um dann ihren Hintern zu packen. »Was meinst du, ist das eine Aufforderung oder nicht?«

»Ich – ich hoffe doch«, sagte sie mit einer Stimme so kleinlaut, dass sie sie kaum erkannte.

Aber er schleifte sie bereits von der Kiesstraße weg auf den Seitenstreifen. Er gewährte ihr nicht einmal die Höflichkeit, es auf dem Rücksitz seines Autos zu tun. Stattdessen zog er sie auf einen Fleck sandiger Erde hinunter.

Unter der unerbittlich herabbrennenden Sonne riss er ihr den Slip herunter, warf ihn beiseite und spreizte dann ihre Beine beidseits seiner Hüften. Heiß brannte die Sonne auf die zarte Innenhaut ihrer Schenkel. Er lehnte sich auf seine Hacken zurück und schaute unverwandt auf die feuchte Scham, die er entblößt hatte, während seine Hände sich an seinem Reißverschluss zu schaffen machten. Dieser Mann, der immer logisch dachte und alles rational abwog, war außer Kontrolle geraten. Von seiner Gentleman-Politur war nichts mehr übrig.

Der Schatten seines Körpers hielt die Sonne in Schach. Er öffnete seine Jeans. Sie hätte ihn anschreien sollen aufzuhören – hätte ihn von sich stoßen können –, hätte ihm eine Ohrfeige verpassen und ihm sagen können, er solle sich zusammenreißen. Er hätte es getan. Das wusste sie. Aber sie tat es nicht. Er war wild geworden, und sie wollte mit ihm ins Unbekannte rasen.

Er griff unter sie und drehte ihre Hüften so, dass sie ihn vollständig in sich aufnehmen konnte. Kein hinausgezögertes

Vorspiel, keine qualvolle Folter, kein köstliches Reizen. Nur sein eigenes Verlangen.

Etwas Scharfes kratzte an ihrem Bein … Ein Stein grub sich in ihr Rückgrat … Mit einem tiefen Stöhnen drang er in sie ein. Während sein Gewicht sie zu Boden drückte, schob er ihr Oberteil hoch und entblößte ihre Brüste. Sein Bart kratzte an ihrer zarten Haut. Und während er ihren Körper benutzte, ohne höfliche Umschweife, ohne Zurückhaltung, wurde sie von einer schrecklichen Zärtlichkeit erfüllt. Er war ein gefallener Engel, verzehrt von der Finsternis, und er nahm überhaupt keine Rücksicht auf sie. Sie schloss die Augen vor der blendenden Sonne, während er mit ihr schlief. Nach und nach erfasste die Wildheit, von der er gepackt worden war, auch sie, aber es kam zu spät. Mit einem rauen Aufschrei bleckte er seine Zähne. Und ergoss sich dann auf ihr.

Rasselnd drang ihr sein Atem ins Ohr. Sein Gewicht presste ihr die Luft aus den Lungen. Endlich rollte er mit einem Stöhnen von ihr herunter. Und dann war alles still.

Das war es, was sie sich gewünscht hatte, seit sie sich zum ersten Mal geliebt hatten. Seine Kontrolle durchbrechen. Aber der Preis war für ihn zu hoch, und als er wieder zu sich kam, sah sie das vor sich, womit sie gerechnet hatte. Einen von Reue ergriffenen Gutmenschen.

»Sag es nicht!« Sie schlug ihre Hand auf seinen verletzten Mund. Schlug auf seine Wange. »Sprich es nicht aus!«

»Himmel …« Er rappelte sich auf. »Ich kann nicht … es tut mir leid. Es tut mir so verdammt leid. Mein Gott, Meg …«

Während er seine Kleider zusammensuchte, sprang sie neben ihm auf und strich ihren Rock glatt. Sein Gesicht war qualvoll verzerrt. Sie wollte sich nicht seine zerknirschte Entschuldigung dafür anhören müssen, dass er ein Mensch und kein Halbgott war. Sie musste rasch handeln, also stupste sie ihn fest in die Brust. »Genau davon habe ich die ganze Zeit gesprochen.«

Aber er war blass geworden, und ihr Versuch, ihn abzulenken, lief ins Leere.

»Ich kann nicht – ich fass es nicht, dass ich dir das angetan habe.«

So leicht wollte sie nicht aufgeben. »Könntest du es noch mal tun? Vielleicht ein wenig langsamer diesmal, aber nicht viel.«

Es war, als hörte er sie nicht. »Das werde ich mir nie verzeihen.«

Sie schützte sich durch ihre aufbrausende Art. »Du langweilst mich, Theodore, und ich habe noch viel zu tun.« Erst würde sie versuchen, ihm seine Selbstachtung zurückzugeben. Dann musste sie sich ihren Eltern stellen. Und danach? Sie musste dieser Stadt für immer den Rücken kehren.

Sie griff nach ihrem Slip und meinte mit einer Großspurigkeit, die sie keineswegs empfand: »Mir ist es anscheinend gelungen, die Zukunft von Wynette in Bausch und Bogen zu ruinieren, also gammele hier nicht herum, sondern tu, was du am besten kannst. Fang an, den Mist anderer Leute beiseitezuräumen. Sieh zu, dass du Spence noch einholst, bevor er verschwindet. Sag ihm, du hättest den Verstand verloren. Sag ihm, alle in der Stadt wüssten, was für eine unglaubwürdige Person ich sei, und dass du dich einfach hättest mitreißen lassen. Und entschuldige dich bei ihm für die Prügelei.«

»Spence ist mir scheißegal«, sagte er matt.

Seine Worte erschreckten sie. »Das sollte er aber nicht. Bitte tu, was ich sage.«

»Wie kannst du jetzt nur an dieses Arschloch denken? Nach allem, was gerade passiert ist …«

»Genau deshalb. Ich möchte, dass du auch an nichts anderes denkst. Ich sag dir was … Ich will von dir hören, dass du unsterblich in mich verliebt bist, doch dazu wirst du niemals in der Lage sein.«

Frustration, Bedauern, Ungeduld – all das spiegelte sich in

seinen Augen wider. »Es ist zu schnell, Meg. Es ist einfach zu verdammt –«

»Du hast das mehr als deutlich gemacht«, fiel sie ihm ins Wort, ehe er noch etwas sagen konnte. »Aber lass dich nicht von deinen Schuldgefühlen erdrücken, wenn ich weg bin. Ehrlich gesagt, verliebe ich mich schnell, und genauso schnell ist es auch wieder vorbei. Es wird nicht lang dauern, bis ich über dich hinweg bin.« Sie redete zu schnell. »Da war mal dieser Typ namens Buzz. Ich badete danach gute sechs Wochen in Selbstmitleid, aber ganz ehrlich, du bist nicht wie Buzz.«

»Was meinst du mit, ›wenn du weg bist‹?«

Sie schluckte. »Wirklich seltsam, aber Wynette hat seinen Reiz für mich verloren. Ich werde abreisen, sobald ich mit meinen Eltern gesprochen habe. Und bist du nicht froh, dass dir dieses Gespräch erspart bleibt?«

»Ich möchte nicht, dass du gehst. Noch nicht.«

»Wieso nicht?« Sie musterte ihn und suchte nach einem Zeichen, das sie übersehen hatte. »Weshalb sollte ich hierbleiben?«

Er zuckte hilflos mit den Schultern. »Ich – ich weiß nicht. Bleib einfach.«

Die Tatsache, dass er ihr nicht in die Augen schauen konnte, sagte ihr alles. »Das geht nicht, Kumpel. Ich – kann einfach nicht.«

Ted Beaudine so verletzlich zu sehen war seltsam. Sie drückte ihre Lippen auf die nicht verletzte Seite seines Mundes und eilte zu dem Wagen, den ihre so aufmerksamen Eltern für sie zurückgelassen hatten. Und während sie davonfuhr, gestattete sie sich einen letzten Blick in den Rückspiegel.

Er stand mitten auf der Straße und sah ihr nach, als sie wegfuhr. Hinter ihm erstreckte sich so weit das Auge reichte das riesige Brachland der Deponie.

Kapitel 21

Meg machte sich im Waschraum der Chevron-Tankstelle auf dem Highway frisch, um den schlimmsten Schmutz loszuwerden und sich die Augen zu trocknen. Sie wühlte im Koffer, den sie in die schmale Toilette gequetscht hatte, nach ihrer Tunika, zog eine frische Jeans an, um die Kratzer an ihren Beinen zu verstecken, und verhüllte mit einem dünnen grünen Schal die Abschürfungen an ihrem Hals, wo Teds Bart sie gekratzt hatte. Seit ihrem ersten Liebesspiel hatte sie gewünscht, ihn so von Leidenschaft überwältigt zu erleben, dass er seine legendäre Kontrolle verlor. Endlich war es passiert, aber nicht so, wie sie sich das erträumt hatte.

Sie betrat den Gasthof durch den Lieferanteneingang. Birdie würde ihre berühmten Gäste mit Sicherheit nirgendwo anders unterbringen als in der kürzlich so benannten Präsidentensuite, und sie stieg die Treppe hoch ins oberste Stockwerk. Jeder Schritt kostete sie Überwindung. Von Anfang an hatte sie die Sache mit Ted falsch angepackt. Sie war davon ausgegangen, dass er Lucy nicht geliebt hatte, doch seine Liebe war damals echt gewesen und hielt noch immer an. Meg war nichts weiter als eine Übergangslösung, mit der er sich über sie hinwegtröstete, nur ein flüchtiges Abenteuer.

Sie durfte dem Schmerz nicht nachgeben, nicht jetzt, da ihr ein entsetzliches Wiedersehen mit ihren Eltern bevorstand. Durfte weder an Ted noch an ihre ungewisse Zukunft denken und schon gar nicht an die Trümmer, die sie zurückließ, wenn sie Wynette verließ.

Ihre Mutter öffnete ihr die Tür der Suite. Sie trug noch immer ihr maßgeschneidertes platinfarbenes Tunikaoberteil und die schmal geschnittene Hose, die sie auch an der Deponie getragen hatte. Ironischerweise legte ihre laufstegerfahrene Mutter keinen allzu großen Wert auf Kleider, aber sie zog pflichtschuldig die ausgefallenen Kreationen an, die ihr Bruder Michel für sie anfertigte.

Im Hintergrund war zu hören, dass Megs Vater sein Hin- und Herlaufen unterbrach.

Sie lächelte beide verlegen an. »Ihr hättet euch auch ankündigen können.«

»Wir wollten dich überraschen«, erwiderte ihr Vater trocken.

Ihre Mutter hielt sie an den Ellbogen fest, sah ihr lang und fest in die Augen und zog sie dann an sich heran. Während Meg sich innig umarmen ließ, vergaß sie einen Augenblick lang, dass sie eine erwachsene Frau war. Wären ihre Eltern doch nur unbedarft und fordernd gewesen, dann hätte sie im Leben weniger Schuldgefühle gehabt und nicht so viel Energie darauf verschwenden müssen, so zu tun, als wäre es ihr gleichgültig, ob sie eine gute Meinung von ihr hatten.

Sie spürte die Hand ihrer Mutter auf ihrem Haar. »Ist alles in Ordnung mit dir, mein Schatz?«

Sie schluckte ihre Tränen hinunter. »Es ging mir schon mal besser, aber in Anbetracht der unabwendbaren Katastrophe, deren Zeugen ihr wurdet, kann ich mich nicht beklagen.«

Anschließend schloss ihr Vater sie in seine Arme und drückte sie fest an sich, bevor er ihr einen kleinen Klaps auf den Po gab, wie er das schon getan hatte, als sie noch ein kleines Mädchen war.

»Erzähl uns alles«, forderte ihre Mutter sie auf, nachdem er sie endlich losgelassen hatte. »Wie konntest du dich mit diesem schrecklichen Mann einlassen?«

»Papa ist schuld«, brachte Meg hervor. »Spencer Skipjack

ist ein ausgewiesener Promi-Verehrer und erhoffte sich über mich den leichtesten Zugang zum allmächtigen Jake.«

»Du hast keine Ahnung, wie sehr es mich gejuckt hat, diesen Mistkerl auseinanderzunehmen«, erwiderte der allmächtige Jake.

Diese Vorstellung war beängstigend, denn ihr Vater war Vietnamveteran, und was er im Mekong-Delta gelernt und später noch beim Filmedrehen aufgeschnappt hatte, deckte jegliche Form von Bewaffnung ab, vom Samuraischwert bis zur AK-47.

Ihre Mutter deutete auf ihr hochmodernes Telefon. »Ich habe bereits Nachforschungen angestellt. Dabei ist zwar noch nichts Konkretes herausgekommen, aber das findet sich noch. Eine Schlange wie dieser Typ hinterlässt immer eine Schleimspur.«

Ihre Wut überraschte sie nicht, aber wo blieb die Enttäuschung, zusehen zu müssen, wie ihr ältestes Kind wieder einmal mitten in einem Schlamassel steckte?

Ihr Vater nahm seine Wanderung über den Teppich wieder auf. »Er wird nicht damit davonkommen.«

»Es ist nur eine Frage der Zeit, wann ihn seine Sünden einholen werden«, ergänzte ihre Mutter.

Sie begriffen nicht die Tragweite dessen, was sie mitbekommen hatten. Hatten keine Ahnung, wie wichtig das Golfresort für die Stadt war, und auch nicht von der Rolle, die Meg bei der Zerstörung dieser Hoffnung gespielt hatte. Sie hatten nur einen schmierigen Typen erlebt, der ihre Tochter beleidigte, sowie einen galanten jüngeren Mann, der ihre Ehre verteidigte. Meg war ein Geschenk des Himmels zuteilgeworden. Offenbar schienen nicht einmal Dallie und Francesca sie auf der Rückfahrt zum Gasthof aufgeklärt zu haben. Wenn sie es schaffte, ihre Eltern rasch genug aus der Stadt zu bringen, müssten sie niemals erfahren, welche Rolle sie bei alledem gespielt hatte.

Dann erinnerte sie sich an die Worte, die sie Haley gesagt hatte ... *wie du in den nächsten paar Minuten reagieren wirst, wird darüber bestimmen, welche Person du von nun an sein wirst.* Ihre Umstände waren andere als die von Haley, aber die zugrunde liegende Wahrheit blieb dieselbe. Welche Art von Mensch wollte sie sein?

Ein merkwürdiges Gefühl überkam sie – Friedfertigkeit war es nicht, für sie würde es keinen Frieden geben, lange Zeit nicht. Es war eher das Gefühl, dass alles seine *Richtigkeit* hatte. Die Erfahrungen der vergangenen drei Monate hatten die Lügenmärchen von ihr abgerissen, in die sie sich eingesponnen hatte. Sie war so sehr davon überzeugt gewesen, niemals den Leistungen entsprechen zu können, die der Rest ihrer Familie erbrachte, dass sie auch gar keinen echten Versuch in dieser Richtung unternommen und es sich in ihrer Rolle als die Herumtreiberin in der Familie bequem gemacht hatte. Hätte sie es jemals riskiert, sich etwas aufzubauen, hätte sie damit auch riskiert, vor ihrer Familie zu versagen. Doch indem sie gar nicht erst ein Risiko einging, konnte es für sie auch kein Versagen geben. Das hatte sie sich jedenfalls immer eingeredet und stand am Ende mit gar nichts da.

Es war höchste Zeit, Ansprüche an die Frau geltend zu machen, die sie sein wollte – ein Mensch, der bereit war, seinen eigenen Weg zu gehen, ohne sich darum zu scheren, wie andere ihren Erfolg oder ihr Versagen bewerten würden, darunter auch die, die sie liebte. Sie musste ihren eigenen Lebensentwurf in Angriff nehmen und diesen bis zum Ende verfolgen. Und das ging nicht, indem sie sich versteckte.

»Die Sache ist folgende ...«, begann sie. »Was heute passiert ist ... Es ist alles ein wenig komplizierter, als es scheinen mag.«

»Für mich sah das recht eindeutig aus«, warf ihr Vater ein. »Dieser Kerl ist ein aufgeblasener Trottel.«

»Das stimmt. Doch leider ist er nicht nur das …«

Sie erzählte ihnen alles, beginnend mit dem Tag ihrer Ankunft. Mitten in ihrer Erzählung fiel ihr Vater über die Minibar her, und ein paar Minuten später tat es ihre Mutter ihm nach. Meg jedoch ließ sich nicht beirren. Sie erzählte ihnen alles, nur nicht, wie sehr sie sich in Ted verliebt hatte. Das war eine Geschichte, mit der sie allein klarkommen musste.

Als sie mit ihrer Schilderung fertig war, stand sie am Fenster, mit dem Rücken zum Rathaus und ihren Eltern zugewandt, die dicht nebeneinander auf der niedrigen Couch saßen. Sie zwang sich zu einer aufrechten Haltung. »Wie ihr seht, hat Ted also meinetwegen zum ersten Mal in seinem Erwachsenenleben die Beherrschung verloren und sich in diesen Kampf gestürzt. Meinetwegen wird diese Stadt nun Millionen von Dollar an Einnahmen und dazu noch zahllose Jobs verlieren.«

Ihre Eltern tauschten lange Blicke aus, deren Bedeutung ihr verborgen blieb. Sie hatten immer schon auf diese Weise kommuniziert. Vielleicht war das der Grund, warum weder sie noch ihre Brüder verheiratet waren. Sie wollten haben, was ihre Eltern hatten, und waren nicht bereit, sich mit weniger zufriedenzugeben.

Doch die Ironie wollte es, dass sie begonnen hatte zu glauben, mit Ted genau diese Ebene erreicht zu haben. Sie waren recht gut darin geworden, die Gedanken des jeweils anderen zu lesen. Schade nur, dass ihr dabei das entgangen war, was sie unbedingt über ihn hätte wissen müssen. Wie sehr er Lucy liebte.

Ihr Vater erhob sich von der Couch. »Eins möchte ich mir noch mal verdeutlichen … Du hast Lucy also davon abgehalten, den für sie falschen Mann zu heiraten und sich ihr Leben kaputtzumachen. Du hast dich in einer Stadt voll verrückter Leute über Wasser gehalten, die alle nur im Sinn hatten, dich zum Sündenbock für all ihre Probleme zu machen. Du warst in Wirklichkeit gar keine Veranstaltungsmanagerin im Country Club, sondern hast dich in deine eigentliche Aufgabe richtig reingekniet. Und es ist dir außerdem gelungen, nebenher noch dein eigenes kleines Geschäft aufzuziehen. Habe ich das alles richtig verstanden?«

Ihre Mutter hob ihre prächtigen Augenbrauen. »Du hast zu erwähnen vergessen, wie lange es ihr gelungen ist, diesen perversen Aufschneider hinzuhalten.«

»Und doch ist sie diejenige, die glaubt, sich entschuldigen zu müssen?« Ihr Vater formulierte es als Frage, und die berühmten goldgesprenkelten Augen von Glitter Baby bohrten sich in die ihrer Tochter.

»Wofür, Meg?«, wollte sie wissen. »Sag mir bitte, wofür genau du dich entschuldigst?«

Ihre Frage verschlug ihr die Sprache. Hatten sie ihr nicht zugehört?

Das Model und der Filmstar warteten geduldig auf ihre Antwort. Eine blonde Locke ringelte sich über der Wange ihrer Mutter. Ihr Vater rieb sich die Hüfte, als wollte er nach einem der Colts mit Perlmuttgriff tasten, die er in seinen *Bird-Dog-Caliber*-Filmen getragen hatte. Meg setzte zu einer Antwort an. Sie öffnete sogar ihren Mund. Aber sie brachte nichts heraus, weil ihr keine gute Antwort einfallen wollte.

Ihre Mutter schüttelte ihr Haar. »Offenbar haben diese Texaner dich einer Gehirnwäsche unterzogen.«

Sie hatten recht. Die Person, bei der sie sich entschuldigen musste, war sie selbst, weil sie nicht so klug gewesen war, ihr Herz zu schützen.

»Du kannst nicht hierbleiben«, erklärte ihr Vater. »Das ist kein guter Ort für dich.«

In gewisser Weise war es ein guter Ort für sie gewesen, doch sie nickte bloß. »Mein Wagen ist bereits gepackt. Tut mir leid, dass ich euch schon wieder verlassen muss, nachdem ihr den weiten Weg auf euch genommen habt, aber du hast recht. Ich muss gehen und werde jetzt gehen.«

Ihre Mutter schlug den Ton an, der keinen Widerspruch duldete. »Wir möchten, dass du nach Hause kommst. Nimm dir etwas Zeit, wieder zu dir zu kommen.«

Ihr Vater legte seinen Arm um ihre Schultern. »Wir haben dich vermisst, Baby.«

Das hatte sie sich gewünscht, seit sie sie hinausgeworfen hatten. Ein wenig Sicherheit, einen Ort, wo sie sich verkriechen konnte, um alles zu klären. Und ihr Herz ging vor Liebe auf. »Ihr seid die Besten. Ihr beide. Aber da muss ich jetzt allein durch.«

Obwohl sie ihr widersprachen, hielt Meg an ihrem Entschluss fest, und nach einem rührseligen Abschied ging sie über die Hintertreppe zu ihrem Wagen. Doch es gab für sie noch was zu erledigen, bevor sie abreiste.

Der Parkplatz des Roustabout war überfüllt, und die Autos standen bis hinaus auf den Highway. Meg parkte auf dem Seitenstreifen hinter einem Honda Civic. Während sie die Straße entlanglief, machte sie sich nicht die Mühe, nach Teds Mercedes oder seinem Pick-up Ausschau zu halten. Er würde nicht da sein, das wusste sie genauso, wie sie wusste, dass sich alle anderen drinnen versammelt hatten, um die nachmittägliche Katastrophe zu bequatschen.

Sie holte tief Luft und schob die Tür auf. Der Geruch von Bier, Gebratenem und Gegrilltem hüllte sie ein, während sie sich umsah. Der große Raum war brechend voll. Die Leute standen an den Wänden, zwischen den Tischen und im Flur, der zu den Toiletten führte. Torie, Dex und sämtliche Travelers quetschten sich an einem Vierertisch zusammen. Kayla, deren Vater, Zoey und Birdie saßen am Nebentisch. Meg sah weder Dallie noch Francesca, obwohl Skeet und einige der älteren Caddies an der Wand neben den Videospielen lehnten und Bier tranken.

Es dauerte eine Weile, bis irgendwer in der Menge sie bemerkte, aber dann ging es los. Überall verstummten nach und nach die Gespräche, und Schweigen breitete sich aus, während die Sekunden verstrichen. Es begann an der Theke und erfasste bald den ganzen Raum, bis nur noch das Klirren von Gläsern und die Stimme von Carrie Underwood aus der Jukebox zu hören waren.

Es wäre so viel einfacher gewesen, sich einfach davonzustehlen, aber während der vergangenen Monate hatte sie gelernt, dass sie nicht die Verliererin war, für die sie sich immer gehalten hatte. Sie war klug, sie konnte hart arbeiten und hatte auch einen Plan für ihre Zukunft, so unsicher er auch sein mochte. Und obwohl ihr langsam schwindelig wurde und die Essensgerüche Übelkeit in ihr erregten, zwang sie sich, auf Pete Laraman zuzugehen, der ihr immer ein Fünfdollartrinkgeld gegeben hatte, weil sie speziell für ihn gefrorene Milky Ways bereithielt. »Darf ich mir Ihren Stuhl ausleihen?«

Er machte seinen Stuhl frei und half ihr sogar hinauf, eine Geste, die, wie sie vermutete, wohl eher durch Neugier denn Höflichkeit motiviert war. Jemand zog den Stecker der Jukebox heraus, und Carrie brach mitten im Lied ab. Sich auf einen Stuhl zu stellen war wegen ihrer zitternden Knie womöglich nicht ihre beste Idee gewesen, aber es war wichtig, dass jeder im Raum sie sehen konnte.

Sie sprach in das Schweigen hinein. »Ich weiß, dass Sie mich jetzt alle hassen werden, und es gibt nichts, was ich dagegen tun kann.«

»Zusehen, dass Sie von hier abhauen, das können Sie«, schrie einer von den Leuten an der Theke.

Torie sprang auf. »Halt den Mund, Leroy. Lass sie ausreden.«

Die Brünette, die Meg von Francescas Mittagessen als Hunter Grays Mutter erkannte, meldete sich als Nächste zu Wort. »Meg hat genug gesagt, und deshalb sitzen wir jetzt alle in der Scheiße.«

Die Frau neben ihr erhob sich. »Auch unsere Kinder sind betroffen. Die neuen Lehrmittel können wir uns jetzt abschminken.«

»Zum Teufel mit der Schule«, erklärte wieder einer aus der Thekenmeute. »Was wird aus all den Jobs, die wir dank ihr jetzt nicht bekommen werden?«

»Dank Ted«, ergänzte sein Kumpel. »Wir haben ihm vertraut, und jetzt seht mal, was daraus geworden ist.«

Das düstere Gemurmel, das Teds Name auslöste, bestätigte Meg in der Richtigkeit ihres Tuns. Lady Emma versuchte zur Verteidigung ihres Bürgermeisters in die Bresche zu springen, aber Kenny zog sie zurück auf ihren Stuhl. Megs Blick wanderte über die Köpfe. »Aus diesem Grund bin ich hier«, erklärte sie. »Um über Ted zu sprechen.«

»Es gibt nichts, was Sie uns über ihn sagen können, das wir nicht bereits wissen«, konterte die erste Thekenratte höhnisch.

»Stimmt das?«, konterte Meg. »Nun, wie wär's damit? Ted Beaudine ist nicht perfekt.«

»Das wissen wir jetzt auch«, schrie sein Freund und blickte sich Bestätigung heischend um. Er hatte keine Mühe, sie zu bekommen.

»Das hättet ihr längst wissen können«, fuhr sie fort, »habt ihn aber immer aufs Podest gehoben, weil ihr ihn als euch überlegen ansaht. Er ist in allem so gut, dass ihr das Wichtigste übersehen habt: Er ist ein Mensch wie wir anderen auch, und er kann nicht immer Wunder wirken.«

»Nichts von alledem wäre passiert, wenn Sie nicht hier gewesen wären!«, rief jemand von hinten.

»Das stimmt genau«, erwiderte Meg. »Ihr blöden Bauerntrampel! Kapiert ihr es denn nicht? Von der Minute an, da Lucy ihn hat sitzen lassen, hatte Ted keine Chance mehr.« Das ließ sie einen Moment lang setzen. »Ich erkannte meine Chance und nahm ihn mir vor. Gleich von Anfang an war er Wachs in meinen Händen.« Sie versuchte das höhnische Grinsen der Thekenratte zu überbieten. »Keiner von euch hält es für möglich, dass eine Frau Ted kontrollieren kann, doch ich bin mit Film- und Rockstars groß geworden, und ihr könnt mir glauben, dagegen war er leichte Beute. Als mir das Spiel dann langweilig wurde, habe ich ihn fallen lassen. Daran ist er nicht gewöhnt und ist ein wenig durchgedreht. Gebt also mir die Schuld. Aber wagt es ja nicht, ihn verantwortlich zu machen, denn er hat eure Scheiße nicht verdient.« Allzu lange würde sie ihr großspuriges Daherreden nicht mehr durchhalten. »Er ist einer von euch. Der Beste, den ihr habt. Und wenn ihr ihm das nicht alle zeigt, dann habt ihr verdient, was ihr bekommt.«

Ihre Beine zitterten inzwischen so heftig, dass sie kaum vom Stuhl springen konnte. Sie sah sich nicht um, hielt nicht nach Torie und dem Rest der Travelers Ausschau, um sich wenigstens von denjenigen zu verabschieden, die ihr wirklich was bedeuteten. Stattdessen rannte sie blindlings zur Tür.

Ihr letzter Blick auf die Stadt, der sie in Hassliebe verbunden war, galt dem Pedernales River in der Ferne und dem Schild im Rückspiegel.

SIE VERLASSEN
WYNETTE, TEXAS
Theodore Beaudine, Bürgermeister

Sie ließ ihren Tränen freien Lauf und schluchzte hemmungslos, bis sie am ganzen Körper bebte und alles nur noch verschwommen wahrnahm. Sie ließ ihrem Kummer freien Lauf, weil ihr Herz gebrochen war und weil sie, wenn diese Reise erst einmal zu Ende war, niemals mehr weinen würde.

Kapitel 22

Eine dunkle Wolke hatte sich über Wynette festgesetzt. Vom Golf fegte ein Tropensturm herein, der den Fluss über seine Ufer treten ließ und die Brücke an der Comanche Road mit sich riss. Die Grippewelle startete in diesem Jahr zu früh, und in jeder Familie gab es kranke Kinder. Aufgrund eines Brandes in der Küche musste das Roustabout drei Wochen lang geschlossen werden, und am selben Tag gingen auch noch die beiden einzigen Mülllaster der Stadt kaputt. Während die Erschütterung darüber noch allen in den Knochen saß, machte Kenny Traveler am achtzehnten Loch bei den Whistling Straits einen Duck Hook und verpasste somit den Einzug in die PGA Championship. Der schlimmste Rückschlag aber war der, dass Ted Beaudine sein Amt als Bürgermeister niederlegte. Jetzt, wo sie ihn am nötigsten gebraucht hätten, zog er sich zurück. In der einen Woche war er in Denver, in der nächsten in Albuquerque. Jagte durchs ganze Land, um andere Städte dabei zu unterstützen, sich von den großen Stromkonzernen unabhängig zu machen, anstatt in Wynette zu bleiben, wo er hingehörte.

Glücklich war keiner. Ehe Haley Kittle nach Austin aufbrach, um ihr erstes Semester an der University zu studieren, schickte sie an alle eine Rundmail mit einem detaillierten Bericht darüber, was sie an dem Tag gesehen hatte, als sie Spencer Skipjack dabei überraschte, wie er Meg Koranda am Schwimmteich hinter der alten Lutheranerkirche bedrohte. Nachdem alle die Wahrheit erfahren hatten, konnte keiner mehr guten Gewissens Ted einen Vorwurf daraus machen, dass er Spence verprügelt hatte. Natürlich wäre es ihnen allen lieber gewesen, es wäre nicht passiert, aber Ted konnte sich wohl kaum tatenlos die Beschimpfungen anhören, die Spence von sich gab. Und genau dies versuchte ein Bewohner nach dem anderen Ted bei einer der wenigen Gelegenheiten, die er sich in der Stadt aufhielt, zu vermitteln, doch er nickte nur höflich und setzte sich tags darauf wieder ins Flugzeug.

Endlich öffnete das Roustabout wieder seine Pforten, aber selbst wenn Ted in der Stadt war, tauchte er nicht dort auf. Stattdessen wurde er von ein paar Leuten im Cracker John's gesehen, einer schmuddeligen Bar an der Bezirksgrenze.

»Er hat sich von uns losgesagt«, beklagte Kayla sich bei Zoey. »Er hat sich von der ganzen Stadt losgesagt.«

»Und das ist einzig und allein unser Fehler«, sagte Torie. »Wir haben zu viel von ihm erwartet.«

Man wusste aus mehreren zuverlässigen Quellen, dass Spence und Sunny nach Indianapolis zurückgekehrt waren, wo Sunny sich in Arbeit vergrub und Spence Gürtelrose bekam. Zum Entsetzen aller hatte Spence die Verhandlungen mit San Antonio abgebrochen. Es hieß, nachdem die Leute von Wynette ihn derart heftig umworben hatten, habe er das Interesse an einem kleinen Fisch in einem großen Teich verloren und seinen Plan, irgendwo ein Golfresort zu bauen, ganz aufgegeben.

Bei all den Umwälzungen hatten die Leute fast das »Gewinne ein Wochenende mit Ted Beaudine!«-Gewinnspiel vergessen, bis das Komitee für den Wiederaufbau der Stadtbibliothek alle daran erinnerte, dass Gebote nur noch bis zum dreißigsten September um Mitternacht angenommen wurden. An jenem Abend versammelte sich das Komitee in Kaylas Arbeitszimmer im ersten Stock, um dieses Anlasses zu gedenken und gleichzeitig Kayla seine Wertschätzung dafür zu erweisen, dass sie das Online-Gewinnspiel auch dann noch weiterbetreute, nachdem ihr Vater ihr die nötigen Mittel, um selbst weiter mitbieten zu können, gestrichen hatte.

»Ohne dich hätten wir das nicht geschafft«, erklärte Zoey, die gegenüber von Kaylas Schreibtisch auf dem Hepplewhite-Sofa saß. »Sollten wir es je schaffen, die Bibliothek wieder zu eröffnen, bringen wir dir zu Ehren eine Plakette an.«

Kayla hatte ihr Arbeitszimmer vor Kurzem renoviert und mit Liberty-Print-Stofftapeten und neoklassischem Mobiliar ausgestattet, aber Torie saß lieber auf dem Fußboden. »Zoey wollte die Plakette in die Kinderbuchabteilung hängen«, sagte sie, »aber wir stimmten für die Regale mit den Modezeitschriften, da wir uns dachten, dass du dort sicherlich die meiste Zeit zubringen wirst.«

Die anderen warfen ihr finstere Blicke zu, denn es war nicht sehr nett, Kayla daran zu erinnern, dass sie sich weiterhin damit würde begnügen müssen, sich über Mode zu informieren, anstatt in ihrer eigenen Boutique Trends setzen zu können, wie sie sich das immer erträumt hatte. Doch Torie hatte nicht taktlos sein wollen und erhob sich deshalb, um Kayla einen neuen Mojito einzuschenken und ihr Komplimente über ihre Haut zu machen, die nach einem chemischen Peeling ganz zart und rosig war.

»Eine Minute vor Mitternacht«, flötete Shelby mit vorgetäuschter Begeisterung.

Den spannendsten Moment hatten sie bereits hinter sich, als Sunny Skipjack vor zwei Monaten aufgehört hatte mitzubieten. In den vergangenen beiden Wochen war die Topbieterin mit vierzehntausendfünfhundert Dollar ein Fernsehstar aus dem Reality-TV, die nur die Teenager kannten. Das Komitee beauftragte Lady Emma damit, Ted die Nachricht zu überbringen, dass er das Wochenende in San Francisco mit einer früheren Stripperin verbringen würde, die sich darauf spezialisiert hatte, mit ihren Gesäßbacken Tarotkarten aufzudecken. Ted hatte bloß genickt und gemeint, sie müsse über eine hervorragende Muskelkontrolle verfügen, aber Lady Emma berichtete, seine Augen seien leer gewesen, und sie habe ihn noch nie so traurig erlebt.

»Kommt, lasst es uns runterzählen wie am Silvesterabend«, schlug Zoey strahlend vor.

Und das taten sie dann auch. Starrten auf den Computerbildschirm. Zählten rückwärts. Und exakt um Mitternacht drückte Kayla auf die Aktualisierungstaste, und sie wollten alle gerade loslegen, um den Namen der Gewinnerin auszurufen, doch es verschlug ihnen die Sprache, als sie sahen, dass es nicht die mit einem derart talentierten Hinterteil begnadete Stripperin war, sondern …

»*Meg Koranda?*« Es folgte ein kollektiver Seufzer, und dann fingen alle gleichzeitig zu reden an.

»Meg hat den Wettbewerb gewonnen?«

»Drück die Taste noch mal, Kayla. Das kann unmöglich sein.«

»Meg? Wieso Meg?«

Aber es war tatsächlich Meg, und ihr Schock hätte nicht größer sein können.

Noch eine Stunde später saßen sie beisammen und versuchten sich einen Reim darauf zu machen. Jede Einzelne von ihnen vermisste Meg. Shelby hatte sie immer dafür bewundert, wie sie die Getränkebedürfnisse der Golferinnen an jedem Tag richtig einzuschätzen wusste. Kayla vermisste zum einen den Gewinn, den Megs Schmuck ihr eingebracht hatte, zum anderen aber auch Megs schrulligen Modegeschmack und dass sie jetzt keinen mehr hatte, der Tories abgelegte Klamotten haben wollte. Zoey vermisste Megs Humor, aber auch den Klatsch, für den sie gesorgt hatte. Torie und Lady Emma vermissten sie einfach so.

Trotz der Probleme, die sie verursacht hatte, waren sich alle einig, dass Meg ganz hervorragend in diese Stadt gepasst hatte. Und ausgerechnet Birdie Kittle hatte sich zu Megs ganz besonderer Fürsprecherin entwickelt.»Sie hätte Haley einsperren lassen können, wie Ted das wollte, aber sie hat sich für sie eingesetzt. Keiner sonst hätte das getan.«

Haley hatte ihrer Mutter und Birdies Freundinnen alles erzählt.»Ich werde an der Universität professionelle Hilfe in Anspruch nehmen«, hatte sie gesagt.»Ich möchte lernen, mich selbst besser zu respektieren, damit etwas Derartiges nicht wieder passiert.«

Die Aufrichtigkeit, mit der Haley über ihr Handeln sprach und sich dessen schämte, führte dazu, dass ihr keiner lang böse sein konnte.

Shelby, die von den Mojitos zu Diätcola gewechselt hatte, zog ihre neuen flachen zinnfarbenen Schuhe aus.»Es gehört schon Mut dazu, sich im Roustabout vor alle hinzustellen, wie Meg das getan hat. Auch wenn ihr keiner glaubte, was sie sagte.«

Torie schnaubte.»Wenn wir nicht alle so deprimiert gewesen wären, wären wir vor Lachen von unseren Sitzen gefallen, als sie davon erzählte, wie Ted sie erst kontrolliert und dann fallen gelassen hatte, als wäre sie eine unwiderstehliche Femme fatale.«

»Meg hat ein ausgeprägtes Ehrgefühl und ein großes Herz«, sagte Birdie.»Und das ist eine seltene Kombination. Außerdem hat noch kein Zimmermädchen bei mir so hart gearbeitet wie sie.«

»Und wurde dafür noch am schlechtesten bezahlt«, warf Torie ein.

Birdie ging sofort in die Defensive.»Ich habe versucht, das wiedergutzumachen, wisst ihr. Habe einen Scheck an ihre Eltern geschickt, aber nichts von ihr gehört.«

Lady Emma meinte besorgt:»Keiner von uns hat was von ihr gehört. Sie hätte wenigstens ihre Telefonnummer behalten sollen, dann könnten wir sie anrufen. Mir gefällt es gar nicht, dass sie einfach so verschwunden ist.«

Kayla deutete auf den Bildschirm. »Sie hat einen ganz teuflischen Weg gewählt, um wiederaufzutauchen. Sie muss das aus Verzweiflung getan haben. Es ist ein letzter Versuch, Ted zurückzugewinnen.«

Shelby zog am Bund ihrer zu engen Jeans. »Sie muss sich das Geld von ihren Eltern geliehen haben.«

Torie nahm ihr das nicht ab. »Dazu ist Meg viel zu stolz. Und sie gehört nicht zu den Frauen, die einem Mann hinterherjagen, der von ihr nichts wissen will.«

»Ich glaube nicht einmal, dass Meg dieses Gebot gemacht hat«, meinte Zoey. »Das werden ihre Eltern übernommen haben.«

Sie gingen diese Möglichkeit durch. »Du könntest recht haben«, sagte Birdie schließlich. »Welche Eltern würden sich nicht wünschen, dass ihre Tochter sich Ted angelt?«

Aber Lady Emmas scharfer Verstand sagte ihr etwas anderes. »Ihr liegt alle falsch«, erklärte sie mit Nachdruck. »Meg hat dieses Gebot nicht abgegeben und ihre Eltern auch nicht.« Sie tauschte einen Blick mit Torie.

»Wie?«, hakte Kayla nach. »Spuck's aus.«

Torie stellte ihren dritten Mojito ab. »Ted hat dieses Gebot in Megs Namen abgegeben. Er möchte sie zurückhaben, und auf diese Weise wird es ihm gelingen.«

Sie hätten alle nur zu gern seine Reaktion gesehen, und so brachte das Komitee die nächste halbe Stunde damit zu, sich zu streiten, wer Ted die Information, dass Meg den Wettbewerb gewonnen hatte, überbringen durfte. Würde er sich schockiert zeigen oder zu seiner List stehen? Schließlich machte Lady Emma ihren Rang geltend und verkündete, es selbst in die Hand nehmen zu wollen.

Ted kehrte an einem Sonntag nach Wynette zurück, und Lady Emma tauchte am zeitigen Montagmorgen vor seinem Haus auf. Es überraschte sie keineswegs, dass er nicht aufmachte, aber da sie sich von Natur aus nicht so schnell geschlagen gab, parkte sie ihren Geländewagen, zog eine wunderschön illustrierte Biografie über Beatrix Potter aus ihrer Handtasche und stellte sich darauf ein, so lange auszuharren, bis er herauskam.

Weniger als eine halbe Stunde später öffnete sich die Garagentür. Er registrierte, dass sowohl sein Laster als auch sein Mercedes blockiert waren, und näherte sich dann ihrem Wagen. Er trug einen Geschäftsanzug und eine Pilotenbrille und hatte einen Laptop in einem schwarzen Lederkoffer dabei. Er bückte sich, um durchs offene Fenster mit ihr zu reden. »Fahr weg.«

Sie klappte ihr Buch zu. »Ich bin hier in einer offiziellen Angelegenheit. Wenn du mir die Tür geöffnet hättest, wüsstest du es schon.«

»Ich bin nicht mehr Bürgermeister. Für mich gibt es keine offiziellen Angelegenheiten mehr.«

»Du bist der Bürgermeister in absentia. Das wurde von uns allen so beschlossen. Aber was ich dir mitzuteilen habe, hat damit ohnehin nichts zu tun.«

Er richtete sich auf. »Wirst du dein Auto wegfahren, oder muss ich das für dich erledigen?«

»Kenny würde es nicht gutheißen, wenn du mich schlecht behandelst.«

»Kenny würde mich anfeuern.« Er setzte seine Sonnenbrille ab. Seine Augen waren müde. »Was willst du, Emma?«

Die Tatsache, dass er sie nicht mit Lady Emma anredete, alarmierte sie genauso wie seine Blässe, aber sie wusste ihre Besorgnis zu verbergen. »Das Gewinnspiel ist vorbei«, sagte sie, »und wir haben eine Gewinnerin.«

»Ich bin gespannt«, meinte er schleppend.

»Es ist Meg.«

»Meg?«

Sie nickte und wartete auf seine Reaktion. Würde er zufrieden dreinschauen? Entsetzt? Lag sie richtig mit ihrer Theorie? Er setzte die Sonnenbrille wieder auf und sagte ihr, sie habe dreißig Sekunden, um ihren verdammten Wagen wegzufahren.

Francescas riesiger begehbarer Kleiderschrank war einer von Dallies liebsten Orten, vielleicht, weil er die Widersprüchlichkeiten seiner Frau so gut widerspiegelte. Der Schrank war sowohl luxuriös als auch behaglich, chaotisch und aufgeräumt zugleich. Er duftete nach süßen Gewürzen. Er zeugte von Überfluss und ebenso von ganz bodenständiger Zweckmäßigkeit. Was ihr Schrank jedoch nicht zeigte, waren ihr Mut, ihre Großzügigkeit und die Loyalität gegenüber den Menschen, die sie liebte.

»Das wird nicht funktionieren, Francie«, sagte er von der Tür her, von wo aus er beobachtete, wie sie einen besonders bezaubernden BH aus einer der in den Schrank eingebauten Schubladen holte.

»Unsinn. Natürlich wird es das.« Sie schob den BH zurück in die Schublade, als hätte er sie persönlich beleidigt. Ihm war das nur recht, denn so stand sie in nichts als einem winzigen violetten Spitzenhöschen vor ihm. Wer je behauptet hatte, eine Frau in den Fünfzigern könne nicht sexy sein, hatte Francesca Serritella Day Beaudine nicht nackt gesehen. Er aber schon. Und das viele Male. Unter anderem auch vor einer halben Stunde, als sie beide eng umschlungen in ihrem ungemachten Bett gelegen hatten.

Sie holte einen anderen BH aus der Schublade, der genauso hübsch aussah wie der letzte. »Ich musste was unternehmen, Dallie. Er verkümmert.«

»Er verkümmert nicht. Er orientiert sich neu. Schon als Kind hat er sich gern Zeit zum Nachdenken genommen.«

»Unsinn.« Auch dieser BH fand nicht ihr Wohlgefallen. »Er hat über einen Monat Zeit gehabt. Das ist lang genug.«

Bei seiner ersten Begegnung mit Francie war diese, gekleidet wie eine Südstaatenschönheit und mit einer Stinkwut im Bauch, auf dem Seitenstreifen eines Highways in Texas entlanggestapft, entschlossen, als Anhalterin bei ihm und Skeet einzusteigen. Dieser Tag sollte sich als der glücklichste seines Lebens erweisen. Doch noch immer sah er es nicht gern, wenn sie ihm ein paar Schritte voraus war, und er gab vor, eine Kerbe im Türgriff zu studieren. »Was meinte denn Lady Emma zu deinem Plan?«

Francies plötzliche Begeisterung für einen knallroten BH, der in keiner Weise zu ihrem Höschen passte, sagte ihm, dass sie Lady Emma in ihren Plan eingeweiht hatte. Sie zog den BH an. »Habe ich dir schon erzählt, dass Emma Kenny zu überreden versucht, ein Wohnmobil zu mieten und ein paar Monate mit den Kindern durchs Land zu fahren? Während sie unterwegs sind, will sie ihnen Hausunterricht erteilen.«

»Ich fass es nicht, dass du das getan hast«, erwiderte er. »Doch noch unglaublicher finde ich es, dass du ihr mitgeteilt hast, eine E-Mail-Adresse in Megs Namen einrichten und das letzte Gebot in diesem blödsinnigen Wettbewerb abgeben zu wollen. Du wusstest doch, dass sie versuchen würde, es dir auszureden.«

Sie zog ein Kleid in ihrer Augenfarbe vom Bügel. »Emma ist manchmal übervorsichtig.«

»Blödsinn. Lady Emma ist die einzig vernünftige Person in dieser Stadt, und dazu zähle ich auch dich, mich und unseren Sohn.«

»Das nehme ich dir jetzt aber übel. Ich bin sehr vernünftig.«

»Wenn es ums Geschäftliche geht.«

Sie kehrte ihm den Rücken zu, damit er ihr den Reißverschluss hochziehen konnte. »Also gut ...*Du* bist vernünftig.«

Er strich ihr die Haare aus dem Nacken und küsste die weiche Haut darunter. »Nur nicht, wenn es um meine Frau geht.

Da war es um meine Vernunft bereits an dem Tag geschehen, als ich dich auf diesem Highway aufgabelte.«

Sie drehte sich um und sah ihn mit halb geöffneten und schmachtenden Augen an. Er hätte sich in diesen Augen ertränken können. Und verdammt, sie wusste es. »Hör auf, mich abzulenken.«

»Bitte, Dallie ... ich brauche deine Unterstützung. Du kennst meine Gefühle für Meg.«

»Nein, die kenne ich nicht.« Er schloss ihren Reißverschluss. »Vor drei Monaten hast du sie gehasst. Für den Fall, dass du es vergessen hast – du hast versucht, sie aus der Stadt zu vertreiben, und als das nicht funktionierte, hast du alles darangesetzt, sie zu demütigen, indem du sie alle deine Freundinnen bedienen ließest.«

»Nicht meine glorreichste Stunde.« Sie rümpfte die Nase, wurde dann aber nachdenklich. »Sie war wunderbar, Dallie. Du hättest sie sehen sollen. Sie ist kein bisschen eingeknickt. Meg ist ... Sie ist grandios.«

»Ja gut, du fandest aber auch Lucy ziemlich grandios, und jetzt überleg mal, wie das ausgegangen ist.«

»Lucy ist eine wunderbare Frau. Aber nicht die Richtige für Ted. Sie sind sich zu ähnlich. Es überrascht mich, dass wir das nicht so klar gesehen haben, wie Meg das tat. Gleich von Anfang an hat sie hierher gepasst, wie Lucy dies niemals gelungen wäre.«

»Weil Lucy zu nüchtern ist. Und wie wir beide wissen, ist ›hierher passen‹ nicht gerade ein Kompliment, wenn wir von Wynette reden.«

»Aber wenn wir von unserem Sohn reden, ist es wesentlich.«

Vielleicht hatte sie ja recht. Vielleicht liebte Ted Meg tatsächlich. Dallie hatte das auch geglaubt, dann allerdings seine Meinung geändert, als er sah, dass er sie genauso leichtherzig gehen ließ wie Lucy. Francie schien sich ihrer Sache sicher zu sein, aber sie wünschte sich Enkelkinder und war deshalb nicht objektiv. »Du hättest dem Bibliothekskomitee das Geld von Anfang an geben sollen«, meinte er.

»Über dieses Thema haben wir beide schon gesprochen.«

»Ich weiß.« Die Erfahrung hatte ihnen gezeigt, dass ein paar Familien, egal wie wohlhabend sie waren, keine Stadt unterstützen konnten. Sie hatten gelernt, sich einzelne Fälle herauszupicken, und in diesem Jahr hatte die Privatklinik über den Wiederaufbau der Bibliothek gesiegt.

»Es ist doch nur Geld«, sagte die Frau, die einmal von einem Glas Erdnussbutter gelebt und auf der Couch einer Fünfhundert-Watt-Radiostation irgendwo in der Pampa geschlafen hatte. »Ich brauche wirklich keine neue Wintergarderobe. Aber ich möchte unseren Sohn zurückhaben.«

»Er ist nirgendwohin verschwunden.«

»Tu nicht so, als würdest du mich nicht verstehen. Ted bekümmert mehr als das gescheiterte Golfresort.«

»Das können wir nicht mit Gewissheit sagen, da er mit keinem von uns darüber reden will. Selbst Lady Emma schafft es nicht, ihn zum Reden zu bringen. Und Torie kannst du auch vergessen. Er weicht ihr seit Wochen aus.«

»Er hat eben seinen eigenen Kopf.«

»Genau. Und wenn er entdeckt, was du getan hast, dann stehst du allein da, weil ich dann nämlich passenderweise nicht in der Stadt sein werde.«

»Dieses Risiko bin ich bereit einzugehen«, erwiderte sie.

Es war nicht das erste Risiko, das sie für ihren Sohn auf sich genommen hatte, und da es leichter war, sie zu küssen, als sich mit ihr zu streiten, gab er auf.

Jetzt hatte Francesca aber ein Problem. Das Komitee hatte die E-Mail-Adresse angeschrieben, die Francesca auf Megs Namen eingerichtet hatte, um ihr mitzuteilen, dass sie gewonnen hatte, und so blieb Francesca nun nichts anderes übrig, als Meg ausfindig zu machen, um ihr diese Nachricht zu übermitteln. Aber da Meg verschwunden zu sein schien, war Francesca gezwungen, Kontakt zu den Korandas aufzunehmen.

Sie hatte Jake in den vergangenen fünfzehn Jahren zweimal interviewt, was in Anbetracht der obsessiven Verteidigung seines Privatlebens schon einen Rekord darstellte. Seine Zurückhaltung machte ihn nicht zu einem einfachen Interviewpartner, aber wenn die Kamera aus war, gab er seinen spritzigen Humor zum Besten und war sehr gesprächig. Seine Frau kannte sie nicht so gut, doch Fleur Koranda stand in dem Ruf, nicht nur ausdauernd und klug, sondern auch ein moralischer Mensch zu sein. Leider hatte der kurze und etwas peinlich verlaufende Besuch der Korandas in Wynette weder Francesca noch Dallie Gelegenheit gegeben, sie besser kennenzulernen.

Fleur war herzlich, aber zurückhaltend, als Francesca sie in ihrem Büro anrief. Francesca hatte sich etwas zurechtgelegt, was der Wahrheit ziemlich nahe kam, natürlich unter Auslassung ein paar unangenehmer Details wie etwa der Rolle, die sie bei dem Ganzen spielte. Sie sprach von ihrer Bewunderung für Meg und ihrer Überzeugung, dass Ted und sie einander sehr viel bedeuteten.

»Ich bin mir vollkommen sicher, Fleur, dass ein gemeinsames Wochenende in San Francisco für die beiden die Gelegenheit ist, die sie brauchen, um wieder zueinanderzufinden und ihre Beziehung zu kitten.«

Fleur war nicht dumm, und so zielte sie auf das Naheliegende. »Megs finanzielle Mittel würden niemals reichen, um ein solches Gebot abzugeben.«

»Was die Situation nur noch verlockender macht, oder?«

Es folgte eine kurze Pause. Schließlich sagte Fleur: »Sie glauben also, dass Ted dahintersteckt?«

Lügen wollte Francesca nicht, aber sie hatte auch nicht

vor zu gestehen, was sie getan hatte.»Es gab in der Stadt jede Menge Spekulationen darüber. Sie können sich gar nicht vorstellen, welche Theorien ich gehört habe.« Und ergänzte rasch:»Ich möchte Sie nicht bedrängen, damit Sie mir Megs Telefonnummer geben …« Sie wartete ab in der Hoffnung, Fleur würde sie freiwillig herausrücken. Als dies nicht geschah, hakte sie nach.»Lassen Sie es uns folgendermaßen machen. Ich sorge dafür, dass die Reiseroute für das Wochenende Ihnen direkt zugeschickt wird, zusammen mit Megs Rundreiseflugticket von Los Angeles nach San Francisco. Das Komitee hatte eigentlich von Wynette aus einen Privatjet einsetzen wollen, aber unter diesen Umständen scheint uns dies die bessere Lösung zu sein. Sind Sie damit einverstanden?«

Sie hielt den Atem an, doch anstatt darauf zu antworten, sagte Fleur:»Erzählen Sie mir von Ihrem Sohn.«

Francesca lehnte sich in ihren Stuhl zurück und starrte den Schnappschuss an, den sie von Teddy gemacht hatte, als dieser neun Jahre alt war. Sein Kopf war viel zu groß für seinen mageren Körper. Die Hose saß viel zu hoch. Und der viel zu ernste Gesichtsausdruck stand in krassem Widerspruch zu seinem abgetragenen T-Shirt mit der Aufschrift: ICH MACHE EUCH DIE HÖLLE HEISS.

Sie nahm das Foto in die Hand.»An dem Tag, als Meg Wynette verließ, kam sie in unsere Stammkneipe und ließ jeden wissen, Ted sei nicht perfekt.« Ihre Augen füllten sich mit Tränen, die sich nicht einfach wegblinzeln ließen.»Ich sehe das anders.«

Fleur saß an ihrem Schreibtisch und ging das Gespräch mit Francesca Beaudine in Gedanken noch einmal durch. Aber klar zu denken fiel ihr schwer, da ihre einzige Tochter so sehr litt. Wobei Meg niemals zugeben würde, dass etwas nicht in Ordnung war. Während ihres Aufenthalts in Texas war sie zäher und reifer geworden, doch zugleich auch reservierter, wie Fleur sie nicht kannte und woran sie sich auch noch nicht gewöhnt hatte. Aber obwohl Fleur ihr klar zu verstehen gegeben hatte, dass das Thema Ted Beaudine sie nichts anging, wusste sie, dass Meg sich in ihn verliebt hatte und zutiefst verletzt war. Und ihr Mutterinstinkt trieb sie dazu, Meg vor weiterem Leid zu beschützen.

Sie erwog die klaffenden Lücken in der Geschichte, die sie gerade gehört hatte. Hinter Francescas glamouröser Erscheinung versteckte sich ein messerscharfer Verstand, und sie gab nur so viel preis, wie ihr wünschenswert schien. Fleur hatte keinen Grund, ihr zu trauen, schon allein deshalb nicht, weil für sie ihr Sohn oberste Priorität hatte. Derselbe Sohn, der für die ungewohnte Traurigkeit in Megs Augen verantwortlich war. Aber Meg war kein Kind mehr, und Fleur hatte nicht das Recht, ihr eine derartige Entscheidung abzunehmen.

Sie griff nach dem Telefon und rief ihre Tochter an.

Der Sessel, den Ted in der Lobby des Four Seasons Hotel von San Francisco in Beschlag genommen hatte, erlaubte es ihm, den Eingang im Auge zu behalten, ohne selbst sofort von den Eintretenden gesehen zu werden. Jedes Mal, wenn die Tür aufschwang, drehte sich sein Magen um. Es war ihm unbegreiflich, dass es ihn derart aus der Bahn geworfen hatte. Er nahm das Leben gern von der leichten Seite, alle sollten sich wohl fühlen und die Gesellschaft der anderen genießen. Aber seit jenem Abend der Generalprobe für seine Hochzeit, an dem er Meg Koranda kennengelernt hatte, war nichts mehr leicht gewesen.

Er sah sie wieder vor sich, in nichts weiter als ein paar Stoffbahnen gewickelt, die eine Schulter freiließen und den Schwung ihrer Hüften zur Geltung brachten. Ihr Haar, ein widerspenstiges Gewirr um ihren Kopf, und Silbermünzen, die wie Nunchakus von ihren Ohren baumelten. Mit ihrer Art, ihn herauszufordern, hatte sie ihn genervt, aber er hatte sie lang nicht so ernst genommen, wie er das hätte tun sollen. Von dieser ersten Begegnung an, als er zugesehen hatte, wie ihre Augen von einem klaren Blau zum Grün eines Tornadohimmels wechselten, hätte er alles an ihr ernst nehmen sollen. Als Lady Emma ihm mitteilte, dass Meg die Bieterin war, die das blöde Gewinnspiel gewonnen hatte, war er von einem Hochgefühl erfasst worden, dem jedoch sofort ein Absturz in die Realität folgte. Weder Megs Stolz noch ihr Bankkonto hätten es ihr erlaubt, dieses Gebot abzugeben, und es dauerte nicht lang, bis er herausgefunden hatte, wer eigentlich dahintersteckte. Er war immer der begehrte Schwiegersohn gewesen, und die Korandas machten da keine Ausnahme. Obwohl Megs Vater und er nur ein paar Blicke getauscht hatten, war ihre Kommunikation perfekt gewesen.

Der Türsteher half einem älteren Gast in die Lobby. Ted bemühte sich um eine entspannte Sitzhaltung. Megs Maschine war bereits vor einer guten Stunde gelandet, also sollte sie jede Minute hereinspaziert kommen. Er wusste zwar noch immer nicht genau, wie er sie begrüßen sollte, aber auf keinen Fall würde er auch nur die Spur seines Ärgers zeigen, vor dem er noch immer platzen könnte. Wut war ein Gefühl, das ihn nicht weiterbrachte, denn er brauchte einen kühlen Kopf, um mit Meg klarzukommen. Aber er fühlte sich weder besonnen noch ausgeglichen, und je länger er wartete, umso besorgter wurde er. Er vermochte kaum all den Mist zu sortieren, den sie ihm an den Kopf geworfen hatte. Ihre heftige Kritik an dem, was während des Mittagessens bei seiner Mutter passiert war. War es denn tatsächlich so wichtig, dass er auf das Schweigen der Frauen hatte bauen können? Das änderte doch nichts daran, dass er eine öffentliche Erklärung abgegeben hatte, oder? Dann hatte sie verkündet, sie habe sich in ihn verliebt, wollte aber seine Versicherung, wie wichtig sie ihm sei, nicht gelten lassen und weigerte sich, die Tatsache, dass er vor drei Monaten vor dem Altar gestanden hatte und bereit gewesen war, eine andere Frau zu heiraten, auch nur im Geringsten zu berücksichtigen. Stattdessen verlangte sie von ihm eine Art ewig währendes Versprechen, und traf das nicht ihr Naturell genau auf den Punkt: Sie hängte sich an einer Sache auf, ohne das Ganze in einen größeren Zusammenhang zu stellen?

Als die Türen der Lobby wieder aufschwangen, ging sein Kopf ruckartig nach oben, doch nur um einen älteren Mann mit einer viel jüngeren Frau eintreten zu sehen. Obwohl es kühl war in der Lobby, war Teds Hemd feucht. So viel also zu ihrer Anschuldigung, er würde immer nur alles von außen beobachten, wo er nicht allzu sehr ins Schwitzen kam.

Er schaute wieder auf die Uhr, holte dann sein Telefon heraus, um nachzusehen, ob sie ihm eine SMS geschickt hatte, wie er das seit ihrem Verschwinden schon so oft getan hatte, aber keine der Nachrichten stammte von ihr. Er schob das Handy in seine Tasche zurück, wobei sich ihm eine weitere Erinnerung aufdrängte. Eine, mit der er sich lieber nicht befassen wollte. Was er ihr an jenem Tag an der Deponie angetan hatte …

Noch immer war ihm unbegreiflich, wie er derart die Kontrolle hatte verlieren können. Sie hatte versucht, es herunterzuspielen, aber er würde es sich nie verzeihen.

Er versuchte an etwas anderes zu denken, landete jedoch beim nicht viel erfreulicheren Schlamassel von Wynette. Die Stadt weigerte sich, seinen Rücktritt zu akzeptieren, weshalb sein Schreibtisch im Rathaus seitdem verwaist war, aber der Teufel sollte ihn holen, wenn er sich dieser Katastrophe erneut stellte. Er hatte in Wahrheit doch alle enttäuscht, und egal wie verständnisvoll sie sich gaben, war doch jedem in der Stadt klar, dass er sie im Stich gelassen hatte.

Die Türen der Lobby öffneten und schlossen sich. Im Lauf eines einzigen Sommers war sein angenehmes Leben zerstört worden.

»Ich bin chaotisch und wild und zerstörerisch, und du hast mir das Herz gebrochen.«

Dieser unerträgliche Schmerz in diesen grünblauen Augen hatte ihn zutiefst getroffen. Aber was war mit seinem Herzen? Seinem Schmerz? Wie fühlte es sich ihrer Ansicht nach wohl an, wenn der Mensch, auf dessen Zuverlässigkeit er am meisten gebaut hatte, ihn genau in dem Moment, wenn er ihn brauchte, im Stich ließ?

»*Mein dummes Herz ...*«, hatte sie gesagt. »*Es hat gejubelt.*«

Er wartete den ganzen Nachmittag in der Lobby, aber Meg tauchte nicht auf.

An jenem Abend lief er durch Chinatown und betrank sich in einer Bar im Mission District. Am nächsten Tag schlug er den Kragen seiner Jacke hoch und lief im Regen durch die Stadt. Er fuhr mit der Cable Car, ließ sich im Golden Gate Park durch den Teegarten treiben und klapperte ein paar Andenkenläden an der Fisherman's Wharf ab. Danach versuchte er, um sich aufzuwärmen, im Cliff House einen Teller Muschelsuppe zu essen, ließ es aber nach ein paar Löffeln sein.

»*Schon allein dein Anblick bringt etwas in mir zum Tanzen.*«

Am nächsten Morgen wachte er viel zu früh auf, hatte einen Kater und fühlte sich elend. Kalter, dicker Nebel hatte die Stadt fest im Griff, aber er lief dennoch durch die leeren Straßen und kletterte hinauf zum Gipfel des Telegraph Hill.

Der Coit Tower hatte noch nicht geöffnet, also spazierte er übers Gelände und ließ, als der Nebel sich zu lichten begann, seinen Blick über die Stadt und die Bucht schweifen. Wie gern hätte er den ganzen Schlamassel mit Lucy besprochen, doch er konnte sie wohl kaum nach so langer Zeit anrufen und ihr erzählen, dass ihre beste Freundin eine unreife, fordernde, zu sehr von ihren Gefühlen beherrschte, unvernünftige Verrückte war, um sie dann zu fragen, wie er damit umgehen sollte?

Er vermisste Lucy. Mit ihr war alles so einfach gewesen. Er vermisste sie ... aber er verspürte nicht den Wunsch, ihr den Hals umzudrehen, wie er das bei Meg gern getan hätte. Wollte das Liebesspiel mit ihr nicht so lange ausdehnen, bis ihre Augen sich verschleierten. Sehnte sich nicht nach dem Klang ihrer Stimme, ihrem fröhlichen Lachen. Er verzehrte sich nicht nach Lucy. Träumte nicht von ihr. Sehnte sich nicht nach ihr.

Er liebte sie nicht.

Eine eisige Bö raschelte in den Blättern, und der Wind trug den Nebel hinaus aufs Meer.

Kapitel 23

Wenige Stunden später fuhr Ted in einem gemieteten Chevy TrailBlazer auf der Interstate 5 Richtung Süden. Er fuhr zu schnell und machte nur einmal Pause, um eine Tasse starken Kaffee zu trinken. Insgeheim betete er, Meg möge nach Los Angeles zu ihren Eltern zurückgegangen sein, nachdem sie Wynette verlassen hatte, und nicht mit Ziel Jaipur oder Ulan Bator oder einem Ort aufgebrochen sein, wo er sie nicht finden und ihr sagen konnte, wie sehr er sie liebte. Der Wind hatte nicht nur den Nebel über San Francisco vertrieben, sondern auch seinen Gefühlswirrwarr. Nun sah er ganz klar den ganzen Wirbel um seine Exverlobte und die geplatzte Hochzeit, so deutlich, dass er erkannte, wie geschickt er seine Vernunft eingesetzt hatte, um seine Angst vor unkontrollierbaren Emotionen als Störfaktoren seines unbeschwerten Lebens zu verstecken.

Hätte nicht er vor allen anderen wissen müssen, dass die Liebe keinen Regeln folgte? Hatte nicht die leidenschaftliche, jeder Logik widersprechende Liebesaffäre seiner Eltern Täuschung, Trennung und Sturheit seit nunmehr drei Jahrzehnten überdauert? Es war diese aus tiefstem Herzen kommende Liebe, die er für Meg empfand – die komplizierte, zerstörerische, überwältigende Liebe, die, wie er sich einzugestehen geweigert hatte, in seiner Beziehung zu Lucy fehlte. Vom Verstand her hatten Lucy und er vortrefflich zueinandergepasst. Vom Verstand her ... aber nicht vom Gefühl her. Und das hätte er schon sehr viel eher erkennen müssen.

Frustriert biss er die Zähne zusammen, als er sich in den

Verkehr von Los Angeles einfädelte. Meg war leidenschaftlich und impulsiv, und er hatte sie seit über einem Monat nicht gesehen. Und wenn sie nun durch den zeitlichen und räumlichen Abstand zu der Überzeugung gelangt war, dass sie etwas Besseres verdiente als einen sturen Texaner, der sich selbst fremd war?

Nein, in diese Richtung durfte er seine Gedanken nicht abschweifen lassen. Bloß nicht darüber nachdenken, was er tun würde, wenn sie sich inzwischen von der Idee, jemals in ihn verliebt gewesen zu sein, verabschiedet hatte. Hätte sie doch bloß nicht ihr Telefon abgestellt. Und was war mit ihrem Hang, ins nächste Flugzeug zu steigen und in die entferntesten Regionen des Planeten zu reisen? Sie sollte an Ort und Stelle bleiben, aber dafür war Meg nicht geschaffen.

Als er das Anwesen der Korandas in Brentwood erreichte, war es fast Abend. Er fragte sich, ob sie wussten, warum Meg in San Francisco nicht aufgetaucht war. Er war sich zwar nicht sicher, ob sie tatsächlich diejenigen waren, die das letzte Gebot abgegeben hatten, doch wer sonst sollte es gewesen sein? Seine Unsicherheit passte so gar nicht zu dem, womit er üblicherweise bei den Eltern von Töchtern punkten konnte, die seine Ausgeglichenheit zu schätzen wussten, von der er noch nie so weit entfernt gewesen war wie jetzt.

Er stellte sich über die Gegensprechanlage vor. Als die Tore aufschwangen, fiel ihm ein, dass er sich seit zwei Tagen nicht mehr rasiert hatte. Besser, er wäre zuerst in ein Hotel gefahren, um sich frisch zu machen. Seine Kleider waren zerknautscht, seine Augäpfel rot unterlaufen, und Angstschweiß klebte ihm am ganzen Körper, aber er würde jetzt keinen Rückzieher machen.

Er parkte seinen Wagen neben dem Haus im englischen Tudorstil, dem Hauptwohnsitz der Korandas in Kalifornien. Bestenfalls würde er Meg hier antreffen. Im schlimmsten Fall … Nein, das wollte er sich lieber nicht ausmalen.

Die Korandas waren seine Verbündeten, nicht seine Feinde. Wenn Meg hier nicht anzutreffen war, würden sie ihm helfen, sie zu finden.

Aber die kühle Feindseligkeit, mit der Fleur Koranda ihm die Tür öffnete, vermochte sein erschüttertes Selbstvertrauen nicht aufzurichten. »Ja bitte?«

Das war alles. Kein Lächeln. Kein Händeschütteln. Eine Umarmung schon gar nicht. Ungeachtet ihres Alters neigten Frauen dazu dahinzuschmelzen, wenn sie ihn ansahen. Das war ihm so oft passiert, dass es ihm kaum mehr auffiel, aber jetzt passierte es nicht, und diese neue Erfahrung warf ihn aus dem Gleichgewicht. »Ich muss Meg sehen«, platzte es aus ihm heraus, dann fügte er dummerweise hinzu: »Ich – wir sind uns noch nicht vorgestellt worden. Ich bin Ted Beaudine.«

»Ach ja. Der Unwiderstehliche.«

Es klang aus ihrem Mund nicht wie ein Kompliment.

»Ist Meg hier?«, fragte er.

Fleur Koranda sah ihn genauso an, wie seine Mutter Meg angesehen hatte. Fleur war eine wunderschöne, einen Meter dreiundachtzig große Amazone mit denselben kühn geschwungenen Augenbrauen, die auch Meg hatte, aber sie hatte einen helleren Teint und zartere Gesichtszüge. »Als ich Sie das letzte Mal sah«, meinte Fleur, »wälzten Sie sich am Boden und versuchten, einen Mann k.o. zu schlagen.«

Wenn Meg den Mumm hatte, sich seiner Mutter entgegenzustellen, dann konnte er sich auch gegen ihre behaupten. »Ja, Ma'am. Und ich würde es wieder tun. Aber jetzt wüsste ich es sehr zu schätzen, wenn Sie mir sagten, wo ich sie finden kann.«

»Warum?«

Kam man Müttern in einer solchen Situation auch nur einen Zentimeter entgegen, machten sie einen platt. »Das geht nur sie und mich was an.«

»Nicht ganz.« Die tiefe Stimme war die von Megs Vater, der hinter der Schulter seiner Frau aufgetaucht war. »Lass ihn rein, Fleur.«

Ted nickte, betrat die große Eingangshalle und folgte ihnen in ein behagliches Wohnzimmer, das bereits von zwei großen jüngeren Männern in Beschlag genommen wurde, die dasselbe braune Haar wie Meg hatten. Einer saß mit übergeschlagenen Beinen auf dem Kamingitter und klimperte auf der Gitarre herum. Der andere tippte auf seinem Mac. Das konnten nur Megs Zwillingsbrüder sein. Der eine mit dem Laptop, der Rolex und den italienischen Halbschuhen musste Dylan, das Finanzgenie, sein, der andere, mit dem zerzausteren Haar, den zerrissenen Jeans und den nackten Füßen Clay, der Gitarre spielende New Yorker Schauspieler. Beide waren unglaublich gut aussehende Jungs und hatten große Ähnlichkeit mit einem alten Filmstar, obwohl ihm nicht gleich einfallen wollte, welchem. Keiner hatte Ähnlichkeit mit Meg, die nach ihrem Vater kam. Und ihre Begrüßung fiel nicht freundlicher aus als die der älteren Korandas. Entweder wussten sie, dass Meg nicht in San Francisco aufgetaucht war, und gaben ihm die Schuld daran, oder er hatte von Anfang an alles falsch verstanden, und sie waren gar nicht diejenigen, die für sie mitgeboten hatten. Ob so oder so, er brauchte sie.

Jake stellte sie flüchtig einander vor. Beide Brüder erhoben sich von ihren jeweiligen Sitzgelegenheiten, doch nicht, um ihm die Hand zu reichen, wie er rasch feststellte, sondern um ihm auf Augenhöhe zu begegnen. »Das ist also der große Ted Beaudine«, sagte Clay mit schleppender Stimme, fast so, wie sein Vater dies auf der Leinwand tat.

Dylan sah aus, als wittere er eine feindliche Übernahme. »Über den Geschmack meiner Schwester lässt sich nicht streiten.«

So viel also zu seiner Hoffnung auf Kooperationsbereitschaft. Obwohl Ted keinerlei praktische Erfahrung mit Animosität hatte, wollte er unter gar keinen Umständen den Kopf einziehen, und er ließ seinen Blick zwischen den Brüdern hin und her wandern. »Ich bin auf der Suche nach Meg.«

»Dann ist sie offenbar nicht zu Ihrer Party in San Francisco erschienen«, sagte Dylan. »Das dürfte ein ziemlicher Schlag für Ihr Ego gewesen sein.«

»Mein Ego hat damit überhaupt nichts zu tun«, konterte Ted. »Ich muss sie sprechen.«

Clay strich über den Gitarrenhals. »Ja, aber die Sache ist die, Beaudine ... Wenn unsere Schwester mit Ihnen reden wollte, hätte sie das bereits getan.«

Im Raum knisterte es vor schlechten Schwingungen, in denen er dieselbe Feindseligkeit erkannte, mit der Meg es jeden Tag, den sie in Wynette war, zu tun hatte. »Das muss nicht notwendigerweise stimmen«, entgegnete er.

Fleur Koranda mischte sich ein. »Sie hatten Ihre Chance, Ted, und nach allem, was ich weiß, haben Sie sie vermasselt.«

»Und zwar total«, ergänzte ihr Mann. »Aber wenn Sie eine Nachricht hinterlassen wollen, werden wir diese bestimmt weitergeben.«

Niemals würde Ted sich herablassen, ihnen sein Herz auszuschütten. »Bei allem Respekt, Mr. Koranda, was ich Meg zu sagen habe, geht nur uns beide was an.«

Jake zuckte mit den Achseln. »Dann viel Glück.«

Clay stellte seine Gitarre ab und entfernte sich von seinem Bruder. Seine Feindseligkeit hatte etwas nachgelassen, und als er Ted ansah, schien fast etwas Mitgefühl in seinem Blick zu liegen. »Da es Ihnen kein anderer sagen will, werde ich das übernehmen. Sie hat das Land verlassen. Meg ist wieder auf Reisen.«

Teds Magen verkrampfte sich. Genau das hatte er befürchtet. »Kein Problem«, hörte er sich sagen, »ich kann es kaum erwarten, in ein Flugzeug zu steigen.«

Dylan teilte die mitfühlende Haltung seines Bruders nicht.

»Für einen Kerl, der so was wie ein Genie sein soll, sind Sie ein wenig schwer von Begriff. Von uns werden Sie gar nichts erfahren.«

»Wir sind eine Familie«, warf Jake Koranda ein. »Sie verstehen womöglich nicht, was das bedeutet, aber wir alle schon.«

Ted begriff sehr genau, was das bedeutete. Diese großen, gut aussehenden Korandas hatten eine Mauer um sich gezogen, wie das auch seine Freunde gegenüber Meg getan hatten. Schlafmangel, Enttäuschung und Selbstekel, in den sich Panik mischte, ließen ihn zum Schlag ausholen. »Das verwundert mich ein wenig. Sind Sie nicht dieselbe *Familie,* die sich vor vier Monaten von ihr losgesagt hatte?«

Jetzt hatte er sie an ihrem wunden Punkt getroffen. Er konnte die Schuldgefühle in ihren Augen ablesen. Bis zu diesem Moment hätte er nie vermutet, dass Schadenfreude Bestandteil seines Charakters war, aber ein Mensch lernte jeden Tag was Neues über sich. »Ich wette, Meg hat Ihnen nie erzählt, was sie durchgemacht hat.«

»Wir standen die ganze Zeit über mit Meg in Kontakt.« Die steifen Lippen ihrer Mutter bewegten sich kaum.

»Stimmt das? Dann wissen Sie ja, wie sie gelebt hat.« Es war ihm vollkommen egal, dass das, was er jetzt tat, nichts mehr mit Fairness zu tun hatte. »Dann wissen Sie sicherlich, dass sie gezwungen war, Toiletten zu schrubben, um sich was zu essen kaufen zu können? Und sie wird Ihnen auch erzählt haben, dass sie in ihrem Auto schlafen musste? Hat sie erwähnt, dass sie fast ins Gefängnis gewandert wäre, weil sie keinen festen Wohnsitz vorweisen konnte?« Dass er derjenige war, der sie fast dorthin geschickt hätte, erwähnte er lieber nicht. »Am Ende wohnte sie in einem verlassenen Gebäude ohne Mobiliar. Aber haben Sie eine Vorstellung davon, wie heiß ein Sommer in Hill Country ist? Um sich abzukühlen, schwamm sie in einem Fluss, in dem es von Schlangen wimmelte.« Er sah, dass sie von Gewissensbissen gequält wurden, und setzte noch eins drauf. »Sie hatte keine Freunde und eine Stadt voller Feinde gegen sich, also werden Sie mir verzeihen, wenn mich das, was Sie unter Beschützen verstehen, nicht beeindruckt.«

Die Gesichter ihrer Eltern waren aschfahl geworden, ihre Brüder konnten ihm nicht mehr in die Augen schauen, und er war willens, sich zurückzuhalten, aber die Worte drängten aus ihm heraus. »Wenn Sie mir nicht sagen wollen, wo sie ist, dann fahren Sie doch zum Teufel. Ich werde sie schon selbst finden.«

Vor Wut schäumend stürmte er aus dem Haus, allerdings war ihm dieses Gefühl so fremd, dass er es kaum einschätzen konnte. Als er jedoch bei seinem Auto angekommen war, bedauerte er, was er getan hatte. Das war immerhin die Familie der Frau, die er liebte und die sogar selbst davon überzeugt war, dass es richtig gewesen war, sich von ihr loszusagen. Er hatte nichts weiter erreicht, als seinen Ärger an den falschen Leuten auszulassen. Wie zum Teufel sollte er sie jetzt finden?

Die nächsten paar Tage kämpfte er gegen seine zermürbende Verzweiflung an. Eine Internetsuche erbrachte keinerlei Hinweise auf Megs Verbleib, und die Menschen, die sehr wahrscheinlich über entsprechende Informationen verfügten, weigerten sich, mit ihm zu reden. Sie konnte überall sein, und wo sollte er mit seiner Suche beginnen, wenn die ganze Welt ihr Aufenthaltsort war?

Als feststand, dass die Korandas nicht die höchsten Bieter beim Gewinnspiel waren, hätte sich eigentlich sofort erschließen müssen, wer ihn mit Meg verkuppeln wollte, aber er kam nicht auf Anhieb dahinter. Doch sobald sich die Puzzleteile zu einem Ganzen zusammengefügt hatten, stürmte er ins Haus seiner Eltern und stellte seine Mutter in ihrem Büro zur Rede.

»Du hast ihr das Leben zur Hölle gemacht!«, schrie er, kaum fähig, sich zurückzuhalten.

Sie versuchte es mit einem Fingerschnippen abzutun. »Das ist maßlos übertrieben.«

Es tat so gut, seinen Frust an jemandem auslassen zu können. »Du hast ihr das Leben zur Hölle gemacht, und dann verwandelst du dich mir nichts, dir nichts in ihre Fürsprecherin?«

Sie benutzte ihren Lieblingstrick, wenn sie sich in die Ecke gedrängt fühlte, und bedachte ihn mit dem Blick, der ihre verletzte Würde widerspiegelte. »Du hast doch sicherlich Joseph Campbell gelesen. Bei jeder mythischen Reise muss die Heldin eine Reihe von schwierigen Aufgaben bewältigen, bevor sie es wert ist, die Frau des schönen Prinzen zu werden.«

Das Schnauben seines Vaters drang von der anderen Raumseite herüber.

Ted verließ mit großen Schritten das Haus, weil er seinen Wutausbruch nicht mehr unter Kontrolle halten konnte. Er wollte ein Flugzeug nehmen, sich in Arbeit vergraben und aus der Haut fahren, in der er sich sonst immer so wohl gefühlt hatte. Stattdessen fuhr er zur Kirche und setzte sich neben Megs Schwimmteich. Er stellte sich ihren Ekel vor, wenn sie ihn so sehen könnte – sähe, was mit der Stadt passierte. Das leer stehende Bürgermeisterbüro, die nicht bezahlten Rechnungen und die nicht geschlichteten Streitigkeiten. Es gab nicht mal jemanden, der die letzten Reparaturen an der Bibliothek genehmigen konnte, die der Scheck seiner Mutter möglich gemacht hatte. Er hatte die Stadt im Stich gelassen. Er hatte Meg im Stich gelassen. Er hatte sich selbst aufgegeben.

Ihr würde es nicht gefallen, dass er sich derart gehen ließ, und selbst in seiner Vorstellung wollte er sie nicht mehr enttäuschen, als er dies bereits getan hatte. Er fuhr in die Stadt, parkte seinen Laster und zwang sich, das Rathaus zu betreten.

Sobald er drinnen war, kamen alle auf ihn zugelaufen. Er hielt eine Hand hoch, sah alle finster an und schloss sich in seinem Büro ein.

Dort blieb er den ganzen Tag und weigerte sich, das ständig klingelnde Telefon abzunehmen, und reagierte auch nicht auf das wiederholte Klopfen an seiner Tür, während er sich durch den Wust von Papieren arbeitete, das Budget der Stadt prüfte und über das nicht zustande gekommene Golfresort nachdachte. Ein Tag verging, dann noch einer. Vor seinem Büro stapelten sich bereits diverse hausgemachte Backwaren. Torie brüllte durch die Tür und versuchte ihn zu überreden, mit ins Roustabout zu kommen. Lady Emma legte die Gesammelten Werke von David McCullough auf den Beifahrersitz seines Trucks – ohne dass er den Grund dafür erahnte. Er ließ nichts davon an sich heran, und nach drei Tagen hatte er einen Plan. Einen Plan, der sein Leben wesentlich komplizierter gestalten würde, aber nichtsdestotrotz einen Plan. Er tauchte aus seiner Versenkung auf und begann zu telefonieren.

Weitere drei Tage vergingen. Er fand einen guten Anwalt und tätigte weitere Anrufe. Leider löste keiner davon die größeren Probleme und brachte auch keine Spur zu Meg. Die Verzweiflung nagte an ihm. Wo, verdammt, war sie hingegangen?

Da ihre Eltern seinen Anrufen weiterhin auswichen, überredete er Lady Emma und Torie dazu, es zu versuchen. Aber die Korandas waren nicht zu knacken. Er stellte sie sich an Ruhr erkrankt im Dschungel von Kambodscha oder halb erfroren auf ihrem Weg hinauf zum K2 vor. Seine Nerven lagen blank. Er konnte nicht schlafen. Konnte kaum essen. Verlor den Faden bei der ersten von ihm einberufenen Sitzung.

Eines Abends kam Kenny mit einer Pizza bei ihm zu Hause vorbei. »Ich mache mir langsam ernsthaft Sorgen um dich. Es wird Zeit, dass du dich wieder in den Griff kriegst.«

»Und das sagst ausgerechnet du«, konterte Ted. »Wer ist

denn völlig durchgedreht, als Lady Emma dir davongelaufen ist?«

Kenny gab vor, eine Gedächtnislücke zu haben.

An jenem Abend lag Ted wieder schlaflos in seinem Bett. Was für eine Ironie, dass Meg ihn Mr. Cool zu nennen pflegte. Während er an die Decke starrte, malte er sich aus, wie sie von einem Stier aufgespießt oder von einer Königskobra gebissen wurde, doch als seine Fantasie dann mit ihm durchging und sie vor seinem geistigen Auge von einer Bande marodierender Guerillasoldaten vergewaltigt wurde, hielt er es nicht länger aus. Er schwang sich aus dem Bett, sprang in seinen Lastwagen und fuhr zur Deponie.

Es war eine kühle, stille Nacht. Er ließ seine Scheinwerfer brennen, stellte sich zwischen die Lichtkegel und starrte hinaus auf das brache, verseuchte Land. Kenny hatte recht. Er musste sich zusammenreißen. Aber wie sollte er das anstellen? Er war ihrem Aufenthaltsort nicht näher gekommen als am Anfang seiner Suche, und sein Leben lag in Scherben um ihn.

Vielleicht lag es an der Trostlosigkeit oder der Stille oder der dunklen, brachliegenden Deponie mit ihren ungenutzten Möglichkeiten. Aus welchem Grund auch immer, er spürte, dass er aufrechter wurde. Und endlich sah er auch, was ihm entgangen war – den so offensichtlichen Tatbestand, den er bei all seinen Versuchen, sie aufzuspüren, außer Acht gelassen hatte.

Um das Land verlassen zu können, benötigte Meg Geld. Von Anfang an war er davon ausgegangen, dass ihre Eltern ihr welches zugesteckt hatten, um sie für all das zu entschädigen, was sie durchgemacht hatte. Das hatte ihm sein gesunder Menschenverstand gesagt. Seine Logik. Aber hier hatte nicht er das Sagen, und er hatte auch nie versucht, sich in ihre Art zu denken hineinzuversetzen.

Er stellte sich ihr Gesicht in sämtlichen Stimmungen vor.

Ihr Lachen und ihre Wut, ihre Freundlichkeit und ihre Frechheit. Er kannte sie so gut, wie er sich kannte, und als er sich endlich in ihre Art zu denken hineinversetzte, lag der entscheidende Faktor, den er gleich von Anfang an hätte erkennen müssen, unübersehbar vor ihm.

Meg würde von ihren Eltern keinen Cent annehmen. Nicht für eine Bleibe, nicht, um zu reisen. Für gar nichts. Clay Koranda hatte ihn angelogen.

Kapitel 24

Meg hörte den Motor eines langsam hinter ihr her fahrenden Autos. Obwohl es noch nicht mal zehn Uhr abends war, hatte der eisige Oktoberregen die Straßen von Manhattans Lower East Side leer gefegt. Sie lief schneller an den nassen schwarzen Abfallsäcken vorbei, die schlaff am Straßenrand lagen. Regen tröpfelte durch die Feuerleitern über ihrem Kopf, und im Rinnstein schwemmte das Wasser den Müll vor sich her. Einige der früheren Backsteingebäude in Clays Häuserblock waren auf Vordermann gebracht worden, die meisten jedoch nicht, und das Viertel konnte bestenfalls zwielichtig genannt werden. Was sie jedoch nicht davon hatte abhalten können, einen Spaziergang zu ihrem preiswerten Lieblingsladen zu machen, um sich dort einen Hamburger zu holen. Sie hoffte, durch die frische Luft einen klaren Kopf zu bekommen. Aber den Regen, der auf ihrem Rückweg alle in die Häuser trieb, hatte sie nicht eingeplant.

Das Gebäude, worin sich Clays vollgestopfte Wohnung im fünften Stockwerk ohne Lift befand, lag fast noch zwei Häuserblocks weit entfernt. Sie wohnte in diesem schäbigen Apartment zur Untermiete, solange er in Los Angeles war, wo er eine anspruchsvolle Rolle in einem Independentfilm bekommen hatte, die ihm den lang ersehnten Durchbruch bringen könnte. Die Wohnung war klein und zog einen runter mit ihren zwei winzigen Fenstern, die nur ganz wenig Licht hereinließen, aber sie war billig, und nachdem sie Clays schmierige alte Couch zusammen mit dem Müll losgeworden war, den seine zahlreichen Freundinnen zurückgelassen hatten, hatte sie genügend Platz, um ihren Schmuck zu fertigen.

Der Wagen begleitete sie. Ein kurzer Blick über ihre Schulter zeigte ihr eine schwarze Stretchlimousine, also nichts, weswegen man nervös werden müsste, aber sie hatte eine lange Woche hinter sich. Lange sechs Wochen. Sie war vor Erschöpfung ein wenig durcheinander, und ihre Finger waren von der Arbeit an ihrer Schmuckkollektion so wund, dass nur eiserne Willenskraft sie weitermachen ließ. Doch ihre harte Arbeit zahlte sich aus.

Sie wollte sich nicht vormachen, glücklich zu sein, aber sie wusste, dass sie die für ihre Zukunft bestmöglichen Entscheidungen getroffen hatte. Sunny Skipjack hatte den Nagel auf den Kopf getroffen, als sie Meg empfahl, sich auf den Luxusmarkt zu spezialisieren. Den Geschäftsführern der Boutiquen, denen sie ihre ausgewählten Stücke gezeigt hatte, gefiel das Nebeneinander von modernem Design und alten Artefakten, und die Bestellungen kamen schneller, als sie sich das erträumt hatte. Wäre es ihr Lebensziel gewesen, Schmuckdesignerin zu werden, hätte sie vor Freude jubeln können, aber darum ging es ihr nicht. Jetzt nicht mehr. Endlich wusste sie, was sie tun wollte.

Der Wagen war noch immer hinter ihr, und seine Scheinwerfer warfen gelblich verschmierte Spuren auf den nassen Asphalt. Der Regen hatte ihre Leinenturnschuhe durchweicht, und sie zog den violetten Trenchcoat, den sie in einem Secondhandshop entdeckt hatte, noch enger um sich. Sicherheitsgitter verrammelten die Schaufenster des Sari-Ladens, des koreanischen Discounters für Haushaltswaren, ja selbst die Imbissbude, wo es die Klöße gab – alle hatten abends dichtgemacht.

Sie ging noch schneller, aber das stete Brummen des Motors wurde nicht schwächer. Sie bildete sich das nicht ein. Der Wagen verfolgte sie, da gab es keinen Zweifel, und sie hatte noch einen Häuserblock vor sich.

An einer Kreuzung raste ein Polizeiwagen mit lautem Sirengeheul vorbei, das rote Licht pulsierte im Regen. Ihr Atem ging schneller, als die Limousine mit ihren bedrohlichen dunklen Scheiben sie einholte. Sie fing zu rennen an, aber der Wagen hielt Schritt mit ihr. Aus ihrem Augenwinkel sah sie eine der schwarzen Scheiben nach unten gleiten.

»Willst du mitfahren?«

Ein Gesicht, mit dem sie zuallerletzt gerechnet hätte, sah zu ihr heraus. Sie stolperte über das unebene Gehwegpflaster, und plötzlich wurde ihr schwindelig, sodass sie beinahe gestürzt wäre. Nach allem, was sie unternommen hatte, um ihre Spuren zu verwischen, war er jetzt hier und schaute sie aus dem heruntergelassenen Fenster an. Sie konnte seine Gesichtszüge im Schatten erkennen.

Wochenlang hatte sie bis tief in die Nacht gearbeitet und sich nur auf ihre Arbeit konzentriert, alle anderen Gedanken verdrängt und nicht geschlafen, bis sie zu erschöpft zum Weiterarbeiten war. Sie war kaputt und ausgelaugt und nicht in der Verfassung, mit jemandem zu reden, schon gar nicht mit ihm. »Nein danke«, brachte sie heraus. »Ich bin schon fast zu Hause.«

»Du siehst ein wenig durchnässt aus.« Der Lichtschein einer Straßenlampe fiel auf seine hohle Wange.

Das konnte er ihr doch nicht antun. Sie wollte das nicht. Nicht nach alledem, was passiert war. Sie fing wieder zu laufen an, aber die Limousine blieb auf ihrer Höhe.

»Du solltest wirklich nicht allein hier draußen sein«, sagte er.

Sie kannte ihn gut genug, um sehr genau zu wissen, was hinter seinem plötzlichen Erscheinen steckte. Ein schlechtes Gewissen. Er hasste es, Leute zu verletzen, und er musste sich vergewissern, dass sie keinen dauerhaften Schaden davongetragen hatte. »Mach dir deswegen keine Sorgen«, antwortete sie.

»Würde es dir was ausmachen, ins Auto einzusteigen?«

»Nicht nötig. Ich bin schon fast zu Hause.« Sie nahm sich vor, nichts mehr zu sagen, aber ihre Neugier gewann die Oberhand. »Wie hast du mich denn gefunden?«

»Es war nicht leicht, das kannst du mir glauben.«

Sie hielt ihren Blick geradeaus nach vorn gerichtet und verlangsamte ihren Schritt nicht. »Es war einer meiner Brüder«, vermutete sie. »Du hast dich an sie gewandt.«

Sie hätte wissen müssen, dass sie einknicken würden. Vergangene Woche hatte Dylan einen Umweg von Boston auf sich genommen, um ihr mitzuteilen, dass Teds Anrufe sie alle wahnsinnig machten und sie unbedingt mit ihm reden sollte. Clay schickte ihr eine ganze Reihe von Textnachrichten. *Der Kerl hört sich verzweifelt an,* stand in seiner letzten. *Wer weiß, wozu er fähig ist?*

Worstcase-Szenario?, hatte sie darauf geantwortet. *Er schafft es nicht, auf anderthalb Meter zu putten.*

Ted wartete mit seiner Antwort, bis ein Taxi vorbeigefahren war. »Deine Brüder haben mir nur Schwierigkeiten bereitet. Clay hat mir sogar weismachen wollen, du hättest das Land verlassen. Ich vergaß, dass er Schauspieler ist.«

»Und ich habe dir gesagt, dass er gut ist.«

»Es dauerte eine Weile, aber dann habe ich mir klargemacht, dass du von deinen Eltern sicherlich kein Geld mehr annehmen würdest. Und nach den Abhebungen von deinem Girokonto zu urteilen reichte das nicht aus, um das Land zu verlassen.«

»Woher wusstest du, was ich von meinem Konto abgehoben habe?«

Selbst bei dieser trüben Beleuchtung konnte sie sehen, wie er die Augenbrauen hochzog. Sie schnaubte verächtlich und ging weiter.

»Ich wusste auch, dass du das Material für deinen Schmuck manchmal im Internet bestellst«, fuhr er fort. »Also habe ich eine Liste der potenziellen Anbieter erstellt und Kayla darauf angesetzt, dort anzurufen.«

Sie umrundete eine zerbrochene Whiskeyflasche. »Sie war sicherlich glücklich, dir helfen zu dürfen.«

»Sie hat allen erzählt, dass sie eine Boutique in Phoenix habe und die Schmuckdesignerin ausfindig zu machen versuche, die sie in Texas entdeckt habe. Dazu beschrieb sie ein paar von deinen Stücken – sagte, sie wolle sie in ihrem Laden führen. Gestern bekam sie deine Adresse.«

»Und jetzt bist du hier. Die Reise hättest du dir sparen können.«

Er hatte die Stirn, sie anzufahren: »Meinst du nicht, wir hätten dieses Gespräch auch in der Limousine führen können?

»Nein.« Er sollte zusehen, wie er mit seinen Schuldgefühlen klarkam. Schuld wog Liebe nicht auf, und was sie betraf, hatte sie dieses Gefühl für immer aus ihrem Leben gestrichen.

»Ich möchte dich aber unbedingt hier im Wagen haben.« Seine Worte waren eher ein Grunzen.

»Und ich möchte, dass du zur Hölle fährst.«

»Aus der komme ich gerade, und glaub mir, so toll ist es dort auch wieder nicht.«

»Tut mir leid.«

»Verdammt noch mal.« Die Tür schwang auf, und er sprang aus der fahrenden Limousine. Bevor sie reagieren konnte, schleppte er sie zum Wagen.

»Hör auf! Was machst du da?«

Die Limousine war gebremst worden. Er schob sie hinein, kletterte ihr hinterher und schlug die Tür zu. Die Verriegelung klickte. »Erachte dich als gekidnappt.«

Der Wagen mit seinem hinter der geschlossenen Abtrennung verborgenen Fahrer setzte sich wieder in Bewegung. Sie drückte den Türgriff hinunter, aber er gab nicht nach. »Lass mich raus! Das ist doch unglaublich. Was ist los mit dir? Bist du verrückt?«

»Ziemlich.«

Sie hatte es solange es ging vermieden, ihn anzusehen. Noch ein wenig länger, und er würde es ihr als Schwäche auslegen. Langsam drehte sie den Kopf.

Er sah wie immer blendend aus mit seinen bernsteinfarbenen Augen und den hohen Wangenknochen, der geraden Nase und dem energischen Kinn. Er trug einen schwarzgrauen Businessanzug mit einem weißen Hemd und einer marineblauen Krawatte. So formal gekleidet hatte sie ihn seit dem Tag der Hochzeit nicht mehr gesehen, und sie kämpfte gegen einen Gefühlsausbruch an. »Es ist mir ernst«, sagte sie. »Lass mich sofort raus.«

»Erst wenn wir geredet haben.«

»Ich möchte nicht mit dir reden. Ich möchte mit niemandem reden.«

»Was soll das heißen? Du redest doch gern.«

»Nicht mehr.« Im Inneren der Stretchlimousine waren seitlich lange Sitze angebracht, und von der Decke leuchteten winzige blaue Lichter. Auf dem Sitz vor der eingebauten Bar lag ein gewaltiges Bukett roter Rosen. Sie kramte in ihrer Manteltasche nach ihrem Telefon. »Ich werde die Polizei anrufen und sagen, dass ich entführt wurde.«

»Das solltest du lieber nicht tun.«

»Wir sind hier in Manhattan. Hier bist du nicht Gott. Sie werden dich ganz bestimmt nach Rikers Island schicken.«

»Das bezweifele ich, aber wir wollen kein Risiko eingehen.« Er entriss ihr das Telefon und steckte es in sein Anzugjackett.

Sie war die Tochter eines Schauspielers und zuckte daraufhin gelangweilt mit den Schultern. »Schön. Rede. Aber beeil dich. Mein Verlobter wartet in meinem Apartment auf mich.« Sie rutschte so weit weg von ihm wie möglich, bis ihre Hüfte gegen die Tür drückte. »Ich habe dir doch gesagt, dass ich nicht lang brauchen werde, um dich zu vergessen.«

Er blinzelte und griff dann nach dem Rosenstrauß, mit dem er seine Schuld begleichen wollte, und legte ihn ihr in den Schoß. »Ich dachte, die Blumen könnten dir gefallen.«

»Da hast du falsch gedacht.« Sie warf sie ihm zurück.

Als das Bukett ihn am Kopf traf, nahm Ted es als gegeben hin, dass ihr Wiedersehen nicht besser lief, als er es verdient hatte. Meg zu kidnappen war wieder eine seiner Fehleinschätzungen gewesen. Nicht dass er die Entführung überhaupt geplant hatte. Sein Plan war es gewesen, mit den Rosen und einer von Herzen kommenden Liebeserklärung vor ihrer Tür aufzutauchen und dann mit ihr in den Armen in die Limousine einzusteigen. Aber als der Wagen in ihre Straße einbog, entdeckte er sie und schaltete jegliche Vernunft aus.

Er erkannte sie sogar von hinten und obwohl ihr Körper in einen langen violetten Trenchcoat gewickelt war und sie wegen des Regens ihre Schultern hochgezogen hatte. Auch andere Frauen hatten diesen weit ausholenden Schritt und bewegten ihre Arme genauso schwungvoll, aber bei keiner hatte er das Gefühl, ihm würde das Herz aus der Brust gerissen.

Die schwachen blauen Lichter im Wagen vertieften die Schatten unter ihren Augen, von denen er wusste, dass sie sich auch unter seinen eingenistet hatten. Statt rustikaler Perlen und alter Münzen, die er sonst von ihren Ohren hatte baumeln sehen, trug sie keinen Schmuck, und die winzigen leeren Löcher ihrer Ohrläppchen verliehen ihr eine Verletzlichkeit, die ihn schmerzte. Unter dem Saum ihres nassen violetten Trenchcoats schauten ihre Jeans heraus, und auch die roten Leinenschuhe waren durchweicht. Ihr Haar war länger als damals und von Regentropfen übersät. Wie gern hätte er seine Hände in diesen Wust dunkelbrauner Locken gewühlt, ihr die neuen Vertiefungen unter ihren Wangenknochen weggeküsst und ihren Augen wieder ihre Wärme zurückgegeben. Er wollte sie zum Lächeln bringen. Zum Lachen. Sie dazu bringen, ihn wieder so tief zu lieben, wie er sie liebte.

Während sie geradeaus auf die Abtrennung stierte, vor der der langjährige Manhattan-Chauffeur seiner Mutter am Steuer saß, weigerte er sich, die Möglichkeit in Betracht zu ziehen, dass er zu spät kam. Das mit dem Verlobten war gelogen. Nur, konnte ein Mann ihr widerstehen und sich nicht in sie verlieben? Er brauchte Gewissheit. »Erzähl mir von deinem Verlobten.«

»Auf gar keinen Fall. Ich möchte nicht, dass du dich noch schlechter fühlst, als das ohnehin schon der Fall ist.«

Sie log. Jedenfalls betete er, es möge so sein. »Dann glaubst du also zu wissen, wie ich mich fühle?«

»Definitiv. Du fühlst dich schuldig.«

»Stimmt.«

»Ehrlich gesagt, ich habe im Moment nicht die Kraft, dir deine Schuldgefühle zu nehmen. Aber wie du siehst, geht es mir ganz gut. Und jetzt leb dein Leben weiter und lass mich in Ruhe.«

Sie sah nicht so aus, als ginge es ihr gut. Sie sah erschöpft aus. Schlimmer noch, sie strahlte Unnahbarkeit – eine Schwere – aus, die so gar nicht zu der lustigen, respektlosen Frau passte, die er kannte. »Ich habe dich vermisst«, sagte er.

»Freut mich zu hören«, erwiderte sie, und er erkannte den Klang ihrer Stimme nicht wieder. Sie kam ihm fremd vor. »Könntest du mich bitte zurück zu meiner Wohnung bringen?«

»Später.«

»Ted, es ist mein Ernst. Es gibt nichts mehr zu bereden.«

»Vielleicht nicht von deiner Seite, von meiner schon.« Ihre Entschlossenheit, von ihm wegzukommen, machte ihm Angst. Er hatte ganz unmittelbar mitbekommen, wie stur sie sein konnte, und fand es unerträglich, diese Entschlossenheit gegen sich gerichtet zu sehen. Er musste einen Weg finden, das Eis zu brechen. »Ich dachte, wir ... wir könnten eine Bootsfahrt machen.«

»Eine Bootsfahrt? Wohl eher nicht.«

»Ich wusste, dass das eine dumme Idee war, aber das Wiederaufbaukomitee hat darauf bestanden, dies mit dir zu tun. Vergiss es.«

Ihr Kopf schoss nach oben. »Du hast mit dem *Wiederaufbaukomitee* darüber gesprochen?«

Dass sie in Wut geriet, gab ihm wieder Hoffnung. »Kann sein, dass ich es erwähnt habe. Ganz nebenbei. Ich wollte eine weibliche Meinung dazu hören, und die Mitglieder überzeugten mich davon, dass alle Frauen die große romantische Geste zu schätzen wüssten. Selbst du.«

Und jetzt sprühten ihre Augen tatsächlich Funken. »Ich finde es unfassbar, dass du unsere persönlichen Angelegenheiten mit diesen Frauen besprichst.«

Unsere Angelegenheiten, hatte sie gesagt. Nicht nur seine. Er legte nach. »Torie ist richtig sauer auf dich.«

»Ist mir doch egal.«

»Und Lady Emma auch, aber sie drückt sich höflicher aus. Du hast die Gefühle aller verletzt, indem du dir eine neue Telefonnummer zugelegt hast. Das hättest du wirklich nicht tun sollen.«

»Entschuldige mich bei ihnen«, sagte sie spöttisch.

»Die Bootsfahrt war Birdies Idee. Sie tritt wegen Haley für dich ein, wo sie nur kann. Und du hattest recht, gut, dass wir damals die Polizei außen vor ließen. Haley ist in letzter Zeit richtig erwachsen geworden, und ich gehöre nicht zu den Männern, die einen Irrtum nicht eingestehen können.«

Seine Hoffnung wuchs, als er sah, dass sie ihre geballten Fäuste an ihren nassen Mantel drückte. »Mit wie vielen anderen Leuten hast du denn noch über unsere Privatangelegenheiten gesprochen?«

»Mit einigen.« Er versuchte Zeit zu schinden und überlegte krampfhaft, wie er dieses Spiel durchziehen sollte. »Kenny war keine Hilfe. Skeet ist noch immer sauer auf mich. Wer konnte schon ahnen, dass er dich so sympathisch findet? Und Buddy Ray Baker meinte, ich solle dir eine Harley kaufen.«

»Ich kenne überhaupt keinen Buddy Ray Baker!«

»Aber ja doch. Er arbeitet nachts im Food and Fuel. Und er lässt dich grüßen.«

Meg war so entrüstet, dass ihre Wangen wieder eine gesunde Gesichtsfarbe bekamen. »Gibt es jemanden, mit dem du nicht gesprochen hast?«, fragte sie.

Er griff nach der Serviette neben dem Champagnerkübel, worin er in verfrühtem Optimismus eine Flasche kalt gestellt hatte. »Lass mich dich abtrocknen.«

Sie riss ihm die Serviette aus der Hand und warf sie zu Boden. Er lehnte sich zurück und schlug einen Ton an, mit dem er ihr vermitteln wollte, alles unter Kontrolle zu haben. »San Francisco hat ohne dich nicht viel Spaß gemacht.«

»Tut mir leid, dass du dein Geld auf diese Weise verschwenden musstest, aber das Wiederaufbaukomitee war sicherlich dankbar für deinen großzügigen Beitrag.«

Zuzugeben, dass er nicht derjenige war, der dieses teure letzte Gebot abgegeben hatte, schien ihm nicht gerade der beste Weg zu sein, sie von seiner Liebe zu überzeugen. »Ich habe den ganzen Nachmittag in der Hotellobby gesessen und auf dich gewartet«, sagte er.

»Schuldgefühle sind dein Ding. Bei mir funktioniert das nicht.«

»Es waren keine Schuldgefühle.« Die Limousine fuhr rechts ran, und der Fahrer hielt gemäß Teds früheren Anweisungen auf der State Street gegenüber dem National Museum of the American Indian. Es regnete noch immer, und er hätte ein anderes Ziel wählen sollen, es aber niemals geschafft, sie in das Apartment seiner Eltern im Greenwich Village zu bringen. Doch die Vorstellung, ihr sein Herz in einem Restaurant oder einer Bar auszuschütten, war ihm zuwider. Und in dieser Limousine, wo der Chauffeur seiner Mutter auf der anderen Seite der Abtrennung mithörte, würde er ganz sicher nichts mehr sagen.

Sie sah aus dem Fenster. »Warum halten wir hier an?«

»Damit wir einen Spaziergang durch den Park machen können.« Er drückte auf die Verriegelung, hob den Schirm vom Boden auf und stieß die Tür auf.

»Ich möchte aber nicht spazieren gehen. Ich bin durchnässt, meine Füße sind kalt, und ich möchte nach Hause.

»Gleich.« Er packte sie am Arm und schaffte es irgendwie, sowohl sie als auch den Schirm nach draußen auf die Straße zu befördern.

»Es regnet!«, rief sie aus.

»Nicht mehr allzu heftig. Außerdem bist du bereits nass, und ich habe einen großen Schirm.« Er spannte ihn auf, zog sie hinten um die Limousine herum und hoch auf den Gehweg. »Hier gibt es jede Menge Piers.« Er schob sie zum Eingang des Battery Park.

»Ich habe dir doch gesagt, dass ich keine Bootsfahrt mache.«

»Schön. Dann eben keine Bootsfahrt.« Er hatte ohnehin keine geplant. Mit der Organisation wäre er sowieso überfordert gewesen. »Ich sage ja nur, dass hier die Kais sind und man einen großartigen Blick auf die Freiheitsstatue hat.«

Sie verstand nicht, was er ihr damit sagen wollte.

»Lass es gut sein, Ted.« Sie fuhr zu ihm herum, und im Gegensatz zu früher schien sie keinen Sinn für Humor mehr zu haben. Es schmerzte ihn zutiefst, sie ohne ein befreiendes Lachen zu erleben, er wusste aber, dass er dafür ganz allein verantwortlich war.

»Also gut, lass es uns hinter uns bringen.« Mit finsterem

Gesicht sah sie einem Motorradfahrer nach. »Sag, was du zu sagen hast, dann fahre ich nach Hause. Mit der Subway.« *Das wäre ja noch schöner.* »Abgemacht.« Er lenkte sie in den Battery Park und dann auf den Pfad, der sie auf dem kürzesten Weg zur Promenade brachte.

Zwei Menschen, die sich einen Schirm teilten, hätten ein romantisches Paar abgeben sollen, aber nicht, wenn der eine der beiden sich weigerte, dem anderen zu nahe zu kommen. Als sie an der Promenade ankamen, hatte der Regen sein Anzugjackett durchweicht, und seine Schuhe waren fast so durchnässt wie ihre.

Für diesen Tag hatten sich die fliegenden Händler verabschiedet, und nur ein paar ganz Eifrige eilten über das nasse Pflaster. Der Wind war stärker geworden, und der vom Wasser hereinwehende kalte Nieselregen schlug Ted ins Gesicht. In der Ferne wachte die Freiheitsstatue über den Hafen. Nachts war sie hell beleuchtet, aber die winzigen Lichter, die durch die Fenster ihrer Krone drangen, waren nur gerade so eben zu sehen. An einem Sommertag vor vielen Jahren hatte er eins dieser Fenster eingeworfen, ein Keine-Atomwaffen-Banner entrollt und endlich seinen Vater gefunden. Und als er jetzt die Statue vor sich sah, die ihm Mut machen sollte, betete er darum, sich eine glückliche Zukunft zu sichern.

Er nahm all seinen Mut zusammen. »Ich liebe dich, Meg.«

»Was auch immer. Kann ich jetzt gehen?«

Er reckte seinen Kopf der Statue entgegen. »Das wichtigste Ereignis meiner Kindheit hat sich hier drüben abgespielt.«

»Ja, ich erinnere mich. Dein jugendlicher Vandalismus.«

»Genau.« Er schluckte. »Und ich finde es passend, dass das wichtigste Ereignis meines Erwachsenenlebens sich ebenfalls hier ereignen sollte.«

»War das nicht schon längst? Etwa der Verlust deiner Jungfräulichkeit? Wie alt warst du? Zwölf?«

»Hör mir zu, Meg. Ich liebe dich.«

Sie könnte nicht weniger Interesse gezeigt haben. »Du solltest dich therapieren lassen. Mal ganz im Ernst. Dein Verantwortungsgefühl ist gänzlich außer Kontrolle geraten.« Sie tätschelte seinen Arm. »Es ist vorbei, Ted. Vergiss deine Schuldgefühle. Ich habe mich weiterentwickelt, und offen gestanden wirst du langsam ein wenig bemitleidenswert.«

Er ließ nicht zu, dass ihre Worte ihn trafen. »Eigentlich hätte ich dieses Gespräch gern draußen auf Liberty Island geführt. Leider habe ich dort lebenslängliches Besuchsverbot, deshalb geht das nicht. Als ich neun Jahre alt war, fand ich es keine große Sache, von dieser Insel verbannt zu sein, aber jetzt schon, das kannst du mir glauben.«

»Glaubst du, du könntest das Verfahren etwas abkürzen? Auf mich wartet zu Hause jede Menge Papierkram.«

»Was für Papierkram?«

»Meine Zulassungspapiere. Ich beginne im Januar mein Studium an der NYU.«

Das wühlte ihn auf. Keinesfalls war das etwas, was er jetzt hören wollte. »Du gehst zurück auf die Uni?«

Sie nickte. »Ich habe endlich herausgefunden, was ich mit meinem Leben anstellen möchte.«

»Ich dachte, du entwirfst Schmuck?«

»Damit bezahle ich meine Rechnungen. Die meisten jedenfalls. Aber es befriedigt mich nicht.«

Er wollte derjenige sein, der sie befriedigte.

Endlich fing sie zu reden an, ohne dass man ihr jedes Wort aus der Nase ziehen musste. Leider ging es dabei nicht um sie beide. »Ich werde dann im Sommer meinen Bachelor in Umwelttechnologie machen können und danach sofort das Masterprogramm in Angriff nehmen.«

»Das ist … toll.« Überhaupt nicht toll. »Und was wirst du dann tun?«

»Vielleicht für den National Park Service arbeiten oder auch für so etwas wie die Nature Conservancy. Ich könnte vielleicht auch ein Programm für Landschaftsschutz leiten. Es gibt jede Menge Möglichkeiten. Abfallbeseitigung zum Beispiel. Für die meisten Leute ist das kein besonders aufregendes Gebiet, aber die Deponie hat mich von Anfang an fasziniert. Mein Traumjob wäre –« Plötzlich redete sie nicht mehr weiter. »Mir wird kalt. Lass uns zurückgehen.«

»Was ist dein Traumjob?« Natürlich hätte er am liebsten gehört, sie wollte seine Ehefrau und die Mutter seiner Kinder sein, doch er wusste selbst, wie wenig realistisch das war.

Sie sprach abgehackt, wie zu einem Fremden. »Für die Umwandlung von Ödland in Erholungsgebiete könnte ich mich wirklich begeistern, und dafür bist du verantwortlich. Also das hat jetzt richtig Spaß gemacht, aber nun reicht es auch. Und diesmal versuchst du nicht, mich zurückzuhalten.«

Meg drehte ihm den Rücken zu und begann sich von ihm zu entfernen. Sie wirkte wie eine verbissene, humorlose Frau, die knallhart geworden war und ihn nicht mehr in ihrem Leben haben wollte. Er bekam Panik. »Meg, ich liebe dich! Ich möchte dich heiraten!«

»Das ist aber komisch«, sagte sie, ohne stehen zu bleiben. »Noch vor sechs Wochen hast du mir damit in den Ohren gelegen, dass Lucy dir das Herz gebrochen habe.«

»Ich habe mich geirrt. Lucy hat meinen Stolz verletzt.«

Jetzt blieb sie endlich stehen. »Deinen Stolz?« Sie drehte sich nach ihm um.

»Genau«, sagte er leiser. »Als Lucy davonlief, war ich gekränkt und habe die Welt nicht mehr verstanden. Aber als du gingst …« Es war ihm zuwider, aber seine Stimme brach. »Als du gingst, hast du mir das Herz gebrochen.«

Endlich konnte er ihrer vollen Aufmerksamkeit sicher sein, was allerdings nicht bedeutete, dass sie ihn verträumt ansah oder kurz davor stand, sich ihm in die Arme zu werfen, doch wenigstens hörte sie ihm zu.

Er ließ den Schirm fallen, machte einen Schritt nach vorne, bremste sich dann aber. »Lucy und ich, in meiner Vorstellung passten wir gut zusammen. Wir hatten so viel gemeinsam, und der Schritt, den sie unternahm, ergab keinen Sinn. Die ganze Stadt stand vor mir und hatte Mitleid mit mir, aber ich wollte unter gar keinen Umständen irgendjemandem zeigen, wie elend ich mich fühlte. Ich – ich fand mich nicht mehr zurecht. Und dann gab es dich inmitten von alledem, dieser wunderschöne Stachel in meinem Fleisch, der mir wieder das Gefühl gab, ich selbst zu sein. Außer dass ...«

Er zog die Schultern hoch, und Regenwasser tröpfelte in seinen Kragen. »Manchmal kann einem die Vernunft alles kaputtmachen. Ich hatte mich, was Lucy betraf, so sehr getäuscht, wie sollte ich also den Gefühlen vertrauen, die ich für dich empfand?«

Sie stand da, ohne etwas zu sagen, hörte nur zu.

»Mir wäre es lieber, behaupten zu können, dass mir schon, als du die Stadt verließest, klar war, wie sehr ich dich liebte, aber ich war viel zu sehr mit meiner Wut darüber, dass du mich hast sitzen lassen, beschäftigt. Und da ich nicht viel Übung darin habe, wütend zu sein, brauchte ich eine Weile, bis ich begriff, dass ich eigentlich auf mich selbst wütend war. Ich war so verbohrt und dumm. Und voller Angst. Mir ist immer alles zugeflogen, doch mit dir war nichts einfach. Nicht die Gefühle, die du in mir geweckt hast. Und auch nicht die Art und Weise, wie du mich zwangst, mich selbst zu sehen.« Er bekam kaum Luft. »Ich liebe dich, Meg. Ich möchte dich heiraten. Ich möchte jede Nacht mit dir in einem Bett schlafen, dich lieben, mit dir Kinder haben. Ich möchte mit dir streiten und mit dir arbeiten und – einfach mit dir zusammen sein. Könntest du jetzt vielleicht aufhören, einfach so dazustehen und mich anzustarren, oder kannst du mich aus meinem Elend erlösen und mir sagen, dass du mich noch immer liebst, wenigstens ein klein wenig?«

Sie starrte ihn an. Mit festem Blick. Ohne zu lächeln. »Ich werde darüber nachdenken und es dich wissen lassen.«
Sie ging weiter und ließ ihn allein im Regen stehen.

Er stolperte ans nasse Geländer und umschloss mit seinen Fingern das kalte Metall. Seine Augen brannten. Noch nie hatte er sich so leer und so allein gefühlt. Er schaute hinaus auf den Hafen und überlegte, mit welchen Worten er sie hätte überzeugen können. Es gab keine. Er kam zu spät. Meg hatte für Zauderer keine Geduld. Sie betrieb Schadensbegrenzung und machte dann weiter.

»Okay, ich habe drüber nachgedacht«, sagte sie von hinten. »Was hast du mir anzubieten?«

Mit wild pochendem Herzen und einem Kloß im Hals wirbelte er herum, während der Regen ihm ins Gesicht peitschte.

»Äh ... meine Liebe?«

»Das habe ich verstanden. Was sonst noch?«

Sie sah grimmig und stark und absolut bezaubernd aus. Nass verklebte Wimpern rahmten ihre Augen, die jetzt grau zu sein schienen. Ihre Wangen waren gerötet, und ihre Lippen bebten. Sein Herz raste. »Was willst du?«

»Die Kirche.«

»Hast du vor, wieder dort zu leben?«

»Vielleicht.«

»Dann kriegst du sie nicht.«

Sie schien darüber nachzudenken. Er wartete, und sein Blut rauschte in seinen Ohren.

»Was ist mit dem Rest deiner irdischen Güter?«, fragte sie.

»Sind deine.«

»Ich will sie nicht.«

»Weiß ich.« In seiner Brust begann sich etwas zu entfalten, etwas Warmes, Hoffnungsvolles.

Sie schielte zu ihm hoch, und der Regen tropfte von ihrer Nasenspitze. »Ich muss deine Mutter nur einmal im Jahr sehen. An Halloween.«

»Das wirst du dir noch mal überlegen. Sie war nämlich diejenige, die insgeheim das Geld aufgebracht hat, damit du das Gewinnspiel gewinnen konntest.«

Jetzt hatte er sie endlich aus dem Gleichgewicht gebracht.

»Deine Mutter?«, hakte sie nach. »Nicht du?«

Er musste seine Arme verschränken, um sich davon abzuhalten, ihr um den Hals zu fallen. »Da war ich noch in meiner Wutphase. Sie findet dich – ich werde sie jetzt zitieren. Sie findet dich ›grandios‹.«

»Interessant. Wie sieht's aus bei Vertragsbruch?«

»Es wird keinen Vertragsbruch geben.«

»Das denkst du.« Zum ersten Mal wirkte sie unsicher. »Bist du … bist du bereit, auch woanders als in Wynette zu leben?«

Er hätte es kommen sehen müssen, hatte es aber nicht. Natürlich würde sie nicht zurück nach Wynette wollen, nach allem, was ihr dort widerfahren war. Aber was war mit seiner Familie, seinen Freunden, seinen Wurzeln, die sich so tief in diesen steinigen Boden gruben, dass er ein Teil davon geworden war?

Er schaute der Frau ins Gesicht, die seine Seele von ihm forderte. »Also gut«, sagte er. »Ich werde Wynette aufgeben. Wir können überall hinziehen, wo es dir gefällt.«

Sie runzelte die Stirn. »Wovon sprichst du? Ich meinte doch nicht für immer. Himmel, bist du verrückt? Wynette ist deine Heimat, und meine jetzt auch. Aber es ist mir Ernst damit, meinen Abschluss zu machen, also werde ich eine Wohnung in Austin brauchen, vorausgesetzt, die University of Texas nimmt mich an.«

»Oh Gott ja, die werden dich nehmen.« Seine Stimme brach erneut. »Ich werde dir einen Palast bauen. Wo immer du willst.«

Endlich sah sie ihn mit so feuchten Augen an, wie seine sich anfühlten. »Du würdest tatsächlich Wynette für mich aufgeben?«

»Ich würde für dich mein Leben geben.«

»Okay, jetzt bringst du mich echt gleich zum Ausflippen.« Aber sie sagte es so, als wäre sie wirklich glücklich.

Er schaute ihr tief in die Augen, weil er ihr vermitteln wollte, wie ernst es ihm war. »Nichts bedeutet mir mehr als du.«

»Ich liebe dich, Ted Beaudine.« Endlich sprach sie die Worte, die zu hören er sich so sehr wünschte. Und mit einem Freudenschrei warf sie sich an seine Brust und klatschte ihren nassen, kalten Körper an seinen, begrub ihr nasses, kaltes Gesicht in seinem Nacken, berührte sein Ohr mit ihren nassen, warmen Lippen. »Unsere Probleme beim Liebesspiel lösen wir später«, flüsterte sie hinein.

Oh nein. So leicht würde sie ihm nicht zuvorkommen. »Verdammt, die werden wir gleich jetzt lösen.«

»Dann nichts wie los.«

Diesmal war sie diejenige, die ihn hinterherschleifte. Sie rannten zurück zur Limousine. Er gab dem Fahrer rasch Anweisungen, wohin er fahren sollte, und küsste Meg dann atemlos, während sie die paar Häuserblocks zum Battery Park Ritz zurücklegten. Ohne Gepäck und triefnass stürmten sie in die Lobby. Und bald darauf schloss sich hinter ihnen die Tür, und sie waren in einem warmen, trockenen Raum mit Blick auf den düsteren Hafen im Regen.

»Willst du mich heiraten, Meg Koranda?«, fragte er sie, während er sie ins Badezimmer zog.

»Auf jeden Fall. Allerdings werde ich meinen Nachnamen behalten, bloß um deine Mutter zu ärgern.«

»Ausgezeichnet. Aber jetzt zieh dich aus.«

Das tat sie, und auch er entkleidete sich, war aber nicht so geschickt wie sie, sich die Klamotten vom Leib zu reißen. Er drehte das Wasser in der geräumigen Dusche auf. Sie sprang vor ihm hinein, lehnte sich an die Marmorfliesen und öffnete ihre Beine. »Lass mal sehen, ob du deine Fähigkeiten auch mal zum Bösen anstatt zum Guten einsetzen kannst.«

Er lachte und gesellte sich zu ihr. Nahm sie in seine Arme, küsste sie, liebte sie, wollte sie, wie er noch nie jemand gewollt hatte. Nach jenem hässlichen Tag an der Deponie hatte er sich fest vorgenommen, bei ihr niemals mehr die Kontrolle zu verlieren, aber ihr Anblick, ihr an ihn gepresster Körper ließen ihn ganz vergessen, wie man auf richtige Weise eine Frau liebte. Dies war nicht irgendeine Frau. Das war Meg. Seine lustige, schöne, unwiderstehliche Geliebte. Und fast hätte er sie ertränkt.

Endlich sah er etwas klarer. Er war noch immer in ihr, und sie schaute vom Boden der Dusche aus zu ihm hoch und grinste ihn strahlend an. »Nun los doch, entschuldige dich«, sagte sie. »Ich weiß, dass dir danach zumute ist.«

Er würde hundert Jahre brauchen, um diese Frau zu verstehen.

Sie schob ihn beiseite, griff nach oben, um das Wasser mit ihrer flachen Hand zu stoppen, und blickte ihn verführerisch an. »Jetzt bin ich dran.«

Er hatte nicht die Kraft, ihr zu widerstehen.

Als sie es endlich schafften, die Dusche zu verlassen, wickelten sie sich in Bademäntel, trockneten sich gegenseitig die Haare und warfen sich aufs Bett. Kurz zuvor trat er noch ans Fenster und zog die Vorhänge zu.

Es hatte zu regnen aufgehört, und aus der Ferne sah ihn die Freiheitsstatue an. Er konnte ihr Lächeln spüren.

Epilog

Meg weigerte sich, Ted zu heiraten, bevor sie ihren Abschluss hatte. »Ein männliches Genie hat es verdient, eine Uniabsolventin zu heiraten«, erklärte sie ihm.

»Dieses männliche Genie verdient es, die Frau zu heiraten, die er jetzt liebt, und nicht darauf warten zu müssen, bis sie ihr Diplom in der Tasche hat.«

Dennoch verstand er, wie wichtig ihr das war, auch wenn er es nicht zugeben konnte.

Ohne Meg war das Leben in Wynette fad, und alle wollten sie zurückhaben, aber trotz zahlreicher Anrufe und obwohl diverse Bewohner ihr in ihrem winzigen Apartment in Austin einen Überraschungsbesuch abstatteten, wollte sie vor ihrer Hochzeit keinen Fuß in die Stadt setzen. »Ich würde das Schicksal herausfordern, wenn ich eher als nötig zurückkomme«, erklärte sie den Mitgliedern des Komitees zum Wiederaufbau der Bibliothek, als sie plötzlich mit einem Plastikkrug von Rubbermaid, gefüllt mit Birdies Mojitos und einer halb leeren Tüte Tortillachips, vor ihrer Tür standen. »Ihr wisst doch, dass ich, sobald ich in der Stadt eintreffe, mit irgendjemand aneinandergerate.«

Kayla, die kalorienbewusst nur die zerbrochenen Chips aß, grub in der Tüte. »Ich weiß ehrlich nicht, was du meinst. Die Leute haben sich doch von Anfang an vor Freundlichkeit überschlagen, um dir das Gefühl zu geben, willkommen zu sein.«

Lady Emma seufzte.

Shelby rempelte Zoey an. »Das liegt daran, dass Meg ein

Yankee ist. Yankees wissen die Südstaaten-Gastfreundlichkeit nicht zu schätzen.«

»Das stimmt allerdings.« Torie leckte sich das Salz von den Fingern. »Außerdem stehlen sie uns unsere Männer, wenn wir nicht aufpassen.«

Meg verdrehte die Augen, leerte ihren Mojito und warf sie dann alle hinaus, damit sie ihre Arbeit über Eutrophierung beenden konnte. Danach hetzte sie los, denn sie musste sich um die Kunststudentin kümmern, die sie eingestellt hatte, damit die Schmuckaufträge fertig wurden, die sie von New York bekam. Trotz der empörten Proteste von Ted, seinen Eltern, ihren Eltern, ihren Brüdern, dem Bibliothekskomitee und dem Rest von Wynette kam sie noch immer selbst für ihre Ausgaben auf, obwohl sie ihre Prinzipien schon so weit gelockert hatte, Teds Verlobungsgeschenk anzunehmen, einen glänzenden roten Toyota Prius.

»Du schenkst mir ein Auto«, sagte sie zu ihm, »und ich habe nicht mehr für dich als diese lausige Geldscheinklammer.«

Aber Ted liebte seine Geldscheinklammer, die sie aus einem seltenen griechischen Medaillon der Gaia gefertigt hatte, der Erdgöttin.

Ted konnte leider auch nur die Hälfte der ursprünglich geplanten Zeit in Austin verbringen, und obwohl sie mehrmals am Tag miteinander telefonierten, vermissten sie verzweifelt das Zusammensein. Aber er wurde in der Nähe von Wynette gebraucht. Endlich war die Gruppe der sorgfältig von ihm ausgewählten Investoren für den Bau des Golfresorts komplett. Dazu gehörten sein Vater, Kenny, Skeet, Dex O'Connor, ein paar sehr bekannte Golfprofis und ein paar texanische Geschäftsleute, von denen keiner im Installationsgewerbe arbeitete. Erstaunlicherweise war Spencer Skipjack wieder aus der Versenkung aufgetaucht und hatte lautstark verkündet, man solle das »Missverständnis« doch aus der Welt schaffen.

Ted erklärte ihm, es habe kein Missverständnis gegeben und er solle bei seinen Toilettenschüsseln bleiben.

Ted hielt die Mehrheitsbeteiligung am Resort und konnte es deshalb genau nach seinen Vorstellungen bauen. Das Projekt versetzte ihn in Hochstimmung, doch er war ständig überarbeitet, und da der Baubeginn für kurz nach ihrer Hochzeit angesetzt war, würde es sicherlich noch schlimmer werden. Obwohl er häufig davon sprach, wie dringend er jemanden bräuchte, der sowohl seine Vision teilte als auch vertrauenswürdig genug war, an seiner Seite zu arbeiten, machte Meg sich erst als Kenny nach Austin fuhr und sie unter vier Augen in die Enge trieb klar, dass die Person, mit der Ted arbeiten wollte, sie selbst war.

»Er weiß, wie viel dir das Studium für deinen Masterabschluss bedeutet«, sagte Kenny. »Deshalb wollte er dich nicht fragen.«

Meg brauchte keine fünf Sekunden, um zu beschließen, dass ihr Masterabschluss warten konnte. An einem Projekt wie diesem mit dem Mann zu arbeiten, den sie liebte, war ihr Traumjob.

Ted jubilierte, als sie ihn fragte, ob sie mit ihm arbeiten könne. Sie sprachen stundenlang über ihre Zukunft und das Vermächtnis, das sie gemeinsam aufbauen wollten. Anstatt verseuchter Erde wollten sie Orte schaffen, an denen alle Familien, nicht nur die reichen, sich versammeln konnten, um zu picknicken oder Ball zu spielen – Orte, an denen es Kindern möglich wäre, Junikäfer zu fangen, Vögel singen zu hören und in sauberem, nicht verseuchtem Wasser zu angeln.

Meg plante, genau ein Jahr weniger einen Tag nach dem für Ted und Lucys Gang zum Altar festgelegten Termin zu heiraten, eine Entscheidung, die auf Francescas heftigsten Widerstand stieß. Sie beklagte sich selbst dann noch, als Meg – mit ihrem Diplom in der Tasche – drei Tage vor der Zeremonie nach Wynette zurückkehrte.

Während Ted in die Stadt raste, um in der wiedereröffneten Bibliothek ein neues Ausstellungsstück zu enthüllen, ließ Meg sich in der Küche ihrer zukünftigen Schwiegermutter auf den Thekenhocker plumpsen und wollte frühstücken. Francesca reichte getoastete Bagel über die Theke. »Als gäbe es nicht genügend andere Terminmöglichkeiten«, sagte sie. »Mal ganz ehrlich, Meg, wenn ich es nicht besser wüsste, würde ich schwören, du versuchst, die ganze Sache zu verhexen.«

»Ganz im Gegenteil.« Meg schmierte die Brombeermarmelade dick auf ihren Bagel. »Mir gefällt das Symbolträchtige, dass auf der tragischen Asche der Vergangenheit strahlendes neues Leben entsteht.«

»Du bist genauso sonderbar wie Teddy«, meinte Francesca darauf erschöpft. »Es ist mir noch immer ein Rätsel, wieso ich so lange gebraucht habe, um zu bemerken, dass ihr beiden wie füreinander geschaffen seid.«

Meg grinste.

Dallie blickte von seiner Kaffeetasse auf. »Den Leuten hier gefällt's, dass sie ein wenig sonderbar ist, Francie. Umso besser passt sie hierher.«

»Sie ist mehr als bloß ein wenig sonderbar«, brummelte Skeet hinter seiner Zeitung. »Schließt mich gestern völlig grundlos in den Arm. Hätte fast einen Herzanfall bekommen.«

Dallie nickte. »In dieser Hinsicht ist sie merkwürdig.«

»Ich sitze direkt hier«, erinnerte Meg sie.

Aber Skeet und Dallie diskutierten bereits, wer von ihnen am besten geeignet wäre, ihr Golfstunden zu geben, ohne zu berücksichtigen, dass Meg sich bereits für Torie entschieden hatte.

Francesca versuchte erneut, Meg dazu zu bringen, Einzelheiten über ihr Brautkleid zu verraten, doch Meg sprach nicht darüber. »Du wirst es dann sehen, wenn alle anderen es auch zu sehen kriegen.«

»Ich kann nicht verstehen, warum du es Kayla gezeigt hast, aber mir nicht.«

»Weil sie meine Modeberaterin ist und du bloß meine nörglerische Schwiegermutter in spe.«

Ohne auf den zweiten Punkt einzugehen, griff Francesca den ersten auf: »Ich habe in Modedingen genauso viel Ahnung wie Kayla Garvin.«

»Mit Sicherheit sogar mehr. Aber du wirst es dennoch erst zu sehen bekommen, wenn ich zum Traualtar schreite.« Sie drückte Francesca einen klebrigen Kuss auf die Wange und machte sich dann auf den Weg zum Gasthof, wo sie ihre Familie traf. Bald darauf traf auch Lucy ein.

»Bist du dir sicher, dass du mich dabeihaben willst?«, hatte Lucy sie am Telefon gefragt, als Meg sie gebeten hatte, zu ihrer Hochzeitsfeier zu kommen.

»Ich könnte ohne dich nicht heiraten.«

Sie hatten so vieles, worüber sie reden mussten, und fuhren zur Kirche, wo sie ungestört plaudern konnten. Ted traf sie schließlich neben dem Schwimmteich an. Das ehemalige Liebespaar hatte seine anfängliche Unbeholfenheit längst überwunden und schwatzte miteinander wie die guten Freunde, die sie immer hätten sein sollen.

Das Abendessen nach der Probe in der Kirche fand genau wie beim ersten Mal im Country Club statt. »Ich habe das Gefühl, in eine Zeitmaschine gestiegen zu sein«, flüsterte Lucy Meg gleich nach ihrer Ankunft zu.

»Nur dass du dich diesmal entspannen und alles genießen kannst«, erwiderte Meg. »Es wird unterhaltsam werden, das verspreche ich dir.« Und unterhaltsam war es, denn die Einheimischen nahmen Jake und Fleur Koranda in Beschlag, um ein Loblied auf ihre Tochter zu singen. »Ihre Tochter war die beste Angestellte, die ich jemals im Gasthof hatte«, erzählte ihnen Birdie allen Ernstes. »Sie führte den Laden fast schon. Ich hatte kaum noch was zu tun.«

»Sie ist ziemlich klug«, erwiderte ihre Mutter mit ernster Miene.

Zoey zupfte an ihren ausgefallenen ägyptischen Ohrringen. »Sie haben keine Ahnung, welch positiven Einfluss sie auf meine Garderobe hat.« Sie steckte ihre Hand in ihre Tasche, wo sie, wie Meg zufällig wusste, ein glitzerndes Halsband aus Flaschenverschlüssen verstaut hatte, das sie sich umlegen konnte, sobald Hunter Grays Mutter auf den Plan trat.

»Der Country Club war nicht mehr derselbe, nachdem sie gegangen war«, sprudelte es aus Shelby heraus. »Sie werden nicht glauben, wie schwer es einigen Leuten fällt, zwischen normalem Arizona Iced Tee und der Diätversion zu unterscheiden.«

Jetzt war Kayla an der Reihe, aber Birdie musste sie anrempeln, damit sie ihren Blick von den umwerfenden Koranda-Brüdern löste. Kayla blinzelte und kam pflichtschuldig ihrer Aufgabe nach, Megs Ruf aufzupolieren. »Ich war so deprimiert, nachdem sie weg war, dass ich mindestens sechs Pfund zugenommen habe, ich schwör's. Ihr Schmuck hat meinen Laden praktisch über Wasser gehalten. Außerdem ist sie außer Torie und mir die Einzige, die Spitzenmode zu schätzen weiß.«

»Ihr seid wirklich alle zu freundlich«, erwiderte Meg und sagte dann laut zu ihren Eltern: »Sie gehen alle zusammen zur Elektroschocktherapie. Auf diese Weise bekommen sie Gruppenrabatt.«

»Dieses Mädchen kennt keine Dankbarkeit«, meinte Shelby pikiert zu Lady Emma.

Torie griff nach einem mit Scampi gefüllten Blätterteigröllchen. »Wir könnten ihr noch immer das Spielplatzkomitee der Stadt übertragen. Das wird sie lehren, nicht derart respektlos mit uns umzuspringen.«

Meg stöhnte, Lady Emma lächelte, und Lucy verstand gar nichts mehr. »Was ist passiert?«, fragte sie, als sie Meg allein erwischte. »Du passt so hervorragend hierher. Und das ist nicht als Kompliment gemeint.«

»Ich weiß«, erwiderte Meg. »Es hat mich mehr oder weniger überrollt.«

Aber Lucy war ein wenig verschnupft. »Zu mir waren sie immer höflich und haben mir doch irgendwie zu verstehen gegeben, dass ich für sie nicht gut genug war. Ich, die Tochter der ehemaligen Präsidentin der Vereinigten Staaten. Dich hingegen – Miss Chaosqueen –, dich lieben sie.«

Meg hob lächelnd ihr Glas auf die Verrückten Frauen von Wynette. »Wir verstehen einander.«

Fleur zog Lucy beiseite, Ted gesellte sich zu Meg, und gemeinsam beobachten sie Kaylas und Zoeys Versuche, mit Megs Brüdern anzubändeln. Ted trank einen Schluck Wein.

»Shelby erzählte deinen Eltern, sie sei sich ziemlich sicher, dass du schwanger bist.«

»Noch nicht.«

»Ich habe gedacht, dass ich das vielleicht als Erster erfahre.« Sein Blick fiel auf die Frauen. »Aber vielleicht auch nicht. Bist du dir absolut sicher, hier leben zu wollen?«

Lächelnd erwiderte Meg: »Ich könnte nirgendwo anders leben.«

Er steckte seine Finger zwischen ihre. »Noch eine Nacht, und dann hat dieses dumme Sex-Moratorium, das du uns auferlegt hast, ein Ende. Wieso ich mir das von dir habe aufschwatzen lassen, begreif ich noch immer nicht.«

»Ich weiß nicht, wie man vier Tage als Moratorium bezeichnen kann.«

»Weil es sich verdammt noch mal ganz danach anfühlt.« Meg lachte und küsste ihn.

Am folgenden Nachmittag jedoch war sie ein einziges Nervenbündel, und weder Lucy noch ihre fünf anderen Brautjungfern vermochten sie zu beruhigen. Georgie und April waren zusammen mit ihren berühmten Ehemännern von Los

Angeles eingeflogen, während Sasha aus Chicago angereist war. Es wäre nicht richtig gewesen, ohne Torie und Lady Emma zu heiraten, und sie sahen alle wirklich umwerfend aus in ihren schlicht geschnittenen, ärmellosen taubengrauen Seidenkleidern, die alle mit unterschiedlichen Strassknöpfen am Rücken geknöpft waren.

»Kayla wird die ganzen Fummel für uns alle bei eBay reinsetzen, wenn die Party hier vorbei ist«, teilte Torie Meg mit. Sie hatten sich vor der Zeremonie in der Sakristei der Kirche getroffen. »Sie meint, das bringt uns ein Vermögen ein.«

»Was wir für wohltätige Zwecke spenden werden«, stellte Lady Emma mit Nachdruck fest.

Fleur kamen wie vorherzusehen Tränen, als sie Meg in ihrem Kleid sah. Torie und Lady Emma ebenfalls, wenn auch aus einem anderen Grund. »Bist du dir dessen auch ganz sicher?«, flüsterte Torie Meg zu, während die Braut und ihr Gefolge sich für die Prozession in der Vorhalle aufstellten.

»Manche Dinge sind vorherbestimmt.« Meg verstärkte den Griff um ihr Bukett, während Lucy die kurze Schleppe drapierte. Das Kleid mit seinem klar gegliederten Korsagenoberteil, den zarten Flügelärmeln und seiner schmalen, zart ausgestalteten Silhouette hatte ein tiefes V-förmiges Rückendekolleté. Dazu trug sie den bis zu den Fingerspitzen reichenden Hochzeitsschleier ihrer Mutter und ein Diadem aus Swarovski-Kristallen.

Die Trompeten schmetterten, es war das Signal für Ted, zusammen mit Kenny als seinem Trauzeugen vorne die Kirche zu betreten. Obwohl Meg ihren Bräutigam nicht sehen konnte, vermutete sie, dass ein Lichtstrahl genau diesen Augenblick abpasste, um durch die Buntglasfenster zu fallen und ihm wieder einen jener lächerlichen Heiligenscheine aufzusetzen.

Von Minute zu Minute wurde sie gereizter.

Lady Emma hatte dafür gesorgt, dass die Brautjungfern

in Reih und Glied standen. Und mit wachsender Panik verfolgte Meg, wie zuerst April losging, gefolgt von Torie und dann von Sasha. Megs Hände waren klamm, ihr Herz klopfte wie rasend. Georgie verschwand. Jetzt waren nur noch Lady Emma und Lucy übrig.

Lucy flüsterte: »Du siehst wunderbar aus. Danke, dass ich deine Freundin sein darf.«

Meg rang sich ein Lächeln ab. Was ihr auch gelang. Aber jetzt ging Lady Emma den Gang hinunter, und nur noch Lucy war übrig. Meg war eiskalt.

Lucy lief los.

Megs Hand schoss nach vorne und packte sie am Arm. »Warte!«

Lucy schaute über ihre Schulter.

»Hol ihn«, keuchte Meg voller Panik.

Lucy starrte sie mit offenem Mund an. »Du machst dich lustig über mich, oder?«

»Nein.« Meg rang nach Luft. »Ich muss ihn sehen. Jetzt sofort.«

»Meg, das kannst du nicht machen.«

»Ich weiß. Es ist fürchterlich. Aber ... Hol ihn einfach, bitte?«

»Ich wusste, dass es keine gute Idee war hierherzukommen«, murmelte Lucy. Dann holte sie tief Luft, setzte das Lächeln auf, das sie im Weißen Haus gelernt hatte, und ging den Gang entlang.

Sie schaffte es auch, dieses Lächeln beizubehalten, bis sie vor Ted anhielt.

Er sah sie an. Sie sah ihn an.

»Oh-oh«, sagte Kenny.

Sie befeuchtete sich ihre Lippen. »Äh ... Tut mir leid, Ted. *Schon wieder.* Tut mir leid. Aber ... Meg möchte dich sehen.«

»Ich rate dir dringend, nicht zu gehen«, flüsterte Kenny ihm zu.

Ted wandte sich an Reverend Harris Smithwell. »Entschuldigen Sie mich eine Minute.«

In der Menge brach Tumult aus, als er, ohne nach rechts oder links zu schauen, den Gang hinunterging, den Blick geradeaus auf die Frau gerichtet, die gleich hinter dem Altarraum auf ihn wartete.

Anfangs sah er nur das von weißem Schaum gerahmte geliebte Gesicht. Ihre Wangen waren blass, ihre Fingerknöchel weiß, dort, wo sie das Hochzeitsbukett umklammert hielten. Er blieb vor ihr stehen. »Harter Tag?«, fragte er.

Sie legte ihre Stirn an seine Wange und stach ihm fast mit ihrem Diadem ins Auge, das ihre dunklen Locken und ihren Schleier an Ort und Stelle hielt. »Weißt du, wie sehr ich dich liebe?«, fragte sie ihn.

»Fast so sehr wie ich dich«, erwiderte er und gab ihr einen sanften Kuss auf die Nase, um ihr Make-up nicht zu verwischen. »Du siehst übrigens wunderschön aus. Wenngleich ... ich könnte schwören, dieses Kleid schon mal gesehen zu haben.«

»Es ist das von Torie.«

»Tories Kleid?«

»Eins ihrer abgelegten Kleider. War doch wohl zu erwarten, oder?«

Er lächelte. »Ich hoffe nur, es ist das von ihrer Hochzeit mit Dex und nicht von einem ihrer früheren Fehlschläge.«

»Ja.« Sie nickte und schniefte. »Bist du – bist du jetzt richtig sauer deswegen? Ich bin eine Chaotin.«

Seine Augen sogen sie in sich auf. »Man kann auch zu ordentlich sein, mein Schatz.«

»Es sei denn ... Lass uns den Tatsachen ins Auge sehen. Ich bin klug, aber nicht so klug wie du. Ich meine ... das ist ja kaum jemand, aber dennoch ... Es wäre durchaus möglich, dass wir dumme Kinder bekommen. Nicht wirklich dumm, aber ... im Verhältnis.«

»Ich verstehe, Liebling. Wenn man das erste Mal heiratet, kann das schon mal nervenaufreibend sein, selbst bei einer so mutigen Person, wie du es bist. Glücklicherweise habe ich Erfahrung im Heiraten und kann dir helfen.« Diesmal nahm er das Risiko auf sich, ihr Make-up zu verschmieren, indem er sie zart auf die Lippen küsste. »Je eher wir das hinter uns bringen, umso eher kann ich dich nackt ausziehen, meine Selbstkontrolle verlieren und mich wieder selbst beschämen.«

»Das stimmt.« Endlich bekamen ihre Wangen wieder Farbe. »Ich war dumm. Aber ich stehe unter so großem Stress. Und wenn ich gestresst bin, vergesse ich manchmal, dass ich gut genug bin für dich. Zu gut bin für dich. Mit deinem Wahn, es allen Leuten recht machen zu wollen, tickst du noch immer nicht ganz richtig, weißt du.«

»Du wirst mich sicherlich vor mir selbst beschützen.« *Und alle anderen auch,* sagte er sich.

»Das wird ein Fulltime-Job werden.«

»Fühlst du dich dem gewachsen?«

Endlich lächelte sie. »Natürlich.«

Er stahl ihr noch einen Kuss. »Du weißt schon, wie sehr ich dich liebe?«

»Das tue ich.«

»Gut. Denk immer daran.« Er nahm sie hoch in seine Arme, ehe sie ihm sagen konnte, es sei nicht nötig – sie habe sich wieder im Griff und er solle sie *sofort* herunterlassen. Ehe sie auch nur ein Wort davon sagen konnte, lief er mit ihr schon den Gang hinunter.

»Die hier«, verkündete er vor allen, »wird nicht davonlaufen.«

Anmerkungen der Autorin

Jedes Buch, das ich schreibe, steht für sich allein, was jedoch die Charaktere des einen Buches nicht daran hindert, sich in die eines anderen zu verirren. Jede Menge alte Freunde haben in dieses Buch Eingang gefunden – Francesca und Dallie Beaudine aus *Komm und küss mich!*; Nealy Case und Mat Jorik aus *Wer will schon einen Traummann*; Fleur und Jake Koranda aus *Glitterbaby*; Kenny Traveler und Emma (hoppla … *Lady* Emma) aus *Kopfüber in die Kissen*. Und ja, Sie haben recht, auch Lucy Jorik hat ein glückliches Ende verdient.

Während ich dies schreibe, zerbreche ich mir bereits den Kopf über ihre Geschichte.

Es gibt so viele Menschen, denen ich für ihren Zuspruch danken möchte, darunter meiner unwiderstehlichen lieben Freundin und Herausgeberin Carrie Feron, meinem langjährigen Agenten Steven Axelrod und meinen wunderbaren Presse- und Marketingfrauen bei Harper-Collins, William Morrow und Avon Books. Ja, ich weiß, dass ich mich glücklich schätzen kann, euch alle auf meiner Seite zu haben.

Ich weiß nicht, was ich ohne meine fähige Assistentin Sharon Mitchell täte, die meine Welt so viel reibungsloser gestaltet. Ein ganz großer Dank geht an meinen unvergleichlichen Golfberater Bill Phillips. Ebenfalls an Claire Smith und Jessie Niermeyer, die mit mir ihre »Erfahrungen am Getränke-Cart« geteilt haben.

Und einen frenetischen Beifall an meine schreibenden Gefährtinnen: Jennifer Greene, Kristin Hannah, Jayne Ann

Krentz, Cathie Linz, Suzette Van und Margaret Watson mit einer Extrarunde Applaus für Lindsay Longford.

Ich umarme meine neuen Freunde, die ich über Facebook gewonnen habe, und alle unglaublichen und außergewöhnlichen SEPPIES in meinem Forum!

SUSAN ELIZABETH PHILLIPS

www.susanelizabethphillips.com